∽ **Andrei Platônov** ∾

# TCHEVENGUR

~

Tradução do russo
**Maria Vragova e Graziela Schneider**

Ilustrações
**Svetlana Filíppova**

Prefácio
**Maria Vragova**

Posfácio
**Francisco de Araújo**

# EDITORA ARS ET VITA

Ars et Vita Ltda.

Avenida Contorno, 7041/101 | Lourdes, 101 | CEP 30110-043

Belo Horizonte - MG - Brasil

www.arsetvita.com

Copyright © Editora Ars et Vita Ltda., 2021

Tradução © Maria Vragova, 2021

Tradução © Graziela Schneider, 2021

Prefácio © Maria Vragova, 2021

Posfácio © Francisco de Araújo, 2021

Ilustrações © Svetlana Filíppova, 2021

Os direitos autorais do texto original em russo pertencem a Anton Martynenko (2021).

Os direitos autorais para a publicação em português foram adquiridos através da Agência FTM Ltda. (Rússia, 2021).

Título original: Чевенгур

Capa, projeto gráfico e editoração eletrônica: Marcello Kawase

Preparação: Francisco de Araújo

Revisão: Luiz Gustavo Carvalho e Lolita Beretta

2ª edição – 2023

**Dados Internacionais de Catalogação na Publicação (CIP)**
**(Câmara Brasileira do Livro, SP, Brasil)**

Platônov, Andrei, 1899-1951

Tchevengur / Andrei Platônov ; [tradução Maria Vragova].

-- Belo Horizonte : Ars et Vita, 2021ª.

ISBN: 978-85-66122-11-4

1. Ficção russa I. Título.

| 21-85450 | CDD – 891.73 |
|---|---|

**Índices para catálogo sistemático:**

1. Ficção : Literatura russa 891.73

Cibele Maria Dias - Bibliotecária - CRB-8/9427

Publicado com o apoio do
Instituto de Tradução (Rússia)

AD VERBUM

A edição foi realizada com a colaboração do
Programa de apoio a traduções da literatura russa
Transcript e do Fundo Mikhail Prokhorov.

A tradução foi baseada em *Tchevengur* — Edição
Científica do Instituto de Literatura Mundial da
Academia Russa de Ciências. Moscou, 2021.

# Semeador de almas

por *Maria Vragova*

> *"Tudo é possível — e tudo tem êxito,*
> *mas, o mais importante —*
> *semear as almas nas pessoas."*

> A. Platônov. *Do caderno de notas.*

*Tchevengur*, de Andrei Platônov, é, indubitavelmente, uma das obras mais importantes da literatura russa do século XX e ocupa um lugar destacado também como obra icônica da literatura mundial do século passado. No entanto, o caminho do romance até seus leitores foi tão longo e tortuoso como os percorridos por Aleksandr Dvánov e Stepán Kopienkin — protagonistas de *Tchevengur* — em sua busca do éden comunista. O manuscrito aponta que o romance foi redigido entre 1927 e 1929, mas, na verdade, os trabalhos foram iniciados ainda antes: *Tchevengur* inclui também fragmentos de outras obras do autor, que nunca foram concluídas. Até o final da sua vida, Platônov não conseguiu ver o seu principal romance publicado — pelo menos não em sua totalidade. Em 1928, foram publicados dois excertos da primeira parte do romance, intitulados *A origem de um mestre* e *O descendente de um pescador*. Em 1929, os mesmos trechos foram reunidos e publicados como novela sob o título *A origem de um mestre*. Os textos diferem ligeiramente — várias linhas que faziam alusão à sexualidade foram removidas pela censura e algumas mudanças foram feitas pelo próprio autor. Em 1928, a revista "Novo Mundo" havia publicado outro fragmento do romance — *A aventura*. Décadas depois, em 1971, já após a morte do autor, dois outros trechos foram publicados: *A morte de Kopienkin*, na revista "Kuban", e *Uma viagem com o coração aberto*, na "Gazeta Literária". Em 1972, algumas versões relativamente completas do texto foram publicadas em traduções para o francês e o italiano, assim como uma versão em russo, publicada pela YCMA-Press. No entanto, as três publicações excluíram a primeira parte do romance. O texto completo foi publicado pela primeira vez em inglês, em 1978, em uma tradução de E. Olcott; e foi somente em 1988 que os leitores da União Soviética tiveram acesso à obra-prima de Andrei Platônov, através da publicação do romance na revista literária "A Amizade dos Povos". Em 2021, ano do 70º aniversário da morte de Platônov, a primeira edição para o português é apresentada neste volume, que assim proporciona aos leitores do Brasil e do mundo lusófono o primeiro contato com *Tchevengur*.

Se o destino do romance foi espinhoso, não menos árdua foi a vida do próprio autor. Andrei Platônovitch Klimêntov nasceu nos arredores da cidade de Voronezh, em 28 de agosto de 1899. Seu pai, Platón Fírsovitch Klimêntov, mecânico ferroviário, era um homem bastante conhecido em sua cidade natal: jornais locais, em diversas ocasiões, o descreveram como um talentoso inventor autodidata. Maria Vassílievna Lobótchikhina, uma mulher simples e profundamente religiosa, conseguiu transmitir ao filho uma concepção cristã do mundo. O jovem Platônov começou a trabalhar aos 14 anos: foi entregador, fundidor em uma fábrica de tubos e ajudante de maquinista. Após a Revolução, em 1918, ingressou no departamento eletrotécnico da politécnica ferroviária. Esse contato com o universo ferroviário na Rússia revolucionária teria, posteriormente, grande influência na sua obra literária e, de maneira perene, permeia o romance *Tchevengur*. Inspirado pelas novas ideias da época, Platônov participou das discussões da União Comunista de Jornalistas e publicou artigos, contos e poemas em jornais e revistas de Voronezh. Em 1920, representou a Organização de Escritores de Voronezh no Primeiro Congresso de Escritores Proletários, em Moscou. Uma pesquisa realizada nessa ocasião mostra-nos a honestidade de um jovem escritor bastante confiante nas suas habilidades e que também se esquivava de inventar um "passado revolucionário" para si (como o fizeram tantos outros colegas):

"Você participou do movimento revolucionário? Onde e quando?"
"Não."
"Foi submetido às repressões antes da Revolução?"
"Não."
"Que obstáculos impediram ou estão impedindo seu desenvolvimento literário?"
"Baixo nível de escolaridade e falta de tempo livre."
"Quais escritores mais o influenciaram?"
"Nenhum."
"Quais são as correntes literárias com as quais você simpatiza?"
"Com nenhuma, tenho a minha própria."

Breve foi também a sua tentativa de filiação ao Partido Comunista — as críticas feitas aos "revolucionários oficiais" em um artigo satírico tiveram como consequência a expulsão, em 1921, do "elemento instável e inconstante". Nesse mesmo ano, publicou o seu primeiro livro — *Eletrificação*; no ano seguinte, o seu primeiro volume de poemas — *A profundeza azul*.

Em seguida, Platônov deixou o trabalho literário e se dedicou totalmente à engenharia (um escritor proletário, em sua opinião, era obrigado a ter uma profissão e podia "criar nas horas livres, durante o final de semana"). A partir de 1927, se estabeleceu em Moscou, e os próximos dois anos talvez possam ser considerados os mais prósperos de sua vida literária. Entretanto, o ano de 1929 — ano da grande reviravolta[1] — trouxe os primeiros ventos adversos ao destino de Platônov: suas novelas *O cidadão estatal* e *Makar, o Duvidoso* foram completamente devastadas pelos críticos literários. A última foi lida pelo próprio Stalin, que não aprovou a ambiguidade ideológica e o anarquismo da novela. No olhar dos funcionários literários da época, neste momento era prolatada uma sentença contrária. Imediatamente, o fotolito de *Tchevengur* foi quebrado. Platônov ainda tentou buscar proteção através de Maksim Górki[2]. O escritor, apesar de apreciar o trabalho de Platônov, compreendia os perigos que o profético *Tchevengur* engendraria naquele contexto, e respondeu a Platônov, após ler o manuscrito: "Você é uma pessoa talentosa, isso é indiscutível. (...) Mas, apesar de todos os méritos incontestáveis de seu trabalho, não creio que o livro venha a ser impresso, publicado. Seu estado de espírito anárquico, aparentemente inerente à natureza da sua 'alma', o prejudicam. Goste ou não, você mostrou a realidade de um ponto de vista lírico-satírico, o que, obviamente, é inaceitável para a nossa censura".

No outono do mesmo ano, Andrei Platônov, enviado em missão pelo Comissariado Popular da Agricultura, viajou pelos *sovkhóz* e *kolkhóz*[3] da Rússia Central. Suas impressões resultariam no enredo para a novela *A escavação*. "O enredo não é novo,

---

1. Ano marcado pela expropriação dos vilarejos e pela coletivização das terras.

2. Escritor russo e soviético, poeta, prosador, dramaturgo, fundador da literatura do realismo socialista, Maksim Górki incentivou a criação da União dos Escritores da União Soviética, sendo o seu primeiro presidente.

3. Criados no início da União Soviética, o *sovkhóz* (Soviétskoie Khoziástvo) e o *kolhóz* (Kollektivnoie Khoziástvo) eram propriedades agrícolas coletivas pertencentes ao Estado, sendo o *sovkhóz* de proporções maiores do que o *kolkhóz*. Essas propriedades eram também o local de moradia para parte da população rural da União Soviética.

o sofrimento se repete" — a epígrafe preservada nos rascunhos da novela confirma que o escritor não reconsideraria suas primeiras impressões, narrando o "apocalipse da coletivização" numa linguagem, ela própria, *apocalíptica*. *A escavação*, concluída em 1930, tampouco foi publicada durante a vida do autor. A novela seguinte, *De reserva* (1931), só contribuiu para aumentar as críticas dos que pretendiam "educar e mudar" os escritores, tentando fazer o mesmo com Platônov. A novela foi considerada uma calúnia contra o *homem novo* e contra a *linha geral* do Partido. Platônov foi obrigado a admitir seus erros publicamente por meio de uma carta aos jornais. Essa, não obstante, nunca foi respondida, assim como permaneceu sem resposta a sua carta a Górki, na qual explicava: "Eu não escrevo esta carta para queixar-me — não há nenhuma queixa. (...) Quero lhe dizer que não sou um inimigo da classe e, por mais que eu sofra com meus erros, não posso me tornar um inimigo da classe, é impossível conduzir-me a este estado, porque a classe operária é a minha pátria e o meu futuro está ligado ao proletariado. (...) Ser rejeitado pela minha classe e estar interiormente ligado a ela é muito mais doloroso do que reconhecer a si mesmo como um estranho... e se afastar". Entretanto, o isolamento decorrente não levou Andrei Platônov a parar de escrever. Nesse período, trabalhou nas *Quatorze isbás vermelhas*, tragédia popular que narra a fome na província russa, e na novela *O mar juvenil* (1932), inspirada nas viagens pelos *sovkhóz* e *kolkhóz* na região do Volga e no Norte do Cáucaso.

O rio Potudán foi publicado no alarmante ano de 1937[4]. Paradoxalmente, foi justamente nesse tempo de cuidadosa e constante vigilância em relação aos *malvistos* que surgiu o primeiro e

---

4. Em 30 de julho de 1937, foi assinado o despacho secreto número 00447 no NKVD (Comissariado de Assuntos Internos). Este dia é considerado o início do Grande Terror — período de repressões políticas, durante o qual pelo menos 1,7 milhão de pessoas foram presas na União Soviética e mais de 700 mil foram executadas. Esses cidadãos, assim como seus parentes e amigos, eram considerados "inimigos do povo", "contrarrevolucionários" e "sabotadores".

único estudo monográfico da obra de Platônov, publicado ainda durante a vida do autor. Tratava-se de um grande artigo acusatório de autoria de Abraham Gúrvitch. Analisando a evolução criativa do escritor, Gúrvitch apontava que a base do sistema artístico de Platônov era a "organização religiosa da alma". Mesmo não sendo incorreto na sua essência, o artigo, escrito durante o "impenitente plano quinquenal", se resumiu a uma denúncia política.

No artigo *Uma objeção sem autodefesa*, publicado no "Jornal Literário", em 20 de dezembro de 1937, Platônov respondeu Gúrvitch de maneira incendiária: "Como Gúrvitch destruiu o único tópico verdadeiro (a busca da diferença, e não da igualdade 'fundamental'), o artigo acabou tendo um grande volume. Mas os alimentos volumosos são sempre os menos nutritivos".

Em 1938, aos quinze anos de idade, seu filho, Platón Andreiévitch Platônov, foi preso por calúnia e condenado por "propaganda antissoviética". Somente graças aos esforços do escritor Mikhail Chólokhov, amigo de Andrei Platônov, ele foi libertado, o que se deu em 1941. Mas o menino regressou da prisão com tuberculose, falecendo dois anos depois. A dor provocada por essa perda acompanharia Platônov até o fim de seus dias.

Antes da Grande Guerra Patriótica[5], Andrei Platônov colaborou com as revistas "Crítico literário" e "Resenha literária", além de escrever os livros *As reflexões de um leitor* e *Nikolai Ostróvski*. No entanto, sob acusações dos críticos, o fotolito de *As reflexões de um leitor* foi quebrado, enquanto o manuscrito de *Nikolai Ostróvski* foi "solicitado" pelo Comitê Central do Partido Comunista, onde desapareceu. Platônov foi, então, forçado a sobreviver como autor de livros infantis.

Quando a guerra eclodiu, o autor se encontrava em Moscou. De 1942 até o fim da guerra, atuou no front, como correspondente para o jornal "A Estrela Vermelha". Neste período, publicou também

---

5. Período em que conflitos da Segunda Guerra Mundial se davam no território da União Soviética, entre 22 de junho de 1941 e 09 de maio de 1945.

quatro livros de prosa militar. Ainda assim, no pós-guerra, viu-se novamente na condição de pária literário: a coletânea *Toda a vida* e o conto *A família Ivanov,* que descreve como a guerra estropia o homem não apenas fisicamente, mas também moralmente, foram severamente criticados pela censura e o autor foi novamente acusado de caluniar o soldado-herói. Nos últimos anos de sua vida, gravemente enfermo (Platônov sofria de tuberculose), o autor sobrevivia transcrevendo contos populares russos e bashquires, encontrando apoio material somente entre amigos próximos, tais como os escritores Mikhail Chólokhov e Aleksandr Fadiéev[6]. Sem ver a sua obra reconhecida, Andrei Platônov faleceu em 17 de janeiro de 1951, deixando as suas principais obras não publicadas.

O que explica o intervalo de sessenta anos entre o momento de criação e o da publicação de *Tchevengur* em seu país natal? O fato é que, enquanto Platônov trabalhava na criação do seu romance, as mudanças na vida política da União Soviética — industrialização, coletivização, derrota da oposição de esquerda no Partido, chegada de Ióssif Stalin ao poder — construíram um país sem condições para aceitar a publicação de tal romance. Considerar *Tchevengur* um romance comunista ou anticomunista seria reduzir o pensamento platonoviano: ele não dá respostas, mas, sobretudo, questiona a natureza, o significado e o futuro do projeto revolucionário. Assim como Platônov, outros comunistas que também compartilhavam sinceramente os ideais revolucionários (e até mesmo de maneira mais ortodoxa) se encontravam em oposição aberta ou velada à doutrina ideológica e à prática política do Partido.

*Tchevengur* pode ser considerado, ao mesmo tempo, um romance utópico e distópico. Procurando construir uma fraternidade

---

6. Escritor russo que durante muitos anos ocupou o cargo de secretário da União dos Escritores, sendo uma pessoa bastante controversa: por um lado, atacava os escritores, por outro, os apoiava secretamente. Devido ao cargo que ocupava, atacou o livro *Makar, o Duvidoso,* de Andrei Platônov. Em 1956, o escritor não suportou sua própria postura ambígua, cometendo suicídio em sua datcha, no vilarejo literário de Peredélkino.

comunista ideal, na qual ninguém trabalha, pois "o sol trabalha para todos", os heróis de Platônov — artesãos errantes, buscadores da verdade, maquinistas, "órfãos" em seu estado de espírito que temiam, após os acontecimentos da Revolução, "ficar sem o sentido da vida no coração" — vagam por uma geografia única, sem respeitar o tempo de Cronos. Sob esta perspectiva não linear, Simón Serbínov (personagem que surge no final do romance) é também o próprio Aleksandr Dvánov que, já maduro e descrente, visita o filho do pescador (a si mesmo) no final do romance; por sua vez, ambos constituem o alter ego de Platônov em diferentes épocas (o final e o início dos anos 1920, respectivamente). Apesar da profunda religiosidade do autor, seus heróis são ateus. Por isso a palavra *deus,* salvo raras exceções, aparece no livro (assim como no manuscrito) com letra minúscula. Os fundamentos da obra de Platônov são, entretanto, religiosos e filosóficos. Ao que tudo indica, o romance foi fortemente influenciado pelas ideias de Ernst Mach, Aleksandr Bogdánov[7], Nikolai Fiódorov[8] e Henri Bergson — cientistas e filósofos que trabalharam na confluência da filosofia e das ciências naturais —, assim como pela teoria noosférica de Vladimir Vernádski e pelo misticismo escatológico de sectários russos. Nota-se também a influência de alguns teóricos do L.E.F.[9] e das figuras centrais do futurismo russo, especialmente

---

7. Aleksandr Alexándrovitch Bogdánov (1873 - 1928), revolucionário russo, utopista e hematologista. Fundador da tectologia — "ciência organizacional geral" que estuda qualquer assunto do ponto de vista de sua organização. Autor de vários romances de ficção científica e apologista de sua própria teoria de fortalecimento do corpo por meio de transfusão de sangue, no comunismo, segundo Bogdánov, as pessoas poderiam ter até o sangue em comum.

8. Nikolai Fiódorovitch Fiódorov (1828 - 1903), filósofo russo, autor da coleção de obras "Filosofia da Causa Comum". Fundador do cosmismo russo. Para Fiódorov, a principal tarefa da humanidade consiste na subordinação da natureza em prol da vitória sobre a morte, para a ressurreição dos mortos, não em sentido metafórico, mas em sentido direto. Para isso, segundo o filósofo, é preciso que as pessoas superem conflitos, unindo a fé com a ciência.

9. Abreviação de Frente de Esquerda das Artes (em russo, "Liévii Front Isskústv"). Revista literária fundada por Ossip Brik e Vladimir Maiakóvski, reunindo escritores, fotógrafos, críticos e desenhistas da Vanguarda Russa. Foi publicada entre 1923 e 1929.

de Velimír Khliébnikov e Alekséi Kruchienikh. Todas essas influências têm em comum a ideia da "transformação geral". Para Alexandr Bogdánov, principal "marxista discordante" russo da época, essa ideia assumiu a forma da tectologia — ciência cujo objetivo era unificar o homem e o mundo em um estado idealmente harmonioso. A "transformação geral" do mundo também se encontra na base da *Filosofia da causa comum*, de Nikolai Fiódorov. Ele enxergava a filosofia como uma ciência prática que tinha a morte como principal obstáculo: esta devia ser abolida e os mortos ressuscitados, não pela prática religiosa, mas por meios científicos e tecnológicos. Fiódorov identificou ainda a natureza como fonte e origem da morte, por isso, segundo seus pensamentos, fazia-se necessário subjugar a natureza, superá-la, para, assim, alcançar a vida eterna. Ernst Mach desenvolveu um conjunto de ideias que posteriormente ficaria conhecido como "conceito de energia": ele acreditava que todos os tipos de energia do universo, inclusive a energia psíquica, podiam transitar entre si. Esse pensamento foi um dos conceitos fundamentais no sistema de ideias do cientista Konstantin Tsiolkóvski e na teoria noosférica de Vladimir Vernádski. A ideia de transbordamento mútuo, da equivalência de todos os tipos de energia leva-nos à possibilidade de transformação universal, uma vez que a vontade humana possui direta e literalmente a mesma capacidade de transformação do mundo material, como as energias solar, fluvial e muscular. Próximos a este conceito eram também os primeiros trabalhos do importante filólogo russo Grigóri Vinokur, que compartilhavam das ideias do futurismo russo. No primeiro número da revista L.E.F., em 1923, Vinokur publicou um artigo intitulado "Os futuristas são os construtores da língua", onde afirmava que "a cultura da língua não é apenas uma organização... mas, ao mesmo tempo, uma invenção. (...) Temos que admitir, finalmente, que somos capazes não só de aprender a língua, mas também de fazê-la; que podemos não só organizar os elementos da língua, como também inventar novas conexões entre esses elementos." Assim como os futuristas, Vinokur enxergava a invenção e criação de uma nova língua como uma maneira de transformação da consciência pública, o que, por sua vez, resulta em mudanças sociais. Platônov descreveu as ideias de Vinokur como "uma nova abordagem de classe da língua", afirmando que as ideias dele ofereciam uma base teórica para uma construção consciente da língua e, consequentemente, da realidade social. Assim, o que une Platônov aos futuristas russos é o desejo de "transformação universal", baseado na ideia de equivalência mútua de todos os tipos de energia: neste caso, a energia da língua não se restringe às possibilidades linguísticas, mas à oportunidade de transformação da realidade social pela língua.

A impressionante originalidade da língua platonoviana tem o seu início na deformação das conexões semânticas, sintáticas e estilísticas usuais. Semelhante singularidade e peculiaridade pode ser encontrada na escrita de Guimarães Rosa. Os protagonistas da estepe de Platônov também se aproximam dos personagens do sertão rosiano no seu aspecto totêmico. Assim, a compreensão do idioma falado pelos heróis de *Tchevengur* é a porta de entrada para se aproximar do complexo universo artístico de um dos escritores mais misteriosos e brilhantes do século XX.

O comunismo de *Tchevengur* lembra o "reino milenar" que, de acordo com as ideias de algumas igrejas cristãs, principalmente a protestante, surgirá após o segundo advento de Cristo. O quiliasmo, doutrina do reino milenar que, no fundo, é o paraíso na terra, era muito popular tanto entre os intelectuais místicos como entre os numerosos sectários camponeses na Rússia do final do século XIX e início do século XX. Seguindo o esquema quiliástico usual, grande parte da população, que, então, era principalmente camponesa, teceu paralelos entre a ideia de revolução e o subsequente início de um paraíso terrestre — o comunismo. Adeptos do quiliasmo eram também os membros da Comunal, seita que existiu na região do Volga por várias décadas até a chegada da

Revolução, segundo aponta o historiador e cientista cultural Aleksandr Etkind. Mesmo que os membros desta seita não fossem tão parecidos com os tchevengurianos, havia uma presença expressiva de sectários na região de Vorónezh, e, durante os sete primeiros anos de Poder Soviético, este número ainda aumentou significativamente — de 1.200 para 6.500 pessoas —, de acordo com dados oficiais. Assim, não é somente por iniciativa própria que, no romance, Chumílin, presidente do Comitê Executivo e funcionário do Poder Soviético, envia Dvánov para "intuir se as massas da província já tinham inventado alguma coisa e que, talvez, o socialismo já acontecesse casualmente em algum lugar". Isso acontece em plena conformidade com a resolução do XIII Congresso do Partido Comunista Russo, que dizia ser "necessário prestar muita atenção naqueles sectários, muitos dos quais sofreram as mais severas perseguições do regime tsarista. (...) Uma abordagem habilidosa deve ser usada para direcionar os elementos econômicos e culturais significativos entre os sectários para a via principal do trabalho soviético".

Diversos são os personagens messiânicos e sectários em *Tchevengur*. Este é o caso de *deus*, homem que se considerava Deus e tudo sabia, conduzindo Aleksandr Dvánov pelas ruas de Petropávlovka; ou dos rebatizados, ou seja, aqueles que mudaram de nome para início de uma nova vida. No romance, envia-se "uma solicitação ao Comitê Revolucionário, indagando se Colombo e Mehring haviam sido pessoas suficientemente dignas para que seus nomes fossem tomados como exemplos na vida futura, ou se Colombo e Mehring haviam ficado mudos diante da Revolução". Assim como os sectários, os tchevengurianos também estão comprometidos com o ascetismo: "Alguma vez pessoas gordas foram livres?" — pergunta o serralheiro Gópner. Até mesmo o trabalho em Tchevengur foi abolido, não por preguiça, mas porque este "fomentava a origem da propriedade, e a propriedade, por sua vez — a opressão". Da mesma maneira, as ideias dos tchevengurianos sobre o sexo e o casamento coincidem quase literalmente com o princípio proclamado por um dos primeiros profetas sectários da Rússia, Daníla Filíppovitch, em meados do século XVII: "Não se case, mas quem casar, que viva com sua esposa como se fosse uma irmã. Que os solteiros não se casem, e que as pessoas casadas se descasem". Por fim, o sol, cujo "poder vermelho" em *Tchevengur* "devia ser suficiente para o comunismo eterno e para o completo cessar das discórdias vãs entre as pessoas", é identificado com o Espírito Santo entre os seguidores de Filíppovitch.

Parece-nos pertinente reconhecer os paralelos entre os movimentos messiânicos russos e os surgidos no Brasil, em diversos momentos da história. Esse imaginário messiânico pode ser visto até mesmo como um elemento fundamental da cultura brasileira, começando com os colonizadores portugueses que "compuseram uma teologia alucinada e messiânica"[10], na qual acreditavam cumprir a divina missão de cristianização do mundo e do estabelecimento do Reino de Deus nas terras ignotas; passando pela proclamação da República e sua jornada positivista, que procurava trazer "ordem e progresso" à nação que estava perdida, e encontrando a sua culminação nas figuras de Antônio Conselheiro e José Maria de Santo Agostinho, líderes messiânicos e protagonistas na Guerra dos Canudos e na Guerra do Contestado, eventos que aconteceram numa época não distante dos acontecimentos narrados no romance.

"Entre todas as vitórias e convulsões, o belo e furioso mundo"[11] da prosa platonoviana é um dos poucos universos artísticos que, em certa medida, corresponde pela sua organicidade tanto aos anseios e esperanças quanto ao movimento tempestuoso de altos e baixos do século XX", aponta uma crítica publicada em 1939. O

---

10. RIBEIRO, Darcy. *O povo brasileiro: a formação e o sentido do Brasil*. São Paulo: Companhia das Letras.

11. Referência ao conto *Neste belo e furioso mundo*, de Andrei Platônov.

universo de Andrei Platônov, de certa forma cristalizado em *Tchevengur*, deve ser sorvido em grandes goles para "preservar, manter e desenvolver a nobreza, a coragem e o humanismo ativo na atual luta pela paz." Este é o fôlego que o romance exige do seu leitor. Fôlego necessário também nas lutas contra aqueles que desejam, segundo as palavras do próprio autor, "reduzir o homem ao nível e à mecânica animal, moer a humanidade numa guerra imperialista, desmoralizá-lo e corrompê-lo, destruir todos os resultados da cultura histórica" — batalhas que, nos nossos dias, permanecem tão atuais como nos tempos de *Tchevengur*.

# TCHEVENGUR

Ao redor das antigas cidades provincianas havia beiras de bosque decrépitas. Os que chegavam para viver ali vinham diretamente da natureza. Em um dos descampados apareceu um homem com um semblante diligente e cansado de dar pena. Capaz de consertar e aparelhar todo tipo de coisa, ele próprio viveu uma vida desaparelhada. Não havia artefato, fosse ele qual fosse, de frigideira a despertador, que não passasse ao menos uma vez pelas suas mãos. Além disso, ele punha sola, fundia chumbo lupino e carimbava medalhas falsas para vender nos antigos mercados dos vilarejos. Para ele próprio, no entanto, nunca fez nada, nem família, nem morada. No verão, simplesmente vivia na natureza, guardando as ferramentas num saco que também usava como travesseiro, mais para a segurança das ferramentas do que por conforto. Ele se resguardava do sol matutino cobrindo os olhos ainda à noite com folhas de bardana. Já o inverno, passava com o que sobrava dos ganhos do verão, e pagava o alojamento ao guardião da igreja tocando o sino durante a noite. Afora seus diversos artefatos, nada — nem os homens, nem a natureza — o interessava em particular. Por isso tratava as pessoas e os campos com uma ternura indiferente, sem nunca atentar contra os interesses deles.

Às vezes, nas noites de inverno, ele fazia coisas inúteis: torres de arame, navios de pedaços de folha de flandres, dirigíveis de papel, e assim por diante — unicamente para o seu prazer. Costumava até atrasar uma ou outra encomenda. Por exemplo, quando lhe davam aros novos para prender as aduelas de uma dorna, ele se ocupava em construir um relógio de madeira, convicto de que o relógio iria funcionar sem corda, graças à rotação do planeta. O guardião da igreja não gostava dessas tarefas gratuitas.

— Você vai pedir esmola na velhice, Zakhar Pávlovitch! A dorna está parada há dias e você, sabe-se lá para quê, fica revolvendo a terra com um pedaço de madeira!

Zakhar Pávlovitch calou: a palavra humana era para ele o que o murmúrio florestal era para o morador da floresta — algo que não se escuta. O guardião fumava e olhava tranquilamente para a frente. Depois de tanta liturgia, já não acreditava em deus, mas tinha certeza que de Zakhar Pávlovitch não sairia nada: as pessoas vivem no mundo há muito tempo e já inventaram tudo. Mas Zakhar Pávlovitch pensava o contrário: as pessoas estão longe de ter inventado tudo, uma vez que a substância da natureza segue intocada pelas mãos humanas.

A cada cinco anos, metade do vilarejo partia para as minas e para as cidades, enquanto a outra metade ia para a floresta — era tempo de má colheita. Há muito se sabe que, nas clareiras das florestas, a grama, os legumes e o trigo crescem bem até nos anos de seca. A metade do vilarejo que permanecia no lugar se lançava nessas clareiras para preservar a sua verdura do desfalque momentâneo causado pelas multidões de viajantes cobiçosos. Mas dessa vez a seca se repetiu no ano seguinte. O vilarejo trancou as suas *khatas*[1] e saiu em dois destacamentos pela estrada principal. Um

---

1. Habitação tradicional campesina rústica, encontrada especialmente na Ucrânia, na Bielorrússia, e no sul e no oeste da Rússia. (N. da T.)

destacamento foi pedir esmola em Kiev, o outro foi para Lugansk em busca de trabalho; alguns voltaram para a floresta e para os barrancos cobertos, começaram a comer grama crua, barro e casca de árvore e se asselvajaram. Os que saíram eram quase todos adultos — as crianças ou morreram antes, ou se dispersaram numa vida de mendicância. As que ainda mamavam foram, pouco a pouco, sacrificadas pelas próprias mães, que as impediam de sugar seu leite até se saciarem.

Havia uma velha, Ignátievna, que curava os pequenos da fome: dava-lhes uma infusão de cogumelos diluída em grama doce e as crianças emudeciam tranquilamente, com uma espuma seca nos lábios. A mãe beijava a criança na fronte enrugada e envelhecida e sussurrava:

— Acabou o sofrimento, querido. Graças a Deus!

Ignátievna ficava ali:

— Morreu tranquilo: está melhor do que os vivos, agora escuta os ventos prateados no paraíso...

A mãe contemplou enlevada o seu bebê, acreditando que tinha aliviado seu triste destino.

— Pegue a minha saia velha, Ignátievna. Não tenho nada mais para dar. Obrigada.

Ignátievna estendeu a saia contra a luz e disse:

— Vá, chore um pouco, Mítrevna: é o seu dever. Só que a sua saia foi usada e reusada, inclua ao menos um lencinho ou me dê um ferrinho de passar...

Zakhar Pávlovitch ficou sozinho no vilarejo. Gostou do lugar despovoado. Mas ele morava mais no bosque, num abrigo cavado na terra, com um ermitão, alimentando-se de infusão de ervas cujos benefícios já haviam sido estudados pelo outro.

Zakhar Pávlovitch trabalhava o tempo todo para esquecer a fome e aprendeu a fazer com madeira tudo o que antes fazia com metal. Já o ermitão nunca fizera nada a vida toda e, agora, menos ainda. Até os cinquenta anos, só fizera olhar ao redor — como e o que fazer — e esperar o que afinal resultaria da inquietude geral, para sem demora começar a agir, após ter sido tranquilizado e o mundo elucidado. Ele não era obcecado pela vida. Nunca erguera um dedo em favor do casamento nem de qualquer atividade de utilidade pública. Ao nascer, ele se surpreendeu e assim viveu até a velhice, com seus olhos azuis num rosto que parecia jovem. Quando Zakhar Pávlovitch fazia uma frigideira de carvalho, o ermitão ficava pasmo, imaginando que não fosse possível fritar nada nela. Mas Zakhar Pávlovitch colocava água na frigideira de madeira e conseguia, em fogo brando, fazê-la ferver sem que queimasse. O ermitão paralisava de surpresa:

— Que feito poderoso. Como é possível, irmãos, chegar a saber tudo...

E o ermitão ficava cabisbaixo diante dos mistérios gerais inquietantes. Nunca ninguém havia lhe explicado a simplicidade dos acontecimentos. Ou ele próprio era completamente simplório. Realmente, quando Zakhar Pávlovitch tentou lhe explicar por que o vento soprava e não ficava parado, o outro se surpreendeu ainda mais, sem nada compreender, embora percebesse com precisão a origem do vento.

— Verdade? Não me diga! Então, é por causa do queimar do sol? Agradável!...

Zakhar Pávlovitch explicou que o queimar do sol não era algo agradável, mas apenas calor.

— Calor?! — o ermitão se surpreendia. — Ah, que coisa!

A surpresa do ermitão ia de uma coisa a outra, mas em sua consciência nada se transformava. Em vez da razão, ele vivia com um sentimento de confiança cega.

Durante o verão, Zakhar Pávlovitch fez com madeira todos os artefatos que conhecia. O abrigo e suas áreas adjacentes estavam cobertos de objetos de sua arte técnica: havia um conjunto inteiro de ferramentas agrícolas, máquinas, instrumentos, invenções e equipamentos cotidianos, tudo feito inteiramente de madeira.

Era estranho que não houvesse nada que imitasse a natureza: por exemplo, cavalo, roda, ou outra coisa do tipo.

Em agosto, o ermitão foi para uma sombra, deitou-se de bruços, e disse:

— Zakhar Pávlovitch, estou morrendo, eu ontem comi um lagarto... Trouxe dois cogumelinhos para você e, para mim, fritei a lagartixa. Você pode me abanar com uma folha de bardana, eu gosto de vento.

Zakhar Pávlovitch o abanou, trouxe água e deu de beber ao moribundo.

— Deixe disso, você não vai morrer. É só uma impressão.

— Vou sim, por deus, vou sim, Zakhar Pálytch[2] — o ermitão teve medo de mentir. — As entranhas não conseguem segurar nada, em mim vive uma lombriga enorme, ela bebeu todo o meu sangue...

O ermitão virou-se de costas:

— O que você acha, devo ficar com medo ou não?

— Não tenha medo — respondeu Zakhar Pávlovitch em tom animador. — Eu morreria agora mesmo, mas, sabe, vou fazendo tudo quanto é tipo de artefatos...

O ermitão sentiu compaixão, alegrou-se e, ao anoitecer, morreu sem medo. Na hora de sua morte, Zakhar Pávlovitch estava se banhando no córrego e se deparou com o ermitão já morto, afogado em um vômito verde. O vômito, espesso e seco, instalou-se como uma massa em volta da boca do ermitão, habitada por minúsculos vermes brancos.

À noite, Zakhar Pávlovitch acordou e ficou escutando a chuva: era a segunda chuva desde abril. "O ermitão ficaria surpreso" — pensou. Mas o ermitão agora estava sozinho na escuridão, molhado pela torrente contínua que caía do céu, e se inchava em silêncio.

Através da chuva sonolenta e sem vento, algo se punha a cantar, um canto indistinto e triste, tão distante que lá, onde cantava,

---

2. Forma abreviada do patronímico Pávlovitch. (N. da T.)

provavelmente não chovia e ainda era dia. Zakhar Pávlovitch logo se esqueceu do ermitão, da chuva e da fome e se pôs de pé. Era uma máquina distante que apitava, uma locomotiva a vapor viva, em atividade. Ele saiu e ficou postado sob a umidade da chuva morna, que entoava uma canção sobre a vida pacífica, sobre a vastidão da terra. As árvores escuras dormitavam escanchadas, abraçadas pela ternura da chuva tranquila; elas se sentiam tão bem que se elanguesciam e moviam os galhos de leve, sem nenhum vento. Zakhar Pávlovitch não prestou atenção ao deleite da natureza, ficou agitado pelo silêncio desconhecido da locomotiva. Quando voltou a deitar, pensou que a chuva continuava a agir mesmo enquanto ele dormia e quando em vão se escondia na floresta: o ermitão morreu, e também ele próprio morreria; o ermitão não produziu sequer um artefato durante sua vida, só observava e se adaptava, surpreendia-se com tudo, em cada simplicidade via algo admirável e não podia colocar a mão nas coisas sem danificá-las; só colhia cogumelos e mal sabia encontrá-los; assim morreu, sem alterar a natureza em nada.

De manhã o sol era grande e a floresta cantava com toda a densidade de sua voz, deixando o vento matutino passar debaixo da folhagem inferior. Zakhar Pávlovitch notou menos a manhã que a troca dos trabalhadores. A chuva adormeceu no solo e foi substituída pelo sol, do sol elevou-se a azáfama do vento, as árvores se eriçaram, as ervas e os arbustos puseram-se a balbuciar e até a própria chuva, sem descansar, de novo se colocou de pé, despertada pelas cócegas do calor, e fundiu-se com as nuvens.

Zakhar Pávlovitch colocou no saco seus artefatos de madeira, quantos lá couberam, e foi para longe através da vereda onde as mulheres colhiam cogumelos. Para o ermitão ele não olhou: os mortos não são bonitos; por outro lado, Zakhar Pávlovitch conheceu um homem, um pescador do lago Mútevo, que perguntava a muitos sobre a morte e se atormentava com sua curiosidade; esse pescador gostava de peixe mais do que tudo, não como alimento, mas como uma criatura viva especial que certamente conhecia o segredo da morte. Ele mostrava os olhos dos peixes mortos a Zakhar Pávlovitch e dizia: "Olhe, que sabedoria! O peixe se encontra entre a vida e a morte, por isso ele é mudo e olha sem expressão; veja, até mesmo o bezerro pensa, mas o peixe não. Ele já sabe tudo". No decorrer dos anos, o pescador, contemplando o lago, só pensava numa coisa: a atração da morte. Zakhar Pávlovitch o dissuadia: "Não há nada de especial lá, apenas algo sufocante". No ano seguinte, o pescador não aguentou e se jogou do barco no lago, os pés amarrados com barbante, para não nadar involuntariamente. Na verdade, ele sequer acreditava na morte, apenas queria ver o que existia lá: talvez fosse mais interessante viver ali do que no vilarejo ou na beira do lago; ele enxergava a morte como outra província, situada sob o céu, como se ela estivesse no fundo da água gelada e o atraísse. Alguns mujiques com quem o pescador falava sobre a sua intenção de viver um tempo na morte e depois retornar o desencorajaram, outros concordavam com ele: "Ué, quem não arrisca não petisca, Mítri Iványtch.[3] Tente e depois nos conte". Dmítri Iványtch tentou: foi retirado do lago três dias depois e enterrado ao lado da cerca do cemitério do vilarejo.

Agora Zakhar Pávlovitch passava pelo cemitério e procurava o túmulo do pescador em uma paliçada de cruzes. Na lápide do pescador não havia cruz: sua morte não entristeceu nenhum coração, nenhum lábio lamentou por ele, porque o pescador morreu não por doença, mas movido por sua inteligência curiosa. Não deixou esposa: era viúvo, o filho tinha poucos anos e vivia com estranhos. Zakhar Pávlovitch foi ao funeral levando o menino pela mão — um menino doce e inteligente que não tinha puxado nem à mãe nem ao pai. Onde estaria agora essa criança? Provavelmente foi o primeiro a morrer naqueles anos de fome,

---

3. Forma abreviada de Dmítri Ivánovitch. (N. da T.)

órfão de pai e de mãe. Atrás do caixão do pai ia o menino, com dignidade, sem pesar.

— Tio Zakhar, o meu pai se deitou assim de propósito?

— Não foi de propósito, Sacha, foi de bobeira; e trouxe prejuízo para você. Vai demorar para ele poder pescar novamente.

— E por que as tias estão chorando?

— Porque são ratas de igreja!

Quando o caixão foi colocado na cova, ninguém queria se despedir do morto. Zakhar Pávlovitch se ajoelhou e tocou as bochechas hirsutas do pescador, ainda frescas, banhadas no fundo do lago. Depois, disse ao menino:

— Diga adeus ao seu pai, ele está morto para todo o sempre. Olhe para ele — para recordar.

O menino se inclinou sobre o corpo do pai, sobre sua velha camisa, que tinha um cheiro forte e familiar de suor — essa camisa fora trazida para o caixão; quando se afogou, o pai usava outra. Ele tocou as mãos do pai e delas emanava uma umidade píscea; em um dedo havia uma aliança de estanho, em memória da mulher esquecida. Quando virou a cabeça e viu as pessoas, o menino assustou-se com os estranhos e começou a chorar, lastimoso, agarrando a camisa do pai pelas dobras, como se quisesse com ela se defender; seu sofrimento era silencioso, inconsciente do resto da vida e, portanto, inconsolável; ele ficou tão triste pelo pai morto que o próprio morto teria ficado contente. E todos em torno do caixão também começaram a chorar, por piedade do menino e por autocompaixão antecipada, porque cada um teria que morrer e ser lamentado da mesma maneira.

Apesar de toda a agonia, Zakhar Pávlovitch se lembrava do futuro.

— Nikíforovna, chega de uivar! — falou a uma mulher que chorava aos soluços, com um lamento apressado. — Você não está uivando de sofrimento, mas para que chorem quando você mesma morrer. Leve o menino para sua casa. Você, em todo caso, já tem seis; ele se alimentará de algum engodo, no meio dos outros.

Nikíforovna logo recobrou o juízo feminino e secou o rosto soturno: ela chorava sem lágrimas, somente com as rugas:

— Era só o que faltava! Teve a pachorra de cogitar um engodo qualquer para alimentar! Agora ele está assim, mas deixe virar homem. Vai começar a se empanturrar e gastar calça, nada nunca será o suficiente!

Outra mulher, Mavra Fetíssovna Dvánova, ficou com o menino. Ela já tinha sete filhos. A criança lhe deu a mão, a mulher enxugou com a saia o rosto do órfão, assoou seu narizinho e o levou para sua *khata*.

O menino lembrou-se da vara de pescar que seu pai lhe fizera e que tinha jogado no lago e lá esquecido. Agora, provavelmente, algum peixe já tinha sido fisgado pelo anzol e ele poderia comê-lo, de modo que aqueles estranhos não lhe jogassem na cara que o mantinham com a comida deles.

— Tia, um peixe foi fisgado na água para mim — disse Sacha.

— Deixe que eu mesmo o pegue e o coma, para você não ter que me alimentar.

Mavra Fetíssovna franziu o rosto involuntariamente e assoou o nariz na ponta do lenço que usava na cabeça, sem soltar a mão do menino. Zakhar Pávlovitch pôs-se a refletir e quis partir para esmolar, mas não saiu de onde estava. Ficou fortemente comovido com o sofrimento e com a orfandade — devido a uma consciência desconhecida que se revelou em seu peito; pretendia andar sem descanso pela terra, encontrar o sofrimento em todos os vilarejos e chorar sobre caixões alheios. Mas foi impedido pelos recorrentes artefatos: o estaroste deu-lhe um relógio de parede para consertar, o padre um piano de cauda para afinar. Zakhar Pávlovitch nunca na vida tinha escutado música — uma vez vira um gramofone numa taberna do distrito, mas, de tão maltratado pelos mujiques, já não tocava: a caixa do gramofone tinha as paredes quebradas porque quiseram descobrir qual era o truque, quem é que cantava ali dentro, mas o que viram foi uma agulha de cerzir espetando uma membrana. Ele passou um mês afinando o piano, experimentando sons melancólicos e observando aquele mecanismo que produzia tanta delicadeza. Zakhar Pávlovitch batia nas teclas, a canção triste se elevava e voava; ele olhava para cima e esperava o retorno do som — aquilo era bom demais para sumir sem deixar traços. O sacerdote se cansou de esperar pela afinação e disse: "Você, tiozinho, não emita sons em vão, procure fazer coincidir o trabalho com o resultado e não mergulhe no sentido de coisas que não tenham utilidade para você". Zakhar Pávlovitch se sentiu profundamente ofendido em sua maestria e criou um segredo no mecanismo. O segredo podia ser desabilitado em segundos, mas nunca por alguém que não fosse um especialista. Depois disso, o pope passou a solicitar Zakhar Pávlovitch semanalmente: "Venha, amigo, venha. Mais uma vez a força milagrosa da música desapareceu". Não foi para o pope nem para apreciar música com frequência que Zakhar Pávlovitch criou o segredo: algo bem diferente o motivou — queria descobrir como era construído aquele artefato que podia inquietar corações e tornar boas as pessoas; para isso ele ajustou um segredo capaz de intervir na melodia, encobrindo-a com o som de uivos. Quando, após dez reparos, Zakhar Pávlovitch compreendeu o mistério da confusão de sons e a construção da tábua harmônica principal, ele removeu o segredo do piano e nunca mais se interessou pelos sons.

Agora, caminhando, Zakhar Pávlovitch recordava a vida passada e não a lamentava. Ele compreendeu pessoalmente muitos mecanismos e objetos no decorrer dos anos e podia reproduzi-los em seus próprios artefatos, desde que tivesse o material e os instrumentos apropriados. Passava pelo vilarejo para encontrar máquinas e coisas desconhecidas, além da linha onde o poderoso céu se unia àquelas terras imóveis do vilarejo. Ia para lá com o sentimento dos camponeses que iam para Kiev quando a fé se esgotava e a vida se transformava na espera do fim.

As ruas do vilarejo cheiravam a queimado — eram as cinzas no caminho que as galinhas deixaram de espalhar por terem sido comidas. Nas *khatas* reinava o silêncio que a ausência de crianças produzia; as bardanas selvagens, mais crescidas que o habitual, esperavam por seus hospedeiros, balançando-se como futuras árvores diante dos portões, pelos caminhos e em todos os lugares já não habitados e onde erva nenhuma pegava. Devido ao despovoamento, as cercas também floresceram: foram cobertas por lúpulos e por trepadeiras, algumas estacas e varas criaram raízes e prometiam virar um arvoredo se as pessoas não voltassem. Os poços dos pátios secaram; para lá lagartos rastejavam livremente pela armação de madeira, corriam para descansar do calor infernal e para reproduzirem. Zakhar Pávlovitch não se surpreendeu menos com esse acontecimento sem sentido do que com o trigo morto havia tempos no campo e com os telhados de palha das isbás onde enverdeciam centeio, aveia e milheto e rumorejava um ganso: eles brotavam dos grãos que estavam nos revestimentos de palha. Pássaros verde-amarelos do campo vieram ao vilarejo e passaram a viver diretamente nos cômodos das isbás; pardais se levantavam em nuvens de um sopé e através do vento das asas entoavam canções práticas do cotidiano.

Atravessando o vilarejo, Zakhar Pávlovitch viu um *lápot*.[4] O *lápot* também ganhou vida sem estar rodeado de pessoas e encontrou o seu destino — tornou-se ramificação de um salgueiro e a parte restante do corpo virou cinzas, mantendo uma sombra sobre a raizinha de um futuro arbusto. Provavelmente, debaixo do *lápot* o solo era mais úmido, porque através dele tentavam passar muitos talos pálidos de erva. De todas as coisas do campo, Zakhar Pávlovitch gostava em particular do *lápot* e da ferradura

---

4. Sandália trançada feita de entrecascas de árvore. Plural: *lápti*. (N. da T.)

e, entre as construções, dos poços. Na última *khata* havia uma andorinha que, ao ver Zakhar Pávlovitch, entrou na chaminé e lá, na escuridão esfumaçada, abraçou com as asas seus filhotes. À direita restou a igreja e, atrás dela, o célebre campo limpo, plano, feito vento abrandado. Um pequeno sino começou a repicar — a meia voz — e bateu doze vezes: meio-dia. A trepadeira enredou o templo e se esforçava para chegar até a cruz. Os túmulos dos padres, junto das paredes da igreja, estavam cobertos de ervas daninhas e as cruzes baixas pereceram no matagal. Depois de se liberar dos afazeres, o guardião ficava ao lado do átrio observando o curso do verão; seu despertador se confundia na longa contagem do tempo, em contrapartida, por causa da velhice, ele começou a pressentir o tempo de forma tão aguda e acurada quanto o sofrimento e a felicidade; não importava o que fizesse, mesmo quando dormia (embora na velhice a vida seja mais forte, vigilante e constante do que o sono), o guardião, a cada hora passada, sentia um sobressalto ou anseio, então ele batia as horas e de novo se acalmava.

— Ainda está vivo, vovô? — disse Zakhar Pávlovitch ao guardião. — Para quem você conta os dias?

O guardião não queria responder: em setenta anos de vida ele se deu conta de que metade das coisas que realizara tinha sido em vão e que três quartos de todas as palavras que falara tinham sido à toa; mesmo com todos os cuidados que tomara, nem sua mulher nem seus filhos sobreviveram, e as palavras foram esquecidas, como um ruído estranho. "Se eu falar uma palavra para este homem — ponderava o guardião consigo mesmo —, depois de andar uma versta[5], me tirará de sua memória eterna: quem sou eu para ele? Nem pai, nem ajudante!"

— Você trabalha em vão! — desaprovou Zakhar Pávlovitch.

O guardião assim respondeu a essa tolice:

---

5. Antiga medida russa equivalente a 1,067 km. (N. da T.)

— Como em vão? Se bem me lembro, o nosso vilarejo esvaziou dez vezes e depois voltou a povoar. E desta vez também voltará: é impossível ficar muito tempo sem pessoas.

— E o seu chamado é para quê?

O guardião conhecia Zakhar Pávlovitch como um homem que dava suas mãos de boa vontade para qualquer trabalho, mas que não sabia o valor do tempo.

— Taí — para que é o chamado! Com o sino eu encurto o tempo e entoo canções...

— Pois que entoe — disse Zakhar Pávlovitch e partiu do vilarejo.

Ao longe, surgia uma *khata* sem quintal; pelo visto, alguém tinha se casado às pressas, brigado com o pai e se instalado ali. A *khata*, afinal, estava vazia e o seu interior era sinistro. Somente uma coisa alegrou Zakhar Pávlovitch ao sair: um girassol tinha florescido na chaminé da *khata* — a flor já amadurecia e inclinava sua cabeça na direção do sol nascente.

A estrada estava coberta pela relva que a poeira tinha feito envelhecer. Quando Zakhar Pávlovitch se sentou para fumar, olhou para o solo e viu nele bosques aconchegantes, onde a relva se transformava em árvores: todo um pequeno mundo habitado, com seus caminhos e seu calor repletos de apetrechos para as necessidades cotidianas de criaturas pequeninas e atarefadas. Depois de olhar para as formigas, Zakhar Pávlovitch as manteve em mente por umas quatro verstas do caminho e, por fim, considerou: "Se nos dessem a inteligência das formigas ou dos mosquitos, poderíamos rapidamente encontrar uma maneira cômoda de viver: essa miudeza é o verdadeiro modelo para uma vida harmoniosa; como está longe o ser humano dessas habilidosas formigas-artesãs".

Zakhar Pávlovitch apareceu no descampado que cercava a cidade, alugou um cubículo na casa de um carpinteiro viúvo, pai de uma prole numerosa, então saiu e pensou com o que poderia se ocupar.

O carpinteiro dono do cubículo chegou do trabalho e sentou-se ao lado dele.

— Quanto devo pagar de aluguel? — perguntou Zakhar Pávlovitch.

O carpinteiro rouquejou, como se quisesse rir; na sua voz era possível perceber certo desalento e aquele desespero particular que surge nos homens completa e definitivamente amargurados.

— E você faz o quê? Nada? Pois fique assim mesmo; se meus filhos não lhe arrancarem a cabeça...

Ele tinha razão para dizer isso: logo na primeira noite, os filhos do carpinteiro — rapazes entre dez e vinte anos — urinaram em cima de Zakhar Pávlovitch enquanto ele dormia na despensa, cuja porta foi escorada com uma espécie de forcado. Mas era difícil irritar Zakhar Pávlovitch, que nunca tinha se interessado por pessoas. Ele sabia que existem máquinas e artefatos complexos e poderosos, e era por meio deles que apreciava a nobreza de um homem, e não por grosseria ocasional. De fato, pela manhã, Zakhar Pávlovitch viu como o filho mais velho do carpinteiro fazia cabos de machado de maneira hábil e séria, e concluiu: o principal nele não é a urina, mas a habilidade manual.

Uma semana depois, Zakhar Pávlovitch ficou tão apreensivo por não ter nada para fazer que resolveu consertar a casa do carpinteiro, mesmo sem demanda. Reformou as vigas desgastadas do telhado, refez o alpendre e limpou a fuligem do cano da chaminé. À noitinha, Zakhar Pávlovitch esculpia pequenas estacas.

— O que você está fazendo? — perguntou-lhe um dia o carpinteiro, emporcalhando o bigode com casca de pão. Ele tinha acabado de almoçar, comera batata e pepinos.

— Talvez sirvam para alguma coisa — respondeu Zakhar Pávlovitch.

O carpinteiro mastigava casca de pão e pensava:

— Servem para cercar os túmulos! Meus meninos jejuavam durante a quaresma e, de propósito, defecavam em todos os túmulos do cemitério.

O anseio de Zakhar Pávlovitch era mais forte do que a consciência da inutilidade do trabalho, e ele continuava a esculpir estacas até o completo cansaço noturno. Sem ofício, o sangue das mãos lhe subia à cabeça e Zakhar Pávlovitch começava a pensar tão profundamente sobre tudo ao mesmo tempo em que entrava em delírio, e no coração brotava um medo angustiante. Vagando durante o dia pelo quintal ensolarado, ele não conseguia superar o pensamento de que o homem vem do verme, porque o verme é um tubo simples e horrível no qual não há nada dentro — somente uma escuridão vazia e hedionda. Observando as casas da cidade, descobriu que elas eram idênticas a caixões fechados e teve medo de passar a noite na casa do carpinteiro. A atroz força trabalhadora, que não encontrava lugar, consumia a alma de Zakhar Pávlovitch; ele não se controlava e sofria com sentimentos que, enquanto trabalhava, nunca tinham aparecido. Começou a ter sonhos: seu pai, mineiro, estava morrendo, e sua mãe, para que ele ressuscitasse, lhe dava leite do peito; mas o pai dizia, com raiva: "Deixe-me ao menos sofrer livremente, miserável", depois se deitava longamente e retardava a morte; a mãe, debruçada sobre ele, perguntava: "Será que vai logo?"; o pai cuspia com a exasperação de um mártir, deitava-se com o rosto voltado para baixo e a lembrava: "Enterre-me com as calças velhas, estas você dará para o pequeno Zakhar!"

A única coisa que o fazia se alegrar era sentar no telhado e olhar para longe, onde de vez em quando passavam trens frenéticos, a duas verstas da cidade. Por causa da rotação das rodas da locomotiva e da respiração ofegante de Zakhar Pávlovitch, o corpo dele comichava alegre, e, por compaixão pela locomotiva, lágrimas leves molhavam seus olhos.

O carpinteiro olhou e olhou para seu inquilino e resolveu dar-lhe comida de sua própria mesa, de graça. Na primeira vez, seus filhos cuspiram na tigela de Zakhar Pávlovitch, mas o pai se levantou e, sem proferir uma palavra, sentou um golpe na face do filho mais velho.

— Sou um homem como outro qualquer — ao voltar ao seu lugar, disse tranquilamente o carpinteiro —, mas, você deve compreender, eu trouxe ao mundo uns filhos que, de tão canalhas, seriam capazes de, num descuido meu, acabar comigo. Olhe para o Fédia! Uma força dos diabos: eu mesmo não entendo onde é que ele conseguiu engordar tanto o focinho. Desde crianças só comem umas gororobas baratas...

Caíam as primeiras chuvas de outono, prematuramente, sem razão de ser: fazia tempo que os camponeses tinham desaparecido em terras alheias e muitos morreram pelo caminho, antes de chegar às minas e aos plantios de trigo do sul. Zakhar Pávlovitch foi à estação de trem com o carpinteiro para arranjar trabalho: este conhecia um maquinista lá.

Eles encontraram o maquinista no aposento onde dormiam as equipes da sala de máquinas. O maquinista disse que havia muita gente para nenhum trabalho; os remanescentes dos vilarejos vizinhos viviam na estação e faziam o que aparecesse por uma ninharia. O carpinteiro saiu e voltou com uma garrafa de vodca e um pedaço de linguiça. Depois de beber um pouco de vodca, o maquinista falou para Zakhar Pávlovitch e para o carpinteiro sobre o motor da locomotiva e o freio Westinghouse[6].

— Você sabe a inércia que pode haver em uma composição de sessenta eixos[7] em declives? — falava o maquinista, indignado com a ignorância dos ouvintes, mas, resiliente, mostrava com as mãos o poder da inércia. — Vejam só! Você abre a válvula do freio, uma

---

6. George Westinghouse (1846–1914) criou um freio a ar comprimido para locomotivas. (N. da T.)

7. Composição ferroviária de quinze vagões. (N. da T.)

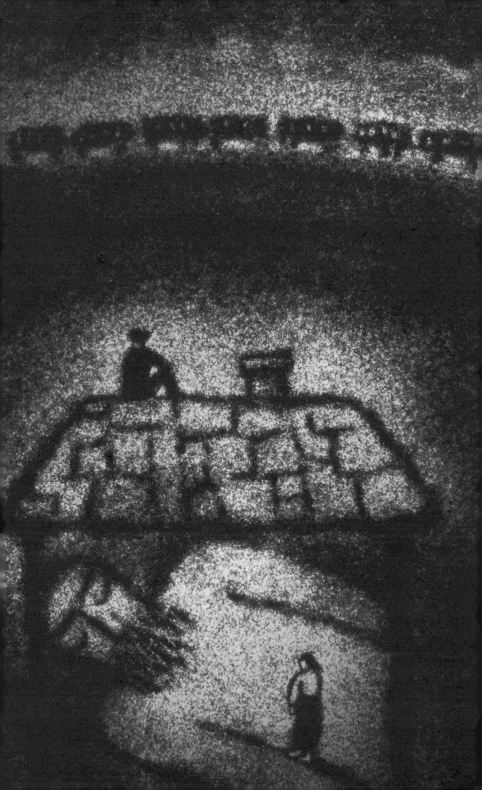

chama azul faísca debaixo do tênder sob a tamanca, os vagões de trás empurram uns aos outros, a locomotiva sopra um vapor denso — só com o arranque a chaminé ferve! Ah, dane-se!... Mais vodca! Pena que não comprou pepino: a linguiça entope o estômago...

Zakhar Pávlovitch continuava em silêncio: de antemão não acreditava que conseguiria trabalho com trens. Como é que ele daria conta do recado depois de tantos anos dedicados às caçarolas de madeira?

Por causa das histórias do maquinista, seu interesse por artefatos mecânicos tornava-se mais misterioso e triste, como acontece aos amores rejeitados.

— O que há com você? — o maquinista notou a aflição de Zakhar Pávlovitch. — Venha amanhã ao depósito, vou falar com o instrutor, talvez o contratem como limpador de caldeiras! Não seja tímido, filho da puta, se quiser comer...

O maquinista parou sem terminar a frase e começou a arrotar.

— Que diabo, essa sua linguiça está dando marcha à ré! Você comprou um *pud*[8] por dez copeques, seu mendigo. Seria melhor comer trapos... Mas — o maquinista se dirigiu novamente a Zakhar Pávlovitch — faça uma locomotiva debaixo do espelho para mim, para que eu possa apalpar cada detalhe com luvas primaveris de maio! A locomotiva não suporta nem um grão-zi-nho de poeira: a máquina, irmão, é uma princesa, não uma mulher qualquer — por um buraquinho que seja não sai do lugar...

O maquinista se perdeu em palavras abstratas sobre certas mulheres. Zakhar Pávlovitch escutou, escutou, mas nada compreendeu: não sabia que era possível amar as mulheres de um jeito particular e à distância; ele sabia que um homem desse tipo deveria casar. Pode-se falar com interesse sobre a criação do mundo e de artefatos desconhecidos, mas falar sobre mulheres, assim como falar sobre homens, é incompreensível e entediante.

---

8. Medida de peso russa equivalente a 16,3 kg. (N. da T.)

Zakhar Pávlovitch também havia tido uma esposa; ela o amava e ele não a ofendia, mas não tivera muitas alegrias com ela. Um homem é dotado de diversos atributos; caso se ponha a pensar apaixonadamente neles, chegará a gritar de entusiasmo, até mesmo ante o fato de se respirar a cada segundo. E então? Tudo não passa de um passatempo carnal, em vez de uma existência exterior séria? Em toda a sua vida, Zakhar Pávlovitch jamais considerou conversas desse tipo.

Uma hora depois, o maquinista se lembrou de suas tarefas. Zakhar Pávlovitch e o carpinteiro o acompanharam até a locomotiva, que saía do reabastecimento. O maquinista gritou de longe para seu ajudante com uma voz grave de trabalho:

— Como é que está o vapor?

— Sete atmosferas — aparecendo na janela, falou o ajudante, sem sorrir.

— A água?

— Nível normal.

— A calefação?

— Até o sifão.

— Ótimo.

No dia seguinte, Zakhar Pávlovitch foi ao depósito. O maquinista-instrutor, um velhinho que desconfiava das pessoas vivas, examinou-o por um longo tempo. Ele amava as locomotivas com tanta dor e tinha tanto ciúme delas que olhava com horror quando se moviam. Se dependesse de sua vontade, colocaria todas as locomotivas na paz eterna para que não fossem mutiladas por mãos grosseiras. Achava que havia muitas pessoas para poucas máquinas e que as pessoas, por serem vivas, podiam se defender, enquanto a máquina era um ser delicado, indefeso e frágil: para viajar bem nela, é necessário primeiro largar a mulher, tirar da cabeça as preocupações e molhar o pão em nafta — só então será possível permitir que um homem se aproxime da máquina, mas não antes de dez anos de paciência!

O instrutor estudava Zakhar Pávlovitch e se atormentava: na certa um ignorante de marca maior. Onde é preciso apertar com o dedo, esse porco cravará o malho, onde é necessário limpar de leve o vidrinho do manômetro, ele o fará com tanta força que arrancará o aparelho com o tubo. Será que se deve permitir a um lavrador se aproximar de uma máquina?!

"Meu deus, meu deus — o instrutor estava em silêncio, mas profundamente irritado —, onde estão vocês, velhos mecânicos, ajudantes, foguistas, limpadores de caldeiras? Em outros tempos, os homens tremiam ao se aproximarem de uma locomotiva, hoje pensam que são mais inteligentes do que as máquinas! Miseráveis, blasfemadores, cafajestes, ignorantes de marca maior! Pelas normas, seria necessário parar a circulação agora mesmo! Que espécie de mecânicos há hoje em dia? São acidentes, e não homens! Vagabundos, inimigos, atrevidos, basta terem um parafuso nas mãos para quererem manipular o regulador! Antes, quando surgia um barulho estranho na locomotiva ou um ruído no mecanismo principal, eu sentia tudo na pontinha da unha, sem sequer sair do lugar, tremia de sofrimento e, logo na primeira parada, encontrava o defeito com os lábios, lambia, sugava, lubrificava com sangue, mas não andava às cegas... Enquanto esse aí quer ir do centeio direto para a locomotiva!"

— Vá para casa: lave a fuça antes de se aproximar da locomotiva — disse o instrutor a Zakhar Pávlovitch.

No dia seguinte, depois de se lavar, Zakhar Pávlovitch apareceu novamente no depósito. O instrutor estava deitado debaixo da locomotiva e tocava as molas com cautela, batendo de leve com o martelinho e encostando a orelha no ferro que tinia.

— Mótia! — o instrutor chamou o serralheiro. — Aperte aqui esta porca!

Mótia deu meia-volta na porca com a chave inglesa. O instrutor, de repente, ficou tão ofendido que Zakhar Pávlovitch sentiu pena dele.

— Mótiuchka, querido! — começou o instrutor, com uma tristeza débil e serena, mas rangendo os dentes. — O que você fez agora, miserável? Eu disse "porca"!! Qual porca? A principal! Você me apertou a contraporca e eu perdi o rumo! Você está torcendo a contraporca! E mais uma vez está tocando a contraporca! O que é que eu devo fazer com vocês, suas bestas malditas? Saia daqui, canalha!

— Senhor mecânico, deixe que eu torça de volta a contraporca por meia-volta, e a principal, aperto um pouquinho! — pediu Zakhar Pávlovitch.

O instrutor respondeu com uma voz pacífica e enternecida, apreciando o fato de um estranho reconhecer que ele tinha razão.

— Ah! Você percebeu, não é? Ele é, ele é... um lenhador, e não um serralheiro! Nem sequer conhece a porca pelo nome! Ah? Então, o que você vai fazer? Ele aqui trata a locomotiva como uma mulher qualquer, como se fosse uma vagabunda! Senhor, deus meu! Venha, venha cá, aperte a porquinha do meu jeito...

Zakhar Pávlovitch escorregou para debaixo da locomotiva e fez tudo precisamente e como devia. Depois o instrutor ficou ocupado até a noite com as locomotivas e as brigas com os maquinistas. Quando acenderam a luz, Zakhar Pávlovitch lembrou-o de sua presença. O instrutor de novo ficou parado na frente dele, perdido em seus pensamentos.

— A alavanca é o pai da máquina e o plano inclinado é a mãe — disse o instrutor amavelmente, lembrando-se de algo íntimo que lhe trazia sossego durante as noites. — Tente limpar a fornalha amanhã. Chegue na hora. Mas eu não sei, não prometo, vamos tentar, vamos ver... É uma tarefa muito séria! Você entende? A fornalha! Não é qualquer ninharia, é a fornalha! Bem, vá, vá embora!

Zakhar Pávlovitch passou mais uma noite no cômodo do carpinteiro e, ao amanhecer, três horas antes do trabalho, chegou ao depósito. Havia trilhos aplanados e vagões de carga com placas de países distantes: ferrovias transcaspianas, transcaucasianas e ussurianas. Pessoas especialmente estranhas andavam pelos trilhos: inteligentes e concentradas — agulheiros, maquinistas, inspetores e outros. Ao redor, havia edifícios, máquinas, artefatos e dispositivos.

Um novo mundo primoroso surgiu diante de Zakhar Pávlovitch — um mundo amado fazia tempo, como se fosse desde sempre conhecido —, e ele decidiu ali permanecer por toda a vida.

~

Um ano antes da má colheita, Mavra Fetíssovna ficou grávida pela décima sétima vez. Seu marido, Prókhor Abramóvitch Dvánov, alegrou-se menos do que o esperado. Diariamente contemplando os campos, as estrelas e o ar grandioso e esvoaçante, ele falava consigo mesmo: "Haverá o suficiente para todos!" E vivia tranquilo em sua *khata*, que fervilhava de gente miúda: seus descendentes. Embora sua esposa tivesse dado à luz dezesseis pessoinhas, sobreviveram apenas sete, a oitava era adotada — o filho do pescador que havia se afogado por vontade própria. Quando a mulher trouxe o órfão pela mão, Prókhor Abramóvitch não foi contra:

— Bem, quanto mais crianças houver, mais tranquilos os velhos morrerão... Dê de comer para ele, Mavrúchka!

O órfão comeu pão com leite e começou a balançar as pernas. Mavra Fetíssovna olhou para ele e suspirou:

— O Senhor nos mandou uma nova provação... Deve morrer antes de completar a maioridade: tem olhos sem vida, comerá pão à toa...

Mas, passados dois anos, o menino não só não morrera, como sequer adoecera. Ele comia pouco, e Mavra Fetíssovna se resignou a cuidar do órfão:

— Coma, coma, querido — dizia ela. — Se não pegar da gente, não vai pegar dos outros...

Prókhor Abramóvitch, a quem havia muito a miséria e as crianças atemorizavam, não prestava particular atenção em nada — se as crianças adoeciam ou se nasciam novas, se a colheita era má ou razoável — e, por isso, a todos ele parecia uma boa pessoa. Somente a gravidez quase anual da esposa o alegrava um pouco: as crianças lhe davam uma sensação de estabilidade na vida — elas, com suas mãozinhas macias, faziam-no lavrar, ocupar-se da economia doméstica e dos demais cuidados. Ele andava, vivia e trabalhava sonolento, com as energias esgotadas, sem se dar conta inteiramente de nada. Ele orava a deus, mas não sentia afeto por ele; as paixões da juventude — a atração pelas mulheres, o desejo por boa comida, e assim por diante — não se fixaram nele, visto que a esposa não era bonita e a comida, entrava ano saía ano, continuava monótona e sem nutrientes. O aumento do número de crianças diminuiu o interesse de Prókhor Abramóvitch por si próprio e ele se tornou mais frio e mais leve. Quanto mais vivia, mais paciente e inconscientemente reagia aos acontecimentos do vilarejo. Se todos os filhos de Prókhor Abramóvitch morressem de uma vez, no dia seguinte ele arrumaria o mesmo número de filhos adotivos e, se os filhos adotivos também morressem, ele largaria o seu destino agrícola, abandonaria a esposa à própria sorte e sairia descalço, rumo ao desconhecido — para onde todas as pessoas eram atraídas, onde o coração provavelmente se entristecia, mas ao menos os pés sentiam algum conforto.

A décima sétima gravidez de sua mulher afligira Prókhor Abramóvitch por razões econômicas: naquele outono, nasceram menos crianças no vilarejo do que no anterior, e o principal era que tia Mária, que tinha parido anualmente durante vinte anos, exceto nos que anteciparam a seca, daquela vez não trouxera ninguém ao mundo. O vilarejo todo tinha notado isso e, se tia Mária estava vazia, os mujiques diziam: "Se a Mária está feito uma donzela — haverá fome no verão".

Nesse ano, Mária também estava magra e livre.

— Está em pousio, Mária Mativiévna? — perguntavam com respeito os mujiques que passavam.

— E por que não? — retrucava Mária e, por falta de hábito, ficava sem graça por seu estado desimpedido.

— Não tem problema — acalmavam-na. — Vai ver, logo fará um filho de novo: você é prendada nisso...

— Tem que aproveitar a vida! — encorajava-se Mária. — Contanto que se tenha pão...

— Isso é verdade — concordaram os mujiques. — Parir não é difícil para uma mulher, mas se o pão não chega... Mas você é uma feiticeira: conhece o próprio tempo...

Prókhor Abramóvitch disse à esposa que ela tinha ficado pesada fora de hora.

— O que é isso, Procha[9] — respondeu Mavra Fetíssovna —, eu terei filhos e sairei sozinha com um saco para pedir esmolas para eles, e não você!

Prókhor Abramóvitch calou-se por um longo tempo.

Chegou dezembro e não havia neve — a geada tinha queimado os cereais de inverno. Mavra Fetíssovna teve gêmeos.

— Conseguiu — disse ao lado de sua cama Prókhor Abramóvitch. — Bom, graças a deus: mas e agora, o que faremos? Parece que esses serão resistentes, têm ruguinhas na testa e punhos cerrados...

O filho adotivo estava lá e olhava para algo que não podia compreender com um rosto abatido e envelhecido. Sentiu um calor cáustico de vergonha dos adultos, logo perdeu o amor por eles e percebeu a própria solidão; queria fugir e se esconder em um barranco. Era a mesma solidão, tédio e horror que sentira certa vez ao ver dois cachorros cruzando — ficara dois dias sem comer e deixara de amar todos os cachorros para sempre. Ao redor da cama da parturiente cheirava a carne de vaca e a bezerro

---

9. Diminutivo de Prókhor. (N. da T.)

molhado, e a própria Mavra Fetíssovna, devido à fraqueza, não sentia nada além do calor debaixo da colcha de retalhos colorida — descobriu sua perna gorda, coberta de rugas por causa da velhice e gordura maternal; na perna havia manchas amarelas de feridas necrosadas e grossas veias azuis com sangue enrijecido, apertadas, entumescidas sob a pele e prontas a rompê-la para sair; por uma veia, parecida com uma árvore, era possível sentir como, em algum lugar, batia o coração, empurrando o sangue com esforço, através dos desfiladeiros estreitos do corpo.

— O que você estava olhando, Sacha?[10] — perguntou Prókhor Abramóvitch ao filho adotivo enfraquecido. — Dois irmãos seus nasceram, corte um naco de pão para você e vá correr por aí — hoje esquentou...

Sacha saiu sem pegar pão. Mavra Fetíssovna abriu seus olhos brancos e débeis e chamou o marido:

— Procha! Com o órfão somos em dez, e você é o décimo segundo...

Prókhor Abramóvitch também sabia fazer contas:

— Que vivam — uma boca a mais, um pão a mais.

— As pessoas falam que haverá fome — deus nos livre desse horror: onde iremos nos meter com as crianças de peito e os pequenos?

— Não haverá fome — decidiu Prókhor Abramóvitch para ter tranquilidade. — Se os cereais de inverno não crescerem, pegaremos os de primavera.

Os cereais de inverno realmente não cresceram: foram queimados pela geada ainda no outono e, na primavera, sufocaram em definitivo sob o gelo do campo. Os cereais de primavera ora se assustavam, ora se alegravam, amadureceram de algum jeito e deram três vezes mais do que as sementes semeadas. O filho mais velho de Prókhor Abramóvitch tinha uns onze anos e o

---

10. Diminutivo de Aleksandr. (N. da T.)

adotivo quase o mesmo tanto: um deles deveria ir pedir esmola para ajudar a família com cascas de pão seco. Prókhor Abramóvitch se calou: de mandar o seu filho de sangue tinha pena, de mandar o órfão tinha vergonha.

— Por que você está aí, sentado e calado? — exaltou-se Mavra Fetíssovna. Agapka enviou seu filho de sete anos e Michka Duvákin sua menina, e você só sabe ficar sentado, múmia indolente! O milheto não será suficiente até o Natal, e não vemos pão desde a Festa do Senhor!...

Prókhor Abramóvitch passou a noite costurando um saco confortável e espaçoso de uma estopa velha. Chamou Sacha umas duas vezes e o mediu aproximando-o de seus ombros:

— Está bom? Não está puxando, aqui?

— Está bom — respondia Sacha.

Prochka, de sete anos, estava sentado ao lado do pai e enfiava a linha áspera na agulha quando esta escapava, já que o próprio pai enxergava mal.

— Papaizinho, amanhã você vai fazer Sacha pedir esmola? — perguntou Prochka.

— O que está tagarelando aí? — zangou-se o pai. —Você crescerá e será sua vez de pedir esmola.

— Não vou — recusava-se Prochka —, eu vou roubar. Lembra que você contou que roubaram uma égua do tio Grichka? Roubaram e estão bem, e o tio Grichka comprou outro cavalo castrado. Eu crescerei e roubarei um cavalo castrado.

À noite, Mavra Fetíssovna alimentou Sacha melhor do que a seus filhos de sangue; deu-lhe separadamente, depois de todos comerem, mingau com manteiga e leite à vontade. Prókhor Abramóvitch trouxe uma vara da eira e, enquanto todos dormiam, fez dela um pequeno bastão. Sacha não dormia e escutava Prókhor Abramóvitch entalhando o pedaço de pau com uma faca de pão. Prochka fungava e encolhia-se por causa de uma barata que lhe subia pelo pescoço. Sacha tirou a barata, mas teve medo de matá-la e arremessou-a da estufa[11] para o chão.

— Sacha, você não dorme? — perguntou Prókhor Abramóvitch.

— Durma, o que é que é isso?

As crianças acordaram cedo e começaram a brigar na escuridão, enquanto os galos ainda cochilavam e os velhos acordavam apenas pela segunda vez e coçavam as escaras. Nenhuma fechadura rangia no vilarejo e nada cricrilava nos campos. Nesse momento, Prókhor Abramóvitch levou o filho adotivo para fora da divisa. O menino andava sonolento, segurando a mão dele com confiança. Estava úmido e fresco, o guardião da igreja soava as horas, e, por causa do triste repicar do sino, o menino começou a se afligir. Prókhor Abramóvitch abaixou-se até a altura do órfão.

— Sacha, olhe para lá. Está vendo ali, a estrada do vilarejo segue rumo à montanha; você vai andando, andando, continue indo por ela. Verá, depois, um grande vilarejo e uma torre de vigia em uma colina; não fique com medo e siga em frente, uma cidade virá ao seu encontro e lá há muito trigo nos silos. Quando encher a bolsa — venha para casa descansar. Então, adeus, filhinho!

Sacha segurava a mão de Prókhor Abramóvitch e olhava para a cinza escassez matinal do outono do campo.

— Choveu por lá? — perguntou Sacha sobre a cidade longínqua.

— À beça! — confirmou Prókhor Abramóvitch.

Então o menino soltou a mão dele e, sem olhar para Prókhor Abramóvitch, partiu sozinho, em silêncio — com uma bolsa e um bastão, divisando a estrada rumo à montanha, para não perder a direção. O menino desapareceu atrás da igreja e do cemitério e por muito tempo não foi possível vê-lo. Prókhor Abramóvitch não saiu do lugar, esperando que ele aparecesse do outro lado do vale. Pardais solitários revolviam a estrada de madrugada e, visivelmente, tinham

---

11. No original, *piétchka*. Pode ser constituída de uma grande estrutura com lareira e fogão embutido. Em cima dela, numa espécie de patamar, costumavam dormir em dias frios. (N. da T.)

frio. "Também são órfãos — pensou Prókhor Abramóvitch — quem atirará alguma coisa para eles?"

Sacha entrou no cemitério sem ter consciência do que queria. Pela primeira vez pensava em si mesmo e pousou a mão no peito: aqui estou — e em toda parte havia algo que lhe era alheio e não familiar. A casa na qual ele morava, onde amava Prókhor Abramóvitch, Mavra Fetíssovna e Prochka, mostrou-se não ser sua — tinha sido levado de lá de manhãzinha para uma estrada gelada. Em sua alma meio infantil e triste, não diluída pelas águas reconfortantes da consciência, brotou um ressentimento completo e esmagador que ele sentia preso na garganta.

O cemitério estava coberto de folhas mortas e, devido a sua tranquilidade, os pés logo se acalmavam e pisavam pacificamente. Havia cruzes camponesas por todo lado, muitas sem nome e sem a memória do morto. Sacha se interessou pelas cruzes mais decrépitas, que também tombariam e morreriam na terra. Os túmulos sem cruzes eram ainda mais curiosos — em suas profundezas jaziam pessoas que tinham se tornado para sempre órfãs: as mães também tinham morrido e alguns pais se afogado em rios e lagos. A colina do túmulo do pai de Sacha ficou quase esmagada — dela saía uma vereda pela qual levavam novos caixões para os fundos do cemitério.

O pai jazia próximo e paciente, sem lamentar o fato de que ficar sozinho durante o inverno era ruim e sinistro. Mas o que havia lá? Lá era ruim, era silencioso e apertado, de lá não se podia ver o menino com um bastão e uma bolsa para esmolar.

— Papai, eles me mandaram pedir esmola, agora venho morrer ao seu lado — já que você está entediado aí e eu aqui.

O menino colocou o pequeno bastão sobre o túmulo e o cobriu com folhas para que ficasse guardado à espera dele. Sacha decidiu que voltaria da cidade sem demora, assim que enchesse a sacola com cascas de pão; então ele cavaria para si um abrigo na terra ao lado do túmulo do pai e lá viveria, uma vez que não tinha casa.

Prókhor Abramóvitch já tinha cansado de esperar o filho adotivo e queria ir embora. Sacha atravessou os canais de riachos emparedados e pôs-se a subir pela colina argilosa. Ele andava lentamente e já cansado, mas feliz porque logo teria sua própria casa e seu próprio pai; mesmo que estivesse morto e nada falasse, ele sempre estaria deitado por perto, vestia a camisa cheia de suor quente, e suas mãos abraçavam Sacha nos sonhos em que os dois estavam à margem de um lago; mesmo morto, seu pai era perfeito, único e sempre o mesmo.

"Onde é que foi parar o bastão?" — perguntou-se Prókhor Abramóvitch. A manhã umedeceu, o menino vencia uma subida escorregadia, apoiando-se com as mãos. A bolsa balançava, larga e folgada, como uma roupa estranha.

— Ora essa, o que é que fui costurar? Não ficou do tamanho da esmola, mas da avidez — repreendia-se Prókhor Abramóvitch tardiamente. — Ele não irá enchê-la de pão... Mas agora tanto faz: que seja — de algum jeito...

Na altura da passagem da estrada, na parte invisível do campo, o menino parou. No amanhecer de um novo dia, na linha do horizonte do vilarejo, estava em cima de um fosso aparente e fundo, à margem de um lago celestial. Sacha olhava assustado para o vazio da estepe; a altura, a vastidão, a terra morta era importante e grande, por isso tudo parecia estranho e terrível. Mas para Sacha era valioso sobreviver e voltar ao cemitério na parte baixa do vilarejo: ali estava o pai, ali era apertado, ali tudo era pequeno, triste e, por cobrir-se de terra e árvores, protegido do vento. Por essa razão ele fora para a cidade atrás de cascas de pão.

Prókhor Abramóvitch sentiu pena do órfão que desaparecia no declive da estrada: "O menino ficará mais fraco por causa do vento, irá se deitar no fosso da fronteira e morrer; o mundo não é uma isbá familiar".

Prókhor Abramóvitch quis alcançar o órfão e fazê-lo voltar, para que todos morressem juntos e em paz, se fosse necessário morrer, mas em casa estavam seus próprios filhos, sua mulher e os últimos resquícios dos cereais de primavera.

— Somos todos brutos e miseráveis! — constatou Prókhor Abramóvitch para si mesmo e, com essas palavras acuradas, sentiu-se melhor. Passou o dia inteiro na *khata*, calado, entediado, ocupando-se com uma tarefa desnecessária — fazia entalhes em madeira. Diante de uma grande desgraça, sempre se distraía esculpindo abetos ou bosques inexistentes numa árvore — sua arte não se desenvolveu mais, pois sua faca estava cega. Mavra Fetíssovna deixou correr um choro intermitente pelo órfão que partira. Ela tivera oito crianças mortas e por cada uma havia chorado desse jeito, ao lado da estufa, durante três dias. Para ela isso era o mesmo que os entalhes na árvore para Prókhor Abramóvitch. Ele sabia de antemão quanto tempo restava para Mavra Fetíssovna chorar e para ele retalhar madeira áspera: um dia e meio.

Prochka ficou olhando e olhando para os pais e sentiu ciúme deles:

— Por que estão chorando? Sachka voltará. Você, pai, faria melhor se fizesse umas botas de feltro para mim. Sacha não é seu filho, é um órfão. E você fica aí cegando a faca, homem velho.

— Meus queridos! — Mavra Fetíssovna interrompeu o choro, surpresa. — Ele matraca feito um adulto — ainda não passa de uma migalha, mas já está retrucando o pai!

Mas Prochka tinha razão: o órfão voltou em duas semanas. Trouxe tantas cascas de pão e pãezinhos secos que parecia que ele mesmo nada tinha comido. Também não conseguiu experimentar nada do que trouxe, porque à noite Sacha deitou-se na estufa e não conseguia se aquecer: os ventos da estrada tiraram-lhe todo o calor. Em seu delírio, balbuciava sobre o bastão nas folhas e sobre o pai: que o pai guardasse o bastão e esperasse por ele no lago, no abrigo cavado na terra, onde cresciam e caíam as cruzes.

54

Três semanas depois, quando o filho adotivo se recuperou, Prókhor Abramóvitch pegou o chicote e foi para a cidade, a pé — ficaria postado nas praças à procura de trabalho. Prochka seguiu Sacha até o cemitério duas vezes. Ele viu que o órfão cavava o túmulo com as próprias mãos e, assim, não conseguia ir fundo. Então trouxe a pá do pai para o menino e disse que seria mais fácil com ela — todos os mujiques cavam com pá.

— De todo modo o mandarão embora de casa — informou Prochka sobre o futuro. — Desde o outono meu pai não semeou nada e a mamãe vai parir no verão — que ao menos agora não tenha trigêmeos. Estou falando a verdade!

Sacha pegou a pá, mas esta era muito grande, e ele logo se exauriu com o trabalho.

Prochka estava lá parado, congelando por causa das gotas esparsas e corrosivas da chuva tardia, e o aconselhava:

— Não cave fundo — não há jeito de comprarmos um caixão, você deitará assim mesmo. E não demore, senão mamãe vai parir e você será uma boca a mais.

— Estou fazendo um abrigo na terra e aqui viverei — disse Sacha.

— Sem as nossas provisões? — procurou se inteirar Prochka.

— Ué, sim — sem nada. No verão, colherei cerefólios e terei o que comer.

— Então viva — acalmou-se Prochka. — E não vá pedir esmola em nossa casa: não temos nada para dar.

Prókhor Abramóvitch ganhou na cidade cinco *puds* de farinha, voltou na carroça de estranhos e se deitou na estufa. Nem bem comeram metade da farinha, Prochka começou a pensar no que aconteceria a seguir.

— Preguiçoso — disse ele uma vez ao pai, que olhava da estufa para os gêmeos enquanto estes gritavam em uníssono. — Vamos comer toda a farinha e depois morreremos de fome! Você nos trouxe ao mundo, agora nos alimente!

— Levado dos diabos! — xingou-o Prókhor Abramóvitch de cima. — Você é que deveria ser o pai, e não eu, fiapo de gente! Prochka estava sentado com expressão de grande preocupação, pensando em como seria possível se tornar pai. Ele já sabia que as crianças saíam da barriga da mãe, que a tinha coberta de rugas e cicatrizes. Mas de onde vinham os órfãos? Prochka tinha visto duas vezes, ao acordar de madrugada, que era o próprio pai que amassava a barriga da mamãe e, depois, esta ficava inchada e nasciam filhos parasitas. Disso ele também lembrou o pai:

— E você não deite em cima da minha mãe — deite ao lado e durma. A avó da Parachka não tem nenhuma criança, o vovô Fedot não esmagou a barriga dela...

Prókhor Abramóvitch desceu da estufa, calçou as botas de feltro e começou a procurar por algo. Na *khata* não havia nada supérfluo, então ele pegou uma vassoura e açoitou Prochka no rosto. O menino não gritou, foi logo se deitar num banco com o rosto virado para baixo. Calado, tentando guardar em si a ira, Prókhor Abramóvitch começou a surrá-lo.

— Não está doendo, não está doendo, tanto faz, não está doendo! — falava Prochka, sem mostrar o rosto.

Depois da surra, o menino se levantou e disse:

— Então mande Sachka embora, para que não haja uma boca a mais para alimentar.

Prókhor Abramóvitch, que se torturava mais do que Prochka, sentou-se abatido ao lado do berço dos gêmeos, que tinham se aquietado. Ele deu uma surra em Prochka porque este tinha razão: de novo Mavra Fetíssovna tinha ficado pesada, enquanto não havia como semear cereais de inverno. Prókhor Abramóvitch vivia no mundo como a relva no fundo de um vale: na primavera, sobre ela se abatem as águas da neve derretida; no verão, as chuvas torrenciais; no vento, areia e poeira; no inverno, a neve desaba, pesada e abafada — sempre e a cada instante a relva vive sob golpes e muitos fardos, por isso, nos vales, ela cresce corcunda, pronta para se curvar e deixar a desgraça passar através dela. Da mesma forma as crianças desabavam sobre Prókhor Abramóvitch — era mais difícil do que simplesmente nascer e mais frequente do que a colheita. Se o campo parisse como uma mulher e a mulher não tivesse urgência em sua fecundidade, Prókhor Abramóvitch já seria, tempos atrás, um senhor de terras saciado e contente. Mas durante toda a sua vida as crianças fluíam como um córrego e, como o lodo do vale, enterraram a alma de Prókhor Abramóvitch sob as aluviões argilosas das angústias — por isso ele quase não sentia a vida e não tinha interesses particulares; pessoas sem prole, ou seja, livres, chamavam de preguiça o estado de esquecimento de Prókhor Abramóvitch.

— Prochka, ei, Prochka! — chamou Prókhor Abramóvitch.

— O que é que você quer? — respondeu Prochka, taciturno.

— Você mesmo bate e depois assopra...

— Prochka, corra até a tia Mária, veja se está inchado ou se está magro o ventre dela. Faz tempo que não a encontro, será que ficou doente?

Prochka não era rancoroso e, pelo bem de sua família, podia ser um homem diligente.

— Eu é que devia ser o pai, e você devia ser Prochka — o menino ofendeu o pai. — Para que olhar o que tem no ventre dela? Você não plantou os cereais de inverno — só espere por uma coisa: a fome.

Usando o casaco da mãe, Prochka continuou resmungando em tom senhoril:

— Os mujiques estão mentindo. No verão a tia Mária estava vazia, no entanto choveu. Então ela se equivocou: tinha que ter parido um parasita, mas não o fez.

— Os cereais de inverno queimaram com a geada, ela pressentiu — falou baixinho o pai.

— Todas as criancinhas sugam as mães e não comem pão — retrucou Prochka. — E que a mãe se alimente de cereais de primavera... Não vou até a casa dessa sua Mária — se ela estiver pançuda, então você não descerá da estufa: dirá que haverá ervas e que os cereais de primavera são bons. E a gente não quer ter fome: você e mamãe nos trouxeram ao mundo... Prókhor Abramóvitch calou. Já Sacha, se nada lhe perguntavam, jamais abria a boca. Nem mesmo Prókhor Abramóvitch, que perto de Prochka parecia um órfão em sua própria casa, conhecia Sacha: não sabia se era um bom menino ou não — esmola ele pode pedir por medo, mas o que ele mesmo pensa — não fala. Mas Sacha pouco pensava, porque considerava todos os adultos e crianças mais inteligentes do que ele e tinha medo deles. Ele temia mais Prochka do que Prókhor Abramóvitch, porque o menino contava cada migalha e não amava a ninguém fora de seu quintal.

~

Empinando o traseiro e tocando a relva com as mãos longas e funestas, um homem corcunda, Piotr Fiódorovitch Kondáiev, andava pelo vilarejo. Fazia tempo que ele não tinha dores na região lombar, portanto, não se esperava por uma mudança de clima.

Nesse ano, o sol tinha amadurecido cedo no céu: no fim de abril aquecia como um sol de meados de julho. Os mujiques mal falavam com a secura do solo que sentiam sob os pés e com o espaço de calor mortal que abatia solidamente o restante de seus corpos. As crianças observavam o horizonte, a fim de perceber a tempo o aparecimento de nuvens de chuva. Porém, nas estradas do campo, a poeira se levantava em turbilhão e as carroças vindas de outros vilarejos atravessavam uma nuvem de pó. Kondáiev andava pelo meio da rua, indo para as bandas do vilarejo onde morava a preocupação de sua alma: Nástia, uma jovenzinha de quinze anos. Ele a amava com a parte do corpo que doía frequentemente e era sensível — tanto como o coração o é para pessoas direitas —, a região lombar, a raiz de sua corcunda. Kondáiev sentia prazer na seca e esperava pelo melhor para si. Suas mãos estavam constantemente amareladas e esverdeadas — destruíam as ervas ao passar por elas, esmagando-as com os dedos. Ele se alegrava com a fome, que levaria todos os homens bonitos para longe, à procura de trabalho, e muitos deles morreriam, liberando as mulheres para si próprio. Sob o sol intenso que fazia o solo arder e a poeira fumegar, Kondáiev sorria. Todas as manhãs ele se banhava numa lagoa e acariciava sua corcunda com as mãos firmes e pegajosas, capazes de dar incansáveis abraços na futura esposa.

— Tudo bem — dizia consigo Kondáiev, satisfeito. — Os mujiques partirão, as mulheres ficarão. Quem me provar uma vez, nunca me esquecerá; eu sou um touro enxuto...

Kondáiev ressoava com suas mãos de boa linhagem, crescidas, longas, e imaginava que nelas segurava Nástia. Pensava com assombro no fato de que em Nástia — um corpo tão frágil — habitava um fascínio misterioso e poderoso. Mal pensava nela, sentia o sangue intumescer e o corpo enrijecer. Para se livrar da atração e das imagens que sua imaginação produzia, ele nadava na lagoa e se enchia de água como se em seu corpo houvesse uma gruta; depois expelia a água com a saliva doce do amor.

Voltando para casa, Kondáiev aconselhava cada mujique com que topava pelo caminho a partir para procurar sustento.

— A cidade é como uma fortaleza — dizia Kondáiev. — Lá há o suficiente de tudo, enquanto aqui o sol paira e continuará pairando sobre nossas cabeças. Que tipo de colheita você pode esperar? Pense bem!

— E você, Piotr Fiódorovitch? — perguntava o mujique sobre o destino alheio, para saber o que fazer com o seu próprio.

— Eu sou aleijado — informou Kondáiev. — Posso viver tranquilamente da compaixão. Mas você levará sua mulher à morte, homem desmiolado! Se arrumasse um trabalho temporário fora do vilarejo e enviasse pão para ela, isso sim seria um negócio vantajoso!

— Sim, é provável que seja necessário — suspirando, o transeunte reconhecia-o a contragosto, mas esperava poder sobreviver de alguma forma em casa: um repolhozinho, umas frutinhas silvestres, um cogumelinho, umas ervinhas diferentes, depois veria o que fazer.

Kondáiev gostava das cercas velhas, dos desfiladeiros com tocos de árvores mortas, de toda a decrepitude e fraqueza, do calor submisso, mal e mal vivo. A maldade velada de sua luxúria encontrava deleite em lugares solitários. Ele queria afligir todo o vilarejo até criar um estado de silêncio e exaustão, para que, sem obstáculos, envolvesse as criaturas vivas impotentes. No silêncio das sombras matinais, Kondáiev ficava deitado e vislumbrava vilarejos semidestruídos, ruas cobertas de junco e Nástia, delgada e escura, delirando de fome na palha perfurante e ressequida. Mal olhava para algo vivo, fosse uma mísera ervinha ou uma moça, Kondáiev sentia uma fúria silenciosa e ciumenta; se fosse uma erva, ele a esmagava até a morte com suas mãos inclementes e amorosas, mãos que sentiam qualquer coisa viva de forma tão terrível e ávida como diante da virgindade de uma mulher; se fosse uma mulher ou uma moça, Kondáiev de antemão e definitivamente odiaria o pai dela, o marido, os irmãos, o futuro noivo, desejando que morressem ou encontrassem trabalho temporário fora do vilarejo. Desta sorte, o segundo ano de fome era auspicioso para Kondáiev — ele achava que logo ficaria sozinho no vilarejo, então, à sua maneira, cometeria atrocidades contra as mulheres de lá.

Devido ao calor intenso, não só as plantas, mas também as *khatas* e as estacas nas cercas atingiam a velhice rapidamente. Sacha tinha percebido isso no verão anterior. Pelas manhãs ele admirava o pôr do sol translúcido e pacífico e lembrava-se do pai e da primeira infância às margens do lago Mútevo. Ao sino da primeira missa, o sol se erguia e logo transformava toda a terra e o vilarejo em velhice, no ódio torrado e seco dos homens.

Prochka subia no telhado, franzia o rosto preocupado e se punha a vigiar o céu. Todas as manhãs, perguntava a mesma coisa ao pai — se lhe doía a região lombar, para saber se o tempo mudaria, e quando chegaria a lua nova.

Kondáiev gostava de andar pela rua ao meio-dia, deleitando-se com o frenesi dos insetos zunindo. Uma vez, ele reparou em Prochka, que tinha aparecido na rua sem vestir as calças, porque lhe pareceu que pingava do céu.

As isbás quase cantavam por causa do silêncio terrível do sol incandescente; a palha nos telhados escureceu e começou a exalar um cheiro ardido de esturro.

— Prochka! — chamou o corcunda. — Por que está pastoreando o céu? Hoje não está fazendo muito frio, não é verdade?

Prochka compreendeu que não tinha pingado do alto; tivera apenas uma impressão.

— Vá apalpar galinhas alheias, aleijado quebradiço! — ofendeu-se Prochka quando se desapontou com a falta de pingos. — O fim da vida chegou para alguns e ele está aí, contente. Vá apalpar o galo do pai!

Prochka caiu sobre Kondáiev de maneira inesperada e certeira: em resposta, este emitiu um grito agudo de dor e se agachou na terra, procurando uma pedra. Não havia pedra, então jogou nele um punhado de cinzas secas. Mas Prochka, que se antecipou, a essa altura já estava em casa. O corcunda correu para o pátio, remexendo a terra com as mãos. No caminho encontrou Sacha. Kondáiev bateu nele com os ossos dos dedos de sua mão magra com tamanha força que estes ecoaram na cabeça do menino. Ele caiu sentindo o couro cabeludo ferido sob os cabelos, que logo ficaram molhados de sangue limpo e fresco.

Sacha recobrou os sentidos, mas depois, meio adormecido, teve um sonho. Consciente de que fazia calor no pátio, que era um dia longo de fome e que tinha apanhado de um corcunda, Sacha viu seu pai no lago em meio a um nevoeiro úmido: o pai se escondeu no barco, no nevoeiro, e de lá jogou para a margem o anel de estanho da mulher. Sacha pegou o anel da relva molhada e com ele o corcunda lhe bateu ruidosamente na cabeça — sob o estrondo de um céu fendido, de repente, por entre as fendas, caiu uma chuva negra e imediatamente tudo se aquietou: tinidos de um sol branco cristalizavam atrás de uma montanha em prados que se afundavam. Nos prados estava o corcunda, urinando no pequeno sol, que já se extinguia. Enquanto sonhava, Sacha via a continuação do dia e escutava a conversa de Prochka com Prókhor Abramóvitch.

Kondáiev, aproveitando-se da desgraça dos camponeses e do fato de suas casas estarem desertas, perseguia uma galinha alheia pelos celeiros. Ele não conseguiu apanhá-la, pois ela debandou de medo para uma árvore da rua. Kondáiev quis sacudir a árvore, mas reparou num transeunte e foi para casa em silêncio, caminhando como se nada tivesse com o assunto. Prochka havia dito a verdade: Kondáiev gostava de apalpar galinhas e podia fazê-lo por muito tempo, até que elas, de medo e de dor, começassem a defecar na mão dele. De vez em quando acontecia de a galinha botar um ovo líquido prematuramente; se ao redor houvesse pouca gente, Kondáiev engolia o ovo prematuro da palma de sua mão e arrancava a cabeça da ave.

Nos anos de boa colheita, quando chegava o outono e o povo ainda tinha forças, os adultos, acompanhados pelas crianças, ocupavam-se em importunar o corcunda:

— Piotr Fiódorovitch, apalpe o nosso galo, por deus!

Kondáiev, que não tolerava insultos, perseguia os agressores até que pegasse um adolescente e lhe causasse um leve ferimento.

Sacha via novamente um dia velho. Fazia tempo que ele imaginava o calor na forma de um velho, enquanto a noite e o frescor na de menininhas e rapazes.

Na isbá havia uma janela aberta e, ao lado da estufa, Mavra Fetíssovna agitava-se em desespero. Com os partos frequentes, algo a incomodava por dentro.

— Sinto náuseas! Está difícil, Prókhor Abramóvitch!... Chame a parteira...

Sacha não se levantou da relva até o repicar do sino para a missa vespertina, até chegarem as sombras longas e tristes. As janelas da isbá estavam fechadas e encortinadas. A parteira levou uma tina para o quintal e despejou alguma coisa embaixo da cerca. Um cachorro correu para lá e comeu tudo, exceto o líquido. Prochka não aparecia havia muito tempo, embora estivesse em casa. As outras crianças corriam por quintais alheios. Sacha teve medo de se levantar e entrar na isbá em hora imprópria. As sombras das ervas se fundiram; um vento leve e baixo, que soprara o dia todo, parou; a parteira saiu com um lenço amarrado na cabeça, rezou na escadaria da entrada em direção ao oriente escuro, e partiu. Caiu uma noite tranquila. Num banco de terra ao redor da isbá, um grilo exercitou a voz e depois cantou por muito tempo, envolvendo com seu canto o quintal, a relva e a sebe distante em uma pátria pueril, o melhor lugar do mundo para se viver. Sacha olhava para as construções, as cercas e os varais dos trenós cobertos de junco, todos alterados pela escuridão e ainda mais familiares, e sentia pena deles, porque, embora fossem iguais a ele, silenciavam, não se moviam e um dia morreriam para sempre.

Sacha imaginava que, se partisse, o quintal ficaria mais entediado por viver sem ele no mesmo lugar, e ficou feliz de ser útil ali.

Um novo bebê começou a soluçar na isbá, abafando o canto ininterrupto do grilo com seu choro distinto da palavra humana. O grilo silenciou, provavelmente por escutar aqueles gritos assustadores. Prochka saiu carregando o saco com o qual Sacha tinha sido enviado para esmolar no outono e o gorro de Prókhor Abramóvitch.

—Sachka! — gritou Prochka no ar sufocante da noite. — Corra rápido para cá, parasita.

Sacha estava por perto.

— O que é que você quer?

— Aqui, segure — o pai lhe deu um gorro. — E aqui está o saco, ande e não tire o que arranjar, coma você mesmo, não traga para a gente...

Sacha pegou o gorro e o saco.

— E vocês continuarão vivendo sozinhos aqui? — perguntou Sacha, sem acreditar que ali tinham deixado de amá-lo.

— E por que não? Claro, sozinhos! — disse Prochka. — Se não nos tivesse nascido outro parasita, você poderia ficar aqui e viver de favor! Mas, agora, não precisamos de você para nada; você é um fardo, mamãe não o pariu, você nasceu por conta própria...

Sacha atravessou a cancela. Prochka ficou sozinho e saiu pelo portão — para lembrá-lo que não poderia voltar. O órfão ainda não tinha partido — olhava para uma pequena chama em um moinho de vento.

— Sachka! — ordenou Prochka. — Não venha mais para nossa casa. Colocaram pão para você no saco, deram um gorro — agora vá. Se quiser, durma no celeiro, pois já é noite. E não apareça nas janelas, o pai pode se arrepender...

Sacha saiu andando pela rua em direção ao cemitério. Prochka fechou o portão, lançou um olhar para a propriedade e pegou uma vara abandonada no chão.

— Nada de chuva! — falou Prochka, com a voz de um velho, e cuspiu pelo buraco que tinha entre os dentes. — Realmente nada: mesmo que você se deite aí e se debata contra a terra, que o diabo encharque!

Sacha desviou para o túmulo do pai e deitou-se numa gruta inacabada. Tinha medo de andar por entre as cruzes, mas adormeceu serenamente ao lado do pai, como antes fazia numa gruta cavada às margens do lago.

Mais tarde, dois mujiques foram ao cemitério e, sem fazer barulho, quebraram as cruzes para queimar lenha com elas. Mas Sacha, mergulhado no sono, nada escutou.

~

Zakhar Pávlovitch vivia sem precisar de ninguém: podia ficar horas a fio em frente à portinha da fornalha acesa da locomotiva. Isso para ele substituía o grande prazer obtido da amizade e das conversas entre pessoas. Observando a chama viva, o próprio Zakhar Pávlovitch vivia — a cabeça raciocinava, o coração sentia e todo o corpo, silencioso, se satisfazia. Zakhar Pávlovitch respeitava o carvão e o ferro perfilado, toda matéria-prima adormecida e semifabricada, embora na realidade amasse e sentisse somente o artefato acabado, aquilo que, transformado por meio de trabalho humano, passou a viver uma vida própria. No intervalo para o almoço, Zakhar Pávlovitch não tirava os olhos da locomotiva e suportava calado o amor que sentia por ela. Para sua morada ele trazia parafusos, válvulas antigas, pequenas gruas e outros artefatos mecânicos. Punha-os na mesa e, admirando-os por muito tempo, nunca se entediava com a solidão. Zakhar Pávlovitch não era de fato solitário — as máquinas eram para ele como pessoas e constantemente despertavam nele sentimentos, pensamentos e desejos. A roda dianteira da locomotiva, chamada bobina, fez com que Zakhar Pávlovitch se preocupasse com a infinitude do espaço. Saía à noite especialmente para olhar as estrelas — o mundo é vasto o bastante, haverá lugar para as rodas viverem e girarem eternamente? As estrelas rutilavam animadas, mas cada uma em sua solidão. Zakhar Pávlovitch pensava: "Com o que o céu se parece?" E se lembrou do nó ferroviário, aonde ele tinha sido enviado para pegar correias. Da plataforma da estação, via-se um mar de sinais solitários — agulhas, faróis, encruzilhadas, luzes de centralização e de cabines, o brilho dos refletores das locomotivas fugidias. O céu era o mesmo, porém mais longínquo e, de certa forma, mais propício ao trabalho tranquilo. Depois, Zakhar Pávlovitch começou a contar as verstas a olho nu até uma estrela azul vacilante: ele estendeu os braços como se fossem uma escala e mentalmente a aplicava para medir o espaço. A estrela brilhava a duzentas verstas de distância. Esse fato o inquietou, embora tivesse lido que o mundo era infinito. Ele gostaria que o mundo fosse realmente infinito, de modo que as rodas fossem sempre necessárias e continuamente produzidas para alegria geral, mas não conseguia sentir a infinitude.

— Quantas verstas não se sabe, porque parece tão longe! — disse Zakhar Pávlovitch. — Mas em algum lugar deve existir um beco sem saída, onde o último centímetro encontra seu fim. Se o infinito realmente existisse, ele se dissolveria sozinho no grande espaço e não haveria solidez... Mas como é o infinito? Tem que haver um beco sem saída!

O pensamento de que, no fim das contas, poderia não haver trabalho suficiente para a roda inquietou Zakhar Pávlovitch por dois dias, então ele resolveu prolongar o mundo, que é quando todos os caminhos chegam ao beco sem saída — porque é possível dilatar o infinito e deixá-lo mais comprido, assim como se faz a uma barra de ferro — e com essa ideia Zakhar se acalmou.

O maquinista-instrutor observava o trabalho amoroso de Zakhar Pávlovitch — as fornalhas tinham sido limpas até brilharem e sem danos ao metal —, mas ele nunca dirigia a este uma palavra elogiosa. O instrutor sabia perfeitamente que as máquinas viviam e se moviam mais por vontade própria do que pela inteligência e habilidade dos homens: ali os seres humanos não tinham serventia. Ao contrário, a bondade da natureza, da energia e do metal os corrompe. Qualquer lacaio pode acender o fogo na fornalha, mas a locomotiva se moverá sozinha e o lacaio não passará de um estorvo. E, se a técnica continuar a se desenvolver de maneira tão flexível, os êxitos duvidosos das pessoas decairão

— elas serão esmagadas por locomotivas eficientes e deixarão a máquina viver livre no mundo. No entanto, o instrutor xingava a Zakhar Pávlovitch menos do que aos outros — Zakhar Pávlovitch sempre batia o martelo com compaixão, e nunca com força bruta; encontrando-se na locomotiva, não cuspia em qualquer lugar nem arranhava de maneira impiedosa os corpos das máquinas com suas ferramentas.

— Senhor instrutor! — pronunciou-se uma vez Zakhar Pávlovitch, criando coragem graças ao amor pelo trabalho. — Permita-me perguntar: por que o homem é assim, nem mau, nem bom; mas as máquinas são todas igualmente admiráveis?

O instrutor escutava, ranzinza — tinha ciúme de estranhos com relação às locomotivas, considerando seu sentimento por elas como um privilégio pessoal.

— Diabo tosco — dizia consigo mesmo o instrutor —, agora ele também precisa de mecanismos: Oh, senhor, deus meu!

Na frente deles se postava uma locomotiva que estava sendo aquecida para servir de trem rápido noturno. O instrutor ficou olhando muito tempo para a locomotiva, cheio de uma compaixão habitual e alegre. A locomotiva mostrava-se magnânima, enorme e quente nas passagens harmônicas do seu corpo alto e majestoso. O instrutor compenetrou-se, sentindo o zunir de um êxtase incontrolável. Os portões do depósito de locomotivas estavam abertos para o espaço da noite de verão: um futuro trigueiro, a vida que poderia se repetir ao vento, as velocidades espontâneas dos trilhos, o desprendimento da noite, do risco e do rumor suave da máquina precisa.

O maquinista-instrutor cerrou o punho ao sentir a afluência de uma espécie de fortaleza da vida interior, semelhante à mocidade e ao pressentimento de um futuro retumbante. Ele se esqueceu da baixa qualificação de Zakhar Pávlovitch e respondeu-lhe como a um amigo, de igual para igual:

— Você pelo menos trabalhou e ficou mais inteligente! Mas os homens são uma calamidade!... Ficam em casa, preguiçosos, e não valem nada... Pegue o caso dos pássaros...

A locomotiva soprou e abafou as palavras da conversa. O instrutor e Zakhar Pávlovitch saíram para o ar sonoro da noite e caminharam por uma fileira de locomotivas já frias.

— Pegue o caso dos pássaros! São um encanto, mas depois deles não resta nada: porque não trabalham! Você já viu o trabalho dos pássaros? Não existe! Eles se viram para conseguir comida e morada, mas onde estão seus artefatos instrumentais? Qual é o ângulo do progresso de suas vidas? Não existe nem pode existir.

— E o homem, o que tem ele? — Zakhar Pávlovitch não entendia.

— O homem tem máquinas! Entendeu? O homem é o princípio de qualquer mecanismo, enquanto os pássaros são o fim em si mesmos...

Zakhar Pávlovitch pensava de maneira idêntica, mas se complicava na escolha das palavras indispensáveis, o que freava de modo inoportuno seus pensamentos. Tanto para o instrutor como para Zakhar Pávlovitch, a natureza intocada pelo homem, fosse um animal ou uma árvore, parecia morta e pouco atraente. O animal e a árvore não despertavam neles nenhuma compaixão por suas vidas, porque nenhum homem fez parte de sua elaboração, neles não havia o toque e a precisão de um mestre. Viviam independentes, sem atrair o olhar de Zakhar Pávlovitch. Já os artefatos, principalmente os de metal, para ele tinham uma existência viva e eram, por sua construção e força, mais interessantes e misteriosos do que o homem. Zakhar Pávlovitch deleitava-se imensamente com um pensamento que lhe era constante: por qual caminho a força sanguínea oculta do homem aparece de súbito em máquinas inquietantes, que são maiores do que os artesãos tanto em dimensões quanto em sua razão de ser?

E ocorria exatamente como falava o maquinista-instrutor: no trabalho, cada homem supera a si mesmo — produz artefatos melhores e mais duradouros do que o significado de sua própria vida. Além disso, Zakhar Pávlovitch observava nas locomotivas a força humana, cálida e emocionada, que no operário se dissipa sem dar resultado. Normalmente, um mecânico só fala bem quando bêbado, mas, em uma locomotiva, o homem sempre se sente grande e ameaçador.

Uma vez, Zakhar Pávlovitch passou um bom tempo sem conseguir encontrar o parafuso certo para consertar a rosca em uma porca desprendida. Ele andava pelo depósito de locomotivas e perguntava se alguém tinha um parafuso três oitavos para a rosca. Disseram a ele que não tinham tal parafuso, embora todos o tivessem. O caso é que os mecânicos estavam entediados no serviço e se divertiam dificultando afazeres dos outros. Zakhar Pávlovitch ainda não conhecia o divertimento ladino e oculto de uma oficina. Aquela achincalhação sorrateira permitia que os artesãos superassem o dia longo e a ansiedade do trabalho repetitivo. Graças ao divertimento dos seus vizinhos, Zakhar Pávlovitch fez muitas tarefas em vão. Ele ia atrás de trapos no depósito, enquanto os outros se amontoavam no escritório; fazia escadinhas e bidões de madeira para armazenar óleo que existia aos montes no depósito; até pensou, instigado por alguém, em trocar voluntariamente os fusíveis do controle da caldeira da locomotiva, mas foi advertido a tempo por um foguista, senão Zakhar Pávlovitch teria sido demitido sem discussão.

Não achando o parafuso certo, ele começou a adaptar um pino para o conserto da rosca fêmea, e decerto teria conseguido, já que nunca perdia a paciência, mas lhe disseram:

— Você aí, três oitavos para rosca, venha pegar o parafuso!

Desde então, Zakhar Pávlovitch ganhou o apelido de "Três oitavos para rosca", mas, quando havia uma demanda urgente de instrumentos, costumavam incomodá-lo menos.

Ninguém nunca soube que Zakhar Pávlovitch gostava mais do apelido "Três oitavos para rosca" que do próprio nome de batismo: o parafuso parecia parte importante de uma máquina e de certo modo o aproximava materialmente de seu país verdadeiro, onde polegadas de ferro vencem verstas de terra.

~

Quando Zakhar Pávlovitch era jovem, achava que se tornaria mais inteligente quando crescesse. Mas a vida passou sem dar explicações e sem pausas, num entusiasmo contínuo; ele nunca sentiu o tempo como algo sólido e tangível. O tempo para ele existia como uma espécie de enigma do mecanismo de um despertador. Quando conheceu o segredo do pêndulo, viu que o tempo não existe e que tudo não passa da força regular e tensa de uma mola. Mas há algo silente e triste na natureza — certas forças agem irrecuperavelmente. Zakhar Pávlovitch observava os rios — neles nem a velocidade, nem o nível da água oscilavam, e dessa imutabilidade surgia uma amarga melancolia. Evidentemente, ocorriam enchentes primaveris, caíam chuvas torrenciais abafadas e o vento tomava fôlego. Mas o que agia era, sobretudo, a vida silenciosa e indiferente — o fluxo dos rios, o crescimento da relva e as mudanças de estação. Zakhar Pávlovitch acreditava que essas forças regulares mantinham a terra inteira em torpor — com um movimento retrógrado, elas davam mostras de que nada havia mudado para melhor —, os vilarejos e as pessoas permaneceriam como eram. Para manter a força igualitária da natureza, a desgraça humana invariavelmente se repete. Quatro anos antes, houvera má colheita — os mujiques do vilarejo foram embora à procura de trabalho e as crianças se deitaram prematuramente em seus túmulos —; mas esse destino não tinha terminado para sempre, agora volta em favor da precisão da marcha da vida coletiva.

Não importava quanto tempo Zakhar Pávlovitch tivesse vivido, ele percebia, surpreso, que não se alterava nem se tornava mais inteligente, permanecia exatamente igual a quando tinha dez ou quinze anos. Apenas alguns de seus pressentimentos anteriores agora se tornaram pensamentos habituais, mas nada mudou para melhor por causa disso. Ele antes imaginava sua vida futura como um espaço azul e profundo que, de tão distante, era quase inexistente. Zakhar Pávlovitch antes pensava que quanto mais vivesse, mais esse espaço de vida não vivida diminuiria e, atrás, mais comprida ficaria a estrada morta e pisoteada. Só que ele se enganou: a vida crescia e se acumulava, mas o futuro à frente também crescia e se estendia, e de forma mais profunda e misteriosa do que em sua juventude, como se Zakhar Pávlovitch recuasse do fim da vida ou aumentasse suas esperanças e crenças nela.

Vendo o próprio rosto no vidro das lanternas das locomotivas, Zakhar Pávlovitch dizia a si mesmo: "É espantoso, eu morrerei em breve e tudo continuará igual".

Quando o outono chegou, os dias festivos se tornaram mais frequentes no calendário: chegou a haver três feriados em sequência. Zakhar Pávlovitch entediava-se — nesses dias ia para longe, pelos trilhos, a fim de observar os trens em velocidade máxima. No caminho, ele sentiu desejo de visitar o povoado perto das minas onde fora enterrada sua mãe. Ele se lembrava do lugar exato do enterro e da estranha cruz de ferro ao lado do túmulo anônimo e humilde da mãe. Naquela cruz, preservou-se uma inscrição secular, enferrujada e já quase desaparecida, sobre a morte de Ksiénia Fiódorovna Iróchnikova, em 1813, por doença de cólera, na idade de 18 anos e três meses. Ali ainda estava gravado: "Durma em paz, filha amada, até o dia em que as crianças se encontrarão com seus pais".

Zakhar Pávlovitch teve vontade de cavar a terra sobre o túmulo e olhar para sua mãe: para seus ossos, cabelos e para todos os últimos resquícios de sua pátria infantil. Ele não seria contra ter uma mãe viva, porque não sentia em si diferença marcante em relação à infância. E, então, naquela neblina azul dos primeiros anos de vida, ele gostava dos pregos na cerca, da fumaça das forjas da beira da estrada e das rodas de carroças, pelo fato de girarem.

Não importa para onde fosse o pequeno Zakhar Pávlovitch, sabia que tinha uma mãe que o esperaria eternamente, e ele não sentia medo de nada. A linha férrea era protegida por arbustos dos dois lados. De vez em quando, na sombra de um arbusto, sentavam-se pedintes para comer ou para trocar os calçados. Viam como as locomotivas imponentes levavam os vagões em alta velocidade. Mas nem ao menos um deles sabia por que as locomotivas se movem. Nem a mais simples reflexão — para que tipo de felicidade viviam? — passava pela cabeça daqueles miseráveis. E, entre os que davam esmolas a eles, nenhum sabia que tipo de fé, esperança e amor sustentavam os pés nas caminhadas por estradas arenosas. Às vezes, Zakhar Pávlovitch colocava dois copeques numa mão que se estendia para ele, pagando, sem consciência, pelo privilégio de possuir algo de que os mendigos eram privados: a compreensão das máquinas.

Um menino desgrenhado estava sentado num declive e separava as esmolas: o alimento mofado ele colocava de lado, o mais fresco num saco. Era magrelo, mas seu rosto era viçoso e parecia alarmado.

Zakhar Pávlovitch parou e fumou um pouco no ar fresco do início de outono precoce.

— Fazendo a triagem?

O menino não entendeu o termo técnico.

— Tio, dê um copeque — disse ele —, ou me deixe terminar o cigarro!

Zakhar Pávlovitch tirou uma moeda de cinco copeques.

— Você é, suponho, um vigarista e um menino travesso — disse ele sem maldade, eliminando a bondade da esmola com uma palavra grosseira, para que ele mesmo não sentisse vergonha.

— Não, não sou um vigarista, sou um pedinte — respondeu o menino, esmigalhando cascas no saco. — Eu tenho pai e mãe, mas eles se esconderam da fome.

— E para que você embalou um *pud* de provisões?

— Estou pensando em fazer uma visita em casa. E se, de repente, a mãe estiver de volta com os meninos, o que terão para comer?

— Mas você mesmo é de quem?

— Sou do meu pai, não sou completamente órfão. Os outros são vigaristas, mas a mim meu pai dava surras.

— E o seu pai, de quem é?

— O meu pai também nasceu da minha mãe — da barriga dela. Amassam a barriga e parasitas nascem como que do abismo. E você tem que partir e esmolar para eles!

O menino magoou-se pelo desapontamento com o pai. Um tempo atrás, tinha escondido uma moeda de cinco copeques para o tabaco na bolsa que levava pendurada no pescoço; nela ainda havia muitas moedas de cobre.

— Você está cansado, suponho? — perguntou Zakhar Pávlovitch.

— Bem, sim, estou cansado — concordou o menino. — Por acaso vocês, diabos, acham que conseguimos esmolas rápido? Você precisa pedir tanto que dá até fome! Você deu uma moeda de cinco copeques, mas na certa teve pena de dá-la. Eu mesmo não daria por nada neste mundo!

O menino pegou uma fatia mofada da pilha de pães estragados; pelo visto, ele levava o melhor para seus pais no vilarejo, enquanto ele mesmo comia o pior. Zakhar Pávlovitch gostou disso no mesmo instante.

— Seu pai o ama, suponho?

— Ele não ama nada: é um dorminhoco. Eu amo mais a minha mãe, o sangue jorra de suas entranhas. Uma vez, quando ela estava doente, eu lavei a camisa dela.

— E quem é seu pai?

— Tio Procha. Eu não sou daqui...

Na memória de Zakhar Pávlovitch surgiu de repente o girassol que tinha crescido na chaminé da *khata* abandonada e bosquetes de ervas daninhas na rua do vilarejo.

— Mas então você é Prochka Dvánov, seu filho da mãe!

O menino deixou cair da boca o pão mofado mal mastigado, mas não o jogou fora, colocou-o em cima do saco para comê-lo depois.

— E você não seria o tio Zakhar?

— Ele mesmo!

Zakhar Pávlovitch sentou-se. Sentia agora o tempo como o peregrinar de Prochka por cidades alheias ao se apartar da mãe. Percebeu que o tempo é o movimento da desgraça e, embora não se preste a aperfeiçoamentos, é tão palpável quanto qualquer objeto.

Um rapaz parecendo um noviço que tinha sido expulso do mosteiro, em vez de passar reto pelos interlocutores, parou, sentou-se ao lado deles e ficou a observá-los. Tinha os lábios vermelhos, o que conservava nele a beleza túrgida da infância, e os olhos dóceis e sem traços de inteligência — pessoas simples, habituadas a ludibriar a permanente desgraça, não têm rostos assim.

O passante — em particular os seus lábios — incomodou Prochka.

— Por que salientou os lábios? Quer beijar minha mão?

O noviço se levantou e saiu na direção de Prochka, mesmo sem saber para onde ela o levaria.

Prochka logo percebeu isso e, depois que o noviço passou, disse:

— Saiu andando sem saber para onde está indo. Vire-o e ele dará meia-volta: que diabo de parasita!

Zakhar Pávlovitch ficou um pouco confuso com a inteligência precoce de Prochka — ele tinha demorado a se habituar às pessoas e por muito tempo achou que todas eram mais inteligentes do que ele.

— Prochka, que fim levou aquele menininho, o órfão do pescador? — perguntou Zakhar Pávlovitch. — Sua mãe o pegou.

— Sacha, não é? — deduziu Prochka. — Ele foi o primeiro a fugir do vilarejo! Um satanoide da pior espécie — não deixava ninguém em paz! Roubou o último pedaço de pão e sumiu durante a noite. Eu corri e corri atrás dele, mas depois pensei: deixe-o para lá. E voltei para casa...

Zakhar Pávlovitch acreditou e ficou pensativo.

— E onde está seu pai?

— Foi trabalhar fora do vilarejo. E me mandou que sustentasse toda a família. Fui mendigar pão e voltei para casa, mas lá já não encontrei nem mãe nem crianças. E, em vez de gente, nas *khatas*, só havia urtigas...

Zakhar Pávlovitch deu uma moedinha de cinquenta copeques para Prochka e pediu que o menino fosse vê-lo novamente quando voltasse à cidade.

— Você pode me dar o quepe! — disse Prochka. — Você não vai lamentar a falta dele, enquanto eu posso molhar a cabeça e me resfriar.

Zakhar Pávlovitch deu o quepe, retirando dele o distintivo de ferroviário, que para ele era mais precioso do que o próprio ornato de cabeça.

Um trem de longas distâncias passou, e Prochka se levantou para partir sem demora, antes que Zakhar Pávlovitch pegasse o dinheiro e o quepe de volta. O chapéu serviu perfeitamente na cabeça desgrenhada do menino. Mas ele só o experimentou, depois o tirou e o guardou no saco junto com o pão.

— Bem, que deus o acompanhe! — disse Zakhar Pávlovitch.

— Para você é fácil dizer — nunca lhe falta pão — repreendeu-o Prochka —, já nós nem isso temos.

Zakhar Pávlovitch não sabia o que acrescentar: não tinha mais dinheiro.

— Faz pouco tempo, encontrei Sacha na cidade — disse Procha. — Aquela múmia logo vai esticar a canela: ele não se atreve a pedir esmola, não arranja nada. Eu dei um tanto de comida para ele e eu mesmo fiquei sem. Suponho que foi você quem o deixou para mamãe — agora dê dinheiro por Sacha! — concluiu Prochka com uma voz séria.

— Traga Sacha algum dia para mim — respondeu Zakhar Pávlovitch.

— E o que me dará em troca? — perguntou Prochka de antemão.

— Quando eu tiver um ordenado, darei um rublozinho.

— Tudo bem — disse Prochka —, vou trazê-lo. Mas não o acostume mal, senão ele o levará no cabresto.

Prochka se afastou, mas não foi em direção à estrada que levava ao seu vilarejo. Provavelmente, tinha cálculos e planos cautelosos para aumentar os ganhos de pão.

Zakhar Pávlovitch seguiu-o com o olhar e, por alguma razão, duvidou da ideia de que as máquinas e os artefatos fossem mais preciosos do que as pessoas. À medida que Prochka se afastava, seu corpo miúdo, cercado pela natureza grandiosa que se estendia em volta, se tornava mais triste. Prochka ia a pé pela ferrovia — outros se deslocavam nos trens, mas isso não era para ele e em nada o ajudava. Ele olhava para as pontes, os trilhos e as locomotivas tão indiferente como para as árvores de beira de estrada, os ventos e as regiões arenosas. Qualquer elemento artificial para Prochka não passava de uma visão da natureza em terreno alheio. Somente graças à sua razão viva e reflexiva é que conseguia sobreviver em permanente tensão. É pouco provável que ele tivesse consciência plena de sua razão: isso era perceptível quando ele falava de forma inesperada, quase inconsciente, surpreendendo-se com as próprias palavras cujo juízo ia além de sua meninice.

Prochka desapareceu numa curva da linha férrea: sozinho, pequeno e indefeso. Zakhar Pávlovitch queria trazê-lo de volta para sempre, mas ele estava muito longe para ser alcançado.

De manhã, Zakhar Pávlovitch, fora do seu costume, não sentiu vontade de ir ao trabalho. À noite, ele ficou triste e logo foi se deitar. Os parafusos, gruas e velhos manômetros, sempre guardados na mesa, não conseguiram dissipar seu tédio — ele olhava para eles, mas não se sentia na companhia deles. Algo corroía-lhe por dentro, como se o coração rangesse e se revolvesse num insólito movimento. Ele de forma alguma conseguia esquecer o corpinho magro de Prochka arrastando-se pela linha férrea até as lonjuras que pareciam desabar, estorvadas pela natureza grandiosa. Zakhar Pávlovitch pensava sem as ideias claras e a complexidade das palavras — apenas aquecia seus sentimentos impressionáveis, o que era suficiente para atormentá-lo. Ele via a amargura de Prochka, que ignorava a situação na qual se encontrava; via a ferrovia, que funcionava separadamente de Prochka e de sua vida engenhosa, e não conseguia entender a razão de tudo isso. Apenas lamentava, sem dar nome à sua dor.

No dia seguinte — o terceiro depois do encontro com Prochka — Zakhar Pávlovitch não foi até o depósito de máquinas. Ele pegou a sua ficha no posto de controle e logo a pendurou de volta. Passou o dia num barranco, sob o sol e as teias de aranha do verão de São Martinho. Ouvia os apitos das locomotivas e o barulho de suas velocidades, mas, por não sentir mais respeito por elas, não saía para observá-las.

O pescador tinha se afogado no lago Mútevo, o ermitão tinha morrido na floresta, o mato havia coberto o vilarejo vazio, mas o relógio do guardião da igreja seguia funcionando e os trens ainda cumpriam os horários — agora Zakhar Pávlovitch sentia tédio e vergonha da precisão dos relógios e locomotivas.

"Que faria Prochka com a minha idade e juízo? — pensava, considerando sua posição. — Ele teria cometido alguma transgressão, aquele filho da puta! Mas Sacha pediria esmolas até mesmo no reino de Prochka."

Um vento fresco havia dispersado o nevoeiro quente, no qual Zakhar Pávlovitch vivia tranquilo e seguro, e diante dele abria-se a vida solitária e indefesa das pessoas que viviam desnudas, sem se enganar pela crença na ajuda das máquinas.

Aos poucos o maquinista-instrutor parou de apreciar Zakhar Pávlovitch: "Cheguei a crer — dizia ele — que você seria o sucessor dos velhos mestres, mas não passa de um trabalhador braçal, uma escória saída das partes baixas de uma mulher!"

De fato, devido à confusão na sua alma, Zakhar Pávlovitch realmente estava perdendo a sua zelosa maestria. Sem outro estímulo fora o pagamento em dinheiro, parecia-lhe difícil até mesmo bater de maneira precisa na cabeça de um prego. O maquinista-instrutor sabia disso melhor do que ninguém. Estava convencido de que quando o operário parava de sentir atração pelas máquinas, quando o trabalho deixava de ser um desinteressado e inconsciente estado natural para se converter apenas em mera necessidade financeira, então chegaria o fim do mundo, ou, talvez, algo pior do que isso — após a morte do último mestre, renasceriam os piores canalhas para devorar as plantas do sol e estragar os artefatos dos mestres.

~

O filho do curioso pescador era dócil ao ponto de achar que tudo na vida acontecia de verdade. Quando lhe negavam esmola, acreditava que não eram mais ricos do que ele. Escapou da morte porque a mulher de um jovem serralheiro adoeceu e este não tinha com quem deixá-la quando saía para trabalhar. Ela tinha medo e ficava muito entediada de ficar sozinha no quarto. O serralheiro gostou de certo encanto que possuía o menino escurecido pelo cansaço, mendigando sem se preocupar com as esmolas que recebia. Ele o colocou para cuidar de sua mulher doente, que continuava sendo a mais amada de todas.

Sacha passava os dias sentado em um tamborete aos pés da enferma, que lhe parecia tão bonita quanto sua mãe nas lembranças paternas. Por isso, ele vivia e ajudava a doente com a devoção de uma infância tardia, que nunca antes a ninguém fora necessária. A mulher se encantou com ele e, como nunca se habituara a ser senhora, chamava-o de Aleksandr. No entanto, ela logo se recuperou e seu marido disse a Sacha: "Pegue estes vinte copeques, menino, e vá para algum lugar".

Sacha pegou o dinheiro inesperado, saiu para o quintal e se pôs a chorar. Ao lado do banheiro, Prochka estava sentado em cima de um monte de lixo, cavando com as mãos embaixo de si. Ele agora recolhia ossos, trapos e latas; fumava e tinha o rosto envelhecido pela poeira das cinzas do lixo.

— Chorando outra vez, ranhento dos diabos? — perguntou Prochka, sem interromper sua atividade. — Venha cavar enquanto eu vou correndo tomar um chá: hoje comi coisas salgadas.

Mas Prochka não foi para a taberna, em vez disso foi ver Zakhar Pávlovitch. Este estava lendo um livro e, como era pouco instruído, o fazia em voz alta: "O conde Victor colocou a mão em seu coração fiel e corajoso e disse: Eu te amo, minha querida..."

A princípio, pensando que se tratava de um conto de fadas, Prochka escutou, mas logo se decepcionou e disse:

— Zakhar Pávlovitch, me dê um rublo que lhe trago o órfão Sacha agora mesmo!

— Ah?! — assustou-se Zakhar Pávlovitch. Ele virou seu rosto triste e envelhecido, o qual sua mulher continuaria amando se ainda estivesse viva.

Prochka repetiu o valor que estabelecera por Sacha e Zakhar Pávlovitch deu-lhe o rublo, porque neste momento estava contente até com Sacha. O carpinteiro tinha abandonado a casa ao ir trabalhar na fábrica de impregnação de dormentes, e Zakhar

Pávlovitch ficou com o espaço vazio de dois quartos. Era divertido morar com os filhos do carpinteiro nos últimos tempos, embora criassem alguns problemas; eles haviam crescido tanto que já não achavam maneira de extravasar sua força, chegaram a incendiar a casa intencionalmente algumas vezes, apesar de sempre terem apagado o fogo, sem deixá-la queimar por completo. O pai ficava furioso, mas eles respondiam: "Por que cargas d'água tem medo do fogo, vovô? O que arde não apodrece — Deveríamos queimá-lo, velho, assim você não apodrecerá e nunca federá no túmulo!"

Antes de partir, os filhos destruíram o banheiro da casa e cortaram o rabo do cachorro que vivia no quintal.

Prochka não foi logo buscar Sacha: primeiro, comprou um maço de *papiróssa*[12] Zemliátchok e conversou com as mulheres da venda como se fosse um cliente frequente. Depois, voltou para o monte de lixo.

— Sachka — disse ele —, vou levar você para que não me importune mais.

~

Nos anos seguintes, Zakhar Pávlovitch entrou numa decadência progressiva. Para não morrer sozinho, arranjou uma triste companheira: sua esposa Dária Stepánovna. Era mais fácil para ele nunca sentir a si próprio por inteiro: no depósito, o trabalho atrapalhava, e, em casa, a mulher o azucrinava. Esse pandemônio de dois turnos era, na realidade, uma desgraça para Zakhar Pávlovitch. Mas, se ele deixasse de existir, Zakhar Pávlovitch sairia para esmolar. Máquinas e artefatos deixaram de interessá-lo tanto: em primeiro lugar, por mais que ele trabalhasse, as pessoas continuavam tristes e miseráveis; em segundo lugar, o

---

12. Cigarro com boquilha de cartão. (N. da T.)

mundo anuviava-se em algum devaneio indiferente — era provável que Zakhar Pávlovitch estivesse muito cansado e de fato pressentisse sua silenciosa morte. Isso ocorre com muitos artesãos na velhice: as matérias sólidas com as quais lidam por décadas secretamente ensinam-lhes sobre a imutabilidade do destino fatal de todos. As locomotivas a vapor paravam de funcionar diante dos seus olhos, apodreciam durante anos sob o sol até virarem sucata. Aos domingos, Zakhar Pávlovitch ia ao rio pescar e concluir seus últimos pensamentos.

Seu consolo em casa era Sacha. Mas o descontentamento contínuo de sua esposa o atrapalhava a se dedicar até mesmo a isso. Talvez fosse melhor assim: se Zakhar Pávlovitch pudesse se concentrar inteiramente nas coisas que o cativavam, ele provavelmente acabaria chorando.

Anos inteiros se passaram nesta vida dispersa. Às vezes, quando observava Sacha lendo, perguntava do seu leito:

— Sacha, nada o perturba?

— Não — respondia Sacha, acostumado à maneira de ser do pai adotivo.

— O que você acha? — Zakhar Pávlovitch continuou com suas dúvidas. — A vida é absolutamente necessária para todos ou não?

— Para todos — respondeu Sacha, compreendendo em parte o anseio do pai.

— E você não leu em nenhuma parte para quê?

Sacha largou o livro.

— Eu li que com o passar dos anos se viverá melhor.

— Certo! — falava Zakhar Pávlovitch com confiança. —Está escrito assim?

— Está escrito assim.

Zakhar Pávlovitch suspirou:

— Tudo é possível. O saber não é dado a todos.

Fazia um ano que Sacha trabalhava como aprendiz de serralheiro no depósito de locomotivas. Sentia-se atraído pelas máquinas e pela maestria do ofício, mas não da mesma maneira que Zakhar Pávlovitch. A sua atração não era uma curiosidade que desaparecia com a descoberta do segredo da máquina. Sacha se interessava pelas máquinas assim como pelas coisas vivas. Mais do que conhecê-los, ele queria senti-los, viver a vida deles. Por isso, ao voltar do trabalho, Sacha se imaginava uma locomotiva e reproduzia todos os sonidos que ela emitia quando em movimento. Enquanto adormecia, pensava que as galinhas do vilarejo estavam dormindo há muito tempo e a consciência de comunhão com as galinhas e as locomotivas lhe confortava. Sacha não podia fazer nada isoladamente: primeiro, procurava algo que se assemelhasse ao que ia fazer, e só então agia, mas não por necessidade própria, senão pela compaixão por alguém ou por alguma coisa.

— Eu sou igual a ela — costumava dizer para si mesmo. Olhando para a velha cerca, ele pensava com ternura: "Ela está aqui de pé!" — e também se punha de pé em algum lugar, sem nenhuma necessidade. Quando, no outono, as venezianas rangiam melancolicamente e Sacha se entediava de ficar em casa à noite, ele as ouvia e percebia que também estavam chateadas! — e o tédio passava.

Quando Sacha estava farto de ir ao trabalho, se acalmava com o vento, que soprava dia e noite sem descanso.

— Eu sou igual a ele — dizia, contemplando o vento —, mas ao menos trabalho somente durante o dia, enquanto ele trabalha também à noite — para ele as coisas são ainda piores.

Os trens começaram a circular com muita frequência — tinha eclodido a guerra. Os artesãos sentiam-se indiferentes a ela — não haviam sido mobilizados, e, para eles, a guerra era tão alheia como as locomotivas que consertavam e abasteciam, mas que transportavam pessoas desconhecidas e ociosas.

Sacha sentia monotonamente o movimento do sol, o transcurso das estações do ano e o circular dos trens por dias inteiros. Ele já estava esquecendo o pai pescador, o vilarejo e Prochka, caminhando com os anos rumo ao encontro de acontecimentos e coisas que ainda sentiria plenamente, deixando-as atravessar seu corpo. Não tinha consciência de si como um objeto sólido e independente — com os seus sentimentos sempre imaginava algo, e isto suplantava nele a noção de si próprio. Sua vida decorria pertinaz e profunda, como se seguisse na estreiteza cálida do sono materno. Ele era governado pelas aparências exteriores, assim como os países novos governam o viajante. Apesar de já ter completado dezesseis anos, não tinha objetivos próprios; por outro lado, sem a menor resistência interior, sentia compaixão de qualquer manifestação de vida: tanto da fragilidade do capim ressequido no quintal quanto do eventual transeunte noturno, que tossia para que o ouvissem e se apiedassem de seu desamparo. Sacha o ouvia e se compadecia, repleto daquela emoção obscura e inspirada que possuem os adultos no seu amor verdadeiro por uma única mulher. Ele olhava pela janela para ver o transeunte e imaginava como poderia ser a vida dele. O transeunte desaparecia nas profundezas da escuridão, fazendo farfalhar sob seus passos as pedrinhas do passeio, ainda mais anônimas do que ele. Ao longe, os cachorros latiam de maneira terrível e estrondosa, enquanto as estrelas cansadas ocasionalmente caíam do céu. Talvez, na profundeza da noite, andarilhos caminhassem sem rumo pelos campos frescos e planos, e neles, assim como em Sacha, o silêncio e as estrelas cadentes iam se transformando numa disposição de ânimo.

Zakhar Pávlovitch não atrapalhava Sacha em nada — ele o amava com toda a devoção da velhice e a emoção das esperanças inconscientes e vagas. Como não distinguia as letras sob a luz da lâmpada, com frequência pedia a Sacha que lesse o que os jornais diziam sobre a guerra.

Sacha lia sobre as batalhas, os incêndios das cidades e a terrível perda de metal, pessoas e propriedades. Zakhar Pávlovitch escutava em silêncio e por fim dizia:

— Sigo vivendo e pensando: será o homem tão perigoso ao próprio homem, que seja impreterível que um poder esteja entre eles? Pois a guerra decorre do poder... Ando por aí e concluo que a guerra foi inventada de propósito pelo poder: o homem simples não seria capaz...

Sacha perguntava como então deveriam ser as coisas.

— Bem — respondia-lhe Zakhar Pávlovitch, excitando-se —, de alguma outra maneira. Se me enviassem para falar com os alemães quando a briga tivesse apenas começado, eu logo me entenderia com eles e, assim, sairia mais barato do que a guerra. Mas, em vez disso, mandaram os mais inteligentes!

Zakhar Pávlovitch não conseguia imaginar um homem com o qual não fosse possível conversar de forma cordial. Mas é pouco provável que, lá em cima, o tsar e seus funcionários fossem tontos. Isto significa que a guerra não é algo sério, porém algo deliberado. E, aqui, Zakhar Pávlovitch se via num beco sem saída: seria possível falar francamente com alguém que mata de propósito as pessoas ou seria primeiro necessário tomar-lhe a arma perigosa, as riquezas e a dignidade?

Sacha viu um homem morto pela primeira vez no depósito em que trabalhava. Foi durante a última hora de trabalho — logo antes da sirene tocar. Ele estava preenchendo os cilindros com bucim quando dois maquinistas entraram carregando nas mãos o pálido instrutor, de cuja cabeça escorria um sangue espesso que pingava na terra de mazute. Eles levaram-no para o escritório e de lá começaram a telefonar para a sala de registros. Sacha surpreendeu-se que o sangue fosse tão vermelho e jovem, sendo o maquinista-instrutor já tão grisalho e velho: como se por dentro ainda fosse um bebê.

— Diabos! — disse claramente o instrutor. — Passem petróleo na minha cabeça para ao menos estancar o sangue!

Um foguista trouxe rapidamente um balde com petróleo, mergulhou alguns trapos nele e, em seguida, untou a cabeça oleosa de sangue do instrutor, que ficou preta e da qual saíam vapores visíveis para todos.

— Isso mesmo, isso mesmo! — incentivou o instrutor. — Já me sinto melhor. Vocês pensavam que eu ia morrer? Alegraram-se cedo demais, canalhas...

O instrutor enfraqueceu aos poucos e desfaleceu. Sacha examinou os buracos em sua cabeça e os cabelos desgrenhados já mortos, que ali tinham se embolado profundamente. Ninguém se lembrava de seus ressentimentos para com o instrutor, mesmo que para este, inclusive naquele momento, um parafuso continuasse sendo mais querido e cômodo do que qualquer pessoa.

Zakhar Pávlovitch, que também estava presente, mantinha os olhos abertos à força, para que as lágrimas não escorressem em público. Ele via novamente que, por mais bravo, inteligente e corajoso que fosse, o homem continuava sendo triste e digno de compaixão e morria quando suas forças se debilitavam.

O instrutor abriu os olhos de repente e fitou de modo penetrante os rostos dos subordinados e camaradas. Uma vida diáfana ainda brilhava no seu olhar, mas ele já estava languescendo num esforço turvo e, debaixo das sobrancelhas, suas pálpebras embranquecidas reviravam-se nas órbitas.

— Por que estão chorando? — perguntou o instrutor com o que restava da sua costumeira irritação. Ninguém chorava — somente dos olhos arregalados de Zakhar Pávlovitch escorria pela face uma umidade suja e espontânea. — Por que estão aqui prostrados e chorando se a sirene ainda nem tocou?!

O maquinista-instrutor cerrou os olhos e assim os manteve numa tênue escuridão; ele não percebia morte alguma — o calor de sempre do seu corpo seguia acompanhando-o, porém, se ele nunca antes o percebera, agora parecia estar nadando nos sucos ardentes e desnudos de suas entranhas. Tudo isto já tinha acontecido em outra ocasião, mas fazia muito tempo e ele não conseguia se lembrar de onde isso sucedera. Quando o instrutor reabriu os olhos, enxergou as pessoas como se estivessem em águas agitadas. Uma delas estava inclinada sobre ele, como se não tivesse pernas, e cobria o seu rosto humilhado com uma mão suja, estragada pelo trabalho.

O instrutor zangou-se com ele e, como a água acima dele já se turvava, apressou-se em dizer:

— Enquanto você chora, o canalha do Gueraska terá queimado a caldeira de novo... Por que está chorando? Prepare a construção do novo homem...

O instrutor recordou-se do lugar onde tinha visto aquela escuridão silenciosa e ardente — fora simplesmente na estreiteza do ventre materno, e ele de novo tentava se enfiar entre os ossos afastados da mãe, sem conseguir deslizar, devido à sua estatura envelhecida demasiado grande...

— Prepare a construção do novo homem... Você, canalha, não consegue fazer uma porca, mas pretende fazer um homem num instante...

Naquele momento, o instrutor aspirou o ar e começou a sugar algo com os lábios. Era evidente que estava sufocando num lugar estreito, dava empurrões com os ombros e tentava se acomodar ali para sempre.

— Podem me enfiar mais fundo no tubo — sussurrou com os lábios infantis bem inchados. — Ivan Serguéitch, chame o "Três oitavos para rosca" — que ele, meu caro, me aperte a contraporca...

Trouxeram a maca já muito tarde. Não tinha sentido levar o maquinista-instrutor para a sala de registros.

— Levem-no para casa — disseram os artesãos para o médico.

— De jeito nenhum — respondeu o médico —, precisamos dele para o protocolo.

No protocolo, escreveram que o maquinista-instrutor chefe sofreu ferimentos fatais quando rebocava uma locomotiva apagada, acoplada a um cabo de aço quente de cinco braças. Ao passar pelo entroncamento de agulhas, o cabo roçou um poste de iluminação ferroviária, que caiu e atingiu com sua base a cabeça do instrutor enquanto este observava a máquina rebocada do tênder de tração. O acidente ocorreu por descuido do próprio maquinista-instrutor e por não respeito às normas do serviço de circulação e exploração.

Zakhar Pávlovitch pegou Sacha pela mão e foi do depósito para casa. Durante o jantar, a mulher disse que estavam vendendo pouco pão e que não havia carne bovina em lugar algum.

— Então morreremos, e qual é o problema? — respondeu Zakhar Pávlovitch com indiferença. Toda a vida cotidiana perdera o sentido para ele.

Para Sacha — em sua tenra idade —, cada dia conservava um encanto indizível e irrepetível; a imagem do maquinista-instrutor desapareceu nas profundezas submarinas de suas memórias. Mas Zakhar Pávlovitch já não tinha mais essa capacidade cicatrizante da força da vida: era velho, e essa idade é tão terna e vulnerável à morte quanto a infância.

Nos anos seguintes, nada mais comoveu Zakhar Pávlovitch. Somente à noite, ao observar Sacha lendo, sentia compaixão por ele. Gostaria de dizer-lhe: "Não perca tempo com os livros, se neles existisse algo sério, as pessoas há tempos já teriam abraçado umas as outras". Mas Zakhar Pávlovitch não dizia nada; embora algo simples como uma alegria se agitasse nele, a razão o impedia de se manifestar. Ele ansiava por alguma vida abstrata e tranquila às margens de límpidos lagos, onde a amizade anularia todas as palavras e toda sabedoria contida no sentido da vida.

Zakhar Pávlovitch se perdia em suposições; durante toda a vida ele se distraíra com interesses fortuitos, como máquinas e artefatos, e só agora se dava conta de que sua mãe devia ter sussurrado algo em seu ouvido enquanto o amamentava, algo tão vital e necessário quanto seu leite, cujo sabor havia agora esquecido para sempre. Mas sua mãe nada sussurrara, e sozinho lhe era impossível entender o mundo em sua totalidade. Assim, Zakhar Pávlovitch passou a viver de modo pacífico, sem esperanças em melhoras universais substanciais: por mais máquinas que fabricassem, nem Prochka, nem Sachka, nem ele mesmo viajariam nelas. As locomotivas trabalhavam para os desconhecidos ou para os soldados, ainda que estes tivessem sido levados à força. As máquinas tampouco tinham vontade própria, eram criaturas igualmente submissas. Agora, Zakhar Pávlovitch sentia por elas mais compaixão do que amor, e até disse, sozinho no depósito, para uma locomotiva:

— Você vai indo? Então vá! Veja só como os timões ficaram desgastados. Provavelmente devido ao peso dos canalhas passageiros.

Ainda que a locomotiva permanecesse em silêncio, Zakhar Pávlovitch a ouvia.

"As grades do forno entumecem — o carvão é ruim — dizia a locomotiva com tristeza. — Fica difícil vencer as subidas. Muitas mulheres vão ao front ver os seus maridos e levam, cada uma, três *puds* de pãezinhos doces. E, como se não bastasse, engatam ainda dois vagões-correio ao invés de um — as pessoas agora vivem separadas e escrevem muitas cartas."

— A-ha — respondia Zakhar Pávlovitch, pensativo, sem saber como ajudar a locomotiva, quando as pessoas a sobrecarregavam com o peso de sua separação. — Não se esforce muito, puxe como puder.

"Impossível — respondeu a locomotiva com a brandura das forças inteligentes. — Da altura do aterro, consigo ver muitos vilarejos: as pessoas lá choram esperando por cartas e parentes feridos. Olhe o meu bucim, apertaram-no muito; o pino do êmbolo se aquecerá durante a marcha."

Zakhar Pávlovitch foi e afrouxou os parafusos do bucim.

— Realmente apertaram muito, canalhas. Como é possível?

— O que está remexendo aí? — perguntou o mecânico de plantão, saindo do escritório. — Alguém pediu para você mexer em alguma coisa? Diga — sim ou não?

— Não — respondeu Zakhar Pávlovitch mansamente. — Pareceu-me que tinham apertado demais...

O mecânico não ficou zangado.

— Pois se lhe pareceu, então não mexa. Tanto faz apertar ou não — de qualquer maneira o vapor se libera durante a marcha.

Depois, a locomotiva resmungou baixinho para Zakhar Pávlovitch:

"A questão não é apertar ou não, a haste central está desgastada, por isso os bucins deixam passar o vapor. Ou acha que eu faria isso de propósito?"

— Sim, eu vi — suspirou Zakhar Pávlovitch. — Mas eu sou somente um limpador — você própria sabe que não acreditam em mim.

"Sim, claro!" — disse-lhe a locomotiva com uma voz espessa, manifestando sua simpatia para em seguida mergulhar na escuridão de suas forças resfriadas.

— Sim, claro! — concordou Zakhar Pávlovitch.

Quando Sacha ingressou na escola noturna, Zakhar Pávlovitch se alegrou muito por dentro. Tinha passado a vida toda com as próprias forças, sem qualquer ajuda, ninguém tinha lhe ensinado nada — aprendera tudo por instinto. Os livros, no entanto, falavam com Sacha através da inteligência dos outros.

— Enquanto me torturava, para ele basta ler! — Zakhar Pávlovitch falava com inveja.

Depois de ler um pouco, Sacha começou a escrever. A mulher de Zakhar Pávlovitch não conseguia dormir com a lâmpada acesa.

— Ele escreve o tempo todo — dizia ela. — Para que ele escreve tanto?

— Durma — aconselhava Zakhar Pávlovitch. — Feche os olhos com a pele e durma!

A mulher fechou os olhos, mas, mesmo através das pálpebras, via o querosene queimado em vão. Ela não se equivocava — realmente a lâmpada ficava acesa em vão durante a juventude de Aleksandr Dvánov, iluminando as páginas dos livros que lhe abalavam a alma, mas que, posteriormente, de maneira alguma o influenciariam. Por mais que lesse e pensasse, dentro dele havia sempre um vazio — um espaço vazio pelo qual, tal como o vento inquieto, passava um mundo indescritível e inenarrável. Aos dezessete anos, Dvánov ainda não tinha o coração envolto numa couraça — não tinha crença em deus nem dispunha de qualquer outro tipo de tranquilidade mental; não dava nomes estranhos à vida anônima que se descortinava diante dele. Entretanto, ele não queria que o mundo permanecesse irrevelado, só esperava ouvir o seu próprio nome, ao invés de apelações inventadas de propósito.

Certa noite, ele estava sentado em sua angústia costumeira. Seu coração não cerrado pela fé se atormentava e ansiava por um consolo. Dvánov abaixou a cabeça e imaginou que havia um vazio dentro do seu corpo, onde, diariamente, a vida entra e sai de maneira perene, sem se deter ou se fortificar, regular como um trovejar distante, no qual é impossível compreender as palavras da canção.

Sacha sentiu um frio dentro de si, como se atrás dele, na vasta escuridão, soprasse um vento verdadeiro, enquanto na frente, no ponto onde nascia o vento, houvesse algo transparente, leve e imenso — montanhas de ar vivo que necessitavam se converter em respiração própria e palpitar do coração. Tal pressentimento fez com que seu peito estufasse e que se abrisse ainda mais o vazio dentro do corpo, disposto a conquistar a vida futura.

— Esse sou eu! — disse Aleksandr em voz alta.

— Quem é você? — perguntou Zakhar Pávlovitch, que ainda estava acordado.

Sacha calou-se imediatamente, tomado por uma súbita vergonha que retirou toda a alegria de sua descoberta. Ele achava que estava só, mas Zakhar Pávlovitch o escutou.

Zakhar Pávlovitch notou isso e suprimiu sua pergunta, respondendo a si mesmo com indiferença:

— Você é apenas um leitor, e nada mais... Melhor ir dormir, já está tarde...

Zakhar Pávlovitch bocejou e disse calmamente:

— Não se torture, Sacha. Você já é tão frágil...

"Acabará afogando-se também por curiosidade — Zakhar Pávlovitch sussurrou para si debaixo do cobertor. — E eu morrerei asfixiado pela almofada. É a mesma coisa."

A noite seguia silenciosa — do saguão ouviam-se os engatadores tossindo na estação. Fevereiro chegava ao fim, as bordas dos barrancos já desnudavam a relva do ano passado, e Sacha a contemplava como se fosse a criação do mundo. Ele simpatizava com a relva morta que ressurgia e a examinava com uma atenção cuidadosa, a qual nunca tivera em relação a si próprio.

Era capaz de sentir até mesmo o sangue quente de uma vida alheia e distante, mas se imaginava com dificuldade. Sobre si mesmo podia somente pensar, enquanto percebia um estranho com a mesma sensibilidade como se fosse sua própria vida, sem enxergar como isso poderia ser diferente com os outros.

Certa vez, Zakhar Pávlovitch lhe falou de igual para igual.

— Ontem explodiu a caldeira de uma locomotiva da série *Sche*[13] — disse Zakhar Pávlovitch.

Sacha já sabia.

— Eis aí a ciência — Zakhar Pávlovitch se entristecia por essa e por outras razões. — A locomotiva acabava de chegar da fábrica, mas os rebites não prestam!... Ninguém sabe nada de forma séria — o vivo vai contra a mente...

---

13. Tipo de locomotivas denominadas segundo as letras do alfabeto russo. (N. da T.)

Sacha, sem entender a diferença entre a mente e o corpo, permanecia calado. De acordo com as palavras de Zakhar Pávlovitch, a mente é uma força débil enquanto as máquinas foram inventadas pela cordial intuição humana. Da estação, chegava de quando em quando o ruído surdo dos vagões. Chaleiras retiniam e pessoas falavam com vozes estranhas, como tribos desconhecidas.

— Estão como nômades! — disse Zakhar Pávlovitch, ao ouvi-los. — Conseguirão algo andando por aí.

Desiludido com a velhice e os equívocos que cometera ao longo da vida, tampouco se surpreendeu com a revolução.

— A revolução é mais fácil do que a guerra — explicava para Sacha. — As pessoas não se metem em assuntos difíceis: quando o fazem, é porque algo não vai bem...

Agora era impossível enganar Zakhar Pávlovitch, e, para não se equivocar, ele rejeitou a revolução.

Dizia a todos os artesãos que os que mandavam eram outra vez homens inteligentíssimos e que, portanto, não se podia esperar nada de bom.

Ele seguiu zombando até o mês de outubro, sentindo pela primeira vez o prazer de ser uma pessoa inteligente. Mas, numa noite de outubro, ouviu disparos na cidade e passou a noite inteira no quintal, entrando em casa somente para acender o cigarro. Batia as portas durante toda a noite, não deixando sua mulher dormir.

— Fique quieto, seu louco! — resmungava a velha, revirando-se sozinha na cama. — Um verdadeiro pedestre! O que será de nós sem pão nem roupa? Como as mãos deles não caem de tanto atirar? — Vê-se que cresceram sem mãe.

Zakhar Pávlovitch continuava no meio do quintal com o cigarro aceso, acompanhando os tiros distantes.

"Será que é assim mesmo?" — perguntava-se Zakhar Pávlovitch, antes de entrar em casa para acender outro cigarro.

— Deite-se, diabo! — aconselhou a mulher.

— Sacha, você está acordado? — preocupou-se Zakhar Pávlovitch. — Os idiotas estão tomando o poder, talvez a vida ao menos tome juízo.

De manhã, Sacha e Zakhar Pávlovitch foram à cidade. Zakhar Pávlovitch procurava o partido mais sério para imediatamente a ele se filiar. Todos os partidos se encontravam no mesmo prédio estatal, e todos se consideravam o melhor. Ele examinava cada um de acordo com a sua razão — procurava um partido cujo programa não fosse incompreensível e no qual todas as palavras fossem claras e verdadeiras. Em nenhum deles puderam lhe dizer com exatidão o dia em que a beatitude chegaria à terra. Uns responderam que a felicidade é um artefato complexo e que o homem não deveria se interessar por ela, mas pelas leis históricas. Outros, por sua vez, disseram que a felicidade é uma luta contínua, que durará toda a eternidade.

— Então é assim! — assombrou-se Zakhar Pávlovitch, com razão. — Ou seja, temos que trabalhar sem um salário. Isso não é um partido, é exploração. Vamos, Sacha. Na religião, ao menos, houve o triunfo da ortodoxia...

No partido seguinte, disseram que o homem era um ser tão esplêndido e ávido que seria até estranho pensar em saciá-lo com a felicidade: seria o fim do mundo.

— Mas é disso que nós precisamos! — disse Zakhar Pávlovitch.

Atrás da última porta do corredor encontrava-se o último partido, o de nome mais longo. Lá encontraram apenas um homem sombrio sentado, os demais haviam se ausentado para governar.

— O que você quer? — perguntou ele a Zakhar Pávlovitch.

— Queremos nos filiar juntos. O fim de tudo está para chegar?

— Se refere ao socialismo? — perguntou o homem sem entender. — Daqui a um ano. Por enquanto só estamos ocupando as instituições.

— Então nos coloque na lista — disse Zakhar Pávlovitch alegremente.

O homem deu um pacote de livretos e um texto impresso que ocupava a metade de uma folha para cada um.

— O programa, os estatutos, a resolução e o questionário — disse ele. — Preencham e tragam duas referências de cada um de vocês. Zakhar Pávlovitch ficou lívido ao pressentir que os enganavam.

— E não podemos fazê-lo oralmente?

— Não. Não posso registrar de memória e, ademais, o Partido os esquecerá.

— Mas nós vamos comparecer regularmente.

— É impossível: como vou fazer para emitir as cadernetas sem os questionários? Isso caso sejam aprovados pela assembleia.

Zakhar Pávlovitch reparou que o homem falava com clareza, precisão, justeza e sem nenhuma confiança — provavelmente trata-se do poder inteligentíssimo que acabará de construir o mundo em um ano, ou arrumará tanta balbúrdia ao ponto de cansar até mesmo um coração infantil.

— Inscreva-se você para experimentar, Sacha — disse Zakhar Pávlovitch. — Eu vou esperar um aninho.

— Não fazemos inscrições para experimentar — recusou o homem. — Ou são completamente e para sempre nossos, ou batam em outras portas.

— Certo. Então, de verdade — consentiu Zakhar Pávlovitch.

— Isso já é outra coisa — o homem não se opôs.

Sacha sentou-se para preencher o questionário. Zakhar Pávlovitch começou a interrogar o homem do partido sobre a revolução. Este, preocupado com algo mais sério, respondia enquanto executava outras tarefas.

— Os operários da fábrica de cartuchos fizeram greve ontem, e houve um motim nos quartéis. Entendeu? E em Moscou já faz duas semanas que os operários e os camponeses mais pobres estão no poder.

— Ah, é?

O homem do partido se distraiu falando ao telefone. "Não, não posso — disse ele pelo aparelho. — Os representantes das massas vêm até aqui, alguém tem que ficar responsável pela informação!"

— O que eu dizia? Ah, sim! — lembrou. — O Partido enviou representantes para lá a fim de organizar o movimento e, na mesma noite, tomamos os centros vitais da cidade.

Zakhar Pávlovitch não entendeu nada.

— Mas se foram os soldados e operários que se revoltaram, o que vocês têm a ver com isso? Que eles continuassem a agir com sua força!

Zakhar Pávlovitch chegou a se irritar.

— Bem, camarada operário — disse calmamente o membro do partido —, se raciocinássemos assim, teríamos hoje a burguesia de pé e armada com fuzis, enquanto os Sovietes não teriam poder algum.

"Mas talvez tivéssemos algo melhor!" — pensou Zakhar Pávlovitch, ainda que não conseguisse provar para si próprio o que poderia ser.

— Não há camponeses pobres em Moscou — duvidou Zakhar Pávlovitch.

O homem sombrio franziu ainda mais o cenho; ele pensou na enorme ignorância das massas e na imensa quantidade de problemas que ela causaria ao partido no futuro. Sentiu-se exausto de antemão e nada respondeu a Zakhar Pávlovitch. Mas este o importunava com perguntas diretas. Ele estava interessado em saber quem era neste momento o chefe principal na cidade e se os operários o conheciam bem.

O homem sombrio se animou com aquela investigação tão severa e direta. Chamou alguém pelo telefone. Zakhar Pávlovitch observava o telefone com um interesse já olvidado. "Esse me escapou — pensou, recordando-se dos artefatos que tinha fabricado. — Nunca fabriquei um telefone."

— Passe-me o camarada Perekórov — disse o homem do partido pelo telefone. —Perekórov? Escute, seria necessário organizar a informação dos jornais o mais rápido possível. Seria bom também publicar mais literatura popular... Estou ouvindo. Quem é você? Membro da Guarda Vermelha? Então, coloque o telefone no gancho, você não entende nada...

Zakhar Pávlovitch zangou-se novamente.

— Eu pergunto a razão pela qual meu coração se confrange, e você me consola com um jornal... Não, amigo, eu refleti bastante. Todo poder é um reino, como o sínodo e a monarquia.

— Mas o que é preciso fazer? — seu interlocutor estava perplexo.

— É preciso acabar com a propriedade — revelou Zakhar Pávlovitch. — E deixar as pessoas sem vigilância — juro por deus que será em nome de algo melhor!

— Mas isso é anarquia!

— Que anarquia? É apenas uma vida particular!

O homem do partido balançou a cabeça despenteada e insone em sinal de reprovação.

— É o pequeno proprietário que fala dentro de você. Em meio ano verá como estava completamente equivocado.

— Esperarei — disse Zakhar Pávlovitch. — Se vocês não conseguirem, estenderemos o prazo.

Sacha terminou de preencher o questionário.

— Será que é assim mesmo? — disse Zakhar Pávlovitch no caminho de volta. — Será mesmo verdade que esteja aqui a causa certa? Parece que sim.

Com a velhice, Zakhar Pávlovitch tornou-se raivoso. Agora, lhe parecia importante que o revólver estivesse na mão certa, e pensava sobre o compasso que poderia ser usado para medir os bolcheviques. Somente no último ano começou a valorizar o que perdera durante a sua vida. Tinha perdido tudo: a sua atividade de muitos anos em nada mudara o céu aberto sobre ele, não tinha conquistado nada para justificar seu corpo enfraquecido, no qual batia em vão certa força essencial e resplandecente. Ele mesmo se levou até a separação perpétua com a vida, sem nela alcançar o mais imprescindível. Agora, contemplava com tristeza as cercas, árvores e todas as pessoas estranhas, para as quais, em cinquenta anos, ele nunca trouxera nem alegria nem proteção, e das quais ele teria que se despedir em breve.

— Sach — disse —, você é órfão, a vida lhe foi dada de graça. Não prescinda dela, viva-a plenamente.

Aleksandr calou-se, respeitando o sofrimento oculto de seu pai adotivo.

— Você se lembra de Fiédka Bespálov? — continuou Zakhar Pávlovitch. — Era um serralheiro, agora está morto. Quando lhe mandavam medir alguma coisa, ele ia, pousava os dedos e voltava carregando a medida no espaço entre as suas mãos. Enquanto andava, um *archín*[14] se transformava em um *sájen*[15]. "O que está fazendo, filho da puta?" — xingavam-no. Ele respondia: "E o que me importa? De qualquer maneira, não me expulsarão por causa disso".

Somente no dia seguinte Aleksandr compreendeu o que o pai quisera dizer.

— Embora sejam bolcheviques e mártires de sua causa — aconselhava Zakhar Pávlovitch —, você tem que abrir bem os olhos. Lembre-se de que seu pai se afogou, que não se sabe quem é sua mãe e que milhões de pessoas vivem sem alma — nisso há algo grandioso. O bolchevique deve ter o coração vazio para que nele tudo possa caber...

Zakhar Pávlovitch se inflamava com as próprias palavras e ascendia em direção a certo encarniçamento.

---

14. Unidade russa de medida de comprimento equivalente a 0,71 metros. (N. da T.)
15. Unidade russa de medida de comprimento equivalente a 2,134 metros. (N. da T.)

— Porque caso contrário... Sabe o que acontecerá se não for assim? Terminaremos no forno — e então, fumaça ao vento! Uma escória que se revolve com o atiçador! Você me entendeu ou não?...

Zakhar Pávlovitch passou do entusiasmo às lágrimas e, agitando-se, entrou na cozinha para acender um cigarro. Depois, voltou e abraçou o filho adotivo com timidez.

— Não se ofenda comigo, Sach. Também sou órfão de pai e mãe, não temos com quem nos queixar.

Aleksandr não se ofendeu. Ele não era indiferente às necessidades do coração de Zakhar Pávlovitch, mas acreditava que a revolução era o fim do velho mundo. A angústia de Zakhar Pávlovitch desapareceria imediatamente em um mundo futuro, e seu pai, o pescador, encontraria o que buscava quando se afogou por vontade própria. Aquele mundo já existia nos claros sentimentos de Aleksandr, mas não era possível descrevê-lo, apenas construí-lo.

Meio ano depois, Aleksandr ingressou na recém-aberta escola para ferroviários, transferindo-se mais tarde para a escola politécnica.

Durante as noites, lia os manuais técnicos em voz alta para Zakhar Pávlovitch, que se deleitava com os sons incompreensíveis da ciência e com o fato de que o seu Sacha os compreendia.

Mas os estudos de Aleksandr foram logo interrompidos e por um longo período. O Partido o enviou ao front da guerra civil; a Novokhopiérsk, uma cidadezinha no meio da estepe.

Zakhar Pávlovitch passou um dia inteiro com Sacha na estação, na espera de um trem que passasse por Novokhopiérsk, e fumou três libras de *makhórka*[16] para não ficar nervoso. Eles já tinham conversado sobre tudo, menos sobre o amor. Referindo-se a este, Zakhar Pávlovitch disse, num tom envergonhado, algumas palavras de advertência:

— Você, Sach, já é crescido, sabe tudo... O importante é não se meter nesse assunto — é a coisa mais ilusória que existe: você

---

16. Tabaco de qualidade inferior. (N. da T.)

é atraído por algo que não sabe bem o que é, mas que lhe impõe o desejo, a busca por alguma coisa... Todo homem guarda um imperialismo inteiro nas suas partes baixas... Aleksandr não era capaz de perceber o imperialismo em seu corpo. Imaginava que era algo especial e estranho.

Quando trouxeram o trem misto e Aleksandr entrou em um dos vagões, Zakhar Pávlovitch, da plataforma, pediu:

— Me escreva uma carta um dia desses, dizendo que está vivo e com saúde — só isso...

— Escreverei mais do que isso — respondeu Sacha.

O sino da estação já tinha batido umas cinco vezes, e cada vez com três batidas, mas o trem ainda não tinha conseguido se pôr em movimento. Alguns desconhecidos afastaram Sacha à força das portas do vagão e ele não tornou a aparecer para quem estava de fora do trem.

Completamente esgotado, Zakhar Pávlovitch foi para casa. Andou por muito tempo, esquecendo-se, durante todo o caminho, de acender o cigarro, e esse pequeno lapso acabou por aborrecê-lo. Em casa, ele se sentou à mesa de canto onde sempre se sentava Sacha e começou a ler o manual de álgebra, soletrando, sem nada entender, mas, aos poucos, encontrando consolo.

～

Enquanto Aleksandr Dvánov se dirigia para Novokhopiérsk, a cidade tinha sido tomada pelos cossacos, mas o destacamento do professor Nekhvoráiko conseguira expulsá-los. Novokhopiérsk era rodeada por terrenos secos, somente uma entrada próxima ao rio era pantanosa; a dificuldade de acesso por esta zona fez com que os cossacos afrouxassem a vigilância. Mas o professor Nekhvoráiko calçou os seus cavalos com *lápot* para que eles não se afundassem e, numa noite deserta, ocupou a cidade, expulsando os cossacos para um vale pantanoso, onde por muito tempo permaneceram, pois seus cavalos estavam descalços.

Dvánov se apresentou no Comitê Revolucionário e conversou com as pessoas que ali se encontravam. Estas se queixaram um pouco da ausência de morim para a roupa íntima dos soldados do Exército Vermelho, o que fazia com que os piolhos fervilhassem nos homens feito mingau; mas, mesmo assim, estavam determinados a não parar de lutar até que a terra ficasse deserta.

O presidente do Comitê Revolucionário, um dos maquinistas do depósito, disse a Dvánov:

— A revolução é um risco: se não funcionar, uma vez que os operários não tiveram sorte, vamos arrancar a terra e deixar somente o barro, para ver se esses filhos da puta se alimentam!

Nenhuma tarefa especial foi dada a Dvánov, apenas disseram: "Viva aqui conosco, será melhor para todos. Depois veremos do que você mais sente falta".

Os coetâneos de Dvánov estavam sentados no clube situado na praça do mercado e liam assiduamente as obras revolucionárias. Ao redor dos leitores estavam pendurados slogans vermelhos e pela janela via-se o espaço perigoso dos campos. Os leitores e os slogans encontravam-se desprotegidos: as balas disparadas da estepe podiam alcançar a cabeça de um jovem comunista inclinada sobre um livro.

Enquanto Dvánov se acostumava à revolução que lutava na estepe e já começava a amar os camaradas locais, chegou uma carta da capital da província com a ordem de que retornasse. Aleksandr saiu da cidade em silêncio e a pé. A estação se encontrava a umas quatro verstas, mas Dvánov não sabia como chegar até a capital da província; diziam que os cossacos haviam ocupado a linha férrea. Da estação, uma orquestra vinha avançando pelo campo enquanto tocava uma música triste — fazia parte da comitiva que carregava o corpo já frio de Nekhvoráiko, que, junto com todo o seu destacamento, tinha sido liquidado à surdina pelos

moradores abastados do grande vilarejo de Piéski. Dvánov sentiu pena de Nekhvoráiko, porque nem mãe nem pai chorariam por ele, somente a música, e os rostos dos acompanhantes, preparados também para morrerem inevitavelmente na continuidade da revolução, não demonstravam nenhum sentimento.

Na altura de seus olhos, que se voltavam de vez em quando para olhar, a cidade descendia até um vale. Ele sentiu pena da solitária Novokhopiérsk; era como se, sem ele, a cidade ficasse ainda mais desprotegida.

Na estação, Dvánov sentiu a angústia do espaço esquecido e coberto pelo matagal. Como a qualquer homem, a lonjura da terra o atraía, como se todas as coisas remotas e invisíveis sentissem falta dele e o chamassem.

Dez ou mais pessoas desconhecidas esperavam sentadas no chão da estação por um trem que as levaria para um lugar melhor. Elas sofriam sem queixas os tormentos da revolução e vagavam pacientes pelas estepes da Rússia em busca de alimento e salvação. Dvánov foi para fora, viu um comboio militar no quinto trilho e caminhou até ele. O trem era composto por oito vagões plataforma, carregados com veículos e artilharia, e mais dois vagões de passageiros. Atrás, estavam enganchados ainda outros dois vagões plataforma com carvão.

Após examinar os documentos de Dvánov, o comandante do destacamento permitiu que ele entrasse em um dos vagões de passageiros.

— Mas nós só vamos até a passagem de Razguliáiev, camarada! — disse o comandante. — Depois não precisaremos do trem: ocuparemos nossa posição no front.

Dvánov concordou em ir até Razguliáiev, lá estaria mais perto de casa.

Quase todos os artilheiros do Exército Vermelho dormiam. Tinham lutado durante duas semanas nos arredores de Balachov e estavam exaustos. Dois deles, que haviam dormido suficientemente, estavam sentados perto de uma janela e, entediados com a guerra, entoavam uma canção. Deitado, o comandante lia *As aventuras de um eremita amante do belo*[17], editado por Tieck, enquanto o comissário político tinha sumido na sala do telégrafo. Provavelmente, o vagão transportara muitos soldados do Exército Vermelho que, sentindo solidão e saudade de casa durante as longas estradas, cobriram as paredes e os assentos do vagão com frases escritas com lápis indeléveis, sempre utilizados no front para escrever cartas para a terra natal. Dvánov leu aquelas sentenças com uma melancolia cordial — em casa, sempre lia o novo calendário com um ano de antecedência.

"Nossa esperança está ancorada no fundo do mar" — escreveu um viajante militar anônimo, que apontou também a data e o lugar da reflexão: "Dzhankoi, 18 de setembro de 1918".

Anoitecia e o trem se pôs em marcha sem dar o sinal de partida. Dvánov cochilou no vagão quente e acordou quando já estava escuro. Ele foi despertado pelo rangido das tamancas e por outro ruído desconhecido e constante. A janela se iluminou por instantes e um projétil cruzou o ar a pouca distância da terra. Explodiu perto do trem, iluminando o restolho e o pacífico campo noturno. Dvánov acordou e se levantou.

Timidamente, o trem parou de se mover. O comissário saiu, seguido por Dvánov. Era óbvio que os cossacos bombardeavam a linha férrea; a bateria deles brilhava em algum lugar próximo, porém sempre ultrapassava o alvo.

Naquela noite gélida e triste, duas pessoas caminharam por muito tempo até a locomotiva. A caldeira da máquina fazia um barulho quase imperceptível, e acima do manômetro, como uma lamparina, queimava uma pequena luz.

— Por que pararam? — perguntou o comissário.

---

17. Ao que tudo indica, trata-se do livro *Herzensergießungen eines kunstliebenden Klosterbruders*, do poeta, escritor, tradutor e dramaturgo Ludwig Tieck (1773-1853). (N. da T.)

— Estou preocupado com o trilho, camarada comissário: como estão disparando contra ele e andamos com as luzes apagadas, podemos descarrilar! — respondeu baixinho o maquinista, de cima.

— Que besteira: não está vendo que eles estão ultrapassando o alvo?! — disse o comissário. — É preciso ir mais rápido, mas sem fazer barulho!

— Tudo bem! — concordou o maquinista. — Mas tenho só um ajudante, ele não dará conta, me arrume um soldado para alimentar a fornalha!

Dvánov intuiu e subiu na locomotiva para ajudar. Um *shrapnel*[18] explodiu na frente da locomotiva, iluminando todo o comboio. Empalidecido, o maquinista puxou a manivela e gritou para Dvánov e para o ajudante:

— Mantenham o vapor!

Aleksandr começou cuidadosamente a colocar lenha na fornalha. A locomotiva andava numa velocidade vertiginosa. Na frente, estendia-se uma lívida escuridão, a qual podia esconder algum trilho levantado. A máquina balançava tanto nas curvas que Aleksandr pensava que iriam descarrilar. Ela liberava vapor brusca e frequentemente e ouvia-se a fricção da corrente de ar roçando o corpo da locomotiva em marcha. De vez em quando, as pequenas pontes estrepitavam sob a locomotiva e, no alto, as nuvens chamejavam uma luz misteriosa, refletindo o fogo que corria da fornalha aberta. Dvánov começou a suar, sem entender por que o mecânico continuava acelerando a locomotiva, se já tinham, há muito tempo, passado pela bateria dos cossacos. Mas o maquinista, assustado, pedia mais vapor o tempo todo, ajudando também a alimentar a fornalha, e nenhuma vez tirou o regulador do ponto máximo.

---

18. Munição de artilharia inventada pelo oficial de artilharia britânico Henry Shrapnel, em 1784. (N. da T.)

Aleksandr olhou para fora. Fazia tempo que o silêncio reinava na estepe, interrompido somente pelo movimento da locomotiva. Através do nevoeiro, algumas luzes se aproximavam a toda velocidade à frente: era, provavelmente, uma estação.

— Por que está correndo tanto? — perguntou Dvánov ao ajudante, referindo-se ao maquinista.

— Não sei — respondeu o ajudante, sombrio.

— Assim vamos provocar um acidente! — disse Dvánov, sem saber o que deveria fazer.

A locomotiva estremecia com o esforço, a força que a sufocava e o excesso de velocidade faziam-na balançar todo o corpo, procurando uma maneira de se lançar no declive. Havia momentos em que Dvánov tinha a impressão de que a locomotiva já tinha descarrilado, enquanto somente os vagões ainda estavam nos trilhos, e ele estava morrendo sobre a poeira silenciosa do solo macio; tamanho era o medo, que Aleksandr punha a mão no peito para proteger o coração.

Quando o trem cruzava alguma estação, Dvánov via que as rodas da locomotiva soltavam faíscas ao passar pelas agulhas e cruzamentos de trilhos.

A locomotiva voltou a se afogar na escuridão profunda do caminho futuro e na fúria da marcha desenfreada. As curvas faziam a brigada cair no chão da locomotiva; os vagões traseiros mal conseguiam marcar o ritmo nos entroncamentos dos trilhos, passavam velozmente por eles, fazendo as rodas uivarem.

O ajudante, obviamente farto do trabalho, disse para o mecânico:

— Ivan Pálitch! Chkarino está perto, vamos parar para pegar água!

O maquinista ouviu, mas não falou nada; Dvánov deduziu que ele se esquecera de pensar, devido ao cansaço, e abriu cuidadosamente a torneira inferior do tênder. Desta forma, quis drenar o resto da água e obrigar o maquinista a interromper aquela fuga desnecessária. Este, entretanto, fechou o regulador e se afastou da janela. Com um semblante tranquilo, meteu a mão no bolso para pegar tabaco. Dvánov também se acalmou e virou a torneira do tênder. O maquinista sorriu e perguntou:

— Por que fez isso? Nós fomos seguidos por um blindado dos Brancos desde o desvio de Márinsk, por isso eu estava correndo tanto!

Dvánov não entendeu:

— E o que aconteceu agora com o blindado? Por que você não diminuiu a velocidade depois de deixarmos a bateria para trás, quando ainda não tínhamos chegado ao desvio de Márinsk?...

— Agora o blindado ficou para trás, podemos ir com mais calma — respondeu o maquinista. — Suba em cima da lenha e olhe para trás!

Aleksandr subiu na pilha de lenha. A velocidade ainda era alta e o vento refrescava seu corpo. Estava completamente escuro e ouvia-se apenas o rangido dos vagões que se apressavam atrás da locomotiva.

— Mas por que vocês iam apressados até Máriono? — seguiu interrogando Dvánov.

— Fomos vistos pela bateria — eles poderiam mudar a pontaria. Quanto mais nos distanciarmos, melhor! — explicou o maquinista, mas Dvánov supôs que ele tinha se assustado.

O trem parou em Chkarino. O comissário veio e ficou surpreso com a história do mecânico. A estação de Chkarino estava vazia, a última água fluía lentamente da bica para a locomotiva. Alguma pessoa local foi até lá e, com voz surda, já que falava contra o vento noturno, anunciou que havia patrulhas cossacas em Povórino e que o trem não passaria.

— Mas precisamos ir somente até Razguliáiev! — respondeu o comissário.

— Oh! — disse o homem, e entrou no prédio escuro da estação. Aleksandr o seguiu até o local. A sala de espera estava vazia e maçante. Naquele perigoso prédio da guerra civil, ele encontrou abandono, esquecimento e uma prolongada angústia. O personagem desconhecido e solitário que acabara de conversar com o comissário deitou-se em um canto, no único banco ainda intacto, e começou a se cobrir com sua escassa roupa. Aleksandr se interessava forte e sinceramente em saber quem ele era e como parara ali. Quantas vezes encontrara — antes e depois — pessoas estranhas e desconhecidas que, como aquele homem, viviam de acordo com suas próprias leis solitárias; mas a sua alma nunca lhe pediu para se aproximar delas, fazer perguntas ou juntar-se a elas, abandonando o modo de vida estabelecido. Talvez tivesse sido melhor para Dvánov, naquele momento, se aproximar daquele homem, deitar-se ao seu lado na estação de Chkarino e, na manhã seguinte, desaparecer com ele no ar da estepe.

— O maquinista é um covarde, não havia blindado algum! — disse depois Dvánov para o comissário.

— Que vá para o diabo! De todo modo, ele nos levará! — respondeu o comissário, tranquilo e fatigado. Voltando-se e caminhando na direção do seu vagão, disse para si mesmo com tristeza: "Ah, Dúnia, minha Dúnia, o que você estará dando de comer agora para os nossos filhos?..."

Aleksandr também foi para o vagão, ainda sem entender por que as pessoas sofriam tanto: um estava deitado na estação vazia, o outro sentia falta de sua mulher.

Uma vez no vagão, Dvánov se deitou para dormir, mas acordou ainda antes do amanhecer, ao sentir o sopro frio do perigo.

O trem estava parado na estepe molhada, os soldados do Exército Vermelho roncavam e coçavam seus corpos enquanto dormiam — ouvia-se até mesmo o rangido prazeroso das unhas sobre a pele seca. O comissário também dormia com o cenho franzido: é possível que, antes de dormir, tenha se atormentado com as lembranças da família abandonada e adormecido com um semblante de desgosto. O vento contínuo vergava as ervinhas tardias na estepe resfriada, e, com a chuva do dia anterior, a terra virgem havia se transformado num viscoso lamaçal. O comandante estava deitado em frente ao comissário e também dormia; o seu livro estava aberto na descrição de Rafael; Dvánov olhou a página — nela, Rafael era o deus vivo de uma primitiva e feliz humanidade, nascida nas margens quentes do Mar Mediterrâneo. Mas Dvánov não conseguiu imaginar aquele tempo: lá também soprava o vento, os homens lavravam a terra no calor e as mães das crianças pequenas morriam.

O comissário abriu os olhos:

— O quê, estamos parados?

— Estamos!

— Que inferno é esse? Percorremos cem verstas em um dia!

— o comissário ficou bravo e Dvánov o acompanhou novamente até a locomotiva.

A locomotiva estava abandonada: nem o maquinista, nem o ajudante estavam lá. Na frente dela, a cinco braças de distância, os trilhos haviam sido desmontados de maneira desajeitada.

O comissário ficou sério:

— Se eles mesmos foram embora ou se alguém bateu neles, nem mesmo o diabo sabe! Como vamos seguir agora?

— Claro que eles foram embora! — disse Aleksandr.

A locomotiva ainda estava quente e Dvánov decidiu que ele mesmo, sem pressa, conduziria o coletivo. O comissário concordou, deu dois soldados para lhe ajudar e ordenou aos outros que montassem os trilhos.

O trem partiu umas três horas mais tarde. O próprio Dvánov controlava tudo: a fornalha, a água e os trilhos, mas algo o inquietava. A grande máquina grande corria docilmente, e Dvánov não a apressava. Pouco a pouco, ele criou coragem e foi mais rápido, mesmo freando rigorosamente nos declives e nas curvas. Explicou aos soldados que o ajudavam o que deveriam fazer, e estes mantinham bastante bem a pressão do vapor no nível necessário.

No caminho, encontraram uma parada despovoada chamada Zavalichni; ao lado da latrina, um velho estava sentado e comia pão, sem levantar os olhos para o trem; Dvánov passou pela parada bem devagar, examinando as agulhas ferroviárias, e continuou em frente, acelerando a marcha. O sol se abria entre o nevoeiro e lentamente aquecia a terra úmida e esfriada. Os raros pássaros existentes sobrevoavam os terrenos descampados para, em seguida, pousarem perto das sementes caídas e perdidas que constituíam seu alimento.

Começava um declive longo e reto. Dvánov interrompeu o vapor e deixou que a locomotiva seguisse por inércia em velocidade crescente.

Via-se um caminho limpo que se estendia ao longe — até um ponto em que o declive se convertia em subida, numa depressão da estepe. Dvánov se acalmou e desceu do seu assento para ver como estavam trabalhando seus ajudantes e conversar com eles. Uns cinco minutos depois, voltou para a janela e olhou para fora. Ao longe, vislumbrava-se um semáforo — provavelmente, era Razguliái; atrás do mesmo, ele enxergou a fumaça de uma locomotiva, mas não se surpreendeu — segundo notícias que circulavam em Novokhopiérsk, Razguliái estava em mãos soviéticas. Lá, havia se estabelecido um estado-maior que mantinha comunicação regular com o grande entroncamento ferroviário de Lisski.

Em Razguliái, a fumaça da locomotiva se transformou em nuvem, e Dvánov viu a chaminé e a parte dianteira da mesma. "Ela provavelmente acaba de chegar de Lisski" — pensou Aleksandr. Mas a locomotiva avançava até o semáforo — em direção ao trem de Novokhopiérsk. "Agora ela vai desviar no entroncamento e parar" — imaginou Dvánov, observando a locomotiva. Mas as rápidas emissões de vapor da chaminé eram os sinais do trabalho da máquina: a locomotiva se dirigia em grande velocidade de encontro a eles. Dvánov dependurou-se na janela e observou atentamente. A locomotiva passou o semáforo — ela arrastava um pesado trem de carga ou uma composição militar pela mesma via em que circulava a locomotiva de Dvánov. As duas locomotivas vinham por declives opostos e se chocariam na depressão da estepe — no ponto em que a estrada mudava de perfil. Aleksandr se deu conta da gravidade da situação e puxou a manivela da sirene dupla; os soldados viram o trem que vinha em sentido contrário e começaram a se alarmar.

— Agora vou diminuir a marcha, e então saltem! — disse-lhes Dvánov: em todo caso eles eram inúteis naquele momento. O freio Westinghouse não funcionava — Aleksandr soubera disso no dia anterior pelo antigo maquinista. Restava-lhe somente recorrer à marcha à ré: o contravapor. O trem que vinha em sentido contrário também avistou o trem de Novokhopiérsk e emitia sem parar um apito prolongado e alarmado. Dvánov prendeu o anelzinho do apito pela válvula, para que o sinal de alarme não parasse, e começou a mover a luva reversível para a marcha à ré.

As suas mãos esfriaram e ele moveu com grande dificuldade o apertado eixo da rosca. Depois Dvánov abriu todo o vapor e, desfalecido de fadiga, encostou-se à caldeira; ele não viu quando os soldados saltaram, mas ficou contente que não estavam mais lá.

O trem começou a deslizar lentamente para trás, a locomotiva comandando com as rodas giratórias e espirrando água na chaminé.

Dvánov quis abandonar a locomotiva, mas depois se lembrou de ter rompido as tampas dos cilindros ao abrir bruscamente o contravapor. Os cilindros deixavam passar o vapor pelas costuras: os bucins tinham sido perfurados, mas as tampas permaneceram intactas. A locomotiva que vinha em sentido contrário se aproximava rápido: uma fumaça azul estendia-se debaixo das suas rodas devido à fricção das tamancas, mas o trem era pesado demais para que uma locomotiva sozinha pudesse sufocar a sua própria velocidade. O maquinista emitiu uma série de três apitos seguidos, fortes e apressados, pedindo que a brigada utilizasse os freios de mão. Dvánov entendeu o que queria o maquinista, mas olhava para tudo como se estivesse alheio ao que acontecia. A lentidão de seu pensamento o ajudou naquela hora: ele teve medo de abandonar a locomotiva, pois o comissário político lhe mataria a tiro ou ele seria expulso do Partido. Além disso, Aleksandr sabia também que nem Zakhar Pávlovitch nem muito menos o pai de Dvánov teriam deixado uma locomotiva completamente aquecida morrer sem um maquinista.

Dvánov agarrou-se no peitoril para aguentar o golpe e, pela última vez, olhou para o adversário. As pessoas atiravam-se daquele trem de qualquer jeito, ferindo-se e tratando de se salvar; um homem saltou da locomotiva e se precipitou de bruços pelo declive: provavelmente o maquinista ou o ajudante. Dvánov olhou para o seu trem — não se via ninguém, deviam estar todos dormindo.

Aleksandr semicerrou os olhos, temendo o estrondo da colisão. Depois, num instante, com suas pernas reanimadas, saiu correndo da cabine para saltar e agarrou o corrimão da escadinha de descida; só então Dvánov sentiu que sua consciência o ajudava: a caldeira com certeza explodiria com a colisão, e ele seria triturado como um inimigo da máquina. Perto e por debaixo dele corria a terra firme e sólida, que aguardava por acolher sua vida, mas que em poucos instantes, já sem ele, ficaria órfã. A terra era inalcançável e escapava como se estivesse viva; Dvánov recordou uma cena da infância e a angústia infantil que sentira: sua mãe caminhava para o mercado e ele, que corria atrás dela com suas pernas inseguras e pouco treinadas, derramava lágrimas, pois pensava que ela escaparia dele para sempre.

O silêncio quente da escuridão encobriu o olhar de Dvánov.

— Deixe-me falar mais uma coisa!... — disse Dvánov e desapareceu na estreiteza que o rodeava.

Ele voltou a si longe e sozinho; a grama velha e seca fazia cócegas em seu pescoço, e a natureza parecia-lhe muito barulhenta. As duas locomotivas uivavam com suas sirenes e válvulas de segurança: as molas saíram do lugar com a colisão. A locomotiva de Dvánov estava no trilho numa posição normal, só o chassi tinha se dobrado, tornando-se azul pela tensão e aquecimento bruscos. A locomotiva de Razguliáiev tinha se entortado e entrado com as rodas no lastro. O segundo e terceiro vagões do trem de Novokhopiérsk entraram no primeiro, fendendo as suas paredes. Dois vagões do trem de Razguliáiev tinham sido espremidos e jogados na relva, enquanto suas rodas foram parar no tênder da locomotiva.

O comissário foi até Dvánov:

— Está vivo?

— Sim. Mas por que isso aconteceu?

— Sabe lá o diabo! O maquinista do outro trem está dizendo que os freios falharam e ele teve de passar direto por Razguliái! Já prendemos esse vagabundo! E você olhava para onde?

Dvánov assustou-se:

— Eu dei marcha à ré. Monte uma comissão para averiguar as condições da direção...

— Que comissão?! Morreram uns quarenta homens dos dois lados: tomar uma cidade inteira dominada pelos Brancos custaria menos vidas! Dizem que os cossacos perambulam por aqui — teremos problemas!...

Um trem auxiliar com operários e ferramentas chegaria em breve de Razguliái. Todo mundo tinha se esquecido de Dvánov, e este foi a pé na direção de Lisski.

Ele encontrou um homem estendido pelo caminho. O corpo dele estava inchando tão depressa que era possível ver o movimento crescente; seu rosto, ao contrário, escurecia devagar, como se ele estivesse caindo aos poucos na escuridão — Dvánov, ao ver que o rosto escurecia tanto, até verificou se a luz do dia continuava acesa.

O homem adquirira em seguida tal tamanho, que Dvánov recuou, temendo que ele estourasse e salpicasse seu líquido vital. Mas o homem começou a desinchar e sua pele foi se clareando — provavelmente fazia muito tempo que morrera e nele se inquietavam apenas algumas substâncias mortas.

De cócoras, um soldado do Exército Vermelho olhava para a sua virilha, de onde escorria sangue, como um vinho escuro e viscoso; empalidecido, ele tentava se levantar com a ajuda das mãos e, com palavras que saíam da sua boca cada vez mais lentamente, pedia ao sangue:

— Pare de escapar, maldito! Assim vou perder as forças!

Mas o sangue se espessou até que seu próprio sabor fosse sentido, em seguida escureceu e estancou por inteiro; o soldado caiu de costas e falou baixinho, com a sinceridade de quem não espera resposta:

— Oh, estou tão entediado — não há ninguém comigo!

Dvánov aproximou-se do soldado, que lhe pediu, ainda consciente:

— Feche-me a visão! — disse, fitando Dvánov com os olhos que iam secando e as pálpebras que sequer tremiam.

— Por quê? — perguntou Aleksandr, inquieto de vergonha.

— Me dói... — explicou o soldado e cerrou os dentes para fechar os olhos. Mas os olhos não se fecharam, em vez disso, murcharam e descoloriram-se, transformando-se em um mineral embaciado. Nos seus olhos mortos, via-se com nitidez o reflexo do céu nublado: como se a natureza regressasse ao homem, após desaparecer a vida que a molestava por lhe ser contrária, e o soldado, para não sofrer, a ela se acomodava por meio da morte.

Dvánov desviou da estação de Razguliái para evitar ser detido pelo controle que lá havia e se refugiou nos lugares pouco povoados, onde as pessoas viviam desamparadas.

As guaritas das ferrovias, com os seus moradores pensativos, sempre haviam atraído Dvánov — ele pensava que os guarda-linhas, recolhidos como viviam, deviam ser pessoas tranquilas e inteligentes. Dvánov entrou nas casas ferroviárias que encontrou pelo caminho para beber água, viu crianças pobres que brincavam com sua própria imaginação em vez de brinquedos, e era capaz de ficar ali para sempre e dividir com elas o seu destino.

Dvánov passou a noite na guarita, mas fora do quarto, na antessala, porque no quarto uma mulher que estava dando à luz passou a noite toda gritando alto. O marido insone vagueava pela casa, passava de vez em quando por cima de Dvánov e murmurava cheio de assombro:

— Em tempos assim... Em tempos assim...

Ele temia que, com o infortúnio da revolução, rapidamente morresse sua criança que acabara de nascer. Um menino de quatro anos acordou devido aos fortes lamentos de sua mãe, bebeu água, saiu para urinar e olhava para tudo como se fosse um estranho — com a compreensão, mas sem a aprovação. Por fim, Dvánov adormeceu de repente e acordou na luz fraca da manhã, quando uma chuva triste e prolongada rumorejava suave sobre o telhado.

O dono saiu do quarto com ar de satisfação e disse, sem preâmbulos:

— Nasceu um menino!

— Isso é muito bom — disse-lhe Aleksandr, levantando-se da esteira —, mais um ser humano!

O pai do recém-nascido se ofendeu:

— Sim, vai pastorear vacas — há seres humanos demais!

Dvánov saiu na chuva para prosseguir seu caminho. O menino de quatro anos estava na janela e desenhava no vidro com o dedo, imaginando algo diferente de sua vida. Aleksandr acenou duas

vezes com a mão para dizer adeus, mas o menino se assustou e saiu da janela; assim Dvánov não o viu mais e nunca mais veria.

— Adeus! — disse Dvánov para a casa e para o lugar de pernoite e seguiu na direção de Lisski.

Após percorrer uma versta, encontrou uma velhinha viçosa com uma trouxa.

— Ela já pariu! — disse-lhe Dvánov, para que ela não se apressasse.

— Pariu?! — surpreendeu-se a velhinha. — Então foi prematuro, que coisa! E o que Deus mandou?

— Um menino — disse Aleksandr, contente, como se ele também participasse do acontecimento.

— Um menino! Com certeza desrespeitará seus pais! — vaticinou a velha. — Ah, como é difícil parir, meu caro: se ao menos um homem parisse uma vez no mundo, ele cairia aos pés de sua mulher e de sua sogra!...

A velha iniciou uma conversa longa que a Dvánov parecia desnecessária e ele a cortou:

— Então, vovó, adeus! Para que brigar se você e eu não vamos parir nunca?

— Adeus, meu querido! Lembre-se da sua mãe e não perca nunca o respeito!

Dvánov prometeu-lhe honrar os seus pais e, com tal demonstração de respeito, agradou a velhinha.

~

Era longo o caminho de Aleksandr até a casa. Caminhava imerso na tristeza cinzenta do dia nublado e olhava para a terra outonal. Às vezes, o sol se descortinava no céu, lançava a sua luz sobre a relva, a areia e o barro morto e, inconsciente, trocava sentimentos com eles. Dvánov gostava dessa amizade silenciosa do sol e dos estímulos que sua luz lançava sobre a terra.

Em Lisski, ele pegou um trem que levava marinheiros e chineses para Tsarítsin[19]. O trem só partiu com tranquilidade após os marinheiros terem atrasado a partida deste para que conseguissem espancar o comandante do posto de alimentação por causa de uma sopa rala. Os chineses comeram toda a sopa magra que havia sido rejeitada pelos marinheiros russos, em seguida, limparam com pão todo o líquido nutritivo das paredes do balde de sopa e disseram aos marinheiros, respondendo à pergunta deles sobre a morte: "Gostamos da morte! Gostamos muito dela!" Depois, já saciados, os chineses foram dormir. À noite, o marinheiro Kontsóv, a quem os pensamentos não deixavam dormir, enfiou o cano da espingarda no vão da porta e começou a atirar contra as luzes vacilantes das habitações e contra os sinais ao longo da ferrovia; Kontsóv temia morrer em vão por ir defender as pessoas, e isso o levava a desejar que sofressem pelas suas próprias mãos, para sentir-se obrigado a lutar por elas. Depois dos tiros, Kontsóv, satisfeito, logo pegou no sono e dormiu por quatrocentas verstas, enquanto Aleksandr havia abandonado o vagão fazia tempo, já na manhã do segundo dia.

Dvánov abriu a cancela do seu quintal e alegrou-se com a velha árvore que crescia ao lado da antessala. A árvore tinha sido ferida e decepada, pois cravavam o machado nela para descansar enquanto cortavam lenha, mas ainda estava viva e guardava a paixão verde da folhagem nos seus ramos doentes.

— Você voltou, Sach? — perguntou Zakhar Pávlovitch. — Que bom que você voltou, porque eu fiquei aqui, sozinho. À noite, sem você, eu não queria dormir, me deitava e ficava escutando se você não estaria vindo! Nem trancava a porta, assim você poderia entrar mais rápido...

---

19. Atual Volgogrado. A cidade foi chamada Tsarítsin entre 1589 e 1925. Entre 1925 e 1961, recebeu o nome de Stalingrado. (N. da T.)

Nos primeiros dias em casa, Aleksandr sentia frio e se aquecia em cima do forno, enquanto Zakhar Pávlovitch permanecia sentado embaixo e cochilava.

— Sach, acaso não quer alguma coisa? — perguntava Zakhar Pávlovitch de tempos em tempos.

— Não, não quero nada — respondia Aleksandr.

— Pensei que, talvez, quisesse comer algo.

Logo Dvánov não pôde mais ouvir as perguntas de Zakhar Pávlovitch, também não o viu chorar à noite, com o rosto virado para o fogareiro, onde as meias de Aleksandr estavam sendo aquecidas. Dvánov pegou tifo, que reincidia, permanecendo no corpo do doente por oito meses e transformando-se depois em pneumonia. Ficava deitado, em completo esquecimento de sua vida, e, somente de vez em quando, nas noites de inverno, ouvia apitos de locomotivas e lembrava que elas existiam; às vezes, o estrondo da artilharia remota chegava até a mente indiferente do enfermo, mas depois ele voltava a sentir o calor e o barulho na estreiteza de seu corpo. Nos momentos de consciência, Dvánov se via vazio e ressequido, sentindo apenas a sua pele e se comprimindo contra a cama, imaginando que podia voar, assim como os cadaverzinhos secos e leves das aranhas.

Antes da Páscoa, Zakhar Pávlovitch fez um caixão para seu filho adotivo — resistente, belo, com flanges e parafusos —, o último presente do pai artesão para o filho. Zakhar Pávlovitch queria conservar Aleksandr naquele caixão — mesmo que não estivesse vivo, ao menos estaria íntegro para a memória e o amor; a cada dez anos, Zakhar Pávlovitch desenterraria o filho do túmulo para vê-lo e sentir-se próximo a ele.

Dvánov saiu de casa quando chegou o novo verão; sentia o ar, pesado como água, o sol ruidoso, devido ao ardor do seu fogo, e todo o mundo era fresco, acre e inebriante para a sua fraqueza. A vida brilhava de novo para Dvánov — ele estirou o corpo e seu pensamento germinou com a imaginação.

Sônia Mándrova, uma menina que conhecia, contemplava Aleksandr através da cerca. Ela não entendia por que Sacha não tinha morrido, já que havia um caixão.

— Você não morreu? — perguntou ela.

— Não — disse Sacha. — E você também está viva?

— Também. Viveremos juntos. Você já está bem?

— Estou. E você?

— Também. Por que você está tão magro? A morte veio te visitar, mas você não a deixou entrar, verdade?

— Você queria que eu morresse? — perguntou Aleksandr.

— Não sei — respondeu Sônia. — Há tanta gente, alguns morrem, mas ainda sobra um monte.

Dvánov a chamou para o seu quintal; descalça, Sônia passou por cima da cerca e timidamente tocou Aleksandr, uma vez que o esquecera durante aquele inverno. Dvánov lhe contou o que sonhava enquanto esteve doente e como se sentia entediado na escuridão do sono: não havia pessoas em lugar algum, e agora sabia que havia poucas no mundo; quando andava pelo campo, próximo à guerra, também havia topado com poucas casas.

— Falei que não sabia sem querer — disse Sônia. — Se você tivesse morrido, eu choraria por muito tempo. Mesmo que você fosse embora, para longe, ao menos eu saberia que você estaria vivo, inteiro...

Aleksandr olhou para ela, surpreso. Embora tivesse comido pouco durante aquele ano, Sônia havia crescido; seu cabelo escurecera, o corpo adquirira certa cautela, e ele se sentia envergonhado em sua presença.

— Você ainda não sabe, Sach, eu agora estudo nos cursos!...

— E o que ensinam lá?

— Tudo o que não sabemos. Lá, um professor fala que somos uma massa fedorenta e que ele nos transformará numa torta doce. Que fale, mas, em troca, a gente vai aprender política com ele, não é verdade?

— Por acaso você é uma massa fedorenta?

— A-ham. Mas logo não serei, e tampouco serão os outros, porque vou me tornar professora de crianças e elas começarão a ficar inteligentes desde a mais tenra idade. Assim, ninguém as ofenderá, chamando-as de "massa fedorenta".

Dvánov tocou uma de suas mãos, para se acostumar novamente a ela, e Sônia ofereceu-lhe também a outra.

— Assim você vai se recuperar melhor — disse ela. — Você está frio, e eu quente. Está sentindo?

— Sônia, venha nos ver hoje à noite — disse Aleksandr —, estou farto de ficar sozinho.

À noite, Sônia veio; Sacha desenhava para ela, e ela lhe ensinou a fazê-lo melhor. Zakhar Pávlovitch, às escondidas, retirou o caixão para o quintal e o transformou em lenha. "Agora é necessário fazer um berço — pensou. — Onde é que vou conseguir um ferro de molas mais flexível?!... Nós não temos isso — os que temos servem apenas para locomotivas. Se Sacha tiver filhinhos de Sônia, eu cuidarei deles. Sônia logo crescerá — e que se mantenha viva. Ela também é órfã."

Depois que Sônia foi embora, por medo, Dvánov foi logo se deitar com o propósito de dormir até a manhã, para ver o novo dia e não se lembrar da noite. Entretanto, estava deitado e via a noite de olhos abertos; a vida fortalecida e agitada não queria esmorecer dentro dele. Dvánov imaginou a escuridão sobre a tundra; as pessoas, expulsas dos lugares quentes do mundo, tinham ido morar lá. Aquelas pessoas fizeram uma pequena ferrovia para transportar a madeira para a construção de moradias, que substituiriam o clima do verão perdido. Dvánov imaginou-se o maquinista daquela ferrovia de transporte de madeira e levava os troncos para a construção de novas cidades, fazendo em pensamento todo o trabalho do maquinista: cruzava trajetos despovoados, pegava água nas estações, apitava no meio da tempestade de neve, freava, conversava com o ajudante e, por fim, adormecia na estação de

destino, situada nas margens do Oceano Ártico. No sonho, viu árvores grandes, que tinham crescido do solo pobre, ao redor delas, havia um espaço aéreo ligeiramente oscilante e uma estrada vazia desaparecia pacientemente ao longe. Dvánov invejava tudo isso: gostaria de pegar todas aquelas árvores, o ar e a estrada e guardá-los dentro de si, para que, protegidos por eles, não morresse nunca. Dvánov quis lembrar mais alguma coisa, mas aquele esforço era mais forte do que a lembrança, e o seu pensamento desapareceu devido à mudança de consciência no sonho, tal como um pássaro que sai voando de uma roda que entra em movimento.

≈

Durante a noite, começou uma ventania que esfriou toda a cidade. Em muitas casas em que chegara o frio, as crianças se salvaram aquecendo-se ao lado dos corpos quentes de suas mães infectadas por tifo. A mulher de Chumílin, presidente do Comitê Executivo da província, também tinha tifo, e as duas crianças grudaram nela dos dois lados para dormir no calor; o próprio Chumílin acendeu um *primus*[20] na mesa para iluminar — não havia lâmpadas e a eletricidade tinha se apagado —, e então desenhou um motor a vento que puxaria o arado pela corda para lavrar a terra e semear os grãos. Na província, não havia mais cavalos, e era impossível esperar que nascessem potros e se convertessem em força de trabalho: era necessário procurar uma saída científica.

Ao terminar o desenho, Chumílin deitou-se no sofá e adormeceu tranquilo, encolhido debaixo do casaco, para estar em conformidade com a penúria geral do país soviético, que não possuía artigos de primeira necessidade.

---

20. Primeiro fogão portátil a querosene, desenvolvido pelo mecânico sueco Frans Wilhelm Lindqvist, em 1892. A marca Primus frequentemente designa o produto. (N. da T.)

Na manhã seguinte, Chumílin intuiu que as massas da província já tinham inventado alguma coisa e que, talvez, o socialismo já acontecia casualmente em algum lugar, porque as pessoas não tinham onde se meter, uma vez que se amontoaram por medo de calamidades e por esforço de necessidade. A mulher olhava para seu marido com os olhos brancos, descorados por causa do tifo, e Chumílin escondeu-se novamente sob o casaco.

— É preciso — sussurrava ele para se acalmar —, é preciso começar a construir o socialismo mais rápido, senão ela morrerá.

As crianças também acordaram, mas não se levantavam do calor da cama e tentavam adormecer de novo para não sentir a fome.

Arrumando-se em silêncio, Chumílin foi para o trabalho. Prometeu à mulher voltar o mais cedo possível. Mas ele prometia isso todo dia e sempre voltava no período da noite.

As pessoas passavam diante do Comitê Executivo da província com as roupas enlameadas, como se morassem em povoados situados nos vales e agora se deslocassem para longe, sem se limpar.

— Para onde vocês vão? — perguntou Chumílin para aqueles caminhantes.

— A gente? — falou um velho que, devido ao desespero da vida, começou a se encolher. — Estamos indo ao deus-dará, até onde nos pararem. Se nos fizer dar meia-volta, vamos para trás.

— Então é melhor irem para a frente — disse-lhes Chumílin.

No gabinete, lembrou-se da leitura de um livro científico que dizia que, devido à velocidade da força da gravidade, todos os corpos e vidas encolhem, e deve ser a razão pela qual as pessoas procuram se movimentar na desgraça. Por isso os peregrinos e romeiros russos vagavam constantemente, porque pelo caminho dissipavam o fardo da alma desolada do povo. Da janela do comitê viam-se os campos desnudos que não tinham sido semeados; de vez em quando, aparecia ao longe um homem solitário e, apoiando-se com o queixo no bastão que o ajudava no caminho, fitava a cidade.

Depois partia para um barranco, onde morava na escuridão de sua *khata*, esperando por algo.

Chumílin falou por telefone com o secretário do Comitê da Província a respeito da sua inquietação:

— As pessoas perambulam pelos campos e pela cidade, pensam, querem algo, e nós as comandamos de um cômodo. Não seria a hora de mandar um rapaz ético e inteligente para a província, para que ele desse uma olhada se não há entre elas alguns elementos socialistas da vida? Afinal, as massas também têm seus próprios desejos, talvez vivam por si só, sobretudo porque ainda não se habituaram à ajuda; é preciso achar um ponto no meio da necessidade e logo atacá-lo — a hora é agora!

— Então, vamos logo com isso! — disse o secretário, dando-lhe razão. — Vou arrumar um jovem para você, e você o abastecerá com instruções.

— Envie-o hoje mesmo — pediu Chumílin. — Mande-o para a minha casa.

O secretário deu instruções para que baixassem a ordem até os últimos escalões da organização e se esqueceu do restante. O empregado do escritório já não pôde fazer a ordem penetrar as profundezas do aparato do Comitê da Província e começou a refletir consigo mesmo: "Quem seria possível mandar para vistoriar o centro da província?" Não havia ninguém — todos os comunistas já estavam em ação; nas listas constava somente o tal Dvánov, chamado de Novokhopiérsk para o conserto do encanamento da cidade, mas havia um atestado médico anexado ao seu arquivo pessoal. "Se ele não tiver morrido, vou mandá-lo" — decidiu o empregado, e foi informar o secretário do Comitê da Província sobre Dvánov.

— Ele não é um membro notável do Partido — disse o empregado. — Não tínhamos como dar notabilidade de jeito nenhum. Agora teremos grandes causas e as pessoas se destacarão, camarada secretário.

— Certo — respondeu o secretário —, que os rapazes inventem uma causa e cresçam com ela.

À noite, Dvánov recebeu um despacho: apresentar-se imediatamente ao Presidente do Comitê Executivo da província para falar sobre os indícios de espontâneo florescimento do socialismo entre as massas. Dvánov se levantou e andou com suas pernas desacostumadas; Sônia voltava dos seus cursos com um caderno e uma folha de bardana; ela arrancou a bardana porque esta tinha uma película branca em seu interior; durante a noite, o vento a penteava e a lua a iluminava. Quando não conseguia adormecer devido à juventude, Sônia contemplava aquela bardana da janela; dessa vez, foi ao terreno baldio e a arrancou. Já tinha muitas plantas em casa, sobretudo perpétuas, que cresciam nos túmulos dos soldados.

— Sacha — disse Sônia —, em breve seremos levadas para os vilarejos para ensinar as crianças a ler e escrever, mas eu quero trabalhar numa loja de flores.

— Quase todo mundo gosta de flores — respondeu Aleksandr —, mas pouquíssima gente gosta de crianças alheias, apenas os pais.

Sônia não conseguiu entender, ainda estava repleta de sensações da vida que a impediam de pensar de forma correta. Então, ofendida, ela se afastou de Aleksandr.

Dvánov não sabia exatamente onde Chumílin morava. Primeiro entrou no pátio da propriedade onde supunha que ele habitasse. No pátio, havia uma *khata* e dentro dela estava o zelador; já estava anoitecendo, e o zelador tinha se deitado com a mulher no *poláti*[21]; sobre uma toalha de mesa bem limpa, fora deixado um pão para as visitas imprevistas. Dvánov entrou na *khata* como se entrasse num vilarejo: lá dentro, cheirava a palha, leite e àquele calor doméstico, farto, em que todos os campesinos russos foram

---

21. Leito de tábuas que vai da lareira até a parede oposta. (N. da T.)

concebidos. O zelador-proprietário provavelmente cochichava com sua mulher sobre o que tinha que fazer no pátio.

Com os novos tempos, o zelador era considerado sanitarista do pátio, para que sua dignidade não fosse menosprezada; diante do pedido de Dvánov que lhe indicasse Chumílin, ele botou as *válenki*[22] e vestiu um capote por cima da roupa de baixo:

— Vou me resfriar um pouco, para expiar os pecados, e você, Pólia, não durma ainda.

Naquele momento, Chumílin alimentava a sua esposa doente com batatas amassadas em um pires, a mulher mastigava debilmente a comida e, com uma das mãos, acariciava o filho de três anos, que se refugiava ao seu lado.

Dvánov falou do que ele precisava.

— Espere um momento, vou terminar de alimentar minha esposa — pediu Chumílin e, quando terminou, disse: — Você próprio pode averiguar do que precisamos, camarada Dvánov: de dia, eu vou ao serviço; à noite, alimento a mulher com as próprias mãos. Precisamos aprender a viver de outra maneira...

— O que está fazendo tampouco está mal — disse Dvánov.

— Quando eu estava doente, gostava que Zakhar Pávlovitch me alimentasse com as próprias mãos.

— Do que você gostava? — Chumílin não entendeu.

— O fato de que alguém dava comida na boca do outro com as mãos.

— Ah, goste do que quiser — disse Chumílin, sem simpatia, e então desejou que Dvánov andasse pela província e olhasse como as pessoas viviam; provavelmente, os pobres já tinham se aglomerado e organizado seu próprio socialismo.

— Nós estamos servindo aqui — expressava-se Chumílin, com desgosto —, enquanto as massas vivem. Eu receio, camarada Dvánov, que lá, o comunismo ecloda mais rápido: a camaradagem

---

22. Botas de feltro. (N. da T.)

é o único recurso que as massas têm para se defender. Se quiser ir até lá e dar uma olhada...

Dvánov lembrou-se de várias pessoas que vagavam pelos campos e dormiam em alojamentos vazios do front; talvez aquelas pessoas tenham de fato se aglomerado em algum barranco, escondidas do vento e do Estado, vivendo satisfeitas apenas com sua amizade. Dvánov concordou em ir procurar pelo comunismo nas atividades desenvolvidas pela população por iniciativa própria.

— Sônia, vou embora, adeus! — disse ele, na manhã do dia seguinte.

A moça, que estava se lavando no quintal, subiu na cerca.

— Eu também vou embora, Sach. Klúcha está me expulsando de novo. É melhor viver sozinha no vilarejo.

Dvánov sabia que Sônia vivia com sua conhecida tia Klúcha, e que não tinha pais. Mas por que ela deveria ir sozinha para o vilarejo? Acontece que Sônia e suas amigas tinham sido liberadas dos cursos com antecedência, porque bandos de pessoas analfabetas tinham se aglomerado no vilarejo, e as professoras, junto com os soldados do Exército Vermelho, foram enviadas para lá.

— Voltaremos a ver-nos depois da revolução — disse Dvánov.

— Sim — concordou Sônia. — Me dê um beijo na bochecha, e eu te darei outro na testa: vi que as pessoas sempre se despedem dessa maneira, e eu não tenho de quem me despedir.

Dvánov tocou sua bochecha com os lábios e sentiu a guirlanda seca dos lábios de Sônia em sua testa; Sônia virou-se de costas e acariciou a cerca com a mão atormentada e insegura.

Dvánov quis ajudar Sônia, mas apenas se inclinou até ela e sentiu o cheiro da relva murcha vindo de seu cabelo. Naquele instante, a moça virou, retomando o ânimo.

Zakhar Pávlovitch estava de pé no limiar da entrada com uma mala de ferro inacabada e não piscava, para que as lágrimas não se acumulassem.

Dvánov percorria a província pelos caminhos das províncias e das *volostiéi*[23]. Ele se detinha perto dos povoados, por isso era obrigado a andar por vales de rios e barrancos. Chegando aos divisores de água, Dvánov já não via nenhum vilarejo, a fumaça não saía de nenhuma chaminé e raramente o pão era cultivado naquela altura da estepe; ali crescia uma relva estranha e inúmeras ervas daninhas davam abrigo e alimento a pássaros e insetos.

A partir dos divisores de água, a Rússia parecia despovoada para Dvánov, porém, nas profundezas dos vales e nas margens dos córregos, por toda parte os vilarejos viviam — era visível que as pessoas se assentavam, seguindo os rastros da água. Elas existiam como prisioneiras de represas. No início, Dvánov não viu nada de mais na província, ela lhe parecia toda igual, como a visão de uma imaginação pobre; mas, em uma noite em que não tinha pouso, só foi encontrá-lo no meio das ervas daninhas quentes, na altura do divisor de águas.

Dvánov se deitou e cavou o solo debaixo de si com os dedos: a terra era bastante fértil, mas não havia sido lavrada; Aleksandr pensou que ali não havia cavalos para fazê-lo e adormeceu. De madrugada, acordou devido ao peso de outro corpo e sacou o revólver.

— Não se assuste — disse-lhe o homem que estava encostado nele. — Eu congelava enquanto dormia e vi que você estava deitado. Vamos agora nos abraçar, para nos aquecer e dormir.

Dvánov o abraçou e ambos se aqueceram. De manhã, sem soltar o homem, Aleksandr perguntou-lhe, em voz baixa:

— Por que é que não lavram aqui? É terra negra![24] Será que não há cavalos?

---

23. Plural de *vólost*, subdivisão administrativa dos distritos rurais na Rússia e na URSS, entre 1923 e 1929. (N. da T.)

24. No original, *tchiôrnyie ziemli*. Terras administradas coletivamente por aldeães, mas consideradas pertencentes a um *kniaz* — príncipe — representante do tsar, a

— Espere — disse o transeunte aquecido, com uma voz rouca de *makhórka*. — Eu lhe diria, mas a minha inteligência não funciona sem pão. Antes havia pessoas, mas agora se tornaram bocas. Você entendeu o que quero dizer?

— Não, por quê? — Dvánov ficou confuso. — Você se aqueceu comigo a noite toda e agora fica ofendido!...

O transeunte se levantou.

— A noite foi ontem, sujeito-homem! Mas a desgraça humana caminha com o movimento do sol; à noite, ela cai com ele, e, de manhã, sai de lá. Eu congelei durante a noite, e não pela manhã.

Em meio às ninharias do bolso, Dvánov tinha um pouco de miolo de pão.

— Coma — ele ofereceu o pão —, para que a sua cabeça se transforme em barriga. Eu descobrirei o que quero saber por minha conta.

Naquele mesmo dia, ao meio-dia, Dvánov encontrou um vilarejo distante num barranco ativo e, no Soviete rural, disse que pretendiam enfiar migrantes moscovitas em suas estepes.

— Que enfiem — concordou o presidente do Soviete. — De qualquer maneira, morrerão por lá, não há nada para beber e a terra é distante. Naquela terra, a gente sequer tocou, quase nunca... Se lá houvesse água, deixaríamos que sugassem água de nós mesmos, mas com prazer manteríamos aquelas terras incultas...

Agora Dvánov penetrava ainda mais a parte mais distante da província e não sabia onde parar. Pensava que haveria o socialismo quando as águas brilhassem nos elevados e áridos divisores de água.

Diante dele, logo abriu-se o vale estreito de um rio antigo que há muito tinha secado. Os subúrbios de Petropávlovka tinham

---

quem os camponeses pagavam tributos. Os camponeses só podiam lavrar nas "terras negras", e as "terras brancas", não tributáveis, pertenciam ao clero ou a senhores feudais. Depois do século XVII, com as Reformas de Pedro, o Grande, as "terras negras" passaram a ser designadas "terras do Estado" — *kaziônnyie ziemli*. (N. da T.)

ocupado o vale — um bando enorme de casas ávidas, apinhadas em um poço estreito.

Em uma rua de Petropávlovka, Dvánov viu os penedos outrora levados para lá pelas geleiras. As pedras do penedo jaziam agora ao lado das *khatas* e serviam como bancos para os velhos. Dvánov lembrou-se mais tarde daquelas pedras, quando estava no Soviete rural de Petropávlovka. Foi lá para que lhe dessem um pouso para a noite que se aproximava e para escrever uma carta a Chumílin. Dvánov não sabia como começavam as cartas e relatou para Chumílin que a natureza não tinha um dom de criação, ela o alcançava com a paciência: um penedo, na língua de uma geleira, rastejou da Finlândia para Petropávlovka através das planícies, por um longo e saudoso tempo. Dos raros barrancos e dos solos profundos seria necessário trazer água à alta estepe, para nela criar uma nova vida. Era mais perto do que arrastar um penedo da Finlândia.

Enquanto Dvánov escrevia, ao lado de sua mesa, um camponês esperava por algo com um rosto birrento e uma barbicha espiritual e improvisada.

— Continuam tentando! — disse aquele homem, convicto de que todo o mundo estava equivocado.

— Continuamos! — respondeu Dvánov, compreendendo o que ele queria dizer. — Temos que levá-los para as águas puras da estepe!

O camponês coçou a barbicha com lascívia.

— Veja só que esperto! Então quer dizer que agora apareceram pessoas mais inteligentes! Ou que sem vocês nunca adivinharíamos como nos aprovisionarmos com fartura!

— Não, não adivinhariam! — suspirou Dvánov, impassível.

— Ei, maluco, saia daqui! — gritou da outra mesa o presidente do Soviete. — Afinal, você é deus, que necessidade tem de falar com a gente?

Acontece que aquele homem se considerava deus e sabia tudo. De acordo com sua convicção, tinha largado a lavoura e agora comia o próprio solo. Dizia que, uma vez que o pão vem do solo, este tem sua própria saciedade — só é preciso reeducar o estômago para ele. Pensavam que ele morreria, mas continuou vivendo e, na frente de todos, esgaravatava o barro preso entre seus dentes. Por tudo isso, era de certa maneira reverenciado.

Quando o secretário do Soviete levou Dvánov para o seu local de pouso, deus estava na entrada, tremendo de frio.

— Deus — disse o secretário —, leve o camarada até a casa de Kúzia Pogánkin. Diga-lhe que é do Soviete. É a vez deles!

Dvánov foi com deus.

Encontraram um mujique ainda jovem, que disse a deus:

— Olá, Nikanóritch — chegou a hora de você se tornar Lenin, já que é deus!

Mas deus se conteve e não respondeu à saudação. Só quando eles se afastaram, suspirou:

— Que país!

— O quê — perguntou Dvánov —, não se reconhece deus?

— Não — confessou deus com simplicidade. — Eles veem com os olhos, tocam com as mãos, mas não creem. No entanto, reconhecem o sol, embora nunca o tenham tocado. Que se atormentem até a raiz, enquanto a casca não cair.

Deus deixou Dvánov ao lado da *khata* de Pogánkin e virou-se, sem se despedir.

Dvánov não o largou:

— Espere, o que você pensa em fazer agora?

Deus olhou sombriamente em direção ao vilarejo, onde era um homem solitário.

— Numa noite destas, vou declarar a apropriação das terras. Será de tal maneira que, por medo, vão acreditar.

Deus se concentrou espiritualmente e ficou em silêncio por um minuto.

— E na noite seguinte as devolverei — a glória bolchevique será atribuída a mim.

Dvánov seguiu deus com os olhos, sem qualquer reprovação. Deus foi embora sem escolher o caminho, sem gorro, só de paletó, e descalço; o seu alimento era o barro e sua esperança — o sonho.

Pogánkin recebeu Dvánov sem afabilidade — estava entediado de tanta pobreza. Seus filhos envelheceram nos anos de fome e, como adultos, só pensavam em como conseguir pão. As duas meninas já pareciam mulheres: usavam saias compridas e blusas da mãe, tinham grampos no cabelo e fofocavam. Era estranho ver pequenas mulheres inteligentes e preocupadas, que agiam de forma bastante racional, mas que ainda não tinham o instinto de reprodução. Aos olhos de Dvánov, essa carência fazia das meninas criaturas pesadas e vergonhosas.

Quando anoiteceu, Vária, de doze anos, habilidosa, cozinhou um ensopado feito de casca de batata e uma colher de milhete.

— Papai, desça para o jantar! — convocou Vária — Mamãe, chame os meninos no quintal: por que eles estão lá, congelando, esses palhaços azuis?

Dvánov acanhou-se: o que seria daquela Vária no futuro?

— E você, não olhe — dirigiu-se a Dvánov. — Não é possível cozinhar para todos vocês: aqui já temos um monte!

Vária prendeu o cabelo e ajeitou a blusa e a saia, como se houvesse algo indecente debaixo delas.

Os dois meninos entraram na casa: ranhentos, acostumados com a fome e, apesar de tudo, felizes com a infância. Não sabiam que a revolução acontecia e consideravam as cascas de batata o alimento eterno.

— Quanta vez eu disse para chegar mais cedo! — ralhou Vária com os irmãos. — Bestas infernais! Tirem a roupa agora mesmo — não temos outra!

Os meninos tiraram as suas peles de ovelha imprestáveis, mas, debaixo destas, não havia nem calças, nem camisas. Subiram então no banco, nus, e ficaram de cócoras. Provavelmente, tinham sido acostumados a conservar a roupa, pela irmã. Vária colocou os trapos de ovelha juntos e começou a distribuir as colheres.

— Cuidem do papai, não comam demais! — Vária ditava o ritmo do jantar. Depois, ela mesma se sentou no cantinho e apoiou as bochechas com as palmas das mãos: afinal de contas, as donas de casa comem depois.

Os meninos observavam o pai com olhos atentos: assim que ele retirava a colher da tigela, atiravam-se nela de uma vez só e engoliam o ensopado em um instante. Depois, voltavam a vigiá-lo, com suas colheres vazias, enquanto o esperavam.

— Vocês vão ver só! — ameaçava Vária, quando seus irmãos tentavam enfiar as colheres na tigela junto com o pai.

— Várka, o pai só tira a parte grossa — não deixe que ele faça isso! — disse um dos meninos, acostumado pela irmã a uma justiça rigorosa.

Pogánkin também tinha certo medo de Vária, porque ele próprio começou a pegar colheradas com mais líquido.

Atrás da janela, no céu — tão distinto da terra — amadureciam estrelas atrativas. Dvánov encontrou a Estrela Polar e pensou quanto tempo ela teria que suportar sua existência; ele também teria que suportar sua própria existência por muito tempo ainda.

— Então, amanhã os bandidos aparecerão de novo! — disse Pogánkin, mastigando, e bateu com a colher na testa de um dos meninos que tinha tirado um pedaço de batata de uma só vez.

— De onde você tirou bandidos? — quis saber Dvánov.

— O quintal cobriu-se de estrelas: as estradas se tornariam mais firmes. Temos paz quando há lama por aqui; mas quando a estrada fica seca — começa a guerra.

Pogánkin pousou a colher e quis arrotar, mas não conseguiu.

— Agora podem pegar! — ele deu permissão para as crianças, que partiram rumo à conquista dos restos da tigela.

— Com esta comida, faz um ano que não soluço! — anunciou com seriedade Pogánkin para Dvánov. — Antes, você almoçava e se lembrava dos seus pais aos soluços até a missa vespertina! Havia gosto!

Dvánov preparava-se para dormir, a fim de alcançar ainda mais rápido o dia seguinte. No dia seguinte ele iria à ferrovia para voltar para casa.

— Vocês devem viver entediados, não é? — perguntou Dvánov, já se aquietando para dormir.

Pogánkin concordou:

— Não dá nada de alegre! No vilarejo, por toda parte é um tédio. Por isso o povo se prolifera demais, de tédio. Será que o homem atormentaria a muié, se tivesse d'outra ocupação?

— Vocês poderiam se mudar para as altas terras férteis! — disse Dvánov. — Lá, é possível viver com fartura, assim será mais alegre.

Pogánkin ficou pensativo.

— Mas para onde seria possível se mudar com uma cambada dessas?... Meninos, vão esvaziar a bexiga para a noite...

— Mas por que não? — perguntou Dvánov. — Senão, vão pegar aquela terra de vocês de volta.

— Como assim? Ué, saiu uma ordem?

— Saiu — disse Dvánov. — Por que deixar à toa a melhor terra? Toda a revolução aconteceu por causa da terra — deram-na para vocês, mas ela quase não produz. Agora vão entregá-las aos colonos de fora, que nela irão aterrissar... cavar poços, construir aldeias nos vales áridos — então a terra começará a produzir. E vocês só vão à estepe de visita...

Pogánkin ficou todo preocupado, Dvánov descobriu seu temor.

— Lá, a terra é tão boa, tão viçosa! — Pogánkin ficou com ciúmes de sua propriedade. — Dá tudo o que quiser. Será que o Poder Soviético julga pelo esforço?

— Claro — Dvánov sorria na escuridão. — Afinal, os colonos que virão também são camponeses. Mas como dominam melhor a terra, é para eles que a darão. O Poder Soviético gosta de colheitas.

— Isso, ao menos, é verdade — afligiu-se Pogánkin. — Para ele, então, é mais conveniente cobrir o rateio!

— O rateio será proibido em breve — inventou Dvánov. — Quando a guerra se extinguir, ele não existirá mais.

— Os mujiques dizem a mesma coisa — concordou Pogánkin.

— Aí, quem aguentará essa tortura inclemente?! Em nenhum governo se faz assim... Ou é realmente melhor ir para a estepe?

— Vá embora, claro — pressionava Dvánov. — Junte uns dez camponeses e saia andando...

Depois, por muito tempo, Pogánkin conversou com Vária e sua mulher doente sobre a migração — Dvánov dera-lhes um sonho espiritual.

De manhã, Dvánov comeu mingau de milhete no Soviete Rural e de novo viu deus. Deus recusou o mingau: "O que é que eu vou fazer com ele? — disse — Mesmo que eu coma, de nada adiantará: minha fome não será saciada para sempre".

O Soviete recusou a carroça para Dvánov, e deus lhe mostrou o caminho até a vila de Kaviérino, que ficava a vinte verstas da ferrovia.

— Lembre-se de mim — disse deus, e seu olhar ficou aflito. — Estamos nos separando para sempre e ninguém compreenderá como tudo isso é triste. De duas pessoas restará uma de cada lado. Mas lembre-se que uma pessoa se engrandece da amizade da outra, enquanto eu só engrandeço do barro de minha alma.

— É por isso que você é deus? — perguntou Dvánov.

Deus olhava para ele, triste, como se olhasse para alguém que duvida de um fato.

Dvánov chegou à conclusão de que aquele deus era inteligente; ele apenas vivia ao contrário; mas a ação do homem russo é sempre de duas vias: pode viver de uma maneira ou ao contrário, em ambos os casos ele permanece íntegro.

~

Começou, então, uma chuva demorada, e Dvánov alcançou a estrada montanhosa apenas ao anoitecer. Embaixo, um vale penumbroso descortinava-se de um rio tranquilo. Mas era evidente que o rio estava morrendo: tinha sido dilacerado por barrancos erosivos e não fluía na longitudinal o tanto quanto se expandia em pântanos. Nos pântanos já se instalava uma nostalgia noturna. Os peixes desceram para o fundo, os pássaros voaram para a profundeza dos ninhos e os insetos pararam nas rachaduras da moribunda espadana. As criaturas vivas gostavam do calor e da irritante luz do sol, os seus cantos jubilosos se encolheram e ralentaram nas covas baixas, transformando-se em um sussurro. No entanto, Dvánov ouvia no ar as estrofes indistintas de uma canção diurna e queria devolver-lhes as palavras. Sentia compaixão e interesse pela inquietação da vida repetida, multiplicada, e por tudo o que a rodeava. Mas as estrofes da canção foram dispersas e dissipadas pelo vento fraco, misturadas com as forças sombrias da natureza, e ficaram silenciosas como barro. Ele escutava um movimento que não se parecia com a sua sensação de consciência.

Naquele mundo fátuo e curvado, Dvánov começou a conversar sozinho. Gostava de discutir sozinho em lugares abertos, mas ficaria envergonhado se alguém o ouvisse, como um amante flagrado na escuridão do amor com a sua amada. Apenas as palavras transformam em pensamento os sentimentos instantâneos, por isso o homem pensador conversa. Mas conversar consigo mesmo é uma arte, conversar com as outras pessoas é um divertimento.

— Por isso o homem vai à sociedade, ao divertimento, assim como a água corre pelo declive — concluiu Dvánov.

Ele deu meia-volta com a cabeça e examinou metade do mundo visível. Em seguida, voltou a falar para poder pensar:

— Apesar de tudo, a natureza é um acontecimento prático. Essas colinas e córregos cantantes não são apenas uma poesia do campo. Graças a eles, é possível dar de beber ao solo, às vacas e às pessoas. Eles se tornam rentáveis, isso é que é o melhor. As pessoas se alimentam da terra e da água, e eu terei que conviver com elas. Depois Dvánov começou a ficar cansado, caminhava sentindo o tédio dentro de seu corpo. O tédio da fadiga secou suas entranhas; sem a lubrificação da fantasia mental, a fricção corporal funcionava sem molas.

Quando avistou a fumaça do vilarejo de Kaviérino, a estrada passava por cima de um barranco, no qual o ar condensava-se na escuridão. Lá existiam alguns alagadeiros encharcados e neles talvez se abrigassem pessoas estranhas, que se retiraram da diversidade da vida para a uniformidade da contemplatividade.

O deus da liberdade de Petropávlovka possuía seus simulacros vivos naqueles vilarejos.

Das profundezas do barranco ouviam-se as fungadas dos cavalos cansados. Algumas pessoas passavam e os seus cavalos se afundavam no barro.

Uma voz jovem e valente entoava uma canção à frente da cavalaria, mas as palavras e a melodia tinham origem em terras longínquas.

Há, num país distante,
Todas as coisas sonhadas,
Encontram-se na outra margem,
Mas ao inimigo foram dadas...

O passo dos cavalos se endireitou. A cavalaria cobriu o cantor com uma canção de sua lavra, de outra melodia:

Esconda-se depressa, maçãzinha,
Sob o dourado sumo maduro,

De foice e martelo o Soviete
Irá colhê-la com todo apuro...

O cantor solitário continuava, em desacordo com a cavalaria:

Eis a minha espada e minha alma,
É lá que mora minha felicidade...

A cavalaria cobriu o final da estrofe com o refrão:

Ah, maçãzinha,
Tão cordial,
Você se tornará ração –
Apodrecerá e tal...
A árvore em que cresce
Pouco se importa,
Mas ao Soviete mais que apetece,
Tê-la com um número estampado o conforta...

As pessoas começaram a assobiar juntas e terminaram a
canção sem pensar nas consequências:

Ah, maçãzinha,
Guarde a liberdade:
Não para os Sovietes ou para os tsares,
Mas para toda a humanidade...

A canção se silenciou. Dvánov parou, interessado na procissão que passava pelo barranco.

— Ei, você aí de cima! — gritaram da cavalaria para Dvánov.

— Desça até o povo sem comando!

Dvánov ficou onde estava.

— Venha rápido! — disse alto um deles, com a voz densa, provavelmente aquele que havia entoado a canção. — Caso contrário, venha contando até a metade do caminho, sem fugir da mira!

Dvánov pensou que Sônia dificilmente aguentaria uma vida daquelas e decidiu não se resguardar:

— Vocês que venham para cá — aqui está mais seco! Por que vocês atormentam os cavalos pelos barrancos, guarda dos cúlaques?

A cavalaria parou embaixo.

— Nikitók, atravesse-o com balas! — ordenou a voz densa.

Nikitók apontou a espingarda, mas, primeiro, em nome de deus, aliviou seu espírito oprimido:

— Pelo escroto de Jesus Cristo, pela costela de Nossa Senhora e por toda a geração cristã — fogo!

Dvánov viu a labareda do fogo, tensa e silenciosa, e rolou da beira do barranco para o fundo, como se tivesse sido derrubado por uma alavanca na perna. Não perdeu a nitidez da consciência; ouvia o terrível barulho da matéria habitada da terra cada vez que sua cabeça, ao rodar, punha suas orelhas em contato com esta. Dvánov sabia que estava ferido na perna direita: nela tinha se cravado um pássaro de ferro que mexia com as arestas agudas de suas asas.

Já no fundo do barranco, Dvánov agarrou a perna quente de um cavalo e, ao lado dela, parou de ter medo. A perna tremia baixinho, devido ao cansaço, e cheirava a suor, a relva das estradas e ao silêncio da vida.

— Proteja-o do fogo da vida, Nikitók! A roupa é sua.

Dvánov ouviu. Apertou a perna do cavalo com as duas mãos; a perna se transformou no corpo perfumado e vivo da mulher que ele ainda não conhecia nem conheceria, mas que, de repente, ganhara importância vital para ele. Dvánov compreendeu o mistério do cabelo. O coração subiu-lhe à garganta, ele soltou um grito no esquecimento de sua libertação e imediatamente

sentiu uma paz aliviadora e satisfatória. A natureza não deixou de confiscar de Dvánov aquilo para o que nascera na inconsciência materna: a semente da propagação, que permite às novas pessoas se converterem em famílias. Eram os momentos precursores de sua morte — em seu delírio, Dvánov possuiu Sônia profundamente. Em seu último instante, abraçado ao solo e ao cavalo, Dvánov pela primeira vez travou conhecimento com a ribombante paixão da vida e admirou-se, de repente, com a insignificância do pensamento diante daquela ave da imortalidade que o tocara com sua asa estremecida, decomposta pelo vento.

Nikitók se aproximou e tocou Dvánov na testa: ainda estaria tépido? A mão era grande e quente. Dvánov não queria que aquela mão parasse de tocá-lo e colocou em cima dela a palma de sua mão, acariciando-a. Mas Dvánov sabia o que Nikitók verificava e lhe ajudou:

— Bata na cabeça, Nikita[25]. Rache o crânio, rápido!

Nikita não era parecido com a sua mão, isso Dvánov logo compreendeu, pois gritou com uma voz fina e horrível, sem conformidade alguma com a tranquilidade da vida guardada em sua mão:

— Você está inteiro? Não vou rachá-lo, vou apenas descosturá-lo: para que morrer logo? Você é um homem, não é? — sofra um pouco, fique um tempo por aí, deitado: terá uma morte mais sólida se morrer aos poucos.

As pernas do cavalo do líder se aproximaram. A voz densa chamou Nikitók à ordem, com força:

— Se você, canalha, continuar a escarnecer do homem, eu mesmo vou enfiá-lo no túmulo. Foi dito a você que acabasse com ele e que a roupa seria sua. Quantas vezes eu falei que cavalaria não é quadrilha, mas anarquia?!

— A mãe da vida, da liberdade e da ordem! — disse Dvánov, deitado. — Como é o seu sobrenome?

---

25. Nome masculino russo cujo um dos diminutivos é Nikitók. (N. da T.)

O líder pôs-se a rir:

— Que diferença isso faz agora? Mrátchinski! Dvánov se esqueceu da morte. Havia lido "As aventuras do moderno Agasfer", de Mrátchinski. Não seria este o cavaleiro que escrevera o livro?

— Você é escritor! Eu li o seu livro. Agora, nada mais me importa, mas gostei do seu livro.

— Que ele se desnude sozinho! Por que vou perder meu tempo com um morto? Será impossível virá-lo! — Nikita cansou de esperar.

— A roupa está bem talhada nele, se rasgará toda e não haverá lucro algum.

Dvánov começou a se despir sozinho, para não deixar Nikita no prejuízo: realmente, não era possível tirar a roupa de um morto sem estragá-la. Mesmo sem doer, a perna direita se retesou e não obedecia aos movimentos. Nikita percebeu e o ajudou como um camarada.

— Foi aqui que eu acertei, é isso? — perguntou Nikita, pegando a perna com cuidado.

— Isso — disse Dvánov.

— Mas tudo bem — o osso está intacto e a gordura cicatrizará a ferida, você é jovem. Deixará os seus pais para trás?

— Deixarei — respondeu Dvánov.

— Que deixe — disse Nikita. — Sentirão a sua falta, mas depois esquecerão. Os pais só sentirão a falta agora. Você é comunista?

— Sou.

— Esse é o problema: todo mundo quer reinar! O líder observava em silêncio. Os outros anarquistas colocavam os cavalos em ordem e fumavam, sem prestar atenção em Dvánov ou em Nikita. A última luz crepuscular se extinguiu sobre o barranco — começava mais uma noite. Dvánov lastimava que a visão de Sônia não se repetisse; do resto de sua vida ele não se lembrava.

— Então você gostou do meu livro? — perguntou o líder.

Dvánov já estava sem capa e sem calça. Nikita logo as colocou em seu saco.

— Eu já disse que sim — confirmou Dvánov, e olhou para a ferida apodrecida na perna.

— E você simpatiza mesmo com a ideia do livro? Você se lembra dela? — queria saber o líder. — Lá, há um homem que vive sozinho na extremidade da linha do horizonte.

— Não — disse Dvánov. — Eu me esqueci da ideia, mas ela foi inventada de maneira interessante. Isso acontece. No livro, você olhava para o homem tal como o macaco para Robinson: entende-se tudo ao contrário, e isso resulta em uma boa leitura.

Por causa da escrupulosa surpresa, o líder se ergueu na sela:

— Interessante... Nikitók, vamos levar o comunista até ao *khútor*[26] de Limáni. Lá, ele será todo seu.

— E a roupa? — amargurou-se Nikita.

Dvánov tinha feito as pazes com Nikita, concordando em passar o resto da vida nu. O líder não se opôs e se limitou a ordenar Nikita:

— Olhe, não vá estragá-lo no vento! Trata-se de um bolchevique inteligente — um tipo raro.

A cavalaria pôs-se em movimento. Dvánov se agarrou ao estribo do cavalo de Nikita, tentando andar só com a perna esquerda. A perna direita não doía, mas quando pisava com ela de novo sentia o tiro e as arestas de ferro por dentro.

O barranco penetrava na estepe, estreitava-se e subia. Sentia-se o vento noturno. Dvánov, nu, saltava o tempo todo com uma perna só e isto o aquecia. Nikita examinava a roupa íntima de Dvánov na sela com um olhar prático.

— Mijou-se, diabo! — disse Nikita, sem raiva. — Olho para vocês e vejo que são todos como crianças pequenas! Não havia

---

26. Pequeno povoado. (N. da T.)

ninguém limpo: todos se cagaram logo, como se necessitassem que os mandassem primeiro para a latrina... Apenas um deles foi um bom mujique, um comissário de *vólost*: "Atire — disse —, jovem vagabundo, adeus, Partido e filhos." Foi o único que manteve limpa a roupa de baixo. Era um mujique especial!

Dvánov imaginou aquele bolchevique especial e disse para Nikita:

— Em breve também fuzilarão vocês — com todas as vestimentas e roupa de baixo. Não nos vestimos com os mortos.

Nikita não se ofendeu:

— Salte, salte mesmo! Ainda não chegou a sua hora de tagarelar. Eu, irmão, não vou sujar ceroulas, você não vai sugar nada de mim.

—Não vou olhar — Dvánov tranquilizou Nikita. — E, se olhar, não vou condenar.

— Eu tampouco estou condenando — resignou-se Nikita.

— Coisas da vida. Para mim, o importante é a mercadoria.

Depois de umas duas horas, eles chegaram ao *khútor* de Limáni. Enquanto os anarquistas foram falar com os proprietários, Dvánov tremia com o vento e encostava o peito no cavalo, para se aquecer. Depois começaram a levar os cavalos para os estábulos e se esqueceram de Dvánov. Nikita, levando um cavalo, disse-lhe:

— Meta-se onde quiser. Com uma perna, não escapulirá.

Dvánov pensou em fugir, mas se sentou na terra, devido à fraqueza do seu corpo, e chorou na escuridão do vilarejo. O *khútor* ficou completamente quieto, os bandidos alojaram-se e foram se deitar. Dvánov arrastou-se até o palheiro, onde se deitou sobre a palha de milhete. Sonhou a noite toda. Sentia o sonho com mais profundidade do que podia sentir a vida e, por isso, não se lembrava. Acordou no silêncio de uma noite longa e plena, que é, segundo a lenda, quando crescem as crianças. Nos olhos de Dvánov permaneciam as lágrimas que chorara em sonho. Lembrou que morreria naquele dia e abraçou a palha como se fosse um corpo vivo.

Com esse consolo, adormeceu de novo. Pela manhã, Nikita quase não o encontrou e, no começo, achou que ele estivesse morto, porque Dvánov dormia com um sorriso eterno e imutável. Mas isso era porque os olhos não sorridentes de Dvánov estavam fechados. Nikita tinha a vaga ideia de que uma pessoa viva não sorri com o rosto todo: algo sempre permanece triste nela, sejam os olhos ou a boca.

~

Sônia Mándrova chegou de carroça ao vilarejo de Volóchino e passou a viver como professora na escola. Foi também chamada para assistir a partos, participar de serões[27], curar feridas, e fazia tudo isso como podia, sem ofender ninguém. Todo mundo precisava dela naquele pequeno vilarejo ao lado do barranco, e Sônia se sentia importante e feliz em poder consolar a dor e mitigar as doenças do povo. Mas, à noite, ficava sozinha, à espera de uma carta de Dvánov. Ela tinha dado seu endereço a Zakhar Pávlovitch e a todos os conhecidos, para que não se esquecessem de escrever a Sacha, dizendo onde ela morava. Zakhar Pávlovitch prometeu que assim o faria, e deu a ela um retrato de Dvánov:

— Em todo caso — disse ele —, você trará a fotografia de volta para mim, quando se tornar a esposa dele e vierem morar comigo.

— Vou trazê-la de volta, pode deixar — disse-lhe Sônia.

Ela olhava para o céu pela janela da escola e via as estrelas pairando sobre a tranquilidade da noite. Reinava tal silêncio lá em cima que parecia não existir nada na estepe além do vazio, e não se podia respirar o ar; por isso as estrelas caíam. Sônia pensava sobre a carta — "Será que conseguiriam transportá-la em segurança pelos campos?" — A carta se transformou para ela numa ideia que alimentava a vida; não importava o que fizesse, Sônia acreditava

---

27. No original, *posidiélki*: serões de aldeia, para diversão e trabalho conjunto. (N. da T.)

que a carta estava a caminho e que, secretamente, guardava somente para ela a necessidade de uma existência futura e de uma esperança alegre — o que a motivava a trabalhar ainda com mais parcimônia e constância para amenizar as desgraças das pessoas do vilarejo. Ela sabia que a carta recompensaria tudo aquilo.

Mas, naquela época, as cartas eram lidas por pessoas estranhas. A carta de Dvánov para Chumílin tinha sido lida ainda em Petropávlovka. O carteiro foi o primeiro a lê-la, seguido por todos os seus conhecidos interessados em leitura: o professor, o diácono, a viúva do vendeiro, o filho do sacristão e alguns outros. As bibliotecas, naquela altura, não funcionavam, os livros não eram vendidos, enquanto as pessoas eram infelizes e exigiam um consolo espiritual. Por isso, a *khata* do carteiro tinha se transformado em uma biblioteca. As cartas mais interessantes nem chegavam ao destinatário, eram apenas guardadas para serem relidas e proporcionarem prazer constante.

O carteiro logo colocava de lado as encomendas postais do Estado — todo mundo conhecia o conteúdo de antemão. Os leitores se instruíam, sobretudo, com as cartas que, vindo de fora, passavam por Petropávlovka: as pessoas desconhecidas escreviam de forma triste e interessante.

O carteiro colava as cartas lidas com melaço e as reexpedia ao seu destino.

Sônia ainda não sabia disso, senão teria percorrido a pé todos os correios do campo. Através do forno situado no canto do cômodo, ela ouvia o ronco do guarda, que trabalhava na escola não pelo ordenado, mas com o propósito de conservar para a eternidade o patrimônio da mesma. Ele gostaria que a escola não fosse frequentada por crianças: elas arranhavam as mesas e sujavam as paredes. O guarda estava convencido que, sem os seus cuidados, a professora morreria e a escola seria levada pelos mujiques para suprir as necessidades domésticas. Sônia tinha mais facilidade para dormir quando ouvia uma pessoa ao seu lado e, enxugando com cautela os pés na esteira, se deitava no leito embranquecido pelo frio. Em algum lugar, os cachorros fiéis latiam, contorcendo a goela rumo à escuridão da estepe.

Sônia, encolhida para sentir o próprio corpo e nele se aquecer, começou a adormecer. Seus cabelos escuros se espalharam misteriosamente pelo travesseiro e a boca, atenta ao sonho, se abriu. Ela sonhou com feridas negras crescendo em seu corpo e, quando acordou, rápida e inconscientemente, verificou-o com a mão.

Com um pedaço de pau, alguém golpeava com força a porta da escola. O guarda já se deslocava do seu lugar sonolento e ocupava-se com o bedelho e o ferrolho no saguão. Ele xingava o homem que estava nervoso do lado de fora:

— Por que você está batendo com o cabo do chicote? Aqui há uma mulher descansando e a porta é fina. Então, o que você quer?

— O que é isso aqui? — perguntou uma voz calma, do lado de fora.

— Isso é uma escola — respondeu o guarda. — Você pensou que fosse uma hospedaria?

— Isso quer dizer que uma professora vive aqui?

— E onde mais ela deveria estar com esta profissão? — surpreendeu-se o guarda.— E por que você precisa dela? Acha que eu vou lhe deixar vê-la? Que descarado!

— Mostre-a a nós...

— Se ela quiser, você poderá vê-la.

— Pode deixar entrar, quem está aí? — gritou Sônia correndo do seu quarto para o saguão.

Ambos desceram dos cavalos — Mrátchinski e Dvánov.

Sônia recuou. Na sua frente estava Sacha: cabeludo, sujo e triste.

Mrátchinski olhava para Sófia Aleksándrovna de forma indulgente: seu corpo lastimável não merecia sua atenção e esforço.

— Alguém mais veio com vocês? — perguntou Sônia, ainda sem conseguir sentir sua felicidade. — Sacha, chame os seus camaradas. Eu tenho açúcar e vocês tomarão chá.

Dvánov os chamou do alpendre e regressou. Nikita chegou, acompanhado de mais um — de baixa estatura, magro e com olhos pouco atentos, apesar de já ter visto a mulher desde o umbral e sentido imediatamente uma atração por ela — sem desejo de possessão, mas para defender a oprimida fragilidade feminina. Ele se chamava Stepán Kopienkin.

Kopienkin cumprimentou todo mundo, inclinando sua cabeça com uma dignidade tensa, e ofereceu a Sônia uma bala *barbaríska*[28], que levava há uns dois meses no bolso, sem saber a quem ofereceria.

— Nikita — disse Kopienkin, que falava pouco, com uma voz ameaçadora —, ferva água na cozinha, faça essa operação com Petrúcha. Procure mel nas suas coisas — você rouba qualquer porcaria: quando estivermos na retaguarda, vou julgá-lo, seu parasita!

— Como é que você sabe que o guarda se chama Piotr? — perguntou Sônia, tímida e surpresa.

Kopienkin soergueu-se, por sincero respeito:

— Camarada, fui eu próprio que o prendi na propriedade de Buchínski, por resistência ao povo revolucionário no momento da destruição dos bens confiscados.

Dvánov dirigiu-se a Sônia, que estava apavorada com aquelas pessoas:

— Você sabe quem é ele? É o comandante dos bolcheviques em campanha, ele me salvou do assassinato que aquele homem ali ia cometer! — Dvánov apontou para Mrátchinski. — Aquele homem fala de anarquia, mas ele mesmo temia pela continuação de minha vida.

Dvánov ria, não guardava rancor pelo que acontecera.

— Esse tipo de canalha eu tolero até a primeira batalha — falou Kopienkin sobre Mrátchinski. — Sabe, encontrei Sacha

---

28. Rebuçado azedo de extrato de uva-espim — *berberis vulgaris* —, xarope e limão. (N. da T.)

Dvánov nu, ferido, em um *khútor*, onde este selvagem e sua cavalaria roubavam galinhas! Acontece que eles estão em busca da ausência de poder! "O quê?" — pergunto. "Anarquia" — dizem. Ah, que a peste os carregue: todos ficarão sem poder, e eles com espingardas! Tudo isso é bobagem! Eu tinha cinco homens e eles trinta: e mesmo assim os capturei. São meros ladrões, e não soldados. Eu deixei este daí e Nikítko como prisioneiros e libertei o restante, porque me deram palavra de honra de que trabalhariam muito. Quero só ver como ele atacará os bandidos — assim como fez com Sacha, ou com mais calma. Então acertarei as contas.

Mrátchinski limpava as unhas com uma farpinha. Mantinha aquela modéstia de alguém que fora vencido injustamente.

— E onde estão os outros membros do exército do camarada Kopienkin? — perguntou Sônia a Dvánov.

— Ele os liberou por dois dias para visitarem as esposas, pois acha que as derrotas militares acontecem porque os soldados ficam sem as mulheres. Ele quer organizar exércitos familiares.

Nikita trouxe mel numa garrafa de cerveja e o guarda — o samovar. O mel cheirava a querosene, mas, assim mesmo, comeram tudo.

— Mecânico filho da puta! — Kopienkin ficou com raiva de Nikita. — Você rouba o mel e o coloca numa garrafa: assim derramou a maior parte. Não podia ter achado um pote de barro?

De repente, Kopienkin ficou animado. Ergueu a xícara de chá e disse para todos:

— Camaradas! Vamos beber um último trago para ganhar forças para a defesa de todos os bebês da terra e em memória da bela jovem Rosa Luxemburgo! Juro que a minha mão depositará sobre o seu túmulo todos os seus assassinos e torturadores!

— Ótimo! — disse Mrátchinski.

— Mataremos todos! — concordou Nikita, despejando o copo de chá no pires. — É inadmissível ferir mulheres até a morte.

Sônia estava assustada.

Terminaram de beber o chá. Kopienkin virou a xícara de cabeça para baixo, batendo com o dedo no fundo dela. Então reparou em Mrátchinski e lembrou-se de que não gostava dele.

— Por enquanto, vá para a cozinha, amigo, e daqui a uma hora dê de beber aos cavalos... Petrúchka — gritou Kopienkin para o guarda —, vigie-os um pouco! Vá para lá você também — disse ele para Nikita. — Não beba água quente feito esponja, ela pode fazer falta. Acha que está em um país quente?

Nikita logo engoliu a água e sua sede cessou. Kopienkin pôs-se a meditar de forma sombria. Seu rosto internacional não expressava um sentimento claro naquele momento; além disso, era impossível imaginar sua origem — seria filho de lavradores ou de professores? — Os traços de seu rosto já haviam sido apagados pela revolução. Seu olhar se anuviava depressa com a inspiração, e ele poderia, com convicção, queimar todos os bens imóveis na terra, para que no homem só restasse o apreço pelos camaradas.

Mas as lembranças deixaram Kopienkin mais uma vez imóvel. Ocasionalmente, lançava olhares para Sônia, o que fazia aumentar o seu amor por Rosa Luxemburgo: ambas tinham a escuridão nos cabelos e a lástima no corpo; Kopienkin via tudo isso, e o seu amor seguia adiante pela estrada das lembranças.

Os sentimentos por Rosa Luxemburgo inquietavam tanto Kopienkin que o seu olhar se entristeceu, repleto de lágrimas aflitas. Pôs-se a dar voltas como um possesso e ameaçava a burguesia, os bandidos, a Inglaterra e a Alemanha pelo assassinato de sua noiva.

— Meu amor agora brilha no sabre e na espingarda, mas não no meu pobre coração! — anunciou Kopienkin, e desembainhou o sabre. — Eliminarei os inimigos de Rosa, dos pobres e das mulheres como se fossem ervas daninhas!

Nikita chegou com um pote de leite. Kopienkin agitava o sabre.

— Estamos aqui sem abastecimento diário de víveres, e este se dedica a espantar moscas — reprovou Nikita, baixinho. Depois, em voz alta, reportou: — Camarada Kopienkin, eu trouxe comida líquida para o almoço. Posso conseguir o que for, mas você não vai nunca deixar de ralhar. O moleiro do vilarejo abateu ontem um carneiro, deixe-me pegar a quota militar! Temos direito, pela norma de campanha.

— Temos mesmo? — perguntou Kopienkin. — Então pegue a ração militar para os três. Mas pese na balança romana. Não leve mais do que a norma!

— Isso seria já contrarrevolução! — asseverou Nikita com a voz carregada de justiça. — Conheço a norma do Estado: não vou pegar nenhum osso.

— Não acorde a população, amanhã você pega a ração — disse Kopienkin.

— Amanhã, camarada Kopienkin, eles vão escondê-la — previu Nikita, mas não foi pegar nada, porque Kopienkin não gostava de entrar em digressões e poderia agir de veneta.

Já era tarde. Kopienkin cumprimentou Sônia, desejando-lhe um sono tranquilo, e os quatro foram dormir na cozinha com Piotr. Cinco homens deitaram-se em fila na palha e o rosto de Dvánov logo empalideceu de sono; ele afundou a cabeça na barriga de Kopienkin e se acalmou, enquanto este, que dormia com sabre e farda, colocou a mão sobre ele para protegê-lo.

Após esperar o tempo do sono coletivo, Nikita se levantou e imediatamente examinou Kopienkin.

— Veja só como este diabo funga! Mas é um bom mujique!

E saiu em busca de uma galinha para o café da manhã. Dvánov agitou-se com aflição — teve medo de que seu coração parasse enquanto sonhava —, acordou e sentou-se no chão.

— Mas onde é que está o socialismo? — lembrou-se Dvánov, e olhou para a escuridão do quarto, procurando algo seu; parecia-lhe que já o encontrara anteriormente, mas o perdera de novo, enquanto sonhava entre aquelas pessoas estranhas. Por medo de uma futura punição, Dvánov saiu de meias e sem gorro, viu a noite perigosa e resignada e pôs-se a correr rumo ao fim do vilarejo.

Seguiu correndo pela terra cinza da alvorada até ver a manhã e a fumaça da locomotiva na estação da estepe. Lá havia um trem preparado para partir na hora prevista.

Dvánov, inconsciente, deslizou pela plataforma em meio à multidão sufocante. Atrás dele ia um homem solícito, que também queria partir. Forçou a multidão com tanto ímpeto que, apesar de ter rasgado a roupa, fez com que todos que estavam à sua frente — inclusive Dvánov — involuntariamente fossem parar na plataforma de freio de um vagão de carga. Para também conseguir entrar, aquele homem tinha que ajudar os que estavam à sua frente a subir. Agora ele ria do êxito e lia em voz alta um pequeno cartaz na parede da plataforma:

"O transporte soviético é o caminho para a locomotiva da história."

O leitor concordou plenamente com o cartaz: imaginou uma boa locomotiva com uma estrela na parte dianteira, correndo sem cargas e sem destino pelos trilhos; as pechinchas, no entanto, eram transportadas pelas locomotivas fabricadas e não pelas locomotivas da história; o cartaz não contemplava os que partiam naquele momento.

Dvánov fechou os olhos para poder se dissociar de qualquer espetáculo e viver sua viagem de maneira inconsciente até chegar àquilo que ele havia perdido ou esquecido de ver em seu antigo caminho.

Dois dias depois, Aleksandr lembrou por que estava vivo e para onde tinha sido enviado. Mas em todo ser humano ainda vive um pequeno espectador — não participa dos atos, nem dos sofrimentos — que mantém sempre o sangue-frio e a indiferença. A sua função é ver e testemunhar, mas sem direito à voz na vida do homem, e se desconhece a razão da sua solitária existência.

Esse ângulo da consciência humana permanece iluminado dia e noite, como o quarto de um zelador num grande edifício. Dia e noite aquele zelador vigia a entrada do homem, conhece todos os moradores do edifício, mas ninguém busca se aconselhar com ele sobre seus assuntos. Os moradores entram e saem, e o espectador-zelador os acompanha com os olhos. Devido ao impotente conhecimento que detém, ele às vezes parece triste, mas permanece sempre cortês, reservado, e possui um apartamento em outro prédio. Em caso de incêndio, o zelador chama os bombeiros e observa do lado de fora o desenrolar dos acontecimentos.

Enquanto Dvánov, inconsciente, ia para lá e para cá, o seu espectador interior via tudo, embora nunca tenha advertido ou ajudado. Vivia paralelamente a Dvánov, sem ser Dvánov.

Existia como se fosse o irmão morto do homem: possuía todos os atributos humanos, mas faltava algo que, apesar de insignificante, era essencial. O homem nunca se lembra dele, mas nele sempre confia: assim, o morador, quando sai de casa e deixa a mulher, nunca tem ciúmes do zelador.

Este zelador é o eunuco da alma humana. Foi isso o que ele testemunhou.

Durante a primeira hora, Dvánov viajou em silêncio. Onde há massa humana, logo surge um líder. Através dele, a massa protege suas esperanças vãs, enquanto o líder extrai dela todo o necessário. A plataforma de freio do vagão, onde couberam umas vinte pessoas, reconheceu como seu líder aquele homem que havia empurrado todos na plataforma para que ele mesmo pudesse subir nela. Aquele líder nada sabia, mas tudo anunciava. Por isso as pessoas acreditavam nele: queriam conseguir, algures, um *pud* de farinha, e, para resistir ao sofrimento, precisavam saber com antecedência que o conseguiriam. O líder dizia que, sem falta, todos trocariam farinha por algo: ele já tinha estado no lugar para onde as pessoas se dirigiam. Conhecia aqueles subúrbios ricos, onde os mujiques comiam galinhas e pãezinhos de trigo. Lá, em pouco tempo, haveria o dia do santo padroeiro e certamente ofereceriam alguma coisa a todos os sacoleiros[29].

— Nas isbás é tão quente quanto num banho russo — asseverava o líder. — Você pode comer banha de cordeiro até se fartar e dormir deitado! Quando estive lá, cada manhã eu bebia uma bilha de massa fermentada, por isso agora não tenho nenhuma lombriga dentro de mim. No almoço, toma-se *borsch*[30] até ficar suado, depois se começa a devorar a carne, e então mingau e panquecas — come-se até começar a dar cãibra nos zigomas. O alimento fica como uma estaca atravessada na garganta. Então você coloca banha na colher, untando a comida no interior, para que ela não saia. Depois, logo sentia vontade de dormir. Muito bom!

As pessoas ouviam o líder com medo da perigosa alegria.

— Meu Deus, será que um dia os velhos tempos voltarão? — falou, simplório, um velhinho magricela, que experimentava a subnutrição com a dor e a paixão de uma mulher que está a ponto de perder o seu filho. — Não, o que já foi não voltará mais a existir... Ah, eu tomaria agora ao menos um calicezinho — e até perdoaria todos os pecados do tsar!

— O que foi, velho, tem tanta vontade assim? — perguntou o líder.

— Nem me fale, querido! O que eu já não bebi? Laca, verniz — gastei muito dinheiro em água-de-colônia. Tudo em vão: arranha, mas não alegra o espírito. Mas, lembre-se, antes costumava ter vodca — produzida de forma tão higiênica, a sem-vergonha! Era transparente como o ar divino — nem um cisco, nem odor, era como a lágrima de uma mulher. A garrafinha era toda esmerada, o rótulo correto: coisa fina! Você tomava cem mililitros — e logo enxergava a igualdade e a fraternidade! Que vida!

---

29. No original, *miechôtchnik*. Alguém que, durante a Guerra Civil Russa, viajava para comprar pão ou outro tipo de alimento com fins de especulação. (N. da T.)

30. Sopa russa de beterraba e couve. (N. da T.)

Todos os ouvintes suspiraram com sincero pesar sobre o que já desaparecera. Os campos estavam iluminados pelo céu da manhã e as tristes paisagens da natureza da estepe pediam permissão para penetrar nas almas, mas ninguém as admitia ali e elas se dissipavam com o movimento do trem, pairando, sem olhar para trás.

Naquela manhã esquecida, as pessoas viajavam entre queixas e sonhos e não reparavam que um jovem homem estivesse entre elas, dormindo em pé. Ele não levava pertences ou saco: era provável que tivesse alguma louça para o pão ou simplesmente se escondia. O líder quis, por hábito, verificar seus documentos e perguntou para onde ele estava indo. Dvánov não dormia e respondeu: "Para a próxima estação".

— Sua parada será agora — anunciou o líder. — Você ocupou à toa um lugar para uma distância tão curta: poderia ter ido de pé.

Embora o dia já raiasse, a estação estava iluminada por uma lâmpada de querosene, sob a qual se encontrava o ajudante de plantão do chefe da estação. Os passageiros correram com os bules, assustando-se com qualquer ruído da locomotiva, por mais leve que fosse, para não serem deixados para sempre naquela estação. No entanto, poderiam dar conta daquilo sem nenhuma pressa: o trem permaneceu ali por um dia e uma noite.

Dvánov cochilou o dia todo ao lado da ferrovia e foi passar a noite numa *khata* espaçosa ao lado da estação, onde se oferecia abrigo noturno para qualquer pessoa mediante algum pagamento. O povo se deitava em camadas no chão da *khata* da hospedaria. Todo o alojamento estava iluminado pelo forno aceso, o qual era mantido aberto. Sentado ao lado do forno, um mujique com uma barba negra cadavérica observava o fogo. O barulho dos suspiros e roncos era tão alto, que parecia que ali trabalhavam em vez de dormir... Com aquela vida atarefada, até o sono era trabalho. Atrás da divisória de madeira havia outro cômodo: menor e mais escuro. Lá havia um forno russo, sobre o qual somente dois homens nus passavam a noite em claro, consertando suas roupas. Dvánov ficou contente com o tamanho do forno e subiu nele. Os homens nus se afastaram. Em cima do forno fazia tanto calor, que seria possível assar batatas.

— Aqui, jovem, você não conseguirá adormecer — disse um dos homens nus. — Aqui só é possível secar piolhos.

Ainda assim, Dvánov se deitou. Tinha a impressão de que estava com mais alguém: via, ao mesmo tempo, a *khata* noturna e a si mesmo deitado sobre o forno. Afastou-se para dar lugar ao seu companheiro e, abraçando-o, adormeceu.

Os dois homens nus terminaram o conserto da roupa. Um deles disse:

— É tarde, o rapaz já está dormindo — e ambos desceram do forno para procurar um lugar nos desfiladeiros de corpos adormecidos.

O forno do homem de barba negra se apagou; ele se levantou, espreguiçou os braços e disse:

— Ah, minha triste desgraça! — depois saiu e não voltou mais.

Começou a fazer frio na *khata*. Uma gata surgiu e começou a passar por cima das pessoas deitadas, tocando as barbas soltas com a patinha alegre.

Alguém não entendeu que era uma gata e disse, dormindo:

— Passe, menina, nós também não comemos.

De repente, um rapaz inchado, com farrapos de uma barba precoce, levantou-se bruscamente e sentou-se no meio do chão.

— Mamãe, mamãezinha! Vê se me dá um trapo, sua velha coroca! Vê se me dá um trapo, estou dizendo... Tape o pote com ele!

A gata arqueou a espinha, temendo que o rapaz fosse perigoso.

O velho ao lado dormia, mas, devido à idade, sua mente funcionava durante o sono.

— Deite-se, deite-se, seu maluco — disse o velho. — Por que você fica com medo no meio do povo? Durma com deus.

O rapaz caiu de volta, inconsciente.

O céu noturno estrelado sugava o último calor diurno da terra e começava a elevar o ar antes do amanhecer. Através da janela era possível ver a relva metamorfoseada, carregada de orvalho, como se fosse um arvoredo de vales lunares. Um trem rápido apitava repetidamente ao longe — espaços fechados o oprimiam e ele, berrando, corria pela fenda profunda da cavidade.

Ouvia-se um som brusco de alguma vida dormente, e Dvánov se despertou. Ele se lembrou do baú no qual levava pãezinhos para Sônia: havia lá uma infinidade de pãezinhos nutritivos. Mas naquele momento o baú não estava mais sobre o forno. Então Dvánov desceu, com cautela, e foi procurá-lo. A possibilidade de perder o baú fez com que ele estremecesse de medo, e todas as suas forças espirituais se transformaram numa angústia por causa do baú. Dvánov ficou de quatro e começou a apalpar as pessoas sonolentas, supondo que elas tivessem escondido o baú debaixo delas. Os adormecidos se mexiam e, debaixo deles, havia apenas o chão nu. Não se encontrava o baú em lugar algum. Dvánov ficou horrorizado com a sua perda e começou a chorar de ressentimento. De novo andava de mansinho sobre os adormecidos, tocava seus pertences e até deu uma espiada no forno. Pisou nos pés de muitos, arranhou as bochechas de outros com a sola dos seus sapatos e tirou um homem inteiro do lugar. Sete pessoas acordaram e se sentaram.

— O que você está procurando, diabo? — perguntou um mujique bem apessoado, com uma ligeira exasperação. — O que você arrumou aqui, satanoide insone?

— Stepán, jogue uma *válienok* nele, está mais perto de você! — propôs outro homem, que dormia de gorro em cima de um tijolo.

— Vocês não viram o meu baú? — dirigiu-se Dvánov às pessoas ameaçadoras. — Estava fechado, eu o trouxe ontem, mas agora não o encontro.

Um mujique meio cego, mas justamente por isso ainda mais sensível, apalpou a sua sacola e disse:

— Veja só que raposa! Baú! Será que realmente o tinha? Ontem você chegou sem nada: eu estava sentado com os olhos semicerrados. E agora quer um baú!...

— Stepán, dê nele ao menos uma vez: a sua pata é mais bem nutrida do que a minha! — pediu o homem de gorro. — Atenda, por favor, o meu pedido: este filho de uma égua acordou todo mundo! Agora temos que ficar nesta realidade até amanhã.

Dvánov estava perdido no meio de todos e esperava ajuda.

Do outro cômodo, do forno russo, ouviu-se uma voz firme:

— Joguem logo esse andarilho no pátio! Senão me levanto e dou uma surra em todos. Deem sossego para o homem soviético ao menos durante a noite.

— Ah, para que conversar com ele?! — gritou um rapaz testudo ao lado da porta, pondo-se de pé. Agarrou Dvánov pela cintura, como um tronco caído, e o arrastou para fora.

— Refresque-se aí! — disse o rapaz, voltando para o calor da *khata* e batendo a porta.

Dvánov caminhava pela rua. Uma fileira de estrelas o vigiava. Por causa delas, do outro lado do mundo, o céu começava a clarear, enquanto embaixo reinava uma pureza gélida.

Saindo do povoado, Dvánov quis correr, mas caiu. Ele se esqueceu da ferida na perna, mas dela, o tempo todo, gotejava sangue e uma umidade espessa; na abertura da ferida se esgueirava a força do corpo e da consciência, e Dvánov queria cochilar. Naquele momento, ele compreendeu sua fraqueza, refrescou a ferida com a água da poça, virou a bandagem ao contrário e, com prudência, retomou o caminho. À sua frente amanhecia um dia novo e melhor; a luz vinda do oriente se assemelhava a um bando de assustados pássaros brancos, voando vertiginosamente pelo céu em direção às alturas turvas.

O cemitério do vilarejo ficava sobre um montículo lavado e esparramado pelas chuvas, à direita do caminho de Dvánov. As cruzes pobres, vetustas pela ação do vento e das águas, permaneciam fiéis. Lembravam aos vivos que vagueavam entre elas que os mortos tinham vivido em vão e queriam ressuscitar. Dvánov saudou as cruzes com as mãos, para que estas transmitissem sua compaixão aos mortos nos túmulos.

~

Nikita estava sentado na cozinha da escola de Volóchino e comia o corpo de uma galinha, enquanto Kopienkin e os outros combatentes dormiam no chão. Sônia acordou antes de todos; foi até a porta e chamou Dvánov. Mas Nikita lhe respondeu que Dvánov não havia dormido ali, e que, provavelmente, tinha se adiantado para prosseguir com os afazeres de sua nova vida, já que era comunista. Sônia então entrou descalça no alojamento do guarda Piotr.

— Por que vocês estão deitados e adormecidos — perguntou ela —, mas Sacha não está?

De início Kopienkin abriu um olho; o segundo se abriu quando ele já estava de pé e de gorro.

— Petrúcha — disse ele —, ferva a sua água para todos, eu me ausentarei por meio dia!... Por que você não me falou à noite, camarada? — Kopienkin repreendeu Sônia. — Ele é um homem jovem — uma coisa livre — pode perecer nos campos, e, além do mais, está ferido. Anda agora em alguma parte, e o vento leva suas lágrimas dos olhos para o rosto...

Kopienkin foi ao quintal, em direção ao seu corcel. O animal era corpulento, mais propício para o transporte de troncos de árvores do que de pessoas. Acostumado ao seu dono e à guerra civil, alimentava-se de cercas de ramos novos e palha dos telhados, se contentando com pouco. Entretanto, para se saciar, comia um oitavo do terreno do bosque novo e bebia de um pequeno lago na estepe. Kopienkin o respeitava e o colocava em terceiro lugar: Rosa Luxemburgo, a Revolução e o corcel.

— Saudações, Força Proletária! — Kopienkin cumprimentou o corcel, que fungava por causa da forragem grosseira. — Vamos ao túmulo de Rosa!

Kopienkin esperava e acreditava que todos os assuntos e caminhos de sua vida inevitavelmente levariam até o túmulo de Rosa Luxemburgo. Essa esperança aquecia seu coração e exigia façanhas revolucionárias cotidianas. Toda manhã, Kopienkin ordenava que seu corcel fosse ao túmulo de Rosa, e o animal tinha ficado tão habituado à palavra "Rosa" que a reconhecia como ordem para avançar. Depois do som "Rosa", ele logo começava a mover as pernas, estivesse em um pântano, um matagal ou uma voragem amontoada de neve.

— Rosa, minha Rosa! — balbuciava Kopienkin de vez em quando, ao longo do caminho, e o corcel retesava o corpo gordo.

— Rosa! — suspirava Kopienkin, com inveja das nuvens que flutuavam em direção à Alemanha: elas passariam sobre o túmulo de Rosa e em cima da terra em que ela pisara com seus sapatos. Para Kopienkin, todos os caminhos e ventos iam para a Alemanha, e, mesmo se não fossem nessa direção, contornariam a terra e acabariam chegando à pátria de Rosa.

Se o caminho fosse longo e Kopienkin não topasse com o inimigo, se alvoroçava ainda com mais profundidade e paixão.

Uma ardente melancolia se acumulava nele, e não havia façanha capaz de aliviar o corpo solitário de Kopienkin.

— Rosa! — berrava Kopienkin, lastimoso, assustando o cavalo, e vertia, em lugares solitários, grandes e incontáveis lágrimas, que depois secavam sozinhas.

Força Proletária não se cansava por causa da estrada, como de hábito, mas devido ao peso de seu próprio corpo. O corcel tinha sido criado no vale de prados situado próximo ao rio Bitiúg e, às vezes, a saliva suculenta pingava-lhe devido à lembrança das ervas doces e sortidas de sua pátria.

— Está com vontade de mastigar de novo? — percebeu Kopienkin, da sela. — No ano que vem deixarei que fique um mês de licença, mergulhado nas ervas daninhas, e logo depois iremos ao túmulo...

O cavalo se sentia grato e zelosamente prensava a relva do caminho na terra. Nas bifurcações, Kopienkin não dava uma direção particular ao corcel. De maneira independente, Força Proletária preferia uma estrada à outra e sempre saía onde necessitavam da mão armada de Kopienkin. Este agia sem plano ou itinerário, ao léu, guiado segundo a vontade e liberdade do cavalo; considerava a vida comum mais sábia do que a sua cabeça.

O bandido Gróchikov passou muito tempo caçando Kopienkin, sem conseguir encontrá-lo. Se o próprio Kopienkin não sabia para onde ia, como o saberia Gróchikov?

Passando umas cinco verstas de Volóchino, Kopienkin chegou a um *khútor* que contava cinco casas. Desembainhou o sabre e, com a sua ponta, bateu em todas as *khatas*, uma por uma.

Das *khatas* brotavam mulheres loucas, há muito prontas para enfrentar a morte.

— O que é que você quer aqui, querido? Os Brancos foram embora e os Vermelhos não se escondem!

— Saia para a rua com toda a família — agora mesmo! — comandou Kopienkin, com voz grossa.

No fim das contas, saíram sete mulheres e dois velhos — não levaram as crianças e ocultaram os maridos em cantos distantes. Kopienkin examinou-os e ordenou:

— Voltem para as casas! Ocupem-se com algum trabalho pacífico!

Dvánov com certeza não estava naquele *khútor*.

— Vamos para mais perto de Rosa, Força Proletária. — novamente dirigia-se Kopienkin ao cavalo.

Força Proletária continuou conquistando o terreno.

— Rosa! — Kopienkin confortava a sua alma e observava algum arbusto desnudo com suspeita, para averiguar se ele também ansiava por Rosa. Se comprovava que não era assim, Kopienkin colocava o cavalo em sua direção e desbravava o arbusto: "Se Rosa não é necessária para você, então não exista para nada — nada é tão imprescindível como Rosa".

No gorro de Kopienkin tinha sido costurado um cartaz com a imagem de Rosa Luxemburgo. Tinha sido desenhada tão lindamente nele com tinta, que nenhuma mulher poderia se comparar a ela. Kopienkin acreditava na fidelidade do cartaz e tinha medo de descosê-lo, para não se comover.

Kopienkin andou até a noite por lugares desertos, examinando as cavidades ao redor, para ver se Dvánov, extenuado, não estaria dormindo ali. Entretanto, tudo estava quieto e deserto. Ao anoitecer, Kopienkin chegou a um grande vilarejo chamado Máloie[31] e começou a verificar a população, casa por casa, procurando por Dvánov entre as famílias do campo. Quando chegou ao final do vilarejo, já fazia noite; então desceu até um barranco e deteve os passos de Força Proletária. Ambos — o homem e o corcel — ficaram quietos durante a noite toda.

Na manhã seguinte, Kopienkin deu tempo para que Força Proletária se alimentasse e, de novo, seguiu montado no seu lombo para onde fosse preciso. A estrada passava ao longo de aluviões arenosas, mas Kopienkin não detinha o cavalo por muito tempo.

Devido à dificuldade de locomoção, o suor de Força Proletária irrompeu em bolhas. Isso aconteceu ao meio-dia, na sebe de um vilarejo com poucas casas. Kopienkin entrou no mesmo, concedendo um descanso para o cavalo.

Uma mulher com um belo casaco de pele e um xale pequeno arrastava-se entre as bardanas.

— Quem é você? — deteve-a Kopienkin.

---

31. No original, há um jogo de palavras, pois Máloie, em russo, significa pequeno. (N. da T.)

— Eu? Eu sou a parteira.

— Então aqui nascem pessoas?

A parteira estava habituada a se comunicar e gostava de conversar com homens.

— Como que não?! Um monte de mujiques voltou da guerra e as mulheres estão morrendo de paixão...

— Escute aqui, mulher: hoje um jovem sem gorro cavalgou para cá — a sua mulher não consegue dar à luz. — Ele provavelmente está procurando por você, dê uma corrida pelas *khatas* e pergunte se está em algum lugar por aqui. Depois venha me contar! Ouviu?!

— Um magricela? Com uma camisa de cetim? — reconheceu a parteira.

Kopienkin fez um grande esforço de memória, mas não soube dizer. Para ele só havia dois tipos de rostos de pessoas: os seus e os estranhos. Os seus tinham olhos azuis, e os outros, na maioria das vezes, negros e castanhos, dos oficiais e dos bandidos; Kopienkin não reparava em nada além disso.

— Sim, é ele! — concordou Kopienkin. — Com camisa de cetim e calças.

— Vou trazê-lo agora mesmo para você — está na casa da Fióklucha; ela cozinhou batatas para ele...

— Traga-o para mim, mulher, eu lhe direi um obrigado proletário! — proferiu Kopienkin e acariciou Força Proletária. O cavalo estava parado, feito uma máquina: enorme, trêmulo, coberto pelos nós dos músculos; com um corcel desses, melhor seria lavrar terras virgens e arrancar árvores.

A parteira foi até a casa de Fióklucha.

Fióklucha estava lavando seus bens de viúva, mostrando seus braços carnudos e rosados.

A parteira se benzeu e perguntou:

— Onde está seu hóspede? Um cavaleiro está perguntando por ele.

— Está dormindo — disse Fióklucha. — O rapaz mal está vivo, não vou acordá-lo.

Dvánov deixou o braço direito dependurar-se do alto do forno. Através dele, via-se a sua respiração profunda e esparsa.

A parteira voltou até Kopienkin, e ele mesmo foi a pé até a casa de Fióklucha.

— Acorde o convidado! — ordenou Kopienkin. Fióklucha puxou Dvánov pela mão. Ele começou a falar rápido, devido ao susto sonolento, e mostrou seu rosto.

— Vamos, camarada Dvánov — pediu Kopienkin. — A professora ordenou que lhe levasse.

Dvánov acordou e recordou:

— Não, daqui não vou para lugar algum. Vá embora.

— Você quem sabe — disse Kopienkin. — Você está vivo, isto já é ótimo.

Kopienkin voltou na escuridão, no entanto, escolheu um caminho mais curto. Já à noite, viu o moinho e as janelas iluminadas da escola.

O guarda Piotr e Mrátchinski jogavam damas no quarto de Sônia, enquanto a professora estava sentada na cozinha, junto à mesa, aflita, com a cabeça apoiada na palma da mão.

— Ele não quer vir — relatou Kopienkin. — Está deitado no forno na casa de uma mulher solteirona.

— Então, que fique deitado — disse Sônia, repudiando Dvánov. — Ele ainda acha que sou uma menina, mas eu também sinto tristeza sem saber a razão.

Kopienkin foi ver os cavalos. Os membros de seu destacamento ainda não tinham voltado da visita a suas mulheres, Mrátchinski e Nikita seguiam sem fazer nada, comendo as provisões do povo até se fartarem.

"Assim, passaremos a guerra comendo nos vilarejos — pensou Kopienkin. — Não restará nenhuma base na retaguarda: será que então se chega até Rosa Luxemburgo?"

Mrátchinski e Nikita andavam sem rumo pelo quintal, mostrando a Kopienkin que estavam dispostos a cumprir qualquer diligência. Mrátchinski estava em cima do estrume, pisoteando-o com os pés.

— Vão para o cômodo — disse-lhes Kopienkin, refletindo devagar. — Amanhã libertarei vocês dois. Para que carregarei comigo pessoas transtornadas? Não são inimigos, são uns parasitas! Agora sabem que eu existo, e isso basta.

~

Dvánov passava aquele período demorado de sua vida sentado no aconchego da moradia e observava como sua anfitriã pendurava roupas em cordas estendidas ao lado do forno. A gordura de cavalo ardia em um pote, feito as chamas do inferno dos quadros provincianos; pessoas do vilarejo circulavam pelas ruas, a caminho dos lugares abandonados das redondezas. A guerra civil jazia ali sob a forma de estilhaços de propriedade do povo — cavalos mortos, carroças, *zipun*[32] de bandidos e travesseiros. Os travesseiros substituíam as selas dos bandidos; eis a origem do grito de guerra desses destacamentos: "Pelos colchões de pena!" Os comandantes do Exército Vermelho, galopando sobre seus cavalos, respondiam aos bandos que fugiam, gritando:

— Travesseiros para as mulheres!

Durante as noites, o povoado de Sriédnie Boltái saía pelos bosques e barrancos largos e vagava pelos rastros de batalhas passadas em busca de objetos que poderiam ter alguma utilidade doméstica. Muitos conseguiam achar algo: aquela indústria expurgatória da guerra civil não vivia em prejuízo. As ordens do comissariado para a devolução do equipamento militar encontrado pendiam em vão: as máquinas de guerra eram desmontadas, peça

---

32. Casaco tradicional usado pelos camponeses na maioria dos países eslavos. (N. da T.)

por peça, e convertidas em mecanismos de ocupações pacíficas — um pote de ferro fundido era acrescentado à metralhadora com refrigeração à água e se transformava em um alambique, as cozinhas de campanha foram reformadas em banhos russos, algumas peças de artilharia de três polegadas eram utilizadas como batedores de lã na fabricação de panos, e dos fechos de canhão faziam linguetas para a mó do moinho.

Dvánov viu uma camisola costurada de uma bandeira inglesa num quintal. Aquela camisola secava no vento russo e já possuía furos e marcas de ter sido usada por sua dona.

A anfitriã Fiókla Stepánovna terminou o trabalho.

— Por que você está tão pensativo, rapaz? — perguntou ela.

— Você está com fome ou tédio?

— É... — respondeu Dvánov. — Está tão calmo em sua *khata*, e eu estou descansando.

— Descanse. Não precisa correr, você ainda é jovem — tem toda a vida pela frente...

Fiókla Stepánovna começou a bocejar, tampando a boca com sua mão grande de trabalhadora:

— E eu... já vivi meu tempo. Meu mujique foi morto na guerra do tsar, não tenho para que viver, o sono até me deixa contente.

Fiókla Stepánovna se despiu na frente de Dvánov, sabendo que ninguém tinha necessidade dela.

— Apague o fogo — disse Fiókla Stepánovna, descalça —, senão não sobrará nada para nos levantarmos amanhã.

Dvánov soprou o pote. Fiókla Stepánovna subiu no forno.

— Suba aqui você também... Os tempos mudaram: você nem olhará para as minhas vergonhas.

Dvánov sabia que se aquela pessoa não estivesse na *khata* ele imediatamente sairia correndo para os braços de Sônia ou procuraria ainda mais rápido o socialismo em algum lugar distante. Fiókla Stepánovna protegeu Dvánov, acostumando-o com a simplicidade feminina, como se fosse a irmã de sua falecida mãe, da qual ele não se lembrava e que não podia amar.

Quando Fiókla Stepánovna adormeceu, tornou-se difícil para Dvánov ficar sozinho. Ao longo do dia, eles quase não conversavam, mas Dvánov não sentia solidão: de alguma maneira, Fiókla Stepánovna pensava nele e Dvánov também a sentia permanentemente, livrando-se assim de sua esquecida compenetração. Agora, ele não estava na consciência de Fiókla Stepánovna e sentia o peso do sono que se aproximava, quando ele mesmo se esqueceria de todos; sua mente seria expulsa para fora pelo calor do corpo e ali permaneceria feito um observador solitário e triste. A fé antiga chamava esta consciência fraca e banida de anjo da guarda. Dvánov ainda conseguia se lembrar daquele significado e lamentou pelo anjo da guarda, que saía das trevas opressoras do homem vivo para se instalar no frio.

Em algum lugar do seu cansado silêncio, Dvánov sentia saudade de Sônia e não sabia o que deveria fazer; gostaria de tê-la em seus braços e ir em frente, renovado e livre para experimentar outras emoções mais satisfatórias. A luz do lado de fora da janela se extinguia, e, sem o vento corrente, o ar da *khata* tinha se tornado pesado.

Na rua, as pessoas farfalhavam pela terra, regressando dos trabalhos de desarmamento da guerra. Às vezes, arrastavam coisas pesadas, machucando a relva até a raiz.

Dvánov subiu no forno, silencioso. Fiókla Stepánovna coçava as axilas e se mexia.

— Vai se deitar? — perguntou ela, sumida em um sono indiferente. — Claro, tem que dormir.

Devido aos tijolos quentes do forno, Dvánov ficou ainda mais agitado e só conseguiu adormecer após ficar exausto por causa do calor, perdendo-se em delírios. Coisas pequenas — caixas, potes, *válenki* e blusas se transformaram em pesados objetos de grande volume e desmoronavam sobre Dvánov; era obrigado a deixá-los passar por dentro dele, eles entravam com dificuldade,

esticando-lhe a pele. Dvánov temia, sobretudo, que ela arrebentasse. O mais assustador não eram as sufocantes coisas que haviam ganhado vida, mas o medo de que a pele arrebentaria e ele se engasgaria com a lã quente e seca do *válenok*, preso nas costuras da pele.

Fiókla Stepánovna colocou a mão sobre o rosto de Dvánov. Ele sentiu o cheiro de relva murcha, lembrou-se da despedida com a menina-moça lastimável e descalça ao lado da cerca e apertou a mão de Fiókla Stepánovna. Para acalmar-se e proteger-se da angústia, foi deslizando sua mão mais e mais para cima e se encostou a Fiókla Stepánovna.

— Por que você está tão agitado, rapaz? — sentiu ela. — Esqueça e durma.

Dvánov não respondeu. Seu coração batia como se fosse duro, e ficou extremamente feliz com sua liberdade interior. O zelador da vida de Dvánov estava no seu alojamento, não se alegrava nem se entristecia, apenas fazia o serviço necessário.

Como se houvera aprendido antes, Dvánov acariciava Fiókla Stepánovna com mãos experientes. Por fim suas mãos se detiveram, de medo e espanto.

— O que você tem? — sussurrou Fiókla Stepánovna, com uma voz próxima e alta. — Isso é igual em todas.

— Vocês são irmãs — disse Dvánov com a delicadeza de uma lembrança viva, com a necessidade de agradar Sônia através de sua irmã. O próprio Dvánov não experimentava nem alegria nem esquecimento completo: atento, escutava o tempo todo o trabalho preciso do coração. Mas este acabou cedendo, ralentou-se, deu uma batida e, esvaziado, fechou-se. Ele se abrira demasiado e, involuntariamente, deixou escapar seu único pássaro. O zelador-observador seguiu com o olhar o pássaro, que, voando, carregava sobre suas asas abertas e tristes um corpo impreciso, tal era a sua leveza. O zelador começou a chorar — ele chora uma só vez na vida de um homem, uma única vez ele abandona a calma para sentir compaixão.

A palidez uniforme da noite na *khata* pareceu turva para Dvánov, que tinha os olhos anuviados. As coisas permaneciam pequenas nos seus lugares, Dvánov não desejava nada e, curado, adormeceu. Ele não conseguiu descansar até o amanhecer. Acordou tarde, quando Fiókla Stepánovna acendia o fogo debaixo da trempe do forno, mas voltou a adormecer. O cansaço que sentia era tanto, que parecia que a ferida que o consumia tinha sido aberta no dia anterior. Por volta do meio-dia, Força Proletária se deteve na janela. Pela segunda vez Kopienkin desceu do seu lombo em busca do amigo. Ele bateu com a bainha no vidro.

— Patroa, chame o seu hóspede.

Fiókla Stepánovna sacudiu a cabeça de Dvánov:

— Recomponha-se, menino, o cavaleiro o está chamando!

Dvánov mal acordou, e tudo que via era um denso nevoeiro azul. Kopienkin entrou na *khata* de casaco e gorro.

— Então, camarada Dvánov, você se instalou aqui para sempre? A professora lhe mandou isso aqui — a sua roupa de baixo.

— Ficarei aqui para sempre — disse Dvánov.

Kopienkin inclinou a cabeça sem ter nela um pensamento que poderia lhe ajudar.

— Então eu vou indo. Adeus, camarada Dvánov.

Pela metade superior da janela, Dvánov viu que Kopienkin rumava para as profundezas da planície, em direção a um lugar distante. Força Proletária levava o velho guerreiro para aquele lugar onde morava o inimigo vivo do comunismo, e Kopienkin desaparecia pouco a pouco da vista de Dvánov — miserável, distante e feliz.

Dvánov saltou do forno e apenas quando já estava na rua lembrou que depois seria necessário cuidar da perna ferida. Que ela, por enquanto, aguente assim.

— Por que você veio correndo atrás de mim? — perguntou-lhe Kopienkin, que cavalgava a passo. — Morrerei em breve, e você ficará sozinho no cavalo!...

Então ele levantou Dvánov e o sentou na garupa de Força Proletária.

— Segure a minha cintura com as mãos. Vamos seguir e existir juntos.

Força Proletária cavalgou em frente até o entardecer e, à noite, Dvánov e Kopienkin pousaram na cabana do guarda-florestal, na fronteira entre o bosque e a estepe.

— Você não recebeu ninguém estranho? — perguntou Kopienkin ao guarda.

Mas na cabana pernoitavam muitos andarilhos e o guarda falou:

— Tanta gente anda à procura de provisões hoje em dia — como se lembrar de todos?! Sou um homem público, não teria como me lembrar de cada focinho!

— E por que o seu quintal cheira a queimado? — Kopienkin lembrou-se do ar.

O guarda e Kopienkin saíram para o quintal.

— Você está escutando? — notou o guarda. — A grama está tilintando, mas não há vento.

— Não há — Kopienkin pôs-se a escutar.

— Os transeuntes disseram que os burgueses Brancos estão dando sinais pelo rádio. Está escutando? De novo está cheirando a queimado.

— Não estou sentindo — Kopienkin tentava sentir o cheiro.

— Você está com o nariz entupido. O ar está queimando devido aos sinais sem fio.

— Agite o bastão! — Kopienkin ordenou imediatamente

— Atrapalhe o barulho deles: que não entendam nada.

Kopienkin desnudou o sabre e começou a movimentá-lo pelo ar nocivo até que a sua mão acostumada se contraísse na articulação do ombro.

— Chega — rescindiu Kopienkin. — Agora ficou confuso para eles.

Após a vitória, Kopienkin ficou satisfeito; considerava a revolução como o último vestígio do corpo de Rosa Luxemburgo e a velava até nos pequenos detalhes. O guarda-florestal, que ficara calado, deu uma fatia de um bom pão para Kopienkin e Dvánov e se sentou longe deles. Kopienkin não prestou atenção no sabor do pão: comia sem saborear, dormia sem medo dos sonhos e vivia espontaneamente, sem capitular diante do seu corpo.

— Por que está nos alimentando? — perguntou Dvánov ao guarda. — Pode ser que sejamos pessoas nocivas.

— Você não comeria! — repreendeu Kopienkin. — O trigo nasce sozinho na terra, o mujique só faz cócegas nela com o arado, como as mulheres fazem com as tetas das vacas! Este não é um trabalho completo. Não é verdade, patrão?

— Sim, talvez seja assim — asseverou o homem que os alimentou. — O poder é de vocês, saberão melhor.

— Você é um tolo, compadre dos cúlaques — subitamente Kopienkin se enfureceu. — O nosso poder não é o terror, mas a contemplatividade popular.

O guarda concordou que agora havia contemplatividade. Antes de dormir, Dvánov e Kopienkin falaram sobre o dia seguinte.

— O que você acha — perguntava Dvánov —, assentaremos em breve os vilarejos à maneira soviética?

Kopienkin foi definitivamente convencido pela revolução de que qualquer inimigo era complacente.

— Sem demora! Logo falaremos que de outra maneira os vales ressecados pertencerão ao *khokhól*[33]... Ou simplesmente recrutaremos, armados, a mão de obra forçada dos camponeses para o transporte de construções: uma vez que foi dito que a terra é o socialismo, que assim seja.

— No início será necessário levar água para as estepes — pensava Dvánov. — Lá é uma área seca, os nossos divisores de água são rebentos do deserto transcaspiano.

— Levaremos encanamento para lá — Kopienkin logo confortou seu camarada. — Construiremos fontes, molharemos a terra nos anos de seca, as mulheres criarão gansos e todo mundo terá penas e penugens: um negócio florescente!

Neste momento, Dvánov já estava dormindo; Kopienkin colocou a relva macia debaixo da perna ferida do amigo e também sossegou até a manhã seguinte.

De manhã, eles deixaram a casa da clareira do bosque e foram em direção às terras da estepe.

Um passante vinha em sua direção, pelo caminho trilhado. De tempos em tempos, se deitava e rolava para continuar avançando; depois, voltava a caminhar sobre os seus pés.

— O que você está fazendo, lazarento? — Kopienkin deteve o caminhante quando já estava próximo.

— Eu, conterrâneo, estou rolando — explicou o passante. — Tenho as pernas muito cansadas. Então, dou descanso a elas enquanto eu mesmo continuo avançando.

Kopienkin ficou em dúvida:

— Então ande de forma normal e ordenada.

— Mas eu estou vindo de Batumi, há dois anos não vejo minha família. Quando descanso, sinto uma profunda angústia e, desta maneira, mesmo que o caminhar seja mais lento, eu me vejo cada vez mais perto de casa...

---

33. Forma pejorativa de se referir aos ucranianos. (N. da T.)

— Que vilarejo é aquele ali que estamos vendo? — perguntou Kopienkin.

— Ali? — o viajante virou o seu rosto lívido: ele não sabia que durante a sua vida tinha percorrido a distância até a lua. — Ali, provavelmente, é Khánskie Dvóriki... O diabo saberá: os vilarejos vivem por toda a estepe.

Kopienkin tentou entender melhor aquele homem:

— Então, parece gostar muito de sua mulher...

O passante fitou os cavaleiros com os olhos enevoados devido ao longo caminho.

— Claro que eu a respeito. Quando ela estava dando à luz, de tanta compaixão, até subi no telhado...

Khánskie Dvóriki cheirava a comida, mas, na realidade, eram os grãos que destilavam para fazer *samogón*[34]. Devido àquela produção secreta, uma mulher desgrenhada corria pela rua. Ela saltava de *khata* em *khata* e logo saía correndo.

— O *fronti*[35] está voltando! — ela advertia os mujiques enquanto olhava horrorizada para a força armada de Kopienkin e Dvánov.

Os camponeses jogavam água no fogo — a fumaça rastejava das isbás; levavam às pressas a massa de *samogón* para as selhas dos porcos, e estes, saciados, deambulavam em delírio pelo vilarejo.

— Onde está o Soviete daqui, homem honesto? — dirigiu-se Kopienkin a um cidadão coxo.

O cidadão coxo caminhava com um passo lento e altivo, investindo-se de uma dignidade misteriosa.

— Você está dizendo que eu sou honesto? Tiraram a minha perna, e agora me chamam de honesto?... Não há Soviete Rural aqui, eu sou o plenipotenciário do Comitê Revolucionário da *vólost*,

---

34. Aguardente de fabricação caseira. (N. da T.)

35. No original, *khront*. Front, provavelmente, do ucraniano *khront*. (N. da T.)

o poder e a força repressiva dos pobres. Não preste atenção que eu seja coxo, sou o homem mais inteligente do vilarejo: posso tudo! — Escute, camarada plenipotenciário! — disse Kopienkin em tom de ameaça. — Eis aqui o principal enviado em missão do Comitê Executivo da província! — Dvánov desceu do cavalo e deu a mão ao plenipotenciário. — Ele está construindo o socialismo na província com base na lei marcial, na consciência revolucionária e nos trabalhos camponeses compulsórios. O que vocês têm?

O plenipotenciário não se apavorou:

— Temos muita inteligência, mas não temos pão.

Dvánov o flagrou:

— Mas a fumaceira do *samogón* se alastra pela terra tomada dos senhores de terra.

O plenipotenciário ficou seriamente ofendido.

— Camarada, não fale à toa! Ontem assinei uma ordem oficial: hoje, temos um te-déum no vilarejo para celebrar a libertação do tsarismo. Outorguei a voluntariedade ao povo por vinte e quatro horas — hoje, cada um está livre para fazer o que quiser: eu ando sem me intrometer e a revolução descansa... Está entendendo?

— Mas quem lhe concedeu esse poder despótico? — Kopienkin franziu o cenho, no cavalo.

— Aqui eu sou igual a Lenin! — replicou o coxo, esclarecendo uma evidência. — Hoje os cúlaques, segundo os meus recibos, regalam os pobres, e eu controlo que se cumpra isso.

— Já controlou? — perguntou Dvánov.

— Em cada quintal e ao acaso: tudo está correndo como deve ser. O teor alcoólico é mais elevado do que era antes da guerra. Os camponeses que não possuem cavalos estão contentes.

— Mas por que então a mulher está correndo assustada? — perguntou Kopienkin, de maldade.

O coxo ficou muito indignado:

— Ainda há pouca consciência soviética. Temem receber os camaradas que vêm de visita, preferem derramar os bens nas

bardanas e fingir serem pobres. Conheço todos os seus truques, me dou conta de todo o sentido de suas vidas...
O coxo se chamava Fiódor Dostoiévski. Assim ele se registrou num protocolo especial, dizendo que Ignáti Mochónkov, plenipotenciário do Comitê Revolucionário da *vólost*, diante do requerimento do cidadão Ignáti Mochónkov de mudança de nome em homenagem à memória do famoso escritor Fiódor Dostoiévski, decretou: mudar o nome a partir do começo do novo dia para sempre e, doravante, propor a todos os cidadãos reavaliar se os seus sobrenomes são satisfatórios, levando em conta a necessidade de uma semelhança com o novo nome escolhido. Fiódor Dostoiévski pensou nesta campanha com o objetivo de incentivar o autoaperfeiçoamento dos cidadãos: quem se proclamar Liebknecht deveria viver de maneira semelhante a ele, caso contrário seria preciso confiscar este glorioso nome. Este procedimento de registro de mudança de nome foi realizado com dois cidadãos: Stepán Tchetcher tornou-se Cristóvão Colombo e o poceiro Piotr Grudin passou a ser Franz Mehring, apelidado de Merin[36]/[37]. Fiódor Dostoiévski protocolou aqueles nomes de maneira condicional e contestável: enviou a solicitação ao Comitê Revolucionário da *vólost*, indagando se Colombo e Mehring haviam sido pessoas suficientemente dignas para que seus nomes fossem tomados como exemplos na vida futura, ou se Colombo e Mehring haviam ficado mudos diante da revolução. O Comitê ainda não tinha respondido. Stepán Tchetcher e Piotr Grudin viviam quase sem nomes.

— Se vocês adotaram estes nomes — dizia-lhes Dostoiévski —, façam algo de notável.

— Faremos — respondiam ambos —, mas aprove e dê-nos uma declaração.

---

36. *Merin*, em russo, significa "cavalo castrado". (N. da T.)

37. Até os anos 1920, era muito comum mudar nomes e sobrenomes para o de algum líder revolucionário ou pessoa importante. (N. da T.)

— Oralmente podem se chamar assim, nos documentos, por enquanto, vou colocar como era antes.

— Pelo menos oralmente — pediam os requerentes.

Kopienkin e Dvánov encontraram Dostoiévski nos dias em que este refletia sobre as novas melhorias da existência. Ele pensava na união livre entre camaradas, no sentido soviético da vida, na possibilidade de eliminar a noite para aumentar a colheita, na organização da felicidade diária laboral, na alma — trata-se de um coração queixoso ou da razão na cabeça? Com muitas outras coisas se torturava Dostoiévski, sem, à noite, deixar a sua família em paz.

Na casa de Dostoiévski havia uma biblioteca, mas ele já conhecia os livros de cor — não o consolavam e, então, pensava sozinho.

Depois de comer mingau de milhete na *khata* de Dostoiévski, Dvánov e Kopienkin começaram uma conversa urgente sobre a necessidade de construir o socialismo no próximo verão. Dvánov dizia que esta pressa fora justificada pelo próprio Lenin.

— A Rússia soviética — Dvánov convencia Dostoiévski — é parecida com a jovem bétula atacada pela cabra do capitalismo.

— Ele até citou o slogan do jornal:

Faça a bétula crescer,
Senão a cabra da Europa a devorará!

Dostoiévski empalideceu ao imaginar, atento, o perigo inevitável do capitalismo. Realmente, devaneava ele, as cabras brancas comeriam a casca jovem, a revolução inteira se desnudaria e pereceria de frio.

— Mas o caso depende de quem, camaradas? — exclamou Dostoiévski, inspirado. — Vamos começar agora mesmo: conseguiremos fazer o socialismo até o Ano Novo! As cabras brancas chegarão saltando no verão, mas a casca da bétula soviética terá se tornado rígida.

Dostoiévski pensava no socialismo como uma sociedade de pessoas boas. Ignorava as coisas e construções. Dvánov logo o compreendeu.

— Não, camarada Dostoiévski. O socialismo é parecido com o sol e nasce no verão. É necessário construí-lo nas terras férteis das altas estepes. Quantas casas vocês têm no vilarejo?

— Temos muitas: trezentas e quarenta propriedades, e ainda quinze proprietários que vivem isolados — informou Dostoiévski.

— Muito bem. Vocês têm que se dividir em uns cinco, seis *arteis*[38]— dizia Dvánov. — Decrete imediatamente os trabalhos compulsórios — que por enquanto cavem poços nas jazidas, e a partir da primavera comecem a levar as construções nos carrinhos. Vocês têm poceiros?

Dostoiévski absorvia as palavras de Dvánov devagar, transformando-as em circunstâncias visíveis. Ele não possuía o dom de inventar a verdade e só era capaz de entendê-la convertendo os pensamentos em acontecimentos da sua região, mas este processo era demorado dentro dele: tinha que imaginar, mentalmente, a estepe vazia num lugar familiar, lá colocar as casas do seu vilarejo, umas depois das outras, e ver como estava ficando.

— Poceiros é o que temos — disse Dostoiévski. — Por exemplo, Franz Mehring: ele sente a água com os pés. Perambula pelos barrancos, calcula os aquíferos e fala: "Rapazes, cavem aqui seis *sájen*". Depois, dali saía água à beça. O dom deve ter sido transmitido pelos seus pais.

Dvánov ainda ajudou Dostoiévski a imaginar o socialismo como povoados de *arteis*, com poucas casas e lotes comuns junto a estas. Dostoiévski já tinha assimilado tudo, mas, devido à ausência temporária de socialismo na realidade, faltava certa alegria geral esparramada sobre todos os celeiros para que sua visão do

---

38. Grupo de pessoas que administram o próprio trabalho e participam igualmente dos rendimentos; cooperativa. (N. da T.)

futuro se transformasse em amor e calor, e para que a consciência e a impaciência adquirissem força dentro do seu corpo.

Kopienkin escutou por algum tempo e se ofendeu:

— Que piolho você é: o Comitê Executivo da província já falou para você concluir o socialismo até o verão! Desembainhe a espada do comunismo, já que temos a disciplina de ferro. Que Lenin você é? Você é um guarda soviético: só está atrasando o tempo de descalabro, alma perdida!

Dvánov continuava ludibriando Dostoiévski:

— A terra brilhará mais e será mais visível a partir de outros planetas graças ao cultivo de plantas. E a troca de umidade será mais intensa, o céu se tornará mais azul e translúcido!

Dostoiévski se alegrou: definitivamente, ele enxergara o socialismo. Consistia em um céu azul claro, um pouco úmido, que se alimentava da respiração de plantas forrageiras. O vento remexia, coletiva e suavemente, os lagos saciados das terras cultivadas, a vida era tão feliz que corria em completo silêncio. Restava apenas estabelecer o sentido soviético da vida. Para tratar daquele assunto, Dostoiévski fora eleito em votação unânime; permaneceu sentado sem dormir e imerso numa contemplatividade abnegada por quarenta dias; belas moças asseadas lhe levavam alimentos saborosos — *borsch* e carne de porco —, mas os retiravam intactos. Dostoiévski não conseguia emergir de suas responsabilidades.

As meninas se apaixonavam por Dostoiévski, mas, como eram todas filiadas ao Partido e deviam respeitar a disciplina, não podiam se declarar. Atormentavam-se em silêncio, como exigia a consciência.

Dostoiévski passou as unhas pela mesa, como se delimitasse a época em duas:

— Providenciarei o socialismo! O centeio ainda não terá amadurecido, mas o socialismo já estará pronto!... E perscruto: qual era meu anseio? Eu sentia falta do socialismo.

— Dele mesmo — concordou Kopienkin. — Todo mundo gostaria de amar Rosa.

Dostoiévski prestou atenção na Rosa, sem entender por completo. Apenas adivinhou que Rosa, provavelmente, era a abreviatura de revolução ou algum slogan desconhecido.

— Você tem toda razão, camarada! — respondeu Dostoiévski satisfeito, porque a felicidade principal já havia sido descoberta.

— Mas, apesar de tudo, emagreci liderando a revolução no meu distrito.

— Certo: você dança conforme todos os eventos atuais aqui — disse Kopienkin para valorizar a dignidade de Dostoiévski.

No entanto, Fiódor Mikháilovitch não conseguia adormecer com tranquilidade naquela noite; ele se virava, revirava e balbuciava devagar os detalhes de seus pensamentos.

— O que há com você? — Kopienkin, que não estava dormindo, ouviu os sons de Dostoiévski. — Está com cãibra nas mandíbulas de tanto tédio? Melhor se lembrar das vítimas da guerra civil, e você se entristecerá.

À noite, Dostoiévski despertou os adormecidos. Kopienkin, ainda sem acordar, pegou o sabre para enfrentar o inimigo que o atacava de forma brusca.

— Eu lhe toquei em nome do Poder Soviético! — explicou Dostoiévski.

— Então por que você não acordou mais cedo? — perguntou Kopienkin, severo.

— Não temos cabeças de gado — disse logo Dostoiévski: durante a metade da noite ele conseguira pensar sobre a causa do socialismo até nos pequenos pormenores da vida. — Que cidadão vai até as terras férteis se não há gado? Para que então levar o fardo das construções?... Eu fiquei me atormentando com essas aflições...

Kopienkin coçou o seu pomo-de-adão magro e pronunciado, como se estivesse limpando a garganta.

— Sacha! — disse para Dvánov. — Não durma em vão: fale para esse elemento que ele não conhece as leis soviéticas.

Depois Kopienkin fixou os olhos sombrios em Dostoiévski.

— Você é um colaborador dos Brancos e não um Lenin do distrito! O que está pensando? Separe amanhã todo o gado vivo, se é que sobra algum, e o divida entre as pessoas segundo o sentido revolucionário. E pronto!

Kopienkin logo adormeceu de novo: não entendia e não tinha dúvidas espirituais, considerando-as uma traição à revolução; Rosa Luxemburgo pensou em tudo e por todos com antecedência: agora era o momento das façanhas armadas para abater tanto o inimigo visível quanto o oculto.

De manhã, Dostoiévski foi visitar Khánskie Dvóriki, anunciando em todas as casas o decreto conjunto do Comitê Revolucionário da *vólost* e do Comitê Executivo da província sobre a partilha revolucionária do gado, sem qualquer exceção.

E o gado foi levado para a igreja da praça, sob o pranto de seus donos. Mas os pobres também sofriam vendo os donos gemendo e as velhas se lastimando, e alguns deles vertiam igualmente lágrimas, ainda que uma parte do gado passasse a ser deles.

As mulheres beijavam as vacas, os mujiques seguravam os cavalos com ternura e delicadeza, encorajando-os, como se fossem filhos indo para a guerra, enquanto eles mesmos pensavam se chorariam ou deixariam por isso mesmo.

Um camponês, homem de estatura alta e fina, mas com o rosto pequeno e desnudo, falando com voz de menina, trouxe o seu trotador sem qualquer queixa, e ainda dirigiu palavras de consolo a seus conterrâneos angustiados.

— Tio Mítri, o que há com você? — perguntava ele em voz aguda a um velho triste. — Que a paralisia o tome por completo: por acaso está se despedindo da vida para sempre? Que aflição é essa? Estão tirando o cavalo, que o diabo fique com ele, você vai arrumar outros. Pegue a sua tristeza de volta!

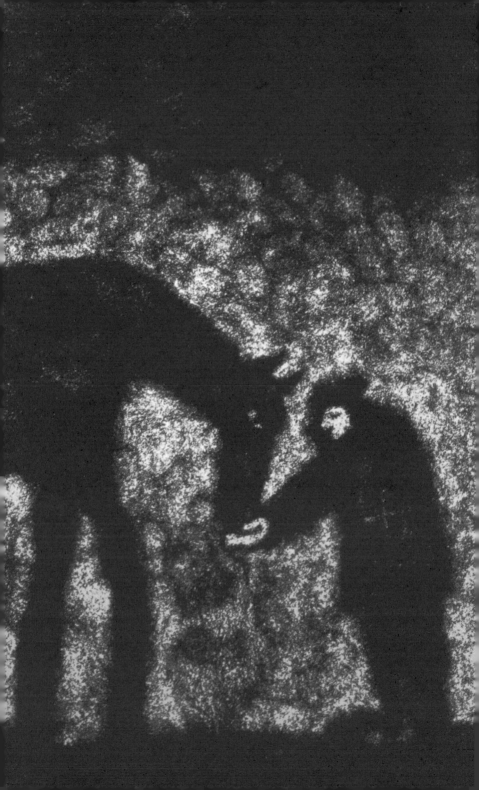

Dostoiévski conhecia aquele camponês: era um velho desertor. Tinha vindo pequeno, de algures, sem documentos, e não pôde ser convocado para nenhuma guerra: não possuía ano de nascimento ou nome oficial, nem existia formalmente; para defini-lo de algum modo, por comodidade cotidiana, os vizinhos chamavam o desertor de Inacabado, mas ele não figurava nas listas do antigo Soviete Rural. Houve um secretário que abaixo de todos os sobrenomes escreveu: "Outros — 1; gênero: duvidoso". Mas o secretário seguinte não entendeu aquele registro, adicionou mais uma cabeça ao gado bovino e riscou "outros". Assim, Inacabado vivia como uma espécie de desperdício social, como o milhete caído no chão da carruagem.

Entretanto, recentemente, Dostoiévski o havia inserido com tinta no registro civil como "camponês médio refratário sem sobrenome próprio atribuído", e assim estabeleceu a sua existência com firmeza: como se tivesse trazido Inacabado ao mundo, para o proveito soviético.

Nos velhos tempos, a vida da estepe seguia os rastros do gado, e restou no povo o medo de morrer de fome com a falta deste, por isso as pessoas choravam: mais por preconceito do que por medo da perda.

Dvánov e Kopienkin chegaram quando Dostoiévski tinha começado a distribuir o gado entre os pobres.

Kopienkin o controlou:

— Não se equivoque: o sentido revolucionário está pleno em você?

Orgulhoso de seu poder, Dostoiévski fez um gesto com a mão, da barriga até o pescoço. Tinha inventado um meio de divisão simples e claro: os mais pobres recebiam os melhores cavalos e vacas; mas, como o gado era escasso, os camponeses médios ficavam sem nada, apenas alguns receberam uma ovelha por cabeça.

Quando, felizmente, a questão estava chegando ao fim, aquele mesmo Inacabado surgiu e disse com uma voz rouca:

— Fiódor Mikhálitch, camarada Dostoiévski, é evidente que nossa questão é ridícula, mas não se ofenda com o que vou lhe dizer agora. Não se ofenda!

— Fale, cidadão Inacabado, fale com sinceridade e sem medo! — autorizou Dostoiévski, de maneira franca e construtiva para todos.

Inacabado virou-se para o povo amargurado. Até os pobres estavam aflitos, segurando, temerosos, os cavalos que receberam; e muitos deles devolveram o gado às escondidas para os abastados.

— Então, assim sendo, escutem-me todos! Farei uma pergunta tola: o que, por exemplo, fará Piétka Rijóv com meu trotador? Toda a sua ração se limita ao seu telhado de palha, na sua horta não há uma vara longa para reposição, e na sua pança cozinha, há três dias, uma meia batata. Em segundo lugar, não se ofenda, Fiódor Mikhálitch — já sabemos que a sua questão é a revolução —, mas, em segundo lugar, como farão depois com as crias? Agora somos pobres: portanto, os que têm cavalos produzirão crias para nós? Fiódor Mikhálitch, pergunte se os pobres que têm cavalos irão alimentar os potros e as bezerras para nós?

O povo ficou petrificado diante de tamanho bom senso.

Inacabado levou o silêncio em consideração e continuou:

— Na minha opinião, em cinco anos ninguém terá um gado mais alto do que uma galinha. Quem vai querer parir fêmeas para o vizinho? E o gado que temos agora morrerá antes da hora. Com Piétka, meu trotador será o primeiro a morrer — o homem nunca viu um cavalo na vida e de ração só tem estacas! Você me console, Fiódor Mikhálitch, mas não me leve a mal!

Dostoiévski logo o consolou:

— Realmente, Inacabado, a divisão não tem sentido!

Kopienkin irrompeu no círculo vazio, em meio à multidão.

— Como não tem sentido? Você está tomando o partido dos bandidos? Eu acabo com você agora mesmo! Cidadãos — disse Kopienkin à multidão, com a voz trêmula e amedrontadora —, não acontecerá o que acabou de falar o cúlaque inacabado. O socialismo vai surgir imediatamente e resolver tudo. Nada terá nascido ainda, mas já se viverá bem! E já que se retira o trotador de Rijóv, proponho passá-lo para o delegado do Comitê Executivo da província, para o camarada Dvánov. E agora, dispersem-se, camaradas pobres, rumo à luta contra a desordem!

Os pobres, que tinham perdido a habilidade de conduzir os animais, foram embora, hesitantes, com as vacas e cavalos.

Inacabado, estupefato, olhava para Kopienkin: já não estava atormentado pela perda do trotador, mas pela curiosidade.

— Deixe-me fazer uma pergunta, camarada da província? — se atreveu, por fim, Inacabado, fazendo a pergunta com uma voz infantil.

— O poder não lhe foi dado, então pode perguntar! — apiedou-se Kopienkin.

Inacabado perguntou, educado e atento:

— E o que é o socialismo, como será e de onde surgirão os bens?

Kopienkin explicou sem esforço:

— Se você fosse pobre, já o saberia, mas como você é um cúlaque não entenderá nada.

À noite, Dvánov e Kopienkin queriam ir embora, mas Dostoiévski pediu-lhes para ficar até de manhã, para saber, de forma definitiva, por onde começar e como terminar o socialismo na estepe.

Kopienkin já estava entediado com a parada que se prolongava e decidiu partir durante a noite.

— Tudo já lhe foi dito — ele dava instruções para Dostoiévski.

— Gado, vocês têm. As massas revolucionárias estão em pé. Agora, declare os trabalhos compulsórios — cave os poços e tanques na estepe e a partir da primavera conduza as construções. Cuide para que na chegada do verão o socialismo floresça até na relva! Virei verificá-lo!

— Mas assim só os pobres vão trabalhar, pois têm cavalos, e os abastecidos viverão sem tino! — Dostoiévski ficou novamente com dúvida.

— E daí? — Kopienkin não se surpreendeu. — O socialismo tem que nascer das mãos limpas dos pobres e os cúlaques perecerão na luta.

— Isso é verdade — Dostoiévski ficou satisfeito.

Dvánov e Kopienkin partiram naquela noite, após alertar mais uma vez Dostoiévski sobre o prazo de construção do socialismo. O trotador de Inacabado caminhava ao lado de Força Proletária. Ambos cavaleiros experimentaram certo alívio quando sentiram a estrada que os levava para longe da estreiteza do povoado. Após somente um dia de vida sedentária, Dvánov e Kopienkin acumulavam no coração uma forte angústia, por isso temiam os tetos das *khatas* e corriam para as estradas, que lhes sugavam o excesso de sangue do coração.

A ampla estrada do distrito ia ao encontro dos dois cavaleiros, que tinham colocado os cavalos a trote de estepe.

Sobre suas cabeças, as nuvens noturnas, meio iluminadas pelo sol, que se tinha posto havia muito tempo, permaneciam imóveis no alto, e o ar, esvaziado pelo vento diurno, tampouco se movia. Devido ao frescor e ao silêncio do espaço abatido, Dvánov se enfraqueceu e começou a cochilar no trotador.

— Se encontrarmos alguma moradia, tiraremos um cochilo até o amanhecer — disse Dvánov.

Kopienkin apontou para uma franja do bosque que estava próxima e se estendia, com seu silêncio negro e aconchegante, pela terra vasta.

— Lá haverá algum posto florestal.

Mal entrando no matagal de árvores recolhidas e tristes, os viajantes ouviram vozes enfastiadas de cachorros que vigiavam o teto solitário do guarda-florestal na escuridão.

O guarda, que protegia o bosque por amor à ciência, estava naquele momento debruçado sobre livros antigos. Procurava no passado por algo semelhante à época soviética, para conhecer o destino torturante da revolução e encontrar uma solução para salvar sua família.

Seu pai, que também fora guarda-florestal, havia lhe deixado uma biblioteca composta por livros baratos, escritos pelos piores autores, os menos lidos e mais esquecidos. Ele dizia a seu filho que as verdades transcendentais da vida permanecem ocultas nos livros abandonados.

O pai do guarda-florestal comparava livros ruins com crianças natimortas, que perecem no ventre da mãe devido à incompatibilidade do seu corpo demasiado delicado com a brutalidade do mundo que penetra até o ventre maternal.

— Se dez daquelas crianças sobrevivessem, fariam do homem um ser solene e sublime — o pai deixou este legado para o filho.

— Mas nascem aqueles que têm a mente mais confusa e o coração mais insensível, os que podem suportar o ar brutal da natureza e a luta pela comida crua.

O guarda-florestal estava hoje lendo uma obra de Nikolai Arsákov[39], publicada em 1868. O livro era intitulado "As pessoas secundárias" e o guarda procurava o que precisava através da aridez da palavra seca. Ele considerava que não existiam livros entediantes e sem sentido se o leitor estivesse procurando neles, atento, a razão da vida. Os livros entediantes vêm do leitor entediante, porque nos livros atua a angústia inquisitiva do leitor, e não a habilidade do autor.

---

39. Provavelmente, trata-se de uma referência ao escritor russo Nikolai Aksákov, filósofo, teólogo e crítico literário que viveu entre 1848 e 1909. (N. da T.)

"De onde vocês vêm? — pensou o guarda sobre os bolcheviques. — Provavelmente, já existiram antes. Nada acontece sem ser parecido com algo, sem roubar o que já existiu."

Dois filhos pequenos e a esposa, que tinha engordado, dormiam em paz e sem dar conta do que sucedia. Olhando para eles, o guarda estimulava o seu pensamento, chamando-o para a defesa daqueles três seres queridos. Desejava descobrir o futuro para compreendê-lo a tempo e não deixar seus familiares mais próximos perecerem.

Arsákov escrevia que apenas as pessoas secundárias têm uma utilidade lenta. Um intelecto muito grande não serve para nada — é como a relva em terrenos férteis que cai antes de ficar madura e não serve para a sega. A aceleração que sofre a vida das pessoas superiores torna-a exaustiva e ela perde o que tinha antes.

"As pessoas — ensinava Arsákov — começaram a agir muito cedo e sem discernimento suficiente. É necessário, na medida do possível, restringir suas ações, para dar liberdade à metade contemplativa da alma. A contemplatividade é a arte de aprender como autodidata a partir dos acontecimentos exteriores. Que as pessoas sigam estudando as circunstâncias da natureza pelo maior tempo possível, para começar a agir mais tarde, mas de forma infalível e sólida, com a arma da experiência madura na mão destra. É necessário recordar que todos os males da sociedade nascem da intervenção de pessoas com mentalidade excessivamente juvenil. Bastaria deixar a história em paz por cinquenta anos para que todos alcançassem, sem esforços, a felicidade suprema."

Os cães uivaram com as vozes de alarme, e o guarda, pegando a espingarda, saiu para receber os visitantes tardios.

O guarda conduziu os cavalos montados por Dvánov e Kopienkin através da fila de cães fiéis e de filhotes já grandes.

Meia hora depois, os três homens estavam ao redor de uma lâmpada, numa casa feita de troncos, cheia de vida. O guarda ofereceu pão e leite aos visitantes.

Ele se pôs de sobreaviso e se preparou com antecedência para qualquer coisa ruim que pudesse vir daqueles homens surgidos da noite. Mas o rosto universal de Dvánov, assim como os seus olhos, que frequentemente se punham imóveis, tranquilizavam o guarda. Depois de comer, Kopienkin pegou o livro aberto e leu, com esforço, o que Arsákov tinha escrito.

— O que você acha? — Kopienkin deu o livro para Dvánov. Dvánov leu.

— Uma teoria capitalista: viva e não mexa em nada.

— Também achei isso! — disse Kopienkin, afastando o livro perverso. — Diga-me, o que faremos com o bosque no socialismo? — suspirou Kopienkin, meditando, amargurado.

— Diga-me, camarada, quanto lucro dá um bosque numa *deciátina*[40]? — perguntou Dvánov ao guarda.

— Costuma variar — o guarda se complicou. — Depende do bosque, da idade e do estado em que se encontra — há diversos fatores...

— Bem, e em média?

— Em média? Uns dez, quinze rublos.

— Só? Mas o centeio provavelmente vale mais?

O guarda começou a ficar com medo e se esforçava para não errar.

— O centeio vale um pouco mais... Dá uns vinte, trinta rublos de lucro líquido para o mujique por *deciátina*. Acho que não menos do que isso.

No rosto de Kopienkin apareceu a fúria de uma pessoa enganada.

— Então temos que cortar logo o bosque e entregar a terra para lavoura! Essas árvores só ocupam o lugar dos cereais invernais...

O guarda se calou, seguindo o inquieto Kopienkin com olhos atentos. Dvánov estava calculando o prejuízo da silvicultura com

---

40. Antiga medida agrária russa, correspondente a 1,09 ha. (N. da T.)

um lápis no livro de Arsákov. Mais uma vez perguntou ao guarda quantas *deciátinas* havia no distrito florestal e fez um balanço.

— Os mujiques perdem uns dez mil rublos por ano por culpa deste bosque — anunciou Dvánov, tranquilo. — O centeio seguramente seria mais lucrativo.

— Claro que seria mais lucrativo! — exclamou Kopienkin.

— O próprio guarda-florestal lhe falou. Temos que cortar por completo todo esse mato cerrado e semear centeio. Redija um decreto, camarada Dvánov!

Dvánov lembrou que fazia tempo que não entrava em contato com Chumílin. De qualquer maneira, estava convencido de que este não o reprovaria pelas ações diretas que estivessem em concordância com o evidente benefício revolucionário.

O guarda se atreveu a objetar levemente:

— Gostaria de lhes dizer que as derrubadas não autorizadas têm sido muito comuns ultimamente, e não se deve cortar mais plantas tão firmes.

— Melhor ainda — respondeu Kopienkin com hostilidade.

— Estamos seguindo os passos do povo, sem nos adiantarmos. Ou seja, o próprio povo sente que o centeio é mais proveitoso do que as árvores. Sacha, escreva uma ordem para a derrubada do bosque.

Dvánov escreveu uma longa ordem em forma de apelo, dirigida a todos os camponeses pobres da *vólost* de Viérkhne-Motnínskaia. Na ordem, em nome do Comitê Executivo da província, foi proposto que se reunissem os certificados que comprovassem o estado de pobreza e que se derrubasse com urgência o bosque da zona florestal de Bitermánovski. Daquela forma, dizia a ordem, logo seriam traçados dois caminhos para o socialismo. Por um lado, os pobres receberiam a madeira para a construção de novas cidades soviéticas na alta estepe, e, por outro, a terra seria liberada para a semeadura de centeio e outras culturas mais proveitosas do que uma árvore que cresce devagar.

Kopienkin leu a ordem.

— Excelente! — ele tinha gostado. — Deixe-me assinar embaixo, para que fique mais assustador: muitos aqui se lembram de mim, pois sou um homem armado.

E ele assinou com o título completo: "Stepán Efímovitch Kopienkin, Comandante do destacamento dos bolcheviques rurais Rosa Luxemburgo do distrito Viérkhne-Motnínskaia".

— Leve amanhã para os vilarejos dos arredores, os demais se inteirarão por si mesmos — Kopienkin entregou o papel ao guarda-florestal.

— E o que eu farei depois do bosque? — o guarda solicitou instruções.

Kopienkin ordenou:

— O mesmo — lavre a terra e se alimente! Com certeza você recebia um ordenado anual tão bom que comia um *khútor* inteiro! Agora terá que viver como as massas.

Já era tarde. A noite revolucionária profunda deitava sobre o bosque condenado. Antes da revolução, Kopienkin não sentia nada de forma atenta — bosques, pessoas e espaços acossados pelo vento não o comoviam, e ele não se envolvia com eles. Agora, aquilo tinha mudado. Kopienkin escutava o ruído regular da noite de inverno e queria que ela passasse feliz pela terra soviética.

O coração de Kopienkin não estava só ocupado pelo amor por Rosa, abatida como uma árvore — esse amor se aninhava ali calidamente, mas o ninho era feito com as folhas verdes de sua preocupação pelos cidadãos soviéticos, da compaixão penosa por todos aqueles que a miséria e as façanhas impetuosas contra os inimigos dos pobres, que estavam em toda parte, haviam convertido em ruínas.

A noite cantava suas últimas horas sobre o maciço florestal de Bitermánovski. Dvánov e Kopienkin dormiam no chão e, no sono, estiravam os pés cansados dos cavalos.

Dvánov sonhava que era um menino pequeno e apertava, com alegria infantil, o peito de sua mãe, como via os outros fazerem, mas, devido ao medo, não conseguia erguer o seu olhar até o rosto dela. Percebia o seu medo vagamente e receava ver um rosto distinto sobre o pescoço de sua mãe, um rosto também querido, mas não familiar.

Kopienkin não sonhava, porque todos os seus sonhos se realizavam na vida real.

Talvez, naquele mesmo momento, a própria felicidade estivesse procurando as pessoas que iria fazer felizes, mas estas descansavam de suas preocupações sociais cotidianas, sem se lembrar de seu parentesco com a felicidade.

～

No dia seguinte, Dvánov e Kopienkin partiram para longe com o alvorecer e, depois do meio-dia, chegaram à reunião da diretoria da comuna "Amizade dos pobres", que vivia na parte sul do distrito de Novossiólovski. A comuna ocupava a antiga propriedade de Kariákin e debatia naquele momento a questão de como adequar as dependências às necessidades de sete famílias — os membros da comuna. No final da reunião, a diretoria aceitou a proposta de Kopienkin: deixar o indispensável para a comuna — uma casa, um galpão e uma granja —, e entregar as duas casas restantes e demais dependências para que o vilarejo vizinho escolhesse, de modo que os bens em excesso da comuna não oprimissem os camponeses dos arredores.

Em seguida, o escrivão da comuna começou a preparar os cupons de acesso para o jantar, escrevendo o lema "Trabalhadores do mundo, uni-vos!" à mão em cada cupom.

Todos os membros adultos — sete homens, cinco mulheres e quatro moças — ocupavam cargos específicos na comuna.

A relação de nomes e cargos estava pendurada na parede. Todas as pessoas estavam ocupadas o dia todo, segundo a lista e a ordem, servindo a si mesmas; as denominações das funções haviam mudado no sentido de conferir maior respeito ao trabalho, assim: havia uma pessoa responsável pela alimentação da comuna, um chefe de tração animal, um mestre de ferro que era, ao mesmo tempo, inspetor de ferramentas mortas e de bens de construção (devia ser um ferreiro, carpinteiro e outras funções numa pessoa só); um chefe de segurança e de integridade da comuna, um chefe de propaganda do comunismo nos vilarejos não organizados, uma educadora comunal de gerações — e outras funções de serviços.

Kopienkin leu o papel por um bom tempo, pensando em algo, e depois perguntou ao presidente, que assinava os cupons do jantar:

— Bem, mas e quando é que vocês lavram?

O presidente respondeu, sem parar de assinar:

— Este ano não lavramos.

— Por quê?

— Não era possível perturbar o regulamento interno: teríamos que tirar todos de suas funções — como ficaria a comuna? Já não era fácil mantê-la em ordem, e depois — ainda havia trigo na propriedade...

— Bem, se tinha pão, tudo bem... — disse Kopienkin, abandonando sua dúvida.

— Tinha, tinha — disse o presidente —, logo o inventariamos e o confiscamos para a saciedade coletiva.

— Isso é correto, camarada.

— Sem dúvida: temos tudo anotado e reservado em função das bocas. Chamamos um enfermeiro para estabelecer, sem preconceitos e de uma vez por todas, uma norma alimentar. Aqui, temos refletido muito sobre cada detalhe: a comuna é algo grandioso! Uma complicação da vida!

Kopienkin também concordou com esse ponto — acreditava que, se não fossem atrapalhadas, as pessoas podiam governar com justiça a si próprias. Sua tarefa era manter o caminho limpo para o socialismo; para isso, empregava a sua mão armada e diretrizes bem fundamentadas. Apenas uma coisa que o presidente havia mencionado o desconcertava — a complicação da vida. Kopienkin até pediu um conselho a Dvánov: não seria melhor dissolver imediatamente a comuna "Amizade dos pobres", já que, com uma vida complicada, seria impossível distinguir quem explorava quem? Mas Dvánov o dissuadiu: "Deixe do jeito que está — disse —, eles complicam tudo devido à alegria que sentem, ao entusiasmo pelo trabalho intelectual — antes trabalhavam de mãos vazias e sem pensamentos na cabeça; deixe que desfrutem agora do intelecto".

— Tudo bem — compreendeu Kopienkin. — Então devemos complicar as coisas ainda mais. Convém auxiliá-los com força total. Veja se você inventa algo para eles... algo pouco claro.

Dvánov e Kopienkin ficaram um dia na comuna, de modo que seus cavalos pudessem comer o suficiente para o longo caminho que iriam percorrer.

Na manhã de um dia fresco e ensolarado, começou a habitual assembleia geral da comuna. Elas eram marcadas a cada dois dias, para acompanhar os acontecimentos atuais a tempo. Na ordem do dia foram incluídas duas pautas: "o momento presente" e "assuntos em curso". Antes que começasse a discussão, Kopienkin pediu a palavra, a qual lhe foi concedida com alegria, e até apresentaram a proposta de não se limitar o tempo do orador.

— Fale o quanto quiser, temos muito tempo até a noite — disse o presidente a Kopienkin. Mas este não era capaz de falar com fluidez por mais de dois minutos, pensamentos estranhos vinham-lhe à cabeça e desfiguravam uns aos outros até se tornarem incompreensíveis, de modo que ele mesmo interrompia o discurso e, com interesse, escutava o ruído de sua cabeça.

Então Kopienkin começou recordando que o objetivo da comuna "Amizade dos pobres" era a complicação da vida, com o intuito de criar um imbróglio nos negócios e, por meio da complexidade, oferecer resistência aos cúlaques que se escondiam.

"Quando tudo ficar complicado, restrito e ininteligível — explicava Kopienkin —, as mentes honestas terão com o que se ocupar, enquanto os elementos contrários não conseguirão penetrar nos lugares restritos da complexidade. Por isso — finalizou Kopienkin, apressado para não se esquecer da proposta concreta —, por isso proponho convocar assembleias comunais gerais não a cada dois dias, mas diariamente, e até duas vezes por dia: em primeiro lugar, para a complicação da vida comum, e, em segundo, para que os acontecimentos atuais não passem à toa, sem receber atenção — ninguém sabe o que pode acontecer ao longo do dia, e, se não cuidarem, ficarão imersos no esquecimento, como se estivessem rodeados por ervas daninhas..."

Como se estivesse num baixio, Kopienkin se deteve no fluxo ressequido da fala e colocou a mão no cabo do sabre, esquecendo logo todas as palavras. Todos olhavam para ele com temor e respeito.

— A mesa dirigente propõe que se aprove a proposta por unanimidade — concluiu com uma voz experiente o presidente.

— Ótimo — disse um dos membros da comuna que estava em pé na primeira fila — era o chefe de tração animal, que confiava na inteligência de pessoas desconhecidas. Todos levantaram a mão — para o alto e ao mesmo tempo, demonstrando que estavam bem habituados com isso.

— Isso não adianta nada! — declarou Kopienkin, em voz alta.

— Por quê? — inquietou-se o presidente.

Kopienkin agitou o braço para a assembleia, num gesto de aborrecimento:

— Que ao menos uma moça vote sempre contra...

— Mas para quê, camarada Kopienkin?

— Seus tolos! Simplesmente para complicar as coisas...

— Claro, é verdade! — alegrou-se o presidente, e propôs que a assembleia elegesse Malánia Otviérchkova, responsável por aves e centeio, para que votasse sempre contra.

Depois Dvánov informou sobre o momento atual. Ele chamou atenção para o perigo mortal que os bandidos errantes representavam para as comunas estabelecidas na estepe despovoada e hostil.

— Estas pessoas — falava Dvánov sobre os bandidos — querem apagar a aurora. Mas a aurora não é uma vela, e sim um céu grandioso, onde o futuro nobre e poderoso dos pósteros da humanidade está escondido em estrelas longínquas e misteriosas. Porque, indubitavelmente, após a conquista do globo terrestre, chegaria a hora do destino de todo o universo e sobreviria o momento do juízo final do homem sobre ele...

— Ele fala de um modo tão pitoresco — elogiou o chefe da tração animal.

— Escute calado — aconselhou a ele, baixinho, o presidente.

— A sua comuna deve superar os bandidos em astúcia — continuou Dvánov —, para que eles não entendam o que tem aqui. Vocês têm que organizar tudo de forma tão inteligente e complexa que não haja nenhuma evidência de comunismo, mas que, na realidade, ele seja palpável. Suponhamos que um bandido armado entre na propriedade comunal e olhe o que pode roubar e quem pode matar. Mas o secretário vai ao encontro dele com o bloco de cupons e fala: "Se você, cidadão, precisa de algo, tome aqui o cupom e vá para o armazém; se é pobre, pegue sua ração gratuita, e se é alguém diferente, trabalhe conosco por vinte e quatro horas como, por exemplo, caçador de lobos". Asseguro aos cidadãos que nenhum bandido levantaria bruscamente a mão contra vocês, porque eles não os entenderiam de imediato. Depois, podem se livrar deles mediante pagamento, se eles estiverem em maioria, ou os aprisionar aos poucos, quando forem surpreendidos andando perplexos pela propriedade, com a arma guardada. Estou certo?

— Sim, quase isso — concordou o tagarela chefe de tração animal.

— Por unanimidade, então, com uma voz contra? — proclamou o presidente. Mas foi mais complicado: Malánia Otviérchkova, obviamente, votou contra, mas, além dela, o responsável pela fertilização do solo — um membro da comuna meio ruivo, com um rosto regular oriundo das massas — absteve-se.

— O que há com você? — questionou perplexo o presidente.

— Vou me abster, para complicar ainda mais! — inventou o homem.

Então, segundo a proposta do presidente, ele foi designado para abster-se permanentemente.

Ao anoitecer, Dvánov e Kopienkin quiseram seguir adiante — para o vale do rio Tchiórnaia Kalítva, onde, em duas localidades periféricas, bandidos viviam abertamente, matando, de forma sistemática, os membros do Poder Soviético de toda a região. Mas o presidente da comuna pediu-lhes que ficassem para a sessão comunal noturna, a fim de decidirem juntos sobre como deveria ser o monumento para a revolução que o secretário aconselhara colocar no meio do pátio, e Malánia Otviérchkova, ao contrário, sugeriu que ficasse no jardim. O responsável pela fertilização do solo abstinha-se e não dizia nada.

— Em sua opinião não o colocaremos em lugar algum? — perguntava o presidente ao que se abstinha.

— Eu me abstenho de exprimir a minha opinião — respondia, coerente, o responsável pela fertilização.

— Mas a maioria é a favor, convém erigi-lo — deliberava o presidente, preocupado. — O mais importante é pensar em uma imagem.

Dvánov desenhou uma imagem no papel.

Passou a representação para o presidente e explicou:

— O oito deitado denota a eternidade do tempo, e a seta de duas pontas, colocada verticalmente — a infinitude do espaço.

O presidente mostrou a imagem para todos que estavam reunidos:

— Aqui está a eternidade e o infinito, quer dizer — tudo; não é possível inventar nada mais inteligente: proponho aceitarmos.

Aceitaram, com um voto contra e uma abstenção. Decidiram erguer o monumento no meio da propriedade, numa antiga pedra de moinho que há muitos anos esperava pela revolução. Encarregaram a construção do monumento, feito de barras de ferro, ao mestre de ferro.

— Fizemos um bom trabalho de organização — disse Dvánov a Kopienkin, pela manhã. Eles caminhavam pela estrada de barro, rumo ao longínquo vale de Tchiórnaia Kalítva, sob as nuvens do meio do verão. Agora teriam uma complicação redobrada e, seguramente, até chegar a primavera, para complicar ainda mais as coisas, começariam a lavrar a terra e parariam de comer os resíduos da propriedade.

— Bem pensado — disse Kopienkin, feliz.

— Também creio que é bem pensado. Ocasionalmente, para o homem são que se faz de doente, para se complicar as coisas, é necessário apenas dizer que ele não está enfermo o suficiente, convencê-lo disto, e, por fim, ele acaba se curando sozinho.

— Entendi, então a saúde parecerá uma nova complicação, algo raro que foi perdido — Kopienkin deduziu corretamente, enquanto pensava consigo mesmo: "Como era boa e indefinida a palavra complicação — igual ao momento atual. Era um momento, mas fluía: impossível retratar aquilo".

— Como se chamam essas palavras que não se entendem? — perguntou modestamente Kopienkin. — Dermatologia, é isso?

— Terminologia — respondeu Dvánov, lacônico. No fundo da alma, ele gostava mais da ignorância do que da cultura: a ignorância era um campo virgem, em que ainda podia florescer a planta de qualquer conhecimento, enquanto a cultura era um campo cerrado, em que os sais do solo já foram absorvidos pelas plantas e nada mais cresceria. Por isso, Dvánov estava satisfeito que, na Rússia, a revolução tinha carpido por completo aqueles raros lugares das moitas em que havia cultura, e o povo foi deixado como um campo aberto — não era um campo cultivado, mas um lugar vazio e fértil. E Dvánov não tinha pressa em semear nada: achava que um bom solo não aguentaria muito e, livremente, frutificaria algo inédito e precioso; isso se o vento da guerra não trouxesse da Europa Ocidental sementes da erva daninha capitalista.

Em certa ocasião, no meio da uniformidade da estepe, ele avistou uma multidão distante que caminhava para algum lugar; vendo aquela multidão, sentiu a força da alegria, como se tivesse um contato recíproco com aquelas pessoas inalcançáveis.

Kopienkin cavalgava cabisbaixo, devido à lembrança monótona de Rosa Luxemburgo. De repente e casualmente, um entendimento da própria inconsolabilidade surgiu nele, mas logo o cálido delírio da continuação da vida envolveu sua repentina clarividência, e, de novo, ele antevia que em breve chegaria a outro país, beijaria o vestido delicado de Rosa, que os parentes desta conservavam, desenterraria Rosa do túmulo e a levaria consigo para a revolução. Kopienkin até sentia o cheiro do vestido de Rosa, cheiro de relva moribunda, enlaçado no calor oculto de restos de vida. Ele não sabia que, na memória de Dvánov, Sônia Mándrova cheirava igual a Rosa Luxemburgo.

Certa vez, Kopienkin ficou muito tempo parado diante de um retrato de Luxemburgo, no Comitê Revolucionário de uma *vólost*. Ele olhava para o cabelo de Rosa e o imaginava como um jardim misterioso; depois, contemplou bem as bochechas rosadas dela e pensou no flamejante sangue revolucionário cujas chamas cobriam aquelas bochechas e todo o rosto que, embora absorto, também se precipitava ao futuro.

Kopienkin permaneceu diante do retrato até que sua inquietação invisível desatasse em lágrimas. Naquela mesma noite, inflamado, matou a machadadas um cúlaque que, no mês anterior, tinha incitado alguns mujiques a abrirem a barriga do agente de contingenciamento e enchê-la de milheto. O agente ainda ficou muito tempo deitado na praça da igreja, até que as galinhas bicassem o milheto de sua barriga, grão por grão.

Essa foi a primeira vez que Kopienkin dilacerou um cúlaque com tanta fúria. Em geral, não matava do mesmo modo que vivia, quando o fazia era com indiferença; entretanto, feria para matar, como se nele agisse a força do cálculo e da economia. Kopienkin via os membros da Guarda Branca e os bandidos como inimigos sem grande importância, indignos de sua fúria pessoal, e os liquidava com uma diligência monocórdica e meticulosa, a mesma com que a mulher carpe o milhete. Ele combatia de uma maneira precisa, mas precipitada, a pé e a cavalo, guardando seus sentimentos inconscientemente para uma esperança e uma mudança futura.

O modesto céu russo brilhava tão acostumado e monótono sobre a terra soviética, como se os Sovietes existissem desde os tempos antigos e o céu lhes correspondesse perfeitamente. Em Dvánov se formava uma convicção irrepreensível de que, antes da revolução, o céu e todos os espaços eram diferentes — não tão estimados.

Como o fim do mundo, surgia um longínquo horizonte, sereno, onde o céu tocava a terra e o homem tocava o homem. Os cavaleiros viajantes iam até a profundeza erma de sua pátria. Raramente a estrada contornava o cimo do barranco — no distante baixio, distinguia-se, então, um vilarejo infeliz. Dvánov se enchia de compaixão por aquele povoado desconhecido e solitário e queria se desviar para lá, a fim de começar imediatamente a felicidade de uma vida em comum, mas Kopienkin não concordava: ele dizia que primeiro era necessário ter um ajuste de contas em Tchiórnaia Kalítva, depois, voltariam para aquela povoação.

O dia continuava triste e deserto, nenhum bandido aparecia na frente dos cavaleiros armados.

— Esconderam-se! — exclamava Kopienkin, referindo-se aos bandidos e sentindo dentro de si uma força opressora e onerosa.

— Daríamos cabo de vocês, para a segurança de todos. Estão se escondendo, canalhas, devorando a carne bovina...

Uma aleia de bétulas, ainda não totalmente derrubada, mas já cortada pelos mujiques, aproximou-se da estrada. Provavelmente, vinha de uma propriedade situada ao lado da estrada e terminava com dois pilares de pedra. Num pilar estava pendurado um jornal escrito à mão, no outro, havia uma tabuleta de estanho com uma inscrição meio lavada por precipitações atmosféricas:

"Reserva revolucionária do camarada Páchintsev em nome do comunismo universal. Boas vindas aos amigos e morte aos inimigos".

Alguma mão inimiga tinha rasgado metade daquele jornal manuscrito e o vento o levantava o tempo todo. Dvánov segurou o papel e leu tudo, em voz alta, para que Kopienkin ouvisse.

O jornal se chamava "O bem do pobre" e era um órgão do Soviete rural de Velikomiéstni, bem como do Comitê Revolucionário regional encarregado de fornecer segurança à zona sudeste da *vólost* de Possochánskaia.

No jornal restavam apenas um artigo sobre "As missões da Revolução Mundial" e metade de uma nota que dizia: "Guardem neve nos campos: aumentem a produtividade da colheita laboral". A partir da metade, a nota perdia o sentido: "Lavrem a neve — dizia ali —, e não temeremos nem mesmo milhares de insolentes de Kronstadt[41] que foram longe demais".

"De que insolentes de Kronstadt se tratava?" O assunto deixou Dvánov perturbado.

---

41. Referência à insurreição dos marinheiros de Kronstadt — cidade portuária russa na Ilha de Kótlin, no Golfo da Finlândia — contra os bolcheviques, em março de 1921. (N. da T.)

— Sempre escrevem para incutir medo e opressão nas massas — disse Kopienkin, sem compreender. — Os sinais escritos também foram inventados para a complicação da vida. A pessoa alfabetizada enfeitiça com a mente e o analfabeto trabalha para ela com as mãos.

Dvánov sorriu:

— Um disparate, camarada Kopienkin. A revolução é o abecedário do povo.

— Não me confunda, camarada Dvánov. Se decidimos sempre pela maioria, e quase todos são analfabetos, um dia eles determinarão que os alfabetizados desaprendam as letras — para a igualdade de todos... Sobretudo que fazer com que poucos desaprendam a arte de ler e escrever é mais conveniente do que ensinar todos desde o início. Nem o diabo lhes ensinará! Você lhes ensinará e eles esquecerão tudo...

— Vamos visitar o camarada Páchintsev — Dvánov ficou pensativo. — Ainda tenho que enviar o relatório para a província. Faz tempo que não sei o que acontece lá...

— E nem há nada para saber: a revolução está caminhando no seu ritmo...

Eles percorreram uma versta e meia pela aleia. Então apareceu no alto uma propriedade branca solene, tão desabitada que adquirira um ar inóspito. As colunas da casa principal tinham a forma vívida de pernas femininas perfeitas e, com ares de importância, suportavam uma barra fixa, na qual apenas o céu se apoiava. A casa estava situada a vários *sájen* das colunas e possuía uma colunata especial com a forma de gigantes curvados que trabalhavam imóveis. Kopienkin não entendeu o significado das colunas isoladas e as considerou restos da represália revolucionária contra os bens imóveis.

Numa das colunas tinha sido incrustada uma gravura branca com o nome do proprietário — um arquiteto — e seu perfil.

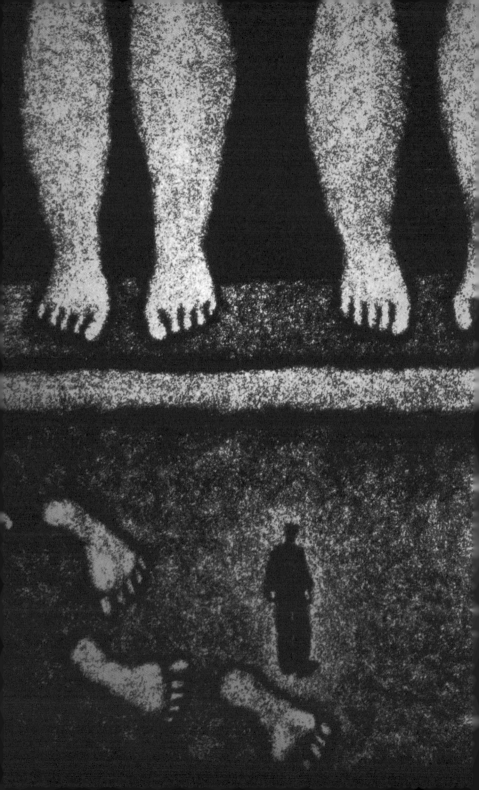

Embaixo da gravura, havia uns versos em latim, executados em relevo sobre a coluna:

O universo é uma mulher que corre:
Suas pernas fazem girar a terra,
Seu corpo palpita no éter,
E em seus olhos nascem as estrelas.

Dvánov suspirou triste em meio ao silêncio do feudalismo e examinou outra vez a colunata — seis pernas moldadas de três mulheres castas. Ele foi tomado pela paz e esperança, o que costumava acontecer quando contemplava uma expressão artística remota e vital.

Somente lamentava uma coisa: que aquelas pernas, repletas de intensidade juvenil, fossem alheias; mas era bom que a moça que tinha sido carregada por aquelas pernas transformasse sua vida em encanto e não em reprodução; e que, embora se alimentasse da vida, para ela a vida era apenas matéria-prima, e não o sentido; e que aquela matéria-prima se convertera em algo diferente, algo em que o feio e vivo se transformara em impassível beleza.

Kopienkin também ficou sério diante das colunas: respeitava a grandeza, sempre que fosse bela e não tivesse nenhum sentido. Mas se na grandeza houvesse sentido — por exemplo, numa grande máquina —, Kopienkin a considerava uma arma de opressão das massas e a desprezava com toda a crueldade da alma. Diante de algo sem sentido, como aquela colunata, ele sentia pena de si mesmo e ódio do tsarismo. Kopienkin considerava o tsarismo culpado por não sentir, naquele momento, a inquietação causada pelas enormes pernas femininas, e que apenas o rosto triste de Dvánov lhe indicava que também deveria se afligir.

— Que bom seria se construíssemos algo universal e magnífico, longe de todas as preocupações! — disse Dvánov, em tom melancólico.

— Não se constrói nada de uma só vez — disse Kopienkin, dubitativo. — A burguesia nos escondeu o mundo inteiro. Nós agora construiremos colunas mais altas e melhores, e não essas panturrilhas indecentes.

À esquerda, como túmulos em um cemitério, jaziam restos de dependências e de casas pequenas em meio a matagais de ervas e arbustos. As colunas guardavam um mundo enterrado e vazio. Nobres árvores decorativas suportavam seus troncos finos sobre aquele definhamento uniforme.

— Nós faremos ainda melhor — e em toda a superfície terrestre, não apenas em rincões! — disse Dvánov, sinalizando tudo com as mãos enquanto sentia profundamente alguma coisa em seu interior. — "Cuidado!" — algo incorruptível, imprescindível o advertia em seu íntimo.

— Claro que construiremos: é um fato e um lema — confirmou Kopienkin, inspirado por sua esperança. — A nossa causa é incansável.

Kopienkin se deparou com pegadas de enormes pés humanos e as seguiu a cavalo.

— O que é que o morador daqui calça? — Kopienkin ficou bastante surpreso e desnudou o sabre: caso aparecesse um gigante, guardião do antigo regime. Os proprietários tinham aqueles criados bem nutridos que apareciam e podiam bater com a manopla sem avisar, até arrebentar os tendões.

Kopienkin gostava dos tendões — achava que eram cordas de força e tinha medo de que se rompessem.

Os cavaleiros chegaram a uma porta maciça imperecível que levava ao subsolo da casa destruída. Os rastros de um ser não humano se dirigiam para lá; era possível observar até mesmo que aquele colosso pisava ora num pé, ora no outro, na frente da porta, torturando a terra até que ela ficasse despida.

— Mas quem está aqui? — surpreendeu-se Kopienkin — Com certeza, um homem bravo. Ele pode nos atacar a qualquer momento, prepare-se, camarada Dvánov!

O próprio Kopienkin até se animou: ele sentia aquele entusiasmo apavorante que as crianças experimentam em uma floresta noturna — o medo divide espaço com a curiosidade que está prestes a se satisfazer.

Dvánov gritou:

— Camarada Páchintsev!... Quem está aí?

Nada, também a relva, sem vento, permanecia em silêncio, e o dia começava a extinguir-se.

— Camarada Páchintsev!

— Uh! — ouviu-se de longe e da imensidão, das profundezas úmidas e sonoras da terra.

— Venha para cá, eremita! — ordenou Kopienkin, em voz alta.

— Uh! — soou, retumbante e sombrio, do ventre do porão. Mas naquele som não se percebia nem o medo, nem a vontade de sair. Provavelmente, quem respondia estava deitado.

Kopienkin e Dvánov esperaram um pouco, mas depois se zangaram.

— Saia de uma vez — vociferou Kopienkin.

— Não quero — respondeu vagarosamente o homem desconhecido. — Vá para a casa central, lá tem pão e *samogón* na cozinha.

Kopienkin desceu do cavalo e bateu com o sabre na porta.

— Saia ou lançarei uma granada!

O homem ficou em silêncio: com certeza, esperando com interesse pela granada e pelo que aconteceria depois. Mas, em seguida, respondeu:

— Lance, vigarista. Eu mesmo tenho aqui um depósito inteiro de granadas: com a explosão você entrará de novo no ventre de sua mãe!

E, de novo, calou-se. Kopienkin não tinha granada nenhuma.

— Então, lance-a, seu canalha! — pediu, com voz tranquila, o desconhecido, das profundezas de seu ser. — Deixe-me verificar o meu arsenal: provavelmente, minhas bombas se enferrujaram e umedeceram; não irão explodir de jeito nenhum, diabos!

— Ah! — proferiu estranhamente Kopienkin. — Pois então saia e receba um pacote do camarada Trótski.

O homem ficou em silêncio, pensando.

— Que camarada pode ser este, se dá ordens para todos?! Os comandantes da revolução não são meus camaradas. É melhor você lançar sua bomba — estou curioso!

Kopienkin arrancou com um chute um tijolo encravado no solo e jogou-o com toda a força na porta. A porta uivou por causa do ferro e, de novo, ficou quieta.

— Não explodiu, a maldita, a substância dela ficou rígida! — falou Kopienkin, definindo o defeito.

— As minhas também estão mudas! — respondeu seriamente o homem desconhecido. — Você soltou a anilha? Vou sair para ver a marca.

Um balanço rítmico de metal ressoou: alguém realmente avançava com passos de ferro. Kopienkin esperava-o com o sabre embainhado — sua curiosidade venceu a precaução. Dvánov não desceu do seu trotador.

O desconhecido retumbava por perto, mas não acelerava o andar constante, que, pelo visto, superava o peso de suas forças.

A porta logo se abriu — não estava trancada.

Kopienkin se calou diante do espetáculo e recuou dois passos — esperava o horror ou uma elucidação imediata, mas o homem, que já havia aparecido, ainda conservava o seu mistério.

Da porta aberta saiu um homem baixo, todo encapotado com uma armadura e couraça, um elmo e uma espada pesada, calçando poderosas botas metálicas cujos canos, cada um composto de três tubos de bronze, esmagavam a grama até matá-la.

O rosto do homem — em especial a testa e o queixo — estava protegido pelas lapelas do elmo e ainda por uma espécie de viseira abaixada. O conjunto protegia o guerreiro das pancadas que viessem de qualquer adversário.

Mas o homem em questão era de baixa estatura e pouco assustador.

— Onde está a sua granada? — perguntou o homem que tinha acabado de irromper, com uma voz rouca e fina. Somente à distância a voz dele ressoava retumbante, quando ecoava nos objetos metálicos e no vazio de sua moradia, na realidade, o som de sua voz era deplorável.

— Ah, seu canalha! — exclamou Kopienkin sem raiva, mas também sem respeito, atento e interessado no cavaleiro.

Dvánov começou a rir abertamente — ele logo adivinhou qual era a vestimenta de tamanho descomunal tomada por aquele homem. Mas o seu riso foi desencadeado porque notou no elmo antigo a estrela do Exército Vermelho, colocada com um parafuso e apertada com uma porca.

— Por que estão contentes, patifes? — perguntou o cavaleiro, calmo, sem conseguir encontrar a granada com defeito. Não conseguia agachar-se e só mexia um pouco a relva com a espada, lutando incessantemente com o peso da armadura.

— Não procure por uma desgraça, seu louco! — falou Kopienkin, sério, voltando aos seus sentimentos habituais. — Leve-nos a um lugar para pernoitar. Você tem feno?

A moradia do cavaleiro situava-se no subsolo da casa de serviço da propriedade. Ali havia uma sala iluminada pela luz meio escura de uma lamparina. Num canto mais distante, havia um monte de armaduras de cavaleiros e armas brancas, no outro lado — bem no meio —, uma pirâmide de granadas de mão. Na sala ainda havia uma mesa com um tamborete ao lado e, sobre a mesa, uma garrafa com uma bebida desconhecida que talvez fosse veneno. Um papel foi colado na garrafa com grude de pão e, nele, feita a lápis químico, a inscrição:

MORTE AOS BURGUESES!

— Vá, libere-me para a noite! — pediu o cavaleiro.

Kopienkin ficou muito tempo libertando-o de sua roupa imortal enquanto examinava atentamente as partes engenhosas dela. Por fim, o cavaleiro se desmontou e, da casca de bronze, apareceu Páchintsev, um camarada comum — um homem amorenado, de uns trinta e sete anos; privado de um implacável olho, o outro tinha se tornado ainda mais atento.

— Vamos tomar uma dose — disse Páchintsev.

Mas a vodca não dominava Kopienkin nem mesmo nos velhos tempos; ele nunca a bebia de forma consciente, pois a considerava uma bebida inútil para os sentimentos.

Dvánov também não tomava vinho, então Páchintsev bebeu sozinho. Ele pegou a garrafa — com a inscrição "Morte aos burgueses" — e a virou goela abaixo.

— Diabos! — disse ele, esvaziando o recipiente, depois sentou-se com uma cara já mais gentil.

— E aí, é boa? — perguntou Kopienkin.

— Licor de beterraba — explicou Páchintsev. — Uma moça solteira o prepara, com as mãos asseadas — é uma bebida imaculada — muito aromática, meu caro...

— Mas quem é você? — perguntou Kopienkin, irritado.

— Sou o dono de mim mesmo — informou Páchintsev a Kopienkin. —Adotei para mim uma resolução, de que tudo acabou em 1919 — veio o exército, vieram a autoridade e as ordens — e o povo tinha que entrar em funcionamento de novo, começando na segunda-feira... Você está...

Sucinto, Páchintsev esboçou o momento atual sinalizando tudo com as mãos.

Dvánov parou de raciocinar, e lentamente passou a ouvir o pensador.

— Você se lembra dos anos de 1918 e 1919? — disse Páchintsev, com lágrimas de alegria. O tempo perdido para sempre despertava nele lembranças ferozes: em pleno relato, batia com o punho na mesa e ameaçava tudo que o rodeava no seu porão. — Agora, nada mais acontecerá — com ódio, Páchintsev persuadia Kopienkin, que piscava sem parar. — É o fim de tudo: chegou a lei, apareceu a diferença entre as pessoas — como se algum diabo pesasse os homens em uma balança... Pegue o meu exemplo — alguma vez você saberá o que existe aqui? — Páchintsev bateu na parte inferior do seu crânio, em que o cérebro tinha que comprimir-se para deixar lugar para a razão. — Aqui, irmão, haverá lugar para todos os espaços. É assim com cada pessoa. E querem me governar! Como você entenderá tudo isso? Diga-me: estão ou não estão nos enganando?

— Estão — concordou Kopienkin, de forma simples.

— Isso! — concluiu Páchintsev, satisfeito. — E eu, agora, estou queimando separado da fogueira coletiva!

Páchintsev farejou em Kopienkin o mesmo órfão do globo terrestre como ele próprio e, com palavras cordiais, pedia-lhe para ficar com ele para sempre.

— Do que você precisa? — perguntou Páchintsev, abnegado de tanta alegria ao perceber um homem tão amistoso. — Fique por aqui. Coma, beba, eu macerei cinco barris de maçã, sequei dois sacos de *makhórka*. Viveremos como amigos entre as árvores, cantaremos na relva. Um monte de gente vem me visitar — todos os mendigos da minha comuna são felizes e o povo não teria um abrigo melhor. No vilarejo, eles são observados pelos Sovietes, os comissários-guardas vigiam as pessoas, o Comitê de Abastecimento do distrito procura pão até no estômago, mas ninguém do Estado ousa me visitar...

— Eles têm medo de você — concluiu Kopienkin —, já que anda cheio de ferro e dorme numa bomba...

— Com certeza têm medo — concordou Páchintsev. — Até queriam vir aqui e registrar a propriedade, mas eu apareci na frente do comissário com todo o meu arsenal e levantei a bomba: vamos adiante com a comuna! Outra vez, vieram para cobrar o rateio. Falei para o comissário: "Beba, coma, filho da puta, mas se pegar algo a mais, de você não sobrará nada além do fedor". O comissário tomou uma xícara de *samogón* e foi embora: "Obrigado, camarada Páchintsev" — falou. Dei-lhe um punhado de sementes de girassol, enverguei-lhe as costas com aquele tição de ferro fundido e o enviei aos distritos oficiais...

— Mas e agora? — perguntou Kopienkin.

— Agora, nada: vivo aqui sem chefes e tudo vai muito bem. Declarei o lugar como reserva da revolução, para que as autoridades não olhassem com desaprovação, e salvaguardo a revolução numa categoria intacta e heroica...

Dvánov estava decifrando as inscrições na parede, feitas em carvão por uma mão trêmula, não habituada a escrever. Ele pegou a lamparina com a mão e leu as tábuas inscritas na parede da reserva da revolução.

— Leia, leia — aconselhou-lhe Páchintsev, com gosto. — Acontece que fico muito tempo calado e começo a falar com a parede: se fico muito tempo sem ver ninguém, começo a me sentir mal...

Dvánov começou a ler os versos que estavam na parede:

Não há mais burguês, então o trabalho —
De novo se tornará um laço no pescoço do mujique.
Acredite, camponês trabalhador,
As florzinhas campestres vivem melhor!
Então, pare de lavrar, semear e ceifar,
Que todo o solo produzirá semeadura espontânea.
E você viva e se divirta —

A vida não acontece duas vezes,
Tome pelas mãos honestas
Toda a comuna sagrada
E estoure alto nas orelhas de todos:
Pare de conversar com tristeza,
Chegou a hora de todos vivermos na flauta.
Fora os trabalhos terrenos para os pobres,
A terra nos dará o sustento de graça.

Alguém bateu na porta repetidas vezes, com mão de proprietário.

— Uh! — respondeu Páchintsev, com o *samogón* já evaporado e, por isso, calado.

— Maksim Stepánitch — ressoou lá fora —, permita-me procurar no descampado do bosque uma estaca para o varal: a minha rachou no meio do caminho; do contrário, vou passar o inverno em sua casa.

— De jeito nenhum — recusou Páchintsev. — Até quando tenho que ensinar vocês? Já pus ordem no celeiro: a terra é autônoma e isso significa que não pertence a ninguém. Se você pegasse sem perguntar, eu permitiria...

O homem lá fora grasnou de tanta alegria.

— Então obrigado. Não vou tocar na estaca, como já a pedi, vou me presentear com alguma outra coisa.

Páchintsev falou livremente:

— Nunca pergunte. Isso é psicologia de escravo. Deve se presentear com tudo o que quiser. Você nasceu gratuitamente e não por esforço próprio, então viva sem calcular.

— Isso é verdade, Maksim Stepánitch — concordou seriamente o solicitante, atrás da porta. — Vive-se graças ao que se consegue pegar sem autorização. Se não fosse a propriedade rural, metade do vilarejo já teria morrido. Já é o quinto ano que levamos os bens daqui: os bolcheviques são pessoas justas! Obrigado, Maksim Stepánitch.

Páchintsev logo se zangou:

— De novo com seu obrigado! Não pegue nada, diabo sem graça!

— Mas para que isso, Maksim Stepánitch? Por que, então, eu derramei sangue no front por três anos? Vim aqui acompanhado de meu compadre para procurar um tanque de ferro fundido, e você me diz — não se atreva...

— Esta é a pátria! — disse Páchintsev a Kopienkin e a si mesmo, depois se dirigiu à porta: — Mas você não veio para pegar uma estaca? E agora me fala de um tanque!

O solicitante não ficou surpreso.

— O que seja... Por vezes, você está levando uma galinha e, de repente, encontra pelo caminho um eixo de ferro. Mas não dá conta de levá-lo sozinho, e o maldito então continua ali. Por isso toda a nossa economia está destroçada...

— Já que veio acompanhado — Páchintsev quis terminar a conversa —, então leve uma perna de mulher dos pilares brancos... Achará uma utilidade para ela em casa.

— Pode ser — o solicitante ficou satisfeito. — Vamos rebocá-la, devagarinho, e triturá-la para fazer ladrilho.

O solicitante foi examinar a coluna previamente — para que pudesse roubá-la da maneira mais fácil possível.

No início da noite, Dvánov sugeriu que Páchintsev organizasse tudo melhor: não levasse a propriedade rural para o vilarejo, mas transferisse o vilarejo para a propriedade rural.

— Dá menos trabalho — dizia Dvánov. — Além disso, a propriedade está situada num lugar elevado: a terra aqui é mais fértil.

Páchintsev não concordou de jeito nenhum.

— No começo da primavera, todos os pobres da província vêm para cá: o proletariado mais genuíno. Para onde eles iriam? Não, não permitirei a predominância de cúlaques aqui!

Dvánov pensou que, de fato, os mujiques não se acostumariam com os mendigos. Por outro lado, a terra fértil ficava sem uso: o povo da reserva da revolução não semeava nada, vivia por conta dos restos do pomar e da semeadura natural e espontânea; eles certamente preparavam *schi*[42] de atríplex ou urtiga.

— Escute — Dvánov, sem saber como, teve uma ideia. — Troque o vilarejo pela propriedade: dê a propriedade para os mujiques e faça uma reserva da revolução no vilarejo. Para você tanto faz: o que conta são as pessoas e não o lugar. O povo esmorece no barranco, e você está sozinho na colina!...

Páchintsev olhou para Dvánov com um assombro feliz.

— Isso é excelente! Farei dessa forma. Amanhã mesmo vou ao vilarejo para convocar os mujiques.

— Eles virão? — perguntou Kopienkin.

— Em um dia todos estarão aqui! — exclamou Páchintsev, com uma convicção feroz, chegando a mover o corpo de tanta impaciência.

— Muito bem, pois vou agora mesmo! — disse Páchintsev, mudando de ideia. Naquele momento, também gostava de Dvánov. No início, não tinha gostado: Dvánov ficava sentado sem dizer palavra, o que levava Páchintsev a pensar que ele provavelmente era um daqueles que sabia de cor todos os programas, estatutos e teses — Páchintsev não gostava de pessoas inteligentes. A vida lhe mostrara que os tolos e infelizes são mais bondosos do que os inteligentes, e mais capazes de transformar a própria vida em liberdade e felicidade. Em segredo, Páchintsev acreditava que operários e camponeses, obviamente, eram mais tolos do que burgueses instruídos, mas eram mais cordiais e, por isso, um destino esplêndido os esperava.

Kopienkin consolou Páchintsev, dizendo que não havia razão para a pressa: "A vitória é nossa! — disse ele — De um jeito ou de outro, ela estará garantida".

Páchintsev lhe deu razão e depois contou a ambos sobre as ervas daninhas. No tempo destroçado de sua infância, gostava de

---

42. Sopa tradicional russa de repolho fresco ou azedo, outros vegetais e, às vezes, carne. (N. da T.)

observar como as ervas, miseráveis e condenadas, cresciam cercadas pelo milhete. Ele sabia que um belo dia, sem dó nem piedade, as mulheres iriam separar as inconvenientes ervas selvagens por seus galhinhos: centáurea, meliloto e anêmona. Aquelas ervas eram mais bonitas do que os cereais feios: suas flores pareciam olhos tristes e agonizantes de crianças, sabiam que seriam arrancadas por mulheres suadas. Mas eram, de todo modo, mais vivas e pacientes do que os frágeis cereais: depois das mulheres, nasciam de novo, numa quantidade incalculável e imortal.

— O mesmo acontece com os pobres! — comparava Páchintsev, lamentando ter bebido toda a "Morte aos burgueses!" — Temos mais força e mais coração do que outros elementos...

Aquela noite, Páchintsev não conseguia se controlar. Depois de colocar a armadura em cima da camisa, saiu para algum lugar da propriedade. Lá, sentiu o frescor da noite, mas não se arrefeceu. Ao contrário, o céu estrelado e a consciência de sua pequenez sob aquele céu o impeliram a ter ainda mais sentimentos e a realizar alguma façanha de imediato. Páchintsev teve vergonha de si diante da força daquele vasto mundo noturno e, sem pensar, quis logo elevar sua própria dignidade.

Na casa principal, viviam algumas pessoas definitivamente desamparadas e sem registro em lugar algum — quatro janelas cintilavam com a luz do forno aberto e aceso, era ali que preparavam a comida. Páchintsev bateu na janela com o punho, sem compaixão para com a tranquilidade dos habitantes.

Uma moça despenteada saiu, de *válienki* de cano alto.

— O que você quer, Maksim Stepánitch? Para que esse alarme noturno?

Páchintsev se aproximou da moça e compensou todos os defeitos evidentes dela com seu sentimento de inspirada simpatia.

— Grúnia — disse ele —, deixe-me beijá-la, querida solteirinha! Minhas bombas secaram e não explodem mais — eu queria agora fazer saltar as colunas pelos ares, mas não tenho com o quê. Deixe-me abraçá-la como se abraça um camarada.

— O que foi que aconteceu com você? Sempre era um homem sério... Tire esse ferro todo, vai acabar machucando minha carne... Mas Páchintsev deu um beijo rápido nas crostas escuras e secas dos lábios de Grúnia e foi embora. Sentiu-se mais leve e menos contrariado perante o céu poderoso que pendia sobre ele. Tudo que tivesse grande volume e excelente qualidade não suscitava um deleite contemplativo em Páchintsev, mas um sentimento guerreiro — um desejo irreprimível de superar em força e importância as coisas grandes e magníficas.

— Como vão? — perguntou Páchintsev aos visitantes, sem qualquer motivação real — apenas para distender seus sentimentos de satisfação.

— Está na hora de dormir — bocejou Kopienkin. — Será que você levou nossa máxima em consideração — de assentar os mujiques em uma terra espaçosa: ou a troco de que deveríamos visitá-lo?

— Amanhã vou atrás dos mujiques e os trarei para cá — sem qualquer sabotagem! — disse Páchintsev, determinado. — Fiquem mais tempo: para o fortalecimento das relações! Amanhã, Grúnia irá preparar o almoço para vocês... O que tenho aqui — vocês não encontrarão em nenhum outro lugar. Estou pensando em convidar Lenin — Afinal, ele é o líder!

Kopienkin observou Páchintsev — o homem queria Lenin! — e lembrou-lhe:

— Enquanto estava fora, eu olhei suas bombas — elas estão todas estragadas: como você consegue governar?

Páchintsev não se opôs:

— Claro que estão estragadas, eu mesmo as desativei. Mas o povo não entende... e eu conquisto o povo só com política... ando de armadura, passo a noite em cima de bombas... Você compreendeu a manobra de menor esforço para flanquear o adversário? Mas não dê com a língua nos dentes quando se lembrar de mim.

A lamparina se apagou. Páchintsev explicou a situação:

— Bem, rapazes, durmam como puderem, não se pode ver nada e não tenho cama... Para as pessoas, eu sou um triste integrante...

— Você é voluntarioso, e não triste — disse Kopienkin, sendo mais preciso, e se preparou para dormir, acomodando-se, de um jeito ou de outro.

Páchintsev respondeu, sem se ofender:

— Aqui, irmão, é a comuna da nova vida, não é uma cidade de mulheres: não há colchão de penas.

Pela manhã, o mundo ficou mais pobre de sua grandeza estrelar e substituiu o resplendor cintilante por uma luz cinza. A noite desapareceu, como uma cavalaria brilhante, e desembarcou na terra a infantaria de um dia difícil de campanha.

Para a surpresa de Kopienkin, Páchintsev levou cordeiro assado. E, depois, dois cavaleiros saíram da reserva da revolução, pela estrada do sul, em direção ao vale de Tchiórnaia Kalítva. Debaixo da colunata branca estava Páchintsev com sua rígida armadura de cavaleiro, seguindo seus correligionários com o olhar.

~

Os dois homens seguiam novamente seu caminho, no lombo de seus cavalos, e o sol se erguia sobre a escassez do país.

Dvánov baixou a cabeça, sua consciência diminuía devido ao movimento monótono de cavalgar por um local plano. Naquele momento, sentia como se seu coração fosse um dique, a todo tempo estremecido pela pressão de um lago rodopiante de sentimentos. Os sentimentos, erguidos bem alto pelo coração, caíam no outro lado do mesmo, já transformados num fluxo de pensamento atenuado. Sobre o dique, entretanto, permanecia acesa a luz de serviço daquele zelador que não fazia parte do homem, mas apenas cochilava nele em troca de um salário baixo. Às vezes, aquela luz permitia que Dvánov visse os dois espaços: o lago cálido e crescente de sentimentos e a vasta vivacidade do pensamento que, graças à sua velocidade, se refrescava atrás do dique. Então Dvánov acelerava o trabalho do coração, que o alimentava, enquanto freava também sua consciência, para assim poder viver feliz.

— Vamos andar a trote, camarada Kopienkin! — disse Dvánov, transbordando de impaciência pelo futuro que o aguardava no final daquela estrada. A alegria infantil de bater pregos nas paredes, fazer navios de cadeiras e desmontar despertadores para ver o que tem dentro tinha aflorado nele. Sobre seu coração bruxuleava aquela luz momentânea e assustadora que habita as abafadas noites de verão nos campos. Talvez vivesse nele um amor abstrato da juventude, transformado numa parte do corpo, ou uma contínua força de nascimento. Mas, graças a ela, Dvánov ainda era capaz de ver, de forma espontânea, fenômenos vagos que flutuavam no lago de sentimentos sem deixar rastros. Ele olhou para Kopienkin, que, com um espírito tranquilo e uma fé constante, cavalgava pelas terras próximas e estivais do país do socialismo, onde, devido aos amistosos sentimentos da humanidade, Rosa Luxemburgo renasceria e se tornaria uma cidadã viva.

A estrada entrou num declive de muitas verstas. Parecia que, quando se acelerava por ele, era possível decolar e voar. Ao longe, o crepúsculo prematuro se detinha em cima de um vale escuro e triste.

— Kalítva! — mostrou Kopienkin, e ficou contente que já estivesse próxima. Os cavaleiros já tinham sede e só cuspiam no solo uma saliva branca meio seca.

Dvánov ficou olhando a paisagem pobre à frente. A terra e o céu eram igualmente infelizes até a extenuação: as pessoas ali viviam separadas, inertes, como a lenha que se apaga fora da fogueira.

— Eis aqui a matéria-prima para o socialismo! — Dvánov estudava o país. — Nenhuma construção — somente o desolamento da natureza-órfã!

Próximo à vila de Tchiórnaia Kalítva, os cavaleiros encontraram um homem com um saco. Ele tirou o gorro e saudou os homens montados a cavalo — em nome dos velhos tempos, quando todos os homens eram irmãos. Dvánov e Kopienkin também lhe responderam com uma saudação, e os três se sentiram felizes.

"Aqueles camaradas vieram roubar, nada os detém!" — pensou consigo mesmo o homem com o saco, uma vez que já tinha se afastado bastante.

Dois mujiques montavam guarda no fim do vilarejo: um tinha uma espingarda, o outro, uma estaca arrancada de uma cerca.

— Quem são vocês? — perguntaram eles, de maneira formal, a Dvánov e Kopienkin, que se aproximaram.

Kopienkin deteve o cavalo, fazendo esforços para decifrar o significado de semelhante controle militar.

— Somos internacionais! — Kopienkin lembrou-se do título de Rosa Luxemburgo: um revolucionário internacional.

As sentinelas ficaram pensativas.

— Querem dizer que são judeus?

Kopienkin desembainhou o sabre com calma: a lentidão era tamanha que os mujiques de guarda não acreditaram que o gesto supunha uma ameaça.

— Vou matá-lo aqui mesmo por uma palavra dessas — disse Kopienkin. — Você sabe quem sou eu? Aqui estão os documentos...

Kopienkin enfiou a mão no bolso, mas ele nunca teve documentos ou qualquer tipo de papel na vida: tateou apenas migalhas de pão e outras ninharias.

— Ajudante de campo do regimento! — Kopienkin dirigiu-se a Dvánov. — Mostre nossas credenciais à patrulha...

Dvánov tirou o envelope cujo conteúdo ele desconhecia, mas que levava consigo por todos os lados pelo terceiro ano consecutivo, e o jogou para as sentinelas. Eles pegaram o envelope com avidez, contentes com a rara oportunidade de cumprir com o dever que o serviço impunha.

Kopienkin se abaixou e, com um ágil movimento de mestre, arrancou com o sabre a espingarda das mãos da sentinela, sem feri-la; Kopienkin tinha dentro de si o dom da revolução.

O guarda endireitou o braço retorcido:

— O que é isso, besta? Nós tampouco somos Vermelhos...

Kopienkin mudou de tom:

— Vocês têm um exército grande? Quem são vocês?

Os mujiques pensaram de um jeito e de outro, mas responderam com honestidade:

— Umas cem cabeças, e apenas umas vinte espingardas... Timofiéi Plótnikov, de Ispódnie Khútori está de visita. Ontem, um destacamento de confiscação de alimentos teve que recuar daqui com vítimas...

Kopienkin apontou para a estrada de onde viera:

— Vão marchando para lá — encontrarão um regimento, tragam-no para mim. Onde fica o estado-maior de Plótnikov?

— Ao lado da igreja, no pátio do estaroste — disseram os camponeses, e olharam para o vilarejo natal com tristeza, querendo se afastar dos acontecimentos.

— Bem, ânimo! — ordenou Kopienkin e bateu com a bainha no cavalo.

Atrás de uma cerca, uma mulher estava agachada, já pronta para morrer. O que deveria sair dela ficou detido no seu interior, na metade do caminho.

— Está vazando, velha? — Kopienkin reparou nela.

A camponesa não era idosa, mas uma atraente mulher de meia-idade.

— E você já vazou, sua besta imunda! — a mulher ficou muito brava e se levantou, com a saia desarrumada e o rosto zangado.

O cavalo de Kopienkin, perdendo seu peso, logo arrancou em um galope furioso, levantando bem alto as patas dianteiras.

— Camarada Dvánov, olhe para mim — e não fique para trás! — gritou Kopienkin, fazendo o seu sabre embainhado brilhar no ar.

Força Proletária rufava na terra de forma pesada; Dvánov ouviu um tinido de vidro nas *khatas*. Mas não havia ninguém nas ruas, nem mesmo os cachorros pulavam em cima dos cavaleiros. Deixando as ruas e cruzamentos do enorme vilarejo para trás, Kopienkin ia em direção à igreja. Mas Kalítva abrigava famílias havia quatrocentos anos: algumas ruas eram cortadas por inesperadas *khatas* transversais, outras foram fechadas para sempre com casas novas e desviavam-se para o campo por estreitas passagens de verão.

Kopienkin e Dvánov se viram no meio de um labirinto de becos e começaram a dar voltas no mesmo lugar. Então, com toda pressa, Kopienkin abriu um portão e foi contornando as ruas pelos celeiros. No início, os cães do vilarejo começaram a latir, cautelosos, cada um por si, mas depois intercalaram as vozes e, excitados por serem muitos, uivaram ao mesmo tempo — de um extremo ao outro do povoado.

Kopienkin gritou:

— Bem, camarada Dvánov, agora corra, seja por onde for...

Dvánov entendeu que era necessário atravessar o vilarejo a galope e se jogar na estepe, pelo lado oposto. Mas não acertou: ao encontrar uma rua larga, Kopienkin foi galopando ao longo dela, até as profundezas do vilarejo.

As forjas estavam fechadas e as isbás em silêncio, como se estivessem abandonadas. Só cruzaram com um velho consertando alguma coisa ao lado de uma cerca, mas que nem se virou para eles, provavelmente habituado a desordens.

Dvánov ouviu um ruído surdo — pensou que balançavam o badalo na igreja, tocando ligeiramente o metal.

A rua virou e mostrou uma multidão de pessoas ao lado de uma casa suja de tijolos; outrora, nesse tipo de casa, situavam-se lojas estatais de vodca[43].

---

43. Literalmente, "lojas estatais ou públicas de vinho". Até 1917, na Rússia, estabelecimentos públicos de venda exclusiva de vodca. (N. da T.)

O povo fazia algazarra em uníssono, com uma voz pesada e densa; mas até Dvánov chegava apenas um rumor abafado. Kopienkin virou o rosto, contraído e emagrecido:

— Atire, Dvánov! Agora tudo será nosso!

Dvánov disparou duas vezes para o lado da igreja e percebeu que ele mesmo gritava como Kopienkin, já inspirado pelos golpes de sabre. A multidão de camponeses agitou-se em uma onda compacta, resplandeceu de rostos voltados para trás e começou a desprender fluxos de pessoas, correndo. Outros não saíram do lugar, agarrando-se aos vizinhos como apoio. Esses estavam mais inseguros do que aqueles que corriam: eles encerraram o medo num lugar estreito e não deixaram os corajosos aflorar.

Dvánov respirou, sentindo o pacato vilarejo — cheirava a palha queimada e leite morno. Este cheiro provocou-lhe dor de barriga: naquele momento, ele não seria capaz de comer nem mesmo uma pitada de sal. Estava com medo de perecer nas mãos grandes e quentes do vilarejo, sufocar-se com o ar saturado de cheiro de pele de carneiro de pessoas cordatas que vencem o inimigo não por sua fúria, mas por sua grande quantidade.

Mas, por alguma razão, Kopienkin ficou contente com a multidão e já esperava por sua vitória.

De repente, das janelas de uma *khata*, onde havia pessoas agitadas, subiu uma salva apressurada de espingardas de calibres diferentes — cada disparo tinha um som distinto.

Kopienkin entrou num estado de abnegação que encerrava a sensação da vida num lugar escuro e não lhe permitia interferir em assuntos mortais. Com a mão esquerda, atirou na *khata* com o revólver Nagant[44], quebrando o vidro da janela.

Dvánov estava no umbral. Só lhe restava saltar do cavalo e correr para dentro da casa. Atirou na porta, que, empurrada pela

---

44. Revólver de sete tiros desenvolvido em 1895 pelo armeiro belga León Nagant para o Império Russo. A partir de 1898, a arma passou a ser produzida pela empresa Tula, na Rússia. (N. da T.)

bala, se abriu lentamente, e se precipitou no interior. A antessala exalava um odor de remédio e tristeza de uma pessoa estranha e indefesa. Na despensa jazia um camponês ferido em batalhas anteriores. Dvánov não reparou nele e irrompeu na sala, passando pela cozinha. Ali, um mujique meio ruivo estava em pé, com a mão direita não ferida levantada acima da cabeça, enquanto a esquerda, com um revólver, permanecia abaixada. Dela pingava sangue, tal qual a umidade que goteja das folhas depois da chuva, como se um inventário entediante daquele homem estivesse sendo realizado.

A janela do cômodo estava quebrada, e Kopienkin não estava lá.

— Largue a arma! — disse Dvánov.

O bandido, assustado, sussurrou algo.

— O que está esperando? — irritou-se Dvánov. — Solte-a ou vou arrancá-la com uma bala junto com a mão!

O camponês jogou o revólver sobre seu sangue e olhou para baixo: ficou com pena de molhar a arma e não poder entregá-la seca — assim seria perdoado mais facilmente.

Dvánov não sabia o que fazer então com o prisioneiro ferido nem onde estava Kopienkin. Recuperou o fôlego e sentou-se numa cadeira de cúlaque, feita de pele. O mujique estava na sua frente, sem poder dominar seus braços dependurados. Dvánov surpreendeu-se que ele não tinha aspecto de bandido, era um simples mujique e não parecia rico.

— Sente-se! — disse-lhe Dvánov. O camponês não se sentou.

— Você é cúlaque?

— Não, somos as últimas pessoas aqui — o mujique falou a verdade, de modo convincente. — O cúlaque não guerreia: tem muito pão, nunca conseguirão tirar todo...

Dvánov acreditou e assustou-se: recordava, em sua imaginação, os vilarejos por onde passara, habitados por um povo triste e pálido.

— Você poderia atirar em mim com a mão direita: afinal, só feriram a esquerda.

O bandido olhava para Dvánov e pensava lentamente — não para conseguir se salvar, mas para lembrar-se de toda a verdade. — Sou canhoto. Não consegui escapar e falaram que um regimento estava avançando, fiquei com pena de morrer sozinho... Dvánov emocionou-se: era capaz de pensar em todas as circunstâncias. Aquele camponês lhe insinuou sobre certa inutilidade e tristeza da revolução, superior à jovem inteligência da mesma.

— Dvánov já se dera conta da angústia dos vilarejos pobres, mas não era capaz de descrevê-la com palavras.

"Tolice! — duvidava Dvánov, em silêncio. — Temos que fuzilar esse camponês assim que Kopienkin chegar. A relva também destrói o solo quando cresce: a revolução é uma coisa violenta e uma força da natureza..."

— Você é um canalha! — disse Dvánov, cuja consciência mudou de forma rápida e desordenada. — Vá para casa! — ordenou ao bandido.

Este foi de costas até a porta, fitando o revólver na mão de Dvánov com os olhos rígidos e enfeitiçados. Dvánov entendeu e decidiu não esconder a arma para não assustar o homem com o movimento.

— Pare! — exclamou Dvánov. O camponês se deteve, obediente. — Vocês tinham oficiais Brancos aqui? Quem é Plótnikov?

O bandido, debilitado, tentava se aguentar penosamente.

— Não, não havia ninguém — respondeu o camponês, baixinho, temendo mentir. — Eu juro, meu caro: ninguém... Plótnikov é um mujique dos arredores do vilarejo...

Dvánov via, por causa do medo, que o bandido não estava mentindo.

— Não tema! Volte com tranquilidade para a sua casa.

O bandido se foi, confiando em Dvánov.

Os restos do vidro tilintavam na janela: Força Proletária, montado por Kopienkin, vinha galopando, marchando pelas estepes.

— Para onde você está indo? Quem é você? — Dvánov escutou a voz de Kopienkin. Este, sem esperar pela resposta, prendeu o bandido na despensa.

— Sabe, camarada Dvánov, eu quase capturei o próprio Plótnikov em pessoa — anunciou Kopienkin, com o peito fervilhando de excitação. — Dois de seus canalhas escapuliram — como os cavalos deles são bons! O meu serve para lavrar e eu guerreio nele... Porém nele está a minha felicidade — é um animal racional!... Então, temos que organizar uma assembleia...

O próprio Kopienkin subiu no campanário e tocou o rebate. Dvánov foi para a entrada, à espera dos camponeses. Ao longe, as crianças saíram no meio da rua e, olhando para o lado de Dvánov, foram embora correndo. Ninguém acudia ao retumbante e urgente apelo de Kopienkin.

O sino cantava lúgubre sobre o extenso vilarejo, intercalando ritmicamente suspiros e exclamações. Dvánov ficou escutando, esquecendo-se do significado do rebate. Na melodia do sino ouvia-se alarme, crença e dúvida. Tais paixões atuavam também na revolução — as pessoas não se moviam apenas por uma fé moldada, mas também por dúvidas tilintantes.

Um mujique de cabelo preto, vestindo avental e sem gorro, provavelmente um ferreiro, aproximou-se do alpendre.

— Por que vocês estão perturbando o povo? — perguntou ele diretamente. — Sigam adiante, amigos-camaradas. Temos uns dez tolos — esse é todo o apoio de vocês aqui...

Dvánov, com a mesma franqueza, pediu que ele lhe falasse por que estava ofendido em relação ao Poder Soviético.

— Porque vocês decidem atirar antes de perguntar — respondeu o ferreiro, com raiva. — A questão é complicada: deram-nos terra, mas nos tiram até o último grão de pão: pode ficar com essa maldita terra! Dela, para o mujique, só sobra o horizonte. Quem vocês estão querendo enganar?

Dvánov explicou que o rateio alimentava o sangue da revolução e suas forças futuras.

— Guarde isso para você! — rejeitou o ferreiro, com conhecimento de causa. — A décima parte do povo é formada de tolos ou vagabundos, filhos da puta que nunca trabalharam como trabalham os camponeses — seguiriam qualquer um. Se o tsar estivesse aqui, achariam uma célula[45] também para ele. E no Partido tem as mesmas pessoas imprestáveis... Você diz que o pão é para a revolução! Não seja pateta. O povo está morrendo — para quem ficará a sua revolução? E dizem que a guerra já acabou...

O ferreiro parou de falar, percebendo que, diante dele, estava aquele mesmo tipo de homem estranho, como eram todos os comunistas: parecia uma boa pessoa, mas agia contra o povo simples.

Por causa do pensamento do ferreiro, Dvánov deixou escapar um sorriso: havia uns dez por cento de excêntricos no povo que iriam para qualquer lado — para a revolução ou para um eremitério, em uma peregrinação.

Kopienkin se apresentou e com clareza respondeu a todas as reprimendas do ferreiro:

— Que canalha, tiozinho! Agora, vivemos todos igualmente, e o que você quer? Que o operário não coma, para que você possa destilar *samogón* de trigo!

— Igualmente, mas não uniformemente! — vingava-se o ferreiro. — Você não entende nada da vida em igualdade! Eu mesmo, depois de casado, penso nesse assunto: acontece que os excêntricos sempre nos comandavam e o próprio povo nunca assumiu o poder, porque, amigo, tinha assuntos mais sérios — alimentar os tolos, de graça...

O ferreiro gargalhou com uma voz sensata e enrolou um cigarro.

— E se o rateio fosse anulado? — Dvánov levantou a questão.

---

45. Organização partidária de base do Partido Comunista da URSS, de 1919 a 1934. As células eram unidades militares estabelecidas em vilarejos, distritos, cidades e regiões, administradas por uma assembleia geral, um gabinete e um coordenador. (N. da T.)

O ferreiro recuperou a alegria por uns instantes, mas voltou a franzir o cenho:

— Não pode ser! Vocês inventariam algo pior — que fique a desgraça antiga: até mesmo porque os mujiques já aprenderam a esconder o pão...

— Dá tudo na mesma para ele: homem-canalha! — Kopienkin avaliou o interlocutor.

O povo começou a se aprumar ao lado da casa: vieram umas oito pessoas e se sentaram ali. Dvánov se aproximou deles — eram os membros sobreviventes da célula de Kalítva.

— Comece um discurso! — zombava o ferreiro. — Todos os excêntricos estão presentes, faltam poucos...

O ferreiro fez uma pausa, e prosseguiu depois animadamente:

— Escute-me. Temos cinco mil pessoas, algumas são jovens, outras são mais velhas. Lembre-se disso. E agora vou fazer conjeturas: pegue a décima parte dos adultos, e, quando a célula tiver essa quantidade — a revolução terminará.

— Por quê? — Dvánov não entendeu o cálculo.

O ferreiro explicou de forma parcial:

— Então todos os excêntricos estarão no poder e o povo viverá por si mesmo — as duas partes ficarão felizes...

Sem perder um minuto, Kopienkin propôs que a assembleia perseguisse e liquidasse Plótnikov, enquanto ele não formasse um novo bando ativo. Dvánov se informou com os comunistas do vilarejo que Plótnikov queria mobilizar a população de Kalítva, mas não teve êxito; naquele momento, durante dois dias, realizaram-se assembleias em que Plótnikov tentava convencer todos para que fossem voluntários. Naquele dia, quando Dvánov e Kopienkin atacaram, também havia uma daquelas assembleias. O próprio Plótnikov conhecia muito bem os camponeses, era um mujique audaz, fiel aos seus conterrâneos e, por isso, hostil ao resto do mundo. Os mujiques o reverenciavam em substituição ao pope falecido.

Durante a assembleia, uma mulher se aproximou correndo, e gritou:

— Mujiques, os Vermelhos estão nos arredores — um regimento inteiro está cavalgando para cá!

E então, quando Kopienkin e Dvánov apareceram na rua, todos pensaram que aquele era o regimento.

— Vamos, Dvánov! — disse Kopienkin, cansado de escutar.

— Para onde leva aquela estrada? Quem virá conosco?

Os comunistas ficaram encafifados:

— Aquela estrada leva até o vilarejo de Tchernóvka... Nós, camaradas, estamos todos sem cavalos...

Kopienkin acenou para eles com um gesto de renúncia.

O ferreiro lançou um olhar vigilante para Kopienkin e se aproximou dele:

— Bem, então adeus! — e estendeu sua mão larga.

— Adeus para você também — respondeu Kopienkin, estendendo a palma da mão. — Lembre-se de mim — se você começar a se inquietar: eu volto e acabo com você!

O ferreiro não ficou com medo:

— Lembre-se bem: o meu sobrenome é Sótikh. Eu sou o único aqui. Quando chegar a hora da revanche, estarei a cavalo e com um atiçador nas mãos. E encontrarei um cavalo: veja o que dizer destes filhos da puta que estão sem cavalos...

O povoado de Kalítva habitava o declive da estepe até o vale. O próprio vale do rio de Tchiórnaia Kalítva era um matagal denso de moitas pantanosas.

Enquanto as pessoas brigavam e se pisoteavam, a natureza prosseguia seu trabalho secular: o rio envelhecera, e a formação virginal das plantas do vale foi encoberta pelo líquido mortal dos pântanos, através do qual somente as juncosas abriam caminho.

Naquela época, o velo morto do vale escutava apenas as indiferentes canções do vento. No final do verão, ali havia sempre uma luta desigual entre a corrente enfraquecida do rio e a areia aluvial lavada das ravinas, que, com a sua caspa fina, separava para sempre o rio do mar distante.

— Olhe para a esquerda, camarada Dvánov — Kopienkin apontou para o azul do leito maior. — Quando eu era menino, vinha aqui com meu pai: era um lugar inesquecível. Sentia-se a bela fetidez herbácea a mais de uma versta, e agora, aqui, até a água apodrece...

Dvánov raramente encontrava na estepe aquelas longas e misteriosas terras dos vales. Por que os rios, morrendo, cessam sua água e cobrem as camadas de erva ribeirinhas com um pântano intransitável? Provavelmente, toda a terra dos vales empobrece com a morte dos rios. Kopienkin contou para Dvánov que, quando o rio era fresco e vivo, os camponeses daqueles lugares tinham gado e aves em abundância.

A crepuscular estrada vespertina seguia pelos arredores do vale perecido. De Kalítva até Tchernóvka eram somente seis verstas, mas os cavaleiros vislumbraram Tchernóvka quando já tinham entrado no celeiro de alguém. Naquele tempo, a Rússia se arruinava para iluminar o caminho de todos os povos, mas não guardava a luz nas próprias *khatas*...

Kopienkin tinha ido averiguar quem estava no poder no vilarejo e Dvánov ficou com os cavalos nos arredores.

Turva e maçante começava a noite; as crianças que acabam de conhecer pesadelos noturnos pela primeira vez temem tais noites: elas não dormiam e vigiavam a mãe para que também não adormecesse e as protegesse do horror.

Mas os adultos são órfãos, e hoje Dvánov estava em pé, sozinho, nos arredores de um vilarejo hostil, observando a noite derretida na estepe e, sobre sua cabeça, o fresco lago celeste.

Ele andava de um lado para o outro, escutando a escuridão e contando a lentidão do tempo.

— A muito custo o encontrei — falou, de longe, Kopienkin, invisível. — Sentiu minha falta? Agora tomará um leitinho.

Kopienkin não descobriu nada — nem quem estava no poder no vilarejo, nem se Plótnikov estava lá. Encontrou, em compensação, um pote de barro com leite e um bom pedaço do tão necessário pão.

Depois de comer, Kopienkin e Dvánov foram até o Soviete rural. Kopienkin achou uma isbá com a placa do Soviete, mas estava vazia, decrépita, e o tinteiro estava sem tinta — Kopienkin havia enfiado o dedo para verificar se o poder local estava em funcionamento.

De manhã, chegaram quatro mujiques idosos e começaram a se queixar: todas as autoridades os abandonaram e viver tinha se tornado horripilante.

— Precisamos de quem quer que seja — pediram os camponeses. — Vivemos aqui isolados — um vizinho pode até estrangular o outro. Não é possível viver sem poder: nem sequer o vento sopra sem razão, e nós aqui vivemos sem uma causa.

Havia muitas autoridades em Tchernóvka, mas todas se dissiparam. O Poder Soviético também se desmoronou por si só: o camponês, eleito presidente, parou de agir: "Todos me conhecem e não me respeitam, não existe poder sem respeito" — dizia. E parou de ir ao Soviete rural para as reuniões. Os moradores de Tchernóvka foram a Kalítva para trazer um presidente, que, por ser desconhecido, seria respeitado. Mas isso também não aconteceu: em Kalítva disseram que não havia instruções de transladar nenhum presidente a outros lugares — "Escolham pessoas dignas de sua própria sociedade."

— Mas se não temos pessoas dignas! — constataram com tristeza os moradores de Tchernóvka. — Somos todos iguais e complementares: um é ladrão, o outro é madraço e o terceiro tem uma esposa maldosa, que esconde suas calças... Como faremos agora?

— Suas vidas estão maçantes? — perguntou Dvánov, com compaixão.

— Completamente. A gente que passou por aqui contou que por toda a Rússia preencheram uma lacuna cultural, mas nós não fomos abarcados: privaram-nos!

O cheiro de umidade do estrume e do calor da terra lavrada chegava pelas janelas do Soviete; aquele ar antigo de aldeia lembrava tranquilidade e procriação, com isso, os interlocutores foram aos poucos se calando. Dvánov saiu para ver os cavalos. Ali, um pardal macilento e necessitado alegrou-o, trabalhando com o bico no farto excremento do cavalo. Dvánov não via pardais havia meio ano e nenhuma vez se recordara de onde eles se refugiavam no mundo. Muita coisa boa escapou da mente estreita e pobre de Dvánov, até sua própria vida com frequência contornava seu raciocínio, como o rio contorna uma pedra. O pardal voou para a cerca. Os camponeses saíram do Soviete, lamentando o poder. O pardal se afastou da cerca e, ao voar, proferiu suavemente sua canção pobre e inexpressiva.

Um dos camponeses se aproximou de Dvánov — faminto e bexiguento, era um daqueles que nunca dizem logo nada do que precisam, em vez disso, começam a falar de longe sobre assuntos comuns, testando atentamente o caráter do interlocutor para averiguar se seria possível pedir algum alívio. Podia conversar uma noite inteira sobre como a ortodoxia havia perdido influência no mundo, quando o que necessitava, na realidade, era madeira para construção. Embora já tivesse cortado vergastas de uma antiga datcha estatal, queria pedir mais uma vez, para verificar, indiretamente, se apanharia pela insubordinação anterior.

O mujique que se aproximou de Dvánov era de certa maneira parecido — tanto seu rosto quanto seus modos — com o pardal que partira havia pouco: olhava para a vida como uma atividade criminosa e esperava um poder castigador.

Dvánov pediu ao mujique para que falasse de uma vez e com clareza — do que afinal precisava. Mas Kopienkin ouviu as palavras de Dvánov através da janela e avisou que assim o mujique nunca falaria nada: "Conduza a conversa com calma, camarada Dvánov". Os mujiques riram e entenderam: na frente deles estavam pessoas inofensivas e desnecessárias.

O bexiguento começou a falar. Não tinha terra nem família e, por decisão coletiva, devia respeitar os interesses dos demais. Aos poucos, a conversa chegou às terras de Kalítva, adjacentes às de Tchernóvka. Depois, passaram para o bosquete que estava em litígio e chegaram ao tema do poder.

— Por um lado precisamos do poder, por outro, podemos prescindir dele — o bexiguento explicava por ambos os lados.

— Se olhar do meio, não dá para ver os extremos, e se começar do fim — é preciso muito tempo. E assim, não sabemos...

Dvánov se adiantou:

— Se vocês têm inimigos, então precisam do Poder Soviético.

Mas o bexiguento sabia o que acontecia:

— Mesmo que não haja inimigos, é espaçoso ao redor — eles virão a qualquer momento: o copeque alheio, para o ladrão, é mais precioso do que seu próprio rublo... Tudo permanece como era — a relva cresce, o tempo muda, mas temos inveja: será que perdemos algumas vantagens sem poder?! Dizem que agora não cobram o rateio, mas nós estamos com medo de semear... E para o povo vêm outros benefícios — repartirão entre todos, e nós ficaremos sem nada!

Dvánov zangou-se: como assim não cobram o rateio — quem disse? Mas o próprio bexiguento não sabia se ele realmente tinha ouvido falar daquilo ou se inventara sem querer. Deu somente explicações muito vagas — uma vez veio um desertor sem documentos e, depois de comer mingau na casa do bexiguento, anunciou que não tinha mais nenhum rateio — uns mujiques foram ver Lenin na torre do Kremlin: ficaram lá três noites e inventaram a indulgência.

Dvánov logo se entristeceu, entrou na isbá do Soviete e não voltou. Os mujiques foram para as suas casas, habituados a formular solicitações ineptas.

— Escute-me, camarada Kopienkin! — Dvánov dirigiu-se a ele, alvoroçado. Kopienkin temia sobretudo a desgraça alheia e, quando era menino, chorava no funeral de um mujique desconhecido muito mais do que a própria viúva. Ele entristeceu-se por antecipação e abriu a boca para escutar melhor. — Camarada Kopienkin! — disse Dvánov. — Sabe o quê? Tenho vontade de ir para a cidade... Espere-me aqui — voltarei logo... Torne-se o presidente temporário do Soviete, para que a espera não seja maçante — os camponeses concordarão. Você está vendo como eles são...

— Sem problema! — Kopienkin alegrou-se. — Vá, eu lhe esperarei aqui, mesmo que seja um ano... Vou me tornar presidente — é necessário mexer um pouco no distrito daqui.

À noite, Dvánov e Kopienkin se beijaram no meio da estrada, e ambos sentiram uma vergonha inexplicável. De madrugada, Dvánov partiu em direção à ferrovia.

Mesmo depois de não mais enxergar seu amigo, Kopienkin ficou na rua por muito tempo; depois, voltou ao Soviete rural e começou a chorar em uma sala vazia. Passou a noite toda deitado, em silêncio, sem dormir, com o coração desamparado. O vilarejo ao redor permanecia imóvel, não anunciava sua existência com um único som vivo, como se renegasse para sempre seu destino deplorável e arrastado. Somente de vez em quando floresciam salgueiros desfolhados no quintal vazio do Soviete rural, deixando que o tempo decorresse até a primavera.

Kopienkin observava como a escuridão se agitava além da janela. Às vezes, uma luz pálida desbotada a percorria, exalando umidade e tédio de um novo dia inóspito. Talvez a manhã tivesse chegado ou talvez fosse um raio morto e errante da lua.

No longo silêncio noturno, Kopienkin, como se refrescado pela solidão, perdia imperceptivelmente a tensão dos seus sentimentos. Em sua consciência nascia aos poucos a luz fraca da dúvida e da autocompaixão. Ele tentou invocar Rosa Luxemburgo em sua memória, mas não viu nada além de uma mulher murcha, morta no caixão, parecida com uma parturiente extenuada. Kopienkin não experimentou a terna atração que a força transparente e alegre da esperança proporciona ao coração. Surpreendido e triste, tinha sido envolvido pela noite celeste e pelo cansaço de muitos anos. Não via a si mesmo em sonhos, e, se visse, ficaria assustado: um homem velho e exaurido dormia num banco, com rugas profundas de mártir no rosto desconhecido — um homem que, durante toda a sua vida, não fizera o bem para si mesmo. Não existe transição de uma consciência clara para o sonho — a mesma vida prossegue no sonho, mas com o sentido desnudo. Pela segunda vez, Kopienkin viu sua mãe, há tempos falecida — sonhou com ela pela primeira vez antes do casamento: a mãe estava indo embora pela suja estrada campestre; suas costas eram tão magras que os ossos das costelas e da espinha dorsal apareciam através de uma blusa engordurada, cheirando a sopa e filhos; a mãe ia embora, curvada, sem repreender seu filho por nada. Kopienkin sabia que não havia nada para ela no lugar para onde estava indo, e, contornando o barranco, se dirigiu correndo para lhe construir uma cabana. Em algum lugar, perto da floresta, nas épocas quentes do ano, viviam cultivadores de hortas e de melancias, abóboras e melões, e Kopienkin pensou em levantar a cabana exatamente ali, para que, na floresta, sua mãe encontrasse outro pai e um novo filho para si mesma.

Naquele dia, Kopienkin tinha visto a mãe em sonho com o seu rosto habitualmente desolado — ela enxugava as pálpebras enrugadas com a ponta do lencinho, para não sujá-lo inteiro, e — pequena e ressequida, na frente do filho já crescido — dizia:

— Achou uma putinha de novo, Stiópuchka. Deixou a mãe sozinha novamente — para que ela passasse vergonha diante do povo. Que Deus o acompanhe.

A mãe o perdoava porque tinha perdido o poder maternal sobre o filho; um filho que nascera de seu sangue, mas que, execravelmente, renunciara a ela.

Kopienkin amava igualmente sua mãe e Rosa Luxemburgo, porque elas representavam para ele a mesma criatura primordial, da mesma maneira que o passado e o futuro viviam em sua única vida. Ele não entendia como aquilo acontecia, mas sentia que Rosa era a continuação tanto de sua infância quanto de sua mãe, e não um insulto à velhinha.

E seu coração se confrangia porque sua mãe xingava Rosa.

— Está morta como você, mamãe — disse Kopienkin, sentindo piedade da raiva desamparada de sua mãe.

A velha tirou o lenço — ela não estava chorando.

— Ah, meu filho, não dê ouvidos a elas! — começou a dizer com maldade a mãe. — Elas lhe falarão meigamente, lhe farão crer que formam um bom par, mas, quando se casar — não encontrará uma mulher na cama: enxergará uma magricela com focinho no lugar do rosto. Ela vem por aí, a sua amada, sua majestade: "Uh, infame, enganou o rapaz!...".

Rosa descia a rua — pequena, viva, real, com olhos negros e tristes, como no quadro do Soviete rural. Kopienkin se esqueceu da mãe e quebrou o vidro para melhor contemplar Rosa. Atrás da janela, havia uma rua veranil do vilarejo — vazia e maçante, como em todos os vilarejos na seca e no calor, mas Rosa não estava lá. Uma galinha saltou de uma travessa e, batendo as asas, que levantavam a poeira, foi correndo pelo carril. Atrás dela saíram pessoas olhando ao redor, e depois outras, que carregavam um caixão não pintado, barato, um desse nos quais, com meios públicos, se enterravam pessoas sem nome e sem parentes.

No caixão jazia Rosa — seu rosto tinha sido coberto por manchas amarelas, como acontece com parturientes desafortunadas. No negrume do seu cabelo habitava um grisalho desprovido de feminilidade e os olhos haviam sido sorvidos até a testa numa cansada renúncia de todos os vivos. Ela não precisava de ninguém e não era querida pelos mujiques que a carregavam nos ombros. Os carregadores trabalhavam obedecendo à obrigação social, de acordo com a ordem, uma casa por vez.

Kopienkin olhava e não acreditava: no caixão não estava a pessoa que ele conhecia — aquela tinha olhos e cílios. Quanto mais perto levavam Rosa, mais escurecia o seu rosto antigo, que não via nada além dos vilarejos próximos e da miséria.

— Vocês estão enterrando minha mãe! — gritou Kopienkin.

— Não, ela é uma esposa sem marido! — falou um mujique, sem nenhuma tristeza, e ajeitou a toalha no ombro. — Sabe, poderia morrer em algum outro vilarejo, mas faleceu exatamente aqui: para ela não faria nenhuma diferença...

O mujique fazia as contas do seu trabalho. Kopienkin logo entendeu aquilo e acalmou as pessoas subordinadas:

— Venham depois de cobri-la — eu lhes ofereço uma bebida.

— Está bem — respondeu o mesmo camponês. — É um pecado enterrar a seco. Agora ela é uma serva de deus, mas, assim mesmo, pesa muito, até fere os ombros.

Kopienkin estava deitado no banco e esperava os mujiques voltarem do cemitério. De algum lugar, soprou um vento frio. Kopienkin levantou-se para fechar a janela quebrada, mas todas as janelas estavam intactas. O vento matinal soprava, e no pátio fazia tempo que o cavalo Força Proletária relinchava, com sede. Kopienkin ajeitou sua roupa, deu um soluço e saiu ao ar livre. A picota do poço dos vizinhos se inclinava para pegar água; atrás da cerca, uma jovem mulher acariciava uma vaca para ordenhá-la melhor e, carinhosa, falava, com uma voz profunda:

— Máchka, Máchenka, não resista, não desdenhe, o santo cola, o pecado descola...

Do lado esquerdo, um homem descalço, fazendo suas necessidades no alpendre, gritava para seu filho invisível:

— Vásska, leve a égua para se abeberar!

— Beba você, ela já bebeu!

— Vá triturar milhete, Vásska, senão vou te bater com o pilão na cabeça.

— Triturei ontem: sou sempre eu! Vá você!

Os pardais foliavam nos pátios, como se fossem aves domésticas. As andorinhas, por mais belas que fossem, iam embora para países maravilhosos no outono, enquanto os pardais ficavam ali — dividindo o frio e a miséria humana. São verdadeiros pássaros proletários que bicam o seu amargo grão. Na terra, podem perecer de longos e tristes infortúnios todas as criaturas delicadas, mas seres vivazes como o mujique e o pardal ficarão e suportarão até os dias quentes.

Kopienkin sorriu para o pardal, que conseguira, na sua vida inútil e minúscula, encontrar uma grande promessa. É evidente que, em uma manhã fresca, ele não se aquecia com grãos, mas com sonhos que humanos desconheciam. Kopienkin também não vivia do pão e do bem-estar, mas de uma esperança inconsciente.

— Assim é melhor — disse ele, sem tirar o olhar do pardal trabalhador. — Vejam só: ele é tão pequeno, mas como é sagaz... Se o homem fosse assim, o mundo inteiro teria florescido há muito tempo...

O homem bexiguento do dia anterior tinha chegado pela manhã. Kopienkin começou a conversar com ele, depois foi tomar café da manhã em sua casa e, à mesa, de repente, perguntou:

— Tem por aqui um mujique de sobrenome Plótnikov?

O bexiguento fitou Kopienkin com um olhar pensativo, procurando uma razão profunda na pergunta:

— Eu sou Plótnikov. Por quê? No nosso vilarejo só temos três sobrenomes: Plótnikov, Ganúchkin e Tsélnov[46]. De que Plótnikov você precisa?

Kopienkin considerou:

---

46. De *plótnik*, carpinteiro; e, possivelmente, de *tsélni*, inteiro, integral, íntegro. (N. da T.)

— Aquele que tem um garanhão ruivo, ágil e esbelto, cheio de passos adestrados quando cavalga... Conhece?

— Ah, aquele é Vánka, eu sou Fiódor! Não tenho nada a ver com ele. O seu garanhão ficou manco três dias atrás... Você precisa muito dele? Então vou chamá-lo, agora...

O bexiguento Fiodór foi embora; Kopienkin tirou o revólver e colocou-o sobre a mesa. Do alto do forno, a mulher doente de Fiódor olhava estupefata para Kopienkin, soluçando cada vez mais e mais em consequência do medo.

— Quem se recorda tanto de você? — perguntou Kopienkin, com empatia.

A mulher torceu a boca, tentando sorrir, para causar compaixão ao visitante, mas não conseguiu dizer nada.

Fiódor voltou logo e trouxe Plótnikov consigo. Era aquele mesmo mujique descalço que pela manhã, do alpendre, gritava para Vásska. Agora calçava as *váliénki* e, respeitosamente, amassava em suas mãos um gorro imprestável, comprado antes do casamento. Plótnikov era um homem de aparência comum: para distingui-lo entre os demais, seria primeiro necessário viver com ele. Somente a cor dos olhos era rara — castanha, cor do roubo e das intenções secretas. Sombrio, Kopienkin examinava o bandido. Plótnikov não se intimidou ou, de propósito, encontrou uma saída oportuna:

— Por que está me encarando assim? Está procurando seus cúmplices?

Kopienkin interrompeu-o imediatamente:

— Diga-me, você vai confundir o povo? Vai levantar o povo contra o Poder Soviético? Diga de forma direta — sim ou não?

Plótnikov entendeu o caráter de Kopienkin e, de propósito, franziu o cenho de seu rosto inclinado, para expressar claramente resignação e arrependimento voluntário por suas ações ilegais.

— Não, nunca mais — falo com sinceridade.

Kopienkin calou-se para demonstrar maior severidade.

— Bem, lembre-se de mim. Não sou seu tribunal, mas sou sua represália: se souber de algo — eu o arrancarei logo, pela raiz, cavarei até a puta que o pariu — e o enterrarei onde estiver... Vá agora para casa e lembre-se de mim...

Quando Plótnikov foi embora, o bexiguento exclamou e gaguejou, por respeito.

— Isso, isso é justo! Significa que você é o poder!

Kopienkin já tinha gostado de Fiódor bexiguento devido a seu desejo solícito de poder: ainda mais que Dvánov dizia que o Poder Soviético era o reino de muitas pessoas naturais e disformes.

— Que poder? — perguntou Kopienkin. — Somos uma força da natureza.

~

As casas da cidade pareciam grandes demais para Dvánov: seus olhos estavam habituados às *khatas* e às estepes.

O verão resplandecia sobre a cidade, e os pássaros, que já tinham conseguido se reproduzir, cantavam entre as construções e nos postes telefônicos. Quando Dvánov deixara a cidade, ela era uma fortaleza austera, em que só existia o serviço disciplinado para a revolução, e, em nome desse objetivo preciso, operários, funcionários e soldados do Exército Vermelho viviam e se aturavam diariamente; à noite, proliferavam os guardas e verificavam os documentos dos agitados cidadãos que circulavam à meia-noite. Aos olhos de Dvánov, a cidade não era o lugar de uma santidade desabitada, mas uma aglomeração festiva, iluminada pela luz estival.

No começo, ele pensou que a cidade tinha sido ocupada pelos Brancos. Na estação, havia um estabelecimento em que vendiam pãezinhos cinza, sem fila e sem cupons. Ao lado da estação, na base do Comitê Alimentar da província estava pendurada uma placa ainda úmida, com letras que escorriam por causa da tinta de má qualidade. Na placa, estava escrito, à mão e de forma lacônica:

"VENDE-SE DE TUDO PARA TODOS OS CIDADÃOS.
PÃO E PEIXE DE ANTES DA GUERRA,
CARNE FRESCA,
CONSERVAS DA CASA."

Debaixo da placa, com letras pequenas, foi acrescentado o nome da empresa:

*"Arduliants, Romm, Koliésnikov e Co."*

Dvánov imaginou que aquilo tinha um propósito e entrou na venda. Lá, ele viu instalações de um comércio normal, coisas que somente tinha visto quando era muito jovem e já até esquecera: mostradores de vidro, prateleiras nas paredes, uma balança de precisão em vez da balança romana, balconistas gentis no lugar dos agentes das bases de alimentação e gerentes de cooperativa, uma multidão animada de clientes e estoques de produtos que exalavam o cheiro da saciedade.

— Isto aqui não é como o Departamento de Distribuição Provincial! — disse com simpatia um dos que contemplavam o comércio.

Dvánov virou e olhou para ele com ódio. O homem não se intimidou com aquele olhar, ao contrário, sorriu solenemente: "Por que você está me vigiando? Estou contente com um fato legal!"

Além dos clientes, havia uma multidão de pessoas: simples observadores, muito interessados por aquele agradável acontecimento. Eram mais numerosos do que os compradores e também participavam do comércio de maneira indireta. Um se aproximava do pão, arrancava um pedacinho e colocava-o na boca. O balconista, sem objeções, esperava o que estava por vir. O apaixonado pelo comércio mastigava uma migalha de pão durante muito tempo, ajustando-a de várias maneiras com a língua, meditando profundamente; depois, compartilhava sua opinião com o balconista:

— Que amargo! Sabe — um pouquinho! Vocês colocam fermento?

— É à base de levedo — respondia o balconista.

— Então é isso — é perceptível. Mas, assim mesmo, a moagem não é de ração e foi muito bem assado: nada a acrescentar!

O homem se aproximava da carne, apalpava-a carinhosamente e passava um bom tempo farejando.

— Então, quer que eu corte ou o quê? — perguntava o vendedor.

— Estou só olhando, será que é carne de cavalo? — sondava o homem. — Não, não pode ser, viveu pouco e não se vê espuma. Sabe, na carne de cavalo, em vez de caldo, forma-se uma espuma: meu estômago não a aceita bem, sou uma pessoa doente...

O vendedor, engolindo o desaforo, pegava a carne, todo corajoso:

— Que carne de cavalo, que nada! É carne clara de Tcherkásskie — só tem filé. Está vendo como é fresca e delicada? — Derrete na boca. É como *tvôrog*[47], dá para comer crua.

Satisfeito, o homem se aproximava da multidão de observadores e fazia um relato completo de suas descobertas.

Os observadores, sem sair de seus postos, analisavam com simpatia todas as funções do comércio. Dois não aguentaram e foram ajudar os balconistas — eles sopravam a poeira dos balcões, espanavam a balança com uma pena, para se ter maior precisão, e ordenavam os pesos. Um desses voluntários cortou pequenos pedaços de papel, escreveu os nomes das mercadorias neles, ajustou-os, em seguida, em pezinhos de arame e enfiou nas mercadorias correspondentes; sobre cada mercadoria surgiu uma plaquinha,

---

47. Espécie de ricota. (N. da T.)

que proporcionava uma clara compreensão das coisas para o comprador. Na caixa com milhete o voluntário cravou — "painço", na carne bovina — "carne de boi fresca" e assim por diante, de acordo com a interpretação mais usual das mercadorias. Seus amigos admiravam aquele tipo de cuidado. Eles foram os predecessores dos aperfeiçoadores de serviços estatais, estavam à frente do seu tempo.

Uma velha entrou na venda e ficou um bom tempo examinando o local. Sua cabeça tremia por causa da velhice, agravada pela fome que os centros de contenção tinham refreado — uma umidade involuntária escorria-lhe do nariz e dos olhos. A velhinha se aproximou do balconista e entregou-lhe o talão de racionamento cujos buracos foram remendados com linha crua.

— Não precisa, vovozinha, vamos atendê-la sem ele — disse o balconista. — O que você comia enquanto seus filhos estavam morrendo?

— Nossa, será que chegou o grande dia? — a velha foi tomada por uma grande emoção.

— Sim, chegou o grande dia: Lenin tirou, Lenin deu.

A velha murmurou:

— Ele, paizinho — e começou a chorar copiosamente, como se ainda fosse viver uns quarenta anos aquela boa vida.

O balconista deu-lhe uma fatia grande de pão bem assado para o caminho de volta, encobrindo os pecados do Comunismo de Guerra[48].

Dvánov entendeu que aquilo era algo sério, que a revolução tinha agora outra face. No caminho até a sua casa, ele não encontrou mais vendas, mas, em cada esquina, vendiam-se *pirojkí*[49] e rosquinhas. As pessoas compravam, comiam e falavam sobre comida. A

---

48. Nome da política interna do estado soviético, adotada durante a Guerra Civil Russa, entre 1918 e 1921. (N. da T.)

49. Pãezinhos assados no forno ou fritos, recheados de diversas maneiras, originários da Rússia e populares em toda a Europa do Leste. (N. da T.)

cidade celebrava um banquete abundante. Então, todos sabiam que o pão crescia com dificuldade, que a planta vivia de maneira complexa e delicada, como o ser humano, e que, por causa dos raios de sol, a terra ficava molhada com o suor do trabalho torturante; então, as pessoas se habituaram a olhar para o céu e se compadecer dos lavradores, pedindo que fizesse bom tempo, que a neve não demorasse a derreter e que, nos campos, a água não congelasse: era nocivo para os cereais invernais. As pessoas aprenderam muitas coisas que antes desconheciam — suas profissões se expandiram e o sentido da vida tornou-se coletivo. Por isso, no momento, elas se refestelavam com rosquinhas, ampliando com elas não apenas sua saciedade, mas também o respeito pelo trabalho anônimo: obtinham deleite em dobro. Por isso, quando se alimentavam, as pessoas mantinham a mão feito concha embaixo da boca, para que nela caíssem as migalhas, que depois voltariam a ser ingeridas.

Multidões de pessoas andavam pelos bulevares, contemplando uma vida inteiramente nova para elas. No dia anterior, muitos comeram carne e experimentaram um desabitual acúmulo de forças. Era domingo — um dia quase sufocante: apenas o vento arrastado de campos distantes refrescava o calor do céu estival.

Às vezes, havia mendigos sentados ao lado dos edifícios; eles xingavam o Poder Soviético com consciência, embora alguns transeuntes lhes dessem esmolas, como sinal de que a vida adquirira maior leveza: durante os últimos quatro anos, os mendigos e os pombos desapareceram da cidade.

Dvánov atravessava o jardim público, desnorteado devido à massa de pessoas — já estava habituado à liberdade do ar da estepe. Ao lado dele, por algum tempo, andava uma moça parecida com Sônia — o mesmo rosto frágil e delicado, um pouco franzido pelas coisas que o impressionavam. Mas os olhos daquela moça eram mais escuros e mais morosos do que os de Sônia, como se tivessem alguma preocupação não resolvida, olhavam, semicerrados, escondendo sua angústia. "No socialismo, Sônia se tornará Sófia Aleksandrovna — pensou Dvánov. — O tempo vai passar."

Sentado no alpendre, Zakhar Pávlovitch engraxava os sapatos desmantelados e infantis de Aleksandr, para que por mais tempo permanecessem inteiros como memória. Abraçou Sacha e começou a chorar — seu amor pelo filho adotivo aumentava a cada instante. Enquanto apoiava-se no corpo de Zakhar Pávlovitch, Dvánov pensava: "O que teremos de fazer com pais e mães no comunismo futuro?"

À noite, Dvánov foi à casa de Chumílin; ao lado dele, muitos caminhavam para ver as pessoas amadas. Elas começaram a se alimentar melhor e passaram a sentir a alma dentro de si. As estrelas já não cativavam a todos — os habitantes se cansaram de grandes ideias e espaços infinitos: se convenceram de que as estrelas podiam se transformar num punhado de milhete — o do racionamento —, enquanto um piolho de tifo guarda os ideais.

Chumílin estava almoçando e sentou Dvánov à mesa para comer.

Sobre a mesa do almoço havia um despertador que funcionava normalmente e Chumílin, em seu íntimo, o invejava: o relógio trabalha sempre, já ele interrompe sua vida para dormir. Dvánov, ao contrário, não invejava o tempo — sentia que tinha reservas de vida e sabia que conseguiria ultrapassar o passo das horas.

— Não há tempo para digerir o alimento — disse Chumílin.

— Está na hora de ir para a conferência do Partido... Você vem ou ficou mais inteligente do que todos?

Dvánov não respondeu. No caminho para o Comitê do Distrito, ele contou como pôde o que fazia na província, mas era consciente que Chumílin quase não tinha interesse.

— Sim, sim, já ouvi — dizia Chumílin. — Você é um excêntrico, enviaram-lhe somente para observar como estavam as coisas. Eu passo horas examinando documentos — e não se vê nem sombra do diabo; já você tem um olhar fresco. Foi arranjar toda uma baderna lá, incitou mujiques a destruir a zona florestal de

Bittermánovski, seu filho da puta! Reuniu uns patifes e foi perambular por aí...

Dvánov enrubesceu devido ao desaforo e a um grande senso de responsabilidade.

— Eles não são patifes, camarada Chumílin... Se for necessário, sem questionar, poderiam fazer mais três revoluções...

Chumílin não continuou a conversa; confiava mais nos papéis do que nas pessoas. Assim, um com vergonha do outro, seguiram caminhando em silêncio.

Um ar soprava através das portas da sala do Soviete da cidade, onde deveria acontecer a conferência do Partido, como se ali trabalhasse um ventilador. O serralheiro Gópner esticava a palma da mão contra o ar e explicava ao camarada Fufáiev que ali havia duas atmosferas de pressão.

— Se todo o Partido se reunisse nesta sala — raciocinava Gópner —, seria bem possível colocar uma usina elétrica para funcionar — só com a respiração do Partido, maldito seja!

Fufáiev examinava melancolicamente a iluminação elétrica e afligia-se com o atraso da reunião. O pequeno Gópner inventava ainda alguns cálculos técnicos e os expunha a Fufáiev. Pelo visto, Gópner não tinha ninguém para conversar em casa e se alegrava com aglomerações.

— Você continua andando e pensando — disse Fufáiev, em um tom delicado e sutil, e deu um suspiro com todo o seu peito, que parecia um montículo de ossos; os ossos há muito tempo faziam com que todas as suas camisas se arrebentassem e ele as usasse cerzidas. — Está na hora de todos nós trabalharmos em silêncio e com plenitude.

Gópner estranhava que Fufáiev tivesse sido condecorado duas vezes com a ordem da Bandeira Vermelha. O próprio Fufáiev, que preferia o futuro ao passado, nunca havia lhe dito nada a respeito. Ele considerava o passado um fato destruído para sempre, inútil, e não mantinha suas ordens no peito, mas num baú, em casa.

Gópner só soube do baú pela mulher fanfarrona de Fufáiev, que conhecia a vida de seu marido com tanta precisão, como se ela mesma o tivesse dado à luz.

Ela só desconhecia uma pequena coisa — o motivo pelo qual davam cupons para ração e condecorações. Mas o marido lhe disse: "Pelo serviço, Pólia — é assim que deve ser". A mulher se acalmou, imaginando o serviço como o trabalho de secretariado em edifícios estatais.

O próprio Fufáiev era, de longe, um homem de rosto feroz, mas, de perto, tinha o olhar pacato e imaginativo. Sua cabeça grande mostrava nitidamente a força original da razão silenciosa que se afligia em seu crânio. Apesar de suas proezas militares olvidadas, fixadas somente nas listas de estados-maiores dissolvidos, Fufáiev adorava economia rural e, em geral, o trabalho tranquilo e produtivo. Naquele momento, era responsável pelo Departamento de Utilização dos Resíduos Recuperáveis da Província e sua função o obrigava a inventar permanentemente alguma coisa, o que se tornava muito adequado para ele: sua última iniciativa fora a instituição de uma rede de bases de estrume em toda a província, de onde os pobres sem cavalos recebiam, mediante licença, o estrume para a fertilização das terras. Não parava mesmo depois dos resultados alcançados e, pela manhã, percorria a cidade na sua caleche, olhando as ruas, entrando nos pátios dos fundos e interrogando os mendigos que encontrava, para descobrir mais alguns cacarecos que pudessem ser reaproveitados pelo Estado. Foi também no vasto campo da reutilização que travou amizade com Gópner. Fufáiev perguntava para todo mundo, sempre sério:

— Camarada, o nosso país não é tão rico, você teria alguma coisa excedente. Algum material que se possa reaproveitar?

— O quê, por exemplo? — perguntava um camarada qualquer.

Fufáiev não tinha dificuldade em explicar:

— Restos de comida, coisas cruas, uma bucha qualquer ou algum produto que não seja útil...

— Deve estar com febre na cabeça, Fufáiev! — surpreendia-se o camarada. — Que diabo de bucha vamos encontrar hoje em dia? Eu mesmo, quando estou no banho russo, me esfrego com uma vara...

Mas, de vez em quando, Fufáiev recebia conselhos práticos como, por exemplo, utilizar os arquivos pré-revolucionários para o aquecimento de orfanatos, ceifar sistematicamente as ervas daninhas das ruas desertas, utilizando-as depois como forragem pronta na organização de uma vasta fazenda de leite de cabra para o abastecimento de leite barato aos inválidos da guerra civil e a outros necessitados.

Fufáiev passava as noites sonhando com vários materiais recicláveis, na forma de maciços abstratos de velharias sem nome. Como era um homem honesto, acordava aterrorizado em seu responsável cargo. Em certa ocasião, Gópner lhe sugeriu que não se preocupasse demais: "Será melhor — disse ele —, ordenar, por meio de uma circular, que os moradores do velho mundo vigiem seus trastes sem se ausentar, caso a revolução precise deles; mas não serão necessários — o novo mundo será construído com um material eterno, que nunca chegará ao estado de desperdício".

Depois disso, Fufáiev se acalmou um pouco e seus maciços sonhos não o atormentavam com tanta frequência.

Chumílin conhecia tanto Fufáiev quanto Gópner, já Dvánov conhecia apenas Gópner.

— Boa tarde, Fiódor Fiódorovitch — disse Dvánov a Gópner. — Como está o senhor?

— Mais ou menos, sempre a mesma ladainha — respondeu Gópner. — Só o maldito pão vendem à vontade!

Chumílin estava conversando com Fufáiev. Aquele estava para ser nomeado como presidente da comissão de ajuda aos soldados doentes e feridos do Exército Vermelho. Certa vez,

Fufáiev consentiu que, depois do front, habituara-se a cargos obscuros. Muitos comandantes também serviam nos institutos de previdência, sindicatos, caixas de seguro social e outras instituições que não tinham um peso significativo no destino da revolução; quando essas instituições foram condenadas porque estavam se arrastando na cola da revolução, então saíram da cola e fizeram gato e sapato dela. Os militares, sabe-se lá por quê, respeitavam qualquer serviço e, em nome de uma disciplina ferrenha, estavam sempre prontos para ser chefes até de um cantinho vermelho[50], já que no passado tiveram a experiência do comando de divisões inteiras.

Ouvindo a voz descontente de Gópner, Chumílin virou para ele:

—Você não está gostando do livre comércio? Ou é a sua ração que era grande demais?

— De jeito nenhum — imediatamente declarou Gópner, sério.

— Você acha que o alimento pode conviver com a revolução? Nem pensar — maldita seja!

— Mas que liberdade uma pessoa faminta pode ter? — sorriu Chumílin, com um desdém intelectual.

Gópner aumentou seu tom de inspiração:

— Estou lhe falando, todos nós somos camaradas somente quando temos a mesma desgraça. Se houver pão e propriedade — nenhum ser humano vai dar as caras! O que é a liberdade para você, se tem pão azedando na barriga de todo mundo e isso é o único que persegue o coração? O pensamento gosta da leveza e da desgraça... Alguma vez pessoas gordas foram livres?

— Alguma vez você leu algo de história? — duvidou Chumílin.

— Estou intuindo! – piscou Gópner.

— E o que você intuiu?

---

50. "Lugar de honra", ou, literalmente, "cantinho vermelho" era uma sala, parte de uma sala ou uma estrutura especial em instituições, reservada às demandas da educação política, de mobilizações, funções do partido e propaganda; posteriormente, teve uso mais geral, mas durante muito tempo manteve recursos relacionados ao Partido, como fornecimento de literatura comunista. (N. da T.)

— Que para o bem de todos devem destruir o pão e todo tipo de matéria, em vez de armazená-las. Se não se consegue dar ao ser humano o que há de melhor — que ao menos se dê pão. Mas nós queríamos dar o melhor...

Algo soou na sala, anunciando o início da reunião.

— Vamos raciocinar um pouco — disse Gópner para Dvánov.

— Agora já não somos objetos, mas sujeitos, malditos sejam: falo e nem eu mesmo distingo a minha própria dignidade!

Na ordem do dia havia uma única questão — a nova política econômica. Gópner logo se pôs a pensar sobre ela — não gostava de política nem de economia; acreditava que o cálculo era válido para uma máquina, mas que na vida só existiam diferenças e números singulares.

O secretário do Comitê da província, antigo técnico de ferrovias, assumia as reuniões com dificuldade — ele as via como pura formalidade, porque, em todo caso, o operário não consegue pensar com a mesma rapidez da fala: o pensamento do proletário age no sentimento e não sob a calvície. Por isso, o secretário, em geral, limitava os oradores:

— Contenha-se, camarada, contenha-se. Para todo esse seu palavrório, os destacamentos de abastecimento têm que conseguir pão — lembre-se disso!

E, às vezes, simplesmente se dirigia à reunião como um todo:

— Camaradas, alguém entendeu alguma coisa? Eu não entendi nada. Temos de saber — dizia o secretário, já zangado e articulando bem as palavras — o que fazer quando sairmos por estas portas. E este está aqui choramingando para nós sobre algumas condições objetivas. Estou dizendo — quando há revolução, já não há condições objetivas...

— Correto! — exclamava a reunião. Em todo caso, ainda que fosse incorreto, havia tantas pessoas, que eles organizariam tudo do seu jeito.

Aquele dia, o secretário do Comitê da província estava sentado com uma cara triste; já era uma pessoa idosa e, em segredo, desejava ser enviado para chefiar alguma isbá de leitura[51], onde poderia construir o socialismo com as próprias mãos e torná-lo visível para todos. As informações, relatórios, boletins e circulares começaram a destruir a saúde do secretário; levando-os para casa, ele não os trazia de volta, e depois dizia para o administrador: "Camarada Moliélnikov, sabe, o meu filhinho os queimou na estufa enquanto eu dormia. Quando acordei, só havia cinzas no forno. Vamos tentar não enviar as cópias — vejamos se há ou não há a contrarrevolução".

— Vamos — concordava Moliélnikov. — Com papel, obviamente, não é possível fazer nada — nele só há ideias escritas: segurar a província com elas é como segurar uma égua pelo rabo.

Moliélnikov pertencia à classe dos mujiques e estava tão entediado com suas ocupações burocráticas que fizera canteiros de horta no pátio e, durante o serviço, ia até lá, para trabalhar por um tempo.

De todo modo, o secretário do Comitê da província estava em parte contente: imaginava a Nova Política Econômica como uma revolução que avançava espontaneamente — movida pela vontade do próprio proletariado. Antes, a revolução funcionava graças aos esforços da tração de aparelhos e instituições, como se o aparelho estatal, na realidade, fosse a máquina de construção do socialismo. E foi precisamente com essa ideia que o secretário começou a sua fala.

Dvánov estava sentado entre Gópner e Fufáiev e na sua frente um homem desconhecido balbuciava sem parar, pensando em algo

---

51. Centro educacional em vilarejos e povoados da URSS. Estes centros, surgidos na Rússia no século XIX, foram muito populares na década de 1920, fazendo parte do programa educacional, bem como da propaganda política. Em meados do século XX, havia milhares desses centros em todo o país. Com o aumento do nível de educação da população, no início da década de 1960, de forma gradual, as funções das isbás de leitura foram transferidas para clubes de leitura, casas de cultura e bibliotecas. (N. da T.)

na sua mente fechada, sem conter as palavras. Aqueles que estavam aprendendo a pensar durante a revolução sempre falavam em voz alta, então não se queixaram dele.

Os membros do Partido não se pareciam uns com os outros — em cada rosto havia algo rústico; era como se aqueles homens tivessem extraído a si próprios de algum lugar graças a suas forças solitárias. Podia-se distinguir um rosto destes entre mil — sincero, perturbado por uma tensão contínua e ligeiramente desconfiado. Os Brancos, em sua época, detectavam aquelas pessoas rústicas sem titubear e as exterminavam com a exaltação doentia com que as crianças normais batem em monstrengos e animais: com espanto e com um deleite voluptuoso.

O vapor das respirações já tinha formado sob o teto da sala uma espécie de céu turvo local. Ali, uma luz elétrica opaca que piscava de leve estava acesa — provavelmente, na central elétrica uma correia inteira de transmissão para o dínamo não estava em bom estado, e a correia velha e desgastada batia com a costura pela roldana, mudando a tensão no dínamo. Isto era evidente para metade das pessoas presentes. À medida que a revolução avançava, as máquinas e artefatos, cansados, mostravam sua resistência a ela — de tanto trabalhar, já haviam esgotado todos os seus prazos, e apenas se mantinham graças à maestria contagiante dos serralheiros e mecânicos.

O membro do Partido, que estava sentado na frente de Dvánov e que lhe era desconhecido, balbuciava algo para todo mundo ouvir, inclinando a cabeça, sem escutar o orador.

Gópner olhava distraído para o vazio, levado pelo fluxo de uma força dupla — pela fala do orador e por sua consciência apressada. Dvánov sentia um incômodo penoso quando não conseguia imaginar uma pessoa de perto e, ao menos brevemente, viver a vida desta. Ele olhou com inquietação para Gópner, um homem magro de certa idade, quase todo carcomido pelos quarenta anos de trabalho; seu nariz, zigomas e lóbulos da orelha eram cobertos de forma tão comprimida pela pele que uma pessoa, olhando para Gópner, sentia uma comichão, de nervoso. Quando Gópner se despia no banho russo, provavelmente, parecia um menino, mas, na realidade, era resistente, forte e paciente como poucos. O trabalho de muitos anos estivera carcomendo o seu corpo avidamente — só restara o que fica por muito tempo no túmulo: osso e cabelo; sua vida, desprovida de quaisquer desejos, ressequida pelo ferro do trabalho, encolhera e se tornara uma consciência única, concentrada, que iluminava os olhos de Gópner com a paixão tardia de uma mente desnudada.

Dvánov lembrou-se de seus encontros precedentes com ele. Outrora, conversavam muito sobre a construção de eclusas no rio Pólni Aidár, que corria pela cidade deles, e fumavam *makhórka* da bolsa de tabaco de Gópner; não conversavam movidos tanto pelo bem comum, quanto pelo entusiasmo que sobrava em ambos, um entusiasmo de que as pessoas não sabiam tirar proveito.

Naquele momento, o orador falava com palavras breves e simples, e, em cada som, havia um movimento de sentido; na fala do palestrante havia um respeito invisível pelo homem e medo da concorrência da razão deste, por isso, o ouvinte tinha a impressão de que também era inteligente.

Um membro do Partido, ao lado de Dvánov, anunciou com indiferença para a sala:

— Não há trapos para a limpeza, por isso estamos recolhendo bardanas!...

A eletricidade quase se extinguiu, tornando-se uma luz vermelha — na central, o dínamo ainda girava por inércia. Todas as pessoas olharam para cima. Aos poucos, a eletricidade acabou se extinguindo.

— Que coisa! — disse alguém, na escuridão.

No silêncio reinante, ouvia-se uma telega fazendo barulho pela calçada e uma criança que chorava no distante cômodo do guarda.

Fufáiev perguntou a Dvánov o que era a troca de mercadorias com camponeses nos limites do uso local, conforme relatado pelo secretário. Mas Dvánov não sabia. Gópner também não sabia:

— Espere um pouco — disse ele a Fufáiev —, se fizerem o conserto da correia na central, o orador lhe explicará.

A luz acendeu: na central elétrica já estavam habituados a corrigir os defeitos com as máquinas em funcionamento.

— O comércio livre para o Poder Soviético — continuava o orador — é o mesmo que a pastagem com a qual se cobrirá a nossa ruína mesmo nos lugares mais indecentes...

— Entendeu? — perguntou Fufáiev a Gópner, baixinho. — É necessário colocar a burguesia em circulação local — ela também é objeto reaproveitável...

— Claro! — entendeu Gópner, e anuviou-se devido a uma fraqueza latente.

O orador parou por um instante:

— Por que você, Gópner, está bramindo como um animal? Não tenha pressa em concordar — nem mesmo para mim está tudo claro. Não estou procurando convencer vocês, estou, na verdade, pedindo seu conselho — não sou o mais inteligente...

— Você é igual aos demais! — definiu Gópner, com uma voz forte, mas benevolente. — Se você for mais estúpido do que a gente — colocaremos outro, malditos sejamos!

Os presentes riram, satisfeitos. Naquela época não existia um grupo específico de pessoas destacadas, cada um sentia o seu próprio nome e valor.

— Arraste as palavras em meandros e as anule — Gópner aconselhou o orador mais uma vez, sem se levantar do lugar.

Do teto pingava sujeira. De uma pequena fenda no sótão vinha uma água turva. Fufáiev pensava que em vão seu filho morrera de tifo — em vão cordões de proteção isolaram cidades do pão e criaram piolhos bem alimentados.

De repente, Gópner ficou pálido, apertou os lábios secos e cercados de pelo e se levantou da cadeira.

— Estou me sentindo mal, Sacha! — disse ele a Dvánov, e saiu tapando a boca com a mão.

Dvánov o seguiu. Lá fora, Gópner parou e encostou a cabeça na parede fria de tijolo.

— Vá em frente, Sacha — disse Gópner, sentindo-se constrangido por algum motivo. — Já darei um jeito.

Dvánov permaneceu no lugar. Gópner vomitou um pouco de um alimento preto não digerido.

Ele limpou o bigode escasso com um lenço vermelho.

— Vivi tantos anos de estômago vazio e nada me acontecera — disse, envergonhado. — Hoje, comi três panquecas de uma vez — é falta de costume.

Eles se sentaram na entrada da casa. Na sala, a janela tinha sido escancarada para que passasse o ar e ouvia-se tudo o que era dito. Somente a noite não dizia nada; cuidadosa, ela carregava suas estrelas florescentes sobre os lugares vazios e escuros da terra. Em frente ao Soviete da cidade estava a estrebaria da brigada dos bombeiros, a torre de vigia tinha sido destruída pelo fogo havia dois anos. Naquele momento, o bombeiro de plantão andava pelo telhado do Soviete e de lá observava a cidade. Ele estava entediado ali — cantava e ribombava com suas botas pelo ferro. Depois, Dvánov e Gópner ouviram como o bombeiro ficou em silêncio — provavelmente, o discurso da sala também chegara até ele.

O secretário do Comitê da província comentava nesse momento que camaradas condenados haviam sido enviados para os trabalhos de aprovisionamento, e que o uso mais comum da bandeira vermelha tinha sido o de revestir caixões.

O bombeiro parou de ouvir e começou a cantar sua canção:

Os *lápti* pelo campo andavam,
Os vazios as pessoas acompanhavam...

— O que esse maldito está cantando? — disse Gópner e pôs-se a escutar. — Canta sobre o que lhe vem à cabeça — só para não pensar... Em todo caso, o sistema de abastecimento de água não funciona: então não sei para que ter bombeiros!

Naquele momento, o bombeiro olhava para a cidade iluminada pelas estrelas e pensava: "O que aconteceria se toda a cidade pegasse fogo de uma vez? A terra desnuda que deixaria a cidade iria parar, então, nas mãos dos mujiques que a explorariam, a brigada de incêndio se tornaria um comando rural e o trabalho ali seria, assim, mais cômodo".

Dvánov ouviu atrás dele os passos lentos de um homem que descia as escadas. Como não sabia pensar em silêncio, ele balbuciava seus pensamentos. Não conseguia pensar no escuro interior de sua cabeça — primeiro, tinha que transformar sua inquietação mental numa palavra; só depois de escutá-la podia senti-la com nitidez. Provavelmente, também lia livros em voz alta, para transformar os misteriosos sinais mortos em objetos sonoros e assim poder percebê-los.

— Diga uma coisa, por favor! — o homem falava para si mesmo, todo convincente, e se ouvia com atenção. — Como se sem ele não conhecêssemos o comércio, a troca de mercadorias e o imposto! Era assim mesmo: o comércio passava por todos os destacamentos, o próprio mujique diminuía para si o rateio e recolhiam os impostos! Estou dizendo a verdade ou sou estúpido?...

De vez em quando, o homem parava nos degraus e fazia objeções a si mesmo:

– Não, você é um estúpido! Será que pensa que Lenin é mais tolo do que você? Que coisa!

Era evidente que o homem estava atormentado. No telhado, o bombeiro pôs-se novamente a cantar, sem perceber o que sucedia embaixo dele.

— Que nova política econômica, o quê?! — surpreendia-se o homem, baixinho. — Eles só deram um nome simples para o comunismo! Também eu, no íntimo, me chamo tchevenguriano em linguagem familiar — é preciso aguentar!

O homem se aproximou de Dvánov e Gópner e perguntou-lhes:

— Digam-me uma coisa, por favor: o comunismo está saindo de mim como uma força da natureza — posso detê-lo com a política ou não é necessário?

— Não é necessário — disse Dvánov.

— Então, se não é necessário — qual é a dúvida? — o homem respondeu a si mesmo, com calma, e tirou do bolso uma pitada de tabaco. Era baixo, vestia um macacão de comunista — um capote militar alheio, de algum soldado-desertor da guerra do tsar — no rosto, tinha um nariz delicado.

Dvánov reconheceu nele aquele comunista que balbuciava na sua frente durante a reunião.

— De onde você apareceu, assim? — perguntou Gópner.

— Do comunismo. Já ouviu falar de uma localidade assim? — respondeu o homem recém-chegado.

— É o quê, um vilarejo chamado assim em memória do futuro?

O homem ficou contente por ter algo a contar.

— Que vilarejo, o quê — será que você não é membro do Partido? Há uma localidade — todo um centro provincial. Antigamente, era chamado de Tchevengur. Lá, eu era, até o momento, o presidente do Comitê Revolucionário.

— Tchevengur fica perto de Novossiôlovsk? — perguntou Dvánov.

— Claro que fica perto. Só que lá moram indolentes e ninguém vem nos visitar, estamos no fim de tudo.

— Fim do quê? — perguntou Gópner, desconfiado.

— De toda a história mundial — para que precisamos dela?

Nem Gópner, nem Dvánov perguntaram mais nada. O bombeiro ribombava tranquilamente pela caída do telhado, observando a cidade ao redor com olhos sonolentos. Ele parou de cantar e em pouco tempo se calou de todo — provavelmente foi dormir no sótão. Mas, naquela noite, o bombeiro negligente foi apanhado por um de seus superiores. Um homem de aspecto oficial parou na frente dos três interlocutores e começou a gritar, da calçada para o telhado:

— Raspópov! Vigia! O inspetor do corpo de bombeiros está falando com você. Tem alguém aí na torre?

No telhado reinava o mais profundo silêncio.

— Raspópov!

O inspetor se desesperou e subiu no telhado. A noite farfalhava baixinho com as folhas novas, o ar e o crescimento rangente de plantas no solo. Dvánov fechou os olhos, e pareceu-lhe que, em algum lugar, a água gemia uniforme e vagorosa, partindo para a cratera subterrânea. O presidente do Comitê Executivo do Distrito de Tchevengur cheirava rapé e queria espirrar. Sabe-se lá por quê, mas a reunião tinha ficado em silêncio: provavelmente estavam pensando.

— Quantas estrelas interessantes há no céu — disse ele —, mas não temos nenhuma comunicação com elas.

O inspetor do corpo de bombeiros fez descer do telhado o vigia de plantão. Este ia para a represália com as pernas obedientes, já esfriadas por causa do sono.

— Você vai para trabalhos forçados por um mês — disse calmamente o inspetor.

— Se me mandam, eu vou — admitiu o culpado. — Para mim é indiferente: a ração lá é a mesma e trabalham de acordo com um código.

Gópner levantou-se para ir para casa — ele se sentia mal no corpo todo. O presidente de Tchevengur cheirou rapé uma última vez e disse com sinceridade:

— Ah, rapazes, como se vive bem agora em Tchevengur!

Dvánov sentiu falta de Kopienkin, do seu camarada distante, que estava agora sem dormir em algum lugar na escuridão da estepe.

Naquele exato momento, Kopienkin estava no alpendre do Soviete de Tchernóvka e recitava, baixinho, um verso sobre Rosa, que ele mesmo compusera aqueles dias. Sobre ele, estrelas suspensas, prontas para gotejar em sua cabeça; atrás da última cerca de sebe, estendia-se a terra socialista — a pátria dos desconhecidos povos futuros. Força Proletária e o trotador de Dvánov ruminavam o feno de maneira ritmada, contando para todo o resto com a coragem e a inteligência do ser humano.

Dvánov também se levantou e estendeu a mão ao presidente de Tchevengur:

— Qual é seu sobrenome?

O homem de Tchevengur não conseguiu voltar logo de seus pensamentos agitados.

— Venha, camarada, trabalhar comigo — disse ele. — Ah, como está bom agora em Tchevengur!... A lua no céu e, debaixo dela, o enorme bairro operário — todo ele no comunismo, como um peixe em um lago! Só nos falta uma única coisa: a glória...

Rapidamente, Gópner deteve o vaidoso:

— Que lua, seu maldito? Há uma semana ela estava no último quarto...

— Falei isso devido ao entusiasmo — confessou o tchevenguriano. — Sem lua estamos ainda melhor. Temos as lâmpadas acesas, com abajures.

Os três homens foram embora juntos, caminhando pela rua — acompanhados pelas exclamações ansiosas de alguns passarinhos nos pequenos jardins, pressentindo a luz no leste. Por vezes, é bom passar as noites sem dormir — nelas, a metade invisível do mundo, fresca e sem vento, abria-se para Dvánov.

Dvánov gostou da palavra Tchevengur. Parecia o ribombar atraente de um país desconhecido, embora ele já tivesse ouvido falar antes daquele pequeno distrito. Ao saber que o tchevenguriano passaria por Kalítva, Dvánov pediu-lhe que visitasse Kopienkin, em Tchernóvka, e lhe dissesse que não esperasse por ele e continuasse seu caminho. Dvánov queria voltar a estudar e terminar a escola politécnica.

— Não será difícil ir até lá — concordou o tchevenguriano.

— Depois do comunismo, sinto curiosidade em conhecer pessoas que vivem isoladas.

— Só o diabo sabe o que ele fala! — indignou-se Gópner. — Há caos por toda parte e ele tem luz sob o abajur.

Dvánov apoiou um papel na cerca e escreveu uma carta para Kopienkin.

"Querido camarada Kopienkin! Não acontece nada de especial. A política agora é distinta, porém correta. Dê o meu trotador para qualquer pobre e vá..."

Dvánov se deteve: para onde Kopienkin poderia ir e permanecer por tanto tempo?

— Qual é seu sobrenome? — perguntou Dvánov ao tchevenguriano.

— O meu é Tchepúrni. Mas escreva — Japonês; toda a região me conhece por Japonês.

"... vá em direção ao Japonês. Ele diz que tem o socialismo. Se for verdade, então me escreva. Não voltarei, porém não tenho vontade de me separar de você. Eu mesmo ainda não sei o que é melhor para mim. Não me esquecerei de você nem de Rosa Luxemburgo. Seu correligionário, *Aleksandr Dvánov*."

Tchepúrni pegou o papelzinho e o leu rapidamente.

— Você escreveu uma bagunça — disse ele. — Sua mente é fraca.

Os três se despediram e cada um foi para o seu lado: Gópner e Dvánov foram para os limites da cidade, e o tchevenguriano — para uma hospedaria.

— Então? — perguntou Zakhar Pávlovitch a Dvánov, em casa.

Aleksandr contou-lhe sobre a nova política econômica.

— Caso perdido! — concluiu o pai, deitado na cama. — O que não fica maduro no tempo certo foi semeado em vão... Quando estavam tomando o poder, prometiam que a felicidade viria no dia seguinte para o mundo inteiro, e agora você está dizendo que as condições objetivas não nos deixam avançar... Foi também satanás que impediu os popes de alcançarem o paraíso...

Quando chegou ao apartamento, Gópner não tinha mais dores. "O que eu quero realmente? — pensava ele. — O meu pai queria ver deus em pessoa, e eu desejo algum lugar vazio, maldito seja — para fazer tudo do começo, de acordo com a minha própria mente..."

Gópner não queria tanto a alegria quanto a precisão.

Tchepúrni, por sua vez, não estava aflito: na sua cidade, Tchevengur, o bem-estar da vida, a precisão da verdade e a tristeza da existência aconteciam por si só, de acordo com a necessidade. Na hospedaria, deu grama para seu cavalo comer e deitou-se para cochilar na telega.

"Pegarei o trotador deste Kopienkin como reserva — decidiu ele, de antemão. — Diga-me uma coisa, por favor! Para que dá-lo a qualquer pobre, quando o pobre já tem muitos privilégios?"

De manhã, a hospedaria apinhou-se de telegas de camponeses que tinham ido para o bazar. Eles trouxeram pouca coisa — um trouxe um *pud* de milhete, outro, cinco potinhos de leite, para não se lastimar, caso confiscassem. No posto, porém, não encontraram o destacamento de controle e, por isso, estavam esperando por uma batida na cidade. Sabe-se lá por quê, a mesma tardava a chegar e os mujiques estavam sentados, ansiosos, em cima da mercadoria.

— Agora não estão confiscando? — perguntou Tchepúrni aos camponeses.

— Sabe-se lá por quê, não nos apanharam: não sabemos se temos que ficar contentes ou aflitos.

— Por quê?

— Para que não aconteça algo pior — melhor que tivessem confiscado! Este poder, em todo caso, não permitirá que se viva de graça.

"Veja só: o que os apoquenta! — adivinhou Tchepúrni. — Eu os declararia como pequenos senhores de terra, incitaria os maltrapilhos contra eles e em um dia liquidaria toda essa praga de burguesia camponesa!"

— Me dê um cigarro! — pediu o mesmo camponês idoso.

Tchepúrni fitou-o com olhos estranhos.

— Você mesmo é um proprietário e está pedindo a um necessitado.

O mujique entendeu, mas ocultou a ofensa.

— É que com o rateio, camarada, confiscaram tudo: se não fosse ele, eu mesmo colocaria rapé na sua bolsinha.

— Até parece que colocaria! — duvidou Tchepúrni. — Você tomaria, isso sim!

O camponês viu um pino solto no chão, desceu da telega e a colocou no cano da bota.

— Depende — disse ele, com uma voz calma. — O camarada Lenin, dizem nos jornais, passou a gostar de cálculos: significa que é possível encher a sacola, se uma mão descuidada deixar cair algo no chão.

— Então você também vive com um saco nas costas? — perguntou Tchepúrni, de forma direta.

— E como viver sem? Como um pouco e logo fecho a boca. Entretanto, o que você deixa cair, ninguém pega. Também nós temos nossa dignidade, meu conterrâneo — então, para que está ofendendo uma pessoa sem motivo?

Tchepúrni, instruído em Tchevengur para ter um grande poder de raciocínio, calou-se. Apesar do título de presidente do Comitê Revolucionário, não o ostentava. Antes, quando estava na chancelaria, às vezes lhe vinha à mente um pensamento lastimoso de que, nos vilarejos, viviam pessoas que se pareciam entre si, que não sabiam como continuar a vida, e, se não fossem tocadas, morreriam; por isso, todo o distrito parecia precisar de seus sábios cuidados. Mas, percorrendo a área do distrito, ele se convenceu de que cada cidadão tinha uma mente própria e havia muito tempo tinha abolido a ajuda administrativa para a população. O interlocutor idoso de novo convenceu Tchepúrni sobre o simples sentimento de que a um ser vivo é ensinado o seu destino ainda na barriga da mãe, sem exigir supervisão.

Saindo da hospedaria, Tchepúrni foi interceptado pelo ajudante do dono, que pediu dinheiro pela acomodação. Ele não tinha e nem poderia ter dinheiro — em Tchevengur não havia orçamento, para a alegria do distrito, que pensava que lá a vida transcorria em uma base saudável da autossuficiência econômica; os moradores há muito tempo preferiram uma vida feliz a qualquer trabalho, construções ou acertos de contas recíprocos, coisas que sacrificavam o corpo camarada de uma pessoa que vive somente uma vez. Não havia maneira de pagar pela acomodação.

— Tome o que quiser — disse o tchevenguriano ao ajudante.
— Eu sou um comunista nu.

Aquele mesmo mujique, que tinha pensamentos contra o tchevenguriano, aproximou-se para ouvir a conversa.

— Segundo a tarifa, quanto ele está devendo? — perguntou ele.
— Um milhão, caso não tenha dormido no cômodo — estipulou o ajudante.

O camponês ficou de costas e tirou uma pequena carteira de couro de seu pescoço, que estava escondida por baixo da camisa.

— Tome aqui, meu caro, e deixe o homem ir — o antigo interlocutor do tchevenguriano entregou o dinheiro.

— É meu serviço — pediu desculpas o ajudante. — Eu arrancarei a alma a quem quer que seja, mas não deixarei ninguém partir sem pagar.

— Você tem razão — concordou tranquilamente o camponês.
— Isso não é a estepe, mas um estabelecimento: as pessoas e o gado têm o mesmo sossego.

Ao abandonar a cidade, Tchepúrni se sentiu mais livre e inteligente. Diante dele se abria de novo um espaço tranquilizador. O tchevenguriano não gostava de bosques, colinas e construções, preferia o ventre plano da terra inclinado contra o céu, aspirando dentro de si o vento e encolhendo sob o peso do caminhante.

Escutando o secretário do Comitê Revoluciário ler em voz alta circulares, tabelas, perguntas para elaborar planos e outros documentos oficiais de província, Tchepúrni sempre dizia o mesmo — "Política!" —, e sorria, contemplativo, sem, no fundo, entender nenhuma palavra. Dali a pouco, o secretário parava de ler e resolvia todos os assuntos, prescindindo da supervisão de Tchepúrni.

Naquele momento, o tchevenguriano estava sendo levado pelo cavalo preto de barriga branca — de dono desconhecido. Tchepúrni o viu pela primeira vez na praça da cidade, onde ele estava comendo os plantios do futuro parque; trouxe-o para o quintal, atrelou-o e partiu. O fato de o cavalo não ser de ninguém o fazia mais precioso e estimado: não havia ninguém para cuidar dele, além do primeiro cidadão que se aproximara. É por isso que todo o gado no distrito de Tchevengur tinha um magnífico aspecto de bem alimentado e corpo de curvas redondas.

O caminho foi longo para Tchepúrni. Ele cantou todas as canções que lembrava de cor, quis pensar em algo, mas não havia nada em que pensar — tudo estava claro, só era necessário agir: virar-se de alguma maneira e fazer sofrer um pouco a vida feliz de cada um, para que ela não se tornasse boa demais. Mas, na telega, era difícil se cansar. O tchevenguriano saltou dela e foi correndo ao lado do cavalo flamejante, que tinha uma respiração cansada. Fatigando-se de correr, ele pulou em cima do cavalo e a telega vazia continuou ribombando atrás. Tchepúrni voltou-se e olhou para a telega, que lhe pareceu mal construída: muito pesada para o transporte.

— Xô — disse ao cavalo, e desatrelou a telega de uma vez. — Não gastarei a vívida vida do cavalo por uma telega morta. Diga-me, por favor! — E, deixando o arreio, andou no lombo do cavalo libertado; a telega baixou os varais e se deitou, esperando pelo arbítrio do primeiro camponês que passasse.

"Agora o sangue circula em mim e no cavalo! — pensava Tchepúrni enquanto galopava, sem objetivo, privado de seus próprios esforços. — Terei que levar o trotador de Kopienkin pela rédea — não tem como levá-lo atrelado ao meu lado."

Quando a noite caiu, ele chegou a um pequeno vilarejo na estepe — tão despovoado, como se as pessoas dali já tivessem colocado seus ossos para repousar. O céu vespertino parecia a continuação da estepe — e o cavalo que o tchevenguriano cavalgava olhava para o horizonte sem fim como se olhasse para o destino terrível das suas patas cansadas.

O tchevenguriano bateu na *khata* tranquila de alguém. Do quintal dos fundos, saiu um velho, olhando por trás da cerca.

— Abra o portão — disse Tchepúrni. — Você tem pão e feno?

O velho ficou calado, sem medo, estudando o cavaleiro com os olhos atentos e experientes. Já Tchepúrni passou por cima da cerca e abriu o portão. Imediatamente, debaixo do celeiro, o cavalo faminto começou a comer a graminha que tinha se apaziguado para a noite. O velho, aparentemente surpreendido pela desenvoltura do visitante, deixou-se cair sentado sobre um pequeno carvalho derrubado, como se fosse um estranho. Ninguém foi encontrar o tchevenguriano na isbá; ali cheirava à limpeza própria de uma velhice ressequida, que já não transpira e não suja as coisas com os vestígios do corpo agitado; em uma prateleira, encontrando um pedaço de pão assado de casca de milhete e ervas picadas, deixou metade para o velho e, fazendo um esforço, comeu o resto.

No início da noite, o velho entrou na isbá. Tchepúrni estava recolhendo as migalhas de rapé no bolso, para cheirar e não ficar entediado até a hora de dormir.

— O seu cavalo está lá, agitado — disse o velho. — Então, eu lhe dei um pouco de relva... Ficou uma braçada do ano passado — ele pode comer...

O velho falava com uma voz distraída de quem não pensa, como se tivesse um peso na alma. Tchepúrni pôs-se de sobreaviso.

— Está longe daqui até Kalítva, velho?

— Longe ou não — respondeu o velho —, para você é mais perto ir para lá do que ficar aqui...

O tchevenguriano logo examinou a *khata* e notou um atiçador ao lado do forno — ele não trouxera o revólver consigo, considerando que a revolução já tinha se pacificado.

— Mas quem está aqui com vocês? Será que são bandidos?

— Para não morrer, duas lebres são capazes de comer um lobo, meu caro! O povo ficou muito triste e nosso vilarejo fica perto da estrada — qualquer um pode saqueá-lo facilmente... Por isso, os mujiques ficam com suas famílias nos pequenos vales e em esconderijos longínquos e proíbem de viver qualquer pessoa que por aqui aparecer...

A noite fez com que o céu, coberto por nuvens, sem saída, descesse muito baixo. Tchepúrni saiu do vilarejo rumo à escuridão segura da estepe, o cavalo seguiu por sua conta, farejando o caminho até as lonjuras. Um pesado calor se evaporava da terra em forma de nuvens densas, e o tchevenguriano, depois de muito respirá-lo, adormeceu, abraçado ao pescoço do cavalo trotador.

Aquela noite, a pessoa que ele ia visitar estava sentada à mesa do Soviete rural de Tchernóvka. Sobre a mesa, havia uma lâmpada acesa, iluminando a vasta escuridão do lado de fora das janelas. Kopienkin expunha a três mujiques que o socialismo era a água da estepe alta, onde se perderiam terras excelentes.

— Nós sabemos disso desde pequenos, Stepán Efímitch — convinham os camponeses, contentes com a conversa porque estavam sem sono. — Você não é daqui, mas logo entendeu a nossa necessidade. Quem o aconselhou tão bem? Mas o que é que teremos em troca se colhermos esse socialismo para o Poder Soviético de graça? Afinal, será necessário investir muito esforço nisso — o que você nos diz?

Kopienkin lamentou que Dvánov não estivesse presente — ele demonstraria logo o socialismo para eles com o pensamento.

— Como assim, o que haverá em troca? — explicou Kopienkin, por seus próprios meios. — Você será o primeiro a ter paz de espírito para sempre. O que você tem agora dentro?

— Aqui? — o interlocutor empacou nessa palavra e olhou para o seu peito, tentando discernir o que tinha dentro. — Aqui só tenho tristeza, Stepán Efímitch, e um lugar obscuro...

— Então, você mesmo está vendo — apontou Kopienkin.

— No ano passado enterrei minha mulher, que morreu de peste — concluía o cidadão triste —, e, nesta primavera, o destacamento de aprovisionamento comeu minha vaca... Os soldados passaram duas semanas na minha *khata* — beberam toda a água do poço. Os mujiques lembram...

— E como não lembrar?! — concordaram as duas testemunhas.

Força Proletária, o cavalo de Kopienkin, engordou, e seu corpo inchou durante aquelas duas semanas em que ele ficara parado, sem campanhas. Durante as noites, ele relinchava por causa das forças acumuladas e da angústia da estepe. De dia, os mujiques iam ao quintal do Soviete rural e levavam Força Proletária para dar voltas por várias vezes. Força Proletária olhava para os seus espectadores, lúgubre, levantava a cabeça e bocejava sombriamente. Os camponeses recuavam diante do animal aflito, respeitosos, e depois diziam a Kopienkin:

— Que cavalo você tem, hein, Stepán Efímitch! Ele não tem preço — é um Drabán Ivánitch!

Fazia tempo que Kopienkin sabia o valor de seu cavalo:

— Um animal com espírito de classe: em sua consciência, é mais revolucionário do que vocês!

Às vezes, Força Proletária começava a destruir o celeiro em que ficava sem fazer nada. Então Kopienkin saía para o alpendre e sucintamente ordenava:

— Pare, trotamundo!

O cavalo se acalmava.

O trotador de Dvánov, devido à proximidade com Força Proletária, tornou-se todo tinhoso, ficou peludo e começou a estremecer até com o movimento de uma andorinha inusitada.

— Esse cavalo está precisando dos cuidados de seu dono — falavam os visitantes do Soviete rural. — Senão, ele se estropiará sozinho.

Em sua posição de presidente do Soviete rural, Kopienkin não havia encontrado obrigações diretas. Todos os dias os mujiques iam ao Soviete rural para conversar; Kopienkin escutava aquelas conversas, mas quase não participava delas. Sua única atividade era montar guarda para proteger o vilarejo revolucionário contra os ataques dos bandidos, mas era como se os bandidos estivessem calados.

No encontro, anunciou definitivamente:

— O Poder Soviético deu-lhes a felicidade — usem-na sem deixar nada para os inimigos. Vocês mesmos são seres humanos e camaradas, e eu não sou nenhum sabichão para vocês, assim, não venham ao Soviete com brigas domésticas. Minha missão é somente coibir quaisquer tentativas...

Os camponeses respeitavam Kopienkin cada dia mais e mais, porque ele não mencionava nem o rateio nem o trabalho obrigatório dos camponeses, e, aguardando a chegada de Dvánov, tinha empilhado os papéis do Comitê Revolucionário da *vólost*. Os mujiques letrados liam aqueles papéis e aconselhavam Kopienkin a destruí-los, sem executar as ordens: "Stepán Efímovitch, agora o poder consegue se organizar em qualquer lugar e ninguém pode recriminá-lo — diziam eles. — Você leu a nova lei?"

— Não, por quê? — respondia Kopienkin.

— Foi o próprio Lenin que anunciou! O poder agora é uma força local, e não vem de cima!

— Então a *vólost* não serve para nós — concluía Kopienkin. — Estes papéis, segundo a lei, devem ser jogados fora.

— Legalmente, sim! — aprovaram os presentes. — Vamos dividi-los em pedaços para fazer papel de *papiróssa*.

Kopienkin gostou da nova lei e perguntou se era possível instituir o Poder Soviético num lugar aberto — sem edificações por perto.

— É possível — responderam os interlocutores que o ajudavam a pensar. — O principal é que a pobreza estivesse mais perto, e a Guarda Branca — o mais longe possível...

Kopienkin se acalmou. Naquele dia, as conversas terminaram à meia-noite: o querosene da lâmpada se extinguiu.

— Estão dando pouco querosene na *vólost* — quando partiram, os mujiques lamentaram que não tinham falado o suficiente. — O Estado está nos servindo mal. Mandaram um frasco inteiro de tinta, que não necessitamos para nada. Melhor seria enviar querosene ou óleo vegetal.

Kopienkin foi contemplar a noite no quintal — ele gostava daquele elemento da natureza e sempre o observava antes de dormir. Força Proletária, sentindo o amigo, começou a fungar, baixinho. Kopienkin ouviu o cavalo e a pequena mulher novamente surgiu diante dele, como um inconsolável pesar.

Ela jazia agora sozinha em algum canto, debaixo da inquietação escura de uma noite primaveril, e, em alguma despensa, seus sapatos vazios, que ela usara quando era quente e viva, estavam largados.

—Rosa! — disse Kopienkin, com a sua segunda voz, diminuta.

O cavalo relinchou no celeiro, como se tivesse visto uma estrada, e coiceou fortemente com a pata contra a travessa da tranqueta: estava prestes a evadir-se em uma estrada intransponível da primavera e lançar-se em direção ao cemitério germânico — a terra preferida de Kopienkin. A espessa inquietude que languescia no interior de Kopienkin sob o peso da preocupação pela vigilância do Soviete rural e da lealdade camaradesca a Dvánov agora se exteriorizava em silêncio. O cavalo, sabendo que Kopienkin estava próximo, começou a se enfurecer no celeiro, despejando nas paredes e tranquetas o peso de seus grandes sentimentos, como se fosse ele e não Kopienkin que amasse Rosa Luxemburgo.

Kopienkin ficou enciumado.

— Basta, seu trotamundo — disse ao cavalo, sentindo em si uma onda cálida de vergonha.

O cavalo resmungou e acalmou-se, passando suas paixões para o grito dentro do peito.

Ameaçadoras nuvens escuras e esfarrapadas voavam a toda velocidade pelo céu — resquícios de uma distante chuva torrencial. Em cima, provavelmente, haveria um sombrio turbilhão noturno, mas embaixo tudo estava calmo e silencioso, até se ouvia o ir e vir das galinhas dos vizinhos e o rangido das cercas, sob o movimento de pequenos bichinhos inofensivos.

Kopienkin apoiou-se com a mão contra a parede de barro batido e seu coração afundou dentro dele, perdendo sua firme força de vontade.

– Rosa, Rosa! Minha Rosa! — sussurrou ele para si mesmo, para que o cavalo não ouvisse.

Mas o cavalo fitava com um olho pela frincha e respirava nas tábuas de forma tão seca e cálida que a madeira se fendia. Reparando no extenuado Kopienkin, que estava inclinado, o cavalo bateu com o focinho e o peito no apoio do poste e derrubou toda a construção em cima de sua garupa. Devido ao inesperado pavor e ao nervoso, Força Proletária bramiu como um camelo, e, levantando com o dorso toda a construção pesada do celeiro, saiu correndo na direção de Kopienkin, pronto para galopar, engolir o ar com a espuma da boca e sentir as estradas invisíveis.

O rosto de Kopienkin logo secou e o vento cessou em seu peito. Sem equipar o cavalo, montou-o e se alegrou. Força Proletária, num ímpeto, foi voando para fora do vilarejo; sem conseguir saltar por causa do peso, o cavalo derrubava os cercos dos celeiros e sebes com as patas dianteiras, passando depois por cima deles para seguir

seu caminho. Kopienkin se animou, como se restassem somente vinte e quatro horas de viagem até o seu encontro com Rosa.

— Como é bom cavalgar! — disse Kopienkin, em voz alta, respirando a umidade da noite tardia e reconhecendo os odores das ervas que abriam caminho pela terra.

O cavalo espalhava o calor das suas forças nas pegadas dos seus cascos e se apressava para adentrar o espaço aberto. Devido à velocidade, Kopienkin sentia seu coração flutuar até a garganta e diminuir de peso. Se galopassem um pouco mais depressa, Kopienkin cantaria, movido por uma felicidade transbordante, mas Força Proletária tinha uma constituição grande demais para uma corrida longa e, em pouco tempo, começou a andar com seu habitual passo largo. Era impossível distinguir se havia ou não estrada sob o cavalo. Somente o extremo da terra se refrescava com a luz, e Força Proletária queria alcançar aquele lugar o mais rápido possível, imaginando que Kopienkin necessitava ir para lá. A estepe não findava em lugar algum, e somente um prolongado e suave declive conduzia rumo ao céu rebaixado, um declive que nenhum cavalo tinha ainda vencido até o fim. Ao redor, subia um vapor úmido e frio dos vales distantes, e, dali mesmo, a fumaça das chaminés de vilarejos famintos se erguia em colunas silenciosas. Kopienkin gostava do vapor, da fumaça e das pessoas desconhecidas que acordavam descansadas.

— Ah, o deleite da vida! — dizia ele para si mesmo, enquanto o frio deslizava atrás de seu pescoço, feito migalhas exasperantes de pão.

No meio de uma faixa luminosa, um homem estava em pé, distante, mas claramente visível, coçando a cabeça com a mão.

— Achou um lugar para se coçar! — Kopienkin condenou o homem. —Deve ter algo para fazer ali, se fica em pé e sem dormir de madrugada no meio do campo. Quando eu chegar lá, pedirei seus documentos, vou assustar esse diabo!

Mas Kopienkin se desiludiu — o homem que se coçava na luz da madrugada não tinha nem sinal de bolso ou de qualquer buraco onde pudesse guardar os imprescindíveis documentos. Kopienkin se aproximou dele dali a meia hora, quando a luz do sol já se alvoroçava por todo o céu. O homem estava sentado em um pequeno outeiro seco e, cuidadosamente, tirava a sujeira das fendas do corpo com as unhas, como se na terra não houvesse água para tomar banho.

"Ah, como é que se pode organizar um diabo destes?!" — disse Kopienkin para si e não lhe pediu os documentos, recordando que ele próprio também não tinha nenhum papel além do retrato de Rosa Luxemburgo costurado no gorro.

Ao longe, no nevoeiro agitado do solo suspirante, havia um cavalo que permanecia imóvel. Suas pernas eram curtas demais para que Kopienkin acreditasse que era vivo e real, e um pequeno homem se agarrava debilmente em seu pescoço. Com retumbante êxtase de bravura, Kopienkin gritou: "Rosa!" — e Força Proletária jogou seu corpo roliço pela lama, com leveza e rapidez. O lugar em que o cavalo de pernas curtas permanecia imóvel fora antes um lago caudaloso, mas agora havia desaparecido, e o cavalo então se afundou com as pernas em uma aluvião lodosa. O homem dormia profundamente no lombo de seu cavalo, abraçando, abnegado, o pescoço do animal, como se fosse o corpo de uma amiga fiel e atenciosa. O cavalo de fato não dormia e olhava confiante para Kopienkin, sem esperar mal algum para si. O homem adormecido respirava de modo irregular e ria alegremente, das profundezas da garganta — naquele momento, ele provavelmente participava de sonhos felizes. Kopienkin examinou o homem por completo e não pressentiu nele um inimigo: seu capote era comprido demais, e o rosto, mesmo sonhando, se mostrava pronto para a façanha revolucionária e para a delicadeza da vida coletiva universal. A própria personalidade do adormecido não tinha muita beleza, apenas a palpitação do coração nas veias do pescoço magro fazia pensar que se tratava de um homem bondoso, indigente e piedoso. Kopienkin tirou o gorro do adormecido e olhou no forro, em seu interior — lá, havia uma antiga etiqueta gordurenta de suor: "G.G. Breyer, Lodz".

Kopienkin colocou o gorro de volta na cabeça adormecida, que desconhecia qual capitalista havia fabricado o artigo que estava usando.

— Você aí — dirigiu-se Kopienkin ao adormecido, que parou de sorrir e ficou mais sério. — Por que você não troca seu gorro burguês?

O homem já estava acordando, terminando às pressas seus sonhos fascinantes com barrancos próximos de lugares de sua pátria, repletos de pessoas numa estreiteza feliz — pessoas conhecidas do adormecido, que tinham morrido na miséria do trabalho.

— Em Tchevengur, num instante farão um gorro para você — disse o homem, acordado. — Tire a medida de sua cabeça com um barbante.

— E quem é você? — perguntou Kopienkin, com uma calma indiferente, há muito tempo acostumado a todo tipo de gente.

— Eu agora moro perto daqui — sou o Japonês de Tchevengur e membro do Partido. Vim aqui para ver o camarada Kopienkin e para pegar seu trotador, mas extenuei o cavalo e adormeci em movimento.

— Que raios de membro do Partido é você, seu diabo?! — contestou Kopienkin. — O que você quer é o trotador dos outros e não o comunismo.

— Não é verdade, não é verdade, camarada — ofendeu-se Tchepúrni. — Como eu me atreveria a pegar o trotador antes do comunismo? Já temos o comunismo, mas nele há poucos trotadores.

Kopienkin olhou para o sol nascente: uma bola tão grande e quente que flutuava com grande facilidade rumo ao meio-dia — o que significava que, em geral, as coisas não eram na vida tão difíceis nem tão desastrosas.

— Então quer dizer que você já construiu o comunismo?

— Claro! — exclamou o tchevenguriano, ofendido.

— Quer dizer que só faltam gorros e trotadores e o resto existe em abundância?

Tchepúrni não foi capaz de esconder seu amor visceral por Tchevengur: tirou seu gorro e o jogou na lama, depois pegou o bilhete de Dvánov, que falava sobre a restituição do trotador, e o rasgou em quatro pedaços.

— Não, camarada, Tchevengur não acumula bens, mas os destrói. Lá, vivem homens comuns, maravilhosos, e, observe, sem nenhuma cômoda em casa — totalmente fascinantes uns para os outros. E no que se refere ao trotador, foi assim: estive na cidade e sofri preconceito no Soviete e na hospedaria — piolhos alheios. O que se pode fazer, diga-me?

— Mostre-me Tchevengur, então — disse Kopienkin. — Tem um monumento à camarada Rosa Luxemburgo, lá? Certamente ainda não tiveram essa ideia, não é mesmo, seu bajulador?

— E como é que não teríamos? Claro que temos: há um, numa localidade rural, feito de pedra natural. Lá mesmo está também o camarada Liebknecht, em pé, fazendo um discurso para as massas... Foram fabricados especialmente. E se mais alguém morrer, tampouco o deixaremos escapar!

— E o que você acha — perguntou Kopienkin—, o camarada Liebknecht era para Rosa o que um mujique é para uma mulher, ou sou só eu que penso assim?

— É só você que pensa assim — o tchevenguriano acalmou Kopienkin. — Eles são pessoas racionais! Não têm tempo: quando pensam — não amam. Ou você crê que eram como você ou eu, seu patife?

Rosa Luxemburgo tornou-se ainda mais estimada para Kopienkin, e, dentro dele, o coração bateu com uma infatigável atração pelo socialismo.

— Diga-me, o que há em sua Tchevengur — o socialismo como divisor de águas ou apenas passos consecutivos rumo a ele?

— Kopienkin já perguntava com uma voz diferente, como pergunta um filho se sua mãe ainda está viva, ao encontrar seu irmão após cinco anos de separação silenciosa, convicto de que a velhinha já está morta.

Vivendo no socialismo há muito tempo, Tchepúrni havia se desabituado da dolorosa aflição que se sentia por indefesos e pessoas estimadas: em Tchevengur, a sociedade e o exército do tsar foram desmobilizados ao mesmo tempo, porque ninguém quis consumir seu corpo para um invisível bem coletivo; cada um quis ver sua vida devolvida por pessoas próximas e camaradescas.

O tchevenguriano cheirou o rapé com calma e somente depois se entristeceu.

— Por que você está me condenando com o divisor de água? E os vales, foram para quem, em sua opinião, para os senhores de terra? Em nossa Tchevengur, temos o socialismo por toda parte: qualquer outeiro é uma propriedade internacional! Temos uma supremacia de vida elevada!

— E o gado é de quem? — perguntou Kopienkin, lastimando com toda a força acumulada do corpo que não foram ele e Dvánov que tinham construído um mundo resplandecente nas margens da estrada, em direção a Rosa, mas justo aquele homenzinho.

— Em breve nós também soltaremos o gado pela natureza — respondeu o tcheveguriano —, ele também é quase um ser humano: apenas, devido à opressão secular, o animal ficou atrás do homem. Mas também está com vontade de ser um humano!

Kopienkin acariciou Força Proletária, sentindo que ele e seu cavalo eram iguais. Ele já sabia disso antes, só que não tinha esse poder de pensamento, como o tcheveguriano. Por isso, muitos sentimentos de Kopienkin ficavam por dizer e se transformavam em angústia.

No limite da estepe, na linha entre o céu e a terra, apareceram umas telegas e foram andando transversalmente pelo olhar de Kopienkin, levando as pequenas pessoas do vilarejo, ao lado das nuvens. As telegas levantavam poeira: isso significava que lá não havia chovido.

— Então vamos para as suas terras! — disse Kopienkin. — Vamos olhar para os fatos!

— Vamos — concordou Tchepúrni. — Sinto falta de minha Klabzdiúcha!

— Quem é ela — sua esposa?

— Não temos esposas: temos somente correligionárias.

~

Os nevoeiros, como sonhos, pereciam sob o olhar penetrante do sol. E onde, à noite, era assustador, surgiam simples espaços, iluminados e escassos. A terra dormia desnuda e angustiada, feito uma mãe cuja manta escorregara. Ao longo do rio da estepe, no qual as pessoas que vagavam bebiam água, a escuridão ainda estava suspensa em silencioso delírio, e os peixes, à espera da luz, nadavam de olhos arregalados no espelho d'água.

Ainda restavam umas cinco verstas até Tchevengur, mas já se abriam vistas aéreas de suas terras não lavradas, da umidade do pequeno rio provinciano, de todos aqueles lugares baixos e tristes, onde viviam os habitantes locais. Um indigente chamado Firs caminhava pelo vale viscoso; nas últimas paradas noturnas, ele tinha ouvido falar que nas estepes desvelava-se um lugar livre, onde viviam andarilhos e alimentavam todos com seus produtos. Em seu vasto caminhar por toda a sua vida, Firs havia passado perto da água ou da terra úmida. Gostava de água corrente, ela o estimulava e exigia algo dele. Mas não sabia do que a água precisava e por que era necessária para ele, apenas escolhia lugares em que era mais espessa, barrenta, onde molhava seus *lápti* e, nas paradas noturnas, durante muito tempo, torcia os farrapos que usava no pé para apalpar a água com os dedos e de novo entender sua correnteza arrefecida. Ele se sentava perto dos córregos e quedas d'água e escutava os fluxos vivos se abrandando por completo, pronto para se deitar na água e se tornar parte daquele desconhecido córrego campestre. Aquele dia, ele tinha pernoitado na margem do curso fluvial e passou a noite toda escutando a água sibilante, de manhã, deslizou para baixo e apoiou seu corpo contra a umidade cativante, alcançando sua paz antes de chegar a Tchevengur.

Um pouco além de Firs, no meio da planície silenciosa, na nitidez lancinante da manhã, via-se uma pequena cidade. Por causa do frescor cáustico do ar e do contraste com o sol, os olhos bondosos de um homem idoso que contemplava aquela cidade lacrimejavam; não apenas os olhos eram bondosos, mas todo o rosto, suave, cálido e asseado de nascença. Já tinha certa idade, uma barbicha quase branca, sempre livre de lêndeas — que habitam em todos os velhos —, e caminhava com um passo mediano, em direção ao útil objetivo de sua vida. Quem caminhava ao lado daquele velho sabia o quanto era perfumado, afetuoso, e como era um deleite ter conversas honestas e tranquilas com ele. Sua mulher o chamava de paizinho, falava sussurrando, e na relação entre os cônjuges sempre havia prevalecido um princípio de venerável docilidade. Talvez fosse por isso que eles nunca tiveram filhos e nos aposentos de sua isbá reinava um eterno e ressequido silêncio. Só se ouvia, de vez em quando, a voz pacata da esposa:

— Aleksiéi Aleksiéievitch, paizinho, não me atormente e venha comer esta dádiva de deus.

Aleksiéi Aleksiéievitch comia com tanto zelo que, até os cinquenta anos, os dentes não tinham se deteriorado e sua boca não cheirava a podridão, mas apenas ao calor da respiração. Na juventude, quando seus companheiros abraçavam as moças e, agindo com a mesma força insone da juventude, à noite, arrancavam arbustos suburbanos, Aleksiéi Aleksiéievitch chegou sozinho à conclusão de que era necessário mastigar o alimento durante o maior tempo possível — desde então, mastigava-o até sua completa dissolução na boca, tarefa na qual se esvaiu um quarto de toda a sua vida diurna. Antes da revolução, Aleksiéi Aleksiéievitch era membro da direção administrativa da sociedade de crédito e da duma[52] municipal de seu cafundó, que então se situava na fronteira com o distrito de Tchevengur.

Naquele momento, Aleksiéi Aleksiéievitch se dirigia para Tchevengur observando o centro do distrito das alturas circundantes. Sentia aquele cheiro incessante de pão fresco de farinha fina que emanava da superfície de seu corpo limpo e mascava saliva, levado pela alegria silenciosa de pertencer à vida.

Apesar de ser cedo, a velha cidade já estava irrequieta. Nos arredores, era possível ver pessoas perambulando por clareiras e bosques, sozinhas ou aos pares, mas todas sem trouxas e pertences. Nenhum dos dez campanários de Tchevengur repicava, apenas se ouvia o frenesi da população sob o sol silencioso das planícies lavradias; ao mesmo tempo, na cidade, as casas também se deslocavam — arrastadas, provavelmente, para algum lugar por pessoas invisíveis. De repente, diante dos olhos de Aleksiéi Aleksiéievitch, um pequeno jardim se inclinou e começou a marchar harmoniosamente — ele também estava sendo transferido, com raízes e tudo, para algum lugar melhor.

A uns cem *sájen* de Tchevengur, Aleksiéi Aleksiéievitch sentou-se para se assear antes de entrar na cidade. Não entendia a ciência da vida soviética e apenas um setor o atraía — a sociedade cooperativa, sobre a qual ele tinha lido no jornal *Biednotá*[53]. Até o momento, ele vivia calado e, sem se apegar a coisa alguma, perdia

---

52. Assembleia legislativa anterior ao regime bolchevista. (N. da T.)

53. Em russo: os pobres. (N. da T.)

a paz de espírito; por isso, com frequência, por alguma irritação súbita, acontecia de Aleksiéi Aleksiéievitch apagar as lamparinas sempre acesas do canto vermelho[54] de sua casa, o que levava sua mulher a se deitar no colchão de penas e chorar copiosamente. Quando leu sobre a sociedade cooperativa, Aleksiéi Aleksiéievitch se aproximou do ícone de Nicolau de Mira e, com suas delicadas mãos de trigo, acendeu a lamparina. A partir de então, tinha encontrado sua causa sagrada e o caminho nítido da vida futura. Ele percebia Lenin como o seu falecido pai, que, outrora, quando o pequeno Aleksiéi Aleksiéievitch assustava-se com um incêndio distante e não compreendia aquela terrível ocorrência, dizia para seu filho: "Aliôcha, fique bem grudado em mim!" Aliôcha se apertava contra o pai, que também cheirava a pão feito de farinha fina, acalmava-se e começava a sorrir, sonolento. "Então, está vendo? — perguntou o pai. — E você estava com medo!" Aliôcha adormecia sem soltar o pai, e, de manhã, via o fogo no forno, que a mãe acendera para fazer a torta de repolho.

Depois de estudar o artigo sobre a sociedade cooperativa, Aleksiéi Aleksiéievitch se aferrou com toda a alma ao Poder Soviético e aceitou seu cálido bem popular. Diante dele abriu-se o caminho real da sacralidade, que conduzia ao divino estado da abundância e da união. Até então, Aleksiéi Aleksiéievitch apenas temia o socialismo, mas quando este passou a ser chamado de sociedade cooperativa, começou a amá-lo de todo o coração. Por muito tempo, na infância, ele não amava deus, tinha medo de Sabaot; mas quando sua mãe lhe disse: "Aonde, meu filhinho, vou parar, depois da morte?" — então, Aliôcha passou a amar deus,

---

54. Nas isbás, era chamado de "canto vermelho" o lugar em que ícones eram pendurados e ficava a mesa de jantar. O lugar à mesa que se situava perto do canto vermelho era o de maior honra, destinado ao dono da casa, ao padre ou a outros convidados importantes; a honra do lugar diminuía à medida que se afastava do canto vermelho. Um convidado, ao entrar na casa, primeiro se benzia, virando-se para os ícones, e só então cumprimentava os anfitriões. (N. da T.)

para que ele protegesse sua mãe depois da morte, porque reconheceu deus como o substituto de seu pai.

Aleksiéi Aleksiéievitch foi para Tchevengur em busca da sociedade cooperativa — que supunha salvar as pessoas da pobreza e da ferocidade espiritual recíproca.

Como era possível observar de um lugar próximo, em Tchevengur atuava a desconhecida força do intelecto humano, mas Aleksiéi Aleksiéievitch perdoava o intelecto de antemão, porque ele se movia em nome de uma união cooperativista das pessoas e de um amor funcional entre elas. Em primeiro lugar, queria conseguir o estatuto cooperativo, e, depois, ir ao Comitê Executivo do distrito, para conversar amistosamente sobre a organização de uma rede cooperativa com o presidente, o camarada Tchepúrni.

Mas antes Aleksiéi Aleksiéievitch ponderou sobre Tchevengur estar sujeita aos gastos deficitários da revolução. A poeira estival se erguia da terra diligente para as alturas caniculares. Sobre os jardins das pequenas igrejas do distrito e dos bens imóveis da cidade, o céu repousava como uma comovente lembrança de Aleksiéi Aleksiéievitch, embora não fosse dado a todos compreender tal lembrança. Enquanto isso, naquele momento, Aleksiéi Aleksiéievitch permanecia em pé, com plena consciência de si mesmo, sentindo o calor do céu como se fosse a infância e a pele materna — estas formavam parte da memória eterna e já estavam enterradas —, a alimentação para todos os seres humanos escorria da metade ensolarada do céu, como o sangue do cordão umbilical materno.

Aquele sol poderia iluminar, por séculos, o bem-estar de Tchevengur — seus pomares, os telhados de ferro, sob os quais os moradores alimentavam seus filhos, e as cúpulas das igrejas, cálidas e limpas, que timidamente chamavam o ser humano das sombras das árvores para o vazio da eternidade esférica.

As árvores cresciam em quase todas as ruas de Tchevengur e davam seus ramos para os bastões dos andarilhos que vagavam pela cidade sem permanecer para pernoitar. Ao longo dos quintais tchevengurianos floresciam muitas ervas, oferecendo abrigo, alimento e sentido de vida para voragens inteiras de insetos nas zonas baixas da atmosfera, de modo que Tchevengur era apenas em parte habitada por pessoas — predominavam essas pequenas e agitadas criaturas, que não ocupavam lugar algum no espírito dos velhos tchevengurianos.

Eles consideravam somente acontecimentos maiores, como, por exemplo, o calor do verão, as tempestades e o segundo advento de deus. Se fizesse calor no verão, os tchevengurianos avisavam a vizinhança que então nem o inverno viria e que, em pouco tempo, as casas começariam a se incendiar por si só; para retardar os incêncios, os adolescentes, mediante ordem dos pais, carregavam água dos poços e a despejavam fora das casas. À noite, depois que o calor passava, costumava começar a chuva. "Ora calor abafadiço, ora chuva — surpreendiam-se os tchevengurianos. — Isso nunca tinha acontecido!" Se no inverno começasse uma tempestade de neve, os tchevengurianos sabiam de antemão que no dia seguinte teriam que entrar em casa pela chaminé — inevitavelmente, a neve cobriria as casas, apesar de cada um já ter uma pá pronta em algum cômodo. "Será que daria para se desenterrar com uma pá?! — duvidava um velho em algum canto da sala. — Nossa, que tempestade de neve está uivando, aí — não deveria ser assim para esses lados. O tio Nikanor é mais velho do que eu — já faz oitenta anos que ele começou a fumar — e não recorda um inverno tão esdrúxulo! Seguramente algo está acontecendo!" Nas tempestades noturnas de outono, os tchevengurianos dormiam no chão, para repousar de forma mais estável e estar mais próximos à terra e ao túmulo. No seu íntimo, cada tchevenguriano acreditava que o começo da tempestade ou o calor poderia ser um sinal do segundo advento divino, mas ninguém queria deixar sua casa prematuramente e morrer antes de chegar sua hora — por isso, descansavam e tomavam chá depois do calor sufocante, da tempestade e do frio congelante.

— Acabou, graças a deus! — benziam-se felizes os tchevengurianos, uma vez que a ocorrência tivesse se acalmado. — Esperávamos por Jesus Cristo, mas ele passou sem parar: que tudo seja conforme sua santa vontade!

Se os velhos de Tchevengur viviam sem memória, os "outros" nem entendiam como deveriam viver, se, a cada instante, podia ocorrer o segundo advento e as pessoas seriam divididas em duas classes, transformadas em almas desnudas e indigentes.

Aleksiéi Aleksiéievitch tinha vivido antes em Tchevengur e conhecia perfeitamente seu precário destino espiritual. Quando Tchepúrni chegou, a pé, da estação — situada a uma distância de setenta verstas — para reinar sobre a cidade e o distrito, achava que Tchevengur existia à custa de banditismo, porque ninguém fazia nada, mas todo mundo comia pão e tomava chá. Por isso, publicou um questionário que deveria ser obrigatoriamente preenchido — com uma pergunta: "Para quê e a cargo de qual produção material você vive no estado dos trabalhadores?"

Quase toda a população de Tchevengur respondeu da mesma forma: o primeiro a inventar a resposta foi Lobótchikhin, o corista da igreja; os vizinhos copiaram dele e, de boca em boca, a passaram para os demais.

"Vivemos para deus, e não para nós mesmos" — escreveram os tchevengurianos.

Tchepúrni não podia compreender a vida de deus por evidências e logo instituiu uma comissão de quarenta pessoas para uma investigação diária de cada casa da cidade. Havia questionários com um significado mais claro e, neles, as pessoas nomeavam ocupações: guarda das chaves na prisão, espera pela verdade da vida, falta de paciência com deus, velhice mortal, leitura em voz alta para peregrinos e simpatia pelo Poder Soviético. Tchepúrni estudou os questionários e começou a se atormentar por causa da complexidade das ocupações civis, mas lembrou-se a tempo do lema de Lenin: "Governar um estado é uma tarefa diabolicamente difícil" — e se acalmou por completo. De manhã cedo, quarenta pessoas foram até sua casa, beberam água na antessala, devido à longa caminhada, e anunciaram:

— Camarada Tchepúrni, eles estão mentindo — não fazem absolutamente nada, deitam-se, ficam deitados, e dormem.

Tchepúrni entendeu:

— Mas se era noite, seus idiotas! Contem-me algo sobre a ideologia deles, por favor!

— Eles não a possuem — disse o presidente da comissão. — Estão todos esperando pelo fim do mundo...

— E você não disse para eles que agora o fim do mundo seria um passo contrarrevolucionário? — perguntou Tchepúrni, já habituado a avaliar tudo em função da revolução.

O presidente se assustou:

— Não, camarada Tchepúrni! Achei que o segundo advento fosse útil para eles, e que nós também ficaríamos bem...

— Como assim? — interrogou severamente Tchepúrni.

— Sem dúvida, seria útil. Ele é inválido para nós, mas a pequena burguesia, após o segundo advento, estaria sujeita ao confisco...

— Você tem razão, seu filho da puta! — exclamou Tchepúrni, dominado pela compreensão. — Como não cheguei eu mesmo a essa conclusão? Sou mais inteligente do que você!

Naquele momento, um dos quarenta homens deu um passo à frente e, humildemente, pediu a palavra:

— Me permite, camarada Tchepúrni?

— Quem é você? — Tchepúrni, que lembrava de cor da aparência de todos tchevengurianos, nunca tinha visto aquele rosto em Tchevengur.

— Eu, camarada Tchepúrni, sou o presidente do Comitê de Liquidação a serviço do *ziémstvo*[55] do distrito de Tchevengur, das antigas fronteiras, e o meu sobrenome é Poliubiéziev. Fui nomeado para a comissão pelo meu comitê — tenho comigo a cópia da ata da eficiente assembleia do comitê.

Aleksiéi Aleksiéievitch Poliubiéziev fez uma reverência e estendeu sua mão para Tchepúrni.

— E existe esse comitê? — perguntou Tchepúrni, surpreso, sem perceber a mão de Aleksiéi Aleksiéievitch.

— Existe! — disse alguém da massa da comissão.

— Tem que ser dissolvido hoje mesmo, sem autorização preliminar! É necessário averiguar se ainda existe algo dos restos do império e também aboli-lo, ainda hoje! — ordenou Tchepúrni e se dirigiu a Poliubiéziev: — Fale, cidadão, por favor!

Aleksiéi Aleksiéievitch explicou com tanta precisão e minúcia a produção dos materiais na cidade, que embaralhou ainda mais a cabeça esclarecida de Tchepúrni, dono de uma enorme memória, embora desordenada; ele absorvia a vida em pedaços — na sua cabeça, como num lago silencioso, flutuavam os fragmentos de um mundo já visto e de eventos que se encontravam no passado, mas aqueles fragmentos nunca tinham se moldado em algo inteiro e, para Tchepúrni, não tinham uma conexão, nem mesmo um sentido vívido. Lembrava-se das cercas na província de Tambov, dos sobrenomes e rostos dos mendigos, da cor do fogo da artilharia no front, e conhecia literalmente os ensinamentos de Lenin, mas todas aquelas lembranças nítidas flutuavam com espontaneidade em sua mente e não constituíam nenhum conhecimento proveitoso. Aleksiéi Aleksiéievitch falava que havia uma estepe plana, pela qual caminhavam pessoas que procuravam sua existência em terras distantes; para elas, o caminho era longo, mas, de sua casa natal, só levavam o corpo. E, por isso, trocaram seus corpos de

---

55. Administração local que vigorou na Rússia entre 1864 e 1918. (N. da T.)

trabalhadores por alimento, graças ao qual, com o tempo, criara-se Tchevengur: a população foi nela se acumulando. Desde então, os trabalhadores errantes tinham ido embora e a cidade acabou depositando esperanças em deus.

— E você também trocou o corpo trabalhador por uma ninharia de alimento? — perguntou Tchepúrni.

— Não — respondeu Aleksiéi Aleksiéievitch —, sou um funcionário, meu trabalho consiste em levar o pensamento ao papel.

— Acaba de vibrar em mim um sentimento fértil — continuou Tchepúrni. — Mas não tenho um secretário que poderia tomar nota imediatamente!... Em primeiro lugar, deve-se eliminar o corpo dos elementos parasitários!...

Desde então, Aleksiéi Aleksiéievitch não voltou a ver Tchepúrni e não sabia o que tinha acontecido em Tchevengur. O comitê do *ziémstvo* foi abolido de imediato e para sempre, e seus membros se dispersaram na casa de seus familiares. Naquele dia, Poliubiéziev queria ter um encontro com Tchepúrni para falar de outro tema — ele agora sentia uma sacralidade vívida no socialismo, graças à sociedade cooperativa anunciada por Lenin, e desejava o melhor para o Poder Soviético. Aleksiéi Aleksiéievitch não encontrou nenhuma pessoa conhecida — viu apenas algumas pessoas magras que caminhavam por ali e pensavam em algo futuro. Nos arredores de Tchevengur, umas vinte pessoas, em silêncio, deslocavam uma casa de madeira, enquanto dois homens a cavalo observavam, satisfeitos, o trabalho.

Poliubiéziev reconheceu um dos cavaleiros.

— Camarada Tchepúrni! O senhor me permite chamá-lo para uma breve conversa?

— Poliubiéziev! —Tchepúrni reconheceu Aleksiéi Aleksiéievitch, lembrando-se de tudo concretamente. — Fale-me, por favor, o que você tem para dizer.

— Quero falar um pouco a respeito da sociedade cooperativa... Você leu, camarada Tchepúrni, o que dizem sobre o caminho moral para o socialismo no jornal dos indigentes, cujo nome é o mesmo, mais precisamente *Biednotá*?

Tchepúrni não tinha lido nada.

— Que sociedade cooperativa? Que caminho, se já chegamos? O que é isso, caro cidadão! São vocês que viviam aqui, em nome de deus, na estrada trabalhadora. Agora, meu querido, não há caminhos — as pessoas já chegaram.

— Aonde? — perguntou docilmente Aleksiéi Aleksiéievitch, enquanto em seu coração a esperança cooperativista ia desaparecendo.

— Como assim, aonde? Ao comunismo da vida. Você leu Karl Marx?

— Não, camarada Tchepúrni.

— Pois deveria ler, querido camarada: a história já terminou e você nem reparou.

Aleksiéi Aleksiéievitch se calou e, sem fazer pergunta, foi para longe, onde crescia uma grama antiga, viviam as pessoas de antes e uma mulher velhinha esperava pelo marido. Talvez fosse triste e difícil viver naquele lugar, mas foi lá que Aleksiéi Aleksiéievitch nasceu, cresceu e chorou algumas vezes na juventude. Recordou os móveis de sua casa, suas dependências vetustas, a sua esposa, e estava feliz por eles tampouco conhecerem Karl Marx, porque assim não se separariam de seu dono e marido.

Kopienkin não tivera tempo de ler Karl Marx e ficou desconcertado diante da erudição de Tchepúrni.

— E como é? — perguntou Kopienkin. — Aqui todo mundo tem que ler Karl Marx?

Tchepúrni se deteve diante da inquietação de Kopienkin:

— Isso foi só para assustar aquele homem. Eu também nunca o li. Bem, ouvi falar alguma coisa nas manifestações — por isso faço propaganda. Aliás, não é necessário ler: isso era antes, quando as pessoas liam e escreviam, mas não viviam, apenas procuravam caminhos para os outros.

— Por que hoje, na cidade, deslocam as casas e carregam os jardins com as mãos? — perguntou Kopienkin, observando atentamente.

— Hoje é *subbótnik*[56] — explicou Tchepúrni. — As pessoas chegaram a Tchevengur a pé e estão se esforçando para viver na estreiteza camaradesca.

Tchepúrni, como todos os tchevengurianos, não tinha residência fixa. Graças a tais condições, Tchepúrni e Kopienkin ficaram numa casa de tijolos que os participantes do *subbótnik* não conseguiram tirar do lugar. Na cozinha, dois homens que pareciam peregrinos dormiam sobre sacos, enquanto um terceiro simulava que fritava batata, usando água fria da chaleira em vez de óleo vegetal.

— Camarada Piússia! — dirigiu-se a ele Tchepúrni.

— O quê?

— Você sabe onde está agora o camarada Prokófi?

Piússia não teve pressa em responder uma pergunta tão insignificante e seguiu lutando com as batatas, que estavam queimando.

— Está em algum lugar com sua mulher — disse.

— Fique aqui, disse Tchepúrni para Kopienkin — e eu vou procurar Klabzdiúcha: é uma mulher extremamente querida!

Kopienkin livrou-se da roupa, estendeu-a no chão e se deitou seminu, com a arma inseparável ao lado. Embora em Tchevengur estivesse quente e cheirasse a espírito camaradesco, Kopienkin, provavelmente devido ao esgotamento, sentia-se triste e seu coração o chamava a partir para algum lugar. Até então, ele não tinha observado em Tchevengur a presença do socialismo nítido e óbvio — aquela beleza tocante, sólida e instrutiva, em meio à natureza, onde poderia nascer uma pequena segunda Rosa

---

56. Os sábados comunistas, ou *subbótniki*, eram dias de trabalho voluntário na União Soviética; foram introduzidos e promovidos nos primeiros anos após a Revolução Russa, no âmbito do "comunismo militar". (N. da T.)

Luxemburgo ou renascer, cientificamente, a primeira, perecida no burguês solo germânico. Kopienkin já perguntara a Tchepúrni: "Mas o que fazer em Tchevengur?" E este respondeu: "Nada, não temos necessidades nem ocupações. Você viverá interiormente a seu gosto. Estamos bem em Tchevengur — mobilizamos o sol para um trabalho permanente e dissolvemos a sociedade para sempre!"

Kopienkin se deu conta de que era mais tolo do que Tchepúrni e se calou, sem responder. Ainda antes, a caminho de Tchevengur, ele perguntara, tímido: "O que faria Rosa Luxemburgo ali?" Tchepúrni não respondeu nada concreto, apenas disse: "Quando chegarmos a Tchevengur, pergunte ao nosso Prokófi — ele sabe expressar tudo com clareza, eu só dou a ele meus pressentimentos revolucionários como diretivas! Acha que estou falando a você com minhas próprias palavras? Não, foi Prokófi que me ensinou!"

Por fim, Piússia fritou a batata na água e começou a acordar os dois peregrinos. Kopienkin também se levantou para comer um pouco, para que, com a barriga cheia, adormecesse mais rápido e parasse de se entristecer.

— É verdade que as pessoas vivem bem em Tchevengur? — perguntou ele a Piússia.

— Não estão reclamando! — respondeu Piússia, sem pressa.

— Mas onde está aqui o socialismo?

— Você, com um olhar novo, deve perceber melhor — explicou Piússia, a contragosto. — Tchepúrni diz que não vemos a liberdade nem a felicidade por costume — porque somos locais, já moramos aqui há dois anos.

— Mas quem morava aqui antes?

— Antes moravam aqui os burgueses. Foi para eles que eu e Tchepúrni organizamos o segundo advento.

— Mas como isso é possível, se agora temos a ciência?

— E por que não?

— Mas como assim? Explique melhor!

— Você acha que sou um escritor, hein? Houve um caso repentino, por ordem da *obitcháika*.

— *Tchrezvitcháika*?[57]

— É, isso.

— A-ha — entendeu vagamente Kopienkin. — Está certo.

Força Proletária, amarrado à cerca da sebe no pátio, relinchava baixinho para as pessoas que o cercavam; muitas queriam selar o enorme cavalo desconhecido e rodar Tchevengur pela estrada demarcada. Mas Força Proletária afastava sombriamente os interessados com os dentes, o focinho e as patas.

— Mas agora você pertence ao povo! — procurava convencê-lo, por meios pacíficos, um tchevenguriano magro. — Por que está se enfurecendo?

Kopienkin ouviu a voz triste de seu cavalo e se aproximou dele.

— Afastem-se — disse ele a todos os homens livres. — Não estão vendo, bisbilhoteiros, que o cavalo tem seu próprio coração?

— Estamos vendo — disse convicto um tchevenguriano. — Vivemos aqui como camaradas, e seu cavalo é um burguês.

Kopienkin, esquecendo-se do respeito pelos oprimidos presentes, defendeu a honra proletária de seu cavalo.

— Você está mentindo, vagabundo, a revolução viajou sobre o meu cavalo por cinco anos, enquanto você está aí montando na revolução!

Depois, Kopienkin não conseguiu mais expressar como estava irritado — percebeu sem muita clareza que aquelas pessoas eram bem mais inteligentes do que ele, mas que aquela inteligência alheia o fazia sentir-se solitário. Lembrou-se de Dvánov, que realizava a vida, colocando-a antes da razão e da utilidade, e sentiu sua falta.

---

57. Jogo de palavras entre *tchrezvitcháika* e *obitcháika*; a primeira, no jargão político, é derivada da abreviatura Tcheká — comissão extraordinária (polícia política); e *obitcháika*, derivada de *obitchnyi* (comum) e *obitchai* (costume). (N. da T.)

O ar azul gravitava sobre Tchevengur como uma elevada angústia, e o caminho até o amigo ultrapassava as forças do cavalo. Tomado pela tristeza, a desconfiança e uma raiva perturbadora, Kopienkin decidiu, naquele mesmo instante e lugar, verificar a revolução em Tchevengur. "Será que fica aqui a reserva do banditismo? — pensou Kopienkin, cioso. — Mostrarei o comunismo para eles com toda a força, esses salafrários emboscados!"

Kopienkin bebeu água na cozinha e se equipou completamente. "Que canalhas, até o cavalo fica irrequieto! — pensou Kopienkin, indignado. — Eles acham que o comunismo é razão e utilidade, mas não tem corpo — nada além de insignificância e uma simples conquista!"

O cavalo de Kopienkin estava sempre pronto para o trabalho de combate urgente e, com a retumbante paixão das forças acumuladas, recebeu Kopienkin em suas largas costas camaradescas.

— Galope para a frente, mostre-me o Soviete! — exigiu Kopienkin, ameaçante, a um desconhecido que passava. Este tentou explicar a posição do Soviete, mas Kopienkin desembainhou o sabre e o homem saiu correndo ao mesmo tempo que Força Proletária. Às vezes, o condutor virava e gritava, argumentando que, em Tchevengur, o homem não trabalhava e não corria, pois todos os impostos e obrigações ficavam a cargo do sol.

"Talvez aqui morem somente algumas pessoas que estão de férias, do destacamento dos convalescentes — questionava-se em silêncio Kopienkin. — Ou havia hospitais de campanha, aqui, na guerra do tsar!..."

— Será possível que o sol tenha que correr na frente do cavalo, enquanto você vai se deitar? — perguntou Kopienkin ao corredor.

O tchevenguriano segurou-se no estribo, para acalmar sua respiração agitada e poder responder.

— Aqui, camarada, o homem tem descanso: apenas os burgueses se apressavam, tinham que se empanturrar e oprimir. Nós comemos e somos amigos... Aqui você tem o Soviete.

Devagar, Kopienkin leu uma enorme placa cor de framboesa em cima dos portões do cemitério:

"Soviete da humanidade social da região libertada de Tchevengur."

O próprio Soviete se situava no interior da igreja. Kopienkin passou pelo caminho do cemitério, rumo ao átrio do templo.

"Vinde a mim todos os que estais cansados e oprimidos, e eu vos aliviarei" — Estava escrito em forma de arco, na entrada da igreja. Tais palavras comoveram Kopienkin, apesar de ele se lembrar de quem era aquele lema.

"Mas onde está meu alívio? — pensou, e viu o cansaço em seu coração. — Não, você nunca dará descanso às pessoas: é um indivíduo e não uma classe. Hoje, seria um socialista-revolucionário e eu o aniquilaria."

Força Proletária, sem se inclinar, passou pela nave do templo fresco e o cavaleiro entrou na igreja com a admiração de uma infância recuperada, como se, de repente, estivesse em sua terra natal, na despensa da vovó. Kopienkin já se havia encontrado em lugares esquecidos da infância nos distritos em que antes havia morado, viajado e combatido. Tempos antes, rezou numa igreja idêntica à de seu povoado, mas, da igreja, ia para casa — para a intimidade e proximidade da mãe; e, provavelmente, a infância não tenha sido as igrejas, as vozes de pássaros, os companheiros de infância já mortos, os velhos assustadores que, no verão, vagavam rumo à misteriosa Kíev, mas a emoção da criança quando tem a mãe viva e o ar do verão cheira à barra de sua saia; naquele tempo ascendente, de fato, todos os velhos eram pessoas misteriosas, porque, embora suas mães já tivessem morrido, eles seguiam vivendo e não choravam.

No dia em que Kopienkin entrou na igreja no lombo do seu cavalo, a revolução era ainda mais pobre do que a fé e não era capaz de cobrir os ícones com tecido vermelho: o deus Sabaot, pintado sob a cúpula, olhava abertamente para o ambão onde aconteciam reuniões do Comitê Revolucionário. Naquele momento, havia três pessoas no ambão, sentadas a uma mesa de cor vermelho vivo: Tchepúrni, presidente do Comitê Executivo do distrito de Tchevengur, um jovem e uma mulher com o rosto alegre e atento, como se fosse uma comunista do futuro. Com o livro de problemas de Evtuchévski para consultas em cima da mesa, o jovem estava demonstrando a Tchepúrni que a força do sol com certeza seria suficiente para todos, e que o sol era doze vezes maior do que a terra.

— Você, Prokófi, não pense — eu pensarei! Você se dedica a formular! — sugeriu Tchepúrni.

— Perceba você mesmo, camarada Tchepúrni: por que o homem tem que se mexer, se não é conforme a ciência? — explicava o jovem, sem se deter. — Se conseguíssemos reunir todas as pessoas para um golpe coletivo — elas serão contra a força do sol, como um camponês individual contra uma comuna-cooperativa! Seria inútil — estou lhe dizendo!

Tchepúrni entrecerrou os olhos, para se concentrar.

— Em certas coisas você tem razão, mas em outras você mente! Vá afagar Klavdiúcha no altar, e eu me ocuparei com os pressentimentos — a ver se é assim ou de outra maneira!

Kopienkin freou o passo pesado de seu cavalo e anunciou sua intenção de sondar toda a Tchevengur, com impaciência e sem demora, a fim de constatar se nela não havia algum foco contrarrevolucionário escondido.

— Vocês são muito sábios por aqui — finalizou Kopienkin.

— Mas na mente sempre se esconde a astúcia para oprimir o homem pacífico.

Kopienkin logo considerou o jovem um predador: olhos negros e opacos, um rosto que refletia a antiga inteligência de um negociante e, no meio do rosto, um nariz largo, sensível e ignominioso — os comunistas honestos têm o nariz em forma de *lápot* e os olhos, devido à credulidade, são cinzentos e mais cordiais.

— E você, seu pequeno vigarista! — Kopienkin revelou a verdade. — Mostre-me seu documento!

— Por favor, camarada! — concordou benevolente o jovem.

Kopienkin pegou os livrinhos e papeizinhos. Neles constava: Prokófi Dvánov, membro do Partido desde agosto do ano de 17.

— Você conhece Sacha? — perguntou Kopienkin, perdoando-lhe temporariamente o rosto opressor devido ao sobrenome do amigo.

— Conhecia, quando era pequeno — respondeu o jovem, sorrindo por seu excesso de inteligência.

— Então, que Tchepúrni me dê um formulário em branco — é preciso chamar Sacha para cá. Aqui é necessário entalhar mente por mente, para que saiam faíscas do comunismo...

— Mas nossos correios foram abolidos, camarada — explicou Tchepúrni. — As pessoas vivem amontoadas e se veem pessoalmente — para que precisariam dos correios? Aqui, meu caro, os proletários já estão fortemente unidos!

Kopienkin não lastimou muito pelos correios; afinal, ele recebera apenas duas cartas em toda a sua vida e escrevera somente em uma ocasião: quando soube, no front imperialista, que sua mulher tinha morrido e era necessário chorar por ela a distância, acompanhando os parentes.

—E ninguém vai a pé para a província? — perguntou Kopienkin a Tchepúrni.

— Sim, há um andarilho capaz disso — recordou Tchepúrni.

— E quem é ele, Tchepúrni? — animou-se a mulher, que ambos os tchevengurianos consideravam querida — e era verdadeiramente querida: até Kopienkin sentiu que, se ele fosse um jovem rapaz, abraçaria uma mulher daquelas e a manteria imóvel contra si por muito tempo. Aquela mulher exalava uma paz de espírito lenta e fresca.

— É Míchka Lui! — recordou Tchepúrni. — Ele é um andarilho e tanto! Mande-o somente à capital da província, e ele aparece em Moscou ou em Khárkov, e volta, também, ao final da estação — quando as flores já nasceram, ou a neve já cobriu tudo...

— Farei com que ele vá por um caminho mais curto e lhe darei uma missão — disse Kopienkin.

— Que vá — autorizou Tchepúrni. — A estrada não é nenhum trabalho para ele — é apenas o desenvolvimento da vida!

— Tchepúrni, dê a farinha a Lui, para que ele troque e me traga um xale — pediu a mulher.

— Daremos, Klávdia Parfiônovna, daremos sem falta, vamos aproveitar a ocasião — respondeu-lhe Prokófi, acalmando-a.

Kopienkin escreveu para Dvánov em letra de imprensa: "Querido camarada e amigo Sacha! Aqui há comunismo e ao contrário — é preciso que você venha o mais rápido possível para cá. Aqui, apenas o sol de verão trabalha, e as pessoas estabelecem somente amizades sem amor; entretanto, as mulheres extorquem xales, apesar de serem amáveis, e, com isso, é óbvio que prejudicam alguém. Seu irmão ou familiar não me parece muito simpático de perto. Aliás, vivo como um doujeito, penso só em mim mesmo, razão pela qual não me respeitam muito. Não há acontecimentos — dizem que é ciência e história, mas não se sabe. Saudações revolucionárias, *Kopienkin*. Venha em nome do ideal comum."

— Não sei por que não paro de pensar, de ver e de imaginar as coisas, isso é difícil para o meu coração! — expressava-se Tchepúrni, de forma dolorosa, no ar escuro do templo. — O nosso comunismo é às vezes correto e outras não. Talvez eu deveria ir até o camarada Lenin, para que, pessoalmente, ele formulasse toda a verdade para mim!

— Deveria mesmo, camarada Tchepúrni! — concordou Prokófi. — O camarada Lenin lhe dará um lema, você o tomará e o trará com cuidado. Pois não pode ser que só a minha cabeça pense: a vanguarda também se cansa! E, além disso, não me devem privilégios.

— E você não conta com o meu coração? Diga-me a verdade — disse Tchepúrni, ofendido.

Aparentemente, Prokófi apreciava a força de sua mente e não perdia sua confiante tranquilidade.

— O sentimento, camarada Tchepúrni, é algo espontâneo nas massas, já o pensamento é organização. O próprio camarada Lenin disse que, para nós, a organização é superior a tudo.

— Bem, eu fico me torturando, enquanto você pensa — o que é pior?

— Camarada Tchepúrni, vou com você para Moscou — anunciou a mulher. — Nunca estive em um centro. Lá, dizem as pessoas, há coisas surpreendentes!

— Arranjaram encrenca! — disse Kopienkin. — Você, Tchepúrni, leve-a direto para Lenin e diga: aqui, camarada Lenin, está uma mulher feita à maneira do comunismo! Vocês são uns canalhas!

— Mas qual é o problema? — irritou-se Tchepúrni. — Quer dizer que não estamos fazendo como deve ser?

— Pois, não estão!

— Então como deve ser, camarada Kopienkin? Meus sentimentos já se cansaram.

— Como vou saber? O meu dever é eliminar as forças hostis. Quando tiver acabado com todas elas, as coisas se arranjarão sozinhas, como deve ser.

Prokófi estava fumando e não interrompeu Kopienkin nenhuma vez, pensando em como adaptar aquela força armada desorganizada à revolução.

— Klávdia Parfiônovna, vamos dar uma volta e fazer umas estripulias — Prokófi convidou a mulher, com respeitosa clareza. — Ou vai se debilitar!

Quando o casal saiu para o átrio, Kopienkin apontou a Tchepúrni os que tinham acabado de partir.

— São a burguesia — tenha isso em mente!

— É sério?

— Juro por deus!

— Como vamos fazer, agora? Será que vamos ter que retirá-los de Tchevengur?

— Não me enfie o pânico pela goela! Que o comunismo passe das ideias para o corpo com ajuda do braço armado! Espere por Sacha Dvánov — ele lhe mostrará!

— Deve ser um homem inteligente! — disse Tchepúrni, intimidado.

— Na cabeça dele, camarada, o sangue pensa, e na cabeça de seu Prokófi — o osso — explicou Kopienkin, nitidamente orgulhoso. — Entendeu ao menos uma vez?... Tome aqui o formulário e ponha o camarada Lui para marchar.

Tchepúrni não era capaz de inventar nada quando forçava o pensamento — se limitava a lembrar de acontecimentos inúteis, olvidados, que não carregavam nenhum sentido de verdade. Às vezes, sua mente via igrejas católicas polacas no bosque, marchando durante a guerra do tsar. Em outras ocasiões, via uma menina órfã sentada em um barranco, comendo cerefólios; mas não se sabia realmente quando Tchepúrni havia encontrado aquela menina, cuja recordação havia guardado inutilmente na alma; tampouco era possível saber se ainda estava viva; talvez aquela menina fosse Klavdiúcha — ela era realmente bonita e era triste ter de se separar dela.

— Por que você está com esse olhar de doente? — perguntou Kopienkin.

— Nada, camarada Kopienkin — falou Tchepúrni, com um triste cansaço. — A vida toda voa em mim como nuvens!

— E é preciso que ela passe como nuvens carregadas, por isso, estou vendo, você não está bem — retorquiu Kopienkin, compadecido. — Vamos sair para algum lugar fresco: aqui fede a um deus úmido.

— Vamos. Pegue seu cavalo — disse o Japonês, aliviado. — Num lugar aberto ficarei mais forte.

Enquanto saía, Kopienkin apontou a inscrição no Templo-Comitê Revolucionário para o Japonês: "Vinde a mim todos os trabalhadores".

— Pinte de novo, à maneira soviética!

— Não há ninguém capaz de inventar uma frase, camarada Kopienkin.

— Deixe que Prokófi faça isso!

— Ele não é tão profundo — não dará conta; conhece o sujeito, mas se esqueceu do predicado. Tomarei o seu Dvánov como secretário, e que Prokófi faça estripulias à vontade... Mas, diga, por favor, por que aquela frase não lhe agrada — ela é inteiramente contra o capitalismo...

Kopienkin franziu fortemente o cenho.

— Em sua opinião, deus poderá sozinho aliviar todas as massas? É um olhar burguês, camarada Tchepúrni. A massa revolucionária poderá aliviar-se sozinha, quando se erguer.

Tchepúrni contemplava Tchevengur, que incorporava a ideia que ele detinha. Começava uma noite silenciosa, que se assemelhava à dúvida espiritual de Tchepúrni, a esse pressentimento que não era capaz de se esgotar em um pensamento e se acalmar. Tchepúrni não sabia que existia uma verdade comum e um sentido da vida — ele tinha visto muitas pessoas, diferentes demais para que pudessem seguir uma única lei. Outrora, Prokófi tinha proposto que Tchepúrni introduzisse a ciência e a educação em Tchevengur, mas este rejeitou essas tentativas sem dar qualquer esperança. "O que há com você? — disse ele a Prokófi — Ou você não sabe como é a ciência? Ela promoverá uma reviravolta na burguesia: qualquer capitalista se tornará cientista e conservará organismos com pó, e você terá que levá-lo em consideração!

Além disso, a ciência está apenas em desenvolvimento, não se sabe como terminará."

Tchepúrni havia ficado muito doente nos fronts, e aprendeu medicina de cor. Por isso, depois de se recuperar, logo passou no exame para ser enfermeiro da companhia, mas considerava os médicos exploradores mentais.

— O que você acha? — perguntou ele a Kopienkin. — O seu Dvánov não introduzirá a ciência aqui?

— Ele não me contou nada sobre isso: seu único assunto é o comunismo.

— É que eu tenho medo — confessou Tchepúrni, tentando pensar, mas se lembrou a tempo que Prochka tinha formulado com toda a exatidão a sua desconfiança em relação à ciência. — Prokófi, sob minha direção, expressou que a razão é um bem como uma casa, e, portanto, oprimirá os ignorantes e abatidos...

— Então dê munição para os idiotas — Kopienkin tinha encontrado uma saída. — Que o inteligente venha se rastejando com pó! Pegue o meu exemplo, o que você acha? — Eu também, meu caro, sou um idiota, porém vivo de forma bem livre.

As pessoas transitavam pelas ruas de Tchevengur. Naquele dia, algumas delas deslocaram casas, outras carregaram jardins com os braços. Agora, iam descansar, conversar e acabar de viver o dia em um círculo de camaradas. No dia seguinte, elas não teriam mais trabalho nem ocupações, porque somente o sol, que tinha sido declarado proletário universal em Tchevengur, trabalhava por todos e por cada um. As ocupações das pessoas não eram imprescindíveis — incitado por Tchepúrni, Prokófi tinha dado ao trabalho uma interpretação especial, segundo a qual o trabalho fora para sempre declarado uma sobrevivência da ganância e da voluptuosidade exploradora-animal, porque fomentava a origem da propriedade, e a propriedade, por sua vez — a opressão. O sol, ao contrário, fornece rações normais suficientes para a vida das pessoas, e qualquer acréscimo alimentaria a fogueira da guerra de classes, porque se criaria objetos nocivos em excesso. Entretanto, as pessoas trabalhavam em Tchevengur todos os sábados. Kopienkin, que já tinha decifrado um pouco o sistema solar da vida em Tchevengur, se surpreendera com aquele fato.

— Mas isso não é trabalho — é *subbótnik*! — explicou Tchepúrni.

— Nesse ponto, Prokófi me entendeu da maneira correta e me deu uma grande frase.

— Ele é o quê, o seu adivinho? — interessou-se Kopienkin, por desconfiar de Prokófi.

— Não, nada disso: o que ele faz é enfraquecer meus grandes sentimentos com seu pensamento estreito. Mas é um rapaz de muita palavra, sem ele eu viveria em meio a uma angústia silenciosa... E, nos *subbótniki*, não há nenhuma produção de propriedade — como eu permitiria isso? —, simplesmente acontece um estrago voluntário da herança pequeno burguesa. Diga-me, por favor, de que opressão você está falando?

— Não há — concordou Kopienkin, com sinceridade.

Tchepúrni e Kopienkin decidiram pernoitar no celeiro estendido no meio da rua.

— Você deveria ir até a casa de sua Klavdiúcha, aconselhou Kopienkin. — Acaba entristecendo a mulher!

— Prokófi a levou para um lugar desconhecido: para que se alegrasse — todos nós somos proletários iguais. E me explicou que não sou melhor do que ele.

— Mas você mesmo disse que tem um grande sentimento, e um homem desses é mais penoso para uma mulher!

Tchepúrni ficou perplexo: realmente, era assim mesmo. Mas o seu coração doía, e hoje ele era capaz de pensar.

— No meu caso, camarada Kopienkin, esse grande sentimento dói no peito, e não nos lugares jovens.

— A-ha — disse Kopienkin —, então, console-se comigo: eu também tenho problemas com o coração!

Força Proletária mastigava a grama que Kopienkin tinha ceifado para ele na praça da cidade, e, à meia-noite, também se deitou no chão do celeiro. O cavalo dormia com os olhos semiabertos — como algumas crianças —, e assim, com uma doçura sonolenta, podia contemplar Kopienkin, que naquele momento não tinha consciência e apenas gemia por causa de um triste e obscuro sentimento de olvido.

Naquelas horas escuras da estepe, o comunismo de Tchevengur era indefeso, porque as pessoas, com a força do sono, cicatrizavam o cansaço produzido pela vida íntima diurna, suspendendo temporariamente suas convicções.

~

Tchevengur acordava tarde; seus habitantes descansavam dos séculos de opressão, sem conseguir descansar completamente. A revolução havia conquistado sonhos para o distrito de Tchevengur e feito da alma a principal profissão.

Lui, o andarilho tchevenguriano, caminhava para a província a passo largo, levando consigo a carta para Dvánov, além de pães secos e uma moringa de casca de bétula com água, que se aquecia sobre o corpo. Iniciou a jornada quando apenas as formigas e as galinhas tinham se levantado e o sol ainda não desnudara o céu até os lugares mais longínquos. O caminhar e o frescor cativante extirparam as dúvidas do pensamento e os anseios de Lui; o caminho o dissipou e o libertou da nociva vida excedente. Ainda na juventude, com suas próprias forças, ele chegou à conclusão sobre a razão pela qual uma pedra voa: a alegria do movimento fazia que esta se tornasse mais leve do que o ar. Sem conhecer letras nem livros, Lui estava convencido de que o comunismo tinha de ser um movimento contínuo de pessoas em direção às lonjuras da terra. Várias vezes, ele disse para Tchepúrni declarar o comunismo como peregrinação e tirar Tchevengur de sua eterna vida sedentária.

— Com o que o homem se parece, com um cavalo ou com uma árvore? Digam-me, com toda a sinceridade — perguntava ele no Comitê Revolucionário, entristecido pela falta que lhe faziam os caminhos curtos das ruas da cidade.

— Se parece com algo mais sublime! — inventou Prokófi.

— Com um oceano aberto, querido camarada, e com a harmonia dos esquemas!

Lui não tinha visto outro tipo de água além de rios e lagos, e conhecia apenas a harmonia da sanfona.

— Talvez o homem seja mais parecido com um cavalo — disse Tchepúrni, lembrando-se de cavalos que havia conhecido.

— Entendo — disse Prokófi, desenvolvendo os sentimentos de Tchepúrni. — O cavalo tem um peito com um coração e um rosto nobre, com olhos, a árvore não tem isso!

— Exatamente, Proch! — alegrou-se Tchepúrni.

— Estou dizendo! — concordou Prokófi.

— Absolutamente correto! — aprovou Tchepúrni, concluindo.

Lui ficou satisfeito e propôs que o Comitê Revolucionário começasse a mover Tchevengur para a lonjura. "O homem precisa ser regado pelo vento — Lui tentava convencê-los —, senão, ele de novo se dedicará à opressão dos fracos, ou tudo secará e ficará triste por si só — sabe como? Na estrada, ninguém escapa da amizade — e o comunismo terá assim muito trabalho!"

Tchepúrni ordenou a Prokófi que anotasse com clareza a proposta de Lui; e esta foi logo debatida na assembleia do Comitê Revolucionário. Intuindo a verdade fundamental nas palavras de Lui, Tchepúrni não passou suas conjeturas dirigentes para Prokófi e a assembleia esteve deliberando arduamente durante todo um dia de primavera. Prokófi inventou, então, uma rejeição formal ao caso de Lui: "Em vista do momento vindouro de guerras e revoluções, é necessário considerar o deslocamento de pessoas um indício premente do comunismo, e, mais precisamente: lançar-se com toda a população do distrito contra o capitalismo, quando

ele estiver numa crise completa e, adiante, não deter a marcha vitoriosa, fortalecendo as pessoas com um sentimento de camaradagem nas estradas de todo o globo terrestre; por enquanto, é preciso limitar o comunismo à área conquistada da burguesia, para que tenhamos algo para governar".

— Não, camaradas — opôs-se o sensato Lui. — O comunismo nunca se realizará se for sedentário: não terá inimigo nem alegria! Atento, Prokófi observava Tchepúrni, que escutava atentamente, mas não conseguia decifrar seus sentimentos titubeantes.

— Camarada Tchepúrni — disse Prokófi, tentando encontrar uma solução —, mas se a libertação dos operários é uma questão dos próprios operários! Que Lui vá embora e se liberte pouco a pouco! O que temos a ver com isso?

— Certo! — concluiu bruscamente Tchepúrni. — Caminhe, Lui: o movimento é questão da massa, nós não o impediremos!

— Então, obrigado — Lui saudou o Comitê Revolucionário, e foi procurar uma razão para abandonar Tchevengur.

Ao ver, certa vez, Kopienkin sobre o lombo de um cavalo gordo, Lui ficara logo acanhado, porque Kopienkin cavalgava, enquanto ele vivia num lugar imóvel; naquele momento, Lui desejou ainda com mais força afastar-se da cidade. Antes da partida, pensou em fazer algo agradável para Kopienkin, mas não havia nada que pudesse ser feito — em Tchevengur, não tinha objetos para dar de presente: só era possível dar de beber para o cavalo de Kopienkin, mas este não permitia que estranhos se aproximassem de seu cavalo, e ele mesmo dava de beber ao animal. Agora, Lui lastimava que houvesse tantas casas e tantas substâncias no mundo, mas que ainda faltassem aquelas que determinavam a amizade humana.

Depois de passar pela capital da província, Lui decidiu não voltar para Tchevengur e ir até Petrogrado, ingressar na marinha e sair navegando, para poder observar a terra, os mares e as pessoas de todos os lugares, como alimento contínuo para sua alma fraternal. No divisor de águas, de onde era possível observar os vales tchevengurianos, Lui se virou para olhar a cidade e a luz matinal:

— Adeus, comunismo e camaradas! Recordarei-me de cada um de vocês enquanto viver! Kopienkin treinava Força Proletária fora da cidade e avistou Lui em um pequeno outeiro.

"Provavelmente é um vagabundo que está indo para Khárkov — determinou Kopienkin, em seu íntimo. — Por causa de pessoas como ele, perderei os dias dourados da revolução!" — E mandou o cavalo à cidade, em passo de estepe, a fim de verificar todo o comunismo naquele mesmo dia e tomar suas próprias medidas.

Devido ao deslocamento das casas, as ruas de Tchevengur desapareceram — nenhuma construção estava no lugar, mas em movimento; Força Proletária, habituado a estradas retas e planas, estava nervoso e transpirava por causa das curvas frequentes.

Ao lado de um celeiro desviado e perdido, um rapaz e uma moça estavam deitados debaixo de um sobretudo de peles — a julgar pelo corpo, era Klavdiúcha. Cuidadoso, Kopienkin contornou os adormecidos com o cavalo: ele se sentia encabulado diante da juventude e a respeitava como um reino de grandioso futuro. Por causa da mesma juventude, adornada com a indiferença por moças, outrora, de forma respeitosa, ele passou a amar Aleksandr Dvánov, seu companheiro na luta revolucionária.

Em algum lugar no meio das casas, um homem começou um monótono assobioar. Kopienkin se pôs de sobreaviso. O assobio cessou.

— Ko-pien-kin! Camarada Kopienkin, vamos dar um mergulho! — gritou Tchepúrni, não muito longe dali.

— Assobie — seguirei a direção do sonido! — respondeu Kopienkin, baixo e retumbante.

Tchepúrni começou a assobiar, impetuoso, e Kopienkin continuou a andar em seu cavalo, furtivamente, pelos desfiladeiros da cidade amontoada. Tchepúrni estava em pé, na entrada do celeiro, de capote militar sobre o corpo nu e descalço. Dois de seus dedos estavam na boca, para reforçar o assobio, e seus olhos olhavam para os cumes ensolarados, onde estalava o calor do sol.

Depois de trancar Força Proletária no celeiro, Kopienkin seguiu o descalço Tchepúrni, que naquele dia estava feliz como um homem que tinha confraternizado definitivamente com todos os seres humanos. No caminho para o rio, encontraram muitos tchevengurianos acordados — pessoas comuns, como de qualquer lugar, apenas pobres, segundo a aparência, e com caras de forasteiros.

— No verão, o dia é longo: como vão se ocupar? — perguntou Kopienkin.

— Você está perguntando sobre sua diligência? — Tchepúrni não tinha entendido bem.

— Digamos que sim.

— Mas a alma humana é a profissão principal. Seu produto é a amizade e a camaradagem! Por que é que para você isso não seria uma ocupação? Diga-me, por favor!

Kopienkin ficou pensando sobre a vida oprimida de antigamente.

— É bom demais aqui em sua Tchevengur — disse ele, triste.
— Mesmo que seja necessário organizar alguma desgraça: o comunismo tem que ser cáustico, um pouco de veneno melhora o sabor.

Tchepúrni percebeu o gosto de sal fresco na boca e logo entendeu Kopienkin.

— Provavelmente, é verdade. Agora, de propósito, temos que organizar alguma desgraça. Faremos isso a partir de amanhã, camarada Kopienkin!

— Não quero: minha questão é outra. Que antes venha Dvánov — ele vai entender tudo para você.

— Disso encarregaremos Prokófi!

— Deixe seu Prokófi em paz! O rapaz quer multiplicar-se com sua Klavdiúcha, e você vive querendo cooptá-lo!

— É provável que seja isso mesmo — vamos aguardar seu companheiro de armas!

A água, incansável, agitava-se contra a margem do rio Tchevengurka; o vapor que saía da água cheirava a ânimo e liberdade, e os dois camaradas começaram a despir-se para ir ao encontro da mesma. Tchepúrni tirou o capote e logo ficou nu e lastimável, entretanto, do seu corpo, exalava um cheiro quente de uma maternidade há muito tempo cicatrizada e coagulada, a qual Kopienkin mal recordava.

Com atenção individual, o sol iluminava as costas magras de Tchepúrni, entrando em todas as fissuras suadas e defeitos da pele, para aniquilar, com o seu calor, as criaturas invisíveis que causavam uma constante comichão em seu corpo. Kopienkin olhou para o sol com respeito: alguns anos atrás, ele aquecia Rosa Luxemburgo e, naquele instante, ajudava a relva a viver em seu túmulo.

Fazia muito tempo que Kopienkin não entrava na água e, até se acostumar, ficou muito tempo tremendo de frio. Já Tchepúrni nadava sem medo, abria os olhos na água e tirava vários ossos, pedras grandes e crânios de cavalos das profundezas. Do meio do rio, onde o inexperiente Kopienkin não podia chegar, Tchepúrni vociferava canções e se tornava cada vez mais loquaz. Kopienkin mergulhava num lugar raso, apalpava a água e pensava: "Também esta corre para algum lugar — onde ela se sente bem!"

Tchepúrni voltou muito alegre e feliz.

— Sabe, Kopienkin, quando estou na água — parece que sei toda a verdade... Mas, quando me encontro no Comitê Revolucionário, não paro de imaginar e pressentir coisas...

— Então trabalhe na margem.

— Mas assim a chuva molhará as teses da província, seu tonto!

Kopienkin não sabia o que era uma tese — lembrava-se daquela palavra de algum lugar, mas aquilo não lhe dizia nada.

— Se cai a chuva e logo brilha o sol, não economize as teses — falou Kopienkin, para tranquilizá-lo. — Em todo caso, os grãos crescerão.

Com esforço, Tchepúrni fez contas de cabeça, ajudando o raciocínio com os dedos.

— Então, você acaba de formular três teses?

— Não precisa de nenhuma — contestou Kopienkin. — A única coisa que precisa anotar no papel são as canções, para não esquecê-las.

— Mas como assim? O sol é a primeira tese! A água é a segunda e o solo é a terceira.

— Você se esqueceu do vento?

— Com o vento são quatro. E nada mais. É provável que assim esteja certo. Mas, sabe, se não respondermos as teses da província e dissermos que aqui tudo vai bem, eles vão liquidar todo o nosso comunismo.

— De maneira nenhuma — Kopienkin contestou aquela suposição. — Os de lá são iguais a nós!

— Talvez sejam iguais, mas escrevem de forma incompreensível e só o que sabem é pedir o tempo todo para levar mais coisas em consideração e governar com mais firmeza... Mas o que é possível levar em consideração em Tchevengur e por qual meio governar as pessoas?

— Mas onde é que estaremos?! — espantou-se Kopienkin. — Será que permitiremos que os canalhas se infiltrem?! Atrás de nós está Lenin!

Distraído, Tchepúrni abriu caminho no junco e colheu umas flores pálidas, de impotente luz noturna. Fez isso para Klavdiúcha, quem mal conseguia dominar, mas, por isso mesmo, nutria por ela ainda mais afeto e zelo.

Depois das flores, Tchepúrni e Kopienkin se vestiram e caminharam pela vegetação úmida ao longo da margem do rio. Dali, Tchevengur parecia uma terra quente — era possível ver pessoas descalças, iluminadas pelo sol, deleitando-se com o ar e a liberdade, as cabeças descobertas.

— Hoje está agradável — falou distraído Tchepúrni. — Todo o calor humano está à vista! — e apontou com a mão para a cidade e para todas as pessoas que estavam nela. Depois, colocou dois dedos na boca, assobiou e, no delírio da vida interior em ebulição, entrou novamente na água sem tirar o capote; atormentado por alguma alegria obscura do corpo farto, ele se jogou no rio limpo através dos juncos, para liberar-se ali de suas paixões vagas e saudosistas.

"Ele acha que conseguiu liberar o mundo inteiro, introduzindo o comunismo: está alegre, esse vagabundo! — pensou Kopienkin, censurando o ato de Tchepúrni. — Mas eu não estou vendo nada aqui!"

Entre os juncos havia um barco e, sentado nele, um homem nu mantinha-se calado; observava, pensativo, a outra margem do rio, mesmo que pudesse ir no barco para lá. Kopienkin viu seu corpo frágil, de costelas à mostra, e seu olho enfermo.

— Você é Páchintsev ou não? — perguntou Kopienkin.

— Sim, e quem podia ser? — respondeu de imediato.

— Mas, então, por que você deixou o posto na reserva revolucionária?

Triste, Páchintsev baixou sua cabeça domada.

— Fui expulso de lá de maneira vil, camarada!

— Podia ter se defendido com bombas...

— É que eu as desativei cedo demais — e agora vago por aí, desonrado, como um louco de um drama.

Kopienkin sentiu desprezo pelos longínquos Brancos miseráveis que eliminaram a reserva revolucionária e, como consequência, a força de coragem interior.

— Não se aflija, camarada Páchintsev: vamos aniquilar os Brancos sem descer do cavalo e plantar a reserva revolucionária num lugar virgem. Com o que você ficou atualmente?

Páchintsev levantou a armadura peitoral de cavaleiro do fundo do barco.

— Pouco — apontou Kopienkin. — Só protege o peito.

— Mas a cabeça que vá para os diabos — Páchintsev não se importava. — Para mim, o mais importante é o coração... Tenho algo para a cachola e para a mão — Páchintsev mostrou ainda uma pequena panóplia — uma viseira frontal com a estrela vermelha parafusada para sempre — e a última granada vazia.

— Bem, isso será suficiente para você — informou Kopienkin. — Mas, conte-me, onde foi parar sua reserva — será que você se enfraqueceu tanto que os mujiques a "aculaquearam" tranquilamente?

Páchintsev estava em um estado de espírito abatido e mal podia falar, devido ao pesar.

— Lá, já lhe falei, anunciaram uma grande organização do *sovkhoz* — por que você está examinando o meu corpo nu?

Kopienkin olhou mais uma vez para o corpo nu de Páchintsev.

— Então vista-se: vamos juntos inspecionar Tchevengur — aqui os fatos também não são suficientes e as pessoas estão sonhando.

Mas Páchintsev não podia ser o companheiro de viagem de Kopienkin — ele não tinha roupas além da armadura peitoral e da panóplia.

— Vá assim — encorajou-o Kopienkin. — Você acha que as pessoas nunca viram um corpo vivo? Olha só, que encanto — é o mesmo que colocam nos caixões!

— Não, você entende qual é a raiz do mal? — enquanto falava, Páchintsev mexia sua roupa metálica. — Deixaram que eu saísse da reserva revolucionária em bom estado: vivo e vestido, ainda que eu fosse perigoso. Foi no povoado, os mesmos mujiques que me conheciam, viram em mim um homem do passado e, o mais importante, derrotado pelo exército — pegaram toda a minha roupa e jogaram atrás de mim dois objetos, para que eu me aquecesse com a armadura durante a madrugada; a bomba eu guardei comigo.

— Mas foi um exército inteiro que o atacou? — espantou-se Kopienkin.

— Claro que sim! Cem cavaleiros enfrentaram um único homem. E na reserva havia ainda três canhões. Assim mesmo, não me rendi durante um dia inteiro — eu assustava todo o exército com bombas vazias, mas Grúnka, uma moça dali, entregou-me — a filha da puta.

— A-ha — disse Kopienkin, convencido. — Bem, vamos, você pode me entregar seus ferros.

Páchintsev saiu do barco e seguiu os passos certeiros de Kopienkin na areia da margem.

— Não tenha medo — assegurava Kopienkin ao seu camarada nu. — Não foi você que se desnudou — foram esses meio-brancos que o insultaram.

Páchintsev adivinhou que estava descalço e despido em prol da pobreza — do comunismo — e, por isso, não se encabulava em relação às futuras mulheres que encontraria.

A primeira mulher que encontraram foi Klavdiúcha; examinando o corpo de Páchintsev às pressas, ela tapou os olhos com um lenço, como uma tártara.

"Que homem terrivelmente murcho — pensou ela —, todo coberto de sinais, sem pelos — não há rigidez nele!" — e disse em voz alta:

— Aqui, cidadãos, não é o front — não é muito decente andar nu.

Kopienkin pediu para Páchintsev não prestar atenção a uma mocreia daquelas — era uma burguesinha e sempre ficava cacarejando: ora queria um pequeno xale, ora queria ir a Moscou, e naquele instante não dava sossego a um proletário nu. Contudo, Páchintsev ficou um pouco acanhado e colocou a armadura e a viseira, deixando a maior parte do corpo para fora.

— Assim é melhor — apontou ele. — Eles pensarão que é o uniforme da nova política!

— O que você quer? — Kopienkin olhou para ele. — Agora está quase vestido, só que o ferro vai fazer com que sinta frio!

— O ferro esquentará no corpo — corre sangue aqui dentro!

— Em mim também corre! — constatou Kopienkin.

Mas o ferro da armadura não esfriou o corpo de Páchintsev — fazia calor em Tchevengur. As pessoas se sentavam em fileiras, nas travessas, entre as casas deslocadas, e falavam em voz baixa umas com as outras; não só os raios de sol desprendiam calor, mas também o calor e a respiração das pessoas. Páchintsev e Kopienkin passavam pelo permanente calor sufocante — a estreiteza das casas, o calor solar e o cheiro humano alucinante faziam a vida parecer um sonho sob uma manta.

— Não sei por que, mas estou com sono, e você? — perguntou Kopienkin a Páchintsev.

— Mais ou menos — respondeu Páchintsev, sem se fazer entender.

Quando chegaram à casa estável de tijolos, onde Kopienkin ficara quando foi para lá pela primeira vez; Piússia estava sentado, solitário, e lançava um olhar vago ao redor.

— Escute, camarada Piússia! — Kopienkin dirigiu-se a ele. — Preciso inspecionar Tchevengur inteira — leve-nos pela rota!

— Pode ser — concordou Piússia, sem se levantar do lugar.

Páchintsev entrou na casa e apanhou do chão um velho capote militar — um modelo de 1914. Aquele capote era para alguém de estatura alta e logo reconfortou todo o corpo de Páchintsev.

— Agora você está vestido como um verdadeiro cidadão! — apreciou Kopienkin. — Porém parece menos consigo mesmo.

Os três homens partiram para longe — em meio ao calor das construções tchevengurianas. No meio do caminho e nos lugares vazios, jardins murchos se mantinham tristemente: já tinham sido deslocados várias vezes, carregados nos ombros, e se enfraqueceram, apesar do sol e das chuvas.

— Aqui tem um fato! — disse Kopienkin, apontando para as árvores caladas. — Aqueles diabos organizaram o comunismo somente para eles, como se as árvores não necessitassem também dele!

As poucas crianças recém-chegadas, que às vezes eram vistas nas clareiras, eram gordas por causa do ar, da liberdade e da falta de educação diária. Já os adultos viviam em Tchevengur não se sabe como: Kopienkin ainda não pudera reparar novos sentimentos neles; de longe, parecia-lhe que estavam de férias, vindos do imperialismo, mas não havia dados do que tinham por dentro e do que havia entre eles; em relação ao estado de ânimo, Kopienkin considerava apenas uma circulação quente do sangue no corpo humano, e não o comunismo.

Ao lado do cemitério onde estava localizado o Comitê Revolucionário, havia uma longa fossa de terra assentada.

— Ali estão os burgueses — disse Piússia. — Eu e o Japonês arrancamos suas almas pela raiz.

Satisfeito, Kopienkin tocou o solo assentado do túmulo com o pé.

— Então, você tinha que fazer assim! — disse ele.

— Não era possível escapar disso — Piússia justificou o dado —, para nós, veio a necessidade de viver...

Mas Páchintsev ficou ofendido com o fato de que o túmulo não estava assentado — era necessário assentar e carregá-lo nas mãos até o lugar de um velho jardim, assim, as árvores sugariam os restos do capitalismo da terra e os transformariam de maneira econômica no verde do socialismo; embora o próprio Piússia considerasse o assentamento como uma medida séria, não tinha conseguido cumpri-la, porque a província o destituiu com urgência do cargo de presidente da Comissão Extraordinária; ele não se ofendeu, porque considerava que o trabalho nas instituições soviéticas requeria pessoas instruídas, diferentes dele, e que a burguesia ali era útil. Graças a esse grau de consciência, depois de seu afastamento da posição de revolucionário, Piússia reconheceu, de uma vez por todas, que a revolução era mais inteligente do que ele — e ficou tranquilo, nas massas do coletivo tchevenguriano. O maior medo que tinha eram as chancelarias e os papéis escritos — quando os via, acontecia de ficar calado, enfraquecido, sombrio, sentia, com o corpo todo, a potência da magia negra do pensamento e da escrita. Na época de Piússia, a própria Tcheka[58] tchevenguriana estava localizada na clareira da cidade; em vez de conduzir um registro da repressão contra o capital, Piússia introduziu a evidência popular de toda a população e propôs que os operários agrícolas matassem os grandes proprietários capturados, o que foi colocado em prática. Mas agora que em Tchevengur já se havia produzido o desenvolvimento definitivo do comunismo, a Tcheka foi fechada para sempre, por decisão pessoal de Tchepúrni, e as casas foram deslocadas para a clareira em que ela se encontrava.

Kopienkin estava entregue a reflexões, em cima da vala comum da burguesia — sem árvores, sem nenhuma colina e sem memória. Tinha a vaga sensação de que aquilo fora feito para que o túmulo longínquo de Rosa Luxemburgo tivesse uma árvore, uma colina e memória eterna. Só havia uma coisa de que Kopienkin não gostava de jeito nenhum — a vala comum da burguesia não fora solidamente assentada.

— Você está dizendo que deram cabo também da alma dos burgueses? — perguntou Kopienkin, dubitativo. — Mas se o anularam por isso, quer dizer que não liquidaram todos os burgueses, não os enfrentaram até a morte! A terra sequer fora pisoteada!

Neste ponto, Kopienkin estava redondamente enganado. Em Tchevengur, os burgueses tinham sido honesta e solidamente

---

58. Comitê de Emergência ou Comissão Extraordinária. Trata-se de uma das primeiras organizações de polícia secreta da União Soviética, criada por um decreto emitido por Lenin e, posteriormente, conduzida por Felix Dzerzhinski. (N. da T.)

mortos, nem mesmo a vida do além-túmulo podia lhes servir de consolo, porque, depois do corpo, eles tiveram a alma fuzilada.

Após uma breve existência em Tchevengur, Tchepúrni começou a sentir uma dor no coração, devido à presença na cidade de uma densa camada de pequena burguesia. Ele então começou a se torturar, com todo o seu corpo — o solo de Tchevengur se tornara muito estreito para o comunismo, estava entupido de propriedades e pessoas de posse; era necessário implantar o comunismo imediatamente com uma base vívida, mas, desde sempre, a moradia tinha sido ocupada por pessoas estranhas que cheiravam a cera. Tchepúrni ia de propósito para o campo e olhava para lugares abertos e novos, perguntando para si próprio se daria para começar o comunismo ali mesmo. Mas desistia, porque, assim, o proletariado e os pobres do vilarejo perderiam os edifícios tchevengurianos e implementos criados por mãos oprimidas. Ele sabia e enxergava até que ponto a burguesia tchevenguriana estava atormentada à espera do segundo advento e, pessoalmente, não tinha nada contra aquilo. Por ter sido presidente do Comitê Revolucionário por uns dois meses, Tchepúrni se martirizava — a burguesia estava viva, não havia comunismo, e, como se dizia nas circulares da província, uma série de etapas de transição sucessivas-ofensivas conduziria ao futuro, mas Tchepúrni suspeitava que isso seria enganoso para as massas.

Primeiro, ele nomeou uma comissão, que falava para Tchepúrni sobre a necessidade do segundo advento, mas, naquele momento, este se calou, e, em segredo, decidiu deixar vivos uns peixes-miúdos da pequena burguesia para que a revolução mundial tivesse com o que se ocupar. Depois, Tchepúrni quis deixar de se atormentar e chamou Piússia, presidente da Tcheka.

— Limpe a cidade do elemento opressivo para mim! — ordenou Tchepúrni.

— Certo — respondeu Piússia, obediente. Ele se preparou para matar todos os moradores de Tchevengur, o que Tchepúrni aceitou, aliviado.

— Você entende — será melhor assim! — ele convencia Piússia. — Senão, meu caro, todo o povo morrerá nas etapas de transição. E, de todas as formas, os burgueses não são mais seres humanos: li que, quando o homem nasceu do macaco, ele logo o matou. Lembre-se: se existe um proletariado, para que ter a burguesia? Seria muito feio.

Piússia conhecia a burguesia pessoalmente: ele se lembrava das ruas tchevengurianas e imaginava com clareza a aparência de cada proprietário de casa: Shchiókotov, Komiáguin, Píkhler, Znobilin, Shchápov, Zavin-Duvailo, Perekrútchenko, Siusiukálov e todos os seus vizinhos. Além disso, Piússia conhecia o modo de viver e de comer deles e tinha concordado em matar cada um com as próprias mãos, sem usar arma alguma. Desde o dia de sua nomeação como presidente da Tcheka, ele não tinha paz de espírito e se irritava o tempo todo, pois todo dia a burguesia comia pão soviético, vivia nas casas que ele havia construído (Piússia tinha trabalhado antes, por vinte anos, como pedreiro) e atravessava o caminho da revolução, como uma bela filha da puta. As personalidades burguesas mais velhas, bexiguentas, transformavam o paciente Piússia num lutador de rua: quando encontrava Shchápov, Znobilin e Zavin-Duvailo, repetidas vezes Piússia dava uns bons socos neles, que se limpavam, em silêncio, engoliam a ofensa e esperavam pelo futuro; Piússia não topava com outros burgueses e não queria entrar nas casas deles de propósito, porque, devido às frequentes irritações, sentia a alma sufocada.

Entretanto, o secretário do Comitê Executivo da província, Prokófi Dvánov, não concordou em matar burgueses de casa em casa sem autorização prévia. Ele disse que aquilo teria de ser feito de uma forma mais teórica.

— Mas como? Formule! — propôs-lhe Tchepúrni.

Entregue a reflexões, Prokófi jogou seu cabelo sonhador de socialista-revolucionário para trás.

— Fundamentados em seu próprio preconceito! — formulou gradualmente Prokófi.

— Percebo! — pôs-se a pensar Tchepúrni, sem entender.

— Fundamentados no segundo advento! — expressou-se Prokófi, com precisão. — Eles mesmos o querem, então que recebam — nós não seremos os culpados.

Tchepúrni, ao contrário, aceitou a acusação.

— Como assim, não somos culpados? Diga-me, por favor! Se somos a revolução, então somos inteiramente culpados! E se você está formulando algo para o seu próprio perdão, então vá embora!

Como qualquer pessoa inteligente, Prokófi tinha presença de espírito.

— É absolutamente imprescindível anunciar o segundo advento, camarada Tchepúrni. E, fundamentados nele, limpar a cidade, para a vida sedentária proletária.

— Bem, e nós mesmos, vamos agir? — perguntou Tchepúrni.

— De modo geral, sim! Só será necessário distribuir depois a propriedade doméstica, para que ela não nos oprima mais.

— Você pode ficar com a propriedade — disse Tchepúrni. — O proletariado tem suas mãos intactas. Por que, numa hora destas, você precisa dos cofres burgueses? Diga-me, por favor! Escreva a ordem.

Prokófi formulou brevemente o futuro da burguesia tchevenguriana e entregou o papel rabiscado a Piússia; este tinha que adicionar à ordem, de memória, a lista com os nomes dos proprietários.

Tchepúrni leu que o Poder Soviético concedia à burguesia todo o céu infinito, equipado com estrelas e astros, com o propósito de organizar ali a felicidade eterna; no que dizia respeito à terra, construções fundamentais e pertences domésticos, estes permaneceriam embaixo — em troca do céu —, exclusivamente nas mãos do proletariado e do campesinato trabalhador.

No fim da ordem foi colocada a data do segundo advento, que levaria a burguesia à vida de além-túmulo de maneira organizada e indolor.

A hora de comparecimento da burguesia à praça da catedral foi fixada à meia-noite de quinta-feira, tendo sido tomado como base da ordem o boletim meteorológico da província.

Há muito tempo, Prokófi estava animado com a impressionante e obscura complexidade dos documentos da província, e, com um sorriso de voluptuosidade, transpunha seu estilo para a escala distrital.

Piússia não entendeu nada do texto da ordem, Tchepúrni cheirou rapé e perguntou apenas uma coisa: por que é que Prokófi tinha marcado o segundo advento para quinta-feira, e não para segunda-feira, que era aquele dia mesmo.

— Quarta-feira é dia de quaresma — eles se prepararão quietinhos! — explicou Prokófi. — Além disso, hoje e amanhã espera-se tempo nublado — tenho os boletins meteorológicos!

— Um privilégio inútil — censurou Tchepúrni, mas não insistiu muito em acelerar o segundo advento.

Mas Prokófi e Klavdiúcha visitaram todas as casas dos cidadãos proprietários e, no caminho, solicitaram-lhes os objetos de mão não volumosos: pulseiras, lenços de seda, medalhas tsaristas de ouro, pó para moças e outras coisas. Klavdiúcha colocava as coisas no seu pequeno baú enquanto Prokófi prometia oralmente aos burgueses a futura prorrogação da vida, contanto que a renda da república aumentasse; os burgueses estavam em pé, no meio do quintal, e agradeciam, submissos. Até a noite de quinta-feira, Prokófi não teve um minuto livre e lamentou que não tivesse marcado o segundo advento para a noite de sábado.

Tchepúrni não temia que Prokófi ficasse com muitos bens: eram coisas que não podiam contagiar um proletário, porque os lenços e o pó seriam gastos na cabeça, sem deixar rastros na consciência.

Na noite de quinta-feira, a praça da catedral estava ocupada pela burguesia de Tchevengur, que fora para lá ainda na véspera. Piússia cercou a área da praça com os soldados do Exército Vermelho e introduziu *tchequistas*[59] magros no interior do público burguês. De acordo com a lista, apenas três burgueses não compareceram — dois deles tinham sido esmagados por suas próprias casas e o terceiro morrera de velhice. Piússia imediatamente ordenou que dois *tchequistas* verificassem por que as casas tinham desmoronado, enquanto ele mesmo se encarregava de colocar os burgueses numa fila regular. Estes trouxeram consigo trouxas e pequenos baús com sabão, toalhas, roupa íntima, pãezinhos brancos e um livrinho de reza pelos mortos da família. Piússia examinou tudo que cada um levava, prestando especial atenção no livrinho de reza.

— Leia — pediu ele a um *tchequista*.

Este leu:

"Que descansem em paz os servos de Deus: Evdokía, Marta, Firs, Policarp, Vassíli, Konstantin, Macari e todos os parentes. Pela saúde de Agripina, Maria, Kosma, Ignáti, Piotr, Ioann, Anastassía, de sua descendência e de todos os parentes, e do enfermo Andrei."

— De sua descendência? — Piússia pediu para repetir.

— Isso mesmo! — confirmou o *tchequista*.

Atrás da linha dos soldados, as mulheres dos burgueses soluçavam ao ar noturno.

— Retire essas comparsas! — ordenou Piússia. — Não precisamos da descendência aqui!

— Deveríamos liquidá-las também, camarada Piússia! — aconselhou o *tchequista*.

— Para quê, espertalhão? Seu membro principal já foi cortado!

---

59. Membros da Tcheka, Comissão Extraordinária. (N. da T.)

Os dois *tchequistas* enviados para inspecionar as casas desmoronadas voltaram e explicaram: as casas tinham desabado com o teto, porque os sótãos estavam carregados de sal e farinha acima de qualquer peso; os burgueses precisavam de farinha e sal como reserva alimentar enquanto aguardavam a chegada do segundo advento, para superá-lo e depois permanecerem vivos.

— Ah, vocês são assim! — disse Piússia, e alinhou os *tchequistas,* sem esperar a meia-noite. — Disparem, rapazes! — E ele mesmo disparou uma bala de seu revólver no crânio de um burguês próximo — Zavin-Duvailo. Da cabeça do burguês emergiu um vapor silencioso, por cima do cabelo apareceu uma matéria crua maternal, parecida com cera de vela, mas Duvailo não caiu, porém sentou-se em cima de sua trouxa caseira.

— Mulher, enrole a minha garganta com um cueiro! — disse Zavin-Duvailo, com paciência. — Toda a minha alma está escorrendo por ali! — E caiu no chão, abraçando a trouxa com os braços e pés abertos, como um patrão abraça a patroa.

Os *tchequistas* dispararam os revólveres contra os burgueses emudecidos que tinham comungado no dia anterior — e os burgueses caíram, desajeitados e tortos, torcendo os pescoços ensebados até quebrar as vértebras. Todos eles perderam as forças das pernas ainda antes de sentirem a ferida, para que a bala parasse num lugar não mortal e lá ficasse, coberta pela carne viva.

O comerciante Shchápov, ferido, jazia no chão com o corpo empobrecido e rogava ao *tchequista* inclinado sobre ele:

— Meu caro, deixe-me respirar — não me torture. Chame minha mulher para eu me despedir! Ou me dê a mão o mais rápido possível — não vá longe, estou com arrepios de ficar sozinho.

O *tchequista* quis lhe dar a mão:

— Segure — já chegou a sua hora!

Mas Shchápov não esperou pela mão e agarrou uma bardana para lhe encarregar sua vida não totalmente vivida; não largou a planta até parar de sentir falta da mulher, de quem queria se despedir; depois seus braços caíram por si só, sem mais necessidade de amizade. O *tchequista* entendeu e se inquietou: com uma bala dentro, os burgueses, como o proletariado, precisavam de camaradagem, sem bala — só amavam a propriedade.

Piússia tocou Zavin-Duvailo:

— Por onde está escorrendo sua alma — pela garganta? Vou tirá-la de lá agora mesmo!

Piússia pegou o pescoço de Zavin com a mão esquerda, apertou-o de uma forma mais confortável e apoiou o cano do revólver debaixo da nuca. Mas o pescoço de Zavin coçava o tempo todo e ele o esfregava contra a gola de feltro do paletó.

— Pare de coçar, seu tonto: espere, vou arranhá-lo, agora mesmo!

Duvailo ainda estava vivo e não tinha medo:

— Coloque minha cabeça entre as pernas e aperte, para que eu grite alto, porque minha mulher está ali e não me escuta!

Piússia deu-lhe um soco na bochecha para sentir o corpo daquele burguês pela última vez, e Duvailo gritou, com uma voz lamuriosa:

— Máchenka, estão me batendo!

Piússia esperou até que Duvailo se estirasse e pronunciasse as palavras por completo e, depois, atirou duas vezes no seu pescoço. Em seguida, abriu as gengivas secas e aquecidas de sua boca.

Prokófi espiou aquele assassinato solitário, de longe, e censurou Piússia:

— Os comunistas não matam pelas costas, camarada Piússia.

Piússia, ofendido, logo encontrou seu espírito:

— Os comunistas, camarada Dvánov, precisam do comunismo e não do heroísmo dos oficiais!... Cale-se, senão também o mandarei para o céu! Qualquer filho da puta quer se cobrir com a bandeira vermelha — assim, o seu lugar vazio se encherá de honra... A minha bala o encontrará através da bandeira!

Tchepúrni, que acabava de chegar ali, pôs fim àquela conversa:

— O que está acontecendo aqui, digam-me, por favor? Os burgueses ainda estão respirando no chão, e vocês procurando o comunismo nas palavras!

Tchepúrni e Piússia foram examinar pessoalmente os burgueses mortos; as vítimas jaziam em grupos de três, cinco e mais — provavelmente, haviam tentado se aproximar ao menos com partes do corpo nos últimos minutos de separação mútua.

Tchepúrni controlava a garganta dos burgueses com o dorso da mão, como fazem os mecânicos para medir a temperatura dos rolamentos, e lhe parecia que todos os burgueses ainda estavam vivos.

— E para completar, ainda arranquei a alma de Duvailo pela garganta! — disse Piússia.

— Fez bem: pois a alma fica na garganta! — lembrou-se Tchepúrni. — Por que você acha que os cadetes[60] nos penduram pelo pescoço? Por isso mesmo, para queimar a alma com a corda; assim você realmente morre, de vez! Senão demora muito: é difícil matar um homem!

Piússia e Tchepúrni tocaram todos os burgueses e não ficaram convencidos de sua morte definitiva: alguns pareciam suspirar e outros tinham os olhos entreabertos e fingiam, para se arrastar durante a noite e continuar vivos, à custa de Piússia e de outros proletários; então, eles decidiram assegurar aos burgueses um complemento de que não haveria prolongamento da vida: carregaram os revólveres e atravessaram de lado a lado — através das glândulas — as gargantas de todos os homens abastados que estavam deitados, um por um, sucessivamente.

— Agora podemos ficar tranquilos! — disse Tchepúrni, ao terminar. — Não há proletário mais pobre no mundo do que um morto.

— Agora é categórico — Piússia ficou satisfeito. — Temos que liberar os soldados.

---

60. Membros do partido constitucional-democrata, que existiu na Rússia de 1905 a 1917. (N. da T.)

Os soldados foram liberados e os *tchequistas* ficaram para a preparação da vala comum para a antiga população burguesa de Tchevengur. Com a aurora do dia seguinte, os *tchequistas* acabaram logo com aquilo e atiraram os mortos na vala, junto com suas trouxas. As esposas dos assassinados não se atreviam a chegar perto e esperavam, de longe, pelo término dos trabalhos na terra. Quando os *tchequistas*, para assentar o túmulo, espalharam a terra que tinha sobrado pela praça vazia, iluminada pela aurora, fincaram as pás no solo e começaram a fumar, e as mulheres dos mortos começaram a avançar até eles, vindas de todas as ruas de Tchevengur.

— Chorem! — disseram-lhes os *tchequistas*, e, exaustos, foram dormir.

As mulheres se deitaram em cima dos torrões de barro do túmulo plano sem vestígios e quiseram se lamentar pelos mortos, mas, durante a noite, elas se arrefeceram, a desgraça já havia sido refreada e as mulheres dos mortos já não eram mais capazes de chorar.

～

Quando soube o que tinha acontecido em Tchevengur, Kopienkin decidiu não castigar ninguém e aguardar até a chegada de Aleksandr Dvánov, sobretudo porque o andarilho Lui seguia, naquele momento, seu próprio caminho.

De fato, Lui tinha percorrido muitas terras naqueles dias e se sentia pleno, saciado e feliz. Quando tinha vontade de comer, entrava em uma *khata* e dizia à dona da casa: "Depene um franguinho para mim, mulher, sou um homem exaurido". Se a mulher fosse mesquinha e regateasse o frango, então Lui se despedia dela e seguia seu próprio caminho pela estepe, jantando cerefólios, que tinham nascido graças ao sol e não aos miseráveis trabalhos domésticos do homem. Lui jamais pediu esmola ou roubou.

Quando acontecia de não comer por muito tempo, ele sabia que um dia comeria até dizer chega e não se preocupava com a fome.

Naquele dia, Lui havia pernoitado em um buraco de um celeiro de tijolos; até a cidade da província, por uma estrada pavimentada, faltavam-lhe somente quarenta verstas. Lui considerava aquilo insignificante e, depois de acordar, relaxava. Ficava deitado, pensando em como poderia fumar. Tinha tabaco, mas faltava-lhe papel; fazia tempo que já havia fumado todos os documentos — o único papel que sobrara era a carta de Kopienkin para Dvánov. Lui tirou a carta do bolso, alisou-a, leu duas vezes para memorizá-la e depois fez dela dez cigarros ocos.

— Contarei a carta para ele com a minha voz — será tão bom quanto! — optou judiciosamente Lui, e, para confirmar a si mesmo, completou: — Claro que será! Por que não seria?

Depois de fumar, Lui foi para a estrada, partindo em direção à cidade pela parte mais branda da lateral da calçada. À distância, no alto e turvo nevoeiro — no divisor entre os dois rios límpidos —, via-se a cidade antiga com torres, varandas, catedrais e os edifícios longos das escolas, tribunais e repartições públicas; Lui sabia que, naquela cidade, por muito tempo, as pessoas viveram impedindo outras de viver. Em um lado da cidade — no extremo do bosque — fumegavam as quatro chaminés de uma fábrica de maquinário agrícola e ferramentas para ajudar o sol a produzir pão. Na surdez dos campos que davam à luz ervas silenciosas, Lui gostou da fumaça distante das chaminés e do apito de uma locomotiva em marcha.

Lui teria contornado a província sem entregar a carta, caso a cidade não estivesse no caminho de Petrogrado e do litoral do Mar Báltico: daquele litoral — do frio das planícies vazias da revolução — partiam navios rumo à escuridão dos mares para, mais tarde, conquistar os cálidos países burgueses.

Naquele momento, Gópner descia a colina da cidade em direção ao rio Pólnoi Aidár e via a estrada pavimentada, construída ao longo da estepe para os subúrbios de víveres. Lui, invisível dali, caminhava pela mesma estrada e imaginava a frota báltica no mar gelado. Gópner atravessou a ponte e sentou-se para pescar na outra margem do rio. Enfiou no anzol uma minhoca viva, que se atormentava, lançou a linha e ficou contemplando, absorto, o silencioso movimento do rio que fluía; o frescor da água e o cheiro da relva úmida incitavam a respiração e o pensamento de Gópner; ele escutava os murmúrios do rio e pensava na vida pacata, na felicidade além do horizonte da terra, para onde flutuavam os rios que não o levavam, e, aos poucos, abaixava a cabeça seca na relva úmida, transitando de sua quietude contemplativa ao sono. Um pequeno peixinho fisgou a isca no anzol da vara de pescar — uma jovem brema; durante quatro horas, tentava se soltar e esconder-se nas profundas águas livres, enquanto o sangue de sua boca, com o anzol cravado, misturou-se com a secreção sangrenta da minhoca; a brema cansou de se agitar e, para recobrar as forças, engoliu um pedacinho da minhoca, depois começou a puxar o ferro cortante e cáustico de novo, para arrancar de si o anzol, junto com a cartilagem labial.

Do alto da represa pavimentada, Lui viu o homem magro e cansado dormindo na margem, enquanto uma vara de pescar se mexia sozinha aos seus pés. Ele se aproximou do homem e arrancou a vara com a brema; esta ficou imóvel na mão do andarilho, abriu as guelras e começou a perecer devido à extenuação e ao assombro.

— Camarada — disse Lui ao que dormia —, tome seu peixe! Está dormindo em plena luz do dia!

Gópner abriu os olhos injetados de sangue nutriente e examinou o homem que acabara de surgir. O andarilho sentou-se para fumar e olhar as construções da cidade no sentido oposto.

— Eu tentava ver algo em sonho, mas ainda não consegui — começou a dizer Gópner. — Acordei, e você está aqui como a realização de meus desejos...

Gópner coçou sua garganta faminta e coberta de pelos, e sentiu-se melancólico: com o fim do sonho, pereceram seus belos pensamentos, e nem o rio poderia fazê-lo relembrar.

— Ah, você me acordou, maldito — irritou-se Gópner —, ficarei entediado de novo!

— O rio flui, o vento sopra, o peixe nada — começou a dizer Lui, com voz arrastada e tranquila —, e você fica parado, enferrujando de mágoa! Vá para algum lugar, o vento soprará um pensamento em seu interior — e você, então, aprenderá algo.

Gópner não respondeu: o que responder a cada passante? O que entendia de comunismo aquele camponês que estava indo para a cidade em busca de trabalho temporário?

— Por acaso você ouviu falar em que propriedade mora o camarada Aleksandr Dvánov? — perguntou Lui acerca do motivo de sua viagem.

Gópner tomou o peixe das mãos do recém-chegado e o jogou na água.

— Talvez volte a respirar! — explicou ele.

— Agora não voltará mais a viver! — duvidou Lui. — Tenho que ver este camarada com meus próprios olhos...

— Para que você quer olhar para ele, se eu o verei! — falou Gópner, reticente. — Você o respeita, ou não?

— Não se respeita alguém apenas por causa do nome, e eu desconheço os atos dele! Nossos camaradas disseram que sua presença é imediatamente necessária em Tchevengur...

— Mas o que está acontecendo lá?

— O camarada Kopienkin escreveu que lá há comunismo e ao contrário...

Gópner examinou Lui com atenção, como se este fosse uma máquina que precisava de um conserto geral; ele entendeu que o capitalismo fez com que a mente daquelas pessoas se extenuasse.

— Mas vocês não têm qualificação nem consciência, malditos sejam! — disse Gópner. — Que raios de comunismo será esse?

— Não temos nada — justificou-se Lui —, restaram apenas pessoas, o que resultou em camaradagem.

Gópner sentiu que recobrou as forças descansadas e, após uma breve reflexão, enunciou:

— Isso é inteligente, maldito seja, mas não é duradouro: é feito sem nenhuma reserva de amostras! Me entende, ou você mesmo está fugindo do comunismo?

Lui sabia que, ao redor de Tchevengur, não havia comunismo — e sim uma etapa de transição, e olhava para a cidade situada na colina como se fosse uma etapa.

— Você vive numa etapa — disse ele a Gópner —, por isso você acha que estou fugindo. Mas sigo caminhando, depois irei com a frota aos países burgueses, prepará-los para o futuro. Porque eu levo agora o comunismo dentro do meu corpo — não tenho como escapar dele.

Gópner tocou a mão de Lui e a examinou à luz do sol: era grande, nodosa, coberta com marcas não curadas do antigo trabalho — sinais de todos os oprimidos.

"Talvez seja verdade! — pensou Gópner a respeito de Tchevengur. — Os aeroplanos voam e são mais pesados do que o ar, que maldição!"

Lui pediu uma vez mais para transmitir a carta oral de Kopienkin a Dvánov, de modo que este partisse para Tchevengur o quanto antes, senão o comunismo lá poderia enfraquecer. Gópner o confortou e mostrou-lhe a rua onde Dvánov morava.

— Vá lá e procure a minha mulher, peça a ela que lhe dê algo de comer e beber, e eu me descalçarei e irei ao brejo tentar pegar umas carpinhas com uma vergasta: à noite, elas, malditas, mordem a isca até com besourinhos.

Lui já estava acostumado a se separar rápido das pessoas, porque constantemente encontrava outras ainda melhores; por todos os lados, em cima dele, notava a luz do solstício, através da qual a terra acumulava plantas para alimento e dava à luz pessoas para camaradagem.

Gópner, observando o andarilho que se distanciava, chegou à conclusão de que ele parecia uma árvore de jardim; no corpo de Lui, de fato, não havia uma unidade de ordem e organização — existia alguma falta de coordenação dos membros e das extremidades, que cresceram dentro dele com ramos abertos e com a consistência tenaz da madeira.

Lui desapareceu na ponte e Gópner deitou-se para descansar um pouco mais — ele estava de férias e, uma vez por ano, desfrutava a vida. Mas já não era possível pescar carpas aquele dia, pois, pouco tempo depois, começou um vento, um monte de nuvens saiu das torres da cidade, e Gópner tinha que dirigir-se para o apartamento. Estava, porém, entediado de ficar sentado no cômodo com a mulher, por isso sempre queria visitar camaradas, sobretudo Sacha e Zakhar Pávlovitch. No caminho para casa, passou pela conhecida casa de madeira.

Zakhar Pávlovitch estava deitado e Sacha estava lendo um livro, apertando sobre ele suas mãos secas entrelaçadas, desabituadas das pessoas.

— Vocês já ouviram falar? — disse-lhes Gópner, dando a entender que não tinha aparecido em vão. — Em Tchevengur foi organizado o comunismo pleno!

Zakhar Pávlovitch parou de fungar pausadamente o nariz: retardou a chegada do sono e apurou o ouvido. Aleksandr se calou e olhou para Gópner, com uma agitação confiante.

— Por que está me olhando? — disse Gópner. — Até os aeroplanos dão um jeito de voar, mesmo que os malditos sejam mais pesados do que o ar! Então por que é que o comunismo não poderia ser organizado?

— E o que fizeram com aquele bode que, começando pelas bordas como se fosse repolho, sempre come a revolução? — perguntou o pai de Dvánov.

— Trata-se das condições objetivas — explicou Aleksandr. — Meu pai se referia ao bode que expia os pecados.

— Eles comeram o bode expiatório! — informou Gópner, como se tivesse sido uma testemunha ocular. — Agora eles mesmos serão culpados na vida.

Atrás da parede, feita de tábuas de uma polegada, naquele instante, um homem começou a chorar, desfazendo-se em lágrimas, de forma cada vez mais audível. O homem batia com a cabeça ultrajada em uma mesa, fazendo tremer as garrafas de cerveja; ali morava um membro solitário do *komsomol*[61], que trabalhava como foguista no depósito ferroviário de locomotivas — sem qualquer ascensão a postos mais altos. O *komsomol* soluçou um pouco, depois se acalmou e assoou o nariz.

— Qualquer canalha dirige um automóvel, casa com artistas gordas, e eu tenho essa vidinha mais ou menos de sempre! — o *komsomol* descarregava seu triste desalento. — Amanhã mesmo vou ao Comitê do distrito — eles que me contratem para o escritório: tenho todos os conhecimentos políticos, posso administrar em grande escala! Eles me fizeram de foguista e ainda me enfiaram na quarta categoria... Esses canalhas não enxergam um ser humano...

Zakhar Pávlovitch foi para o quintal — para se refrescar e olhar a chuva: ver se demoraria ou viria em uma nuvem carregada e passageira. A chuva ia demorar — a noite toda ou um dia inteiro; as árvores dos pátios farfalhavam, talhadas pelo vento e pela chuva, e os cães de guarda latiam nos quintais cercados.

— O vento sopra tanto, está chovendo! — disse Zakhar Pávlovitch. — E, em breve, de novo meu filho não estará comigo.

No quarto, Gópner chamava Aleksandr para Tchevengur:

---

61. Abreviatura de Kommunistítcheski Soiúz Molodiózhi — "União da Juventude Comunista" — ou o próprio membro desta organização de jovens do Partido Comunista da União Soviética. (N. da T.)

— Lá — dizia Gópner para convencê-lo —, vamos mensurar todo o comunismo, tirar a medida exata de seu desenho, e voltaremos à província; então será fácil edificar o comunismo na sexta parte do círculo terrestre, uma vez que, em Tchevengur, entregarão um modelo de mão beijada para nós.

Calado, Dvánov pensava em Kopienkin e em sua carta oral: "Comunismo ao contrário".

Zakhar Pávlovitch escutou, escutou, e finalmente disse:

— Olhem, rapazes: o trabalhador é um tolo muito fraco, e o comunismo não é nenhuma bagatela. A sua Tchevengur necessita que haja uma relação completa entre as pessoas — será que isso foi solucionado de uma vez?

— E por que não? — argumentou Gópner, convicto. — O poder local inventou casualmente algo inteligente — e olha só no que deu, maldito seja! O que há de especial aqui?

Mesmo assim, Zakhar Pávlovitch seguia com muitas dúvidas:

— Sim, então, que assim seja, só que o homem não é um de seus materiais planos. Nenhum idiota põe uma locomotiva em marcha, e nós já estávamos vivos nos tempos do tsar. Agora você me entendeu?

— Entendi — pensava Gópner —, mas não vejo nada parecido ao redor.

— Você não vê, mas acontece que eu vejo — Zakhar Pávlovitch prolongava a perplexidade do outro. — Farei qualquer coisa de ferro para você, mas não consigo de jeito nenhum fazer um comunista de um homem!

— Mas e quem foi que os fez, lá? Eles mesmos se fizeram, malditos! — objetou Gópner.

Zakhar Pávlovitch concordou com aquilo.

— Isso já é outra coisa! Eu quis dizer que o poder local não tem nada a ver com isso, porque o homem só pode ficar mais inteligente com os artefatos, mas já existem pessoas mais inteligentes no poder: lá, estão desacostumados em relação à mente!

Se o homem fosse menos paciente e arrebentasse diante da desgraça, como o ferro fundido, então o poder também seria ótimo!

— Neste caso, pai, o poder não existiria — disse Aleksandr.

— Isso também é possível! — concordou Zakhar Pávlovitch.

Atrás da parede, era possível ouvir o membro do *komsomol* pegando no sono, com dificuldade, sem se livrar totalmente de sua fúria. "Canalhas — suspirava resignado, e omitia no silêncio de seu sonho algum ponto importante. — Os dois estão dormindo na cama e eu tenho que ficar deitado sozinho em um leito de tijolos!... Deixe que eu me deite em algo macio, camarada secretário, porque estou me matando de trabalhar... Há quantos anos estou pagando propinas — deixe que eu me torne sócio!... Qual é o problema?..."

A noite murmurava com os jorros de chuva gelada; Aleksandr ouvia a queda das gotas pesadas nos lagos e córregos da rua; a única coisa que o consolava naquela inóspita umidade do tempo era a lembrança de um conto popular sobre uma bolha, uma palhinha e um *lápot*, que, outrora, felizmente conseguiram vencer, como um trio, uma natureza igualmente insegura e impenetrável.

"Ele é uma bolha, e ela não é uma mulher, mas uma palhinha, e o seu camarada é um *lápot* abandonado. Mas juntos conseguiram passar pelos campos lavrados e pelas poças — Dvánov imaginava, no seu íntimo, com uma felicidade infantil, a sensação de se reconhecer no *lápot* ignorado. — Eu também tenho camaradas bolhas e palhinhas, mas, sabe-se lá por quê, os abandonei, sou pior do que um *lápot*..."

A noite cheirava à relva distante das estepes, do outro lado da rua havia uma repartição pública, onde, naquele momento, languesciam os expedientes da revolução, e, durante o dia, se fazia um novo inventário de homens sujeitos ao serviço militar. Gópner tirou os sapatos e ficou para pernoitar, entretanto sabia que, de manhã, apanharia da mulher: "Onde passou a noite? — diria ela — Decerto encontrou uma mulher mais jovem!" — e daria uma pancada na clavícula com uma acha. E por acaso as mulheres entendem de camaradagem? Elas serrariam todo o comunismo em pedaços de pequena burguesia com serras de madeira!

— Ah, maldita seja, será que um mujique precisa de tantas coisas?! — suspirou Gópner. — Mas não há como encontrar uma regulação tranquila!

— O que você está resmungando aí? — perguntou Zakhar Pávlovitch.

— Estou falando de família: para cada *pud* de carne viva minha mulher tem cinco *puds* de ideologia pequeno-burguesa. Imagina que contrapeso está em jogo!

A chuva estava parando na rua, as bolhas se calaram e a terra cheirava a relva lavada, à pureza da água fria e a frescor de estradas abertas. Dvánov se deitou, pesaroso, parecia-lhe que tinha vivido aquele dia em vão, tinha vergonha, no seu íntimo, daquele tédio repentino da vida. No dia anterior, ele se sentia melhor, apesar de Sônia ter chegado do vilarejo, colocado o resto de seus pertences do antigo apartamento numa trouxa e partido, não se sabia para onde. Ela batera na janela para chamar Sacha, despediu-se, acenando, mas quando ele foi para a rua ela já não estava mais lá. Assim, Sacha ficou pensando nela esse dia até a noite — existindo por meio daquele pensamento. Ele tinha então esquecido por que precisava viver e não conseguia dormir.

Gópner já adormecera, mas sua respiração era tão fraca e lastimável durante o sono, que Dvánov se aproximou dele com medo, como se a vida do homem fosse acabar. Dvánov colocou o braço caído de Gópner no peito e, de novo, pôs-se a escutar a vida complexa e delicada do adormecido. Era possível ver até que ponto aquele homem era frágil, indefeso e crédulo, e, mesmo assim, provavelmente alguém o tinha ferido, torturado, enganado e odiado; ele mal estava vivo e a sua respiração quase parava durante o sono. Ninguém olha para as pessoas adormecidas, mas só assim elas podem ter rostos verdadeiros e amáveis; na realidade, o rosto humano desfigura-se devido à memória, ao sentimento e à necessidade.

Dvánov tranquilizou as mãos abertas de Gópner, examinou, de perto e com uma curiosidade terna, Zakhar Pávlovitch, que também dormia profundamente, depois se pôs a escutar o vento que estava se acalmando, e então se deitou até o dia seguinte. O pai vivia, durante o sono, de forma sensata e racional — como durante sua vida diurna, e, por isso, seu rosto pouco se alterava ao longo da noite; caso ele sonhasse, seus sonhos eram úteis e próximos ao despertar, e não aqueles pelos quais depois se sente vergonha e tristeza.

Dvánov encolheu-se até ter a sensação completa do seu corpo e se acalmou. Pouco a pouco, como o cansaço dissipado, aparecia diante dele o dia de sua infância — não na profundeza dos anos cobertos de relva, mas na profundeza do corpo quieto, difícil e atormentado. Ao longo de um outono sombrio e noturno, como lágrimas raras, caía a chuva no cemitério do vilarejo da pátria; a corda com a qual o vigia da igreja batia as horas, à noite, sem subir no campanário, balançava ao vento; as nuvens exaustas e emaranhadas, semelhantes às mulheres do vilarejo após o parto, passavam baixas sobre as árvores. O pequeno menino Sacha permanecia em pé sobre as últimas folhas farfalhantes que cobriam o túmulo paterno. A colina cheia de barro tinha desmoronado como consequência das chuvas, os passantes a pisoteavam até fazê-la desaparecer, e sobre ela caíam folhas tão mortas quanto o pai enterrado. Sacha levava um saco vazio e um bastãozinho, dado por Prókhor Abramóvitch para o longo caminho.

Sem entender a separação do pai, o menino tocou a terra do túmulo, como outrora tinha apalpado a camisa fúnebre paterna, e lhe pareceu que a chuva cheirava a suor — a vida habitual nos abraços calorosos do pai, às margens do lago Mútevo —; aquela vida, prometida para sempre, já não voltaria mais, e o menino não

sabia se isso era normal ou se devia chorar. O pequeno Sacha deixou o bastão para o pai — enterrou-o junto ao túmulo, cobrindo-o com folhas recém-mortas, para que o pai soubesse como Sacha se sentia triste em caminhar sozinho e para que estivesse seguro que, sempre, e de todo lugar, ele voltaria para lá — para encontrar seu bastão e o pai.

Dvánov teve pena e chorou no sonho, porque, até aquele momento, ainda não tinha ido pegar o bastão de seu pai. Mas o próprio pai andava no barco e sorria para o medo do filho, que esperava impaciente. O seu barco-canoa balançava por qualquer coisa — com o vento e até com a respiração do remador —, e o rosto paterno, especial, sempre pesaroso, expressava uma dócil, porém ávida compaixão por metade do mundo; não conhecia a outra metade da terra, tentava imaginá-la em pensamento e talvez a odiasse. Saindo do barco, o pai acariciou a água pouco profunda, pegou a relva pela parte superior, sem machucá-la, abraçou o menino e olhou para o mundo próximo como se fosse seu amigo e correligionário na luta contra seu próprio inimigo, invisível para todos.

— Por que você está chorando, pequenino? — perguntou o pai. — Seu bastão virou uma árvore frondosa e olhe como está grande, não será possível arrancá-lo!...

— E como vou assim para Tchevengur? — perguntou o menino. — Sem o bastão, ficarei entediado.

O pai se sentou na relva e, calado, olhou para a outra margem do lago. Daquela vez, ele não abraçou o filho.

— Não se entedie — disse o pai. — Também estou entediado de jazir aqui o tempo todo, filho. Faça alguma coisa em Tchevengur: para que vamos ficar deitados, mortos...?

Sacha aproximou-se do pai e se deitou no seu colo, porque não queria ir para Tchevengur. O pai também chorou por causa da separação e logo, na sua dor, apertou o filho com tanta força que o menino começou a soluçar, sentindo-se sozinho para sempre. Ele ainda passou muito tempo agarrado à camisa paterna; o sol já tinha se levantado por cima do bosque, atrás do qual, ao longe, vivia, alheia, Tchevengur, e os pássaros do bosque vinham até o lago para beber água; o pai continuava sentado, observando o lago e o inútil dia que se iniciava, o menino adormeceu no seu colo; então o pai virou o rosto do filho na direção do sol, para que suas lágrimas secassem, mas a luz fez cócegas nos olhos cerrados do menino, e ele acordou.

Gópner estava arrumando panos para enrolar os pés e Zakhar Pávlovitch colocava tabaco na bolsa para fumo, preparando-se para o trabalho. Em cima das casas, como que sobre os bosques, o sol se erguia e sua luz pousou no rosto de Dvánov, banhado em lágrimas. Zakhar Pávlovitch fechou a bolsa de tabaco, pegou um pedaço de pão e duas batatas e disse: "Então, vou indo — fiquem com deus". Dvánov olhou para os joelhos de Zakhar Pávlovitch e para as moscas que voavam como pássaros dos bosques.

— Então, você vai para Tchevengur? — perguntou Gópner.

— Vou. E você?

— E por acaso sou pior do que você? Também vou...

— Mas o que fará com o seu trabalho? Você pedirá demissão?

— Pedirei, e tem outro jeito? Largarei o emprego e pronto: atualmente o comunismo é mais importante do que a disciplina laboral, maldita seja. Ou você acha que não sou membro do Partido?

Dvánov ainda perguntou a Gópner sobre sua esposa, sobre como ela se alimentaria sem ele. Nesse ponto, Gópner ficou pensativo, mas de forma leve e por pouco tempo.

— Ela comerá sementes de girassol — será que ela precisa de muito?... O que há entre ela e eu não é amor, é apenas um fato. O proletariado também não nasceu do amor, mas dos fatos.

Gópner não disse o que realmente o encorajou a ir para Tchevengur. Ele não queria ir para que sua mulher comesse sementes de girassol, mas para que pudesse, a partir da medida de Tchevengur, organizar o comunismo o mais rápido possível em toda a província; então, o comunismo abasteceria a mulher na velhice de forma certa e farta, assim como a outras pessoas inúteis; no momento, ela, de alguma maneira, aguentaria. Se ficasse trabalhando ali para sempre, aquela ocupação não teria fim, nem melhoria. Gópner vinha trabalhando bastante já há vinte e cinco anos, mas isso não havia trazido nenhum proveito pessoal — tudo continuava do mesmo modo, só se gastava tempo em vão. A alimentação, a vestimenta ou a felicidade do espírito não se reproduzem, o que significa que, então, as pessoas não precisavam tanto do trabalho como precisavam do comunismo. Além disso, a mulher podia visitar Zakhar Pávlovitch, este não recusaria um pedaço de pão a uma mulher proletária. Os trabalhadores mansos também eram úteis: trabalhavam sem cessar nos tempos em que o comunismo ainda era inútil, mas já requeria pão, desgraças familiares e, para completar, o consolo das mulheres.

～

Kopienkin passou um dia inteiro esperançoso em Tchevengur, mas depois se cansou de permanecer naquela cidade, onde não sentia o comunismo; aconteceu que, no início, depois do enterro da burguesia, Tchepúrni não sabia de jeito nenhum como viver para a felicidade e ia se concentrar em prados distantes, para pressentir o comunismo entre a relva viva e a solidão. Depois de passar dois dias nos prados desertos, contemplando a placidez contrarrevolucionária da natureza, Tchepúrni foi tomado pela tristeza e tratou de recuperar o ânimo, dirigindo-se a Karl Marx: ele pensou que era um livro enorme, no qual tudo estava escrito; e até se surpreendeu que o mundo fosse organizado de forma tão escassa — havia mais estepes do que casas e pessoas —, entretanto, já existiam tantas palavras inventadas sobre o mundo e os homens.

Contudo, ele organizou a leitura daquele livro em voz alta: Prokófi lia para ele, e Tchepúrni inclinava a cabeça e escutava com a mente atenta, servindo de instante em instante *kvas*[62] para Prokófi, para que a voz do leitor não enfraquecesse. Depois da leitura, Tchepúrni, que não tinha compreendido nada, se sentiu aliviado.

— Formule algo, Procha — disse ele, sereno —, estou sentindo alguma coisa.

Prokófi se inflou em seu raciocínio e formulou algo simples:

— Suponho, camarada Tchepúrni, que uma...

— Não suponha nada, apenas me dê uma resolução sobre a eliminação da classe dos canalhas restantes.

— Suponho — insistia Prokófi, racionalmente — uma coisa: já que Karl Marx não fala das classes restantes, então elas não podem existir.

— Mas elas existem — vá para a rua: uma viúva, um empregado de balcão ou um chefe demitido do proletariado... Diga-me, por favor, como pode uma coisa dessas?

— Suponho que se, segundo Karl Marx, elas não podem existir, elas não devem existir.

— Mas elas existem e nos oprimem de maneira indireta — como isso acontece?

Prokófi voltou a forçar a sua mente já habituada, procurando então apenas uma forma de organização.

Tchepúrni advertiu-lhe que não tentasse pensar de acordo com a ciência — a ciência ainda não estava concluída, mas apenas se desenvolvendo: não se ceifa o centeio verde.

— Estou pensando, e suponho, camarada Tchepúrni, sobre essa ordem consecutiva — Prokófi encontrou um termo.

— Pense mais rápido, porque estou preocupado!

— Eu me baseio no seguinte: é necessário retirar as povoações restantes de Tchevengur para o mais longe possível, para que elas se percam por aí.

---

62. Bebida fermentada muito popular na Rússia, Ucrânia e outros países do leste europeu. (N. da T.)

— Isso não é nada óbvio: os pastores podem indicar o caminho...

Prokófi não havia posto fim a suas palavras.

— Todos os que forem removidos da base do comunismo receberão de antemão uma ração semanal — isso será feito pelo Comitê de Eliminação do Centro de Evacuação.

— Lembre-me — amanhã dissolverei esse Comitê de Eliminação.

— Lembrarei, camarada Tchepúrni. Depois, será anunciada a pena de morte para todo o resto da burguesia mediana, que ali mesmo se despedirá...

— Como assim?!

— Se despedirá sob o signo do exílio eterno, sendo expulsa para sempre de Tchevengur e de outras bases do comunismo. E, se esses restos aparecerem em Tchevengur, então a pena de morte será executada em vinte e quatro horas.

— Isso, Procha, é bem aceitável! Escreva, por favor, a resolução no lado direito do papel.

Tchepúrni deu uma longa tragada no cigarro, sentindo seu gosto ainda por muito tempo. Agora, já se sentia bem: a classe residual dos canalhas seria levada para fora da cidade e o comunismo se estabeleceria em Tchevengur, porque não haveria mais nada a ser estabelecido. Ele pegou a obra de Karl Marx e, com respeito, tocou as páginas, cheias de texto: "O homem escreveu tanto — lastimou Tchepúrni —, e nós fizemos tudo antes, e só depois é que fomos ler — melhor seria ele nem ter escrito!"

Para que o livro não fosse lido em vão, Tchepúrni deixou uma pista escrita sobre o título: "Executado em Tchevengur, incluída a evacuação da classe dos canalhas residuais. Marx não tinha cabeça para escrever sobre eles, mas o perigo de sua presença era inevitável no futuro. Entretanto, nós tomamos as nossas medidas". Em seguida, Tchepúrni colocou cuidadosamente o livro no peitoril da janela, sentindo, satisfeito, que ele era assunto do passado.

Prokófi preparou a resolução e eles se separaram. Prokófi foi procurar Klavdiúcha, e Tchepúrni foi inspecionar a cidade antes da chegada do comunismo. Ao lado das casas — nas *zaválinkas*, nos carvalhinhos caídos e em vários assentos improvisados — pessoas estranhas se aqueciam: velhinhas, jovens de quarenta anos de gorros azuis cujos donos haviam sido fuzilados, rapazes baixos educados à base de preconceitos, funcionários cansados devido à demissão e outros adeptos da mesma classe. Quando viram Tchepúrni vagando, as pessoas sentadas se ergueram, silenciosas, e, procurando não bater a cancela, se esconderam dentro da propriedade, tentando desaparecer lentamente e sem fazer barulho. Durante quase um ano, permaneciam em todos os portões as cruzes tumulares, desenhadas a giz e pintadas anualmente na véspera do Dia de Reis: naquele ano ainda não havia tido uma chuva forte para apagar as cruzes de giz. "É necessário passar ali amanhã, com um pano molhado — pensou Tchepúrni —, é uma vergonha flagrante."

Uma estepe profunda e poderosa abria-se na extremidade da cidade. O ar denso e vital nutria tranquilamente as ervas noturnas e silenciosas, e, apenas na lonjura, que estava se apagando, um homem inquieto passava em uma telega, levantando poeira no vazio do horizonte. O sol ainda não tinha se posto, mas, naquele momento, era possível direcionar o olhar para ele — o incansável calor redondo; sua força vermelha devia ser suficiente para o comunismo eterno e para o completo cessar das discórdias vãs entre as pessoas, discórdias nascidas da necessidade mortal de comer, enquanto o astro celeste trabalhava para o cultivo do alimento, sem a participação dos homens. Era necessário que cada um cedesse ante seu vizinho para preencher esse lugar interior, iluminado pelo sol e pela amizade.

Em silêncio, Tchepúrni observava o sol, a estepe e Tchevengur, e percebia nitidamente a emoção que o comunismo iminente provocava nele. Temia seu estado de espírito, que se alçava e obstruía o pensamento na cabeça com uma força densa, tornando árdua a sua experiência interior. Seria demorado procurar por Prokófi naquele momento, ele poderia formular algo e tudo se esclareceria.

— Por que me sinto assim, se é o comunismo que está chegando? — pensava Tchepúrni, em silêncio, na escuridão de sua agitação. O sol desapareceu e deixou que o ar desprendesse uma umidade para as ervas. A natureza se tornara azul e tranquila, libertando-se do trabalho ruidoso do sol para a camaradagem geral da vida fatigante. O caule quebrado pelo pé de Tchepúrni colocou sua cabeça moribunda no ombro folhado do vizinho vivo; Tchepúrni tirou o pé e pressentiu — dos confins dos lugares remotos da estepe, cheirava a tristeza da distância e a nostalgia da ausência humana.

A partir das últimas cercas de Tchevengur, começavam as ervas daninhas, em uma mata cerrada, em direção às terras incultas da estepe; seus pés sentiam-se confortáveis no calor das bardanas empoeiradas, crescendo fraternalmente entre as demais ervas rebeldes. Elas cercaram Tchevengur por inteiro, protegendo-a estreitamente dos espaços abertos, nos quais Tchepúrni sentia uma desumanidade camuflada. Se não fossem as ervas daninhas ou a relva, fraterna e paciente, semelhante às pessoas infelizes, a estepe seria intolerável; mas o vento espalhava a semente da reprodução pelas ervas daninhas, e um homem seguia pela relva, com o coração oprimido, em direção ao comunismo. Tchepúrni havia querido ir embora, para descansar de seus sentimentos, mas esperou o homem que caminhava de longe para Tchevengur, coberto de ervas daninhas até a cintura. Logo se via que não era um dos canalhas restantes, porém um oprimido: vagava na direção de Tchevengur como se fosse seu inimigo, sem acreditar na possibilidade de pernoitar em algum lugar, e resmungando ao longo do caminho. O passo do peregrino era oscilante, as pernas, devido ao cansaço, alastravam-se para lados diferentes, e Tchepúrni pensou: "Lá vem um camarada, vou esperá-lo e abraçá-lo pela tristeza que sinto — estou apavorado de ficar sozinho na vigília do comunismo!"

Tchepúrni apalpou uma bardana — ela também queria o comunismo: toda erva daninha representa a amizade das plantas vivas. Mas as flores, os pequenos jardins e canteiros são, sem dúvida, um viveiro de canalhas, seria então necessário não se esquecer de ceifá-los e calcá-los para sempre em Tchevengur: que nas ruas cresça a grama liberta, que, junto com o proletariado, suporta o calor da vida e a morte da neve. Perto dali, as ervas daninhas se inclinaram e farfalharam docemente, como se fossem o movimento de um corpo estranho.

— Eu te amo, Klavdiúcha, e quero comê-la, mas você anda muito distraída! —pronunciou dolorosamente a voz de Prokófi, sem esperar que Tchepúrni fosse embora.

Tchepúrni ouviu, mas não ficou triste: ali mesmo vinha caminhando um homem que também não tinha Klavdiúcha!

O homem já estava perto; tinha a barba preta e os olhos devotos a alguma coisa. Atravessava a espessura de ervas daninhas com botas empoeiradas e em brasa, que deviam estar cheirando a suor.

Tchepúrni se encostou lastimosamente na cerca; ficou assustado ao ver que o homem de barba preta lhe agradava muito, que lhe era querido e, se ele não tivesse aparecido naquele momento, Tchepúrni choraria, por causa da desgraça naquela Tchevengur vazia e tristonha; no fundo do coração, ele não acreditava que Klavdiúcha pudesse dar bandeira e que tivesse paixão pela reprodução — ele a respeitava demais pelo consolo camarada que dava a todos os comunistas solitários de Tchevengur; mas ela se deitou com Prokófi nas ervas daninhas enquanto toda a cidade se escondia, esperando pelo comunismo, e o próprio Tchepúrni precisava de amizade, devido à tristeza; se pudesse abraçar Klavdiúcha naquele instante, depois ele seria capaz de esperar tranquilamente pelo comunismo por mais dois ou três dias, mas, assim, não conseguia mais viver — seu sentimento de camarada não tinha no que se apoiar; embora ninguém fosse capaz de formular um sentido sólido e eterno para a vida, você se esquece desse sentido quando vive em amizade e na presença permanente de camaradas, quando as vicissitudes da vida são igualmente divididas, em pequenas porções, entre mártires abraçados.

O andarilho parou na frente de Tchepúrni.

— Está aí, esperando pelos seus?

— Isso mesmo, pelos meus! — confirmou Tchepúrni, com alegria.

— Não chegarão: agora todos são estranhos! Ou está esperando por parentes seus?

— Não, por camaradas.

— Pode continuar esperando — disse o andarilho, e, de novo, começou a arrumar o saco com provisões, que estava em suas costas. — Não há camaradas agora. Todos são imbecis que viviam de qualquer jeito e hoje passaram a ter uma vida normal: eu ando por aí e vejo.

O ferreiro Sótikh já estava habituado à desilusão; para ele, dava na mesma viver no povoado de Kalítva ou numa cidade estranha, e, indiferente, largou a forja no povoado por todo o verão e foi trabalhar como montador durante a temporada de construção, porque as carcaças de armação eram parecidas com as cercas, e, por isso, eram-lhe familiares.

— Você está vendo — disse Sótikh, sem se dar conta de que estava feliz de encontrar aquele homem —, os camaradas são pessoas boas, só que são idiotas e não vivem muito. Onde você vai encontrar um camarada agora? O melhor foi morto e enterrado: ele se esforçou muito pelos pobres, já aquele que suportou hoje em dia anda sem rumo... E o elemento inútil mantém o poder, mas você nunca o encontrará!

Sótikh arrumou o saco e deu um passo para seguir caminhando, mas Tchepúrni o tocou com cautela e começou a chorar de emoção e vergonha, por causa de sua amizade indefesa.

No início, o ferreiro ficou em silêncio, vendo se Tchepúrni estava fingindo, mas depois ele mesmo deixou de manter sua defesa contra outras pessoas e se abrandou, aliviado.

— Se você está chorando, então é um dos bons camaradas mortos que restaram! Vamos abraçados para o local de pernoite — pensaremos muito tempo. E não chore em vão — as pessoas não são canções: sempre choro quando escuto canções, chorei até no meu casamento...

Tchevengur se fechava cedo para dormir e não sentir o perigo. E ninguém, nem mesmo Tchepúrni, com seu sentimento de ouvinte, sabia que em alguns quintais os moradores mantinham conversas em voz baixa. Ao lado dos portões, no conforto das bardanas, antigos empregados de balcão e funcionários demitidos estavam deitados e sussurravam a respeito do ano da salvação e do reino milenar de Cristo, da paz futura de uma terra refrescada pelos sofrimentos — tais conversas eram imprescindíveis para humil- demente atravessar o fundo infernal do comunismo —; as reservas esquecidas da benevolência secular acumulada ajudavam os velhos tchevengurianos a levar o que restara de sua vida com a plena dignidade da paciência e da esperança. Mas, para a desgraça de Tchepúrni e de seus raros camaradas, nem nos livros, tampouco nos contos de fada, em nenhum lugar o comunismo era escrito como uma canção conhecida que poderia servir de consolo numa hora de perigo; Karl Marx olhava das paredes como um Sabaot estranho, e seus livros terríveis não eram capazes de conduzir o homem à imaginação reconfortante do comunismo; os cartazes moscovitas e provincianos retratavam a hidra da contrarrevolução e os trens com chita e tecido que se dirigiam aos vilarejos coope- rativos, mas em nenhum lugar havia aquela imagem enternecedora do futuro, pela qual se deve cortar a cabeça da hidra e conduzir os trens carregados. Tchepúrni teve que se apoiar somente no seu coração inspirado e conquistar o futuro através de sua força dura, expulsando as almas dos corpos calados dos burgueses e abraçando o ferreiro andarilho na estrada.

Tchepúrni e Sótikh permaneceram deitados na palha, em um celeiro desabitado, até a primeira alva pura — em uma busca mental pelo comunismo e por sua benevolência. Tchepúrni se alegrava com qualquer homem proletário, não importava o que ele dissesse: se estava certo ou não. Ele se sentia bem sem dormir, escutando por muito tempo a formulação de seus sentimentos, abafados por suas forças excessivas; graças a isso, alcançava uma paz interior e, por fim, adormecia. Sótikh também não dormia, mas muitas vezes se calava e começava a cochilar; o cochilo revigorava suas forças, ele acordava, falava um pouco e, cansando-se, voltava à modorra. Durante o cochilo de Sótikh, Tchepúrni endireitava suas pernas e cruzava as mãos em posição cômoda para que ele descansasse melhor.

— Não me toque, não me envergonhe — respondia Sótikh, do fundo quente do celeiro. — Não sei a razão, mas estou bem assim, com você.

Quando estavam prestes a dormir, a luz começou a atravessar as rachaduras da porta do celeiro e, do quintal frio, chegou o cheiro de estrume fumegante; Sótikh soergueu-se e olhou para o novo dia com os olhos atordoados por causa do sono irregular.

— O que há com você? Deite-se do lado direito e adormeça — disse Tchepúrni, lamentando que o tempo tivesse passado tão rápido.

— Você não me deixa dormir de jeito nenhum — repreendeu Sótikh. — No nosso povoado, temos também ativistas como você, que não deixam os mujiques em paz. Você também é um ativista, o diabo que o carregue!

— Mas o que eu devo fazer, já que estou sem sono, diga-me!

Sótikh alisou o cabelo e enrolou a barba, como se quisesse parecer asseado, caso fosse surpreendido pela morte durante o sono.

— Você está sem sono por causa das suas negligências, porque a revolução está esmorecendo aos poucos. Deite-se mais perto de mim e durma, e, de manhã, reúna o resto dos Vermelhos e — estoure-os, porque, senão, o povo vai de novo caminhar sem rumo...

— Vou reuni-los com urgência — formulou para si mesmo Tchepúrni, se afundando nas costas tranquilas do andarilho, para recuperar forças o mais rápido possível enquanto dormia. Mas Sótikh já tinha perdido o sono e não conseguia adormecer. "Já amanheceu. — Sótikh via a manhã. — Está quase na hora de ir. Será melhor eu me deitar depois em um barranco, quando ficar quente. Veja só este homem que está dormindo — quer o comunismo e pronto: considera que o povo é ele!"

Sótikh ajeitou a cabeça caída de Tchepúrni, cobriu seu corpo esquálido com o capote militar e se ergueu, para ir para sempre embora dali.

— Adeus, celeiro! — disse ele, à porta do alojamento noturno. — Viva sem pesar!

A cadela que dormia com os filhotes no fundo do celeiro saiu para se alimentar e seus cachorrinhos se dispersaram, procurando pela mãe, ansiosos; um cachorro gordo aqueceu-se junto à bochecha de Tchepúrni e começou a lamber-lhe a garganta, com a língua voraz de quem ainda está mamando. No início, Tchepúrni apenas sorria — o cachorro fazia-lhe cócegas —, mas logo começou a despertar, devido ao frio irritante da saliva resfriada.

O camarada andarilho não estava lá; mas Tchepúrni descansou e não se lamentou por ele: "É preciso alcançar o comunismo o mais rápido possível — concluiu. — Assim, aquele camarada voltará para Tchevengur".

Uma hora depois, ele reuniu todos os bolcheviques de Tchevengur no Comitê Executivo do distrito — onze pessoas — e falou-lhes a mesma coisa que sempre dizia: "É preciso, rapazes, produzir o comunismo o mais rápido possível, senão o seu momento histórico passará — Prokófi que formule isso melhor".

Prokófi, que tinha todas as obras de Karl Marx para uso próprio, formulava toda a revolução como bem queria — de acordo com o humor de Klavdiúcha e da situação objetiva.

Mas, para ele, essa situação objetiva e o freio do pensamento constituíam o sentimento obscuro, porém coerente e infalível, de Tchepúrni. Logo que Prokófi começava a falar de cor e salteado sobre a obra de Marx, para provar a lentidão progressiva da revolução e a longa tranquilidade do Poder Soviético, era perceptível que Tchepúrni se fragilizava para chamar a atenção e rejeitava categoricamente o adiamento do comunismo.

— Você, Procha, não deve pensar mais profundamente do que Marx: ele imaginou o pior por prudência, mas se agora nós ainda conseguimos organizar o comunismo, tanto melhor para Marx...

— Não posso refutar Marx, camarada Tchepúrni — disse Prokófi, com uma modesta subordinação espiritual. — Se assim está impresso, temos que seguir a teoria ao pé da letra.

Piússia suspirava baixinho, sob o peso de sua ignorância. Os demais bolcheviques também nunca discutiam com Prokófi: para eles, todas as palavras eram apenas o delírio de um só homem e não uma questão das massas.

— Procha, tudo o que você está dizendo está certo — rebatia Tchepúrni, com tato e suavidade —, só me fale, por favor, se nós mesmos não nos cansaremos da longa marcha revolucionária? Talvez eu seja o primeiro a ficar desgastado e triturado devido à manutenção do poder: não é possível ser o melhor de todos por muito tempo!

— Como quiser, camarada Tchepúrni! — concordou Prokófi, com firme docilidade.

Tchepúrni entendia aquilo de forma vaga e sentia um arrebatamento dentro de si.

— Só que não é como eu quero, camarada Dvánov, mas como todos vocês querem, como Lenin queria e como Marx pensou durante dias e noites!... Vamos cumprir nosso dever — limpar Tchevengur dos restos dos burgueses...

— Ótimo — disse Prokófi —, eu já preparei o projeto de decreto obrigatório...

— Não é um decreto, mas uma ordem — corrigiu Tchepúrni, para ser mais firme. — Os decretos virão depois, agora é necessário organizar.

— Publicaremos como ordem — concordou novamente Prokófi. — Assine a resolução, camarada Tchepúrni.

— Não assinarei — rebateu Tchepúrni —, eu já disse tudo oralmente, e pronto.

Mas os restos da burguesia tchevenguriana não obedeceram à resolução verbal — a ordem foi colada com farinha nos portões, postigos e cercas. Os nativos de Tchevengur pensavam que tudo acabaria em um instante: algo que nunca existiu não pode durar muito. Tchepúrni esperou pela saída dos restos da burguesia por vinte e quatro horas e foi com Piússia expulsar as pessoas das casas. Piússia entrava em qualquer casa ao redor, procurava o burguês mais viril e, sem dizer palavra, dava-lhe um tapa na maçã do rosto.

— Você leu a ordem?

— Li, camarada — respondia docilmente o burguês. — Verifique meus documentos — não sou burguês, mas um ex-funcionário soviético. Devem me admitir na administração assim que eu o solicite.

Tchepúrni pegou seu papel:

"Este documento é expedido ao camarada R. T. Prokopiénko, certificando que, nesta data, foi destituído da posição de comandante adjunto da base de reserva de cereais e forragem do Centro de Evacuação e que, de acordo com sua posição soviética e o movimento do seu modo de pensar, ele pertence aos elementos revolucionários e fiéis. *P. Dvánov, chefe-adjunto do Ponto de Evacuação.*"

— O que tem aí? — disse Piússia, solicitando resposta.

Tchepúrni rasgou o papel.

— Expulse-o. Nós demos certificados para toda a burguesia.

— Mas, como assim, camaradas? — Prokopiénko pedia piedade. — Eu tenho um certificado em mãos — sou um funcionário soviético, eu sequer fui embora com os Brancos, enquanto outros o fizeram...

— E para onde você iria — você tem sua casa aqui! — disse Piússia a Prokopiénko, para explicar sua conduta, e bateu-lhe carinhosamente na orelha.

— Arrume tudo, deixe a cidade vazia para mim — pediu Tchepúrni, por fim, a Piússia, e saiu, para não se preocupar mais e ter tempo de se preparar para o comunismo. Mas Piússia não conseguiu expulsar os burgueses de imediato. No início, esteve trabalhando sozinho — ele mesmo batia nos proprietários restantes, estabelecia a quantidade de pertences e alimentos que os burgueses podiam levar consigo na viagem e até mesmo empacotava os pertences nas trouxas; mas, à noite, Piússia ficava tão exaurido que não batia nos moradores nas casas seguintes e só empacotava os pertences em silêncio. "Assim vou ficar todo corrompido!" — assustou-se Piússia, e foi procurar por comunistas auxiliares.

No entanto, nem o destacamento inteiro de bolcheviques era capaz de dar conta dos capitalistas restantes em vinte e quatro horas. Alguns deles pediram que o Poder Soviético os contratasse como lavradores — sem ração nem salário —, outros suplicaram que lhes permitissem viver nas antigas catedrais e, ao menos à distância, simpatizar com o Poder Soviético.

— Não e não — rebateu Piússia —, agora vocês não são mais seres humanos e toda a índole mudou...

Muitos semi-burgueses choravam, no chão, despedindo-se de seus objetos e relíquias. Os travesseiros jaziam nas camas como montanhas cálidas, baús espaçosos ficavam como parentes inseparáveis de capitalistas que se desfaziam em soluços e, quando saía, cada semi-burguês levava nas costas o cheiro de muitos anos de sua economia doméstica, que há muito tempo penetrara o sangue pelos pulmões, transformando-se em parte do corpo. Nem todos sabiam que o cheiro era a poeira de seus próprios pertences, mas cada um refrescava seu sangue respirando aquele cheiro. Piússia não deixou a desgraça dos burgueses se estagnar: ele jogava as trouxas com os objetos de primeira necessidade na rua e depois pegava todas as pessoas melancólicas, com a indiferença de um mestre que rejeita a humanidade, e, calado, colocava-as em cima das trouxas, como se fossem ilhas de um último abrigo; no vento, os semi-burgueses pararam de sofrer e apalparam as trouxas, para verificar se Piússia tinha colocado tudo o que precisavam. Ao anoitecer, depois de expulsar toda a classe residual de canalhas, Piússia sentou-se com camaradas para fumar. Começou uma chuva fininha e cáustica — o vento se acalmou, exausto, e se deitou, calado, debaixo da chuva. Os semi-burgueses estavam sentados nas trouxas, em longas filas contínuas, à espera de alguma aparição.

Tchepúrni apareceu e ordenou, com sua voz impaciente, que todos desaparecessem para sempre de Tchevengur, porque o comunismo não podia esperar e a nova classe estava parada, esperando por suas moradias e suas propriedades coletivas. Os restos do capitalismo ouviram Tchepúrni, mas continuaram sentados no silêncio e na chuva.

— Camarada Piússia — disse Tchepúrni, de forma contida. — Diga-me, por favor, que capricho é esse? Eles que desapareçam, antes que os matemos — por causa deles não temos lugar para a revolução...

— Vou resolver isso agora mesmo, camarada Tchepúrni — disse Piússia, tomando consciência concreta do assunto, e sacou o revólver.

— Suma daqui! — disse ele ao semi-burguês mais próximo.

Este se apoiou em suas mãos infaustas e chorou por muito tempo — sem qualquer princípio melancólico. Piússia disparou uma bala quente na sua trouxa — o semi-burguês logo levantou e os pés ganharam força em meio à fumaça do disparo. Piússia pegou a trouxa com a mão esquerda e a jogou longe.

— Você vai sem ela — decidiu ele. — O proletariado lhe deu os pertences, e deveria ter escapado com eles, agora os pegaremos de volta.

Os ajudantes de Piússia começaram a atirar depressa nas trouxas e cestas da antiga população tchevenguriana, e, sem medo, os semi-burgueses se dirigiram lentamente para os arredores tranquilos de Tchevengur.

Na cidade restaram onze moradores, dez deles dormiam e um vagava pelas ruas silenciosas, atormentando-se. O décimo segundo era Klavdiúcha, mas ela estava mantida em uma casa especial, como matéria-prima da alegria comum, separada da vida perigosa das massas.

A chuva parou à meia-noite e o céu, esgotado, ficou imóvel. A triste escuridão estival cobriu uma Tchevengur silenciosa, vazia e assustadora. Com um coração cuidadoso, Tchepúrni fechou os portões escancarados da casa que tinha pertencido a Zavin-Duvailo e se perguntou onde tinham se metido os cães da cidade; nos quintais, só havia bardanas antigas e um bom quenopódio, e, dentro das casas, pela primeira vez em muitos séculos, ninguém suspirava com sonhos. Às vezes, Tchepúrni entrava em um cômodo e cheirava rapé, para fazer algum movimento e barulho para si mesmo. No guarda-comida, jaziam, em pequenas pilhas, aqui e acolá, pãezinhos caseiros, e, em uma casa, havia uma garrafa de vinho de igreja — vinho santo. Tchepúrni apertou a rolha na garrafa de forma mais profunda, para que o vinho não perdesse seu sabor até a chegada do proletariado, e cobriu os pãezinhos com uma toalha, para que não se empoeirassem. As camas de todas as casas eram especialmente bem equipadas — a roupa de cama era fresca e fria, os travesseiros prometiam paz para qualquer cabeça; Tchepúrni se deitou um pouco numa cama, para experimentar, mas logo sentiu vergonha e tédio de se deitar tão comodamente, como se tivesse recebido a cama em troca de sua incômoda alma revolucionária. Mesmo com as casas vazias e equipadas, nenhum dos dez bolcheviques tchevengurianos foi procurar um lugar agradável para pernoitar; todos se deitaram juntos, no chão da casa geral de tijolos, reservada ainda em mil novecentos e dezessete para a revolução, então, desabrigada. O próprio Tchepúrni considerava como sua casa o edifício de tijolos, e não aqueles cômodos quentes e aconchegantes.

Uma tristeza desamparada pairava sobre Tchevengur — como se a cidade fosse o quintal da casa paterna, de onde pouco tempo antes tivessem tirado o caixão com a mãe, e, como um menino órfão, lamentassem por ela os portões, as bardanas e o alpendre abandonado. Assim, o menino encosta a cabeça no portão, acaricia as tábuas ásperas com a mão e chora na escuridão do mundo extinguido, enquanto o pai enxuga suas lágrimas e diz que vai passar, que depois tudo ficará bem, e que eles vão se acostumar. Tchepúrni era capaz de formular seus sentimentos somente graças às recordações, e caminhava para o futuro com o coração no escuro, esperando, sentindo apenas os contornos da revolução, não se desviando, assim, de seu caminho. Aquela noite, porém, nenhuma recordação ajudou Tchepúrni a definir a situação de Tchevengur. As casas estavam apagadas — tinham sido abandonadas para sempre não só pelos semi-burgueses, mas também pelos pequenos animais; nem as vacas estavam lá — a vida renegara aquele lugar e fora morrer nas ervas daninhas da estepe, deixando seu destino morto para onze pessoas — dez delas dormiam e uma vagava com o pesar de um perigo opaco.

Tchepúrni sentou-se no chão, ao lado da cerca, e, com dois dedos, tocou delicadamente uma folhinha de pegamassa que crescia: ela também estava viva e, a partir daquele momento, viveria no comunismo. O amanhecer tardava em chegar, ainda que já fosse a hora de raiar um novo dia. Tchepúrni ficou em silêncio, começou a temer que o sol não nascesse pela manhã e que a manhã não chegasse — pois o velho mundo não existia mais!

As nuvens da noite pendiam, débeis, exauridas, num lugar imóvel, toda força úmida que tinha caído era usada pelas ervas daninhas da estepe para seu crescimento e reprodução; o vento desceu junto com a chuva e se deitou por muito tempo em algum lugar na espessura da relva. Tchepúrni recordava noites parecidas com aquela na sua infância, vazias e estancadas, quando no corpo tudo era monótono e estreito, e não se tinha sono. Ele, pequeno, permanecia deitado com os olhos abertos no forno, no silêncio abafado da *khata*; da barriga ao pescoço, sentia dentro de si um córrego seco e estreito que não cessava de remoer-lhe o coração, introduzindo a angústia da vida na mente infantil; por causa de alguma preocupação mouca, o pequeno Tchepúrni movia-se no forno, irritava-se e chorava, como se um verme lhe fizesse cócegas no meio do corpo. A mesma inquietação abafada e seca agitava Tchepúrni naquela noite tchevenguriana, que, provavelmente, extinguiria o mundo para sempre.

— Se o sol nascer amanhã, tudo estará bem — dizia Tchepúrni a si mesmo para se tranquilizar. — Por que estou eu sofrendo com o comunismo, como se fosse um semi-burguês?! Os semi-burgueses, provavelmente, tinham se escondido agora na estepe ou se afastado de Tchevengur a passo lento; eles, como todos os adultos, não tinham consciência daquela inquietação da incerteza que as crianças e os membros do Partido carregavam dentro de si — para os semi-burgueses, a vida futura era somente infeliz, mas não perigosa nem misteriosa; já Tchepúrni estava sentado e temia o amanhã, porque aquele primeiro dia seria incômodo e horripilante, como se a virgindade tivesse amadurecido para o casamento e todos precisassem se casar de um dia para outro.

De vergonha, Tchepúrni cobriu o rosto com as mãos e se tranquilizou por um bom tempo, suportando aquela sensação absurda de abjeção.

Em algum lugar, no centro de Tchevengur, um galo cantou e, ao lado de Tchepúrni, um cão que abandonara o quintal de seus donos passou calmamente.

— Zhutchók, Zhutchók! — Tchepúrni chamou o cão, com alegria. — Vem cá, por favor!

Zhutchók se aproximou docemente e cheirou a mão humana estendida, uma mão que cheirava a bondade e a palha.

— Você está bem, Zhutchók? Eu não estou!

No pelo de Zhutchók emaranhou-se uma pegamassa e seu traseiro estava manchado de lodo e excremento de cavalo — era um cão fiel do distrito, guardião dos invernos e noites russas, morador de uma propriedade média.

Tchepúrni levou o cão para dentro da casa e o alimentou com pãezinhos brancos — o cão os comia com tremor, por causa do perigo, pois era a primeira vez em sua vida que provava um alimento assim. Tchepúrni reparou no medo do cão e ainda encontrou um pedaço de torta caseira recheada com ovos para ele, mas o cachorro não comeu a torta, apenas a cheirava, dando voltas, atento, sem confiar na dádiva do destino; Tchepúrni esperou que ele se habituasse e comesse a torta, depois, como demonstração para o cão, a pegou e devorou ele mesmo. Zhutchók ficou contente em se livrar do veneno e começou a varrer a poeira do chão com o rabo.

— Você deve ser um cão dos pobres e não dos burgueses! — Tchepúrni gostava de Zhutchók. — Você nunca comeu farinha refinada — e agora vive em Tchevengur.

Na rua, mais dois galos cantaram. "Isso significa que temos três aves —Tchepúrni fez as contas — e uma cabeça de gado."

Quando saiu do cômodo da casa, Tchepúrni logo tremeu com o ar fresco e viu outra Tchevengur: uma cidade aberta e gélida, iluminada pela luz cinza do sol ainda distante; não era assustador viver em suas casas e podia-se caminhar por suas ruas, porque a relva crescia como antes e as veredas permaneciam intactas. A luz da manhã florescia no espaço e roía as nuvens, desbotadas e vetustas.

— Então o sol será nosso! — E Tchepúrni apontou para o leste, com avidez.

Dois pássaros sem nome passaram voando baixinho sobre o Japonês e pousaram em cima da cerca, sacudindo suas caudas.

— Vocês também estão conosco?! — Tchepúrni saudou os pássaros e jogou um punhado de lixo e do tabaco do bolso para eles: — Comam, por favor!

Naquele momento, Tchepúrni já estava com sono e não se envergonhava de nada. Ele foi até a casa comum de tijolos, onde estavam deitados os dez camaradas, mas encontrou quatro pardais, que, levados pelo preconceito da prudência, voaram para a cerca.

— Eu contava com vocês! — disse Tchepúrni aos pardais. — Vocês são nossos pássaros mais próximos, só que agora não precisam temer nada — não há burgueses: vivam tranquilos, por favor!

Havia uma luz acesa na casa de tijolos: dois homens estavam dormindo e oito estavam deitados, olhando em silêncio para o teto; seus rostos estavam abatidos e sombreados por uma contemplatividade obscura.

— Por que não estão dormindo? — perguntou Tchepúrni aos oito homens. — Amanhã teremos o primeiro dia — o sol já nasceu, os pássaros estão vindo, e vocês estão aí deitados, amedrontados sem motivos...

Tchepúrni deitou-se na palha, agasalhou-se com um casaco militar e ficou em silêncio, no calor e no esquecimento. Lá fora, o orvalho já se levantava ao encontro do sol desnudado que não traíra os bolcheviques tchevengurianos e se erguia sobre eles. Píussia, que não tinha dormido a noite toda, se levantou com o coração descansado, lavou-se e se asseou com zelo, em nome do primeiro dia do comunismo. A lâmpada ardia com uma luz amarela de além-túmulo, Piússia apagou-a, com um prazer de destruição, e se lembrou de que ninguém estava vigiando Tchevengur — os capitalistas podiam se instalar sem autorização prévia e, de novo, seria necessário acender a lâmpada a noite toda para que os semi-burgueses soubessem que os comunistas estavam armados e alertas. Piússia subiu no telhado e se agachou no ferro, diante da luz furiosa do orvalho que fervia sob o sol; ele também olhou para o sol — com os olhos cheios de orgulho e de um sentimento simpatizante de propriedade.

— Pressione, para que cresça algo das pedras — sussurrou Piússia, com um alvoroço mouco: faltavam-lhe palavras para um grito — ele não confiava em seus conhecimentos. — Pressione! — uma vez mais, Piússia cerrou os punhos com alegria — para contribuir com a pressão da luz do sol no barro, nas pedras e em Tchevengur.

Mas o sol não precisava de Piússia para dar seca e duramente contra a terra — e a terra, na fraqueza de seu esgotamento, primeiro deixou correr o sumo da relva, a umidade da terra argilosa, e, enquanto o sol se punha ainda mais incandescente e se petrificava em razão de sua densa paciência seca, se agitava por toda a sua estepe peluda e ampla.

Devido à causticidade do sol, Piússia sentiu as gengivas coçando debaixo dos dentes: "Ele nunca nascera assim — a comparação era vantajosa para Piússia. — Sinto a coragem despertando em minhas costas, como quando escuto música de sopro".

Piússia olhou para a vasta lonjura — para onde o sol estava indo: será que algo impediria sua marcha? — e deu um passo para trás, ofendido: os semi-burgueses do dia anterior acamparam ao lado de Tchevengur; tinham fogueiras acesas, cabras pastando e as mulheres lavavam roupa nos buracos da chuva. Os próprios semi-burgueses e os demitidos estavam cavando algo, provavelmente abrigos subterrâneos, enquanto os três balconistas, com roupa de baixo e lençóis, improvisavam uma tenda; trabalhavam nus, ao ar livre — só para refazer uma moradia e propriedade.

Piússia logo reparou: "Como era possível que os semi-burgueses tivessem tanto material manufaturado, se era ele mesmo que o fornecia, segundo uma norma bem rigorosa?"

Piússia fitou o sol com os olhos tristes, como se esse fosse um bem que lhe haviam tomado, depois coçou as veias magras do pescoço com as unhas e falou para o alto, com uma timidez respeitosa:

— Espere, não se desgaste em vão por estranhos!

Os bolcheviques tchevengurianos, desabituados das mulheres e irmãs, de limpeza e de comida farta, viviam de forma indecente — lavavam-se com areia em vez de sabão, secavam-se com as mangas das camisas e com folhas de bardanas, apalpavam eles mesmos as galinhas em cantos escuros à procura de ovos. A sopa principal era preparada de manhã num barril de ferro de origem desconhecida, e cada um que passava pela fogueira onde se aquecia o barril colocava várias ervas que cresciam por perto — urtiga, endro, quenopódio e outras hortaliças comestíveis; ali também eram jogadas algumas galinhas e rabos de bezerro, se casualmente aparecesse algum — a sopa cozinhava até tarde da noite, até que besourinhos, borboletas e mosquitos caíssem na louça de sopa e os bolcheviques se dispusessem a comer, após o cumprimento da revolução. Os bolcheviques então comiam — uma vez por dia — e, vigilantes, descansavam.

Piússia passou ao lado do barril em que a sopa já estava sendo preparada e não colocou nada nela.

Ele abriu a despensa, pegou um balde pesado, repleto de cintas de cartuchos, e pediu ao camarada Kiréi, que acabava de beber um ovo de galinha, para puxar a metralhadora pesada atrás dele. Em dias de paz, Kiréi ia ao lago para caçar com a metralhadora — quase sempre trazia uma gaivota ou, ao menos, uma garça; ele tentava abater peixes na água com a metralhadora, mas acertava poucos. Kiréi não perguntou a Piússia aonde eles estavam indo, de antemão já estava com vontade de atirar em alguma coisa que não fosse o proletariado vivo.

— Piússia, você quer que eu abata um pardal do céu para você? — perguntou Kiréi.

— Eu que vou abater você! — rebateu Piússia, aflito. — Foi você que, antes de ontem, surrou as galinhas na horta?

— De qualquer forma queremos comê-las...

— Sim, mas não é a mesma coisa: é necessário estrangular as galinhas com as mãos. Se você lança uma bala em vão, um burguês a mais permanecerá vivo...

— Então, Piússia, não admitirei mais isso.

No acampamento dos semi-burgueses, as fogueiras já tinham se extinguido: isso significava que o café da manhã já estava pronto e, naquele dia, eles não ficariam sem comida quente.

— Está vendo o povo de ontem? — Piússia mostrou para Kiréi os semi-burgueses sentados ao redor das fogueiras apagadas, em pequenos coletivos.

— Claro! Agora não me escaparão!

— E você gastando balas com galinhas! Coloque a máquina logo no apoio, senão Tchepúrni acordará — e, de novo, a alma dele padecerá por causa desses restos...

Kiréi ajeitou a metralhadora com suas mãos hábeis e colocou a cinta de cartuchos em movimento. Enquanto virava o suporte da metralhadora, Kiréi ainda conseguia, ao ritmo rápido dos disparos, tirar suas mãos por alguns instantes do apoio e bater com elas nas bochechas, boca e joelhos — como acompanhamento. Naqueles instantes, as balas perderam o alvo e começaram a enterrar-se ali perto, jogando terra para todos os lados e removendo a relva.

— Não perca o inimigo de vista, mantenha a pontaria! — dizia Piússia, que permanecia deitado, sem fazer nada. — Não tenha pressa, não esquente a boca de fogo.

Mas Kiréi, para associar o trabalho do seu corpo ao da metralhadora, não podia deixar de acompanhar com mãos e pés.

Tchepúrni começou a se mexer no chão da casa de tijolos; mesmo que ele ainda não tivesse acordado, seu coração já perdera a precisão da respiração, devido aos disparos regulares da metralhadora próxima. Dormindo ao seu lado, o camarada Zhéiev também ouviu o barulho da metralhadora e decidiu não acordar, supondo que Kiréi caçasse por perto um pássaro para a sopa. Zhéiev cobriu sua cabeça e a de Tchepúrni com o capote militar e, assim, abafou o som da metralhadora. Devido ao calor sob o capote, Tchepúrni começou a se mover ainda mais, até que o removeu e, soltando a respiração, acordou, porque tudo estava tranquilo e perigoso demais.

O sol já estava alto e, provavelmente, o comunismo reinava em Tchevengur desde a manhã.

Kiréi entrou no quarto e colocou o balde com as cintas vazias no chão.

— Arraste para a despensa! — disse Piússia, de fora, puxando a metralhadora para o alpendre. — Por que você foi lá fazer barulho, acordar as pessoas?!

— Mas agora ele ficou leve, camarada Piússia! — disse Kiréi, e carregou o balde para seu lugar habitual — a despensa.

≈

As construções em Tchevengur tinham uma solidez secular e combinavam com a vida do habitante local, tão fiel a seus sentimentos e interesses que se extenuava por servi-los e envelhecia devido à acumulação de bens.

Por isso, depois, os proletários tiveram grandes dificuldades ao deslocarem manualmente aquelas construções compactas e habitadas, porque as armações inferiores das casas, instaladas sem fundamento, já se haviam enraizado no solo profundo. Por isso, a praça da cidade — depois do deslocamento das casas, na época de Tchepúrni e do socialismo — parecia uma lavoura: os proletários arrancaram as casas de madeira pela raiz e as arrastaram sem nenhuma consideração. Naqueles dias difíceis de *subbótnik*, Tchepúrni lamentou que tivesse expulsado a classe residual dos canalhas: no lugar do proletariado suficientemente extenuado, aqueles canalhas poderiam deslocar as casas que tinham se enraizado. Mas, nos primeiros dias do socialismo em Tchevengur, Tchepúrni não sabia que o proletariado precisaria de força braçal complementar. No primeiro dia do socialismo, ele acordou tão reconfortado pelo sol que nascera antes dele e pela aparência geral da cidade inteira, toda pronta, que pediu a Prokófi que partisse imediatamente em busca de pobres e que os convidasse para Tchevengur.

— Vá, Procha — disse Tchepúrni, baixinho —, porque somos escassos e, em breve, sem camaradagem, ficaremos entediados.

Prokófi corroborou a opinião de Tchepúrni:

— É evidente, camarada Tchepúrni, temos que trazê-los: o socialismo é questão das massas... Trago mais alguém?

— Convide todo o tipo de gente — Tchepúrni concluiu a ordem. — Pegue Piússia e vá adiante, pela estrada — quando encontrar um pobre, traga-o, para que se torne nosso camarada.

— E se for um "outro"? — perguntou Prokófi.

— Traga os "outros" também. O socialismo aqui é uma realidade.

— Toda realidade é instável sem o apoio das massas, camarada Tchepúrni.

Tchepúrni compreendeu.

— Estou lhe dizendo que ficaremos entediados. Será que isso é socialismo? Não precisa me demonstrar nada, eu mesmo estou sentindo!

Prokófi não se opôs e logo foi procurar um transporte para ir atrás do proletariado.

Ao meio-dia, ele encontrou um cavalo sem dono nas estepes dos arredores e, com a ajuda de Piússia, o atrelou a um fáeton. À noite, colocando abastecimento de víveres para duas semanas na carruagem, Prokófi saiu de Tchevengur, em direção ao resto do país; ele se sentou no fáeton e examinou o mapa de demarcação geral para saber aonde ir, enquanto Piússia guiava o cavalo, já desabituado a cavalgar atrelado. Nove bolcheviques seguiram o fáeton, observando como ele se movia, tal acontecimento sucedia pela primeira vez no socialismo e as rodas poderiam desobedecer.

— Procha — gritou Tchepúrni, despedindo-se. — Dê uma boa olhada por lá, seja inteligente e traga-nos um elemento impecável, enquanto isso, nós guardaremos a cidade.

— Oh, oh! — Prokófi sentiu-se ofendido. — Como se nunca tivesse visto o proletariado!

Zhéiev, um bolchevique idoso que engordara graças à guerra civil, aproximou-se do fáeton e beijou os lábios secos de Prokófi.

— Procha — disse ele —, não se esqueça de procurar mulheres, mesmo se forem mendigas. Nós, irmão, precisamos delas para ter afeto, senão, você viu? — Dei um beijo em você.

— Isso pode esperar — determinou Tchepúrni. — Em uma mulher você não respeita a camarada, mas a natureza que nos cerca... Traga mulheres, Procha, não para o desejo, mas por critérios sociais. Se a mulher for uma camarada, convoque-a, por favor, caso contrário, mande-a embora para a estepe!

Zhéiev não continuou corroborando seu desejo, porque, em todo caso, o socialismo tinha se tornado uma realidade e nele surgiriam mulheres, ainda que fossem camaradas secretas. Mas o próprio Tchepúrni não conseguiu entender em que consistia a perniciosidade das mulheres para o socialismo inicial, se a mulher fosse pobre e camarada. Apenas sabia que, na vida anterior, sempre houve amor pelas mulheres e reprodução a partir delas, mas aquilo era um assunto alheio, natural, e não uma coisa humana e comunista; para a vida tchevenguriana das pessoas, uma mulher só era admissível num estado mais seco, mais humano, e não na plenitude de sua beleza, que não faz parte do comunismo, porque a beleza da natureza feminina já existia no capitalismo, como também já existiam montanhas, estrelas e outros acontecimentos não humanos. De acordo com aqueles pressentimentos, Tchepúrni estava pronto para saudar, em Tchevengur, qualquer mulher cujo rosto estivesse assombrado pela tristeza da miséria e a velhice provocada pelo trabalho — então essa mulher estaria apta apenas para a camaradagem e não criaria diferenças no interior da massa oprimida, não atrairia, portanto, a curiosidade prejudicial de bolcheviques solteiros. Até aquele momento, Tchepúrni reconhecia somente o afeto das classes, de jeito nenhum o feminino; ele via o afeto das classes como um desejo de proximidade com o homem proletário do mesmo sexo, enquanto a natureza tinha criado o burguês e os traços femininos de uma mulher a despeito das forças do proletário e do bolchevique. Também por isso, Tchepúrni cuidava zelosamente da preservação e integridade da Tchevengur soviética, considerando igualmente útil o fato circunstancial de que a cidade estava situada numa estepe plana e desprovida e de que o céu sobre ela também era parecido com a estepe — não se via em lugar algum as belas forças da natureza que distraíam as pessoas do comunismo e do distante interesse de uns pelos outros.

Na noite daquele mesmo dia, quando Prokófi e Piússia partiram em busca do proletariado, Tchepúrni e Zhéiev deram uma volta pelos arredores da cidade, endireitaram as estacas nas cercas, já que agora era necessário preservar até as cercas, conversaram nas profundezas da noite sobre a inteligência de Lenin, e, assim, circunscreveram o dia em questão. Quando se deitou para dormir, Zhéiev aconselhou Tchepúrni a colocar, no dia seguinte, alguns símbolos na cidade e também a lavar o chão das casas para o proletariado que se aproximava, para que ficasse decente.

Tchepúrni concordou em lavar o chão e colocar símbolos em árvores altas — até ficou contente com aquela ocupação, porque, junto com a noite, vinha-lhe uma inquietação espiritual. Provavelmente, o mundo inteiro, toda burguesia, sabia que o comunismo surgira em Tchevengur, e o perigo ao redor era agora ainda mais iminente. Na escuridão das estepes e barrancos era possível ouvir o tropel dos Exércitos Brancos ou o lento rumor dos destacamentos de bandidos descalços — e, assim, Tchepúrni não veria mais a relva nem as casas vazias de Tchevengur ou o sol camarada sobre aquela cidade inicial, já pronta — com os campos limpos e o ar fresco — para receber o proletariado desconhecido e sem abrigo que, naquele momento, vagava em algum lugar, sem ser estimado pelas pessoas e sem um significado para sua própria vida. Uma coisa acalmava e animava Tchepúrni: havia um lugar secreto, distante, em algum ponto perto de Moscou ou das montanhas Valdái, como Prokófi identificara no mapa, chamado Kremlin. Lenin estava sentado lá, com uma lâmpada acesa — sem dormir, pensava e escrevia. O que estaria ele escrevendo naquele momento? Afinal, Tchevengur já existia, e chegara a hora de Lenin parar de escrever, para incorporar-se de novo ao proletariado e viver. Tchepúrni largou Zhéiev e deitou-se na relva aconchegante de uma rua intransitável de Tchevengur. Ele sabia que, naquele momento, Lenin pensava em Tchevengur e nos bolcheviques tchevengurianos, mesmo que desconhecesse os sobrenomes dos camaradas tchevengurianos. Provavelmente, Lenin estava escrevendo uma carta a Tchepúrni, para que este não dormisse, vigiasse o comunismo em Tchevengur e atraísse o sentimento e a vida de todo o anônimo povo das bases, para que não tivesse medo de nada, porque o tempo longo da história tinha chegado ao fim e a pobreza e a desgraça haviam proliferado tanto que não restara nada além delas, que Tchepúrni, junto com todos os camaradas, esperasse, no comunismo, pela visita dele, Lenin, para que este pudesse abraçar todos os mártires da Terra em Tchevengur e desse cabo do movimento da infelicidade da vida. Para concluir, Lenin transmitiria seus cumprimentos e ordenaria que o comunismo se consolidasse para sempre em Tchevengur.

Naquela altura, Tchepúrni se levantou, tranquilo e descansado, apenas lamentando um pouco que não havia nenhum burguês ou algum combatente sobrando, para enviá-lo imediatamente, a pé, para ver Lenin em seu Kremlin, com um despacho de Tchevengur.

— Está aí um lugar onde provavelmente já existe o velho comunismo — no Kremlin — invejou Tchepúrni. — Lenin está lá... Quem sabe se no Kremlin também me chamam de Japonês?

— Foi a burguesia que me apelidou assim, e agora não há ninguém para eu enviar o sobrenome correto...

Uma lâmpada ardia na casa de tijolos e os oito bolcheviques estavam acordados, esperando por algum perigo. Tchepúrni se aproximou e disse-lhes:

— É necessário, camaradas, pensar em alguma coisa por nossa conta — Prokófi não está aqui para que o faça por vocês... A cidade está aberta, não há ideias escritas em lugar algum — os camaradas que passam não saberão quem vive aqui, e para quê. Acontece a mesma coisa com o solo — é necessário lavá-lo, Zhéiev notara bem aquela desorganização, tem que ventilar as casas, senão você vai andar por aí, sentindo ainda o cheiro da burguesia em toda parte... Nós temos que pensar agora, camaradas, senão, para que estamos aqui? Digam-me, por favor!

Todos os bolcheviques tchevengurianos se envergonharam e procuraram pensar. Kiréi começou a ouvir um ruído em sua cabeça e a esperar que um pensamento saísse dali, até que, devido ao esforço e ao afluxo de sangue, a cera de seus ouvidos começou a ferver. Então Kiréi se aproximou de Tchepúrni e, com uma delicadeza discreta, informou:

— Camarada Tchepúrni, pensar faz sair pus de minhas orelhas, sem que uma ideia aflore...

Ao invés de lhe fazer pensar, Tchepúrni deu outra tarefa mais direta para Kiréi.

— Dê umas voltas pela cidade, para ver se ouve algo: talvez alguém esteja vagando por aí, ou esteja parado, com medo. Não o liquide logo, antes o arraste vivo para cá — vamos inspecioná-lo.

— Posso fazer isso — concordou Kiréi —, a noite é longa, e poderiam arrastar a cidade toda para a estepe enquanto pensamos...

— É isso que vai acontecer — inquietou-se Tchepúrni. — E, sem a cidade, nós dois novamente não teremos vida, de novo teremos apenas uma ideia e a guerra.

Kiréi saiu para vigiar o comunismo e os demais bolcheviques ficaram sentados, pensando e ouvindo o pavio sugar o querosene na lâmpada. Tal era o silêncio no exterior, que no vazio retumbante da escuridão noturna e da propriedade conquistada por muito tempo ouviam-se os passos errantes e emudecidos de Kiréi.

Somente Zhéiev não estava sentado à toa — ele tinha inventado um símbolo, do qual certa vez tinha ouvido falar num comício militar, na estepe em guerra. Pediu que lhe dessem um pedaço de tecido limpo, onde escreveria algo que alegraria os proletários que passassem e os reteria em Tchevengur. Tchepúrni foi pessoalmente até a antiga casa de um burguês e dali trouxe um lenço limpo. Zhéiev colocou o tecido contra a luz e o aprovou.

— É uma pena — disse Zhéiev sobre o tecido. — Quanto esmero e quantas mãos limpas de mulher trabalharam nisto. Seria bom que também as mulheres bolcheviques aprendessem a fazer coisas tão delicadas.

Zhéiev deitou-se de bruços e começou a desenhar palavras no tecido com o carvão do forno. Os demais formavam um círculo ao seu redor e se compadeciam dele, que deveria expressar a revolução imediatamente, para o alívio de todos. Zhéiev, apressado pela persistência geral, abrindo caminho pela própria memória, diligente, escreveu o símbolo de Tchevengur:

"Camaradas pobres. Vocês são os que produziram todas as comodidades e coisas da vida, e agora as têm destruído e desejam

algo melhor — uns aos outros. Em nome disso, em Tchevengur granjeiam-se camaradas das estradas que passam no entorno."

Tchepúrni foi o primeiro a aprovar a divisa.

— Correto — disse ele —, eu sentia o mesmo: a propriedade é só uma utilidade passageira, enquanto os camaradas são uma necessidade; sem eles, além de ser impossível a vitória, você se torna um miserável.

E os oito homens, juntos, levaram o tecido pela cidade vazia — para pendurar em uma vara à beira da estrada batida, onde poderiam aparecer pessoas. Tchepúrni não tinha pressa para trabalhar — tinha medo de que todos fossem se deitar e que ele ficasse sozinho, angustiado e ansioso, naquela segunda noite comunista; entre os camaradas, sua alma se desgastava com o rebuliço e este desgaste de forças interiores atenuava seu medo. Quando encontraram o lugar e fincaram duas varas, soprou o vento da meia-noite — aquilo alegrou Tchepúrni: não havia burgueses, mas o vento soprava como antes e as varas oscilavam, o que significava que, definitivamente, a burguesia não era uma força da natureza.

Kiréi devia andar sem parar ao redor da cidade, mas não era possível ouvi-lo; os oito bolcheviques permaneciam ali, imóveis, acariciados pelo vento noturno, ouvindo o ruído da estepe sem se separar, para proteger uns aos outros do perigo noturno que poderia chegar repentinamente da perturbadora escuridão. Zhéiev era incapaz de esperar tanto tempo pelo inimigo sem matá-lo; ele foi sozinho para a estepe — em busca de informação detalhada, enquanto sete homens ficaram esperando por ele na reserva, para não deixar a cidade somente aos cuidados de Kiréi. Os sete bolcheviques se deitaram um pouco no chão para sentir o calor e começaram a escutar a noite circundante, que decerto abrigava seus inimigos no aconchego de sua escuridão.

Tchepúrni foi o primeiro a distinguir um estalido baixo — não se sabia se longe ou perto, alguma coisa se movia e ameaçava Tchevengur; mas o movimento daquele objeto misterioso era muito lento — provavelmente devido ao peso e à força, ou à deterioração e ao cansaço.

Tchepúrni se pôs de pé e todos se levantaram com ele. Um fogo exasperado e curto iluminou por um instante o espaço desconhecido e nublado, como se a aurora tivesse se extinguido sobre o sonho de alguém, e o estrondo do disparo voou como o vento sobre a relva inclinada.

Tchepúrni e os outros seis homens foram correndo para a frente, enfileirados, como de hábito. O disparo não se repetiu, e, depois de correr até o ponto em que o coração, tendo passado pela guerra e a revolução, inchou até chegar à garganta, Tchepúrni olhou para trás. Chamas ardiam em Tchevengur.

— Camaradas, parem, todos! — gritou Tchepúrni. — Eles deram a volta e nos tomaram a dianteira... Zhéiev, Kécha, venham para cá! Piússia, atire em todos, sem rodeios! Para onde você foi? Está vendo, enfraqueci de tanto comunismo...

Tchepúrni não conseguiu se levantar do chão devido ao peso do sangue acumulado que ocupara todo o corpo de seu coração; estava deitado com o revólver, magro e doente; os outros seis bolcheviques estavam sobre ele, com armas, e vigiavam a estepe, Tchevengur e o camarada caído.

— Não se separem! — disse Kécha. — Peguem o Japonês nos braços e vamos para Tchevengur — o nosso poder está lá, não abandonaremos um homem que não tem família...

Os bolcheviques se encaminharam para Tchevengur. Carregaram Tchepúrni por pouco tempo, porque o coração dele logo encolheu e voltou ao seu pequeno lugar. Em Tchevengur, um fogo caseiro e sereno estava aceso e, na estepe, não havia nenhum estalido. Os bolcheviques avançavam em silêncio, com um passo militar de estepe, até verem a relva iluminada pelo fogo através da janela e a sombra daquela relva no centro transitável da rua. Sem comando algum, os bolcheviques se alinharam e, em fila, foram na direção da janela autoiluminada do inimigo; eles levantaram as armas e, através do vidro, dispararam uma rajada para dentro da moradia. O fogo da casa se extinguiu, e na janela, da escuridão interna, apareceu o rosto radiante de Kiréi; ele estava olhando para os sete homens e tratava de adivinhar quem, além dele — o guarda noturno do comunismo —, estava atirando na cidade.

Tchepúrni voltou a si e falou para Kiréi:

— Por que você está queimando querosene em silêncio, na cidade vazia, quando um bandido se rejubila na estepe? Por que abandonou a cidade, se amanhã o proletariado virá marchando para cá? Diga-me, por favor!

Kiréi caiu em si e respondeu:

— Eu, camarada Tchepúrni, estava dormindo, e sonhava com Tchevengur inteira, como se a visse do alto de uma árvore — tudo estava vazio ao redor e a cidade estava deserta... Pouco se via quando se andava a pé. E o vento, como um bandido, falava ao seu ouvido. Se tivesse corpo lhe daria um tiro...

— E por que você estava queimando querosene, seu desmiolado? — perguntou Tchepúrni. — Com o que o proletariado vai se iluminar quando nos surpreender? O proletariado gosta de ler, e você, cabeça de comunista embrutecido, fica queimando o querosene dele!

— Não consigo adormecer na escuridão sem música, camarada Tchepúrni — revelou Kiréi. — Gosto de dormir num lugar alegre, onde a luz esteja acesa... Dê para mim uma mosca que seja, mas com algum zumbido...

— Bom, vá e faça a ronda sem dormir pelos arredores — disse Tchepúrni —, e nós vamos salvar Zhéiev... Abandonamos um camarada inteiro por culpa de seu sinal...

Após saírem dos confins de Tchevengur, os sete camaradas deitaram-se na estepe e escutaram atentamente — se ouvia, ao longe, algo rangendo. Estaria Zhéiev caminhando de volta, ou já jazeria morto até de manhã? Kiréi chegou pouco depois e disse para todos os que estavam deitados:

— Vocês se deitaram, mas um homem está morrendo ali; eu mesmo correria atrás dele, mas estou vigiando a cidade...

Kécha respondeu a Kiréi que não era possível trocar todo o proletariado por um Zhéiev — bandos poderiam incendiar a cidade, se todos corressem para salvar um Zhéiev.

— Eu apagarei o fogo na cidade — prometeu Kiréi —, há poços aqui. E Zhéiev provavelmente já está sem alma. Por que vocês esperavam pelo proletariado, se ele não estava ali, enquanto Zhéiev, sim, estava?

Tchepúrni e Kécha deram um salto e, sem sentir pesar por Tchevengur, foram correndo pela noite contínua da estepe; os cinco camaradas restantes não ficaram para trás.

Kiréi passou a cerca, estendeu uma bardana por baixo de sua cabeça e, até a manhã seguinte, deitou-se para ouvir o inimigo.

As nuvens desceram um pouco, assentando-se nas bordas da terra, o centro do céu clareou-se — Kiréi contemplou uma estrela, e esta ficou olhando para ele — para não se entediar. Todos os bolcheviques tinham saído de Tchevengur, só Kiréi estava deitado, rodeado pela estepe como por um império, e pensou: "Continuo vivo — mas, para que eu vivo? Provavelmente, para que me sinta realmente bem — a revolução cuida de mim, e, inevitavelmente, tudo será bom... Só que, então, ainda estava ruim; Prochka disse que era porque o progresso ainda não tinha terminado, depois, a felicidade logo se revelaria no vazio... A estrela continuava brilhando, brilhando! Do que ela precisa? Se ela ao menos caísse, eu poderia vê-la de perto. Mas não cairá; a ciência, no lugar de deus, a mantém lá... Que a manhã chegue logo, estou aqui, deitado, mantendo sozinho todo o comunismo — se eu agora abandonasse Tchevengur, o comunismo também sairia e, provavelmente, se deteria em algum lugar... Não se sabe se este comunismo está nas casas ou apenas nos bolcheviques!"

Uma gota caiu no pescoço de Kiréi e logo secou.

— Está pingando — sentiu. — Mas de onde está pingando, se não há nuvens? Então, alguma coisa se concentra lá no alto e cai onde lhe dá na telha. Que pingue então na minha boca — Kiréi abriu a garganta, mas não caiu mais nada. — Que pingue ao lado, então — disse Kiréi, mostrando ao céu uma bardana próxima —, mas não me toque, deixe-me em paz; hoje, por alguma razão, estou farto da vida...

Kiréi sabia que o inimigo deveria estar em algum lugar, mas não o sentia na estepe pobre, não lavrada, e, menos ainda, na cidade proletária purificada — então adormeceu com a tranquilidade de um vencedor confiante.

Tchepúrni, ao contrário, teve medo do sono naquelas primeiras noites proletárias e até teria gostado de enfrentar o inimigo naquele momento, só para não se atormentar com a vergonha e o medo diante do comunismo que chegara, continuando a agir junto com todos os camaradas. Ele caminhava pela estepe noturna até o silêncio dos espaços indiferentes, elanguescendo devido a seu coração inconsciente, para alcançar o inimigo cansado, sem lar, e despojar seu corpo esfriado pelo vento do derradeiro resquício de calor.

— Atire no silêncio geral, seu canalha — murmurou, zangado, Tchepúrni. — Não está nos deixando começar a viver!

Os olhos dos bolcheviques, habituados à escuridão noturna durante a guerra civil, repararam que jazia na terra, ao longe, um corpo estranho, escuro, que parecia uma pedra comprida ou uma laje lavrada. Nessa altura, a estepe era lisa, como a água de um lago, e o corpo estranho não pertencia àquele lugar. Tchepúrni e todos os bolcheviques que o seguiam diminuíram o passo, tratando de medir a distância até aquele objeto imóvel e desconhecido. Mas era impossível calculá-la, porque aquele corpo escuro jazia como se estivesse além de um abismo — as ervas daninhas noturnas transformavam a escuridão em uma onda errante e impossibilitavam a precisão do olhar. Então, os bolcheviques correram para a frente, carregando os revólveres engatilhados em punho.

O corpo escuro e regular começou a estalar e, de acordo com o som, era possível ouvir que estava perto, as pequenas pedras de argila se quebravam e a crosta terrestre superior rumorejava. A curiosidade fez com que os bolcheviques se detivessem e baixassem os revólveres.

— É uma estrela cadente — agora está claro! — disse Tchepúrni, sem pressentir o arrebatamento de seu coração devido à longa e apressada caminhada. — Vamos levá-la para Tchevengur e polir as cinco pontas. Não é o inimigo, mas a ciência que acaba de aterrissar no nosso comunismo...

Tchepúrni sentou-se, alegre, porque até as estrelas tinham sido atraídas pelo comunismo. O corpo da estrela cadente parou de estalar e de se mover.

— Agora se pode esperar por qualquer coisa boa — Tchepúrni explicou para todos. — As estrelas voarão até nós, também os camaradas descerão dali, os pássaros poderão falar como crianças ressuscitadas — o comunismo não é nenhuma bagatela, é o juízo final!

Tchepúrni deitou-se no chão, esqueceu-se da noite, do perigo e da Tchevengur vazia, e lembrou-se de quem ele nunca havia se lembrado — de sua mulher. Mas sob ele estava a estepe, e não sua mulher, então Tchepúrni se levantou.

— Talvez isto seja algum tipo de ajuda ou uma máquina da Internacional — proferiu Kécha. — Talvez seja uma tora de ferro fundido para esmagar os burgueses, utilizando a gravidade... Como estamos lutando aqui, então a Internacional se lembra de nós...

Piotr Varfolomiéievitch Vekovói[63], o bolchevique mais idoso, tirou o chapéu de palha da cabeça e viu nitidamente o corpo desconhecido, sem conseguir se lembrar o que era. Habituado à vida de pastor, era capaz de reconhecer um pássaro voando à noite e distinguir a espécie de uma árvore a algumas verstas de

---

63. De *vekovói*: secular, antigo, vetusto. (N. da T.)

distância; seus sentidos estavam, por assim dizer, à frente de seu corpo e lhe permitiam perceber os acontecimentos sem necessidade de se aproximar muito deles.

— Certamente é um tanque da refinaria de açúcar — disse Vekovói, ainda sem tanta confiança em si próprio. — De fato, é um tanque, porque as pedrinhas crepitaram; foram os mujiques de Krutiévo que tentaram arrastá-lo, mas não conseguiram... O peso foi maior do que a cobiça — deviam levá-lo rodando, mas em vez disso o arrastaram...

A terra crepitou de novo — o tanque começou a virar lentamente e a deslizar em direção aos bolcheviques. Tchepúrni, equivocado, foi o primeiro a chegar correndo até o tanque em movimento e atirou nele de uma distância de dez passos, o que fez com que a ferrugem cobrisse seu rosto. Mas o tanque continuava deslizando sem parar na direção de Tchepúrni e dos demais — os bolcheviques começaram a retroceder a passo lento. Não se sabia o que fazia o tanque se mover, por que ele estalava com seu peso pelo solo seco e não permitia que o pensamento de Tchepúrni se concentrasse nele; além disso, a noite, já se inclinando sobre a manhã, privava a estepe da derradeira luz débil que irradiava antes das raras estrelas do zênite.

O tanque diminuiu a velocidade e começou a vibrar, sem se mover muito, vencendo um pequeno monte de terra resistente para depois ficar completamente silencioso e sereno. Sem pensar, Tchepúrni quis dizer algo, mas não chegou a fazê-lo, porque ouviu uma canção entoada por uma cansada e triste voz feminina:

Sonhei com um peixinho no lago,
E esse peixinho era eu...
Que nadava para muito longe,
Quando era viva e pequenina...

A canção não chegou ao seu fim, embora os bolcheviques tivessem ficado contentes de escutá-la inteira, tanto que permaneceram muito tempo esperando, ávidos, pela voz e pela canção. Ela não prosseguiu e o tanque não se moveu — provavelmente, o ser que cantava dentro do ferro estava extenuado e se deitou, esquecendo-se da letra e da música.

— Estão ouvindo? — logo perguntou Zhéiev, ainda sem aparecer atrás do tanque, senão poderiam matá-lo, achando que era um inimigo repentino.

— Estamos — respondeu Tchepúrni. — Ela não vai mais cantar?

— Não — disse Zhéiev. — Já cantou três vezes. Eu os estou vigiando há muito tempo. Eles empurram algo lá dentro e o tanque desliza. Uma vez, atirei no tanque, mas foi em vão.

— E quem está lá? — perguntou Kécha.

— Não se sabe — explicou Zhéiev. — Algma burguesa lunática, com seu irmão — antes de sua chegada, eles estavam lá se beijando, depois, por alguma razão, o irmão morreu e ela começou a cantar sozinha...

— Por isso ela queria ser um peixinho — adivinhou Tchepúrni. — Então, para começo de conversa, a lunática tem desejo de viver! Diga-me, por favor!

— Com certeza — corroborou Zhéiev.

— Mas como faremos agora? — Tchepúrni refletia junto com todos os camaradas. — Ela tem uma voz comovente, e não há arte em Tchevengur... Será que a retiramos dali, para que ressuscite?

— Não — recusou Zhéiev. — Está muito debilitada, agora, e ainda é lunática... Tampouco há alimento para ela — é uma burguesa. Se ao menos fosse uma mulher do campo, mas é só um sopro de resíduos do passado... Precisamos de compaixão, e não de arte.

— E agora, o que fazemos? — perguntou Tchepúrni. Todos ficaram calados, porque não havia nenhuma diferença útil em capturar a burguesa ou abandoná-la.

— Então colocamos o tanque em um vasto barranco e depois voltamos para lavar o chão — Tchepúrni resolveu o problema.

— Porque Prokófi deve estar longe. O proletariado pode aparecer já amanhã.

Os oito bolcheviques apoiaram as mãos contra o tanque e começaram a empurrá-lo para fora, no sentido contrário do horizonte de Tchevengur, onde, dali a uma versta, a terra começava a ficar mais baixa, terminando na encosta do precipício. Enquanto o tanque se movia deslizando, dentro dele um recheio mole rodopiava, mas os bolcheviques tinham pressa e aceleraram a velocidade do tanque, sem prestar atenção à burguesa lunática, que agora estava calada. Em pouco tempo, o tanque se movia sozinho — começara o declive da estepe rumo ao precipício e os bolcheviques se detiveram e abandonaram seu trabalho.

— É uma caldeira da refinaria de açúcar — disse Vekovói para justificar sua boa memória —, e eu me perguntava que máquina era essa.

— Ah — disse Tchepúrni. — Então era uma caldeira? Bem, que siga deslizando — não precisamos dela...

— E eu pensei que não era nada em especial, uma tora morta — disse Kécha. — Mas acontece que era uma caldeira!

— Uma caldeira — disse Vekovói. — Uma caldeira rebitada por mestres.

A caldeira ainda deslizava pela estepe e não só não fazia menos barulho devido à distância, mas rangia e estalava ainda mais, porque sua velocidade aumentava mais do que o espaço que ia deixando para trás. Tchepúrni se agachou, ouvindo o fim da caldeira. De repente, o ribombar de sua rotação cessou — a caldeira estava voando no ar, da encosta do precipício até o fundo do barranco — e, em meio minuto, com um golpe surdo e sereno, acomodou-se na areia apagada do precipício, como se tivesse sido apanhada e guardada por alguns braços vivos.

Os tchevengurianos se acalmaram e começaram a retornar pela estepe que já se acinzentara, devido à aproximação do novo dia.

Kiréi dormia, como antes, ao lado da última cerca de Tchevengur, colocando a cabeça na bardana e, na falta de alguém para abraçar, abraçando a si mesmo pelo pescoço. Os homens passaram por Kiréi, mas ele não os escutou, levado pelo sonho para as profundezas de sua vida, de onde a luz da infância e da tranquilidade inundava o seu corpo, dando-lhe calor.

Tchepúrni e Zhéiev ficaram nas casas mais distantes da cidade e começaram a lavar o chão com a água fria do poço. Os outros seis tchevengurianos seguiram adiante, pois queriam escolher as melhores casas para adorná-las. Era desconfortável trabalhar na escuridão dos aposentos, algum tipo de espírito sonolento de esquecimento emanava das propriedades, e em muitas camas havia gatos, que antes pertenceram a burgueses e tinham regressado; os bolcheviques os expulsaram e sacudiram a cama de novo, surpreendendo-se com a complexidade dos lençóis, desnecessária para o descanso de uma pessoa exaurida.

Até o amanhecer, os tchevengurianos só deram conta de dezoito casas, mas havia muitas mais em Tchevengur. Depois, eles se sentaram para fumar e adormeceram sentados, apoiando-se, com a cabeça em uma cama ou cômoda, ou simplesmente inclinando a cabeça coberta até o chão lavado. Pela primeira vez os bolcheviques descansaram nas casas do inimigo de classe morto e não deram importância a isso.

Kiréi acordou com a sensação de estar só em Tchevengur — não sabia que, à noite, os camaradas tinham voltado. Também não havia ninguém na casa de tijolos — significava que Tchepúrni estava muito longe, perseguindo bandidos, ou tinha morrido em decorrência das feridas, junto com os companheiros de arma, em alguma relva desconhecida.

Kiréi se atrelou à metralhadora e a levou para as redondezas onde dormira aquela noite. O sol já nascera e iluminava toda a estepe vazia, onde não se via, até o momento, nenhum inimigo. Mas Kiréi sabia que tinha sido encarregado de proteger Tchevengur e manter todo o seu comunismo intacto; assim, para defender o poder proletário na cidade, rapidamente montou a metralhadora, deitou-se ao lado dela e começou a olhar ao redor. Após permanecer deitado o máximo que pôde, Kiréi quis comer uma galinha que tinha visto na rua no dia anterior, porém largar a metralhadora sem cuidado seria o mesmo que entregar o armamento do comunismo nas mãos do inimigo Branco; então Kiréi ficou mais um pouco deitado, para poder inventar um sistema de defesa para Tchevengur que lhe permitisse ir caçar a galinha.

"Se ao menos a galinha viesse por si só até mim — pensou Kiréi. — Em todo caso, eu a comerei... Prochka tem razão — a vida ao redor não está organizada. Embora agora tenhamos o comunismo e a galinha devesse vir sozinha..."

Kiréi olhou ao longo da rua para ver se a galinha se aproximava. Ela não vinha, mas apareceu um cachorro, perambulando; ele estava entediado e não sabia a quem deveria respeitar na Tchevengur despovoada; as pessoas achavam que o cão protegia as propriedades, mas, já que elas tinham saído das casas, o cachorro abandonara a propriedade e agora estava vagando para longe — sem preocupação, mas também sem a sensação de felicidade. Kiréi o chamou e limpou a sua pele das pegamassas. O cão esperava seu destino calado, fitando Kiréi com olhos entristecidos. Kiréi o amarrou na metralhadora com o cinto e foi caçar a galinha com calma, porque Tchevengur estava em silêncio e ele ouviria a voz do cachorro de qualquer lugar, caso aparecesse um inimigo ou uma pessoa desconhecida na estepe. O cão se sentou ao lado da metralhadora e abanou o rabo, como promessa de sua vigilância e diligência.

Kiréi ficou procurando sua galinha até o meio-dia, enquanto o cachorro permanecia em silêncio diante da estepe vazia. Ao meio-dia, Tchepúrni saiu de uma casa próxima e substituiu o cão no posto da metralhadora, até que Kiréi aparecesse com a galinha.

Os tchevengurianos lavaram o chão por mais dois dias, e deixaram as janelas e as portas das casas abertas para que os solos secassem e o ar burguês estagnado se refrescasse com o vento da estepe. No terceiro dia, um homem asseado, com um bastãozinho, chegou a pé em Tchevengur e só não foi liquidado por Kiréi em consideração à sua velhice. Então perguntou a Tchepúrni: quem ele era?

— Eu sou membro do partido dos bolcheviques — disse Tchepúrni. — E aqui temos o comunismo.

O homem olhou para Tchevengur e disse:

— Estou vendo. Sou instrutor de avicultura da seção agrícola do distrito de Pótchep. Queremos criar galinhas lá, então vim aqui para ver se os proprietários poderiam nos dar um galo e um par de galinhas para reprodução... Tenho um papel oficial pedindo colaboração geral para minha missão. Sem ovos, nosso distrito não se erguerá...

Tchepúrni quis dar um galo e duas galinhas para aquele homem — já que o Poder Soviético solicitava —, mas não tinha visto aquelas aves nos quintais tchevengurianos, então perguntou a Kiréi se ainda havia galinhas vivas em Tchevengur.

— Não há mais galinhas aqui — respondeu Kiréi. — Havia uma ontem, mas a comi inteira. Se houvesse, eu não estaria sofrendo...

O homem de Pótchep ficou um tempo pensando.

— Bom, então peço desculpa... Agora, escreva para mim, no verso do mandado, que eu cumpri a minha viagem de serviço — que não há galinhas em Tchevengur.

Tchepúrni apoiou o papel em um tijolo e forneceu a prova: "Um homem esteve aqui e foi embora, não há galinhas, elas foram usadas como alimento do destacamento revolucionário. *Tchepúrni*, Presidente do Comitê Revolucionário."

— Coloque a data — pediu o enviado em missão de Pótchep.

— Tal mês e dia: sem data, a inspeção não aceitará o documento.

Mas Tchepúrni não sabia o mês e dia em questão — em Tchevengur, ele se esquecera de contar o tempo vivido, só sabia que era verão e que estavam no quinto dia de comunismo, e escreveu: "Verão, 5 com.".

— Certo — agradeceu o criador de galinhas. — Isso é suficiente, o importante é que tenha algum sinal. Eu lhe agradeço.

— Vá — disse Tchepúrni. — Kiréi, acompanhe-o até os limites da cidade, para que ele não fique aqui.

À noite, Tchepúrni sentou-se no banco de terra junto a uma isbá e se pôs a esperar o pôr do sol. Todos os tchevengurianos voltaram à casa de tijolos, após arrumar, naquele dia, quarenta casas para a chegada do proletariado. Para saciar a fome, os tchevengurianos comeram as tortas feitas havia meio ano pela burguesia tchevenguriana e o repolho azedo preparado e armazenado por esta em quantidade superior à necessidade de sua classe, na esperança de que viveriam eternamente. Próximo a Tchepúrni, um grilo — habitante da vida tranquila sedentária — começou sua canção crepitante. O calor da noite se ergueu sobre o rio Tchevengurka, como um suspiro extenuado e lento da terra trabalhadora antes do descanso que se aproximava em forma de escuridão.

"Agora, em breve, as massas virão para cá — pensou Tchepúrni, apaziguado. Dentro de um instante, Tchevengur vai sibilar com o comunismo. Então, qualquer alma casual encontrará seu consolo na reciprocidade comum..."

Zhéiev sempre caminhava pelas hortas e clareiras de Tchevengur durante a tarde, examinando os lugares onde pisava, observando, com simpatia, qualquer miudeza da vida de baixo. Antes de dormir, gostava de pensar na falta que sentia da interessante vida futura e chorar por seus pais, que haviam falecido havia muito tempo, sem esperar por sua felicidade nem pela revolução. A estepe se tornara invisível e somente um ponto de luz brilhava na casa de tijolos, como única defesa contra o inimigo e as dúvidas. Zhéiev foi até lá pela relva calada, atenuada por causa da escuridão, e viu Tchepúrni insone, sentado no banco de terra.

— Você continua aí sentado — disse Zhéiev. — Deixe que eu também me sente para ficar um instante aí calado.

Todos os bolcheviques-tchevengurianos já estavam deitados na palha do chão, balbuciando e sorrindo em sonhos inconscientes. Apenas Kécha andava nos arredores de Tchevengur, para defendê-la, e tossia na estepe.

— Por alguma razão, as pessoas sempre têm sonhos na guerra e na revolução — disse Zhéiev. — Em tempos de paz isso não acontece: todos dormem feito pedra.

O próprio Tchepúrni tinha sonhos constantes, não sabia de onde eles vinham e por que perturbavam sua mente. Prokófi explicaria, mas este, que era um homem necessário, então, não estava ali.

— Quando um pássaro troca as penas, é possível ouvi-lo cantar em sonho — lembrou-se Tchepúrni. — Tem a cabeça sob a asa, penugem ao redor, e não se vê nada, mas se ouve seu canto sereno...

— O que é o comunismo, camarada Tchepúrni? — perguntou Zhéiev. — Kiréi me disse que o comunismo existia numa ilha, no mar, mas Kécha fala que o comunismo foi inventado por pessoas inteligentes...

Tchepúrni quis pensar sobre o comunismo, mas mudou de ideia, esperando o regresso de Prokófi para perguntar-lhe. Mas, de repente, lembrou que o comunismo já existia em Tchevengur e falou:

— Quando o proletariado vive sozinho, o comunismo aparece por si só. Por que você quer saber, diga-me, por favor, se é necessário senti-lo e descobri-lo na prática?! O comunismo é um sentimento mútuo das massas; quando Prokófi trouxer os pobres — o nosso comunismo se fortalecerá — e você logo vai reparar nele...

— Mas não se sabe ao certo? — insistia Zhéiev, a fim de obter uma resposta.

— O que você acha que eu sou, a massa, por acaso? — ofendeu-se Tchepúrni. — Nem Lenin deve saber o que é o comunismo, porque é uma questão de todo o proletariado, e não de um homem só... Você não pode se habituar a ser mais inteligente do que o proletariado...

Kécha já não estava mais tossindo na estepe — ele ouvira, ao longe, um ressonar peitoral de vozes e se escondeu nas ervas daninhas, para entender melhor quem eram aqueles que passavam. Mas, em pouco tempo, as vozes cessaram e mal se ouvia uma agitação de pessoas — sem nenhum barulho de passos, como se elas tivessem pés delicados e descalços. Kécha começou a caminhar adiante — passando pelas ervas daninhas tchevengurianas, onde cresciam, de forma fraternal, trigo, quenopódio e urtiga —, mas logo voltou, decidindo esperar pela luz do dia seguinte; das ervas daninhas emanava o vapor da vida na relva e nas espigas — ali conviviam o centeio e os matagais de quenopódio sem se prejudicarem, abraçando-se bastante e protegendo um ao outro —, ninguém os tinha semeado, ninguém os perturbava, mas o outono chegaria e o proletariado utilizaria a urtiga na sopa e colheria o centeio, junto com o trigo e o quenopódio, para se alimentar no inverno; nas maiores profundezas da estepe cresciam, independentes, girassóis, trigo-sarraceno e milhete, e, nas hortas tchevengurianas, vários legumes e batata. Havia três anos que a burguesia tchevenguriana não semeava e não plantava nada, esperando pelo juízo final, mas as plantas se reproduziram de seus genitores e estabeleceram entre si uma relação de igualdade especial entre o trigo e a urtiga: para cada espiga de trigo havia três raízes de urtiga.

Observando a estepe coberta, Tchepúrni sempre dizia que ela também era a Internacional dos cereais e flores e, por isso, todos os pobres tinham garantia de uma alimentação farta, sem intervenção do trabalho e da exploração. Graças a isso, os tchevengurianos viram que a natureza se recusara a oprimir o homem com o trabalho e ela mesma dava às bocas sem posses que precisavam ser alimentadas tudo o que fosse nutriente e necessário; certa vez, o Comitê Revolucionário de Tchevengur, levando em conta a brandura da natureza vencida, decidira, no futuro, erguer um monumento em sua homenagem — na forma de uma árvore que, crescendo de um solo selvagem, abraçava o homem com dois braços sulcados sob o sol comum.

Kécha arrancou uma espiga e começou a sugar a polpa crua de seus grãos mirrados e verdes. Depois, cuspiu, esquecendo-se do gosto da comida: pela estrada tchevenguriana coberta de ervas, ouviu-se baixinho o farfalhar de uma carruagem, enquanto a voz de Piússia dava ordens ao cavalo e a de Prochka cantava:

A onda canta no lago,
O pescador dorme no fundo,
E um órfão em sonhos
Caminha com um passo débil...

Kécha correu até o fáeton de Prokófi e viu que Piússia e ele vinham sem carga — sem sombra de proletariado.

Tchepúrni logo acordou todos os bolcheviques que cochilavam para solenemente receber o proletariado recém-chegado e organizar um comício, mas Prokófi lhe disse que o proletariado estava exausto e dormiria até o amanhecer em uma colina da estepe, ao lado do sota-vento.

— Ele está vindo com sua orquestra e com o seu chefe ou sem nada? — perguntou Tchepúrni.

— Amanhã, camarada Tchepúrni, você o verá por inteiro — disse Prokófi. — Agora, não me perturbe: Pachka, Piússia e eu

andamos mil verstas, vimos o mar da estepe[64] e comemos beluga...
Depois relatarei e formularei tudo para você.

— Então durma, Proch, enquanto eu vou visitar o proletariado
— disse Tchepúrni, tímido.

Mas Prokófi não concordou.

— Não toque nele, já sofreu demais... Logo o sol nascerá, e
ele descerá da colina para Tchevengur...

Tchepúrni passou o resto da noite em uma espera insone
— apagou a lâmpada, para não incomodar os que dormiam na
colina com o consumo de seu querosene e tirou a bandeira do
Comitê Revolucionário de Tchevengur da despensa. Além disso,
limpou a estrela do seu gorro e pôs para funcionar um relógio de
parede abandonado, parado havia muito tempo. Bem preparado,
Tchepúrni colocou a cabeça entre as mãos e se dispôs a não pensar,
para que o tempo noturno passasse mais rápido. E o tempo passou
rápido, porque o tempo é a inteligência e não o sentimento, por
isso Tchepúrni não tinha nenhum pensamento em sua mente. A
palha onde dormiam os tchevengurianos umedeceu um pouco
devido ao orvalho frio — era a manhã que desabrochava. Então,
Tchepúrni pegou a bandeira e foi para o lado de Tchevengur em
frente à colina, onde o proletariado sem cavalo dormia.

Tchepúrni passou umas duas horas com a bandeira ao lado
de uma cerca, esperando pelo amanhecer e pelo despertar do
proletariado; ele viu a luz do sol queimando a bruma enevoada
sobre a terra, a colina desnuda se iluminando, soprada pelos
ventos, lavada pelas águas, com o solo descalvado e triste, e se
lembrou de uma visão esquecida, parecida com aquela pobre
colina roída pela natureza por se sobressair na planície. No declive
da colina, o povo jazia e aquecia os ossos no primeiro sol, as
pessoas também eram como ossos negros e vetustos de um esqueleto feito a partir de pedaços da vida enorme e perecida de alguém.

---

64. Provável referência ao Mar Cáspio. (N. da T.)

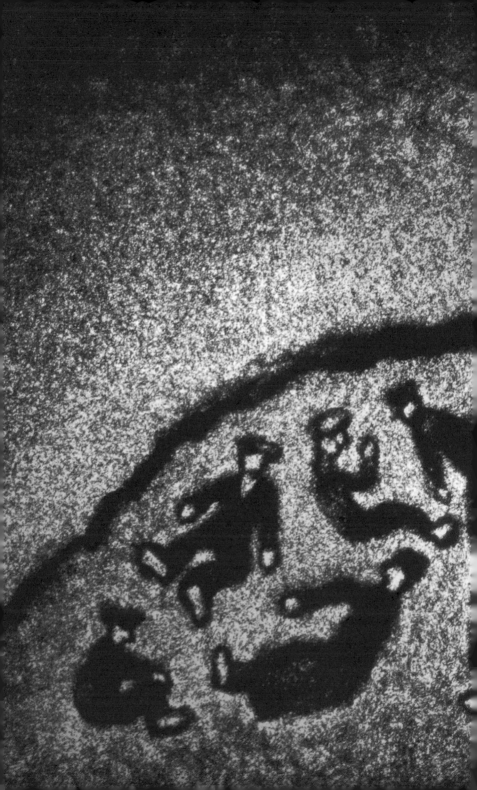

Alguns proletários estavam sentados, outros deitados, e apertavam contra si seus parentes ou vizinhos para se aquecer mais rápido. Um velho magro estava só de calça e unhava suas costelas, enquanto um adolescente estava sentado debaixo de seus pés e, imóvel, observava Tchevengur, sem acreditar que ali havia uma casa preparada, onde se podia dormir eternamente. Dois homens morenos, deitados, procuravam piolhos nas cabeças um do outro, como o fazem as mulheres, mas não olhavam o cabelo, e, sim, catavam os bichos pelo tato. Curiosamente, nenhum proletário estava com pressa de ir até Tchevengur, provavelmente, sem saber que lá haviam preparado para eles o comunismo, a paz e a propriedade coletiva. Metade das pessoas estava vestida só até a cintura e a outra metade tinha apenas um sobretudo completo, em forma de capote militar ou pano grosso, sob os quais havia somente corpos secos, gastos, curtidos pelas intempéries, viagens e todo tipo de necessidades.

O proletariado habitava indiferente aquela colina tchevenguriana e não lançava seu olhar para o homem que estava sozinho na extremidade da cidade, empunhando a bandeira da fraternidade. O sol cansado do dia anterior nascia sobre o desértico desamparo da estepe e sua luz era vazia, como se iluminasse um esquecido país estrangeiro, onde não havia ninguém além de pessoas abandonadas na colina, aconchegando-se umas às outras não por amor e parentesco, mas por falta de roupa. Sem esperar por ajuda ou amizade, pressentindo de antemão o tormento da cidade desconhecida, o proletariado que estava na colina não se levantou, mal se mexia, com as forças enfraquecidas. As raras crianças, que pareciam pessoas maiores, estavam encostadas nos adormecidos, sentadas entre o proletariado — eram as únicas que pensavam, enquanto os adultos dormiam e adoeciam. O velho parou de coçar as costelas e de novo se deitou de costas, apertando o menino ao seu lado, para que o vento frio não soprasse na pele e nos ossos. Tchepúrni notou que apenas um homem comia

— despejava algo na boca, em seguida mastigava e batia com o punho na cabeça, tentando se curar da dor que sentia nela. "Onde foi que eu já vi algo igual?" — tentou lembrar-se Tchepúrni. Naquela altura, quando tinha visto isso pela primeira vez, o sol também se levantava em meio ao sonho do nevoeiro, o vento soprava através da estepe e, na colina escura, destruída pelos elementos da natureza, jaziam pessoas indiferentes, inexistentes, que precisavam de ajuda porque eram o proletariado, mas era impossível ajudá-las, pois elas se contentavam com um único e insignificante consolo — com um sentimento sem sentido de apego mútuo; graças àquele apego, os proletários caminhavam pela terra e dormiam nas estepes em destacamentos inteiros. No passado, Tchepúrni também ia com as pessoas em busca de trabalhos temporários, vivia em celeiros, rodeado por seus camaradas e protegido das desgraças inevitáveis pela compaixão dos mesmos, mas nunca se dava conta de sua utilidade naquela vida mútua e inseparável. Agora, via com seus próprios olhos a estepe e o sol, entre os quais estavam as pessoas na colina; mas elas não possuíam nem o sol, nem a terra, e Tchepúrni sentiu que, em troca da estepe, casas, comida e roupa que os burgueses adquiriam para si mesmos, os proletários da colina tinham uns aos outros, porque cada pessoa precisa ter algo; quando há propriedade entre as pessoas, elas gastam facilmente suas forças cuidando da mesma, mas, quando não há nada entre elas, começam a não se separar e proteger uns aos outros do frio durante o sono.

Em um momento muito anterior de sua vida — não era possível lembrar quando: um ano antes ou na época de sua infância —, Tchepúrni tinha visto aquela colina, aquela classe de pobres que tinha ido parar ali e também aquele sol frio, que não trabalhava para uma estepe tão despovoada. Isso já acontecera uma vez, mas sua mente débil não conseguia saber quando; apenas Prokófi seria capaz de adivinhar a lembrança de Tchepúrni, e até isso era duvidoso: porque tudo aquilo que via agora, Tchepúrni conhecia havia muito tempo, mas não poderia ter acontecido tanto tempo antes, uma vez que a própria revolução começara recentemente. E Tchepúrni, no lugar de Prokófi, tentou formular a lembrança para si mesmo; naquele momento, ele sentia inquietação e emoção por aquele proletariado encostado na colina, e pensava, aos poucos, que o dia em questão passaria — ele já existira em tempos passados e findara; então, era inútil lamentar —, em todo caso, aquele dia terminaria, assim como aquele outro dia passou e foi esquecido. "Mas não é possível notar essa colina, ainda com o proletariado sem cavalo, sem a revolução — pensou Tchepúrni —, mesmo que eu tenha enterrado minha mãe duas vezes: fui seguindo o caixão, chorei e recordei que em uma ocasião eu já havia caminhado atrás de um caixão, beijado os lábios abandonados da morta e sobrevivido, então sobreviverei também agora; naquela altura, também me foi mais fácil lamentar a mesma desgraça pela segunda vez. Diga-me, por favor, o que isso significa?"

"Parece-lhe uma lembrança, mas, na verdade, aquilo nunca aconteceu — formulou judiciosamente Tchepúrni, graças à ausência de Prokófi. — Como não estou bem, os elementos piedosos em meu interior me ajudam e dizem: 'Não é nada, veja só, o que está feito está feito, e agora você não vai morrer — siga seu próprio passo'. Mas não há passos, nem poderia haver — a vida segue sempre em frente, na escuridão... Mas por que não há ninguém da nossa organização? Será que o proletariado não se levanta da colina porque espera por honras para si mesmo?"

Kiréi saiu da casa de tijolos. Tchepúrni gritou-lhe que convocasse toda a organização para lá, uma vez que as massas já tinham chegado e o tempo urgia. De acordo com a solicitação de Kiréi, a organização acordou e se apresentou perante Tchepúrni.

— Quem você trouxe para nós? — perguntou Tchepúrni a Prokófi. — Se é o proletariado naquela colina, diga-me, por favor, por que ele não ocupa a cidade dele?

— Ali estão o proletariado e os "outros[65]" — disse Prokófi. Tchepúrni ficou alarmado.

— Que "outros"? De novo a camada residual dos canalhas?

— O que então sou eu — um salafrário ou um membro do Partido? — então foi a vez de Prokófi se ofender. — Os "outros" são os "outros", ou seja, não são ninguém. São piores do que o proletariado.

— Mas quem são eles? Eles tiveram um pai da mesma classe, ou não? Diga-me, por favor! Você não os reuniu nas ervas daninhas, mas num lugar social.

— Eles não tiveram um pai — explicou Prokófi. — Não moravam em lugar algum, estavam vagando.

— Vagando por onde? — perguntou respeitosamente Tchepúrni: ele respeitava tudo o que era desconhecido e perigoso. — Vagando por onde? Talvez tenhamos que detê-los?

Prokófi se surpreendeu com uma pergunta tão insensata como aquela:

— Como, por onde? Iam para o comunismo, e aqui eles encontrarão o que procuram.

— Então vá e convoque-os o mais rápido possível para cá! Diga-lhes que a cidade é deles, que a preparamos com esmero e que ao lado da cerca está a vanguarda para desejar a felicidade ao proletariado e que... o mundo inteiro, em todo caso, o mundo já lhes pertence[66].

---

65. Os comunistas tchevengurianos veem nos "outros" o início de uma nova humanidade. Aqui, a palavra "outros" vira um nome próprio, apesar de que, no russo contemporâneo, "outro" significa algo que não faz parte de um grupo. A raiz da referida palavra em russo — *prótchie*, outros ou o restante — significa proveito e possui vários sentidos: 1. Antepassado, futuro 2. Outro, diferente 3. Segurança, solidez 4. Proveito, utilidade (dicionário de V. Dal). (N. da T.)

66. Provavelmente, trata-se de uma alusão a um dos temas do Manifesto do Partido Comunista: "Os proletários não têm nada a perder, além de seus grilhões. Têm um mundo a conquistar". (N. da T.)

— E se eles refutarem o mundo? — perguntou Prokófi, de antemão. — Talvez a própria Tchevengur seja suficiente para eles, por enquanto...

— E de quem então será o mundo? — Tchepúrni enredou-se em teoria.

— Será nosso: nos servirá de base.

— Você é um canalha: nós somos a vanguarda — somos deles, mas eles não são nossos... A vanguarda não é uma pessoa, é um escudo morto sobre um corpo vivo: o proletariado que é a humanidade! Vá mais rápido, seu salafrário de meia-tigela!

Prokófi conseguiu organizar os proletários e os "outros" rapidamente na colina. Havia mais pessoas ali do que Tchepúrni havia visto — umas cem ou duzentas pessoas, e todas eram diferentes, porém iguais em sua necessidade — era o proletariado puro.

As pessoas começaram a descer a colina desnuda em direção a Tchevengur. Tchepúrni sempre sentiu o proletariado com comoção e sabia que, no mundo, ele existia em forma de uma infatigável força unida, auxiliando o sol a alimentar os quadros da burguesia, porque o sol era suficiente apenas para a saciedade, mas não para a cobiça; ele suspeitou que aquele ruído, que ressoava nos ouvidos de Tchepúrni quando este pernoitava na estepe, um lugar vazio, era o ribombar do trabalho oprimido da classe operária mundial que avançava dia e noite para conseguir alimento, propriedade e tranquilidade para seus inimigos pessoais, que se multiplicavam devido às matérias laboriosas do proletariado; graças a Prokófi, Tchepúrni tinha uma teoria convincente sobre os trabalhadores, de que eles eram animais selvagens em relação à natureza não organizada e aos heróis do futuro; mas Tchepúrni descobriu mais um segredo tranquilizador: que o proletariado não se surpreendia com o aspecto da natureza, mas a destruía por meio do trabalho — era a burguesia que vivia para a natureza e se reproduzia —; o homem operário vivia para seus camaradas e fazia a revolução. Uma coisa não se sabia — se o trabalho era necessário para o socialismo ou se para a alimentação seria suficiente apenas o curso gravitacional da natureza. Sobre este ponto, Tchepúrni concordava mais ainda com Prokófi, que dizia que, uma vez que não existisse mais capitalismo, o sistema solar daria, por si só, a força da vida para o comunismo, já que todo trabalho e diligência tinham sido inventados por exploradores para que um excedente fora do normal, além dos produtos solares, ficasse com eles.

Tchepúrni esperava os heróis unidos do futuro em Tchevengur, entretanto, viu pessoas que não marchavam, mas caminhavam em seu próprio ritmo; viu camaradas que nunca tinha encontrado antes — seres humanos sem o perceptível aspecto de classe e sem a dignidade revolucionária — eram os "outros" anônimos, que viviam sem sentido algum, sem orgulho e apartados do iminente triunfo mundial; até a idade dos "outros" era indecifrável — só era evidente que eram pobres, tinham apenas um corpo que havia crescido de forma involuntária e eram estranhos para todos; por essa razão, os "outros" andavam em destacamento fechado e olhavam mais uns para os outros do que para Tchevengur e para a sua vanguarda partidária.

Um dos "outros" pegou uma mosca das costas nuas do velho que caminhava diante dele, depois acariciou as costas do velho, para que não ficasse com um arranhão ou marca, e então, com crueldade, matou a mosca no chão — e, para sua surpresa, Tchepúrni mudou levemente seu sentimento assombrado pelos "outros". Talvez aqueles proletários e os "outros" servissem uns aos outros como a única propriedade e os únicos bens da vida, e por isso se olhavam com tanta cautela, mal reparando em Tchevengur e protegendo, esmerados, seus camaradas das moscas, da mesma maneira que a burguesia protegia suas próprias casas e seu gado.

Os que haviam descido da colina já tinham chegado a Tchevengur. Incapaz de formular seus pensamentos de forma expressiva, Tchepúrni pediu que Prokófi o fizesse, e este falou com gosto aos proletários que se aproximaram:

— Camaradas cidadãos indigentes! Apesar de Tchevengur ter sido concedida a vocês, não é para a pilhagem dos miseráveis, e sim para o proveito de toda a propriedade conquistada e para a organização de uma grande família fraternal em prol da integridade da cidade. Agora, inevitavelmente, somos irmãos e família, porque a nossa propriedade é unida socialmente em uma só economia. Por isso, vivam aqui com honestidade — sob a direção do Comitê Revolucionário!

Tchepúrni perguntou a Zhéiev como ele tinha inventado aquela inscrição no lenço, pendurado como um símbolo, no extremo cidade.

— Não a inventei — disse Zhéiev —, eu me lembrei dela, não fui eu... Ouvi em algum lugar, porque a cabeça guarda muitas coisas...

— Espere! — disse Tchepúrni a Prokófi, dirigindo-se em seguida aos pobres indigentes que haviam formado uma massa em torno dos tchevengurianos:

— Camaradas!... Prokófi chamou vocês de irmãos e de família, mas é a mais pura mentira: todos os irmãos têm pai, mas muitos de nós, desde o início da vida, nunca tivemos pai. Não somos irmãos, somos camaradas, porque somos mercadoria e valor uns para os outros, já que não temos outra reserva de bens móveis ou imóveis... Além disso, vocês fizeram mal ao não virem da outra extremidade da cidade, pois ali está pendurado nosso símbolo, em que está dito, não se sabe por quem, mas mesmo assim está escrito, e desejamos o mesmo: é melhor destruir todo o mundo confortável, mas ganhar uns aos outros de maneira pura, e, por conseguinte, proletários de todos os países, uni-vos o mais rápido possível! Finalizo agora e lhes transmito saudações do Comitê Revolucionário tchevenguriano...

O proletariado da colina e os "outros" começaram a caminhar e se dirigiram para o centro da cidade sem dizer uma palavra e sem aproveitar a fala de Tchepúrni para o desenvolvimento de sua consciência; suas forças eram suficientes apenas para a vida no momento presente, viviam sem nenhum excedente, porque na natureza e no tempo não havia razões para seu nascimento nem para a sua felicidade — ao contrário, a mãe de cada um foi a primeira a chorar, fecundada fortuitamente por um pai andarilho e perdido; depois do nascimento, eles permaneceram no mundo, pois eram "outros" e falhos — nada foi preparado para eles, menos até do que uma haste de erva que tem sua pequena raiz, seu lugar e sua comida gratuita no solo comum.

Todos os "outros" nasceram sem nenhum dom de antemão: não poderiam ter nem inteligência, nem generosidade de sentimentos, porque os pais não os conceberam com a opulência do corpo, mas com sua angústia noturna e a debilidade de suas tristes forças — era o esquecimento recíproco de duas pessoas escondidas que viviam no mundo secretamente, porque se vivessem muito expostas e felizes seriam aniquiladas por pessoas reais, que figuravam no censo estatal e pernoitavam em suas próprias casas. Os "outros" não podiam ter inteligência — assim como o sentido vívido, esta só podia existir nas pessoas que têm uma reserva livre de corpo e o calor da tranquilidade sobre a cabeça, mas os pais dos "outros" só tinham os restos do corpo, gasto pelo trabalho e corroído pela desgraça cáustica, enquanto a inteligência e a sensível melancolia do coração desapareceram, como indícios superiores, na ausência de descanso e de suaves substâncias nutrientes. Os "outros" vieram das profundezas de suas mães, no meio de uma desgraça total, porque suas mães os abandonaram assim que conseguiram se levantar, depois da fraqueza do parto, para que não tivessem tempo de ver seus filhos e, involuntariamente, amá-los para sempre. O pequeno "outro" que restou teve que fazer de si um homem futuro, independente, sem depositar esperança em ninguém, sem sentir nada além de suas fracas entranhas; ao redor, havia o mundo exterior, e o "outro" criança estava deitado ali no meio e chorava, resistindo àquela primeira desgraça, que continuaria inesquecível pelo resto de sua vida — o calor da mãe, perdido para sempre.

Os sedentários, as pessoas de confiança do Estado, que habitavam o aconchego da solidariedade de classe, dos hábitos corporais, e que se dedicavam ao acúmulo de tranquilidade, criaram em torno de si mesmos algo semelhante ao ventre materno e, graças a isso, cresceram e melhoraram, como se ainda estivessem na infância já passada; mas os "outros" logo sentiram o mundo no frio, na relva umedecida com os rastros da mãe e na solidão que a falta das protetoras forças maternas produziam.

A vida inicial, bem como o espaço percorrido na terra, correspondente à existência vivida e superada, era lembrada pelos "outros" como algo oposto à mãe desaparecida e que tempos antes a atormentara. Mas o que haviam sido a vida deles e aqueles caminhos ermos cuja imagem permitia que o mundo continuasse na consciência dos "outros"?

Nenhum dos "outros" vira seu pai, e se lembrava da mãe somente com um anseio vago do corpo por causa da paz perdida — um anseio que, na idade adulta, havia se convertido numa tristeza avassaladora. Depois do nascimento, a criança não exige nada de sua mãe — ela a ama, e até os "outros" órfãos nunca se sentiram ofendidos com as mães, mesmo quando abandonados por elas para sempre. Mas, ao crescer, a criança espera pelo pai; ela se satisfaz completamente com as forças da natureza e com os sentimentos da mãe — mesmo que tenha sido abandonada imediatamente depois de deixar o seu ventre —, a criança volta seu rosto cheio de curiosidade para o mundo, quer trocar a natureza pelas pessoas, e seu primeiro amigo-camarada, depois do calor obsessivo da mãe, depois da estreiteza da vida com suas mãos carinhosas — passa a ser seu pai.

Nenhum dos "outros" havia encontrado, ao se tornar menino, seu pai e companheiro, e, se a mãe o havia parido, ele, já nascido e vivo, não era esperado pelo pai no caminho; por isso, o pai se transformava em inimigo, em adversário da mãe — alguém que não se encontrava em parte alguma, sempre condenando o filho impotente ao risco de uma vida sem auxílio e, portanto, sem sorte.

Assim, a vida dos "outros" era uma vida sem pai — transcorria na terra vazia sem aquele primeiro camarada que poderia levá-los pela mão até as pessoas para, depois de sua morte, deixá-las como herança para os filhos — para que estas lhes servissem como substitutos. Na vida, só faltava uma coisa para os "outros" — o pai. E o velho que coçou as costas na colina cantou depois, em Tchevengur, uma canção que comovia a ele mesmo:

Quem abrirá as portas para mim,
Pássaros e animais estranhos...?
E onde está você – meu pai,
Ai de mim – eu não sei!...

Quase todos aqueles cuja chegada foi saudada pela organização bolchevique tchevenguriana se fizeram homens por si só, rodeados pela fúria dos proprietários e pela morte dos pobres — e todos, sem exceção, eram pessoas improvisadas; não há nada surpreendente na relva em profusão no prado, onde ela vive com autodefesa cerrada sobre a terra umedecida — pois é possível sobreviver e crescer assim, sem muita paixão nem demandas —; mas é estranho e raro quando, no barro pobre ou na areia em movimento, caem as sementes das ervas daninhas anônimas, movidas pela tempestade, e delas surge uma vida solitária, rodeada pelos países vazios do mundo e capaz de encontrar seu sustento nos minerais.

As demais pessoas possuíam um arsenal inteiro para o fortalecimento e desenvolvimento de suas próprias e valiosas vidas, os "outros", entretanto, tinham apenas uma única arma para se manter na terra: o resto do calor parental no corpo infantil, mas isso já era suficiente para que os "outros", esses homens anônimos, sobrevivessem, amadurecessem e alcançassem o seu futuro com vida. Aquela vida passada havia desperdiçado as forças dos que chegaram a Tchevengur, e, por isso, para Tchepúrni, pareciam elementos fracos e não proletários, como se eles se aquecessem e fossem iluminados durante toda a sua vida pela lua, ao invés do sol. Mas, depois de desperdiçar todas as suas forças para manter em si o primeiro calor parental — contra o vento adverso, que arranca tudo da vida alheia e hostil pela raiz — e, depois de reproduzir aquele calor dentro de si, graças à renda do verdadeiro povo, que tem nome, os "outros" se criaram como pessoas improvisadas e de destino desconhecido; além do mais, aquele exercício de paciência e de forças interiores do corpo criou nos "outros" uma mente cheia de curiosidade e dúvida, uma sensibilidade rápida, capaz de trocar a felicidade eterna por um camarada semelhante, porque este camarada também não tinha pai nem propriedade, mas podia fazer com que se esquecesse dessas duas coisas — e os "outros" ainda carregavam em si uma esperança segura e fértil, apesar de triste, como uma perda. Essa esperança se assegurava em que, se o principal — manter-se vivo e inteiro — desse certo, todo o resto também daria, mesmo que fosse preciso conduzir o mundo para seu derradeiro túmulo; mas se o principal já havia sido realizado e vivido — e não tivesse sido encontrado o imprescindível, que não era a felicidade, mas a necessidade —, então já não daria tempo de encontrar algo outrora perdido no que restava da vida, ou aquele algo perdido talvez já não existisse mais no mundo: muitos dos "outros" andaram por todas as estradas abertas e intransitáveis e não encontraram nada.

A aparente fraqueza dos "outros" era apenas a indiferença de suas forças; o excesso de trabalho e os tormentos da vida fizeram com que seus rostos não parecessem russos. Tchepúrni foi o primeiro entre os tchevengurianos a reparar nisso, sem prestar atenção no fato de que o proletariado e os "outros" que haviam chegado tinham tão pouca roupa pendurada neles, como se não tivessem medo de mulheres que encontrassem pelo caminho ou do frio noturno. Quando a classe recém-chegada se dispersou pelas propriedades tchevengurianas, Tchepúrni começou a suspeitar.

— Que proletariado é esse que você nos trouxe, diga-me, por favor! — dirigiu-se ele a Prokófi. — Eles são suspeitos e não são russos.

Prokófi pegou a bandeira das mãos de Tchepúrni e nela leu, baixinho, um verso de Karl Marx.

— O-ho, como não é proletariado?! — disse Prokófi. — É uma classe de primeira categoria, basta conduzi-la adiante e verá que ela não dará nem um pio. É o proletariado internacional: está vendo, eles não são russos, não são armênios ou tártaros, — não são ninguém! Eu lhe trouxe a Internacional viva, e você ainda se queixa...

Tchepúrni sentiu alguma coisa, pensativo, e anunciou em voz baixa:

— Precisamos do passo de ferro dos batalhões proletários — foi o Comitê da Província que nos enviou uma circular sobre isso —, e você trouxe os "outros" para cá! Que andar um homem descalço pode ter?

— Não se preocupe — Prokófi tranquilizou Tchepúrni —, mesmo que eles estejam descalços, seus calcanhares trabalharam tanto, que seria possível até apertar parafusos neles com uma chave de fenda. Descalços são capazes de dar a volta ao mundo durante a revolução mundial...

Os proletários e os "outros" desapareceram definitivamente dentro das casas tchevengurianas, dando continuidade à sua vida anterior. Tchepúrni foi procurar, no meio dos "outros", o velho esquálido, para convidá-lo para a assembleia extraordinária do Comitê Revolucionário, que era necessária, pois muitos assuntos organizacionais tinham se acumulado. Prokófi, que estava plenamente de acordo com ele, sentou-se na casa de tijolos para fazer projetos de resoluções.

O velho esquálido estava deitado no chão limpo da antiga casa de Shchápov. Sentado ao seu lado, um homem que poderia ter entre vinte e sessenta anos desfazia as costuras de uma calça infantil para depois poder entrar nela.

— Camarada — Tchepúrni dirigiu-se ao velho —, você devia ir à casa de tijolos. Lá se encontra o Comitê Revolucionário, e sua presença é indispensável.

— Vou — prometeu o velho. — Logo que eu me levantar, passarei lá. Doem-me as entranhas, espere por mim enquanto a dor não se dissipa.

Prokófi, então, estava já estudando os documentos revolucionários que tinham chegado da cidade e havia acendido uma lâmpada, apesar do dia de sol. Antes do início das assembleias do Comitê Revolucionário de Tchevengur a lâmpada sempre era acesa, e assim permanecia até que finalizassem o debate de todas as questões — desta forma, de acordo com a opinião de Prokófi Dvánov, se criava o símbolo moderno, que significava que a luz da vida solar na Terra devia ser substituída pela luz artificial da mente humana.

Toda a organização bolchevique de base de Tchevengur foi à sessão solene do Comitê Revolucionário, alguns dos "outros" recém-chegados estiveram presentes, em pé e com direito a voz. Tchepúrni sentou-se ao lado de Prokófi e, em geral, estava contente — apesar de tudo, o Comitê Revolucionário conseguira proteger a cidade antes de seu povoamento pela massa proletária e, então, o comunismo fora estabelecido para sempre em Tchevengur. Só tinha faltado o velho, que parecia um proletário mais experiente, mas, provavelmente, suas entranhas ainda estavam doendo. Então, Tchepúrni mandou Zhéiev atrás do velho, ordenando-lhe que, primeiro, ele achasse algum licor de ervas calmantes na despensa, desse para o velho, e, depois, o trouxesse com cuidado para a reunião.

Meia hora depois, Zhéiev apareceu junto com o velho, que ficou bem animado depois do licor de bardana e por Zhéiev ter esfregado bem as suas costas e barriga.

— Sente-se, camarada — disse Prokófi ao velho. — Está vendo os verdadeiros cuidados sociais que estão tendo com você, não é fácil morrer no comunismo!

— Vamos dar início — disse Tchepúrni. — Já que o comunismo está instaurado, não vale a pena distrair o proletariado com assembleias. Proch, leia as circulares da província e responda-lhes com nossas formulações.

— "A respeito do fornecimento das informações gerais — começou Prokófi —, segundo o formulário especial anexado à nossa circular, sob o número 238101, letra A, letras S e X, sobre o desenvolvimento da NPE[67] no distrito e sobre o grau, velocidade e manifestação do desencadeamento das forças das classes opostas em relação à NPE, bem como sobre as medidas contra eles e sobre a introdução da NPE por métodos rigorosos..."

— Bem, e qual será a nossa resposta? — perguntou Tchepúrni a Prokófi.

— Vou fazer uma tabela para eles, em que exporei tudo de maneira adequada.

— E nós não soltamos as classes parasitárias, elas é que desapareceram devido ao comunismo! — objetou Tchepúrni e se dirigiu ao velho: — O que você acha, diga-me, por favor?

— Está bem assim — concluiu o velho.

— Elabore assim mesmo: estamos bem sem classes — ordenou Tchepúrni a Prokófi. — Vamos discutir questões mais importantes.

Em seguida, Prokófi leu uma diretiva sobre a organização urgente da sociedade cooperativa de consumo no lugar do fortalecimento do comércio privado, já que a sociedade cooperativa é

---

67. Nova Política Econômica. (N. da T.)

um caminho aberto voluntário das massas para o socialismo e assim por diante.

— Isto não nos diz respeito, é para distritos atrasados — Tchepúrni recusou a proposta, porque ele nunca deixava de ter em mente a ideia principal de que o comunismo já se havia realizado em Tchevengur. — Bem, e como você formularia isso? — perguntou a opinião do velho.

— Está bem assim — formulou ele.

Mas Prokófi pensou outra coisa.

— Camarada Tchepúrni — disse ele —, talvez possamos pedir mercadorias com antecedência para essa sociedade cooperativa, pois o proletariado chegou e temos que armazenar comida para ele!

Tchepúrni ficou indignado, surpreso:

— Mas se a estepe ficou coberta de todo tipo de erva — vá, arranque cerefólios e trigo, e coma! O sol está brilhando, o solo respirando e as chuvas caindo — de que mais você precisa? De novo, você quer empurrar o proletariado para uma diligência inútil? Se estamos à frente do socialismo, estamos ainda melhores.

— Eu endosso isso — concordou Prokófi. — Fiz de conta que havia esquecido por uns instantes que aqui temos o comunismo. Afinal, andei por outras áreas, nesses lugares estão longe do socialismo, têm que se atormentar e passar pela sociedade cooperativa... O próximo ponto é a circular sobre os sindicatos — referente à quota de contribuições adimplentes dos filiados...

— Para quem? — perguntou Zhéiev.

— Para eles — respondeu Kiréi, sem pedir a palavra e irrefletidamente.

— E quem são eles? — perguntou Tchepúrni, que não sabia.

— Não está escrito — procurou Prokófi na circular.

— Escreva a eles, para que precisem para quem e para que são essas contribuições — Tchepúrni estava se habituando a elaborar ideias. — Talvez esse seja um papel apartidário, ou talvez lá os ricos arrumem cargos com essas contribuições, e o cargo, compadre, é tão ruim quanto a propriedade — de novo, será necessário combater esses restos dos canalhas, uma vez que aqui o comunismo está em cada alma, e cada pessoa quer preservá-lo...

— Por ora vou anotar mentalmente essa questão, já que nela há pontos obscuros sobre problemas de classe — determinou Prokófi.

— Mantenha em mente — concordou Zhéiev. — Na mente sempre ficam os desperdícios de reserva, enquanto o que é vivo se desperdiça e se torna escasso na cabeça.

— Excelente — aprovou Prokófi, e prosseguiu. — Agora há uma proposta de criação da comissão de planejamento, para que ela calcule a data e a quantidade de receitas e gastos da vida-propriedade, até o fim...

— Até o fim de quê? Do mundo inteiro ou só da burguesia? — Tchepúrni quis precisar.

— Não há essa informação. Está escrito: "necessidades, gastos, recursos e subsídios para todo o período de reconstrução, até o seu fim". E, mais adiante, foi proposto: "Para isso, é necessário elaborar um plano que concentre todo o trabalho preliminar, da conciliação e da regulação da consciência política, com o intuito de obter dos elementos cacofônicos da econômica capitalista a sinfonia harmoniosa de um princípio unificador supremo e de característica racional". Tudo está escrito com muita clareza, porque se trata de uma missão...

Naquele momento, o Comitê Revolucionário de Tchevengur baixou a cabeça como um só homem: um elemento da razão superior emanava da papelada e os tchevengurianos começaram a se esgotar, mais habituados à emoção do que à reflexão prévia. Tchepúrni cheirou rapé para se animar e pediu, resignado:

— Proch, dê-nos alguma referência.

O velho fitou os olhos pacientes de todo o entristecido povo tchevenguriano, afligiu-se consigo mesmo e não disse nada que pudesse ajudar.

— Tenho aqui um projeto de resolução pronto — um resumo não seria suficiente — disse Prokófi, e começou a remexer na sua montanha de papéis, buscando a folha em que fora apontado tudo o que havia sido esquecido pelos bolcheviques tchevengurianos.

— Mas quem precisa disso: eles ou os daqui? — falou o velho.

— Estou me referindo ao papel que leu: a preocupação de que falam nele é sobre nós ou sobre eles?

— Está claro que é sobre nós — explicou Prokófi. — Nos foi enviado para execução, e não para uma simples leitura em voz alta.

Tchepúrni recuperou-se do esgotamento e levantou a cabeça, na qual amadurecia um sentimento resoluto.

— Veja, camarada, eles querem que os mais inteligentes inventem o curso da vida de uma vez, para sempre e para a eternidade, e que isso aconteça antes que cada um deite debaixo da terra; os "outros" não devem sair de sua harmonia e aguentar os excessos interiores...

— Mas quem precisa disso? — perguntou o velho e, indiferente, semicerrou seus olhos enfraquecidos, por causa das impressões do mundo percorrido que estavam gravadas neles.

— Nós. Quem mais, diga-me, por favor? — agitou-se Tchepúrni.

— Mas nós conseguimos viver muito bem por nossa própria conta — explicou o velho. — Essa carta não é para nós, mas para os ricos. Quando os ricos estavam vivos, nós é que cuidávamos deles, mas ninguém precisa se lamentar por um pobre — crescido num lugar vazio e sem nenhuma razão. O pobre já é, por si, o mais inteligente — sem querer, construiu o mundo inteiro para os outros, como um brinquedo, e se protegerá até nos sonhos, porque não pensa só nele, se importando com todos...

— Não está mal o que você diz, velho — concluiu Tchepúrni.

— Proch, formule assim mesmo: o proletariado e os "outros", nas suas fileiras, organizaram sozinhos todo o mundo habitável , e, por isso, preocupar-se com os primeiros preocupadores é uma vergonha e uma desonra. Não há candidatos suficientemente prontos para isso em Tchevengur. É assim, não é, velho?

— Assim estará bem — apreciou o velho.

— Um escrivão jamais construirá uma casa para um carpinteiro — opinou Zhéiev.

— O pastor não precisa perguntar a ninguém o que fazer com o seu rebanho — disse Kiréi, ao seu lado.

— Até que o mate, o homem vive como um tonto — manifestou-se Piússia.

— Está aprovada quase por unanimidade — contou Prokófi. — Vamos passar para as questões do momento. Em oito dias, uma conferência do Partido se dará na capital da província e eles estão convidando o delegado do nosso lado, que deve ser o presidente do poder local...

— Vá, Tchepúrni, não há nada para ser discutido aqui — disse Zhéiev.

— Não há nada para ser discutido porque há uma disposição oficial — apontou Prokófi.

O velho "outro" se acocorou e, interrompendo a ordem do dia, perguntou, de forma vaga:

— Mas quem são vocês?

— Somos o Comitê Revolucionário, o órgão supremo da revolução no distrito — respondeu com precisão Prokófi. — O povo revolucionário nos outorgou plenos poderes nos limites de nossa consciência revolucionária.

— Então isso quer dizer que vocês também são os mais inteligentes, aqueles que escrevem documentos até morrer? — em voz alta, o velho expressou sua intuição.

— Assim é — confirmou Prokófi, com uma dignidade plenipotenciária.

— Ah — disse o velho, agradecido. — Porque eu estava aqui pensando que vocês estavam sentados aí simplesmente por querer — que a vocês não era dado nenhum trabalho sério.

— Não — disse Prokófi —, estamos aqui administrando toda a cidade e o distrito, trabalhamos sem cessar, todo o cuidado com a defesa da revolução foi confiado a nós. Entendeu, velho, por que em Tchevengur você se tornou um cidadão? Graças a nós.

— Graças a vocês? — perguntou o velho. — Então agradecemos.

— Não tem de quê — Prokófi recusou o agradecimento. — A revolução é o nosso serviço e o nosso dever. Só precisa obedecer a nossas ordens, e, assim, seguirá vivo e se sentirá muitíssimo bem.

— Um momento, camarada Dvánov, não precisa se colocar acima de mim — advertiu seriamente Tchepúrni. — Um camarada idoso faz agora uma observação sobre a questão de que o poder tem de se envergonhar obrigatoriamente, e você o perturba. Fale, camarada "outro"!

O velho permaneceu em silêncio — no início, em nenhum dos "outros" se produzia pensamento, apenas certa pressão de calor obscuro que depois chegava a expressar-se a duras penas em palavras, esfriando-se ao fluir.

— Estou aqui, observando — o velho disse o que havia observado. — O seu trabalho é fácil, mas falam com as pessoas com tanta importância, que é como se vocês estivessem sentados num monte, e os "outros" em um barranco. Aqui deveriam estar sentadas as pessoas doentes, que vivem somente de memórias, para que sintam o sofrimento do seu resto de vida; vocês têm um trabalho fácil, de vigia. Mas, ainda assim, são homens robustos — deveriam viver com mais dificuldades...

— Você quer se tornar o presidente do distrito? — perguntou, de chofre, Prokófi.

— Deus me livre — respondeu o velho, envergonhado. — Nunca trabalhei de guarda, nunca manejei um cacetete. O que estou dizendo é que o poder é uma coisa idiota, os mais inúteis é que devem se ocupar dele, e vocês são todos muito capazes.

— Mas o que devem fazer os mais capazes? — perguntou Prokófi ao velho, para conduzi-lo à dialética e, ali, desacreditá-lo.

— Os mais capazes têm que viver: não há uma terceira via.

— Mas viver para quê? — apertou-lhe Prokófi.

— Para quê? — repetiu o velho e se deteve, pois não conseguia pensar depressa. — Para que, estando vivo, lhe cresçam a pele e as unhas.

— E as unhas são para quê? — disse Prokófi, estreitando o velho.

— As unhas estão mortas — esquivou-se o velho. — Elas crescem de dentro para que nada de morto permaneça no homem. A pele e as unhas envolvem o homem por inteiro e o protegem.

— De quem? — Prokófi continuava impondo-lhe dificuldade.

— Da burguesia, é claro — interveio Tchepúrni, ampliando a discussão. — A pele e as unhas são o Poder Soviético. Como é que você mesmo não é capaz de formular?

— E o cabelo, o que é? – perguntou, curioso, Kiréi.

— O mesmo que a lã — disse o velho —, pode-se cortar da ovelha com ferro sem que ela sinta dor.

— Mas eu acho que, no inverno, ela terá frio e morrerá — objetou Kiréi. — Uma vez, quando eu era menino, cortei o pelo de um gatinho e o coloquei na neve — não sabia se ele era ou não um ser. Logo depois, o gatinho teve febre e morreu.

— Eu não posso formular assim na resolução — disse Prokófi. — Nós somos o órgão principal e o velho veio de lugares desabitados, ele não sabe nada e está dizendo que não somos chefes, que somos uns vigias noturnos, de baixa qualificação, coisa em que se deviam meter só as pessoas inúteis, enquanto as melhores andam pelas colinas e distritos vazios. Não será possível pôr uma resolução assim no documento, porque os operários também elaboram o documento, graças à direção correta do poder.

— Não se ofenda — disse o velho, para conter a raiva de Prokófi. — Algumas pessoas vivem e outras trabalham, de acordo com sua necessidade, e você fica no quarto pensando, como se as conhecesse e como se elas não tivessem na cabeça seus próprios sentimentos.

— Ei, velho — disse Prokófi, apanhando-o finalmente. — É isso o que você quer! Como você não entende que é necessária a organização e a consolidação das forças dispersas em uma só corrente?! Estamos aqui não só para pensar, mas para reunir as forças proletárias e organizá-las solidamente.

O velho proletário não se convenceu em absoluto.

— Se você as reúne, significa que elas mesmas querem umas às outras. Por isso lhe digo — o seu trabalho não está sob nenhum risco. Qualquer um aqui, mesmo o mais fraco, pode realizá-lo; ninguém vai roubá-lo, nem mesmo à noite...

— Não vai querer que trabalhemos à noite? — perguntou Tchepúrni, escrupuloso.

— Caso desejarem, o melhor será então trabalhar à noite — decretou o velho "outro". — De dia, um simples caminhante passará ao largo, para ele não importa, ele tem seu caminho, mas vocês se sentirão desonrados: "Estamos aqui sentados — refletirão —, pensando na vida alheia no lugar dos que vivem, enquanto um homem vivo passou ao largo e provavelmente não voltará mais aqui..."

Tchepúrni perdeu o ânimo e sentiu dentro de si o ardor da vergonha: "Como nunca me dei conta de que meu posto me faz o mais inteligente de todo o proletariado? — angustiava-se Tchepúrni, confuso. — Mas que inteligente sou eu, se tenho vergonha e medo do proletariado pelo respeito que ele me inspira?"

— Formule assim — disse Tchepúrni a Prokófi, depois do silêncio de todo o Comitê Revolucionário. — De agora em diante, marque as assembleias à noite e libere a casa de tijolos para o proletariado.

Prokófi tentou achar outra saída.

— Mas quais são as bases disso, camarada Tchepúrni? Preciso delas para a argumentação.

— Quer um fundamento? Pois ponha assim... É uma vergonha e uma desonra perante o proletariado e os "outros" que vivem de dia. Diga que é mais oportuno resolver as questões de pouca importância, bem como as coisas indecentes, em tempos imperceptíveis...

— Certo — concordou Prokófi. — À noite, o homem fica mais concentrado. E para onde eu devo transferir o Comitê Revolucionário?

— Para qualquer galpão — determinou Tchepúrni. — Escolha o pior.

— Eu, camarada Tchepúrni, sugeriria a igreja — disse Prokófi, propondo uma emenda. — Assim haverá mais contradição e o edifício permanece indecente para o proletariado.

— É uma formulação adequada — concluiu Tchepúrni. — Anote-a. Tem mais alguma coisa no documento? Termine logo, por favor.

Prokófi colocou as questões restantes de lado, para depois decidir sozinho, e relatou somente uma — a menos importante e a mais fácil de debater:

— Ainda há a organização do trabalho produtivo das massas na forma de *subbótniks*, para combater as ruínas e as necessidades da classe operária, coisa que deve inspirar as massas para que sigam marchando e significa por si só uma grande iniciativa.

— Grande iniciativa de quê? — perguntou Zhéiev, que não havia ouvido bem.

— Do comunismo, é claro — explicou Tchepúrni —, os distritos atrasados apenas começaram a construí-lo, e nós já o terminamos.

— Já que o terminamos, será melhor que não o comecemos — logo propôs Kiréi.

— Kiriúcha! — exclamou Prokófi ao dar-se conta de Kiréi. — Você foi cooptado, então fique quieto.

Durante todo o tempo, o velho "outro" não deixava de olhar uma montanha de documentos sobre a mesa: significava que muitas pessoas os tinham escrito — porque as letras tinham sido desenhadas pouco a pouco e cada uma delas exigia da mente — uma só pessoa não conseguiria gastar tantas folhas, e se escrevesse sozinha, teria sido muito fácil matá-la, então, não era uma só pessoa que estava pensando, mas um bocado, e, sendo assim, seria melhor pagar o menor preço para escapar deles e por ora respeitá-los.

— Faremos esse trabalho de graça para vocês — falou o velho, já um pouco desgostoso —, ajustaremos tudo por um preço baixo, apenas parem de discuti-lo, isso é pura ofensa.

— Camarada Tchepúrni, temos aqui um desejo evidente do proletariado — concluiu Prokófi, de acordo com as palavras do velho.

Mas Tchepúrni se surpreendeu:

— Como tira essa conclusão, se o sol não precisa dos bolcheviques?! Temos em nós a consciência de uma atitude certa perante o sol, e não temos nenhuma necessidade de trabalhar. Primeiro, temos que organizar a pobreza.

— Descobriremos o que fazer — prometeu o velho. — Vocês têm poucas pessoas e muitas casas, talvez fosse melhor juntar mais as casas, para que vivam mais perto uns dos outros.

— Podemos também transferir os jardins — eles são mais leves — pontuou Kiréi. — Com os jardins, o ar se tornará mais denso, além disso, são alimentícios.

Prokófi encontrou uma demonstração do pensamento do velho em seus documentos: verificou-se que tudo já havia sido inventado de antemão por pessoas inteligentes, que assinaram a papelada de maneira incompreensível e, por isso, permaneceram anônimas; só restava executar a vida ritmicamente, de acordo com o sentido que os demais lhe haviam dado.

— Temos aqui um documento — disse Prokófi, examinando a papelada —, segundo o qual Tchevengur precisa de uma reelaboração completa e da instalação de todos os serviços. Em consequência disso, é claramente necessário deslocar as casas, bem como garantir a circulação de ar fresco com a ajuda dos jardins.

— É também possível reinstalar tudo — concordou o velho.

Todo o Comitê Revolucionário tchevenguriano pareceu se deter em plena marcha — com frequência, os tchevengurianos não sabiam o que tinham que pensar em seguida, assim, faziam uma pausa enquanto a vida os penetrava por si própria.

— Onde há começo, camaradas, também há fim — disse Tchepúrni, sem saber o que diria depois. — Antes, tínhamos entre nós um inimigo que nos enfrentava e nós o expulsamos do Comitê Revolucionário. Agora, no lugar do inimigo, veio o proletariado. Faremos o mesmo com ele, ou o Comitê Revolucionário não será mais necessário.

No Comitê Revolucionário tchevenguriano, as palavras eram pronunciadas sem que fossem dirigidas às pessoas, como se fossem uma necessidade natural do orador. Assim, com frequência, os discursos não tinham perguntas nem propostas, continham apenas uma dúvida assombrada que servia de base não para as resoluções, mas para produzir emoções nos membros do Comitê Revolucionário.

— Quem somos nós? — disse Tchepúrni, pensando nisso pela primeira vez em voz alta. — Não somos mais do que os camaradas de todos os oprimidos do mundo! E não devemos nos afastar do fluxo quente de toda a classe, adiantando-nos, nem ficar amontoandos no mesmo lugar, como ela queria. Já que a classe fez o mundo inteiro, por que temos que nos atormentar e pensar por ela? Diga-me, por favor! É uma ofensa tão grande para ela, que rapidamente nos chamará de canalhas residuais! Neste ponto, vamos terminar a assembleia — agora tudo está claro e todos têm tranquilidade na alma.

De tempos em tempos, o velho "outro" sofria de barriga inchada de ventos e tempestades — o que acontecia como consequência de sua alimentação irregular: às vezes, não havia comida por muito tempo, então, logo que aparecia, era necessário comê-la para armazená-la, mas, por causa disso, o estômago se cansava e começava a sofrer com erupções. Em tais dias, o velho se separava de todas as pessoas e vivia em algum lugar despovoado. Depois de comer com avidez em Tchevengur, o velho mal esperou pelo fim da assembleia do Comitê Revolucionário e logo foi para as ervas daninhas, lá, deitou-se de bruços e começou a sofrer, esquecendo o que era estimado e valioso para ele em tempos normais.

À noite, Tchepúrni foi para a capital da província no mesmo cavalo que havia trazido ao proletariado. Foi sozinho, no começo da noite, na escuridão daquele mundo que, vivendo em Tchevengur, ele tinha esquecido havia muito tempo. Porém, mal se afastara do vilarejo, Tchepúrni ouviu os sons da doença do velho e se viu obrigado a encontrá-lo, para verificar a causa daqueles sinais na estepe. Feita a verificação, Tchepúrni seguiu em frente, já convencido de que o homem doente era um contrarrevolucionário indiferente, mas isso não bastava — era necessário decidir o que fazer com os sofredores no comunismo. Tchepúrni até começou a pensar em todos os doentes sob o comunismo, mas, depois, lembrou-se de que, a partir de então, era todo o proletariado quem tinha que pensar por ele e, libertado do tormento mental, confiando na verdade futura, cochilou na sua ruidosa e solitária telega, com uma sensação leve sobre a vida, sentindo um pouco a falta do proletariado que, naquele momento, pegava no sono em Tchevengur. "E ainda, o que devemos fazer com os cavalos, as vacas e os pardais?" — começou a pensar Tchepúrni, já adormecendo, mas logo abandonou esses enigmas para seguir confiando tranquilo na potência intelectual de toda a classe, que fora capaz de inventar não só a propriedade e todos os artefatos do mundo, mas também a burguesia, para a proteção dessa propriedade; e não só a revolução, mas também o Partido, para conservá-la até a chegada do comunismo.

Junto à telega, a relva passava inclinando-se para trás, como se estivesse voltando para Tchevengur, enquanto o homem sonolento que viajava nela seguia avante, sem ver as estrelas que brilhavam sobre ele das alturas espessas do eterno, porém já alcançável futuro, daquelas tranquilas formações em que as estrelas se moviam como camaradas, sem afastarem-se ao ponto de esquecerem umas das outras, e sem aproximarem-se demais, para que não se fundissem num todo em que perderiam sua diferença e sua mútua e vã atração.

~

No caminho de volta da província, Kopienkin alcançou Páchintsev e eles chegaram juntos, a cavalo, em Tchevengur.

Kopienkin mergulhou em Tchevengur como num sonho, experimentando em todo o seu corpo a paz cálida do plácido comunismo, mas não como uma ideia pessoal sublime, ilhada em um pequeno e desassossegado lugar dentro do peito. Por isso, Kopienkin pretendia fazer uma revisão completa do comunismo, para que este imediatamente despertasse nele interesse e atração, pois Rosa Luxemburgo amava o comunismo e Kopienkin a respeitava.

— A camarada Luxemburgo, sim, era uma mulher! — explicou Kopienkin a Páchintsev. — Aqui as pessoas vivem esparramadas, deitadas de boca para o ar, vivem à tripa forra e alguns andam até com brinco na orelha — eu acho que isso pareceria indecoroso à camarada Luxemburgo, ela sentiria vergonha e lhe surgiriam dúvidas, como surgiram a mim. E você?

Páchintsev não revisou Tchevengur em absoluto — ele já conhecia toda a sua causa.

— Por que ela iria se envergonhar? — disse ele — Ela também era uma mulher com revólver. Aqui é simplesmente uma reserva revolucionária, como a que eu tinha, você a viu quando pernoitou lá.

Kopienkin lembrou-se do *khútor* de Páchintsev, dos maltrapilhos silenciosos que pernoitavam na casa dos senhores e de seu amigo-camarada Aleksandr Dvánov, que, junto com Kopienkin, procurava o comunismo entre as pessoas simples e melhores.

— O que você tinha era um refúgio para o homem perdido em meio à exploração — ali não se via nenhum comunismo. Aqui, ele cresceu devido ao abandono — o povo perambulava sem vida pelos arredores, veio para cá e vive sem mover-se.

Para Páchintsev tanto fazia: ele gostava de Tchevengur e ali vivia para acumular forças e agrupar um destacamento, para depois atacar sua reserva revolucionária e tomar a revolução dos organizadores universais enviados em missão para lá. Páchintsev passava a maior parte do tempo deitado na rua, suspirando e ouvindo os raros sons da esquecida estepe tchevenguriana.

Kopienkin andava sozinho por Tchevengur e passava o tempo observando os proletários e os "outros", para averiguar se Rosa Luxemburgo era ao menos em parte estimada, mas sequer tinham ouvido falar dela, era como se Rosa tivesse morrido em vão e não por eles.

Os proletários e os "outros", quando chegaram em Tchevengur, acabaram comendo rapidamente os restos de comida da burguesia, e, quando chegou Kopienkin, já se alimentavam somente com o que encontravam de vegetação na estepe. Na ausência de Tchepúrni, Prokófi havia organizado o trabalho dos sábados em Tchevengur, prescrevendo a todo o proletariado que recompusesse a cidade e seus jardins; mas os "outros" moviam as casas e transladavam os jardins não para trabalhar, mas para pagar pela paz e pela guarida que recebiam em Tchevengur, e assim livrarem-se do poder e de Prochka. Tchepúrni, retornando da capital da província, submeteu a ordem de Prokófi ao juízo do proletariado, esperando que este, na etapa final de seu trabalho, desmontasse as casas em partes inúteis — como vestígios de sua opressão — e vivesse no mundo sem abrigo, aquecendo uns aos outros apenas com o calor de seu corpo vivo. Além disso, não se sabia se o inverno chegaria ou se o calor estival permaneceria para sempre sob o comunismo, já que o sol nascera logo no primeiro dia do comunismo, e isso queria dizer que toda a natureza estava do lado de Tchevengur.

O verão tchevenguriano seguia seu curso, o tempo escapava desesperançado no sentido contrário ao da vida, mas Tchepúrni, junto com o proletariado e os "outros", permanecia no meio do verão, no meio do tempo e de todos os elementos da natureza que se agitavam, e vivia na paz de sua alegria, justamente esperando que a felicidade definitiva da vida fosse produzida no seio do proletariado, que agora não era perturbado por ninguém. Essa felicidade da vida já existia no mundo, só que estava escondida dentro das demais pessoas; mas, mesmo escondida, seguia sendo matéria, fato e necessidade.

Kopienkin andava sozinho por Tchevengur, sem felicidade e sem uma esperança segura. Ele já teria perturbado a ordem tchevenguriana com seu braço armado há muito tempo se não estivesse esperando por Aleksandr Dvánov, para que este avaliasse Tchevengur em seu conjunto. Mas, quanto mais passava o tempo da paciência, mais a classe tchevenguriana enternecia o sentimento solitário de Kopienkin. Às vezes, parecia a Kopienkin que os proletários tchevengurianos sentiam-se pior do que ele, mas, de toda maneira, estavam mais sossegados, talvez porque, secretamente, fossem mais fortes; Kopienkin encontrava consolo em

Rosa Luxemburgo, enquanto os tchevengurianos recém-chegados não tinham ante si nenhuma alegria nem a esperavam, contentando-se com a única coisa com que contam todas as pessoas que vivem na pobreza — o intercâmbio da vida com outros iguais, companheiros de viagem e camaradas ao longo das estradas percorridas a pé.

Ele se lembrou, uma vez, de que seu irmão mais velho saía de casa toda noite para ver sua amada, enquanto os irmãos mais novos ficavam sozinhos na *khata* e sentiam a falta dele; então, Kopienkin os consolava e eles também se consolavam pouco a pouco entre si, pois precisavam disso. Agora, também Kopienkin era indiferente a Tchevengur e queria partir para se unir à sua amada Rosa Luxemburgo, mas os tchevengurianos não tinham amadas e tinham que ficar sozinhos e se consolar entre si.

Os "outros" pareciam pressentir que ficariam sozinhos em Tchevengur e não exigiam nada nem de Kopienkin nem do Comitê Revolucionário — estes tinham ideias e ordens, já os "outros" tinham apenas a necessidade de existir. Durante o dia, os tchevengurianos vagavam pela estepe, arrancavam plantas, colhiam raízes comestíveis e se nutriam até se fartar com os alimentos crus da natureza; à noite, deitavam-se na grama da rua e, em silêncio, adormeciam. Kopienkin também se deitava entre as pessoas, para ficar menos angustiado e viver o tempo mais depressa. De vez em quando, ele conversava com Iákov Títitch, o velho esquálido que, ao que parece, sabia tudo sobre o que as outras pessoas pensavam e o que elas sequer eram capazes de pensar; já Kopienkin não sabia nada com exatidão, porque tinha vivido a vida sem protegê-la, por meio de uma consciência vigilante e rica de recordações.

Iákov Títitch gostava de passar as noites deitado na grama, observando as estrelas e se tranquilizando com o pensamento de que havia astros distantes, onde existia uma vida não humana e não experimentada, para ele inalcançável e que a ele não havia sido destinada. Iákov Títitch virava a cabeça, via os seus vizinhos que tinham caído no sono e se entristecia por eles: "A vocês também não foi destinado viver lá" — pensava, e então se levantava para felicitar a todos em voz alta:

— Não importa que não nos tenha sido destinado viver lá, a matéria é a mesma — a estrela e eu somos iguais. O homem não é um animal, se pega algo, não o faz por avidez, mas por necessidade.

Kopienkin, também deitado, ouvia essas conversas que Iákov Títitch mantinha com sua alma.

— É sempre uma pena para os outros — dizia Iákov Títitch a si mesmo —, olha-se para o corpo triste de uma pessoa e sente-se compaixão: ele se consumirá, morrerá e logo será necessário se despedir dele; porém nunca se sente pena de si mesmo: apenas lembramos que vamos morrer e que vão chorar por nós, e nos dá pena abandonar os que choram por nós.

— De onde tira essas palavras confusas, velho? — perguntou-lhe Kopienkin. — Você não conhece o homem de classe proletária, mas fica aí deitado e falando...

O velho se calou, e Tchevengur também havia silenciado.

As pessoas estavam deitadas de boca para cima e a noite escura e vaga se descortinava lentamente sobre elas — tão serena e calma, que parecia que dela brotavam, de vez em quando, palavras, e os adormecidos suspiravam em resposta a elas.

— Por que se cala assim, como a escuridão? — voltou a perguntar-lhe Kopienkin. — Sente pena das estrelas? Elas são também de prata e ouro, que não é moeda nossa.

Iákov Títitch não se envergonhava de suas palavras.

— Eu não estava falando, estava pensando — disse ele. — Enquanto a palavra não é pronunciada não se é inteligente, porque não há inteligência no silêncio — apenas os tormentos dos sentimentos...

— Quer dizer que você é inteligente, já que fala como se estivesse em um comício? — perguntou Kopienkin.

— Nem por isso cheguei a ser inteligente...

— Mas por quê? Ensine-me como um camarada — pediu-lhe Kopienkin.

— Eu me tornei inteligente porque fiz de mim mesmo um homem, sem pais e sem outras pessoas. Tente você mesmo dar-se conta em sua cabeça, em voz alta, quanta vida e material tenho conseguido e gastado em mim mesmo.

— Provavelmente muito! — pensou em voz alta Kopienkin.

Iákov Títitch primeiro suspirou por causa de sua consciência oculta, e depois confessou a Kopienkin:

— Muito, realmente. Quando se é velho, pergunta-se: como a terra e as pessoas ainda seguem intactas depois de mim? Quantas coisas tenho feito, quanta comida tenho comido, quantas penas tenho passado e os pensamentos que tenho tido: como se consumiu o mundo inteiro entre as minhas mãos, deixando aos demais somente o que foi mastigado por mim. E logo me dei conta de que os demais eram como eu, que desde o nascimento carregavam seus corpos penosos e que todos os suportavam.

— Por que desde o nascimento? — perguntou Kopienkin, sem entender o velho. — O que foi, você cresceu como órfão ou foi rejeitado por seu pai?

— Cresci sem pai — disse o velho. — Em lugar dele, tive que me habituar a pessoas estranhas e passar a vida sem consolo...

— Mas, se não teve pai, por que aprecia as pessoas tanto quanto aprecia as estrelas? — surpreendeu-se Kopienkin. — Deveria apreciar mais as pessoas: sem elas, você não teria onde se abrigar; sua casa está no meio do caminho por onde elas passam... Se fosse um verdadeiro bolchevique saberia tudo, mas não é mais que um completo órfão já idoso.

No meio da cidade, no silêncio primordial, começou o gemido de uma criança, e todos os que não dormiam o ouviram — até aquele instante, a noite cobria silenciosamente a terra e esta parecia estar ausente sob a noite. Aos gemidos da criança somaram-se mais duas vozes — a de sua mãe e o relinchar alarmado de Força Proletária. Kopienkin logo se levantou e perdeu o sono, enquanto o velho, habituado a desgraças, disse:

— Algum pequeno está chorando — um menino ou uma menina.

— Os pequenos choram e os velhos seguem deitados — disse Kopienkin, irritado, culpando o velho, e saiu para dar de beber ao cavalo e consolar o que chorava.

Uma pedinte errante que aparecera em Tchevengur independente dos "outros" estava encolhida numa antessala escura, apoiando o filho com os joelhos e os braços, alentando-o com o calor da sua boca para transmitir a ele o seu vigor.

O menino jazia silencioso e dócil, sem medo dos tormentos da doença que o encerrava em um aperto cálido e solitário, e só gemia de vez em quando, não tanto por queixa quanto por tristeza.

— Que foi, meu bem? — dizia-lhe a mãe. — Me diga onde é que dói pra que eu aqueça e beije.

O menino não dizia nada e olhava para a mãe com os olhos semicerrados, que já não se lembravam dela; seu coração, recolhido na escuridão do corpo, batia com tanta persistência, raiva e esperança, como se fosse um ser à parte do menino e um amigo seu que secara os fluxos da morte purulenta com a velocidade de sua vida ardente; a mãe acariciava o peito do filho, querendo ajudar o seu coração escondido e solitário, como se afrouxasse a corda na qual então ressoava a frágil vida de seu filho, para que a corda não deixasse de soar e descansasse.

A mãe se mostrava então não apenas sensível e terna, mas também judiciosa e serena — ela temia esquecer algo, chegar tarde com sua ajuda, que ela bem conhecia e sabia oferecer ao pequeno.

Ela se lembrou com lucidez de toda a sua vida, da sua e das outras pessoas que havia visto, para escolher dela o que agora era o necessário para o alívio do menino — sozinha, sem utensílios, remédios ou roupa de cama, numa cidade desconhecida para ela, encontrada pelo caminho, a mãe indigente foi capaz de ajudar seu filho não só com ternura, mas também com um tratamento; à noite, ela havia limpado o estômago do filho com água morna, aquecido o corpo dele com panos quentes, dando-lhe água açucarada para beber e decidido não adormecer enquanto o menino estivesse vivo.

Mas o menino não parava de sofrer; as mãos da mãe começaram a suar porque a temperatura do corpo dele aumentava; o pequeno enrugou o rosto e gemeu, ultrajado pelo sofrimento e porque sua mãe permanecia ao seu lado sem lhe dar nada. A mãe, então, deu-lhe um de seus peitos para que sugasse — embora o menino já tivesse mais de quatro anos —, e ele começou a mamar com avidez o leite fino e escasso do seio há muito caído.

— Me diga alguma coisa — pediu a mãe. — Me diga o que você quer!

O filho abriu seus olhos envelhecidos e brancos, esperou para sugar todo o leite, e disse como pôde:

— Quero dormir e boiar na água; pois eu estava doente e agora estou cansado. Me acorde amanhã para que eu não morra, senão posso me esquecer e morrer.

— Sim, meu menino — disse a mãe. — Estarei vigiando você o tempo todo e amanhã pedirei carne de vaca para você.

— Me segure para que as mendigas não me roubem — disse o menino, cada vez mais fraco —, não lhes dão nada, por isso elas roubam... Estou muito triste com você, melhor seria que você tivesse se perdido.

A mãe olhou para o menino já adormecido e sentiu pena dele.

— Se não é seu destino viver neste mundo, meu querido — sussurrou —, será melhor que morra durante o sono, mas não sofra, não quero que padeça, quero que se sinta sempre com frescor e leveza.

O menino caiu primeiro no frescor de um sono tranquilo, mas logo depois deu um grito, abriu os olhos e viu que sua mãe o puxava pela cabeça para tirá-lo da bolsa em que ele estava, quente, no meio de um pão branco, e que a mãe repartia entre mendigas nuas os pedaços que tinham se desprendido de seu corpo fraco, coberto de pelo devido ao suor e à doença.

— Mãe — disse ele —, você é uma mendiga idiota. Quem lhe dará de comer na velhice? Eu já estou tão magro, e você ainda me dá de esmola para as outras.

Mas a mãe não o ouvia, ela olhava nos seus olhos já parecidos com pedrinhas mortas do rio, enquanto ela mesma gritava com uma voz tão melancólica que se tornava indiferente, esquecendo-se de que o menino já sofria menos.

— Eu estava tratanto dele, estava cuidando, não sou culpada — dizia a mãe, para se proteger dos anos de angústia que a esperavam.

Tchepúrni e Kopienkin foram os primeiros do povo de Tchevengur a chegar.

— O que foi? — perguntou Tchepúrni à mendiga.

— Quero que ele viva um minuto mais — disse a mãe.

Kopienkin se inclinou e tocou o menino — ele gostava dos mortos, porque Rosa Luxemburgo também estava entre eles.

— Para que quer um minuto? — perguntou Kopienkin. — O minuto passará, ele morrerá de novo e você começará a uivar outra vez.

— Não, então não vou mais chorar — prometeu a mãe. — É que não tive tempo de mantê-lo na memória como ele era enquanto estava vivo.

— Isso é possível fazer — disse Tchepúrni. — Eu mesmo fiquei doente por muito tempo e saí enfermeiro da carnificina capitalista.

— Mas ele já se foi, por que quer perturbá-lo? — perguntou Kopienkin.

— Bem, mas o que se passa, diga-me, por favor? — com severa firmeza, disse Tchepúrni. — Ele poderá viver um minuto, já que sua mãe o quer: viveu, viveu e agora se esqueceu! Se já tivesse esfriado ou sido tocado por vermes, mas aqui temos uma criança ainda morna — ele ainda está vivo por dentro, só morreu por fora.

Enquanto Tchepúrni estava ajudando o menino a viver mais um minuto, Kopienkin compreendeu que não havia nenhum comunismo em Tchevengur — a mulher acabara de trazer uma criança e ela já tinha morrido.

— Chega de perder tempo, já não é mais possível reorganizá-lo — disse Kopienkin a Tchepúrni. — Se não se pode sentir o coração, quer dizer que o homem já desapareceu.

No entanto, Tchepúrni não abandonou suas ocupações de enfermeiro: acariciou o peito do menino, tocou-lhe a garganta sob as orelhas, inspirou o ar da boca da criança e esperou pela volta da vida do falecido.

— O que o coração tem a ver com isso — contestou Tchepúrni, concentrado em sua diligência e fé médica —, o que o coração tem a ver com isso? Diga-me, por favor. A alma está na garganta, eu já lhe provei isso!

— Está bem, na garganta, que seja — concordou Kopienkin —, isso é uma ideia e não está protegendo a vida, está gastando-a; é que você vive em Tchevengur, não trabalha e por isso fala que o coração não tem nada a ver com isso: o coração é um servo para o homem, ele é um trabalhador, e vocês são todos uns exploradores e não têm aqui o comunismo!...

A mãe trouxe água quente para ajudar no tratamento de Tchepúrni.

— Não se torture — disse-lhe Tchepúrni. — Agora toda Tchevengur se afligirá por ele, você terá que fazê-lo somente em uma pequena parte...

— Mas, quando ele dará um suspiro? — disse a mãe, escutando atentamente.

Tchepúrni pegou o menino nos braços, apertou-o contra o seu corpo e o colocou entre os joelhos, para que ele se sustentasse sobre as pernas, como quando vivia.

— Você está fazendo tudo isso sem pensar? — reprovou-lhe a mãe, aflita.

Prokófi, Zhéiev e Iákov Títitch entraram na antessala; eles ficaram ao lado e não perguntaram nada, para não atrapalhar.

— O meu raciocínio não funciona aqui — explicou Tchepúrni —, estou agindo de acordo com a memória. O menino deveria viver o seu minuto sem mim: aqui atua o comunismo e toda a natureza funciona de acordo com ele. Em qualquer outro lugar, ele teria morrido ainda ontem. Ele viveu um dia a mais por estar em Tchevengur — estou lhe dizendo!

"É muito provável que assim seja" — pensou Kopienkin e olhou para a rua, para ver se no ar, em Tchevengur, ou no céu sobre ela se notava alguma compaixão pelo morto. Mas o tempo estava mudando e o vento soprava, fazendo soarem as ervas daninhas; os proletários se levantavam da terra que ia esfriando e se dirigiam a suas casas para passar a noite.

"É como no imperialismo — Kopienkin mudou de opinião —, o tempo também está agitado e não se vê o comunismo — talvez, se o menino de repente desse um suspiro, então, sim."

— Não o torture mais — disse a mãe a Tchepúrni, quando este meteu quatro gotas de azeite entre os doces lábios do menino. — Que ele descanse, não quero que o incomode mais, ele me disse que estava exausto.

Tchepúrni penteou o cabelo emaranhado do menino, já escurecido, porque a primeira infância do falecido já tinha terminado. Sobre o telhado da antessala começaram a cair gotas de uma chuva repentina que ia acalmando-se, mas um vento abrupto se agitou sobre a estepe, arrancou a chuva da terra e a levou consigo para uma escuridão distante — e, de novo, a rua ficou silenciosa, apenas emanando um cheiro de umidade e barro.

— Agora, ele dará um suspiro e olhará para nós — disse Tchepúrni.

Os cinco tchevengurianos inclinaram-se sobre o corpo frio da criança, para ver assim a vida que iria se repetir em Tchevengur, pois ela seria muito curta. O menino estava calado, sentado no colo de Tchepúrni; sua mãe havia tirado as meiazinhas grossas que ele calçava e começado a cheirar o suor de seus pés. Passou aquele minuto em que o menino teria podido viver, para que sua mãe o retivesse na memória e se consolasse, morrendo, em seguida, novamente; mas o menino não quis sofrer a morte duas vezes, jazia defunto nos braços de Tchepúrni — e sua mãe o entendeu.

— Eu não quero que ele viva nem mais um minuto — renunciou ela —, ele terá que sofrer e morrer de novo, que fique assim como está.

"Que comunismo é este? — questionou-se definitivamente Kopienkin, e saiu para a rua coberta pela noite úmida. — Não foi capaz de fazer respirar o menino nem uma vez; uma pessoa aparece aqui e morre. Isso é a peste, não o comunismo. Chegou a hora de partir, camarada Kopienkin, para longe daqui."

Kopienkin sentiu ânimo, a companhia dos horizontes distantes e da esperança; olhava quase com tristeza para Tchevengur, porque logo iria se despedir dela para sempre; Kopienkin sempre perdoava todas as pessoas que cruzavam o seu caminho e os povoados e cidades que abandonava: suas esperanças traídas se viam compensadas pela separação. À noite, Kopienkin perdia a paciência — a escuridão e o sono indefeso das pessoas lhe provocavam o desejo de fazer uma exploração profunda no principal Estado burguês, porque lá também reinava a escuridão e os capitalistas jaziam nus e inconscientes —, de maneira que era possível dar-lhes um fim e, ao amanhecer, proclamar o comunismo.

Kopienkin se dirigiu ao seu cavalo, examinou-o e apalpou-o, para se assegurar de que podia partir com ele no momento necessário e constatou que podia, sim, fazê-lo: Força Proletária estava tão forte e disposto a cavalgar para as lonjuras e para o futuro quanto antes, como já havia feito por todos os caminhos que percorrera.

Uma sanfona começou a soar nos arredores de Tchevengur — algum dos "outros" contava com música, estava sem sono e assim se consolava de sua insone solidão.

Kopienkin nunca ouvira uma música daquelas — parecia pronunciar palavras que não eram articuladas até o fim, pelo que permaneciam como uma nostalgia irrealizada.

"A música deveria dizer profundamente tudo o que quisesse dizer — emocionou-se Kopienkin. — Ela parece me chamar pelo som, mas não deixaria de soar, caso eu me aproximasse."

Entretanto, Kopienkin foi em direção à música noturna, para examinar a fundo os tchevengurianos e escrutar neles o comunismo que não conseguia sentir. Até no campo aberto, onde nenhuma organização podia haver, Kopienkin se sentia melhor do que em Tchevengur; tempos antes ele havia cavalgado pela cidade com Sacha Dvánov e quando começava a ficar melancólico, Dvánov também ficava; suas tristezas iam ao encontro uma da outra, detendo-se, assim, no meio do caminho.

Mas em Tchevengur não havia nenhum camarada cuja tristeza pudesse cruzar com a sua, por isso a tristeza de Kopienkin se prolongava pela estepe, depois pelo vazio do ar noturno, e acabava no mundo solitário de mais adiante. Ao ouvir a música, Kopienkin pensava que aquele homem não dormia pela aflição que lhe produzira o fato de não haver ali comunismo. Sob o comunismo, ele teria pronunciado as palavras da música até o fim, e, ao acabar a música, teria se aproximado dele. Mas, por vergonha, ele não dizia tudo.

Era difícil entrar em Tchevengur e era difícil sair dela — as casas não formavam ruas, eram desordenadas e apinhadas, como se as pessoas quisessem se apoiar umas nas outras com suas moradias; nos desfiladeiros de entre as casas brotavam ervas daninhas, que as pessoas não conseguiam calcar porque estavam descalças.

Quatro cabeças humanas surgiram das ervas daninhas e disseram a Kopienkin:

— Espere um pouco.

Eram Tchepúrni e os que estiveram com ele ao lado da criança morta.

— Espere — pediu-lhe Tchepúrni. — Talvez ele ressuscite mais depressa sem nós.

Kopienkin também se sentou nas ervas daninhas; a música havia parado e agora dava para ouvir os grunhidos dos ventos e as correntes na barriga de Iákov Títitch, ao que ele apenas suspirava e continuava aguentando.

— Por que ele morreu? Se é alguém nascido depois da revolução...? — perguntou Kopienkin.

— É verdade. Por que então ele morreu, Proch? — Tchepúrni, assombrado, repetiu a pergunta.

Prokófi sabia.

— Todos os homens, camaradas, nascem, vivem e morrem em função das condições sociais, e não de outra maneira.

Nesse instante Kopienkin se levantou — tudo então se tornara claro para ele. Tchepúrni também se levantou — ele ainda não sabia qual era a origem da desgraça, mas, de antemão, já se sentia triste e envergonhado.

— Quer dizer que a criança morreu por causa do seu comunismo? — perguntou, severo, Kopienkin. — Então o seu comunismo é uma condição social! Por isso, ele não existe. Agora vamos ajustar as contas, sua alma de capitalista! Você tomou uma cidade inteira no caminho da revolução... Páchintsev! — gritou Kopienkin na Tchevengur que os circundava.

— Ah! — respondeu Páchintsev do lugar oculto em que se encontrava.

— Cadê você?

— Aqui.

— Venha preparado!

— Por que hei de me preparar, se posso dar conta assim mesmo?

Tchepúrni não tinha medo, o que o atormentava era a consciência de ter morrido a menor criança de Tchevengur por causa do comunismo, e ele não conseguia formular justificação alguma para si mesmo.

— É verdade, Proch? — perguntou em voz baixa.

— É verdade, camarada Tchepúrni — respondeu aquele.

— Mas o que devemos fazer agora? O que temos aqui então é o capitalismo? O menino não terá vivido o seu minuto? Mas onde terá ido parar o comunismo, se eu mesmo o vi, se deixamos o espaço livre para ele...?

— Vocês têm que ir até a burguesia, caminhando à noite — aconselhou Kopienkin. — E, na escuridão, conquistá-la durante o sono.

— Eles têm lá a luz elétrica, camarada Kopienkin — disse com indiferença Prokófi, mostrando que estava a par. — A burguesia vive se revezando entre dia e noite, porque tem pressa.

Tchepúrni foi ver a mulher errante, para saber se o menino havia ressuscitado por causa das condições sociais. A mãe tinha levado o menino para o quarto, onde se deitou ao seu lado na cama, adormecendo enquanto o abraçava. Tchepúrni permaneceu junto a eles, experimentando uma dúvida — devia ou não acordar a mulher? Certa vez, Prokófi dissera a Tchepúrni que quando alguém sente no peito uma desventura, a este é necessário dormir ou comer alguma coisa gostosa. Em Tchevengur, não havia nada gostoso, e a mulher escolhera o sono para se consolar.

— Está dormindo? — perguntou Tchepúrni à mulher, em voz baixa. — Quer que a gente procure alguma coisa gostosa para comer? Aqui, nos sótãos, sobrou comida dos burgueses.

A mulher dormia em silêncio; o menino estava encostado nela com a boca aberta, como se ele tivesse o nariz entupido e respirasse por ela; Tchepúrni viu que o menino tinha os dentes já estragados — havia tido tempo de desgastar e corroer seus dentes de leite, mas não de crescerem seus dentes definitivos.

— Está dormindo? — inclinou-se Tchepúrni. — Por que não para de dormir?

— Não — disse a errante, abrindo os olhos. — Eu me deitei e acabei cochilando.

— De tristeza ou por nada?

— Por nada — respondeu a mulher, sem vontade e ainda sonolenta; ela estava com o braço direito debaixo do menino e não olhava para ele, porque, por hábito, sentia-o quente e adormecido. Em seguida, a mendiga soergueu-se um pouco e cobriu suas pernas desnudas que ainda tinham certa reserva de gordura, para o caso de ainda lhe nascerem filhos futuros. "Também não está nada mal — constatou Tchepúrni —, estou certo de que alguém já deu suspiros por ela."

O menino deixou livre o braço da mãe e permaneceu deitado como um tombado na guerra civil — de boca para cima e com um rosto triste, que parecia envelhecido e consciente de si —, vestindo a única e pobre camisa das que são da classe social que vagueia pelo mundo em busca de uma vida gratuita. A mãe sabia que seu filho passara pela morte e aquela sua sensação de morte era mais torturante do que sua dor pela separação — o menino, entretanto, não se queixava a ninguém e seguia deitado, paciente e tranquilo, disposto a passar frio no túmulo durante muitos invernos. O homem desconhecido permanecia junto ao leito em que estavam ambos, e parecia esperar alguma coisa para si.

— Ele afinal não chegou a suspirar? Não é possível — aqui se acabaram os velhos tempos!

— Não — respondeu a mãe. — Eu sonhei com ele, estava vivo, andávamos de mãos dadas por um campo bem amplo. Fazia calor, não tínhamos fome e eu quis pegá-lo nos braços, mas ele disse: "Não, mamãe, chegarei mais rápido a pé. Vamos pensar, você e eu, porque não somos mais que mendigos". Mas não tínhamos

para onde ir. Sentamos numa cova rasa e começamos os dois a chorar...

— Isso não quer dizer nada — consolou-a Tchepúrni. — Nós podíamos ter dado Tchevengur ao seu filho como herança, mas ele não a quis e morreu.

— Estávamos sentados no campo e chorávamos: por que estávamos vivos, se não podíamos...? Então o menino me disse: "Mamãe, será melhor que eu morra sozinho, me enfada andar com você pela longa estrada — é sempre a mesma e a mesma coisa, nada muda". Ao que eu lhe disse: "Bem, morra, então, e talvez seja melhor que eu também adormeça com você". Ele se deitou ao meu lado, fechou os olhos, mas continuou respirando, estava vivo e não conseguia morrer. "Mamãe, não consigo" — disse-me ele. "Se não consegue, então fique assim. Vamos caminhar lentamente outra vez. Talvez encontremos algum lugar onde parar" — disse-lhe eu.

— Você o tinha vivo agora? Nesse leito?

— Aqui. Estava deitado no meu colo e respirava, não conseguia morrer.

Tchepúrni sentiu alívio.

— Diga-me, por favor, como ele morreria em Tchevengur? Aqui, temos conquistadas para ele as condições... Eu sabia que ele respiraria ainda um pouco, você não devia ter dormido.

A mãe olhou para Tchepúrni com seus olhos solitários.

— Do que mais precisa, mujique? Meu pequeno morreu, e quando morreu, se acabou.

— Não estou em busca de nada — apressou-se em responder Tchepúrni. — Me basta que você o tenha visto em sonho — isso significa que ele ainda viveu um pouco em você e em Tchevengur...

A mãe não disse nada devido à tristeza e à reflexão.

— Não — disse ela —, não é o meu filho que é importante para você, o que lhe interessa é a sua ideia! Saia daqui, estou acostumada a ficar sozinha; falta ainda muito tempo até o amanhecer e posso assim ficar deitada ao lado dele, não desperdice o tempo que me resta com ele!

Tchepúrni saiu da casa da mendiga contente com o fato de que o menino, ao menos em sonho, ao menos na mente de sua mãe, vivera com o resto de sua alma e não morrera em Tchevengur logo e para sempre.

Isso significava que em Tchevengur havia o comunismo e que ele funcionava com independência das pessoas. Mas onde é que ele ficava? E Tchepúrni, deixando a família da mulher errante, não conseguia perceber ou ver com clareza o comunismo na Tchevengur noturna, embora ele já existisse oficialmente. "Mas em que consiste a vida não oficial das pessoas? — se perguntava Tchepúrni, com espanto. — Permanecem deitadas na escuridão com os defuntos e se sentem bem! Em vão."

— Então? Como está? — perguntaram a Tchepúrni os camaradas que tinham ficado do lado de fora.

— Ele esteve respirando em sonhos, mas queria morrer e enquanto estava no campo não conseguia — respondeu Tchepúrni.

— Por isso morreu quando chegou a Tchevengur — compreendeu Zhéiev. — Aqui, ele passou a se sentir livre e a vida e a morte lhe pareceram a mesma coisa.

— Está bem claro — determinou Prokófi. — Se não tivesse morrido, sendo que queria morrer, onde é que estaria a liberdade do regime?

— Sim?! Diga-me, por favor?! — apoiou-o Tchepúrni, ainda que de forma interrogadora, e deixou de lado todas as suas dúvidas. No início, ele não conseguiu entender a que Prokófi se referia, mas viu uma satisfação geral com o ocorrido à criança forasteira e também se alegrou. O único que não via nisso nenhum raio de luz era Kopenkin.

— Mas por que a mulher não saiu para estar com vocês e ficou escondida com seu filho? — Kopienkin reprovou todos os tchevengurianos. — Isso quer dizer que ela está melhor lá do que em seu comunismo.

Iákov Títitch se habituara a viver em silêncio, digerindo suas reflexões no segredo de seus sentimentos, mas também era capaz de se expressar com justeza quando se ofendia, e de fato o fez:

— Ela ficou com o seu pequeno porque entre eles há somente sangue e o seu comunismo. Se ela abandonasse o morto, vocês não teriam base.

Kopienkin começou a respeitar o velho "outro" e reforçou ainda mais a justeza de suas palavras.

— Agora vocês têm todo o comunismo de Tchevengur em um lugar sombrio — ao lado da mulher e do menino. Por que dentro de mim o comunismo avança? Porque tenho com Rosa uma relação profunda — mesmo que ela esteja cem por cento morta!

Prokófi considerava o acontecimento daquela morte como uma formalidade e, enquanto isso, contou a Zhéiev das muitas mulheres que conhecera, com estudos superiores, inferiores e médios, por grupos separados. Zhéiev o escutava com inveja: só tinha conhecido mulheres analfabetas, grosseiras e submissas.

— Era encantadora! — disse Prokófi, terminando de contar uma história. — Havia uma arte especial em sua personalidade, era uma mulher e não uma fêmea, entende? Algo assim como... Entende...?

— Algo assim como o comunismo, certamente — soprou-lhe timidamente Zhéiev.

— Mais ou menos. Ela me saía cara, mas eu a queria. Me pedia pão e telas de tecido — tinha sido um ano de muita escassez —, e eu estava levando um pouco para minha família — meu pai, minha mãe e meus irmãos estavam na aldeia —, então pensei: "Vá embora; a minha mãe me pariu e você está me destruindo". E fui tranquilamente para casa — sentia saudades dela, mas, afinal, levei provisões e dei de comer à minha família.

— E que estudos ela tinha? — perguntou Zhéiev.

— Superiores. Ela me mostrou seus papéis — entre outras coisas havia passado sete anos estudando pedagogia; se dedicava a educar os filhos dos funcionários nas escolas.

Kopienkin ouviu que alguém estava trotando na estepe, era o barulho de uma telega: talvez fosse Sacha Dvánov.

— Tchepúrni — disse ele —, quando Sacha chegar, tire Prochka daqui. É um canalha completo.

Tchepúrni concordou, como anteriormente:

— Eu trocarei com prazer um bom por um melhor: leve, por favor.

A telega retumbou ao passar perto de Tchevengur, mas não chegou a entrar na cidade: isso queria dizer que em algum lugar, fora do comunismo, também viviam pessoas, e até viajavam.

Uma hora depois, até os tchevengurianos mais inquietos e vigilantes entregaram-se ao descanso até o frescor da manhã seguinte. Kiréi, que dormia desde a tarde do dia anterior, foi o primeiro a acordar; ele viu a mulher sair de Tchevengur com a carga da criança nos braços. Kiréi também gostaria de ir embora de Tchevengur, porque estava ficando entediado de viver aquela vida sem guerra, em terreno conquistado; já que não havia guerra, o homem tinha que viver com seus parentes, mas os parentes de Kiréi estavam longe — no Extremo Oriente, na costa do Pacífico, quase nos confins da terra, lá onde começava o céu, que cobria o capitalismo e o comunismo com absoluta indiferença. Kiréi havia caminhado de Vladivostok a Petrogrado, desbravando a terra para o Poder Soviético e a sua ideia; e, então, havia chegado a Tchevengur e dormido até se sentir descansado e começar a se entediar. À noite, Kiréi olhava para o céu e pensava nele como se fosse o Oceano Pacífico, e nas estrelas como as luzes dos navios que navegavam para o ocidente distante, passando pela sua pátria litorânea. Iákov Tititch também havia se calado; ele havia encontrado em Tchevengur uns *lápti*, que remendara com o feltro de uma bota, e se dedicava a cantar melodias tristes com sua voz áspera. Escolhia as canções para si, tratando de substituir com elas, em sua alma, o movimento para adiante; mas também para o movimento ele já tinha preparado os *lápti* — as canções não lhe bastavam para a vida.

Kiréi ficou escutando as canções do velho e perguntava a ele: "Por que se entristece, Iákov Títitch, se você já viveu o suficiente?"

Iákov Títitch renegava a sua velhice — considerava que não tinha cinquenta, mas vinte e cinco anos, porque passara a metade de sua vida dormindo e doente — como isso era uma perda, não contava.

— Mas para onde você vai, velho? — perguntava-lhe Kiréi.

— Aqui, você está entediado, e lá, será difícil: está cercado dos dois lados.

— Passarei pelo meio, sairei na estrada e, com a alma já livre, caminharei, indiferente a todos e desnecessário a mim mesmo: de onde surgiu a vida dentro de mim, para lá ela voltará.

— Mas em Tchevengur também está agradável!

— É uma cidade vazia. Um homem de passagem encontra sossego aqui; só que as casas estão sem utilidade, o sol arde sem força e o homem vive sem compaixão: não importa quem chega nem quem se vai, não se vê avareza para com as pessoas, porque os bens e a comida são baratos.

Kiréi não escutava o velho, porque via que ele estava mentindo.

— Tchepúrni respeita as pessoas e ama todos os camaradas.

— Ele ama devido ao excesso de sentimentos que tem, e não por necessidade: seu negócio é passageiro... Amanhã terei que partir.

Kiréi, no entanto, não sabia onde seria melhor para ele: ali, em Tchevengur, em meio à paz e à liberdade vazia, ou em outra cidade distante, onde as coisas fossem mais difíceis.

Os próximos dias em Tchevengur, bem como desde o início do comunismo, foram todos ensolarados, e, à noite, viam nascer a lua nova. Ninguém havia reparado nesta última, só Tchepúrni se alegrava com ela, como se a lua também fosse imprescindível ao comunismo. De manhã, Tchepúrni tomava banho e, à tarde, ficava no meio da rua, sentado em uma árvore que alguém tinha perdido, e observava as pessoas da cidade como o florescimento do futuro, o desejo ardente de todos e a emancipação para eles do poder intelectual — era uma pena que Tchepúrni não fosse capaz de expressar essas coisas.

Os proletários e os "outros" perambulavam ao redor e dentro de Tchevengur, procurando por comida pronta na natureza e nas antigas propriedades burguesas. E eles a encontravam, porque permaneciam vivos até este momento. Às vezes, um dos "outros" se aproximava de Tchepúrni e perguntava:

— O que devemos fazer?

Coisa que surpreendia Tchepúrni:

— Por que pergunta para mim? — Sua razão de ser deve emergir de você mesmo. O que temos aqui não é nenhum reino, mas o comunismo.

O "outro" ficava pensando o que ele poderia fazer.

— De mim não sai nada — dizia ele —, já me esforcei.

— Continue vivendo e acumulando-se — aconselhou Tchepúrni —, então sairá alguma coisa de você.

— Dentro de mim não se perderá nada — prometia o "outro", docilmente. — Eu lhe perguntei por que não há nada por fora: você poderia nos mandar executar alguma tarefa!

Outro dos "outros" veio perguntar sobre a estrela soviética: "Por que este é agora o principal distintivo do homem, e não mais a cruz ou o círculo?" Tchepúrni o enviou a Prokófi, que lhe explicou que a estrela vermelha simbolizava os cinco continentes, unidos sob uma única direção e tingidos com o sangue da vida. O "outro" o escutou e foi novamente a Tchepúrni para verificar a informação. Tchepúrni pegou a estrela nas mãos e logo viu que, ao invés de continentes secos, ela era uma pessoa, com pernas e braços abertos para abraçar outra pessoa. O "outro" não sabia para que as pessoas deviam se abraçar. Tchepúrni explicou-lhe, então, que em relação a esse ponto o homem não tem culpa alguma, pois era seu corpo que havia sido moldado para o abraço, pois se não fosse — o que iriam fazer com suas pernas e braços? "A cruz é também um homem — lembrou o outro —, mas por que ela está numa perna só, se o homem conta com duas?" Também isso Tchepúrni pôde decifrar: "Antigamente, as pessoas queriam se abraçar apenas com os braços, mas como não conseguiam, passaram a dispor também de suas pernas". O outro se contentou com essa explicação: "Parece verdade" — dizia ele, e seguia vivendo.

Ao anoitecer começou a chover, porque a lua começara a se lavar; as nuvens fizeram com que anoitecesse mais cedo. Tchepúrni entrou numa casa e se deitou na escuridão, para descansar e se concentrar. Mais tarde apareceu outro dos "outros" e transmitiu a Tchepúrni um desejo geral — que se tocassem canções com os sinos da igreja, porque o único homem que tinha uma sanfona na cidade foi embora com o instrumento em direção desconhecida, mas os que haviam ficado já estavam habituados à música e não podiam esperar. Tchepúrni respondeu que aquele era um assunto dos músicos, e não dele. Mas logo os sinos começariam a repicar sobre Tchevengur; os sons eram suavizados pela queda da chuva, e parecia uma voz humana cantando sem respirar. Acompanhado pelo som do repique dos sinos e da chuva, outro homem aproximou-se de Tchepúrni, já indistinguível no silêncio da escuridão caída.

— O que foi que inventou? — perguntou Tchepúrni, que cochilava quando o homem entrou.

— Quem inventou o comunismo aqui? — perguntou a voz velha do homem que acabava de entrar. — Mostre-nos o comunismo em algo que se veja.

— Vá chamar Prokófi Dvánov ou alguma outra pessoa — todos lhe mostrarão o comunismo!

O homem saiu e Tchepúrni ficou dormindo — agora, dormia bem em Tchevengur.

— Disse para procurar seu Prochka, que tudo sabe — disse o homem a um camarada seu, que o esperava na rua, sem proteger a sua cabeça da chuva.

— Vamos procurá-lo, eu não o vejo há vinte anos, ele, agora, se tornou grande.

O ancião deu uns dez passos e mudou de ideia:

— É melhor achá-lo amanhã, Sacha. Vamos antes procurar o que comer e onde passar a noite.

— De acordo, camarada Gópner — disse Sacha.

Mas, quando eles começaram a procurar comida e um lugar para pernoitar, não encontraram nada: verificou-se que não era necessário procurá-los. Aleksandr Dvánov e Gópner estavam no comunismo e em Tchevengur, onde todas as portas permaneciam abertas, porque as casas estavam vazias e todas as pessoas se alegravam em ver novas pessoas, porque os tchevengurianos, em vez de bens, só podiam adquirir amigos.

≈

O sineiro tocou as matinas da Páscoa com os sinos da igreja de Tchevengur — ele não podia tocar a Internacional, ainda que fosse de origem proletária e a profissão de sineiro fosse apenas uma das que havia exercido no passado. A chuva caiu inteiramente, o ar se impregnou de silêncio e a terra cheirava à vida penosa concentrada nela. A música dos sinos, assim como o ar noturno, incitava o homem tchevenguriano a renegar seu estado e seguir avante: e, como os homens não tinham mais que seu corpo vazio, em vez de propriedades e ideais, e adiante não havia nada além da revolução, a melodia dos sinos os chamava também ao desassossego e ao desejo, e não à piedade e à paz. Em Tchevengur, não havia arte alguma, coisa que certa vez deixara Tchepúrni aflito, mas, em compensação, o som de uma melodia qualquer, até o dirigido do alto das estrelas emudecidas, convertia-se automaticamente numa evocação da revolução, em consciência pelo triunfo de classe ainda não alcançado.

O sineiro se cansou e deitou-se para dormir no chão do velho campanário. Mas, em Kopienkin, o sentimento podia se conservar por muito tempo — até por anos; ele não conseguia transmitir nada de seus sentimentos para outras pessoas, e só em nostalgia, saciada com ações de justiça, podia gastar a vida que transcorria em seu interior. Depois da música dos sinos, Kopienkin não esperou por mais nada: montou Força Proletária e ocupou o Comitê Revolucionário de Tchevengur sem encontrar nenhuma resistência. O Comitê Revolucionário se situava na mesma igreja onde haviam tocado os sinos. Isso era ainda melhor. Kopienkin esperou o amanhecer na igreja e logo confiscou os documentos e papéis do Comitê Revolucionário; para isso, ele amarrou em um só pacote todos os papéis e escreveu no documento de cima: "Acelerar a ação a partir de agora. Passar à leitura o proletariado chegado de fora. *Kopienkin*".

Ninguém apareceu no Comitê Revolucionário até o meio-dia; o cavalo de Kopienkin relinchava de sede, mas Kopienkin o obrigou a sofrer em nome da conquista de Tchevengur. Ao meio-dia, Prokófi se apresentou no templo; encontrando-se no átrio, tirou do peito uma pasta e, com ela na mão, cruzou toda a instituição e chegou até o altar para começar a trabalhar. Kopienkin estava esperando por ele em um dos ambões.

— Já está aqui? — perguntou a Prokófi. — Fique onde está e me espere.

Prokófi se submeteu, ele sabia que Tchevengur ignorava toda forma correta de governo, que os elementos inteligentes tinham que viver no meio de uma classe atrasada e que, sob seu comando, pouco a pouco, tinham de fazê-la avançar.

Kopienkin confiscou a pasta de Prokófi e dois revólveres de mulher, e, em seguida, o conduziu detido ao nártex.

— Camarada Kopienkin, será que você é capaz de fazer a revolução? — perguntou Prokófi.

— Claro que sou. Não vê que a estou fazendo?

— Mas tem, ao menos, pagado a quota de filiado? Mostre-me o carnê de membro do Partido.

— Não lhe mostro. A você foi concedido o poder, mas você não tem garantido o comunismo para os pobres. Vá para o altar e fique lá esperando.

O cavalo de Kopienkin rugiu de sede e Prokófi retrocedeu, afastando-se de Kopienkin, até o nártex do altar. Kopienkin encontrou um recipiente com *kutiá*[68] no armário de pão bento e o passou para Prokófi, para que ele pudesse se alimentar. Depois o trancou, passando uma cruz pelas maçanetas.

Prokófi observava Kopienkin através dos desenhos recortados na porta e não dizia nada.

— Sacha chegou e está andando pela cidade à sua procura — disse, de repente, Prokófi.

Kopienkin sentiu que seu apetite havia despertado com a alegria, mas, diante da presença do inimigo, fez um esforço e manteve a calma.

— Se Sacha chegou, então saia logo daqui: ele sabe perfeitamente o que fazer com vocês, agora você já não é mais tão assustador.

Kopienkin arrancou a cruz das maçanetas da porta, montou Força Proletária e se lançou em seguida a galope, através do nártex e do átrio, até Tchevengur.

---

68. Prato ritualístico para celebrar a missa das almas, feito de arroz ou grãos de trigo cozido, adoçado com mel e passas. (N. da T.)

Aleksandr Dvánov estava andando pela rua e ainda não tinha compreendido nada — a única coisa que percebia era que em Tchevengur se estava bem. O sol brilhava sobre a cidade e a estepe como uma única cor no meio do céu ermo e, com a insistência irritada de uma força demasiado madura, concentrava na terra o calor claro de seu florescer. Tchepúrni acompanhava Dvánov, tentando explicar-lhe o comunismo, mas não conseguia. Por fim, reparando no sol, sinalizou para Dvánov:

— Essa é a nossa base — ela arde sem se consumir.

— Onde está a sua base? — perguntou-lhe Dvánov, olhando para ele.

— Aí está. Não fazemos as pessoas sofrerem, porque vivemos graças à força excedente do sol.

— Por que excedente?

— Porque se não fosse excedente o sol não a mandaria para baixo e ficaria preto. Mas, como é excedente, ele a envia para nós, para que, assim, possamos viver a vida entre nós! Compreendeu?

— Quero ver com meus próprios olhos — disse Dvánov, que caminhava cansado e confiante; queria ver Tchevengur não para controlá-la, mas, sim, para sentir melhor a realidade de sua fraternidade local.

A revolução passara como passa um dia; nas estepes, nos distritos e nos confins do território russo os disparos haviam cessado por muito tempo e a grama havia invadido, pouco a pouco, o caminho dos exércitos, dos cavalos e de todos os caminhantes bolcheviques russos. Os espaços abertos das planícies e do país jaziam no meio do vazio e no silêncio, exalando o último suspiro, como um campo ceifado, e o sol tardio se consumia solitário nas alturas em que dormitava sobre Tchevengur. Na estepe, já não aparecia ninguém montado em cavalo de batalha: alguns haviam sido liquidados, seus corpos tinham desaparecido e seus nomes esquecidos; outros haviam domado seus cavalos e conduziam os pobres de seus povoados de origem já não para a estepe, mas para um futuro melhor. Se alguém aparecia na estepe, ninguém se detinha com atenção — era algum homem inofensivo e tranquilo que estava passando ao largo para resolver seus próprios assuntos. Ao chegar a Tchevengur com Gópner, Dvánov viu que na natureza não havia mais a angústia de antes, nem perigo, nem desgraça nas aldeias situadas à beira da estrada: a revolução tinha passado por esses lugares, havia liberado os campos para a aprazível nostalgia e havia desaparecido não se sabia onde, como se tivesse se escondido na escuridão interior do homem depois de ter se cansado de percorrer seus caminhos. O mundo parecia com um crepúsculo, e Dvánov sentiu que também dentro dele começava a se instalar o entardecer, o tempo da maturidade, o tempo da felicidade ou do pesar. Numa tarde assim, no entardecer de sua vida, o pai de Dvánov tinha desaparecido para sempre nas profundezas do lago Mútevo, desejando contemplar o amanhecer do futuro antes que lhe chegasse a sua hora. Agora começava outra tarde — talvez já tivesse sido vivido o dia cuja manhã o pescador Dvánov quis ver, e o seu filho revivia aquele entardecer. Aleksandr Dvánov não amava a si mesmo com tamanha força de modo a procurar alcançar o comunismo em benefício de sua vida pessoal, mas seguia adiante junto com todos os demais porque assim faziam todos e era assustador ficar sozinho; ele queria estar com as pessoas, porque não tinha pai nem uma família que fosse sua. Mas a Tchepúrni, ao contrário, era o comunismo que o atormentava tanto quanto ao pai de Dvánov torturava o segredo da vida após a morte; Tchepúrni não tinha podido suportar o mistério do tempo e havia dado fim ao curso lento da história, organizando urgentemente o comunismo em Tchevengur — da mesma maneira que o pescador Dvánov não havia suportado sua vida, tranformando-a em morte para experimentar antecipadamente a beleza do outro mundo. Mas Dvánov queria ao pai por algo distinto de sua curiosidade, da mesma maneira que também gostava de Tchepúrni por outra coisa, não por sua paixão pelo comunismo imediato — o pai era necessário para Dvánov por si mesmo, como o amigo primeiro e já perdido, e Tchepúrni, como um camarada sem família e sem terra, que as pessoas não aceitariam sem o comunismo. Dvánov amava seu pai, Kopienkin, Tchepúrni e muitos outros, porque todos eles, tal como o seu pai, pereceriam de impaciência para com a vida, e ele ficaria sozinho no meio de estranhos.

Dvánov lembrou-se do velho Zakhar Pávlovitch, que apenas se mantinha com vida. "Sacha — ele costumava dizer —, faça alguma coisa neste mundo, você não vê que os homens vivem e morrem? Nós não precisamos de mais que um pouquinho de qualquer coisa?"

E Dvánov decidiu ir a Tchevengur para conhecer o comunismo que havia ali e voltar para junto de Zakhar Pávlovitch, para ajudá-lo e a todos os demais que apenas viviam. Mas, por fora, não se notava o comunismo em Tchevengur, ele devia estar escondido no interior das pessoas — Dvánov não o tinha visto em parte alguma —, a estepe estava vazia e solitária e junto a algumas casas se encontravam os "outros", sonolentos. "A minha juventude está acabando — pensava Dvánov —, há silêncio dentro de mim e a tarde passa por toda a história." Aquela Rússia onde Dvánov vivia e pela qual caminhava estava vazia e esgotada: a revolução tinha passado, sua colheita fora feita, agora as pessoas comiam caladas o grão maduro, para que o comunismo se tornasse carne permanente de seu corpo.

— A história é triste, porque é passageira e sabe que vão esquecê-la — disse Dvánov a Tchepúrni.

— Você tem razão — respondeu Tchepúrni, maravilhado. — Como é que eu mesmo não havia me dado conta? Por isso os pássaros não cantam à noite — só os grilos: que canção vai ser a deles?! Aqui, os grilos cantam o tempo todo e há poucos pássaros — este é o lugar onde a história acabou! Diga-me, por favor, não percebemos os indícios?

Kopienkin alcançou Dvánov por trás; ficou olhando para Sacha com a avidez da amizade que sentia por ele e esqueceu-se de descer do cavalo. Foi Força Proletária que primeiro relinchou para Dvánov, e só então Kopienkin desceu ao solo. Dvánov estava com o rosto sombrio — estava envergonhado de seu sentimento excessivo por Kopienkin e temia expressá-lo e, ao fazê-lo, equivocar-se.

Kopienkin também sentia vergonha pelas secretas relações de camaradagem que havia entre os dois, mas se viu animado pelo cavalo que relinchou alegre.

— Sacha, você acaba de chegar...? — perguntou Kopienkin.

— Deixe-me beijá-lo um pouco para aliviar meu sofrimento.

Depois de beijar Dvánov, Kopienkin virou-se para seu cavalo e começou a falar baixinho com ele. Força Proletária olhava para Kopienkin com astúcia e desconfiança, sabia que o momento não era para conversas e duvidava do que ele dizia.

— Não olhe para mim... Não está vendo que fiquei comovido?!... — dizia Kopienkin em voz baixa. Mas o cavalo não tirava seu olhar sério de Kopienkin e continuava calado. — É verdade que você é um cavalo, mas é também um idiota — disse-lhe Kopienkin. — Está com sede, então por que fica calado?

O cavalo deu um suspiro. "Agora, sim, estou perdido — pensou Kopienkin. — Até a esse besta fiz suspirar!"

— Sacha — disse Kopienkin —, quantos anos já se passaram desde que a camarada Luxemburgo morreu? Tenho pensado nela ultimamente — passou tanto tempo desde que ela deixou de viver.

— Muito tempo — disse Dvánov, baixinho. Kopienkin mal ouviu a voz de Dvánov, e virou-se assustado. Dvánov chorava em silêncio, sem tocar o rosto com as mãos, e suas lágrimas de vez quando caíam no chão — ele não tinha onde esconder o rosto de Tchepúrni e Kopienkin.

— A um cavalo se pode perdoar — reprochou Kopienkin a Tchepúrni. — Mas você é um homem e sequer consegue partir!

Kopienkin havia ofendido Tchepúrni em vão: este estava se sentindo culpado todo o tempo e queria encontrar um jeito de ajudar aqueles dois homens. "Será possível que o comunismo não seja suficiente para eles, que se aflijam mesmo o tendo?" — se perguntava com tristeza Tchepúrni.

— Vai continuar aí plantado? — perguntou Kopienkin. — Acabo de deixá-lo sem o Comitê Revolucionário e você não faz mais que me olhar?

— Fique com ele — respondeu respeitosamente Tchepúrni. — Eu mesmo quis fechá-lo — com gente assim, para que precisamos do poder?!

Fiódor Fiodórovitch Gópner, tendo dormido e descansado, havia percorrido Tchevengur e, graças à ausência de ruas, perdera-se na capital do distrito. Ninguém conhecia o endereço de Tchepúrni, presidente do Comitê Revolucionário, entretanto, sabiam onde ele estava naquele momento e levaram Gópner até Tchepúrni e Dvánov.

— Sacha — disse Gópner —, não vejo aqui nenhum ofício, para trabalhadores não tem sentido viver aqui.

De início, Tchepúrni ficou amuado e passou um instante desconcertado, mas logo se lembrou de que as pessoas tinham de viver em Tchevengur e tentou tranquilizar Gópner:

— Aqui, camarada Gópner, todos temos uma só profissão — a alma, e, por ofício — a vida. O que acha disso? Não lhe parece bem?

— Não é que não me pareça bem, me parece muito mal — respondeu imediatamente Kopienkin.

— Não está mal — disse Gópner. — Só que então ficamos sem saber o que mantém as pessoas juntas — o que acontece afinal, se as une com saliva ou as junta à base de ditadura...?

Tchepúrni, como homem honesto que era, tinha começado a pôr em dúvida a plenitude do comunismo de Tchevengur, e devia ter alguma razão, porque fizera tudo segundo a sua ideia e conforme o sentido coletivo dos tchevengurianos.

— Deixe esse tonto em paz — disse Kopienkin a Gópner. — Ele organizou aqui a glória em vez do bem. Aqui faleceu uma criança por causa dos esforços coletivos.

— Mas quem constitui aqui a classe operária? — perguntou Gópner.

— O sol brilha sobre nossas cabeças, camarada Gópner — informou Tchepúrni, em voz baixa. — Antes, a exploração o cobria com sua sombra, mas, como não a temos, aqui é o sol quem trabalha.

— Então pensa que tem conseguido conduzir aqui o comunismo? — perguntou de novo Gópner.

— Aqui não há nada além dele, camarada Gópner — explicou tristemente Tchepúrni, fazendo um esforço de pensamento para não se equivocar.

— Por enquanto não o percebo — disse Gópner.

Dvánov olhava para Tchepúrni com tanta compaixão que sentia dor em todo o seu corpo durante suas respostas tristes e tensas. "É duro para ele, mas, mesmo que não perceba — constatava Dvánov —, vai na direção certa, e faz o que pode."

— Mas nós não conhecemos o comunismo — disse Dvánov —, e por isso não podemos vê-lo aqui de imediato. Além disso, não devíamos interrogar o camarada Tchepúrni, nós mesmos não sabemos mais do que ele.

Iákov Títitch se aproximou para escutar; todos olharam para ele e se calaram distraídos para não o ofender: consideraram que o teriam ofendido se falassem sem ele estar ali. Iákov Títitch permaneceu calado um instante e disse:

— O povo não consegue fazer mingau, não há trigo em parte alguma... Eu fui ferreiro — quero transferir a ferraria para mais longe, perto da estrada; vou trabalhar para os passantes, talvez eu ganhe alguma coisa para o cereal.

— O trigo sarraceno cresce por si só um pouco mais adentro na estepe, basta arrancá-lo e comê-lo — aconselhou Tchepúrni.

— Até que se chegue lá e arranque o trigo, fica-se ainda com mais fome — duvidou Iákov Títitch. — Seria mais fácil fazer alguma coisa na ferraria.

— Que translade a ferraria, não distraia o homem de seu trabalho — disse Gópner, e Iákov Títitch se dirigiu para a ferraria, atravessando as casas.

Há muito tempo a bardana invadira a ferraria, e debaixo da bardana havia um ovo — provavelmente a última galinha se escondera de Kiréi ali para botá-lo — e o último galo certamente morrera na escuridão de algum celeiro, afetado pela melancolia masculina.

O sol tinha baixado muito depois do meio-dia, o ar começara a cheirar a queimado e chegara aquela melancolia vespertina, que faz com que todo homem solitário sinta a necessidade de ir ver um amigo ou, simplesmente, de ir para o campo para pensar e tranquilizar-se da perturbação do dia entre as ervas apaziguadoras. Mas os "outros" de Tchevengur não tinham aonde ir nem ninguém por quem esperar — eles viviam sem separar-se uns dos outros, durante o dia tinham tempo de percorrer por inteiro as estepes dos arredores em busca de plantas comestíveis, e ninguém tinha sequer um lugar onde pudesse ficar sozinho. Na ferraria, Iákov Títitch sentiu uma inexplicável languidez — o telhado havia esquentado, teias de aranha pendiam por toda parte, muitas delas haviam morrido e viam-se seus frágeis cadáveres, que acabavam por cair no chão, transformando-se num pó irreconhecível. Iákov Títitch gostava de colher pelos caminhos e no fundo dos quintais os restos minúsculos e examiná-los: "O que haviam sido antes? — perguntava-se. — Que coração amante os tinha adorado e conservado?" Talvez se tratassem de pedacinhos de seres humanos ou dessas mesmas pequenas aranhas e mosquitos: nada permanecia íntegro, todas as criaturas que tiveram vida, foram amadas por seus filhos, haviam sido destruídas e convertidas em partes que não pareciam com elas, e quem havia permanecido com vida depois delas e continuava sofrendo ficara sem nada sobre o que chorar. "Que tudo morra — pensava Iákov Títitch —, mas que, ao menos, o corpo morto permaneça inteiro para se ter algo palpável para recordar: mas não, os ventos sopram, a água corre, e tudo desaparece e vira pó. Isso não é vida, é um tormento. Aquele que morre, morre por nada, e agora não se pode encontrar ninguém que tenha vivido antes, todos eles são apenas uma perda".

Ao anoitecer, os proletários e os "outros" se reuniram para alegrar-se e entreter-se uns aos outros antes de ir dormir. Nenhum dos "outros" tinha família, porque todos tinham vivido até então com tanto esforço e concentração de suas forças que a nenhum deles restavam sobras corporais para a procriação. Ter uma família exige uma semente e a força da propriedade, mas as pessoas já se esgotavam apenas com o esforço para manter a vida em seus corpos e gastavam com o sono o tempo necessário para o amor. Em Tchevengur, haviam começado a sentir tranquilidade, a ter comida suficiente, mas em seus camaradas isso provocava tristeza em vez de alegria. Antes, os camaradas eram preciosos contra a desgraça, eram imprescindíveis para o calor durante o sono e o frio na estepe, para assegurar-se mutuamente enquanto se buscava o alimento — se um não conseguia, recorria-se a outro —; definitivamente, era sempre bom ter os camaradas ao lado quando não se contava com esposa nem propriedades, nem ninguém com quem satisfazer e gastar uma alma que se entesoura permanentemente. Em Tchevengur havia bens, havia trigo selvagem nas estepes, e nas hortas cresciam hortaliças, engendradas pelos restos dos frutos do ano anterior que tinham ficado no solo; na vazia terra de Tchevengur, não havia aflição por não se ter comida nem a angústia de não se ter onde passar a noite, e os "outros" começaram a se entristecer: eles haviam empobrecido uns para os outros e se olhavam sem interesse; haviam se tornado inúteis para si mesmos, e agora também não havia entre eles nenhuma matéria útil. Um dos "outros", que respondia pelo nome de Kárpi, disse a todos naquele anoitecer em Tchevengur: "Eu quero uma família: qualquer canalha se apoia em sua semente e vive tranquilo, enquanto eu vivo aleatoriamente, sem ter em que me apoiar. Que tremendo abismo tenho sob os pés!"

A velha mendiga Agápka também caiu na tristeza.

— Me leve com você, Kárpi — disse ela —, lhe darei filhos, lavarei sua roupa, farei a sopa. Parece estranho, mas é bonito ser uma mulher casada: viver tão cheia de preocupações que não se chega a conhecer a angústia, tornando-se imperceptível para si mesmo! Porque aqui se vive todo o tempo como se estivesse diante de seus próprios olhos!

— Você é uma tosca — disse Kárpi, rechaçando Agápka. — Eu gosto das mulheres distantes.

— Não se lembra que uma vez se aqueceu comigo? — recordou-lhe Agápka. — Eu, então, certamente não era tão distante, quando você se metia mais e mais em minhas entranhas doentes!

Kárpi não negou a verdade, apenas corrigiu a data do ocorrido:

— Isso aconteceu antes da revolução.

Iákov Tititch disse que o comunismo estava agora presente em Tchevengur, que todos tiveram satisfeitos seus caprichos: antes o povo não tinha nada no ventre, enquanto agora comem tudo o que nasce na terra — o que mais se pode querer? É hora de viver e começar a pensar em algo: nas estepes morreram muitos soldados do Exército Vermelho por culpa da guerra; estavam dispostos a morrer para que os homens futuros fossem melhores do que eles, e nós somos as pessoas do futuro, mas não somos bons — agora queremos mulheres, nos entediamos, quando é hora de começar, em Tchevengur, o trabalho e os ofícios! Amanhã é necessário levar a ferraria para fora da cidade, porque ninguém passa por aqui.

Os "outros" não o escutaram e foram lentamente cada um para o seu lado, sentindo que desejavam algo, ainda que não soubessem o quê. Poucos tchevengurianos por adoção haviam sido temporariamente casados, eles recordavam e diziam aos demais que a família era uma coisa boa, porque, quando se tinha família, já não se queria mais nada e o espírito se agitava menos; só se queria tranquilidade para si mesmo e felicidade para os filhos no futuro; além disso, os filhos induzem à compaixão e nos tornam mais bondosos, pacientes e indiferentes ao que acontece em volta.

O sol ficou enorme e vermelho, e se escondeu atrás dos limites da terra, deixando no céu seu calor que agora arrefecia; na infância, os "outros" pensavam que o que acontecera era que seus pais tinham partido para longe, deixando-os sozinhos, enquanto assavam batatas para o jantar numa grande fogueira. O único trabalhador de Tchevengur tinha ficado em repouso durante toda a noite; no lugar do sol — o astro do comunismo, do calor e da camaradagem —, a lua — o astro dos solitários, dos vagabundos, dos que caminham em vão — havia começado, pouco a pouco, a brilhar no céu. A luz da lua iluminou timidamente a estepe e os espaços vazios apareceram ao olhar como se se encontrassem em outro mundo, onde a vida é contemplativa, pálida e insensível, onde a sombra do homem sussurra entre as ervas, devido ao silêncio oscilante. Na profundeza da noite que caíra, muitos partiram do comunismo para o desconhecido; tinham chegado juntos em Tchevengur, mas se foram separadamente: uns partiam em busca de mulheres para retornar depois à verdadeira vida em Tchevengur, outros, enfraquecidos pela alimentação vegetal tchevenguriana, iam para outros lugares em busca de carne, e houve um dos que partiram naquela noite — ainda na idade de menino — que partiu a fim de encontrar os seus pais em algum lugar do mundo.

Quando Iákov Títitch viu tanta gente desaparecer silenciosamente de Tchevengur, foi ver Prokófi.

— Vá em busca de mulheres para o povo — disse Iákov Títitch —, ele começa a necessitar delas. Foi você quem nos trouxe, traga agora mulheres, o povo descansou e diz que não aguentará sem elas.

Prokófi quis dizer que as mulheres também eram trabalhadoras e não estava proibido a elas viver em Tchevengur, assim, que o próprio proletariado trouxesse pela mão esposas de outros povoados; mas lembrou que Tchepúrni preferia as mulheres magras e extenuadas, para que elas não distraíssem os homens do comunismo recíproco. Então Prokófi respondeu a Iákov Títitch:

— Criarão famílias aqui e parirão a pequena burguesia.

— Se for pequena, não há por que temê-la! — disse Iákov Títitch, ligeiramente assombrado. — O pequeno é débil.

Kopienkin chegou com Dvánov, já Gópner e Tchepúrni ficaram do lado de fora; Gópner queria estudar a cidade: saber como era feita e o que havia nela.

— Sacha! — disse Prokófi, que, mesmo querendo se alegrar, não conseguiu de imediato. — Você veio viver aqui com a gente? Me lembrei de você por muito tempo, mas logo comecei a esquecê-lo. Cada vez que me lembrava de você, pensava em seguida: não, já está morto. E me esquecia de você outra vez.

— E eu também me lembrava de você — respondeu Dvánov. — Quanto mais vivia, mais me lembrava de você, e também de Prokhor Abrámovitch, e de Piotr Fiódorovitch Kondáiev, e de toda a aldeia. Continuam vivos?

Prokófi amava sua família, mas agora toda ela estava morta, ele não tinha mais ninguém para amar e baixou a cabeça, que trabalhava para muitos e não era querida por quase ninguém.

— Todos morreram, Sacha, agora começa o futuro...

Dvánov pegou a mão suada e febril de Prokófi e, percebendo nele a vergonha escrupulosa por seu passado de menino, beijou seus lábios secos e aflitos.

— Vamos viver juntos, Proch. Não se preocupe. Aqui está Kopienkin, em breve chegam Gópner e Tchepúrni... Na cidade de vocês está tudo bem, há paz, fica longe de tudo, a relva cresce por toda parte, eu nunca tinha estado aqui.

Kopienkin suspirou baixinho sem saber o que pensar ou falar. Iákov Títitch não tinha nada a ver com aquilo e mais uma vez recordou a tarefa comum:

— O que me diz, então? Nós mesmos teremos que ir buscar as mulheres ou vai trazê-las aos bandos? Alguns já partiram.

— Vá reunir o pessoal — disse Prokófi —, eu irei em seguida e lá pensarei.

Iákov Títitch saiu e Kopienkin soube então o que era que deveria dizer.

— Não precisa pensar pelo proletariado, ele tem sua própria cabeça...

— Irei para lá com Sacha — disse Prokófi.

— Se for com Sacha, vá e pense — concordou Kopienkin —, achei que iria sozinho...

Estava claro no exterior, a lua, com sua abandonada luz íntima que quase cantava de sonho e silêncio, brilhava no meio do deserto do céu acima do vazio das terras da estepe. Aquela luz penetrava na ferraria de Tchevengur através das rachaduras vetustas das portas, ainda impregnadas da fuligem que tinha se depositado ali em tempos mais laboriosos. As pessoas caminharam até a ferraria: Iákov Títitch estava reunindo todos eles, e ele mesmo caminhava atrás de todos, alto e amargurado, como um pastor dos oprimidos. Quando levantava a cabeça para olhar o céu, sentia que a respiração enfraquecia em seu peito: era como se a iluminada e ligeira altura acima dele lhe sugasse todo o ar para que ele ficasse mais leve e pudesse voar até lá. "Que bom seria ser um anjo

— pensava Iákov Títitch —, se eles existissem. Às vezes, o homem se aborrece de estar somente com outros homens."

As portas da ferraria se abriram e as pessoas entraram lá; muitos ficaram do lado de fora.

— Sacha — disse em voz baixa Prokófi a Aleksandr —, eu não tenho casa na aldeia, quero ficar em Tchevengur, pois é preciso viver com todos, senão me expulsariam do Partido; apoie-me agora. Você também não tem onde morar, vamos nos organizar todos numa única família submissa e fazer de toda a cidade um só lar.

Dvánov via que Prokófi se atormentava e prometeu ajudá-lo.

— Traga-nos mulheres! — começaram a gritar a Prokófi muitos dos "outros". — Você nos trouxe para cá e nos deixou sozinhos! Que nos traga mulheres para cá! Ou será que não somos humanos? É horrível ficarmos aqui sozinhos — aqui não se vive, só se pensa! Nos fala de camaradagem, e a mulher é um camarada íntimo para o homem; por que então não a instala na cidade?

Prokófi olhou para Dvánov e começou a dizer que o comunismo não era só uma preocupação dele, mas de todos os proletários existentes; portanto, os proletários deveriam viver agora com sua própria cabeça, como havia sido acordado na última reunião do Comitê Revolucionário de Tchevengur. Mas o comunismo se realizaria por si só, e não podia ser de outra maneira, porque em Tchevengur não havia mais que proletários.

Tchepúrni, que se mantinha longe, sentiu-se inteiramente satisfeito com as palavras de Prokófi — essa era uma formulação precisa de seus próprios sentimentos.

— Mas para que precisamos da cabeça? — exclamou um dos "outros". — Queremos viver de acordo com nossos desejos!

— Vivam, por favor — concordou imediatamente Tchepúrni. — Prokófi, vá amanhã buscar as mulheres!

Prokófi ainda dissertou um pouco mais sobre o comunismo: que em todo caso acabaria por instaurar-se completamente e que era melhor organizá-lo de antemão para não padecer; as mulheres, quando chegassem, multiplicariam os lares, e não seria como agora que há uma só Tchevengur, onde vivia uma única família de órfãos, e onde os homens vagavam de cá pra lá, mudando de lugar para passar a noite, acostumando-se uns aos outros à força de estarem sempre juntos.

— Você diz que o comunismo se instaurará no final! — disse lentamente Iákov Títitch. — Isso quer dizer que vai ser logo: quando o fim está perto, é curto! Assim, toda a duração da nossa vida passará sem o comunismo: por que devemos querê-lo então com todas as nossas entranhas? É melhor viver no erro, pois este é largo, já a verdade é curta! Você devia ter mais em conta o que é o homem!

O esquecimento lunar se estendia da solitária Tchevengur até as alturas mais profundas, onde não havia nada, e, por isso, a luz da lua ficava tão melancólica no vazio. Dvánov olhava para lá e sentia vontade de fechar os olhos para não os abrir até o dia seguinte, quando o sol tivesse nascido e o mundo fosse novamente estreito e cálido.

— É um pensamento proletário! — determinou, de repente, Tchepúrni acerca das palavras de Iákov Títitch; Tchepúrni se alegrava de que agora o proletariado pensava com sua cabeça e não era necessário pensar nem se preocupar por ele.

— Sacha! — disse Prokófi, desconcertado, e todos se puseram a ouvi-lo. — O velho tem razão! Se lembra de quando nós dois pedíamos esmola? Você pedia comida, mas não lhe davam, e eu não a pedia, mentia e inventava truques, e sempre comia com sal e tinha para fumar.

Prokófi se deteve por precaução, mas depois notou que os "outros" tinham aberto a boca, sinceramente atentos, e, sem temor a Tchepúrni, prosseguiu:

— Por que nos sentimos tão bem, mas, ao mesmo tempo, incomodados? Porque, como, com razão, disse aqui um camarada, toda verdade deve chegar aos poucos e somente no final. Aqui, nós estabelecemos a verdade e todo o comunismo de imediato, e não estamos bem com isso! Por que, sendo tudo correto entre nós, não havendo burgueses, sendo tudo solidariedade e justiça, o proletariado se aflige e sonha em se casar?

Nesse ponto, Prokófi teve medo de desenvolver sua ideia e se calou. Foi Dvánov quem terminou por ele:

— Você pretende aconselhar os camaradas que sacrifiquem a verdade, porque, de todo modo, ela terá uma vida curta e não passará do final, para que se dediquem a outra felicidade que durará muito mais, até que chegue a verdade autêntica!

— Você sabe bem disso — disse Prokófi com tristeza, e, de repente, emocionou-se. — Você sabe como eu amava a minha família e minha casa em nossa aldeia! Por amor à minha casa, eu o expulsei para morrer como um burguês, agora quero me acostumar a viver aqui, quero organizar tudo para os pobres, como se fossem todos a minha família, e eu mesmo alcançar a tranquilidade entre eles, mas não consigo de forma alguma...

Gópner escutava, mas não entendia nada; perguntou a Kopienkin, mas este também não sabia do que era que as pessoas necessitavam ali, além de mulheres. "Está vendo? — meditava Gópner. — Quando as pessoas não agem, começam a lhes sobrar pensamentos, e isso é pior que ser idiota."

— Proch, eu vou preparar um cavalo para você — prometeu Tchepúrni. — Você tem que partir amanhã logo cedo, por favor; o proletariado quer amor: isso significa que querem dominar todos os elementos selvagens de Tchevengur, e isso é magnífico!

Os "outros" foram cada um para o seu lado à espera das mulheres — já não teriam de esperar muito —, e Dvánov e Prokófi saíram juntos para fora dos limites da cidade. Acima deles, como em outro mundo, a lua se arrastava incorpórea, prestes já a descer para o ocaso; sua existência era inútil: as plantas não viviam por causa dela e o homem dormia em silêncio sob sua luz. A luz do sol, que iluminava de longe a irmã noturna da terra, continha uma matéria turva, quente e viva, mas essa luz chegava até a lua filtrada através da longitude morta dos espaços abertos; tudo o que era turvo e vivo se perdia pelo caminho, e só restava uma luz verdadeiramente morta. Dvánov e Prokófi foram para longe; suas vozes quase não eram ouvidas devido à distância e porque falavam em voz baixa. Kopienkin os observava, mas ficou com vergonha de segui-los: pareceu-lhe que os dois homens falavam com tristeza e envergonhou-se de se aproximar deles.

As pacíficas ervas daninhas que haviam invadido a terra debaixo de Tchevengur, não por avidez, mas por necessidade vital, cobriam o caminho sob os pés de Dvánov e Prokófi; os dois homens caminhavam separadamente pelas trilhas de uma estrada real outrora muito transitada: cada um deles desejava sentir o outro para sacudir a incerteza de sua própria vida errante, mas eles haviam se desacostumado um do outro — sentiam-se sem jeito e não conseguiam falar de imediato, sem constrangimento. Prokófi tinha pena de entregar Tchevengur para a apropriação das esposas dos proletários e dos "outros"; só não se importava de presentear Klavdiúcha, mas não sabia por quê. Ele se perguntava se valia verdadeiramente a pena o desperdício, levar agora à vetustez e à perda a cidade inteira com todos os bens que nela havia, para que um dia, ao final e por um curto período, se estabelecesse uma verdade que produzia perdas; não seria melhor manter em cuidadosa reserva todo o comunismo e toda a sua felicidade, a fim de liberá-la para as massas em porções limitadas, de vez em quando e segundo a necessidade de classe, preservando a inesgotabilidade dos bens e da felicidade?

— Ficarão contentes — dizia Prokófi, convencido e quase alegre. — Estão acostumados às degraças; elas não vão derrubá-los. Por enquanto vamos lhes dar pouco, e eles nos amarão. Porque se dermos tudo de uma vez, como Tchepúrni, gastarão todos os fundos e vão querer mais, mas não teremos nada para dar, então, nos substituirão e nos matarão. Eles não sabem quanto e que coisas tem a revolução: somente eu tenho a lista inteira da cidade. Tchepúrni, ao contrário, quer que, de uma vez só, não reste mais nada e que venha o fim, desde que esse fim seja o comunismo. Mas nós não permitiremos que as coisas cheguem ao final, vamos dar a felicidade aos poucos e armazená-la de novo; assim teremos o suficiente para sempre. Diga, Sach, é correto o que estou dizendo?

Dvánov ainda não sabia até que ponto isso era correto, mas queria sentir plenamente os desejos de Prokófi, imaginar-se com seu corpo e sua vida, para então ver pessoalmente por que tudo deveria ser como ele afirmava. Dvánov tocou Prokófi levemente e disse:

— Continue falando, eu também quero viver aqui.

Prokófi olhou para a estepe, clara, porém morta, e para Tchevengur, ao fundo; a lua brilhava nos vidros das janelas, atrás dos quais dormiam os solitários "outros"; em cada um deles jazia uma vida com a qual era preciso se preocupar agora, para que não saísse da estreiteza de seus corpos, transformando-se numa atividade desnecessária. Mas Dvánov não sabia o que guardava o corpo de cada homem, enquanto Prokófi o sabia quase com exatidão: suspeitava sobretudo dos homens silenciosos.

Dvánov se lembrava de muitas aldeias e cidades, com muita gente dentro delas, e Prokófi apontou, paralelamente à memória de Aleksandr, que a desgraça nas aldeias russas não eram um tormento, mas um costume, que o filho separado da casa paterna nunca mais voltava a ver seu pai nem sentia a falta dele, pois filho e pai não estavam ligados pelos sentimentos, mas pela propriedade; poucas e raras eram as mulheres que não tinham asfixiado de propósito ao menos um de seus filhos ao longo de sua vida, e não tanto por pobreza, mas para poder continuar vivendo livremente e recostar-se com o seu homem.

— Você mesmo pode ver, Sach — continuou com convicção Prokófi —, que a satisfação dos seus desejos os leva a se repetirem e até a desejar algo novo. E todo cidadão quer realizar seus sentimentos o mais rápido possível, para que os tormentos não façam com que sinta menos a si mesmo. Mas, assim, não poderão satisfazer-se nunca: hoje vão querer uma propriedade, amanhã uma mulher, depois a felicidade todo o dia e toda a noite — coisa que nem a história daria conta. Melhor seria reduzir, pouco a pouco, o homem, que logo se acostumará: de toda forma, terá que sofrer.

— O que você quer fazer então, Proch?

— Eu quero organizar os "outros". Dei-me conta de que onde há organização, apenas uma pessoa pensa, enquanto as outras vivem vazias, seguindo a primeira. A organização é um artifício engenhoso: todos conhecem a si mesmos, mas ninguém possui a si mesmo. E todo o mundo fica bem, com a exceção daquele primeiro, porque ele tem que pensar. Com a organização, pode-se retirar muito do supérfluo das pessoas.

— Mas para que é preciso fazer isso, Proch, se vai ser penoso para você? Será o mais infeliz, sentirá medo de viver sozinho, separado e acima de todos. Os proletários vivem uns dos outros, e você — de quem irá viver?

Prokófi examinou Dvánov com um olhar prático: tal homem era um ser inútil, não era um bolchevique, mas um mendigo com um saco vazio, ele mesmo era um dos "outros"; teria sido melhor falar com Iákov Títitch, porque este, ao menos, sabia que o homem era capaz de suportar tudo; contanto que lhe proporcionem sofrimentos novos e desconhecidos, ele não sentiria dor alguma: o homem só sente a desgraça por costume social, e não porque ele a inventa de repente. Iákov Títitch entenderia que o que propunha Prokófi não engendrava perigo algum, enquanto Dvánov só sentia demasiado o ser humano, sem saber medi-lo com precisão.

As vozes dos dois homens se apagaram longe de Tchevengur, na imensa estepe enluarada; Kopienkin passou um bom tempo esperando Dvánov nos limites da cidade, mas, como este tardava em chegar, deitou-se, esgotado, entre as ervas daninhas e adormeceu.

Ele acordou já de madrugada, com o barulho de uma telega: o silêncio fazia com que todos os barulhos em Tchevengur soassem como trovão e alarme. Era Tchepúrni que se dirigia à estepe, em busca de Prokófi, numa carruagem preparada para que este trouxesse as mulheres. Prokófi, por sua vez, estava muito perto; fazia tempo que caminhava de volta à cidade junto com Dvánov.

— Que tipo de mulheres devo recrutar? — perguntou Prokófi a Tchepúrni, e se sentou na carruagem.

— Nada especial! — explicou Tchepúrni. — Que sejam mulheres, apenas isso; mas, sabe, que não sejam nada de mais, basta que se diferenciem do homem. Nada que desperte a atração, traga-nos apenas elementos amortecidos!

— Entendido — disse Prokófi, e pôs o cavalo em marcha.

— Saberá como fazer? — perguntou Tchepúrni.

Prokófi virou para ele seu rosto inteligente e seguro:

— Perfeitamente! Trarei-lhe quem você quiser; sejam quem forem, as juntarei em massa, e não restará ninguém para afligir-se sozinho.

E Tchepúrni se tranquilizou: agora o proletariado se consolaria; mas, de repente, precipitou-se atrás de Prokófi e, agarrando-se à parte traseira da telega, pediu-lhe:

— Proch, traga uma pra mim também: de repente, me invadiu uma vontade de encanto! Tinha me esquecido de que também sou proletário! E não tenho visto Klavdiúcha!

— Ela foi ao povo visitar uma tia — disse Prokófi. — Vou trazê-la de volta.

— Não sabia disso — disse Tchepúrni, e meteu uma pitada de rapé no nariz, para sentir o tabaco em vez do sofrimento pela separação de Klavdiúcha.

Fiódor Fiódorovitch Gópner tinha já dormido suficientemente e, do campanário da igreja de Tchevengur, observava a cidade e sua zona adjacente, onde, segundo lhe diziam, tinha se instaurado o futuro e se realizado por inteiro o comunismo, onde a única coisa a ser feita era viver e estar ali. Tempos antes, quando era jovem, Gópner havia trabalhado na reparação da linha telegráfica anglo-indiana, a terra lá parecia com a estepe tchevenguriana. Isso acontecera há muito tempo e, então, ninguém podia adivinhar que Gópner viveria sob o comunismo, numa cidade corajosa pela qual talvez tenha passado sem se dar conta, no caminho de volta do telégrafo anglo-indiano: isso lhe dava pena, porque teria sido melhor para ele ter ficado logo para sempre em Tchevengur, mas, de todo modo, também não se sabia: a única coisa que diziam era que ali o homem simples vivia bem, mas Gópner ainda não o havia percebido.

Abaixo, Dvánov e Kopienkin passaram e, não sabendo onde descansar, sentaram-se junto à cerca do cemitério.

— Sach! — gritou Gópner, de cima. Isso se parece com o telégrafo anglo-indiano; aqui também se vê longe, é um campo aberto!

— Anglo-indiano? — perguntou Dvánov, imaginando aqueles horizontes distantes e misteriosos por onde passava o telégrafo.

— Ele está pendurado em suportes de ferro fundido, Sach, todos marcados, e o fio atravessa a estepe, as montanhas e os países quentes!

Dvánov começou a sentir dor na barriga, coisa que lhe acontecia sempre que pensava em terras distantes e inalcançáveis, com nomes atraentes e melodiosos — Índia, Oceania, Taiti e as Ilhas da Solidão —, que se encontravam no meio do oceano azul, apoiadas em fundos de corais.

Iákov Títitch também passeava naquela manhã; ia diariamente ao cemitério, porque somente este tinha um carvalhal que o fazia parecer um bosque, e ele gostava de ouvir o barulho monótono das árvores padecendo sob o vento. Gópner gostava de Iákov Títitch: era um homem magro e velho e, como Gópner, tinha a pele das orelhas azulada pela tensão.

— Sente-se bem aqui ou não muito? — perguntou-lhe Gópner; ele já tinha descido do campanário e estava sentado junto à cerca, no meio de um grupo de pessoas.

— Não estou mal — respondeu Iákov Títitch.

— Não precisa de nada?

— Não, me viro assim.

Chegava um novo dia ensolarado, longo como todos os dias de Tchevengur; por serem longos os dias, a vida se tornara mais perceptível, e Tchepúrni considerava que a revolução ganhara tempo em benefício dos "outros".

— O que poderíamos fazer hoje? — perguntou Gópner, e todos se inquietaram um pouco; somente Iákov Títitch, que estava de pé, permaneceu tranquilo.

— Aqui não se pode fazer nada para se acalmar — disse ele —, espere por algo.

Iákov Títitch foi para uma clareira e se deitou ao sol para se aquecer; tinha dormido as últimas noites na casa que antes havia pertencido a Ziúzin e se afeiçoou a essa, porque nela vivia uma barata solitária, a qual ele alimentava de vez em quando; a barata levava uma existência anônima, sem esperança alguma; entretanto vivia com paciência e constância, sem exteriorizar seus sofrimentos, pelo que Iákov Títitch a tratava com todo o cuidado e até se equiparava a ela em segredo. O telhado e o teto daquela casa envelheceram e se deterioraram; através deles se filtravam as gotas de orvalho que caíam sobre o corpo de Iákov Títitch, fazendo-o passar frio, mas não podia mudar de refúgio, porque sentia pela barata a mesma pena que sentia por si mesmo. Iákov Títitch tinha vivido antes em lugares desnudos, onde não havia nada para se acostumar ou se apegar além de algum companheiro de estrada igual a ele mesmo; mas Iákov Títitch necessitava imperiosamente apegar-se a um objeto vivo para poder achar, na atenção e condescendência para com este, a paciência necessária para a sua própria existência, e também para descobrir, a partir da observação, como viver melhor e com menos dor; além disso, na compaixão com a qual Iákov Títitch contemplava a vida alheia, encontrava alívio para a sua própria vida; e ele não sabia o que fazer com ela: não existia senão como um resto, como um dejeto da população humana. Assim que os "outros" chegaram em Tchevengur, perderam a camaradagem recíproca: haviam adquirido propriedades e abundante mobiliário doméstico, que frequentemente tocavam com suas próprias mãos sem saber de onde procediam — eram objetos muito caros para que fossem presenteados a alguém —; os "outros" os acariciavam com mãos hesitantes, como se tais objetos representassem a vida solidificada e sacrificada de seus pais mortos e de seus irmãos perdidos em algum lugar de outras estepes. Os tchevengurianos chegados de fora haviam construído tempos antes isbás e cavado poços, mas longe dali — em terras siberianas colonizadas, por onde havia passado o caminho circular de sua existência.

Iákov Títitch tinha ficado quase sozinho em Tchevengur, como depois de seu nascimento, e, acostumado antes aos homens, contava agora com sua barata; vivendo por ela em uma casa miserável, acordava à noite com o frio das gotas de orvalho que caíam do teto.

Fiódor Fiodórovitch Gópner havia distinguido Iákov Títitch entre a massa dos "outros"; ele lhe pareceu o mais desolado de todos e um homem que só continuava vivendo pela inércia de ter nascido. Mas a desolação havia se mortificado em Iákov Títitch, ele já não a percebia como um estado de mal-estar e vivia para esquecer por meio do que fosse: antes de chegar a Tchevengur, tinha perambulado com as pessoas e inventara todo tipo de histórias, que seu pai e sua mãe estavam vivos, que ele se dirigia lentamente ao encontro deles, e que quando chegasse se sentiria, por fim, maravilhosamente bem; ou inventava a história de que o transeunte que caminhava ao seu lado era um homem que lhe pertencia, e que dentro do mesmo se encontrava o essencial que faltava então a Iákov Títitch, com o que podia se sentir tranquilo e seguir caminhando com forças renovadas; e, agora, Iákov Títitch tinha recorrido à barata para viver. Já Gópner, desde que chegara a Tchevengur, não sabia o que fazer; nos primeiros dois dias, estivera passeando e viu que a cidade fora desmontada e juntada pelos *subbótnik* num amontoado, mas a vida nela estava se decompondo em miudezas, e cada miudeza não sabia a que se agarrar para se sustentar. Mas o próprio Gópner não conseguia, até o momento, decifrar qual peça tinha que ser ajustada em Tchevengur para que na cidade funcionassem a vida e o progresso, e então perguntou a Dvánov:

— Sach, já está na hora de pôr isso em ordem.

— Pôr em ordem o quê? — perguntou Dvánov.

— Como o quê? Por que então viemos para cá? Todos os detalhes do comunismo.

Dvánov permaneceu pacientemente imóvel.

— Isso aqui não é nenhuma máquina, Fiódor Fiódorovitch, aqui moram pessoas e nunca poderá colocá-las em ordem até que elas próprias se organizem. Antes eu pensava que a revolução fosse uma locomotiva, mas agora vejo que não.

Gópner quis imaginar tudo aquilo com precisão — ele coçou o pavilhão da orelha, de onde, graças ao descanso, havia desaparecido o azul da pele, e imaginou que, como não havia locomotiva, cada pessoa deveria contar com sua própria máquina a vapor da vida.

— E por que é assim? — perguntou Gópner, quase com assombro.

— Provavelmente para acumular mais forças — disse afinal Dvánov. — De outra maneira, não se poderia arrancar.

A folha azul de uma árvore caiu suavemente perto de Dvánov; suas bordas já haviam se amarelado: a folha vivera seus dias, morrera e agora voltava à paz da terra; o verão tardio estava terminando e chegava o outono — a estação dos orvalhos abundantes e das estradas desertas da estepe. Dvánov e Gópner olharam para o céu, que lhes pareceu mais alto, porque já perdia a força vaga do sol que tornava o céu brumoso e baixo. Dvánov sentiu saudades do tempo passado que se extraviava e desaparecia constantemente enquanto o homem permanecia no mesmo lugar, com sua esperança posta no futuro; e ele entendeu a razão pela qual Tchepúrni e os bolcheviques tchevengurianos desejavam tanto o comunismo: este era o fim da história, o fim do tempo; o tempo transcorria só na natureza, enquanto no interior do homem se detinha a nostalgia.

Um "outro", descalço e agitado, passou correndo ao lado de Dvánov; atrás dele, como um louco, ia Kiréi, carregando um pequeno cão nos braços, porque este não conseguia acompanhar a velocidade do amo; um pouco mais atrás vinham correndo mais cinco "outros" que ainda não sabiam para onde se dirigiam; eram homens já maduros, mas que faziam todo o possível para avançar com uma felicidade infantil enquanto o vento que soprava contra os seus rostos tirava de seus longos cabelos embaçados o lixo e arestas de pegamassas que neles se grudaram durante o sono. Atrás de todos, passou Força Proletária em galope retumbante, montado por Kopienkin, que apontava para a estepe com a mão, sinalizando-a para Dvánov. Pelo horizonte da estepe, como se fosse por uma montanha, caminhava um homem alto e distante; estava todo envolto pelo ar e as plantas de seus pés mal tocavam a linha terrestre; era em direção a ele que corriam os homens de Tchevengur. Mas o homem caminhava e caminhava, e começou a desaparecer do outro lado do visível, com isso os tchevengurianos percorreram meia estepe a toda pressa, retornando logo depois sobre seus passos — outra vez sozinhos.

Tchepúrni chegou correndo mais tarde, com grande agitação e alarma.

— O que acontece aqui, digam-me, por favor! — perguntou aos "outros", que caminhavam lenta e tristemente.

— Havia um homem que estava caminhando — contaram os "outros". — Pensávamos que vinha em nossa direção, mas ele desapareceu.

Tchepúrni permaneceu imóvel, sem compreender essa necessidade de um homem distante, quando tinham ao seu lado uma multidão de homens e camaradas. E relatou essa estranha situação a Kopienkin, que acabara de chegar a cavalo.

— E você acha que eu sei? — disse Kopienkin, do alto do cavalo. — Eu gritava o tempo todo para eles: cidadãos, camaradas, idiotas, para onde vão a galope? Parem! E eles continuavam correndo: é provável que, assim como eu, eles quisessem a Internacional — uma única cidade na Terra não era suficiente para eles!

Kopienkin esperou que Tchepúrni pensasse e acrescentou:

— Eu também partirei daqui em breve. Esse homem caminha pela estepe rumo a algum lugar, enquanto eu tenho de ficar aqui sem me mover e existir para que haja o seu comunismo — mas não se vê o comunismo em parte alguma! Pergunte a Sacha, ele também está desconsolado.

Nesse instante, Tchepúrni já havia chegado a perceber claramente que o proletariado de Tchevengur queria a Internacional, quer dizer, as pessoas distantes, aborígenes e alógenos, a fim de se unir a elas, de modo que toda a multicolorida vida terrestre crescesse em um só arbusto. Antigamente, passavam por Tchevengur ciganos, monstros diversos e negros; se agora aparecessem por aqui, seria possível atraí-los, mas há muito tempo não havia nem sinal deles. Isso significava que, depois da entrega das mulheres, Prokófi teria que viajar aos países escravistas do Sul e trazer os oprimidos para Tchevengur. E, para aqueles proletários que, por fraqueza e velhice, não conseguissem chegar a pé a Tchevengur, seria necessário enviar-lhes ajuda em forma de bens e fazer chegar até eles a cidade inteira, caso a Internacional necessitasse; eles poderiam viver em covas cavadas na terra ou em cálidos barrancos.

De volta à cidade, os "outros" começaram a subir de vez em quando nos telhados das casas e a examinar a estepe, para ver se alguém se aproximava, se Prochka estava chegando com as mulheres ou se alguma coisa aconteceria ao longe. Mas não havia mais que o ar silencioso e vazio sobre as ervas daninhas; ao longo do caminho principal, coberto pela vegetação, o vento levava para Tchevengur cardos-corredores sem lar — a solitária erva peregrina. A casa de Iákov Títitch se encontrava exatamente de maneira transversal sobre o que antigamente havia sido a estrada real, e nas suas paredes havia se acumulado uma verdadeira montanha de cardos-corredores, trazidos pelo vento do sudeste. De vez em quando, Iákov Títitch limpava a casa dos montões de ervas, para que a luz penetrasse pelas janelas e ele pudesse contar os dias que passavam. Salvo essa necessidade, Iákov Títitch nunca saía durante o dia. À noite, colhia plantas alimentícias na estepe. Voltaram a assaltar-lhe de novo os ventos e as torrentes, e vivia solitário com sua barata. Quanto a esta, se aproximava toda manhã do vidro da janela e olhava para o campo cálido e iluminado; suas pequenas antenas tremiam de emoção e solidão — ela via o solo quente e montões de comida sobre ele, e em torno daquelas montanhas refestelavam-se minúsculos seres, mas, apesar de serem muitos, nenhum deles tinha consciência de si mesmo.

Certa vez, Tchepúrni fora visitar Iákov Títitch — Prokófi ainda não tinha aparecido, Tchepúrni já sentia pesar por seu perdido e imprescindível amigo, e a espera era tão longa que não sabia onde se meter. A barata continuava sentada junto à janela — o dia, quente e majestoso, estendia-se sobre os grandes espaços abertos, mas o ar tinha se tornado mais leve do que no verão e parecia um espírito morto. A barata observava aflita.

— Títitch — disse Tchepúrni —, deixe-a sair ao sol! Talvez ela também sinta falta do comunismo, pensando que ele ainda está muito longe.

— E como vou viver sem ela? — perguntou Iákov Títitch.

— Vá conviver com as pessoas. Não está vendo? Eu vim ver você.

— Não posso estar com as pessoas — disse Iákov Títitch. — Sou um homem defeituoso e o meu defeito ressoa ao redor.

Tchepúrni era incapaz de julgar um homem de sua classe, porque ele mesmo se parecia com este e não podia sentir além.

— E qual é o problema de ter um defeito? Diga-me, por favor! O próprio comunismo nasceu do defeito do capital. Assim, algo também surgirá de seus sofrimentos. Deveria pensar no rapaz — ele desapareceu.

— Logo aparecerá — disse Iákov Títitch, e deitou-se de barriga para baixo, enfraquecido por ter que suportar a dor de suas entranhas. — Apenas se passaram seis dias, e a mulher gosta do tempo, ela é temerosa.

Depois de visitar Iákov Títitch, Tchepúrni seguiu caminhando: quis procurar alguma comida leve para o doente. Sobre a bigorna, onde outrora revestiam aros de rodas, estava sentado Gópner, e ao seu lado, deitado de bruços, Dvánov dormia a sesta. Gópner segurava uma batata na mão, apalpando-a e manuseando-a com minuciosa curiosidade, como se estudasse como ela tinha sido produzida; na realidade, Gópner se sentia aflito, e sempre que isso acontecia ele pegava o primeiro objeto que via pela frente, pondo toda a sua atenção nele, para esquecer aquilo que o afligia. Tchepúrni falou a Gópner sobre Iákov Títitch, contou-lhe que este estava doente e sofria sozinho em companhia de uma barata.

— E por que você o deixou assim? — perguntou Gópner. — Tem que cozinhar algum mingau para ele! Vou vê-lo mais tarde, maldito seja!

Tchepúrni também quis de início cozinhar algo, mas descobriu que, há pouco, tinham acabado os fósforos em Tchevengur e não sabia o que fazer. Mas Gópner sabia: era preciso apenas colocar em marcha, sem água, a bomba de madeira que ficava em cima de um poço raso num dos jardins transladados; no passado, a bomba retirava água para a hidratação do solo sob as macieiras e se punha em marcha por meio de um moinho de vento; certa vez, Gópner reparara naquela instalação energética, e agora havia destinado a bomba de água a obter fogo, esfregando o êmbolo a seco. Gópner ordenou a Tchepúrni que revestisse o cilindro de madeira da bomba com palha, pusesse em marcha o moinho e esperasse o cilindro começar a arder e a palha a incendiar-se.

Tchepúrni ficou contente e partiu, enquanto Gópner ia acordar Dvánov:

— Sach, levante-se depressa, temos algo para fazer. O velho doente está morrendo e a cidade precisa de fogo... Sacha! Já está tudo tão aborrecido, e você, ainda por cima, fica dormindo.

Dvánov se remexeu com grande esforço e disse, como se falasse de longe, do fundo de seu sonho:

— Já vou acordar, papai, dormir também é aborrecido... Quero viver fora, aqui me sinto apertado...

Gópner virou Dvánov de costas, para que ele respirasse do ar e não da terra, e verificou o coração dele, para ver como este batia durante o sono. O coração batia profundamente, com pressa e precisão; era de se temer que não aguentasse sua velocidade e precisão e parasse de existir, deixando de segmentar a transitória vida de Dvánov — uma vida quase silenciosa durante o sono. Gópner ficou pensativo sobre o homem que dormia — que força rítmica e protetora ressoava no seu coração? Como se o pai defunto de Dvánov tivesse carregado para sempre ou por tempo demais o coração dele com sua esperança; mas a esperança não conseguia se concretizar e pulsava dentro do homem; se se concretizasse, o homem morreria; se não se concretizasse, o homem permaneceria, mas se afligiria; e o coração, assim, bate em seu lugar, sem saída, no interior do homem. "Será melhor que continue vivendo — pensou Gópner, observando a respiração de Dvánov —, logo faremos alguma coisa para que não se atormente." Dvánov jazia sobre a relva de Tchevengur, e fosse qual fosse a direção para onde rumava sua vida, os objetivos dela tinham que estar entre as casas e as pessoas, porque adiante não havia nada além das ervas cabisbaixas dos espaços despovoados e do céu, que, com sua indiferença, sinalizava a orfandade solitária dos homens na terra. Talvez, por isso mesmo batesse o coração, por temor à solidão deste mundo aberto e idêntico em toda parte; o coração, com a sua pulsação, se liga ao mais profundo da espécie humana, que o tem carregado de vida e sentido; e seu sentido não pode ser distante e incompreensível — deve estar aí mesmo, próximo ao peito, para que o coração possa bater, do contrário, se desligaria da sensação e pararia.

Gópner passou um olhar avarento por Tchevengur: não importava que não fosse bonita, que as casas formassem amontoados intransitáveis e que os homens vivessem em silêncio; ainda assim, tinha-se mais vontade de viver ali do que em qualquer outro lugar distante e vazio.

Dvánov esticou seu corpo aquecido pelo sono e pelo descanso e abriu os olhos. Gópner olhou para ele com uma atenção solícita; ele raramente sorria e nos momentos de simpatia ficava ainda mais sombrio: tinha medo de perder aquele por quem sentia simpatia, e esse horror se expressava num humor lúgubre.

Tchepúrni já tinha posto em marcha o moinho e a bomba; o êmbolo da bomba, correndo no cilindro seco de madeira, começou a ranger por toda Tchevengur, produzindo, em contrapartida, fogo para Iákov Títitch. Gópner, com o sentido econômico e voluptuoso do trabalho, escutava aquele ranger da máquina que se extenuava e sua boca ia se enchendo de saliva ao vislumbrar o bem que proporcionaria a Iákov Títitch quando cozinhassem para o seu estômago uma comida quente e nutritiva.

Meses inteiros já tinham se passado em Tchevengur em absoluto silêncio, e agora, pela primeira vez, começara nela o rangido de uma máquina trabalhadora.

Todos os tchevengurianos se reuniram em torno da máquina e contemplaram seu esforço por um homem que sofria; eles se surpreenderam com o seu cuidado diligente para com o velho fraco.

— Ora, guerreiros da miséria — disse Kopienkin, que havia sido o primeiro a chegar para examinar o ruído alarmante. — Foi um proletário quem a inventou e a instalou, e o fez para outro proletário! Não tinha nada para presentear o seu camarada, e assim construiu o moinho de vento e uma máquina autônoma.

— Ah! — disseram os outros. — Agora se vê.

Tchepúrni sentiu o calor da bomba, sem dela se afastar: o cilindro, lentamente, se aquecia cada vez mais. Então, ele ordenou aos tchevengurianos que se deitassem em volta da máquina para que o vento frio não soprasse nela por nenhum lado. E eles ficaram deitados até o anoitecer, até que o vento tivesse se acalmado por completo e o cilindro esfriado sem provocar chamas.

— Não se aqueceu nenhuma vez mais do que a mão pode suportar — disse Tchepúrni sobre a bomba. — Talvez haja uma tempestade amanhã de manhã, então conseguiremos calor de uma só vez.

Ao anoitecer, Kopienkin encontrou Dvánov; já fazia tempo que queria afinal perguntar se em Tchevengur havia ou não comunismo, se tinha de ficar ou ir embora.

— É o comunismo — respondeu Dvánov.

— Por que então eu não o vejo de jeito nenhum? Ou será que não está crescendo? Eu deveria sentir tristeza e felicidade: meu coração se enfraquece rápido. Tenho medo até da música — quando alguém começa a tocar uma sanfona, eu me sento e choro de tristeza.

— Mas você mesmo é um comunista — disse Dvánov. — Depois da burguesia, o comunismo nasce dos comunistas e permanece entre eles. Onde o procura, camarada Kopienkin, se o guarda dentro de si? Em Tchevengur, nada se opõe ao comunismo, por isso ele nasce por si só.

Kopienkin foi até seu cavalo e o soltou na estepe para que ele pastasse; ele nunca tinha feito isso, mantinha sempre o cavalo ao alcance da mão.

O dia tinha acabado, como se um homem abandonasse o quarto no meio de uma conversa, e Dvánov sentiu frio nos pés. Ele estava sozinho no meio de um terreno baldio, à espera de ver alguém. Mas não viu ninguém; os "outros" dormiam cedo; mal podiam esperar pelas mulheres e queriam dormir para consumir mais rápido o tempo. Dvánov saiu fora dos limites da cidade, onde as estrelas brilhavam mais distantes e tranquilas, porque não estavam sobre a cidade, mas sobre a estepe, a qual o outono já vinha devastando. Alguns homens conversavam na última casa; um dos lados dessa casa estava coberto de ervas, como se o vento, assim como o sol, também tivesse começado a trabalhar para Tchevengur e transportara as ervas para recobrir com elas as casas no inverno, criando no interior destas uma reserva de calor.

Dvánov entrou na casa. Iákov Títitch estava deitado de bruços no chão, sofrendo a sua doença. Gópner estava sentado em um tamborete e pedia desculpas ao doente, porque nesse dia tinha soprado um vento fraco e havia sido impossível conseguir fogo; era provável que houvesse uma tempestade no dia seguinte: o sol tinha se escondido em nuvens distantes e lá brilhavam relâmpagos de um último temporal veranil. Tchepúrni, em pé e preocupado, guardava silêncio.

Ainda que sofresse, o que mais Iákov Títitch sentia eram saudades da vida, uma vida que agora não lhe era grata, mas que sua mente recordava com afeto, ele, silenciosamente, por ela se afligia. Ele sentia vergonha das pessoas que haviam chegado, por não ser capaz de se sentir bem disposto: tudo agora lhe era indiferente, inclusive a existência daquelas pessoas no mundo; também a sua barata havia escapado da janela para viver em algum lugar, nos habitáculos dos objetos, tendo preferido o esquecimento na estreiteza dos objetos cálidos em vez da vida na terra atrás da janela, aquecida pelo sol, mas demasiado ampla e assustadora.

— Você não devia ter se afeiçoado à barata, Iákov Títitch — disse Tchepúrni. — É por isso que ficou doente. Se você vivesse perto das pessoas, estas fariam com que as condições sociais do comunismo tivessem efeito sobre você; mas vive só e, é claro, adoeceu: todos os parasitas micróbios o atacaram, se vivesse com os demais, atacariam a nós todos e só uma pequena parte o infectaria...

— Por que não se pode amar uma barata, camarada Tchepúrni? — perguntou Dvánov num tom inseguro. — Talvez se possa. Talvez aquele que não quer ter uma barata também nunca desejará ter um camarada.

Tchepúrni, de imediato, ficou profundamente pensativo — em tais momentos todos os seus sentimentos pareciam suspender-se e ele passava a entender pouco.

— Então, que atraia a barata — disse ele, confiando em Dvánov. — Ela também vive em Tchevengur — concluiu, tranquilizado, Tchepúrni.

Alguma membrana do estômago de Iákov Títitch se tensionou tão fortemente que, horrorizado com a ideia de que ela fosse se romper, ele gemeu antecipadamente; mas a membrana voltou a relaxar-se. Iákov Títitch suspirou de pena de seu corpo e de todas aquelas pessoas que permaneciam ao seu redor; via que agora, quando seu corpo se encontrava triste e dolorido, jazia solitário no chão, enquanto as pessoas estavam de pé ao seu lado, cada um com seu corpo, sem saber aonde dirigi-lo enquanto Iákov Títitch padecia; Tchepúrni sentia mais vergonha do que os outros, ele já tinha se acostumado à ideia de que, em Tchevengur, a propriedade tinha perdido todo o seu valor e que o proletariado estava ali fortemente unido, enquanto os corpos viviam separadamente e impotentes diante dos golpes do sofrimento, que neste ponto as pessoas não estavam unidas e que isso era precisamente o que provocava que nem Kopienkin, nem Gópner vissem o comunismo: este não havia alcançado ainda a condição de matéria intermediária entre os corpos dos proletários. Também por essa razão Tchepúrni suspirou: se ao menos Dvánov ajudasse... mas este havia chegado a Tchevengur e ficado calado; ou se ao menos o proletariado se fortalecesse o mais rápido possível, já que agora não tinha com quem contar.

Na rua escureceu por completo, a noite começou a se aprofundar. Iákov Títitch esperava que todos fossem dormir dentro de alguns instantes, e ele ficaria sozinho, consumindo-se.

Mas Dvánov não conseguiu abandonar aquele velho magro e doente; queria se deitar ao seu lado e ficar assim a noite inteira, todo o tempo de sua enfermidade, assim como deitava ao lado de seu pai quando era menino; mas não o fez por timidez e porque se dava conta da vergonha que sentiria se alguém se deitasse ao seu lado para compartilhar a doença e a noite solitária. Quanto mais Dvánov pensava em como agir, tanto mais imperceptivelmente ia se esquecendo do seu desejo de ficar aquela noite na casa de Iákov Títitch, como se a mente absorvesse a vida dos sentimentos de Dvánov.

— Você, Iákov Títitch, vive sem se organizar — disse Tchepúrni, inventando assim a causa da doença.

— Que idiotices passam pela sua cabeça! — disse, ofendido, Iákov Títitch. — Se for assim, organize então o meu corpo. Você não tem feito mais que deslocar as casas com móveis, mas o corpo continua sofrendo como antes... Vá descansar, logo cairá o orvalho.

— Que o tente, maldito seja! — disse Gópner, sombrio, e saiu para a rua. Subiu no telhado, para examinar os buracos pelos quais o orvalho penetrava, deixando com frio o doente Iákov Títitch.

Dvánov também subiu no telhado e ficou ali, se segurando na chaminé; a lua já lançava seu brilho frio, os telhados úmidos já refletiam a luz com seu orvalho despovoado, e a estepe produzia desolação e terror naquele homem que ficara ali sozinho. Gópner encontrou um martelo na despensa, trouxe uma tesoura e duas chapas de ferro velho da forja e começou a consertar o telhado.

Embaixo, Dvánov cortava o ferro, endireitava pregos e mandava esse material para cima, enquanto Gópner, sentado no telhado, enchia de marteladas toda Tchevengur; era a primeira vez que, sob o comunismo, soava um martelo em Tchevengur, e que, além do sol, um homem tinha se posto a trabalhar. Tchepúrni, que tinha adentrado a estepe para ouvir se Prokófi estava vindo, voltou rapidamente ao ouvir o som do martelo; os demais tchevengurianos também não puderam se conter e foram contemplar assombrados como, de repente, um homem se tinha posto a trabalhar e para quê.

— Não tenham medo, por favor — disse Tchepúrni a todos. — Ele não está batendo por utilidade ou riqueza, não tinha nada para presentear Iákov Títitch, por isso começou a consertar o telhado que o cobre, não há nenhum mal nisso!

— Não há nenhum mal — responderam muitos deles, e ficaram de pé até a meia-noite, momento em que Gópner desceu do telhado e disse: "Agora não haverá infiltração". E todos os "outros" suspiraram de satisfação porque, a partir de então, a água não gotejaria sobre Iákov Títitch e ele poderia sofrer em paz: os tchevengurianos logo se sentiram avaros por causa de Iákov Títitch, porque tinha sido necessário revestir um telhado inteiro para que ele se mantivesse a salvo.

Os tchevengurianos passaram o resto da noite dormindo; o seu sono era tranquilo e cheio de consolo — em um extremo de Tchevengur havia uma casa, coberta por um amontoado de cardos-corredores, e em seu interior estava deitado um homem que naquele dia tinha se tornado novamente querido para eles e de quem sentiam falta durante o sono; era o mesmo carinho que sente por um brinquedo um bebê que dorme e espera que chegue a manhã para levantar-se e ter em suas mãos o brinquedo que o vincula à felicidade da vida.

Somente dois homens permaneciam sem dormir aquela noite em Tchevengur — Kiréi e Tchepúrni; ambos pensavam avidamente no dia seguinte, quando todos se levantariam; Gópner faria fogo com a bomba, os fumantes acenderiam seus cigarros de bardanas trituradas e todos voltariam a se sentir bem. Privados de família e de trabalho, Kiréi, Tchepúrni e todos os tchevengurianos que dormiam se viam obrigados a alentar os homens e os objetos para assim, de alguma maneira, multiplicar-se e aliviar a vida que crescia em um corpo que se estreitava cada vez mais. Hoje, eles haviam alentado Iákov Títitch e todos se sentiram melhor, todos haviam dormido tranquilamente, como se estivessem cansados, graças à avara compaixão por Iákov Títitch. Até o fim da noite, também Kiréi adormeceu tranquilo; e Tchepúrni, depois de sussurrar "Iákov Títitch já está dormindo, mas eu ainda não", também apoiou na terra sua debilitada cabeça.

O dia seguinte começou com uma chuva fina e o sol não apareceu sobre Tchevengur; os homens despertaram, mas não saíram das casas. Uma inquietude outonal se instalava na natureza e a terra dormia por um longo tempo sob a chuva paciente que a cercava.

Gópner estava fazendo uma caixa para a bomba de água, a fim de protegê-la da minúscula chuva e conseguir assim fazer fogo. Quatro dos "outros" estavam ao redor de Gópner, imaginando que também eles participavam do seu trabalho.

Kopienkin tirou o retrato de Rosa Luxemburgo do forro de seu gorro e sentou-se, copiando-o para fazer um quadro — ele queria dar o quadro de Rosa Luxemburgo a Dvánov; talvez ele também a amasse. Kopienkin achou um pedaço de papelão e, sentado à mesa de uma cozinha, pôs-se a desenhar com o carvão do fogão; pôs a língua para fora, movia-a para um lado e outro, experimentando um deleite especial e tranquilo que nunca conhecera em sua vida passada. Com cada olhada para o retrato de Rosa, Kopienkin se enchia de emoção e sussurrava para si: "Mulher, querida camarada", e suspirava em meio ao silêncio do comunismo tchevenguriano. Pelo vidro da janela deslizavam as gotas de chuva, as rajadas de vento, que passavam de vez em quando, secavam o vidro em seguida, e a cerca vizinha oferecia um espetáculo melancólico; Kopienkin continuava suspirando, molhava com sua língua a palma da mão, para lhe transmitir mais habilidade, e começou a contornar a boca de Rosa; quando chegou aos olhos dela, Kopienkin transbordava de ternura, mas sua compaixão não era atormentadora, era apenas a fraqueza de um coração que mal tinha esperança: fraqueza porque a esmerada arte de desenhar absorvia a força de Kopienkin. Agora, ele não teria sido capaz de montar Força Proletária de um salto e galopar pela lama das estepes até a Alemanha, até o túmulo de Rosa Luxemburgo, para chegar a tempo de vê-lo antes que este fosse destruído pelas chuvas outonais; naquele momento, Kopienkin só conseguia passar, de vez em quando, a manga do capote nos olhos extenuados pelo vento da guerra e dos campos: ele diluía seu pesar no zelo para com o trabalho, e queria imperceptivelmente atrair Dvánov para a beleza de Rosa Luxemburgo e lhe proporcionar a felicidade, já que sentia vergonha de abraçar e amar Dvánov de uma vez.

Dois dos "outros", junto com Páchintsev, estavam cortando um salgueiro vermelho na aluvião de areia dos arredores de Tchevengur. Apesar da chuva, eles não interrompiam sua tarefa e já tinham amontoado uma considerável quantidade de varas trêmulas. Tchepúrni, já de longe, detectara aquela ocupação, inadequada, sobretudo, porque os homens se molhavam e podiam se resfriar em nome das varas. Assim, foi se informar.

— O que estão fazendo? — perguntou ele. — Para que destruir o mato e passar frio?

Mas os três trabalhadores, completamente absortos, cerceavam avidamente com seus machados a vida frágil das varas.

Tchepúrni sentou-se na areia úmida.

— Veja só isso, veja só! — dizia a cada movimento de Páchintsev. — Parte e corta, mas para quê, hein? Só me diga isso — para quê?

— Para se aquecer — disse Páchintsev. — É preciso esperar o inverno de antemão.

— Ah! — Precisa esperar o inverno! — disse Tchepúrni com a astúcia que o caracterizava. — Mas você não está levando em conta que no inverno costuma haver neve!

— Quando cai, costuma haver — concordou Páchintsev.

— E quando não cai? Diga-me, por favor! — reprochou-o Tchepúrni, com mais astúcia ainda, e depois passou para uma demonstração direta: — Pois a neve cobrirá Tchevengur e, sob a neve, estaremos aquecidos. Então para que você precisa queimar chamiço? Trate de me convencer, por favor, eu não percebo nada!

— Não é para nós que as estamos cortando — disse Páchintsev, persuasivo —, é para qualquer um, para quem necessitar. Eu não preciso de calor para nada, cobrirei a *khata* com neve e assim viverei.

— Para qualquer pessoa?! — perguntou Tchepúrni, com suspeita, mas logo ficou satisfeito. — Então corte mais. Pensei que estavam cortando para si, mas como é para qualquer outra pessoa, está certo: não é trabalho, é uma ajuda. Então, corte! Mas por que está descalço? Ponha ao menos as minhas botas, você apanhará um resfriado!

— Resfriar-me, eu?! — respondeu ofendido Páchintsev. — Se eu tivesse adoecido alguma vez, você, há tempos, estaria morto.

Tchepúrni fazia rondas e observava tudo por equívoco: esquecia frequentemente que não havia mais Comitê Revolucionário em Tchevengur e que ele não era mais seu presidente. E, naquele instante, recordou que não era o Poder Soviético e afastou-se envergonhado dos que cortavam a ramagem seca, temendo o que Páchintsev e os dois "outros" pensariam dele: "Aí vai o mais inteligente e o melhor, o que quer se tornar o chefe rico dos pobres do comunismo!" E Tchepúrni se escondeu atrás da primeira cerca que encontrou, para que se esquecessem dele sem que tivessem tempo de pensar coisa alguma. De um telheiro próximo chegava o ressoar de golpes apressurados e fracos contra uma pedra; Tchepúrni arrancou uma estaca da cerca e foi até aquele telheiro com a estaca na mão, querendo ajudar aos que trabalhavam. Lá, sentados sobre a roda do moinho, estavam Kiréi e Zhéiev, fazendo pequenos sulcos na face da pedra. Ocorria que eles tinham decidido pôr em marcha o moinho de vento e moer diversos grãos maduros para fazer uma farinha fina; com essa farinha, pretendiam assar panquecas delicadas para o doente Iákov Títitch. Depois de cada sulco que faziam, os dois homens se punham a refletir se deveriam continuar sulcando a pedra ou não, e, por não chegarem ao final do pensamento, continuavam sulcando-a. Uma mesma dúvida atormentava a ambos: para fazer funcionar a mó era necessária uma lingueta, mas, em toda Tchevengur, salvo Iákov Títitch, ninguém mais sabia fabricá-la — nos velhos tempos, ele trabalhara como ferreiro. Se ele, entretanto, conseguisse fabricar uma lingueta, seria porque já estaria restabelecido e não precisaria mais de panquecas, pelo que também não seria mais necessário sulcar a pedra: quando Iákov Títitch se levantasse, se é que se restabeleceria, não seriam mais necessárias nem as panquecas nem o moinho com sua lingueta. Assim, de vez em quando, Kiréi e Zhéiev se detinham para duvidar, mas depois, em todo caso, voltavam a trabalhar, para sentir dentro de si a satisfação que lhes dava o cuidado para com Iákov Títitch.

Tchepúrni passou um tempo contemplando-os e começou também a duvidar.

— Estão trabalhando em vão — deu, prudentemente, sua opinião —, agora sentem a pedra e não os camaradas. Quando Prokófi chegar, lerá em voz alta para todos como o trabalho, junto com o capitalismo, gera essa terrível contradição... Na rua está chovendo, a estepe está empapada e nenhuma notícia do pequeno; por onde quer que eu ande, não deixo de me lembrar dele.

— Será que é realmente em vão? — confiou Kiréi a Tchepúrni. — De todo modo, Iákov Títitch ficará curado; o comunismo é mais forte do que uma panqueca. Será melhor que eu vá dar pólvora de cartucho para que o camarada Gópner faça o fogo mais rápido.

— Ele o faz sem pólvora — disse Tchepúrni a Kiréi, interrompendo-o. — As forças da natureza serão suficientes para tudo: há astros inteiros que irradiam luz, será que a palha não vai sequer acender?... Mal o sol se esconde atrás das nuvens e vocês já começam a trabalhar em seu lugar! É preciso viver de acordo com as circunstâncias, agora já não estamos sob o capital!

Mas Kiréi e Zhéiev não sabiam exatamente por que estavam trabalhando e apenas perceberam o tempo triste que fazia na rua quando se levantaram da roda do moinho, deixando sobre esta última a sua preocupação com Iákov Títitch.

De início, Dvánov e Piússia também não sabiam por que tinham ido ao rio Tchevengurka. A chuva sobre a estepe e o vale do rio criava na natureza um silêncio especial e melancólico, como se os campos úmidos e solitários quisessem se aproximar dos homens, penetrando em Tchevengur. Com uma felicidade emudecida, Dvánov pensava em Kopienkin, Tchepúrni, Iákov Títitch e em todos os "outros" que viviam agora em Tchevengur. Ele pensava naquelas pessoas como parte do único socialismo que se encontrava rodeado de chuva, estepe e luz cinzenta de todo um mundo alheio.

— Está pensando em algo, Piússia? — perguntou Dvánov.

— Estou sim — respondeu em seguida Piússia, e ficou um pouco perturbado: frequentemente se esquecia de pensar, e, naquele momento, não pensava em nada.

— Eu também estou pensando — informou Dvánov, satisfeito.

O que entendia por isso não era pensamento, mas o deleite de imaginar constantemente objetos estimados; naquele momento, tais objetos eram os homens de Tchevengur — ele imaginava seus corpos nus e pobres como matéria do socialismo que Kopienkin e ele tinham estado procurando na estepe e agora tinham encontrado. Dvánov sentia sua alma completamente saciada; não tinha apetite desde a manhã do dia anterior e nem sequer lembrava-se de comida; agora temia perder o tranquilo bem-estar de sua alma e desejava encontrar uma segunda ideia para vivê-la e gastá-la, a fim de preservar a ideia principal numa reserva intacta e voltar a ela só de vez em quando para ser feliz.

— Piússia — disse Dvánov —, é verdade que você e eu temos em Tchevengur o tesouro da alma? É preciso cuidar dele com o maior zelo possível e não tocá-lo a cada instante!

— Certamente! — disse Piússia com clareza. — Se alguém se atrever a tocá-lo, arranco-lhe imediatamente o coração!

— Os que vivem em Tchevengur também são seres humanos, precisam viver e alimentar-se — Dvánov prosseguiu seu pensamento, tranquilizando-se cada vez mais.

— Claro que necessitam — disse Piússia, compartilhando a reflexão. — Sobretudo porque aqui temos o comunismo, mas o povo está magro! Acaso se pode manter o comunismo no corpo de Iákov Títitch, sendo que está assim tão magro? Ele mesmo mal cabe em seu corpo!

Ambos aproximaram-se de um barranco abandonado, coberto há tempos por vegetação rasteira; a entrada desse barranco abria-se na bacia do rio Tchevengurka e se acabava ao chegar ao vale. Pelo amplo fundo do barranco apodrecia um riacho, que se alimentava de um manancial que vivia nas profundezas da extremidade superior daquele; o riacho tinha água permanentemente e a conservava até nos anos mais secos; ao longo de suas margens crescia sempre erva fresca. O que Dvánov, então, mais desejava era assegurar comida para todos os tchevengurianos, a fim de que vivessem no mundo por muito tempo e sem prejuízos, proporcionando à alma e ao pensamento de Dvánov, com sua presença, a paz de uma felicidade intocável; todos os corpos de Tchevengur deveriam viver firmemente, porque somente nesses corpos, com seu sentimento material, vivia o comunismo. Preocupado, Dvánov se deteve.

— Piússia — disse ele —, vamos fazer uma barragem no riacho. Por que, aqui, a água flui em vão, passando ao largo das pessoas?

— De acordo — aceitou Piússia. — E quem beberá a água?

— A terra, no verão — explicou Dvánov; ele havia decidido construir um meio artificial de irrigação no vale do barranco para que, no verão seguinte, segundo a seca e a necessidade, pudesse cobrir o vale com água, ajudando, assim, a produzir cereais e ervas alimentícias.

— É um bom lugar para hortas — disse Piússia. — Os lugares aqui são férteis: na primavera, a terra negra é arrastada das estepes até aqui, mas, no verão, com o calor, não há mais que rachaduras e aranhas ressequidas.

Uma hora mais tarde, Dvánov e Piússia trouxeram pás e começaram a cavar uma vala para desviar a água do riacho e construir assim uma represa num lugar seco. A chuva continuava caindo sem cessar e era difícil arrancar com a pá a camada úmida de ervas.

— Em compensação, as pessoas estarão sempre saciadas — dizia Dvánov, manejando a pá com ávido zelo.

— Sem dúvida! — respondeu Piússia! — O líquido é algo grandioso.

Então, Dvánov deixou de temer que se perdesse ou se deteriorasse o que constituía sua preocupação principal — proteger os homens de Tchevengur: ele havia encontrado uma segunda ideia complementar — a irrigação do barranco, para se distrair com ela e ajudar a manter a primeira ideia íntegra no seu interior. Naquele momento, Dvánov ainda tinha medo de utilizar os homens do comunismo, ele queria viver discretamente e conservar o comunismo sem deterioração, na forma de seus primeiros homens.

Ao meio-dia, Gópner conseguiu fazer fogo com a bomba de água, Tchevengur se encheu de estrondos de alegria, e Dvánov e Piússia correram para lá. Tchepúrni já tinha acendido uma fogueira e cozinhava nela uma panelinha de sopa para Iákov Títitch, celebrando o que fazia e orgulhoso de que em Tchevengur, um lugar úmido, os proletários tivessem sido capazes de fazer fogo.

Dvánov contou para Gópner a sua intenção de construir uma represa de irrigação no riacho, para que hortaliças e cereais crescessem melhor. Gópner comentou que uma represa não se podia construir sem um entalhe, por isso era necessário achar madeira seca em Tchevengur e começar a construir as estacas do dito entalhe. Dvánov e Gópner ficaram procurando uma árvore seca até o anoitecer, chegando ao velho cemitério dos burgueses, que já se encontrava fora de Tchevengur graças ao agrupamento estreito da cidade depois que as casas tinham sido transladadas durante os *subbótnik*; no cemitério, famílias ricas haviam colocado altas cruzes de carvalho em memória de seus parentes defuntos e estas haviam permanecido sobre os túmulos por décadas, como a imortalidade de madeira dos falecidos. Gópner achou que essas cruzes eram adequadas para o entalhe se se removessem delas os braços horizontais e as cabecinhas de Jesus Cristo.

Já tarde da noite, Gópner, Dvánov, Piússia e ainda cinco dos "outros" começaram a decepar as cruzes; mais tarde, depois de ter dado de comer a Iákov Títitch, chegou Tchepúrni, que se incorporou também à mesma tarefa, para ajudar aqueles que já estavam trabalhando para a futura saciedade de Tchevengur.

Em meio aos ruídos do trabalho, duas ciganas que vinham da estepe entraram no cemitério com passos silenciosos; ninguém reparou na presença delas enquanto não se aproximaram de Tchepúrni nem se detiveram diante dele. Tchepúrni, que estava pondo à mostra a raiz de uma cruz, percebeu, de repente, uma fragrância úmida, uma presença cálida que o vento tinha levado de Tchevengur havia muito tempo; ele parou de cavar e ficou imóvel, à espera que o desconhecido se revelasse com algum sinal a mais, mas reinava o silêncio e persistia o odor.

— O que estão fazendo aqui? — disse Tchepúrni sobressaltado, sem distinguir as ciganas.

— Encontramos um jovem e ele nos mandou pra cá — disse uma das ciganas. — Viemos para sermos contratadas como esposas.

— Procha! — sorriu Tchepúrni, recordando. — Onde está ele?

— Está lá — responderam as ciganas. — Ele nos examinou para ver se estávamos doentes e mandou-nos vir para cá. Estivemos caminhando e caminhando e finalmente chegamos, e vocês estão cavando túmulos e não têm noivas que prestem...

Tchepúrni examinou com certo embaraço as mulheres recém-chegadas. Uma era jovem e, pelo visto, calada; seus pequenos olhos negros expressavam a paciência de uma vida de sofrimento enquanto o resto de seu rosto era coberto por uma pele cansada e pouco consistente; aquela cigana levava sobre o corpo um casaco do Exército Vermelho e um casquete de cavaleiro na cabeça; seus cabelos pretos e frescos mostravam que ainda era jovem, mas já não era bonita, porque o tempo de sua vida até agora passara com dificuldades e inutilmente. A outra cigana era velha e desdentada, seu olhar, entretanto, era mais alegre do que o da jovem, porque, há muito acostumada às penas de viver, a vida lhe parecia cada vez mais leve e feliz; a velha mulher já não sentia os infortúnios que se repetem: tinham sido convertidos em alívio pela repetição.

O aspecto frágil das mulheres meio esquecidas enternecera Tchepúrni. Olhou para Dvánov, para que este começasse a conversar com as esposas recém-chegadas, mas os olhos de Dvánov estavam cheios de lágrimas de emoção e ele continuava quase assustado e imóvel.

— Mas vão suportar o comunismo? — perguntou Tchepúrni às ciganas, fraquejante e tenso pela presença enternecedora das mulheres. — Cuidado, mulheres, isto aqui é Tchevengur!

— Não queira nos assustar, belo homem! — respondeu a cigana mais velha com rapidez e um despudor muito peculiar. — Já vimos muita coisa, mas nada dirigido às mulheres — o que temos usado é o que trouxemos para cá. Mas o que afinal você quer? Seu amigo nos disse que aqui todas as mulheres vivas seriam noivas, e você nos pergunta se vamos suportar! O que temos aguentado é muito mais do que o que teremos que suportar aqui — será mais fácil, meu caro noivo!

Tchepúrni a ouviu e formulou uma desculpa:

— Claro que aguentará! Eu só lhe disse para experimentar. Para quem tem suportado o capitalismo sobre o ventre, o comunismo não é nada.

Gópner cavava, incansável, para arrancar as cruzes, como se as mulheres não tivessem aparecido por Tchevengur; Dvánov também se agachou e prosseguiu com o trabalho, para que Gópner não pensasse que estava interessado nas mulheres.

— Marchem com o povo, mulheres — disse Tchepúrni para as ciganas —, cuidem dos homens. Não veem que estamos sofrendo pelo bem deles?

As ciganas foram procurar seus maridos em Tchevengur.

Os "outros" estavam metidos nas casas, nas antessalas e nos celeiros, confeccionando manualmente o que cada um podia: uns escovavam tábuas, outros, com o espírito serenado, remendavam sacolas, para meter nelas os grãos das espigas da estepe; outros iam de casa em casa, perguntando: "Onde estão os buracos?" — e procuravam percevejos nos buracos das paredes e dos fornos para esmagá-los ali mesmo. Nenhum dos "outros" se preocupava com seu próprio bem; haviam visto como Gópner consertava o telhado para Iákov Títitch, e, buscando consolo para sua vida, começavam também a considerar como seu próprio bem algum outro tchevenguriano qualquer, colhendo grãos para este ou limpando as tábuas com a ideia de que elas talvez servissem para fabricar algum presente ou objeto. Os que estavam esmagando percevejos ainda não haviam encontrado para si, em uma determinada pessoa, o bem único, o bem que traz a paz ao espírito e a vontade de trabalhar só para proteger o homem escolhido das desgraças da pobreza — estes só sentiam o frescor de seus corpos que iam se cansando ao simplesmente gastar suas forças; entretanto, eles também se consolavam um pouco ao pensar que os percevejos não picariam mais as pessoas. Até a bomba de água apressava-se em trabalhar para aquecer o fogo para Iákov Títitch, embora nem o vento nem a máquina fossem seres humanos.

Um dos "outros", chamado de Kartchúk, tinha acabado de confeccionar um caixote comprido e tinha ido dormir completamente satisfeito, mesmo que não soubesse para que um caixote seria necessário para Kiréi, a quem Kartchúk começara a perceber como imprescindível à sua alma.

Enquanto isso, Kiréi, depois de montar a mó, foi esmagar alguns percevejos e, mais tarde, foi também descansar, tendo decidido que os pobres se sentiriam agora muito melhor: os parasitas deixariam de exaurir seus corpos magros; além disso, Kiréi havia notado que os "outros" olhavam com frequência para o sol — eles o admiravam porque este os alimentava —, e que nesse dia todos os tchevengurianos tinham rodeado a bomba de água que o vento fazia girar e também haviam admirado o vento e a máquina de madeira; Kiréi sentiu-se então perturbado por uma pergunta: por que, sob o comunismo, os homens amavam o sol e a natureza, mas não reparavam nele? Assim, ao anoitecer, ele foi revisar as casas, para matar mais percevejos e, dessa maneira, não trabalhar pior do que a natureza ou a máquina de madeira.

Kartchúk mal adormecera, sem acabar de pensar a respeito do caixote que havia confeccionado, quando as duas ciganas entraram na casa. Ele abriu os olhos e, assustado, não disse palavra.

— Olá, noivo! — disse a cigana velha. — Nos dê de comer e depois nos diga onde dormir: comemos o pão juntos, e o amor, repartimos em dois.

— O quê? — perguntou Kartchúk, que era meio surdo. — Não preciso, estou bem assim, estou pensando no meu camarada...

— Para que quer um camarada? — pôs-se a discutir a cigana mais velha, enquanto a jovem permanecia imóvel, calada e acanhada. — Você compartilhará o seu corpo comigo, não terá pena de me dar coisas e esquecerá de seu camarada, eu lhe juro!

A cigana pegou um lenço e quis sentar-se no caixote preparado para Kiréi.

— Não toque no caixote! — gritou Kartchúk, com medo de que ela o estragasse. — Não foi feito para você!

A cigana pegou o lenço de cima do caixote e se ofendeu em sua condição de mulher:

— Eh, pobre homem! Se não sabe fazer caretas, não adianta querer do azedo...

As duas mulheres saíram e foram dormir na despensa, sem o calor matrimonial.

~

Simón Serbínov ia de bonde por Moscou. Era um homem cansado e infeliz, de coração complacente e rápido, e de uma mente cínica. Serbínov não havia comprado o bilhete para a viagem e só a duras penas desejava existir — evidentemente se encontrava deteriorado real e profundamente. Apesar de pertencer ao Partido otimista, porém de ferro, não podia sentir-se um filho feliz da época e dos que permanentemente produziam simpatia; a única coisa que podia experimentar era a energia da tristeza da sua individualidade. Amava as mulheres e o futuro, e não gostava de ocupar postos de responsabilidade, de andar enfiando a cara na manjedoura do poder. Há pouco, Serbínov voltara do trabalho de inspeção de uma construção socialista nas planícies abertas e distantes do país soviético. Ao longo de quatro meses, percorrera lentamente o silêncio profundo da natureza da província. Serbínov havia passado horas nos Comitês Executivos dos distritos, ajudando os bolcheviques locais a mobilizarem a vida do mujique ainda enraizado em sua casa e lendo Gleb Uspiénski[69] em voz alta nas salas de leitura instaladas nas isbás. Os mujiques viviam e calavam, e Serbínov seguia sua viagem às profundezas dos Sovietes, para proporcionar ao Partido a incontestável verdade extraída da vida trabalhadora. Semelhante a alguns revolucionários extenuados, Serbínov não gostava de nenhum operário ou camponês em particular — preferia tê-los reunidos em massa e não em separado. Por isso, Serbínov percorria de novo os lugares queridos de sua Moscou com a felicidade de um homem culto, observando atentamente os objetos elegantes nas lojas, escutando a marcha silenciosa dos automóveis luxuosos e respirando os gases de seus escapamentos como se fossem um perfume excitante.

Serbínov percorria a cidade como se viajasse num salão de baile, onde uma dama estaria à sua espera, embora esta se encontrasse longe, perdida no meio da multidão ardente e jovem, sem conseguir ver o cavalheiro interessado nela, enquanto o cavalheiro não podia ir até ela, porque tinha um coração objetivo e se encontrava com outras mulheres igualmente dignas, tão cheias de ternura e inacessibilidade, que se impunha a pergunta sobre como as crianças então vinham ao mundo; mas, quanto mais mulheres Serbínov encontrava e quanto mais objetos via

---

69. Escritor russo da segunda metade do século XIX que descreve, nas suas obras, a vida e a miséria dos camponeses russos, tendo se tornado uma figura proeminente do movimento Naródniki. (N. da T.)

— para a confecção dos quais os mestres tinham de ter se abstraído de todo o baixo e o sujo de seus corpos —, mais melancolia ele sentia. A juventude das mulheres não produzia nele alegria, apesar de também ser jovem — de antemão, estava convencido que sua felicidade era inalcançável. No dia anterior, havia assistido a um concerto de música sinfônica; a música cantava sobre o homem maravilhoso, falava das possibilidades perdidas, e Serbínov, que já havia perdido o costume, tinha de correr ao toalete nos entreatos, para viver ali sua emoção e secar os olhos sem ser visto.

Serbínov não via nada enquanto pensava, e se deslocava mecanicamente no bonde. Quando parou de pensar, fixou-se numa mulher claramente jovem que se encontrava perto dele, fitando-o diretamente no rosto. Serbínov não se acanhou com o olhar dela e também a fitou, porque ela o observava com olhos tão simples e enternecedores, que qualquer um podia suportá-lo sem ficar embaraçado.

A mulher vestia um casaco de verão de boa qualidade e um vestido limpo de lã; a roupa cobria a desconhecida e agradável vida de seu corpo — provavelmente, um corpo acostumado ao trabalho, pois a mulher não tinha formas pronunciadas e exuberantes —, era inclusive elegante, mas carecia por completo do habitual apelo sensual. Serbínov ficou especialmente tocado pelo fato de que a mulher parecia feliz e olhava para ele e ao redor com olhos de simpatia e interesse. Isto logo fez com que Serbínov franzisse o cenho: as pessoas felizes eram-lhe estranhas, não gostava delas e as temia. "Ou estou me deteriorando — analisava-se a si próprio com sinceridade —, ou as pessoas felizes são certamente inúteis aos desgraçados."

A mulher estranhamente feliz desceu na estação Teatrálnaia. Ela parecia uma planta solitária e resistente em terra alheia, a quem a confiança fazia ser inconsciente de sua solidão.

Serbínov ficou imediatamente triste sem a sua presença no bonde; a cobradora, ensebada e gasta pelo roçar nas roupas dos passageiros, ia anotando os números das passagens numa folha de controle; uma gente de província ia com sacos para a estação de Kazan, mastigando o alimento para encarar o longo percurso, e o motor elétrico gemia indiferente sob o piso do bonde, trancafiado sem companheira na estreiteza de metal e engrenagens. Serbínov saltou do bonde e sentiu medo ao pensar que aquela mulher podia ter desaparecido para sempre de sua vista naquela cidade superpopulosa, onde era possível viver por anos solitário, sem nenhum encontro. Mas as pessoas felizes vivem com menos pressa: aquela mulher se encontrava perto do Teatro Máli e tinha uma mão estendida, na qual um vendedor de jornais ia pondo, aos poucos, como troco, moedas de dez copeques.

Serbínov se aproximou dela com a audácia que o medo proporciona à tristeza.

— Pensei que já a tinha perdido — disse ele. — Eu andava procurando você.

— Procurou pouco — respondeu a mulher, e contou as moedas para ver se o troco estava certo.

Serbínov gostou disso; ele mesmo nunca conferia o troco, dado que não respeitava nem seu próprio trabalho nem o alheio, graças ao qual se consegue o dinheiro; então, ali, naquela mulher, encontrou uma escrupulosidade que lhe era desconhecida.

— Não quer passear um pouco comigo? — perguntou a mulher.

— Sou eu quem o pede — disse Serbínov, sem nenhum fundamento.

A mulher, crédula e feliz, não se ofendeu e sorriu.

— Às vezes você encontra alguém e resulta, de repente, que se trata de uma boa pessoa — disse a mulher. — Depois, você a perde no caminho, sente saudades dela e a esquece. Eu lhe pareci uma pessoa boa, sim?

— Pareceu — assentiu Serbínov, convencido. — Se a perdesse em seguida, eu sentiria saudades de você por muito tempo.

— Agora então sentirá saudades por pouco tempo, já que eu não desapareci!

Na maneira de caminhar e em todo o comportamento daquela mulher havia o raro orgulho de uma tranquilidade franca, sem nervosismo servil nem o desejo de manter-se intacta diante de outra pessoa. Ela caminhava, ria movida por seu bom humor, falava e calava sem a necessidade de contar sua vida e sem pretender atuar em função da simpatia de seu acompanhante. Sem resultado algum, Serbínov fez todo o possível para que ela gostasse dele — a mulher não mudou de atitude em relação a ele; Serbínov abandonou então toda a esperança e, com uma melancolia submissa, começou a pensar no tempo que agora se precitava, aproximando a sua separação definitiva daquela mulher feliz, dotada de uma vida refrescante, a qual ele não podia amar, e separar-se dela produzia nele enorme tristeza. Serbínov se lembrou das vezes em que tinha vivido uma separação eterna, o que ele nunca havia contabilizado. A quantos camaradas e pessoas estimadas disse, em alguma ocasião e sem pensar, "até logo", e nunca mais as tinha visto, nem as podia ver. Serbínov não sabia o que deveria ter feito para satisfazer seu sentimento de respeito por aquela mulher, coisa que lhe teria facilitado despedir-se dela.

— Entre amigos não há meio de se saciar até alcançar a indiferença, ainda que seja por um tempo — disse Serbínov. — A amizade não é o casamento.

— Para os camaradas pode-se trabalhar — respondeu a companheira de viagem de Serbínov. — Quando se atinge o cansaço mortal, a gente se sente melhor, é até possível viver sozinha; e para os camaradas fica o resultado do trabalho. Não se vai entregar-se a si mesma, eu quero permanecer íntegra...

Serbínov percebeu em sua amiga passageira uma estrutura firme, tão independente, como se aquela mulher fosse invulnerável às pessoas ou constituísse o resultado final de uma classe social desconhecida, desaparecida e cujas forças haviam deixado de atuar no mundo. Serbínov a imaginou como o vestígio de um clã aristocrático; se todos os aristocratas tivessem sido como ela, a história não teria produzido nada posteriormente e, ao contrário, eles mesmos teriam forjado na história o destino que lhes conviesse. Toda a Rússia estava povoada por gente que se perdia e se salvava; Serbínov se dera conta disso havia tempos. Muitos eram os russos que se dedicavam empenhadamente a destruir dentro de si as capacidades e os dons da vida: uns bebiam vodca, outros permaneciam inativos, com a mente meio morta, em meio a uma dúzia de filhos, e havia os que se retiravam para o campo para dar, sem nenhum propósito, liberdade à fantasia. Mas aquela mulher não havia se destruído, ao contrário, se havia feito. E, talvez por isso, chegara a tocar os sentimentos de Serbínov, porque ele não soubera se fazer a si mesmo e morria ao ver esse ser humano maravilhoso que havia prometido a música. Ou era apenas a melancolia de Serbínov, a sensação de sua própria imprescindibilidade já inalcançável; talvez, se sua acompanhante se convertesse em amante, ele se cansaria dela ao cabo de uma semana? Mas de onde vinha então aquele rosto enternecedor, protegido pelo orgulho, e aquela reserva extrema de uma alma acabada, capaz de compreender e ajudar acertadamente a outro ser humano, sem, no entanto, exigir ajuda para si mesma?

Não fazia sentido continuar o passeio; isso só provaria a fraqueza de Serbínov diante da mulher; então, ele lhe disse "até logo", desejando que sua acompanhante guardasse dele uma memória digna. Ela também disse "até logo" e acrescentou: "Se se sentir triste, venha me ver".

— E acontece de você se sentir triste? — perguntou Serbínov, lastimando ter que se despedir dela.

— Claro que sim. Mas me dou conta da razão e não me perturbo.

Ela disse para Serbínov onde vivia e ele se afastou, voltando sobre seus passos. Caminhava no meio da espessa multidão da rua e, pouco a pouco, ia se tranquilizando, como se o aperto das pessoas estranhas o protegesse. Serbínov foi então ao cinema e novamente ouviu música em um concerto. Ele tinha consciência da razão de sua tristeza e se atormentava. A mente não o ajudava em nada: era evidente que ela se decompunha. À noite, deitado na tranquilidade do quarto fresco de um hotel, Serbínov esteve em silêncio, cuidando do trabalho de sua mente. Ele se surpreendeu com o fato de que, em sua decomposição, sua mente continuasse secretando a verdade, e não a incomodou com a melancólica recordação da mulher com que havia se encontrado. Diante dele, num fluxo contínuo de viagens, passava a Rússia soviética — sua pátria, tão indigente e cruel consigo mesma, se parecia um pouco com a aristocrática mulher desse dia. A mente triste e irônica de Serbínov lhe trazia pausadamente as pessoas pobres e inadaptadas, que tolamente se empenhavam em implantar o socialismo nas zonas vazias de planícies e barrancos.

E algo já começava a aparecer claro nos tristes campos da Rússia que ia sendo esquecida: as pessoas que não gostavam de lavrar a terra para semear o centeio, com sofrimento paciente, estavam plantando o jardim da história para a eternidade e para estarem inseparavelmente vinculados ao futuro. Mas os jardineiros, como os pintores e os cantores, carecem de mentes sólidas, com sentido prático; seus corações fracos começam a se emocionar subitamente: a dúvida faz com que arranquem plantas mal florescidas e semeiem o solo com pequenos cereais de burocracia; um jardim necessita de cuidados e de uma longa espera pelos frutos, enquanto os cereais crescem logo e seu cultivo não exige necessariamente nem o trabalho nem o desgaste que a paciência impõe à alma. Após a destruição do jardim da revolução, suas clareiras foram dadas somente ao cereal que cresce sozinho, para que todos se alimentassem sem a tortura do trabalho. Realmente,

Serbínov pôde ver as raras pessoas que trabalhavam, pois o cereal alimentava todos de graça. E isso duraria muito tempo, até que o cereal comesse todo o solo fértil e as pessoas ficassem no barro e na pedra, ou até que os jardineiros, descansados, voltassem a cultivar um jardim fresco sobre a terra empobrecida e ressecada pelo vento inóspito.

Serbínov adormeceu em sua tristeza habitual, com o coração aflito e amortecido. Na manhã seguinte, foi ao comitê do Partido e recebeu a ordem de partir a uma província distante para lá investigar o fenômeno da redução em vinte por cento da área cultivada; ele deveria partir no dia seguinte. Serbínov passou o resto do dia sentado no bulevar, à espera da noite, e, ainda que seu coração batesse tranquilo, sem nenhuma esperança na felicidade de ter uma mulher para ele, a sua espera se tornou um esforço fatigante.

Ao anoitecer, ele ia ver a jovem que havia conhecido no dia anterior. Foi visitá-la a pé, para gastar o tempo desnecessário no caminho e não se cansar com a espera.

Era provável que seu endereço não estivesse correto. Serbínov se deparou com uma propriedade em que as casas se dividiam meio a meio entre novas e velhas, e começou a procurar por sua conhecida. Subiu muitas escadas; quando chegou ao quarto andar, parou e observou os arredores do rio Moscou, onde a água cheirava a sabão e as margens, pisoteadas por pobres desnudos, pareciam acessos às latrinas.

Tocava em apartamentos desconhecidos, os idosos que lhe abriam a porta se sentiam inquilinos preocupados, sobretudo, com sua própria tranquilidade e se surpreendiam com o fato de Serbínov querer encontrar uma pessoa que não morava nem era registrada ali. Serbínov, incapaz de ficar sozinho naquela noite, saiu então à rua e começou um planificado e minucioso controle por todas as moradias; se sentiria melhor no dia seguinte — viajaria até a área perdida, onde, na teoria, deviam crescer as ervas

daninhas. Serbínov encontrou sua conhecida por casualidade, quando esta descia pela escada enquanto ele subia, livrando-o de, talvez, mais vinte visitas a inquilinos, como as que tinha feito até encontrá-la. A mulher levou Serbínov ao seu quarto e voltou a sair por alguns minutos. O quarto estava vazio, como se ela não morasse ali, a não ser que o utilizasse somente para algumas horas de reflexão. Três caixotes de mercadorias cooperativas serviam como cama; o peitoril da janela fazia as vezes de mesa, e a roupa pendia de pregos na parede, coberta por uma humilde cortina. Da janela se divisava o mesmo empobrecido rio Moscou, em cujas margens continuavam sentados, pensativos, os mesmos corpos desnudos que Serbínov havia contemplado enquanto subia e descia pelas escadas tristes daquele bloco de casas.

Uma porta fechada separava o quarto da habitação contígua, onde, lendo em alta e monótona voz, um aluno da universidade laboral tentava memorizar a ciência política. Era possível que anteriormente vivesse ali algum seminarista que estudava os dogmas dos concílios ecumênicos para, depois, seguindo as leis do desenvolvimento dialético da alma, acabar na blasfêmia.

A mulher voltou com algumas guloseimas para seu conhecido: uma tortinha, alguns bombons, um pedaço de bolo e meia garrafa de vinho doce de igreja — vinho santo. Seria ela realmente tão ingênua?

Pouco a pouco Serbínov começou a comer aquelas iguarias da mesa feminina de doces, mordendo-as nos mesmos lugares em que haviam sido tocadas pelos dedos da mulher. Serbínov foi, aos poucos, comendo tudo e ficou satisfeito, enquanto a mulher falava e ria, como se ficasse alegre por ter sacrificado a comida em lugar de si mesma. Ela se equivocava: Serbínov se limitava a admirá-la e a sentir sua própria tristeza de homem desolado; a partir de agora, já não podia viver em paz, permanecer sozinho e satisfazer-se com a vida por sua conta. Aquela mulher despertava nele melancolia e vergonha; teria se sentido mais aliviado abandonando o quarto e saindo ao ar excitante de Moscou. Pela primeira vez em sua vida, Serbínov não tinha opinião pessoal acerca de outra pessoa, e não podia zombar desta para voltar a ser livre e sair dali como o homem solitário de antes.

A lua brilhava sobre as casas, sobre o rio Moscou e toda a vetustez dos arredores. Sob a lua, como sob um sol apagado, sussurravam as mulheres e as moças — o amor desamparado das pessoas. Tudo havia sido disposto de antemão: o amor, para ter a possibilidade de realizar-se e de se consumar, desenvolve-se como um fato, em forma de matéria determinada e concreta. Serbínov rejeitava o amor não só como ideia, mas também como sentimento. Considerava que o amor era somente um corpo arredondado, que nem sequer era possível pensar nele, porque o corpo da pessoa amada fora criado para o esquecimento dos pensamentos e dos sentimentos, para o silencioso trabalho amoroso e o esgotamento mortal; e que, no amor, o esgotamento era precisamente o único consolo. Serbínov permanecia sentado, sentindo essa breve felicidade da vida que não se podia desfrutar — que vai diminuindo permanentemente. Assim, Simón não tentava desfrutar de nada, considerava que a história universal era uma instituição burocrática inútil em que o homem era despojado do sentido e do peso da existência com minuciosa aplicação. Serbínov, consciente de seu fracasso geral na vida, baixou o olhar para as pernas da dona da habitação. A mulher andava sem meias e suas rosadas pernas nuas estavam repletas do calor do sangue, enquanto uma saia leve cobria a plenitude do restante de seu corpo, que já se tinha afogueado de vida densa, madura e contida. "Quem aplacará seu calor? — pensava Serbínov. — Não serei eu, não sou digno de você; minha alma é como um canto de província perdido e repleto de medo." Ele olhou uma vez mais para as linhas ascendentes das pernas dela e não pôde entender nada claramente; havia uma estrada que levava daquelas frescas pernas femininas até a necessidade de ser leal e entregue ao seu habitual trabalho revolucionário, mas essa estrada era muito longa e Serbínov bocejou, cansado de pensar.

— Como tem passado? — perguntou Simón. — E como se chama?

— Me chamo Sônia e o meu nome completo é Sófia Aleksandrovna. Eu vou muito bem — ou estou trabalhando, ou fico esperando por alguém...

— Há breves alegrias nos encontros — disse Serbínov para si mesmo. — Quando se abotoa na rua o último botão do sobretudo, suspira-se e lamenta-se que tudo tenha passado em vão e que agora seja necessário voltar a ocupar-se de si mesmo.

— Mas a espera pelas pessoas é também uma alegria — disse Sófia Aleksandrovna —, e, junto com os encontros, a alegria costuma ser longa... Esperar as pessoas é do que mais gosto, passo a vida esperando...

Ela colocou as mãos na mesa e depois as pousou em seus robustos joelhos, sem se dar conta do excesso de movimentos. Sua vida ressoava ao redor como um ruído. Serbínov até semicerrou os olhos para não se perder nesse quarto alheio, cheio de ruídos e cheiros que lhe eram estranhos. As mãos de Sófia Aleksandrovna eram magras e velhas em comparação com o resto do seu corpo, com os dedos enrugados como os de uma lavadeira. E essas mãos desfiguradas consolaram um pouco Serbínov, que começou a sentir menos ciúmes dela ao pensar que ela seria de outro homem.

As guloseimas sobre a mesa já tinham acabado; Serbínov lamentou ter se apressado em comê-las, porque agora teria que ir embora. Mas ele não podia partir, temia que houvesse gente melhor do que ele; essa era a causa pela qual tinha ido visitar Sófia Aleksandrovna. No dia anterior, ainda no bonde, Serbínov notara nela aquele dom desmesurado de vida que o havia emocionado e irritado.

— Sófia Aleksandrovna — disse-lhe Serbínov —, queria lhe dizer que partirei amanhã...

— Bem, que fazer?! — respondeu Sófia, com assombro. Estava claro que ela não lamentava as pessoas, podia se alimentar de sua própria vida, coisa que Simón nunca soube fazer.

Ela necessitava das outras pessoas mais para gastar o excesso de suas forças do que para obter delas algo que lhe faltasse. Serbínov ainda desconhecia quem era ela: provavelmente, uma filha infeliz de pais ricos. Mas nisso ele se equivocara: Sófia Aleksandrovna trabalhava na manutenção de máquinas na fábrica têxtil de Trekhgórnaia, e, ao nascer, havia sido abandonada por sua mãe no lugar de nascimento. Mas talvez tenha amado alguém e tido filhos: Serbínov meio perguntava e meio adivinhava.

— Amei, mas não tive filhos — respondeu Sófia Aleksandrovna. — Já temos gente suficiente sem que eu tenha filhos... Se de mim pudesse nascer uma flor, eu a teria parido.

— Como pode gostar de flores?! Isso não é amor, é uma ofensa que tenha deixado de parir e de criar...

— Não me importa. Quando tenho flores, não saio de casa nem espero ninguém. Ao lado delas me sinto tão bem que gostaria de pari-las. Sem isso, tem-se a impressão de que o amor não resulta em nada...

— Sem isso, realmente, não pode resultar — disse Simón.

Ele começara a ter esperança de aplacar seus ciúmes, esperava que, afinal, Sófia Aleksandrovna fosse uma pessoa igualmente infeliz e tão encolhida na vida quanto ele próprio. Ele não gostava de pessoas bem-sucedidas ou felizes, porque elas sempre vão para lugares novos e distantes da vida, deixando os seus próximos sozinhos. Muitos dos amigos de Serbínov já o haviam feito sentir-se órfão; e, ainda que há tempos tenha se vinculado aos bolcheviques por medo de ficar para trás em relação a todos, isso também não o havia ajudado: os amigos de Serbínov continuavam se desgastando por completo à margem dele, e Serbínov nem conseguira reter nada para si dos sentimentos daqueles, quando o abandonaram, já avançando rumo ao próprio futuro. Serbínov ria deles, censurava a indigência de suas intenções, dizia que a história havia acabado fazia tempo e que agora os seres humanos só se esmagavam entre si; mas, uma vez em casa, esmagado pela dor da separação, ignorando onde o amavam e o esperavam, trancava a porta e sentava-se de través na cama com as costas apoiadas na parede. Permanecia sentado em silêncio e escutava o maravilhoso chacoalhar dos bondes carregados de pessoas que iam visitar outras, transportando-as pelos cálidos bulevares veranis; e, pouco a pouco, lágrimas de autocompaixão acudiam aos seus olhos; ele sentia como estas absorviam a sujeira de suas bochechas, e não acendia a luz elétrica.

Mais tarde, quando as ruas se apaziguavam e os amigos e amantes já dormiam, Serbínov se tranquilizava: a essa hora, eram já muitos os que estavam sozinhos — uns dormiam, outros, cansados das conversas ou do amor, jaziam solitários —, assim, Serbínov também aceitava estar sozinho. Às vezes, tirava o diário e anotava lá os seus pensamentos e imprecações: "O ser humano não é um sentido, mas um corpo, cheio de tendões apaixonados, desfiladeiros repletos de sangue, colinas, aberturas, deleites e esquecimento." "Estranho era, mas se resignou por completo, ou seja, o touro é estranho, mas se resigna a ser a cabra."[70] "A história foi iniciada por um fracassado, um homem infame que inventou o porvir para se aproveitar do presente: fez com que todos saíssem de seus lugares, ficando ele próprio na retaguarda, em um lugar habitável, sedentário e quente." "Por ser um subproduto de minha mãe, como a sua menstruação, não tenho a possibilidade de respeitar nada. Tenho medo das pessoas boas que me abandonarão porque sou mau, e tenho medo de ficar atrás de todos e sentir frio. Maldigo a população que vai fluindo, desejo a sociedade,

---

70. A tradução é literal, mas em russo há um jogo de palavras entre *byl*, era, e *byk*, touro. (N. da T.)

desejo a filiação a ela!" "Na própria sociedade, não serei um membro, serei uma extremidade que vai se intumescendo."

Serbínov observava todas as pessoas com ciúmes suspicazes: não seriam melhores do que ele? Se fossem melhores, tinha de detê-las, porque, de outra forma, se adiantariam e deixariam de ser seus iguais, seus amigos. Sófia Aleksandrovna também lhe pareceu melhor e, portanto, perdida para ele. Serbínov desejava entesourar as pessoas como se fossem dinheiro e meios para viver; havia inclusive iniciado uma conta detalhada das pessoas conhecidas, e completava permanentemente num grande livro caseiro uma lista de ganhos e perdas.

Teria de listar Sófia Aleksandrovna na parte das perdas. Mas Simón quis diminuir o dano através de um procedimento que antes nunca havia utilizado em sua contabilidade humana, o que o levava a ficar sempre com um déficit. E se abraçasse Sófia Aleksandrovna, chegando a parecer um homem ternamente enlouquecido que desejava se casar com ela? Então Simón podia cultivar dentro de si a paixão, ultrapassando aquele corpo obstinado de um ser superior a ele, deixar nele a sua impressão, estabelecer, mesmo que fosse por pouco tempo, um vínculo com as pessoas, e sair ao exterior tranquilo e esperançoso para continuar realizando com êxito a busca do homem. Em algum lugar, apressados por um rangido nervoso, desfilavam os bondes abarrotados de pessoas que se distanciavam, deixando Serbínov sozinho. Simón se aproximou de Sófia Aleksandrovna, levantou-a, pegando-a por debaixo dos braços, e a pôs em pé diante de si, o que o fez perceber que ela era uma mulher pesada.

— O que está fazendo? — perguntou Sófia Aleksandrovna, sem medo, com voz tensa e alerta.

O coração de Serbínov, calentado por uma vida próxima e inacessível, se deteve ante a proximidade do corpo alheio. Nesse momento, teria sido possível cortar Serbínov com um machado: ele não teria reconhecido a dor. Ofegava e sua garganta espumava;

sentiu um leve odor do suor das axilas de Sófia Aleksandrovna e desejou lamber aquele emaranhado de cabelos duros e grossos de suor.

— Quero tê-la um pouco em meus braços — disse Simón.

— Me faça esse favor, estou indo embora.

Por pudor diante dos tormentos do homem, Sófia Aleksandrovna levantou um pouco os braços para que fosse mais cômodo para Serbínov sustentá-la com seus braços fracos.

— Se sente melhor agora? — perguntou ela, enquanto seus braços erguidos iam adormecendo.

— E você? — perguntou Serbínov, ouvindo a voz de uma locomotiva que se distraía cantando sobre o trabalho e a paz no meio do mundo estival.

— Para mim tanto faz.

Simón a soltou.

— Já é minha hora de ir — disse ele com indiferença. — Onde fica o lavabo? Hoje eu ainda não me lavei.

— Na entrada, à direita. Tem sabão, mas não tem toalha, eu a mandei para lavar e tenho me secado com um lençol.

— Pode ser o lençol — aceitou Serbínov.

O lençol exalava o cheiro de Sófia Aleksandrovna. Estava claro que ela utilizava aquele lençol para se secar com esmero de manhã, refrescando seu corpo aquecido pelo sono. Serbínov molhou os olhos cansados e quentes: eles eram sempre os primeiros a se cansarem no seu corpo. Decidiu não lavar o rosto; de maneira apressada, formou uma bola cômoda com o lençol e a meteu num dos bolsos de seu casaco que estava pendurado no corredor em frente ao lavabo; quando perdia uma pessoa, desejava conservar dela algum documento irrefutável.

— Pus o lençol para secar sobre o radiador. — disse Serbínov.

— Eu o deixei molhado. Adeus, me vou...

— Até logo — respondeu afavelmente Sófia Aleksandrovna, mas não pôde deixá-lo partir sem uma mostra de atenção. — Para onde vai partir? — perguntou ela. — Você disse que ia de viagem.

Serbínov lhe disse o nome da província onde havia desaparecido vinte por cento da área cultivada, e em busca da qual devia partir.

— Eu passei toda a minha vida lá — disse Sófia Aleksandrovna acerca daquela província. — Lá, eu tinha um bom camarada. Se o encontrar, mande minhas lembranças.

— Que tipo de pessoa ele é?

Serbínov pensava em como voltaria para seu quarto, onde se sentaria para apontar Sófia Aleksandrovna na lista de perdas de sua alma, na coluna das propriedades que nunca se recuperam. Cairia a noite tardia sobre Moscou, e muitas das pessoas que estimava dormiriam e veriam em sonhos o silêncio do socialismo, enquanto Serbínov as anotaria com a felicidade do perdão absoluto e poria os sinais, na parte de prejuízos, junto a cada nome de amigo perdido.

Sófia Aleksandrovna tirou uma pequena fotografia de um livro.

— Ele não foi o meu marido — disse ela sobre o homem da fotografia —, e eu não o amava. Mas, sem ele, comecei a me sentir triste. Quando vivia na mesma cidade que ele, me sentia mais tranquila... Estou sempre vivendo numa cidade e amando outra...

— Eu não gosto de nenhuma cidade — disse Serbínov. — Só gosto dos lugares com muita gente nas ruas.

Sófia Aleksandrovna contemplava a fotografia. Representava um homem de uns vinte e cinco anos, com olhos fundos como os mortos, parecidos com guardas cansados; era impossível guardar o restante do seu semblante na memória quando se deixava de olhar para a fotografia. Serbínov teve a impressão de que aquele homem tinha duas ideias ao mesmo tempo e não encontrava consolo em nenhuma das duas, por isso, semelhante rosto não podia parar tranquilo nem ficar na memória.

— Não é atraente — disse Sófia Aleksandrovna, notando a indiferença de Serbínov. — Mas é tão fácil fazer amizade com ele! Ele sente sua fé e isso faz com que os outros fiquem tranquilos. Se no mundo existissem muitos assim, poucas mulheres se casariam...

— Mas onde poderei encontrá-lo? — perguntou Serbínov.

— Talvez já tenha morrido... Por que não se casariam?

— Para quê? No casamento é preciso suportar os abraços, os ciúmes e o sangue; estive casada por um mês, você já deve saber o que é isso. Com ele, provavelmente, nada seria necessário, bastaria apoiar-se nele para se sentir igualmente bem.

— Se o encontrar, lhe mandarei um postal — prometeu Serbínov, e foi depressa colocar o casaco para levar consigo o lençol.

Serbínov contemplava a noite moscovita dos patamares da escadaria. Já não havia ninguém nas margens do rio e a água fluía como uma substância morta. Enquanto descia as escadas, Simón ia sussurrando que se tivesse mutilado Sófia Aleksandrovna, ela assim o teria atraído e ele poderia amar aquela escada; se sentiria feliz, esperando, a cada dia, a chegada da noite, teria um lugar onde aplicar sua vida de retardatário — teria outra pessoa à sua frente e isso faria com que Simón se entregasse ao esquecimento.

Sófia Aleksandrovna ficou somente para dormir um sono entediante até o trabalho matinal. Às seis da manhã, um menino, entregador de jornal, se aproximava de sua porta, enfiando por debaixo desta a *Rabótchaia Gazieta*[71] e, por via das dúvidas, a chamava: "Sônia, já está na hora! Com o de hoje já são dez — você está me devendo trinta copeques. Levante-se e leia sobre os fatos!"

Ao anoitecer, depois de voltar de seu turno, Sófia Aleksandrovna se lavou novamente, secando-se dessa vez com uma fronha, e abriu a janela para a cálida Moscou que então se apagava. Ela sempre esperava alguém a essas horas, mas ninguém vinha vê-la: uns

---

71. Jornal do Trabalhador. (N. da T.)

estavam ocupados com reuniões, outros se aborreciam de estar com uma mulher sem beijá-la. Quando escurecia, Sófia Aleksandrovna esperava cochilando com o ventre apoiado sobre o peitoril da janela. Embaixo circulavam as telegas, os automóveis, e uma pequena e órfã igreja, suave, às escondidas, tocava a missa. Sob o olhar de Sófia Aleksandrovna já haviam desfilado muitos transeuntes; ela, esperançosa, acompanhava cada um deles com o olhar, mas todos passavam por longe do portão de seu prédio. Apenas um, depois de ficar um tempo junto à entrada, jogou no chão uma *papiróssa* ainda acesa e entrou no prédio. "Não venha me ver" — decidiu Sônia, e ficou imóvel. Em algum lugar, nas profundezas dos andares, ouvia-se o inseguro caminhar de um homem que se detinha com frequência para descansar ou pensar. Os passos cessaram junto à porta de Sófia Aleksandrovna. "Continue subindo" — sussurrou Sônia. Mas o homem chamou do outro lado da porta. Sem se dar conta de como havia atravessado o espaço que ia da janela à porta, passando por um pequeno corredor, Sófia Aleksandrovna se viu abrindo a porta. Era Serbínov.

— Não consegui partir — disse ele. — Senti saudades de você no fundo de mim mesmo.

Simón continuava sorrindo como antes, mas agora seu sorriso era mais triste. Ele sabia que ali não alcançaria a felicidade, mas que deixara um ruidoso quarto de hotel e, dentro dele, o livro do inventário dos camaradas perdidos.

— Pegue o seu lençol no meu casaco — disse Serbínov. — Já está seco e não tem mais o seu cheiro. Desculpe-me por ter dormido esta noite sobre ele.

Sófia Aleksandrovna percebeu que Serbínov estava cansado e, em silêncio, sem esperar que pudesse interessar ao visitante por si mesma, começou a pôr a mesa para os dois do seu jantar. Serbínov comeu o jantar dela como se deve e, após saciar-se, sentiu a desgraça de sua solidão ainda mais fortemente. Forças não lhe faltavam, mas, ao não poder aplicá-las, oprimiam-lhe esterilmente o coração.

— Por que não partiu? — perguntou Sófia Aleksandrovna.

— Sua tristeza aumentou desde ontem?

— Tenho que ir buscar ervas daninhas numa província. Antes, os piolhos eram a ameaça ao socialismo, agora, são as ervas daninhas. Venha comigo!

— Não — recusou-se Sófia Aleksandrovna. — Não posso sair daqui.

Serbínov esteve a ponto de ficar para dormir ali, em nenhum outro lugar dormiria tão tranquilamente. Apalpou as costas e seu flanco esquerdo; há alguns meses, algo ali dentro, que antes era suave e paciente, se transformava em algo duro e doloroso: provavelmente eram as cartilagens da juventude que iam morrendo, ossificando-se para sempre. Nesse dia, pela manhã, falecera sua esquecida mãe. Simón nem sequer sabia onde era a casa em que ela vivia, devia ser alguma das penúltimas de Moscou, já nas proximidades da zona rural. No instante em que Serbínov limpava esmeradamente os dentes, liberando sua boca das excrescências para os beijos, ou enquanto comia presunto, sua mãe morria. Agora, Simón não sabia para quê viver. Falecera a última pessoa a quem a morte de Serbínov seria um eterno desconsolo. Entre os vivos que lhe restavam, não havia ninguém como sua mãe: podia não tê-la amado, se esquecido de seu endereço, mas vivia porque, tempos antes, e durante muito tempo, sua mãe, pela necessidade que tinha dele, o havia protegido da multidão de pessoas que não necessitavam de Simón para nada. Agora essa cerca de proteção caíra, em algum lugar dos subúrbios de Moscou, quase na província, jazia num ataúde uma velhinha que preservara o filho em vez de si mesma; nas tábuas recém-cortadas de seu caixão, havia muito mais vida do que em seu corpo ressequido. Serbínov sentiu a liberdade e a leveza da vida que lhe restava: agora o seu falecimento não suscitaria lamento em ninguém, e sua morte não mataria ninguém de pesar, tal como havia prometido sua mãe uma vez, coisa que teria cumprido se tivesse sobrevivido a Simón. Acontece que Simón vivia porque sentia a compaixão da mãe e preservava a paz desta prosseguindo sua vida neste mundo. Ela, sua mãe, servia a Simón de proteção e logro contra todas as pessoas estranhas, e, graças a ela, tomava o mundo como algo que se interessasse por ele. Mas agora sua mãe desaparecera, e, sem ela, tudo se fez evidente. Viver já não era mais imprescindível, pois nenhum dos vivos sentia mortalmente necessidade de Simón. Assim, Serbínov fora ver Sófia Aleksandrovna para passar um instante com uma mulher — sua mãe também o era.

Depois de alguns minutos, Serbínov percebeu que Sófia Aleksandrovna estava com sono e se despediu dela. Não lhe disse nada sobre a morte de sua mãe. Queria aproveitar isso como pretexto fundamental para voltar a visitá-la. Serbínov percorreu umas seis verstas no caminho de volta à sua casa; por duas vezes começaram a cair sobre ele os pingos de uma chuva fraca que logo cessava. Ao passar por um dos bulevares, Serbínov sentiu que estava a ponto de chorar; sentou-se em um banco à espera das lágrimas, inclinou-se e preparou o rosto, mas não conseguiu chorar. Chorou mais tarde, numa cervejaria noturna, onde tocava música e as pessoas dançavam, mas não por sua mãe, e, sim, pela multidão de artistas e por toda a gente inalcançável a ele.

No domingo, Serbínov foi visitar Sófia Aleksandrovna pela terceira vez. Ela ainda estava dormindo e Simón teve de esperar no corredor enquanto ela se vestia.

Através da porta, Serbínov disse que sua mãe havia sido enterrada no dia anterior e que tinha ido buscar Sófia Aleksandrovna para irem juntos ao cemitério, para ver onde sua mãe repousaria até o final deste mundo. Sófia Aleksandrovna, antes de acabar de se vestir, abriu-lhe a porta de seu quarto e, sem sequer se lavar, acompanhou Serbínov ao cemitério. Lá, o outono já começava; as folhas mortas caíam sobre os túmulos dos sepultados. Entre a relva

alta e os grupos de árvores se escondiam as cruzes de memória eterna, que pareciam pessoas que, em vão, abriam os braços para abraçar os mortos. Numa cruz próxima a uma senda havia uma inscrição com o lamento silencioso de alguém:

Eu ainda vivo e choro,
Enquanto ela jaz em silêncio.

O túmulo da mãe de Simón, coberto de pó e terra recentemente revolvida, ficava num espaço estreito entre outros túmulos e solitário no meio das tumbas vetustas. Serbínov e Sófia Aleksandrovna estavam sob uma velha árvore; as folhas desta soavam monotonamente ao vento constante e alto, como se o passo do tempo primeiro se fizesse audível e, após correr sobre eles, desaparecesse. À distância se viam, de vez em quando, pessoas que iam visitar os parentes mortos, mas perto não havia ninguém. Sófia Alekándrovna respirava tranquilamente ao lado de Simón, olhava para o túmulo e não compreendia a morte — não tinha ninguém que pudesse morrer. Ela quis sentir pesar e apiedar-se de Serbínov, mas só conseguia experimentar um ligeiro fastio produzido pelo longo arrastar do vento e pela visão das cruzes abandonadas. Serbínov estava diante dela como uma cruz impotente, e Sófia Aleksandrovna não sabia como aplacar sua tristeza sem sentido, o que fazer para que ele se sentisse melhor.

Mas Serbínov estava atemorizado diante de milhares de túmulos. Neles jaziam os defuntos, que viviam porque acreditavam que a memória e o pesar por eles seria eterno depois de sua morte, mas foram esquecidos — o cemitério estava despovoado e as cruzes substituíram os vivos que deveriam estar lá para recordar e lastimar. O mesmo acontecera a ele, Simón: a única pessoa que o visitaria quando estivesse morto, junto a uma cruz, estava agora fechada em um caixão debaixo de seus pés.

Serbínov tocou o ombro de Sófia Aleksandrovna com a mão, para que ela se lembrasse dele alguma vez depois que se separassem. Sófia Aleksandrovna não reagiu. Então, Simón a abraçou por trás e apoiou sua cabeça no pescoço dela.

— Aqui poderiam nos ver — disse Sófia Aleksandrovna. — Vamos para outro lugar.

Eles se meteram por uma vereda e adentraram as profundidades do cemitério. Ainda que houvesse pouca gente ali, não paravam de passar: cruzavam com eles velhinhas com um olhar penetrante, coveiros que surgiam, de repente, com suas pás do silêncio da mata, e, quando se abaixava no campanário, o sineiro os via. De vez em quando, passavam por lugares esquecidos e mais acolhedores, e então Serbínov encostava Sófia Aleksandrovna numa árvore ou simplesmente a sustentava quase no ar, ao seu lado, enquanto ela olhava para ele com relutância; mas se ouvia uma tosse ou o ranger dos gravetos sob os pés, e Serbínov então levava Sófia Aleksandrovna a outra parte.

Aos poucos, deram a volta por todo o cemitério sem encontrar abrigo em parte alguma e voltaram ao túmulo da mãe de Simón. Ambos já estavam cansados; Simón sentia que seu coração se enfraquecera pela espera e necessidade de entregar sua tristeza e solidão a outro corpo amistoso e, talvez, tomar de Sófia Aleksandrovna algo que lhe fosse precioso, para que ela sempre lastimasse sua perda, escondida já em Serbínov, e assim se recordasse dele.

— Por que precisa disso agora? — perguntou Sófia Aleksandrovna. — Seria melhor conversarmos.

Eles se sentaram sobre a raiz de uma árvore que sobressaía da terra e apoiaram os pés no aterro do túmulo da mãe. Simón guardava o silêncio, sem saber como compartilhar sua tristeza com Sófia Aleksandrovna sem antes ter compartilhado a si mesmo com ela: até os bens se convertem em comuns numa família somente depois do amor recíproco dos cônjuges; ao longo de toda a sua vida, Serbínov havia observado que a troca de sangue e de corpo provocava logo a troca de outros objetos cotidianos; não podia ser de outra maneira, porque só após dividir o mais valioso é possível compartilhar o insignificante. Serbínov também aceitava o fato de que só podia pensar assim devido à sua mente decomposta.

— O que posso dizer agora?! — disse ele. — Está difícil para mim neste momento; o pesar me habita como uma matéria e nossas palavras permanecerão à margem.

Sófia Aleksandrovna virou seu rosto repentinamente entristecido para Simón, como se tivesse medo de sofrer; ela entendeu, ou de nada se deu conta. Simón a abraçou com ar sombrio e a levou da raiz dura para o suave montículo do túmulo materno, colocando seus pés nas ervas embaixo. Ele ignorava se havia outras pessoas no cemitério ou se todas tinham ido embora, enquanto Sófia Aleksandrovna, sem dizer nada, voltou o rosto e o escondeu nos torrões de terra que continham o pó fino que as pás haviam extraído de outros caixões.

Ao cabo de certo tempo, Serbínov encontrou no fundo de seu bolso um pequeno retrato comprido de uma velhinha magra e o escondeu na tumba suavizada pela cabeça de Sófia Alekandrovna, para não se recordar de sua mãe e não sofrer por ela.

~

Em Tchevengur, Gópner havia construído uma estufa para Iákov Títich: o velho respeitava as flores cativas, porque nelas sentia o silêncio de sua vida. Mas o arredio sol vespertino de meados do outono já entornava sua luz sobre o mundo inteiro, e também sobre Tchevengur; devido à respiração debilitada, as flores da estepe de Iákov Títich mal exalavam seu cheiro. Iákov Títich chamava o mais jovem dos "outros", Iegori, de treze anos, e passava horas sentado ao seu lado, rodeado de aromas, sob o telhado de vidro. Ele tinha pena de morrer em Tchevengur, mas já era hora, porque seu estômago deixara de gostar dos alimentos e até a bebida era transformada por este em gases torturantes; mas Iákov Títich não queria morrer de doença, e sim de perder a paciência consigo mesmo: tinha começado a sentir seu corpo como um estranho, como uma segunda pessoa, ao lado da qual vinha se aborrecendo há nada menos que sessenta anos e contra a qual havia começado a sentir agora uma raiva inesgotável. Naquele momento, contemplava o campo onde Força Proletária lavrava enquanto Kopienkin o seguia e, com força ainda maior, desejava desaparecer no esquecimento, esconder-se da profunda tristeza que lhe produzia sua presença permanente ao lado de si mesmo. Teria gostado de se transformar num cavalo, em Kopienkin, em qualquer objeto com determinada qualidade, como uma maneira de arrancar de seu espírito aquela vida desgastada pelos sentimentos e grudada a ele como a crosta seca de uma ferida. Ele tocava Iegori com as mãos e, às vezes, se sentia um pouco aliviado — este era um rapaz, uma vida melhor, e se não se podia vivê-la, se podia, ao menos, tê-la por perto e pensar nela.

Kopienkin, descalço, arroteava a estepe, que já se transformara em semeadura, com a força de seu cavalo guerreiro. Ele não arava para o seu próprio sustento, mas para a felicidade futura de outro homem, para Aleksandr Dvánov. Kopienkin via que Dvánov havia definhado muito em Tchevengur; colheu então, punhado por punhado, os grãos de centeio que restaram nas despensas do velho mundo e atrelou Força Proletária a um arado, para começar a lavrar a terra e semear o trigo outonal para obter o alimento do amigo. Mas Dvánov não definhara de fome, ao contrário — raramente tinha vontade de comer em Tchevengur, havia definhado de felicidade e preocupação. Tinha a sensação permanente de que os tchevengurianos se sentiam atormentados por algo e que sua vivência em comum era pouco sólida. Assim, Dvánov lhes outorgava o próprio corpo por meio de trabalho; para que Kopienkin se instalasse ao seu lado em Tchevengur, Aleksandr escrevia para ele, diariamente, a história da vida de Rosa Luxemburgo, apenas com base na sua imaginação; e, para Kiréi, que agora seguia Dvánov por saudades de sua amizade e o velava durante a noite para que ele, de repente, não abandonasse Tchevengur, tirou do fundo do rio um tronco mediano de cor preta, porque Kiréi queria esculpir nele uma arma de madeira. Quanto a Tchepúrni, este, juntamente com Páchintsev, cortava sem parar os arbustos ao recordar que os invernos podiam ser de pouca neve, e, se assim fossem, esta não protegeria as casas contra o frio, e toda a população do comunismo se resfriaria e morreria até a chegada da primavera. Tchepúrni não tinha paz também à noite — permanecia deitado na terra, no meio de Tchevengur, e colocava galhos na fogueira inextinguível, para que o fogo não desaparecesse na cidade. Gópner e Dvánov haviam prometido instalar em breve a eletricidade em Tchevengur, mas suas energias sempre se esgotavam em outros assuntos que lhes solicitavam. À espera da eletricidade, Tchepúrni jazia sob o céu úmido da escuridão outonal e, com sua mente sonolenta, vigiava o calor e a luz para "os outros" que dormiam. Entretanto, reinava a escuridão quando os "outros" acordavam, e esse despertar era o momento de alegria para Tchepúrni: por toda a silenciosa Tchevengur se ouvia o ranger das portas e o ruído surdo dos portões; os pés descalços e descansados andavam entre casas, procurando comida e encontros com camaradas; os baldes d'água retumbavam e amanhecia por toda parte. Nesse instante, Tchepúrni dormia satisfeito, enquanto os "outros" se ocupavam de cuidar do fogo coletivo.

Cada um dos "outros" se dirigia à estepe ou ao rio e, lá, arrancava espigas, desenterrava raízes comestíveis ou pescava os minúsculos peixes que haviam se multiplicado, com o gorro colocado no extremo de uma vara. Os "outros" só comiam de vez em quando: procuravam por comida para presentearem uns aos outros. Mas o alimento já começava a se tornar escasso nos campos e os "outros" andavam no meio das ervas daninhas até anoitecer, angustiados por sua própria fome e dos demais.

Ao despontar a noite, os "outros" se reuniam em um gramado aberto e se preparavam para comer. De repente, Kartchúk se levantou — ele trabalhava o dia inteiro até a exaustão e, à noite, gostava de ficar entre o povo.

— Cidadãos amigos — dizia Kartchúk, com sua voz cheia de satisfação —, Iúchka[72] tem, no peito, tosse e desgraça — que ele se alimente de forma mais leve: colhi milhares de rosquinhas de erva para ele e as coloquei no sumo leitoso de caules de flores, para que Iúchka coma sem preocupação...

Iúchka permanecia sentado sobre uma folha de bardana e tinha quatro batatas.

— Eu também, Kartchúk, aplicarei meu princípio a você — respondia Iúchka. — Não sei a razão, mas, desde a manhã, tenho vontade de surpreendê-lo com batatas assadas! Tenho este desejo: oferecer-lhe um bom alimento na hora de dormir!

O pavor da noite se alçava ao redor. O céu vazio e frio transitava sombriamente, sem deixar as estrelas saírem fora dele, e nada, em parte alguma, produzia alegria. O "outro" ser humano comia e se sentia bem. No meio daquela natureza estranha, antes que chegassem as longas noites outonais, ele se provera de ao menos um camarada, a quem considerava objeto próprio, e não somente objeto, mas ainda esse bem-estar misterioso em que o homem confia somente na sua imaginação, mas que, entretanto, lhe cura o corpo; já o simples fato de que outro ser humano imprescindível vive inteiro neste mundo é suficiente para que se converta em uma fonte de paz para o coração e de paciência para os "outros" em sua matéria suprema e na riqueza de sua escassez. Graças à presença no mundo de uma segunda pessoa que lhe pertencia, Tchevengur e a umidade noturna proporcionavam condições de vida aceitáveis e até confortáveis para cada "outro" solitário. "Que se alimente — pensava Kartchúk, observando como Iúchka comia. — Logo,

---

72. Diminutivo de Iákov. (N. da T.)

graças à digestão, terá mais sangue e dormirá melhor. Amanhã, despertará sem fome e com calor no corpo: que maravilha!"

E Iúchka, depois de sorver o último líquido alimentício, se pôs em pé, no meio do círculo de pessoas.

— Camaradas, nós agora vivemos aqui como uma população e temos o nosso próprio princípio de existência... E, embora sejamos as massas populares, ainda que sejamos a borra mais vermelha, nos falta alguém e estamos esperando por alguém...!

Os "outros" se mantinham em silêncio e apoiavam suas cabeças contra seu próprio corpo inferior devido ao cansaço das preocupações diurnas pelo alimento e da que tinham uns pelos outros.

— Nos falta Prochka — disse Tchepúrni, com tristeza. — Nosso querido Prochka não está conosco em Tchevengur!...

— Já é hora de organizar a fogueira com mais força — disse Kiréi. — Talvez Prochka apareça à noite, e estamos aqui às escuras!

— E como é que se pode organizá-la? — disse Kartchúk, sem entender. — A fogueira deve arder de modo grandioso! Como pretende organizá-la, se as vergas cresceram sem calibre?! Queime-as, e, então, é certo que terá uma fumaça organizada...

Mas, nesse momento, os "outros" começaram a respirar baixinho ao alcançar-lhes um sono repentino, e já não ouviam mais Kartchúk. Somente Kopienkin não queria descanso. "Besteiras" — pensou ele sobre tudo aquilo, e se foi para arrumar seu cavalo. Dvánov e Páchintsev deitaram-se encostando as costas um no outro, e, esquentando-se reciprocamente, sem perceber como, perderam suas mentes até o amanhecer.

Passaram dois dias; no terceiro chegaram as duas ciganas que pernoitaram inutilmente na despensa de Kartchúk. De dia, elas também quiseram se juntar aos tchevengurianos, mas estes trabalhavam em distintos lugares da cidade e junto às ervas daninhas, e tinham vergonha perante os camaradas de tratar amavelmente as mulheres em vez de trabalhar. Kiréi já havia acabado de caçar todos os percevejos de Tchevengur e de fazer um sabre de ébano quando as ciganas apareceram, estava arrancando um toco, a fim de conseguir material para fazer um cachimbo para Gópner. As ciganas passaram por ele e desapareceram nas sombras dos espaços; Kiréi sentiu uma fraqueza em todo o seu corpo devido à tristeza, como se acabasse de ver o final de sua vida, mas, pouco a pouco, sobrepujou esse fardo, consumindo seu corpo enquanto cavava a terra. Uma hora mais tarde, as ciganas foram vistas de novo, desta vez no alto da estepe, em seguida, desapareceram imediatamente, como a traseira de um comboio que retrocede.

— Belezas da vida — disse Piússia, pendurando nos ramos os andrajos recém-lavados dos "outros".

— Matéria consistente — Zhéiev definiu as ciganas.

— Só que não se vê nem sinal de revolução em seus corpos! — afirmou Kopienkin. Fazia três dias que ele procurava uma ferradura entre as espessuras das ervas e em todos os lugares próprios para cavalos, mas não encontrava nada além de objetos pequenos e sem importância como cruzes que se levam penduradas no pescoço, *lápti*, diversos tendões e o lixo restante da vida burguesa. — Não existe beleza em um rosto sem que ele esteja comprometido — disse Kopienkin, ao encontrar um mealheiro em que, antes do comunismo, se coletava dinheiro para a organização dos templos. — Uma mulher sem a revolução não é mais que uma semimulher; dessas, eu não sinto falta... Até pode ajudar a pegar no sono, mas, depois, já não é um instrumento de combate; é mais leve do que meu coração.

Em uma antessala não longe dali, Dvánov arrancava pregos de uns baús para as necessidades de todo tipo de construção em madeira; através da porta aberta, havia visto que as pobres ciganas partiam e sentiu pena delas: em Tchevengur, poderiam tornar-se esposas e mães; e as pessoas, espremidas umas contra as outras num trabalho apressado, para não se dispersarem pela terra assustadora e órfã, se fortaleceriam mais por meio do intercâmbio de corpos e da solidez sacrificada do sangue profundo.

Dvánov contemplou com espanto as casas e as cercas — quanto calor de mãos trabalhadoras, quantas vidas esfriadas esterilmente, sem haver chegado a encontrar a pessoa esperada, ocultavam-se naquelas paredes, estrados e telhados! E, por um momento, Dvánov deixou de procurar os pregos, quis resguardar a si mesmo e aos demais do desperdício do trabalho, para dedicar suas melhores forças a Kopienkin, Gópner e a seres como aquelas ciganas, que tinham abandonado a cuidadosamente atarefada Tchevengur rumo à estepe e à miséria. "Se os seres humanos continuam se sentindo infelizes, é melhor que me consuma de tristeza do que trabalhe com esmero — convenceu-se Dvánov. — Todos aqui foram esquecidos com o trabalho e a vida se fez mais fácil; a felicidade, entretanto, sempre se posterga..."

O transparente calor outonal iluminava os arredores silenciosos de Tchevengur com uma luz moribunda e brilhante, como se não houvesse ar sobre a terra, e uma monótona teia de aranha, de vez em quando, grudava no rosto; mas as ervas já tinham se curvado até as cinzas mortais e não absorviam mais luz ou calor, o que significava que não só viviam do sol, mas também de seus períodos. No horizonte da estepe, os pássaros se elevavam e pousavam novamente nos lugares onde havia mais comida; Dvánov os seguia com o olhar e o fazia com a mesma angústia com a que costumava observar em sua infância as moscas que viviam sob o teto da casa de Zakhar Pávlovitch. Mas os pássaros levantaram voo e se viram cobertos por uma poeira lenta — uma troica de cavalos trouxe à vista uma carruagem que, a trote de distrito, dirigia-se para Tchevengur. Dvánov subiu numa cerca, assustado por ter aparecido ali um desconhecido, e, de repente, não muito longe, ouvia-se o poderoso ressoar do galope de um cavalo: Kopienkin, cavalgando sobre Força Proletária, havia saído disparado de Tchevengur, dirigindo-se a galope à distante carruagem para dar as boas-vindas ao amigo ou destruir o inimigo. Dvánov também se dirigiu aos limites da cidade para ajudar Kopienkin, caso fosse preciso. Mas Kopienkin já havia resolvido tudo sozinho, o cocheiro ia a pé e, pelas rédeas, levava os cavalos que caminhavam a passo tranquilo; o fáeton ia vazio atrás deles; o viajante marchava adiante, e Kopienkin, cavalgando atrás, o escoltava. Ele segurava o sabre numa das mãos e, com a outra, erguida, uma pasta e um pequeno revólver, que ele apertava contra a pasta com seu dedo polegar grande e sujo.

O homem que viajava pela estepe caminhava agora a pé e desarmado, mas seu rosto não refletia o pavor paciente da agonia que precede a morte, mostrava um sorriso que expressava curiosidade.

— Quem é você? Por que veio a Tchevengur? — perguntou-lhe Dvánov.

— Vim do centro para buscar ervas daninhas. Pensava que já não existissem, mas vejo que, na prática, estão crescendo — respondeu Simón Serbínov. — E vocês, quem são?

Os dois homens estavam quase cara a cara. Kopienkin, contente de topar com o perigo, alerta, observava Serbínov; o cocheiro suspirava ao lado dos cavalos e sussurrava para si sua irritação: pressentia que os vagabundos daquele lugar lhe confiscariam os cavalos.

— Aqui, temos o comunismo — explicou Kopienkin, montado em seu cavalo. — E nós somos camaradas, porque antes vivíamos sem meios para a vida. E que doujeito é você?

— Eu também sou comunista — informou Serbínov, observando Dvánov e tentando recordar onde havia visto antes aquele rosto.

— Veio se beneficiar do comunismo — disse Kopienkin, decepcionado por afinal não ter topado com perigo algum, e jogou a pasta junto com o pequeno revólver nas ervas daninhas que cresciam ao redor. — Não precisamos desse instrumento de mulher, precisamos de um canhão, isso sim; se tivesse nos trazido um canhão teria ficado claro que era um bolchevique. Mas você tem uma pasta grande e um revólver pequeno: é um escriba, e não um membro do Partido... Vamos, Sacha, vamos para casa!

Dvánov pulou na cômoda garupa de Força Proletária e, junto com Kopienkin, partiram a galope.

O cocheiro de Serbínov virou os cavalos de volta para a estepe e subiu ao seu assento, disposto a salvar-se. Serbínov, pensativo, caminhou um pouco na direção de Tchevengur e logo se deteve: diante dele, as velhas bardanas viviam pacificamente os últimos dias de suas calorosas vidas estivais; ao longe — no meio da cidade —, alguém batia a madeira com golpes rítmicos, e de uma moradia, situada nos limites da cidade, chegava um cheiro de batatas. Resultava que também ali as pessoas viviam e se alimentavam de suas alegrias e tristezas diárias. O que ele, Serbínov, afinal buscava? Não se sabia. Então, Serbínov partiu para Tchevengur, para um lugar desconhecido. O cocheiro notou a indiferença de Serbínov em relação a ele e, depois de pôr os cavalos previamente a passo lento, cavalgou a toda pressa para os espaços abertos da estepe, deixando Tchevengur para trás.

Em Tchevengur, Serbínov foi imediatamente rodeado pelos "outros": ficaram profundamente interessados nele, por ser um homem desconhecido e vestido por completo. Olhavam e admiravam Serbínov, como se tivessem acabado de ganhar um automóvel de presente e uma diversão agradável os esperasse. Kiréi tirou do bolso de Serbínov uma caneta esferográfica e arrancou, em seguida, sua pontinha para fazer uma piteira para Gópner. Kartchúk, por sua vez, presenteou Kiréi com os óculos de Serbínov.

— Você enxergará mais longe e verá mais — disse a Kiréi.

— Não devia ter jogado a sacola e a *voyage* dele fora — afligiu-se Kopienkin. — Teria sido melhor fazer com eles um gorro bolchevique com viseira para Sacha... Ou não — que continue aí, jogado, darei o meu gorro para Sacha.

As botas de Serbínov foram parar nos pés de Iákov Títich, já que este precisava de sapatos leves para andar pelo quarto; o sobretudo foi usado pelos tchevengurianos para fazer uma calça para Páchintsev, que vivia sem nenhuma desde os tempos da reserva revolucionária. Serbínov se sentou logo numa cadeira que havia na rua, vestindo apenas o colete e descalço. Piússia teve a ideia de lhe trazer duas batatas assadas e os "outros", em silêncio, começaram a trazer-lhe coisas segundo a escolha de cada um: um curto casaco de pele, botas de feltro, e Kiréi deu a Serbínov um saco com utensílios de mesa.

— Tome — disse-lhe Kiréi —, estou certo de que é esperto e precisará disso, porque a nós não faz falta alguma.

Serbínov pegou também os utensílios. Mais tarde, encontrou sua pasta e seu revólver no meio do capim ressequido; tirou da pasta o recheio de papéis que lá estava e, em seguida, a jogou fora. Entre os documentos se encontrava seu livro com o inventário de seres humanos que desejara possuir como propriedade; Símon não queria perdê-lo e, ao entardecer, permaneceu sentado diante do livro aberto, vestido com um casaco curto e botas de feltro — em meio ao silêncio da cidade esgotada —; um toco de vela que Kiréi encontrara nas reservas da burguesia ardia na mesa e a casa exalava o cheiro do corpo ensebado de uma pessoa estranha que outrora ali vivera. Quando se achava ilhado num lugar desconhecido, Serbínov sempre começava a se angustiar e a sentir dor de barriga, pelo que não pôde anotar nada em seu livro, e, então, não fez mais que lê-lo, percebendo que todo o seu passado se desenrolara em seu detrimento: ninguém havia ficado ao seu lado por toda a vida, nenhuma amizade se transformara em sólida intimidade. Agora, Serbínov estava só; somente o secretário da instituição lembrava que ele estava em missão de trabalho, mas tinha que voltar; o secretário assim o esperava, em função da boa ordem laboral. "Ele precisa de mim — imaginou Serbínov, com um sentimento de afeto pelo secretário —, e não me esperará em vão, não trairei a lembrança que tem de mim."

Aleksandr Dvánov foi controlar Serbínov, que, naquele momento, estava já um pouco feliz de pensar que, em algum lugar, o secretário se preocupava com ele e que, portanto, tinha um camarada. Era a única coisa em que Serbínov pensava e que o consolava na Tchevengur noturna: não conseguia sentir nenhum outro pensamento profundamente e, como não o sentia, não podia se acalmar.

— O que procura em Tchevengur? — perguntou-lhe Dvánov.

— Vou lhe dizer sem rodeios: aqui, não poderá cumprir o objetivo de sua viagem de trabalho.

Mas Serbínov sequer pensava em cumpri-lo; ele tentava de novo recordar o rosto familiar de Dvánov, mas não conseguia e se inquietava.

— É verdade que a área semeada aqui ficou reduzida? — quis saber Serbínov, para satisfazer o secretário, sem que nele mesmo a semeadura despertasse muito interesse.

— Não — explicou Dvánov —, ela aumentou, até a cidade está invadida por ervas.

— Isso é bom — disse Serbínov, e considerou que o objetivo de sua viagem havia sido cumprido: anotaria em seu relatório que a superfície havia até aumentado em um por cento e que em hipótese alguma havia diminuído; não havia visto solo nu — as plantas até viviam apertadas sobre ele.

Em alguma parte do ar úmido noturno tossia Kopienkin, um homem que envelhecia, sem conseguir dormir, e que vagava solitário.

Dvánov veio até Serbínov com suspeita, pensando em livrar Tchevengur do enviado em missão de serviço; mas, ao vê-lo, não soube o que dizer. De início, sempre teve medo das pessoas, porque não dispunha de convicções sinceras que o fizessem se sentir superior; ao contrário, o aspecto do ser humano provocava em Dvánov sentimentos em vez de convicções, e começava a sentir por aquele um excessivo respeito.

Devido ao silêncio do distrito, Serbínov ainda não se dava conta de onde se encontrava; o odor abundante das ervas ao redor fez com que começasse a sentir saudades de Moscou; queria voltar, então decidiu que partiria de Tchevengur a pé já no dia seguinte.

— Vocês têm aqui a revolução ou o quê? — perguntou Serbínov a Dvánov.

— Temos aqui o comunismo. Não está ouvindo? Esse que está tossindo é o camarada Kopienkin, um companheiro comunista.

Serbínov raramente se surpreendia, ele sempre havia considerado que a revolução era melhor do que ele. Somente naquela cidade tinha visto seu desamparo e pensou que se parecia com uma pedra de rio, sobre a qual a revolução ia passando, enquanto ela ficava no fundo, pelo peso da causa do apego a si mesmo.

— Mas vocês têm em Tchevengur desgraças e tristezas? — perguntou Serbínov.

E Dvánov lhe respondeu que sim, que as desgraças e as tristezas também fazem parte do corpo humano.

Nesse momento, Dvánov encostou a testa na mesa, costumava se sentir dolorosamente cansado ao cair da noite, não tanto pela atividade quanto por ter passado o dia inteiro observando com precaução e temor os habitantes de Tchevengur.

Serbínov abriu a janela ao ar; tudo estava tranquilo e escuro, só da estepe chegava um som prolongado da meia-noite, mas era tão pacífico que não perturbava a tranquilidade noturna. Dvánov caiu na cama e adormeceu de cara para cima. Apressando-se para fazê-lo antes que a vela acabasse, Serbínov escreveu uma carta para Sófia Aleksandrovna: informava a esta que em Tchevengur havia sido organizado o comunismo por proletários errantes que tinham se reunido num só lugar, e que entre eles vivia o semi-intelectual Dvánov, que, pelo visto, tinha esquecido das razões pelas quais tinha ido parar naquela cidade. Serbínov observou Dvánov adormecido, seu rosto transformado, por ter os olhos fechados, e suas pernas estiradas numa paz de morte. Ele se parece, escreveu Serbínov, com a fotografia de seu primeiro namorado, mas é difícil imaginar que ele a tenha amado. Serbínov acrescentou também que durante as missões de serviço lhe doía o estômago, e que ele estava disposto, como esse semi-intelectual, a esquecer o motivo que o trouxera a Tchevengur e permanecer na cidade para existir.

A vela se apagou e Serbínov se deitou sobre um baú, temendo não adormecer logo. Mas adormeceu imediatamente, e o novo dia surgiu instantaneamente diante dele, como se fosse para um homem feliz.

Até aquela época, em Tchevengur, haviam-se acumulado muitos objetos — Serbínov passeava e os observava sem entender sua utilidade.

Ainda pela manhã, Serbínov reparou em uma frigideira de madeira de pinheiro sobre a mesa, e, furando o telhado, permanecia incrustada uma bandeira de ferro, incapaz de obedecer ao vento. A cidade em si havia se juntado numa tal estreiteza, que Serbínov pensou no aumento real da área semeada por conta do espaço habitável. Até onde a vista alcançava, os tchevengurianos trabalhavam com diligência; ficavam sentados na relva ou de pé em celeiros e antessalas, e cada um deles trabalhava naquilo que lhe era necessário: dois homens talhavam uma mesa de madeira, outro cortava e dobrava o ferro que havia sido tirado do telhado por falta de material, e outros quatro, recostados contra a cerca, teciam uns *lápti* de reserva para aqueles que quisessem virar peregrinos.

Dvánov acordou antes de Serbínov e apressou-se em procurar Gópner. Os dois camaradas se encontraram na forja e foi ali que Serbínov os achou. Dvánov havia concebido um invento: transformar a luz solar em eletricidade. Para tanto, Gópner havia tirado das molduras todos os espelhos de Tchevengur e coletado todos os cristais mais ou menos grossos. Com aquele material, Dvánov e Gópner confeccionaram prismas complexos e refletores, para que a luz do sol, passando por eles ou neles se refletindo, no extremo do aparato, se transformasse em corrente elétrica. Este estava pronto havia dois dias, mas não produzia eletricidade. Os demais vinham ver a máquina de luz de Dvánov e, mesmo que ela não funcionasse, decidiram, apesar de tudo, algo necessário: considerar a máquina correta e imprescindível, já que fora inventada e produzida pelo trabalho físico de dois camaradas.

Perto da forja havia uma torre construída de barro e palha. À noite, um "outro" subia na torre e acendia uma fogueira para que os que vagavam pela estepe pudessem ver onde havia um refúgio para eles; mas, ou bem as estepes tinham se esvaziado, ou as noites tornaram-se despovoadas, porque ninguém chegou a se apresentar à luz do farol de barro.

Enquanto Dvánov e Gópner tratavam de melhorar seu aparato solar, Serbínov foi para o centro da cidade. Já não sobrava muito espaço para caminhar entre as casas, mas agora era quase impossível transitar, porque os "outros" puseram seus últimos artefatos na rua para terminá-los: rodas de madeira de dois *sájen* de diâmetro, botões de ferro, monumentos de barro que representavam com muita semelhança os camaradas queridos, incluindo Dvánov, uma máquina autorrotativa construída com despertadores quebrados, um forno que não necessitava de combustível e no qual se utilizara o enchimento de todos os cobertores e travesseiros de Tchevengur, mas onde apenas uma pessoa por vez podia se aquecer, a que mais frio tivesse. Havia ainda outros objetos cuja utilidade Serbínov não podia em absoluto imaginar.

— Onde fica aqui o Comitê Executivo? — perguntou Serbínov ao atarefado Kartchúk.

— Ele existiu, mas já não existe mais: tudo já foi executado — explicou Kartchúk. — Pergunte a Tchepúrni: não vê que estou fazendo uma espada de osso de boi para o camarada Páchintsev?

— E por que sua cidade está num campo aberto, porém edificada com tanta estreiteza? — continuou perguntando Serbínov.

Mas Kartchúk se recusou a responder:

— Pergunte a quem quiser; não vê que estou trabalhando e que isso significa que não estou pensando em você, mas em Páchintsev, que é para quem será esta espada?

Serbínov perguntou então a outro homem que acabara de trazer barro do barranco para a construção de monumentos e tinha traços mongóis.

— Entre nós, vivemos sem pausas — explicou-lhe Tchepúrni, que era quem carregava o barro.

Serbínov riu dele e das rodas de madeira de dois *sájen*, bem como dos botões de ferro. Ele tinha vergonha de rir, mas Tchepúrni estava diante dele, olhando-o sem se irritar.

— Estão trabalhando arduamente — disse Serbínov, para deixar de rir o mais rápido possível —, mas tenho visto seus trabalhos e são inúteis.

Tchepúrni fitou Serbínov seriamente dos pés à cabeça, e viu nele um homem que ficara para trás em relação às massas.

— É que não trabalhamos para a utilidade, mas uns para os outros.

Serbínov já não ria mais: não conseguia entender nada.

— Como? — perguntou ele.

— Exatamente assim — confirmou Tchepúrni. — E como poderia ser de outro modo, homem? Você deve ser um sem partido; era a burguesia que queria a utilidade do trabalho, mas não conseguiu: não se tem resistência para atormentar o corpo por um objeto. — Tchepúrni se deu conta do ar sombrio de Serbínov e então sorriu. — Mas isso não é nenhum perigo para você, logo se acostumará a viver conosco.

Serbínov seguiu caminhando sem imaginar nada: era capaz de inventar muitas coisas, mas não conseguia entender o que estava diante de seus olhos.

Na hora do almoço, Serbínov foi convidado a comer numa clareira e, como primeiro prato, lhe deram uma sopa de ervas, depois, um mingau de legumes triturados — com isso, ficou mais que saciado. Ele esteve a ponto de abandonar Tchevengur para voltar a Moscou, mas Tchepúrni e Dvánov lhe pediram para ficar até o dia seguinte: lhe confeccionariam alguma coisa como lembrança e lhe prepurariam também algo para a viagem.

Serbínov ficou e decidiu não passar pela capital da província para fazer o relatório, mas enviá-lo pelo correio. Depois do almoço, escreveu ao Comitê da província, dizendo que em Tchevengur não havia Comitê Executivo, mas, sim, muitos objetos felizes, embora inúteis; a superfície semeada não havia diminuído, havia, na verdade, aumentado, pois a cidade fora replanejada e, assim, tinha ficado mais concentrada, mas não havia ninguém que pudesse sentar, preencher os dados e informar a respeito disso, porque era impossível encontrar um secretário sensato entre todos os habitantes da cidade. Como conclusão, Serbínov expressou sua ideia de que, provavelmente, Tchevengur havia sido conquistada por uma pequena nacionalidade desconhecida ou por uns vagabundos que estavam de passagem por aquelas terras, que desconheciam a arte da informação e que o único sinal que emitiam ao mundo era o de um farol de barro, no qual, à noite, queimavam palha ou qualquer outro material seco; que entre os vagabundos havia um intelectual e um artesão qualificado, mas os dois haviam esquecido completamente de si mesmos. Serbínov propunha que as conclusões práticas fossem tiradas na capital da província.

Simón releu o que tinha escrito: resultara inteligente, ambíguo, hostil e sarcástico contra os dois — contra a capital e contra Tchevengur — Serbínov sempre escrevia assim sobre aqueles que não esperava que se convertessem em camaradas. Havia percebido, em seguida, que, em Tchevengur, antes de sua chegada, todas as pessoas se haviam repartido reciprocamente entre si e que para ele não restara ninguém, e, por isso, Serbínov não pôde se esquecer do objetivo de sua viagem de trabalho.

Depois do almoço, Tchepúrni se pôs de novo a carregar barro, e foi a ele que Serbínov se dirigiu para saber o que tinha que fazer para enviar as duas cartas e onde eram os correios. Tchepúrni pegou ambas as cartas e disse:

— Está com saudades dos seus? Mandaremos as cartas até uma agência dos correios por um homem que vai a pé. Também sinto saudades de Prokófi, mas desconheço o paradeiro dele.

Kartchúk acabou a espada de osso para Páchintsev; e teria continuado trabalhando para vencer o tédio, mas não havia ninguém em quem pensar, ninguém para quem trabalhar, ele, então, raspava a terra com a unha, sem sentir ideia alguma da vida.

— Kartchúk — disse-lhe Tchepúrni. — Você honrou Páchintsev e agora se aflige por não ter com quem se preocupar: leve, por favor, ao vagão dos correios as cartas do camarada Serbínov, assim, poderá pensar nele pelo caminho...

Kartchúk olhou para Serbínov de cima a baixo com tristeza.

— Talvez eu vá amanhã — disse ele —, por enquanto não sinto esse homem... Ou talvez eu parta ao anoitecer, se sentir alguma inclinação pelo visitante.

Ao entardecer, o solo ficou úmido e uma neblina se levantou. Tchepúrni acendeu a fogueira de palha sobre a torre de barro, para que o desaparecido Prochka pudesse vê-la de longe. Serbínov estava deitado numa casa vazia, coberto com uma esteira: queria adormecer e se acalmar no silêncio da província; parecia-lhe que não só o espaço, mas também o tempo o distanciava de Moscou, e se encolhia debaixo da esteira, percebendo suas pernas e seu peito como de outra pessoa, também digna de compaixão, e ele a aquecia e acariciava.

Kartchúk entrou sem pedir permissão, como um habitante do deserto ou membro de uma irmandade.

— Estou indo — disse ele. — Me dê suas cartas.

Serbínov lhe entregou as cartas e pediu:

— Fique um pouco comigo. Você, de toda maneira, vai caminhar por minha causa a noite inteira.

— Não — respondeu Kartchúk, recusando-se a ficar. — Pensarei em você quando eu estiver sozinho.

Com medo de perder as cartas, Kartchúk pôs uma em cada mão, apertou-as com força e partiu.

Acima da neblina terrestre havia um céu limpo, e a lua acabava de subir até ele; sua luz submissa enfraquecia na escuridão úmida da neblina e iluminava a terra como se esta fosse o fundo do mar. Os últimos seres humanos andavam silenciosos por Tchevengur e alguém havia começado a cantar sobre a torre de barro para que o ouvissem na estepe, porque não confiava somente na luz da fogueira. Serbínov cobriu o rosto com a mão, a fim de não ver e dormir, mas abriu os olhos sob a mão e o sono se afastava ainda mais: ao longe, uma sanfona começou a tocar uma canção alegre e combativa, que, a julgar pela maneira como soava, era uma espécie de "Maçãzinha[73]", porém muito mais expressiva e sensível; era um foxtrote bolchevique que Serbínov desconhecia. Uma carroça rangia entre os sons da música, alguém certamente se deslocava; ouviu-se também o relincho de dois cavalos: em Tchevengur, relinchava Força Proletária, e, das estepes, lhe respondia uma amiga que vinha em sua direção.

Simón foi para fora. No farol de barro elevaram-se chamas solenes de um monte de palhas e varas de cercas velhas; a sanfona seguia em mãos seguras e não diminuía o som, antes o aumentava cada vez mais, em convite à população para que ocupasse um lugar na vida.

No fáeton, iam Prokófi e o músico nu, que tempos antes abandonara Tchevengur a pé seguindo sua esposa; a carruagem era levada por uma égua magra que a toda hora relinchava. Umas mulheres descalças caminhavam atrás do fáeton: eram umas dez ou mais e caminhavam em duas filas; na primeira delas, marchava Klavdiúcha.

---

73. Canção revolucionária muito conhecida na URSS, cantada com letras diversas pelos Exércitos Branco e Vermelho no período da Guerra Civil. (N. da T.)

Os tchevengurianos receberam suas futuras esposas em silêncio; estavam de pé sob a luz do farol, mas não deram nem um passo adiante nem falaram palavra de boas-vindas, porque, ainda que os que acabavam de chegar fossem seres humanos e camaradas, eram, ao mesmo tempo, mulheres. Kopienkin sentiu vergonha e respeito pelas mulheres que haviam sido trazidas; além disso, ele temia olhar demais para as mulheres por responsabilidade ante Rosa Luxemburgo, e saiu para acalmar Força Proletária, que bramia com força.

O fáeton se deteve. Imediatamente, os "outros" desatrelaram a égua e arrastaram a carruagem para as profundezas de Tchevengur.

Prokófi ordenou que a música parasse e deu sinal para que a procissão de mulheres não se apressurasse mais.

— Camaradas do comunismo! — clamou Prokófi sobre o silêncio do pequeno povoado. — Cumpri a sua decisão: diante de vocês estão suas futuras esposas, trazidas para Tchevengur em ordem de marcha; para Zhéiev atraí uma pobre especial...

— Como a atraiu? — perguntou Zhéiev.

— Maquinalmente — explicou Prokófi. — Músico, vire-se com seu instrumento para as esposas e toque uma fanfarra para elas, para que não se sintam tristes em Tchevengur e amem os bolcheviques.

O músico tocou.

— Excelente — aprovou Prokófi. — Klavdiúcha, distribua as mulheres para que descansem. Amanhã, as passaremos em revista e as organizaremos numa marcha solene perante a organização da cidade: a luz da fogueira não permite que se vejam os rostos.

Klavdiúcha levou as mulheres meio adormecidas até a escuridão da cidade vazia.

Tchepúrni rodeou com seus braços o peito de Prokófi e lhe disse à parte:

— Procha, as mulheres não são agora uma necessidade urgente, o mais importante é que você tenha voltado. Quer que eu confeccione qualquer coisa amanhã e lhe dê de presente?

— Me dê Klavdiúcha de presente!

— Eu a daria de presente a você, Procha, mas você mesmo já se presenteou com ela. Aceite, por favor, algo mais!

— Me deixe pensar — Prokófi adiou sua decisão —, agora mesmo, não sei por qual razão, não sinto nenhuma necessidade nem apetite... Olá, Sacha! — disse ele a Dvánov.

— Olá, Procha! — respondeu-lhe da mesma forma Dvánov. — Você chegou a ver outra gente em algum lugar? Por que continuam vivendo lá?

— Só continuam vivendo lá por paciência — formulou Prokófi, para consolo de todos. — Não se alimentam da revolução; já se organiza por lá a contrarrevolução, e, sobre a estepe, já se agitam grandes tormentas hostis, somente nós mantemos a honra...

— Está dizendo bobagens, camarada — disse Serbínov. — Eu sou de lá, e também sou um revolucionário.

— Bem, lá você se sentiria pior — concluiu Prokófi.

Serbínov não soube o que responder. A fogueira da torre se apagou e naquela noite não voltou a acender-se.

— Proch — perguntou Tchepúrni na escuridão —, diga-me, por favor, quem lhe presenteou com a música?

— Um burguês que passava. Ele me deu a música e eu o deixei viver por um preço baixo: porque em Tchevengur não há prazer além do sino — mas isso já é religião.

— Aqui, Procha, temos agora prazer sem sinos nem outros intermediários.

Prokófi entrou na parte inferior da torre e dormiu de exaustão. Ao lado dele, recostou-se também Tchepúrni.

— Respire mais, aqueça o ar — pediu-lhe Prokófi. — Senti frio nos lugares vazios.

Tchepúrni soergueu-se um pouco e por muito tempo ficou respirando aceleradamente, depois tirou seu capote militar, envolveu Prokófi com ele e, encostado nele, mergulhou na alienação da existência.

O dia seguinte amanheceu agradável; o músico foi o primeiro a se levantar e tocou na sanfona uma marcha de preâmbulo que emocionou todos os "outros" já descansados.

As esposas já estavam sentadas e dispostas, calçadas e vestidas por Klavdiúcha, com o que ela pudera encontrar nos sótãos de Tchevengur.

Os outros chegaram mais tarde e, embaraçados, não olharam para aquelas que lhes tinham sido destinadas para que as amassem. Ali também estavam Dvánov, Gópner, Serbínov e os primeiros conquistadores de Tchevengur. Serbínov foi pedir para que lhe organizassem meios para que partisse, mas Kopienkin se recusou a ceder-lhe Força Proletária para a viagem. "Posso dar o capote — disse ele —, posso oferecer a mim mesmo por um dia, leve o que quiser, mas não me peça o cavalo, não me aborreça: como irei até a Alemanha?" Então, Serbínov pediu a égua que havia trazido Prokófi no dia anterior e se dirigiu a Tchepúrni. Este contestou Serbínov, dizendo que não deveria ir embora, que talvez se acostumasse a viver ali, porque havia comunismo e, de um jeito ou de outro, não tardaria para que se reunissem em Tchevengur todas as pessoas: por que, então, ir em busca delas quando todos se dirigem a Tchevengur?

Serbínov se afastou dele. "Aonde quero ir? — pensava ele. — Aquela parte quente do meu corpo que desapareceu em Sófia Aleksandrovna já foi digerida dentro dela e expulsa como um alimento qualquer sem deixar rastro..."

Tchepúrni havia começado a se expressar em voz alta e Serbínov esqueceu-se de si para escutar a palavra desconhecida.

— Prokófi representa o afã contra as cargas que pesam sobre o proletariado — proferiu Tchepúrni no meio da multidão.

— Ele acaba de nos proporcionar as mulheres em quantidade razoável, embora a dose não deixe de ser pequena... Depois, quero me dirigir ao corpo de mulheres para fazer ressoar com a palavra a alegria da espera! Que alguém me diga, por favor: por que respeitamos as condições da natureza? Porque as comemos. E por que convidamos as mulheres com o nosso gesto? Porque respeitamos a natureza pelo alimento e as mulheres por amor. E aqui, quero expressar nosso agradecimento às mulheres que vieram para Tchevengur, como camaradas de uma ordem especial, e convidá-las a que vivam e se alimentem do mundo em nossa companhia, e obtenham a felicidade em Tchevengur por meio dos camaradas-homens...

As mulheres imediatamente se assustaram: os homens de antes sempre começavam o assunto com elas diretamente pelo fim, mas estes se seguravam e pronunciavam antes um discurso; assim, as mulheres levantaram os abrigos e capotes masculinos com que Klavdiúcha as tinha vestido até o nariz, tampando-lhes o orifício da boca. Elas não temiam o amor, pois não tinham amado, mas temiam as torturas, o quase extermínio de seus corpos por aqueles homens secos e pacientes, vestidos com capotes de soldados e rostos que mostravam a rudeza de suas vidas. Estas mulheres não haviam tido juventude nem qualquer outra idade definida, haviam trocado seu corpo, sua idade e seu florescimento por comida, e, como a obtenção de alimentos acarretava sempre um prejuízo para elas, seus corpos tinham se desgastado bem antes da morte; por isso pareciam meninas e velhinhas, mães e irmãs menores e desnutridas; as carícias dos maridos deviam ter produzido nelas dor e terror. Prokófi tentou abraçá-las durante a viagem, levando-as ao fáeton para fazer a prova, mas, ante o amor dele, elas gritaram como gritam os doentes.

Agora as mulheres estavam sentadas diante dos olhares dos tchevengurianos e, por debaixo de sua roupa, desenrugavam a pele que sobrava nos ossos desgastados. Entre as chegadas a

Tchevengur, somente Klavdiúcha era suficientemente confortável e vistosa, mas por ela já despertara simpatia Prokófi.

Iákov Títich era quem mais meditava ao observar as mulheres: uma delas lhe pareceu mais triste que as demais; sentia frio debaixo do velho capote; quantas vezes esteve disposto a entregar meia vida, quando ainda lhe restava muita, em troca de encontrar para si um parente verdadeiro, um irmão de sangue entre os estranhos ou os "outros". E, ainda que os "outros" fossem sempre seus camaradas, era somente no sufoco e na desgraça, nas desgraças da vida, e não por procederem de um mesmo ventre. Agora, em Iákov Títich, não restava nem metade da vida, apenas um último resto, mas ele poderia oferecer a liberdade e o pão de Tchevengur em troca de um familiar, e por ele tomar de novo o desconhecido caminho de peregrinações e misérias.

Iákov Títich se aproximou da mulher que havia escolhido e tocou seu rosto, pensando que, por fora, ela se parecia com ele.

— De quem é você? — perguntou ele. — Com o que vive neste mundo?

A mulher afastou sua cabeça e Iákov Títich viu seu pescoço logo abaixo da nuca: ali havia uma cavidade profunda e dentro dela se concentrava a sujeira do desamparo; toda a sua cabeça, quando a mulher a levantou de novo, se sujeitava com timidez sobre o pescoço, como se estivesse sobre um talo que ressecava.

— E você, de quem é, tão exígua?

— De ninguém — respondeu a mulher, e, franzindo o cenho, começou a agitar os dedos, alheia a Iákov Títich.

— Vamos para casa, rasparei a sujeira atrás de seu pescoço e as crostas — disse, uma vez mais, Iákov Títich.

— Não quero — disse a mulher. — Me dê um pouco de algo, então me levantarei.

Prokófi lhe havia prometido o matrimônio durante a viagem, mas ela, da mesma maneira que suas companheiras, não sabia muito bem o que era isso e só adivinhava que seu corpo seria torturado por um homem apenas em vez de o ser por muitos, por isso, pedira um presente antes das torturas, já que depois só as mandavam embora, não davam nada. Encolheu-se ainda mais debaixo do capote que era grande para ela, protegendo sob ele seu corpo nu que lhe servia tanto de vida quanto de meio para viver, e também de única esperança não alcançada; mas, para além da pele, começava para a mulher um mundo estranho, onde ela não conseguia obter nada, nem sequer a roupa para se resguardar do frio e preservar seu corpo como fonte de alimento para ela, e de felicidade para outros.

— Mas que esposas são essas, Procha? — perguntou, desconfiado, Tchepúrni. — Se são abortos de oito meses, lhes falta substância!

— Que lhe importa? — replicou-lhe Prokófi. — Deixe que o comunismo lhes sirva de nono mês.

— Tem razão! — exclamou Tchepúrni satisfeito. — Em Tchevengur, amadurecerão depressa, como num ventre cálido, assim já nascerão inteiras.

— Pois bem! E ainda mais que o resto do proletariado não deseja comidas especiais; para eles, já basta livrar-se do desassossego da vida! Do que é que você precisa? Por onde quer que as tome, são mulheres, seres humanos com um vazio onde se alojar.

— Não existem esposas assim — disse Dvánov. — Assim são as mães, para quem as tem.

— Ou as irmãs menores — definiu Páchintsev. — Eu tinha uma irmãzinha que parecia enferrujada, ela comia mal e acabou morrendo devido a si mesma.

Tchepúrni ouvia todos e, por hábito, pensava já em estabelecer uma conclusão, mas duvidava, recordando-se da escassez de seu cérebro.

— Mas o que é que temos mais aqui, maridos ou órfãos? — perguntou ele, mas sem pensar nessa questão. — Proponho, e

assim formulo: primeiro, que todos os camaradas, um por vez, beijem estas mulheres lastimáveis, então será mais claro o que se pode tirar delas. Camarada músico, faça o favor, passe a música a Piússia, e que ele toque alguma coisa de música com notas.

Piússia começou a tocar uma marcha em que se adivinhava o movimento de um regimento: ele não respeitava as canções de solidão nem as valsas, e tinha vergonha de tocá-las.

Dvánov foi o primeiro a beijar todas as mulheres: ao beijá-las, abria a boca e apertava entre os seus os lábios de cada mulher com a ânsia do carinho, e abraçava levemente com o braço esquerdo a mulher da vez, para que esta permanecesse quieta e não se afastasse dele enquanto ele não parasse de tocá-la.

Também Serbínov teve que beijar todas as futuras esposas, mas ele ficou por último, embora tenha ficado contente com isso: Mesmo que fosse desconhecida, Simón se sentia sempre mais tranquilo em presença de outra pessoa, e, depois dos beijos, viveu um dia inteiro satisfeito. Agora, já não queria tanto partir, apertava as mãos de alegria e sorria, invisível no movimento da multidão e no ritmo apressado da marcha que soava.

— E então, o que diz, camarada Dvánov? — perguntou Tchepúrni limpando a boca, interessado no que viria a seguir.

— São esposas ou nos servirão de mães? Piússia, nos dê silêncio para a conversa!

Mas Dvánov não sabia: não conhecera sua mãe e nunca sentira uma esposa. Ele recordou a seca vetustez dos corpos femininos que acabava de subjugar para beijá-los, e como uma das mulheres se havia comprimido contra ele, fraca como um raminho, abaixando-se para esconder seu rosto acostumado e triste; ao lado dela, Dvánov reteve suas recordações — a mulher cheirava a leite e camisa suada. E voltou a beijá-la, desta vez na beira da camisa, como na primeira infância beijara o corpo e o suor do pai falecido.

— É melhor que sejam mães — disse ele.

— Os que aqui são órfãos que escolham agora uma mãe! — anunciou Tchepúrni.

Órfãos eram todos, e as mulheres, apenas dez: ninguém deu um primeiro passo em direção às mulheres para obter uma mãe; todos, de antemão, presenteavam uma delas a um camarada mais necessitado. Dvánov então entendeu que também as mulheres eram órfãs, de maneira que seria melhor que fossem elas as primeiras a escolher para si irmãos ou pais entre os de Tchevengur.

As mulheres escolheram, em seguida, os mais idosos entre os "outros"; com Iákov Títich quiseram viver inclusive duas, e este levou ambas. Nenhuma das mulheres acreditava na paternidade ou fraternidade dos tchevengurianos, por isso trataram de achar um marido que, durante o sono, não necessitasse nada além de calor. Somente uma quase menina, de pele crestada, aproximou-se de Serbínov.

— O que você quer? — perguntou ele, com medo.

— Quero que nasça de mim uma bolinha quente, e veremos o que lhe acontece!

— Não posso, irei embora daqui para sempre.

A morena trocou Serbínov por Kiréi.

— Você não está nada mal como mulher — disse-lhe Kiréi. — Eu lhe darei o que quiser! Quando nascer sua bolinha quente, ela não esfriará nunca.

Prokófi pegou Klavdiúcha pelo braço.

— Bem, e quanto a nós, o que vamos fazer, cidadã Klobzd?

— Bem, Procha, nós somos conscientes, sabemos o que há para fazer...

— Tem razão — pontuou Prokófi, pegando um punhado de barro triste e o jogando em algum lugar, na solidão. — Não sei por qual razão, mas me sinto o tempo inteiro repleto de sentimentos sérios: ou está na hora de organizar uma família, ou tenho que suportar o comunismo... Quanto de fundos conseguiu juntar para mim?

— Ora, quanto? Ganhei o que vendi na viagem, Proch: pelas duas pelicas e pela prata pagaram justo o que valiam, agora, o restante dos fundos se foi em gastos.

— Bem, não importa: à noite, você me mostra as contas, estou preocupado, apesar de confiar em você. E continua guardando dinheiro na casa de sua tia?

— E onde mais, Proch? Lá, está seguro. E quando é que me levará ao centro da província? Você me prometeu, entre outras coisas, mostrar a capital e, de novo, me trouxe pra essa vulgaridade de lugar. O que é que eu vou fazer aqui sozinha, no meio das mendigas, sem ter sequer a quem exibir um vestido novo? Mostrá-lo a quem? Essa é a sociedade do distrito? São vagabundos aquartelados. Para que me atormentar com essa gente?

Prokófi suspirou: o que fazer com uma pessoa como aquela, cuja inteligência é pior do que os encantos femininos?

— Vá, Klavdiúcha, cuide das mulheres forasteiras, e eu vou pensar: uma cabeça basta, uma segunda já seria de sobra.

Os bolcheviques e os "outros" haviam abandonado o lugar anterior e começado a trabalhar novamente na confecção de artigos para aqueles camaradas a quem eles sentiam por meio de sua mente. Somente Kopienkin decidiu não trabalhar naquele dia; sombrio, limpou e acariciou seu cavalo, depois untou sua arma com a gordura de ganso que guardava entre suas reservas intocáveis. Então, foi em busca de Páchintsev, que se achava polindo pedras.

— Vássia[74] — disse Kopienkin —, o que faz metido aqui, desgastando-se, se as mulheres já chegaram? Antes delas, Semión Serbóv trouxera já a Tchevengur sacolas e *voyages*. Por que é que vive se esquecendo? A burguesia atacará sem falta; onde estão as suas bombas, camarada Páchintsev? Onde está a sua revolução e, dela, a reserva intacta?

---

74. Diminutivo de Vassíli. (N. da T.)

Páchintsev tirou uma sujeira ressecada de seu olho prejudicado e, com a força da unha, a fez voar até a cerca.

— Eu sinto isso, Stepán, e o saúdo! É justamente por isso que tenho destroçado as minhas forças nas pedras, sem isso, me aflijo e choro entre as bardanas!... Mas onde é que Piússia se meteu, de que cravo pende a música dele?

Piússia estava colhendo azedinhas nas partes traseiras do que antes haviam sido casas camponesas.

— Tem vontade de ouvir os sons outra vez? — perguntou ele, que estava atrás de um celeiro. — Sente falta do heroísmo?

— Piússia, toque a "Maçã" para Kopienkin e para mim, nos dê o ritmo do ânimo de viver!

— Bem, espere, lhes darei o ritmo agora mesmo.

Piússia trouxe o instrumento cromático e, com o rosto sério de artista profissional, tocou a "Maçã" para os dois camaradas. Kopienkin e Páchintsev choravam emocionados, enquanto Piússia trabalhava em silêncio diante deles: nesses momentos, ele não vivia, apenas desempenhava seu trabalho.

— Pare, não me aflija mais! — rogou Páchintsev. Me dê algo de melancólico.

— Dou, sim — concordou Piússia, e começou a tocar uma melodia arrastada. Páchintsev mergulhou nos sons melancólicos, seu rosto se enxugou e ele logo começou a cantar acompanhando a música:

Ah, camarada de combate,
Avance e cante,
Passa da hora de enfrentar a morte —
Se viver é uma vergonha e morrer, uma tristeza...

Ah, camarada, ajuste o passo,
São duas mães que nos prometem a vida,
"Mas, espere!" — Disse a minha,

"Enterra antes o inimigo,
E em cima dele, enfim, descanse..."

— Chega de grasnar — Kopienkin interrompeu o cantor que estava sentado sem fazer nada —, como não lhe coube mulher alguma, quer cercar uma com sua canção. Aí, vem correndo para cá uma bruxa.

Aproximou-se a futura esposa de Kiréi cuja pele era escura como a pele das filhas dos pechenegues[75].

— O que você quer? — perguntou-lhe Kopienkin.

— Nada. Quero escutar, a música me faz doer o coração.

— Ahrr, seu canalha! — e Kopienkin se levantou para ir embora.

Nesse momento, Kiréi chegou para levar sua esposa de volta para casa.

— Para onde está fugindo, Grúcha? Eu colhi milho-miúdo para você, vamos triturar os grãos: à noite, comeremos crepes, estou com vontade de comer algo de farinha.

E ambos se dirigiram à despensa, onde, outrora, Kiréi, às vezes, pernoitava, e agora transformava em refúgio permanente para Grúcha e para si.

Kopienkin, por sua vez, cruzou Tchevengur a pé: quis assomar à estepe aberta, para onde há muito não se dirigia, por haver se acostumado, sem dar-se conta, à agitação estreita de Tchevengur. Força Proletária, que descansava nas profundezas de um celeiro, ouviu os passos de Kopienkin e começou a relinchar para seu amigo com sua melancólica bocarra. Kopienkin levou-o consigo e o cavalo começou a saltar ao seu lado, pressentindo uma cavalgada pela estepe. Nos limites da cidade, Kopienkin montou o cavalo e desembainhou o sabre; de seu peito, que havia permanecido calado por muito tempo, saiu um grito indignado, e

---

75. Povo nômade de língua turca que, no século IX, se estabeleceu na margem norte do Mar Negro. (N. da T.)

galopou até o silêncio outonal da estepe, fazendo-a retumbar como se fosse de granito. Somente Páchintsev viu a corrida de Força Proletária pela estepe e seu desaparecimento com o cavaleiro na névoa distante, semelhante ao anoitecer. Páchintsev acabara de subir ao telhado, de onde gostava de observar o vazio do espaço do campo e o fluir do ar sobre ele. "Já não retornará — pensou Páchintsev. — Está na hora de também eu conquistar Tchevengur e, com isso, agradar Kopienkin."

Kopienkin voltou três dias depois, entrou na cidade a passo, no lombo do cavalo emagrecido, e dormitando sobre ele.

— Cuidem de Tchevengur — disse a Dvánov e a dois dos "outros" que cruzaram seu caminho —, deem grama para o cavalo, de beber lhe darei eu mesmo quando me erguer. E Kopienkin, depois de descer do cavalo, adormeceu em um lugar descoberto e deteriorado pelo trânsito frequente.

Dvánov levou o cavalo a um lugar de ervas altas, enquanto pensava na construção de um canhão proletário barato para a defesa de Tchevengur. As ervas cresciam ali mesmo, então Dvánov soltou Força Proletária e ficou de pé no mato espesso das ervas daninhas; nesse momento, não pensava em nada, e o velho zelador de sua mente velava pela paz de seu tesouro: não podia deixar entrar mais que um visitante, um só pensamento que vagabundeara pelo exterior. Mas fora não existia tal pensamento: estendia-se a terra vazia, já quase apagada; o sol minguante trabalhava no céu, como um tedioso objeto artificial, enquanto os habitantes de Tchevengur não pensavam em canhão, mas uns nos outros. O zelador então abriu a porta traseira das memórias e Dvánov voltou a sentir no interior de sua cabeça o calor da consciência; ele agora é o menino que caminha à noite pela aldeia, levado pela mão de seu pai, e Sacha fecha os olhos, adormece e desperta enquanto caminha. "O que foi, Sacha, cansou da compridez do dia? Venha então para os meus braços, durma no meu ombro" — e seu pai acolhe seu corpo nos braços e Sacha adormece em seu colo. O pai leva peixes para vender na aldeia, e seu cesto cheio de bremas exala um odor de umidade e de ervas. Uma chuvarada caíra no fim daquele dia; a estrada estava coberta de um lodo pesado, de frio e de água. Sacha acorda, de repente, e começa a gritar — por seu pequeno rosto desliza um pesado frio; seu pai insulta um mujique que os ultrapassou numa telega de ferro cujas rodas haviam salpicado de lama pai e filho. "Por que, papai, o barro briga quando salta da roda?" "A roda, Sacha, dá voltas; o barro se agita, se desprende dela e se lança com todo o seu peso."

— Uma roda faz falta — determinou Dvánov em voz alta.

— Um disco de madeira forjado, a partir do qual se pode lançar contra o inimigo tijolos, pedras e lixo, porque nós não temos obuses. Faremos com que gire com uma rédea de cavalo e, ajudando com as mãos, até areia e poeira poderemos atirar... Gópner está agora sentado na barragem, talvez haja de novo um rompimento por lá...

— Eu o incomodo? — perguntou Serbínov, que havia se aproximado lentamente.

— Não, por que pergunta? Não me ocupava de mim.

Serbínov estava acabando de fumar o último cigarro de sua reserva de Moscou, e se perguntava, com temor, o que fumaria depois.

— Você conheceu Sófia Aleksandrovna, sim?

— Conheci — respondeu Dvánov —, e você, também a conheceu?

— Sim, a conheci.

Kopienkin, que dormia junto à estrada de terra, soergueu-se apoiando-se nas mãos, gritou algo breve em delírio, e voltou a dormir e a roncar, fazendo mover os talinhos de ervas mortos com o ar que expulsava pelas narinas.

Dvánov olhou para Kopienkin e se tranquilizou ao vê-lo dormindo.

— Me lembrava dela até chegar a Tchevengur, mas aqui a esqueci — disse Aleksandr. — Onde ela vive agora e por que lhe falou de mim?

— Vive em Moscou, trabalha numa fábrica. Ela se lembra de você; notei que aqui, em Tchevengur, as pessoas são como ideias umas para as outras, e que também você é uma ideia para ela; ainda transmite a ela paz espiritual; para ela, você é calor ativo...

— Você não nos entendeu inteiramente. Mas eu me alegro, de toda maneira, em saber que ela está viva; eu também pensarei nela.

— Pense. Sei que pensar significa muito para você: pensar é ter ou amar... Vale a pena pensar nela: está sozinha, contemplando Moscou. Agora, lá soam os bondes e há muitíssimas pessoas, mas nem todo mundo quer obtê-las.

Dvánov nunca vira Moscou, por isso, de toda a capital, imaginou apenas Sófia Aleksandrovna. E seu coração se encheu de vergonha e do viscoso pesar das recordações. Em tempos, Sófia lhe transmitia o calor da vida e ele teria podido se enclausurar até o final de seus dias na estreiteza de uma só pessoa; só agora era consciente do horror daquela sua vida não realizada, na qual teria se encerrado para sempre como numa casa desmoronada. Um pardal passou voando rapidamente com o vento, pousou na cerca e piou aterrorizado. Kopienkin levantou um pouco a cabeça e, após recorrer o mundo esquecido com seus olhos apagados, se pôs a chorar com todas as forças; suas mãos se apoiaram impotentemente na poeira, sustentando seu corpo enfraquecido pela perturbação vivida durante o sono. "Sacha, meu querido Sacha! Por que nunca me disse que ela se atormentava no túmulo e que lhe dói sua ferida? Como posso eu viver aqui, tendo-a abandonado, sozinha, nos tormentos sepulcrais...! — Kopienkin pronunciou estas palavras num queixoso pranto de injúria, com a insofrível dor que bramava dentro de seu corpo. Desgrenhado, avançado em idade e desfazendo-se num pranto copioso, tentou se pôr de pé de um salto para começar a correr. — Onde está meu cavalo, canalhas? Cadê minha Força

Proletária? Vocês o envenenaram no celeiro, vocês me enganaram com o comunismo, vou morrer por causa de vocês!" E Kopienkin desfaleceu outra vez e voltou a dormir.

Serbínov estendeu o olhar até o horizonte, onde, a mil verstas de distância, ficava Moscou; lá jazia sua mãe em orfandade sepulcral e sofria sepultada na terra. Dvánov se aproximou de Kopienkin, colocou a cabeça do adormecido em cima de um gorro, notou que seus olhos estavam semiabertos e que estes se moviam rapidamente no sonho. "Por que esses reproches? — sussurrou Aleksandr. — Acaso meu pai não sofre no fundo do lago? Acaso não me espera lá? Eu também me lembro."

Força Proletária deixou de comer a grama e, sem fazer ruídos com as patas, se aproximou cuidadosamente de Kopienkin. O cavalo achegou sua cabeça ao rosto de Kopienkin e cheirou a respiração do homem, em seguida, tocou suavemente suas pálpebras semicerradas com a língua e Kopienkin, tranquilizado, fechou os olhos por completo e permaneceu imóvel, prosseguindo imerso no seu sonho. Dvánov amarrou o cavalo numa cerca perto de Kopienkin e dirigiu-se com Serbínov para a barragem onde estava Gópner. Serbínov já não tinha dor de barriga e estava esquecendo que Tchevengur lhe era um lugar estranho, que estava ali em missão de trabalho por uma semana, e seu corpo havia se acostumado aos odores desta cidade e ao ar rarefeito da estepe. Junto a uma das *khatas* dos arredores, um monumento de barro a Prokófi se encontrava apoiado na terra, protegido da chuva com uma cobertura de folhas de bardanas; há pouco, Tchepúrni havia pensado em Prokófi e lhe erigido aquela estátua, com o que havia satisfeito por completo e concluído seu sentimento por ele. Agora, Tchepúrni sentia a falta de Kartchúk, que partira levando as cartas de Serbínov, e preparava o material para o monumento de barro dedicado ao camarada ausente.

Embora a estátua de Prokófi não se parecesse muito com ele, trazia imediatamente à memória tanto ele quanto Tchepúrni.

Com a inspiração do carinho e a rudeza de um trabalho torpe, o autor havia dado forma à estátua de seu querido camarada eleito e o monumento saíra como uma convivência, revelando a honestidade da arte de Tchepúrni.

Serbínov desconhecia o valor de outra arte, e resultava estúpido quando nas conversas de Moscou, no meio de um grupo de pessoas, desfrutava apenas sentado e contemplando as pessoas, sem entender e sem escutar o que diziam. Serbínov deteve-se diante do monumento, e Dvánov juntou-se a ele.

— Tinha que tê-lo feito de pedra e não de barro — disse Serbínov — porque assim, com o tempo, o mau tempo vai derretê-lo. Porque isso não é arte, é o fim da desonestidade pré-revolucionária do trabalho e da arte no mundo inteiro; é a primeira vez que vejo um objeto sem mentira e sem exploração.

Dvánov não disse nada, não sabia como poderia ser de outra maneira. E os dois se dirigiram ao vale do rio.

Gópner não se ocupava da barragem, estava sentado na margem e, com pedaços de madeira, confeccionava um caixilho de janela para o inverno como presente para Iákov Títich. Este tinha medo de que suas duas mulheres-filhas se resfriassem no inverno. Dvánov e Serbínov esperaram que Gópner terminasse o caixilho para começarem juntos a construir o disco de madeira concebido para o lançamento de pedras e tijolos contra os inimigos de Tchevengur. Dvánov estava sentado e podia ouvir que a cidade começava a ficar silenciosa. Quem recebera para si uma mãe ou uma filha saía pouco de sua moradia e procurava trabalhar sob o mesmo teto com sua parenta, confeccionando objetos desconhecidos. Será que se sentiam mais felizes no interior das casas do que ao ar livre?

Dvánov não podia sabê-lo, e, entristecido por esse desconhecimento, fez um movimento a mais. Pôs-se de pé, pensou um pouco e foi procurar material para a construção do disco artilheiro. Andou perambulando até o entardecer pela intimidade dos celeiros e dos quintais de Tchevengur. Podia existir também nesse embotamento, na espessura dos bosquezinhos de losna, com abnegação, de alguma maneira, em paciente abandono, sendo útil a pessoas distantes. Dvánov encontrava diversos objetos mortos, como calçados velhos, caixas de madeira, onde antes se guardava alcatrão, pardais defuntos e outras coisas mais. Dvánov pegava esses objetos, expressava sua condolência ante sua morte e seu esquecimento, e os colocava de volta no lugar, para que tudo em Tchevengur permanecesse íntegro até a chegada do melhor dos dias ou da redenção no comunismo. Na espessura de anserinas, o pé de Dvánov se meteu em alguma coisa e quase não se libertava: havia se metido entre as agulhas de uma roda de canhão, esquecido ali desde os tempos da guerra. Por seu diâmetro e resistência, daria perfeitamente para fabricar com ela a máquina artilheira. Mas seria difícil levá-la girando-a, a roda pesava mais do que Dvánov, e Aleksandr chamou Prokófi, que passeava com Klavdiúcha ao ar livre, para que ajudasse. Juntos, levaram a roda à ferraria onde Gópner verificou sua estrutura, aprovou-a e ficou para pernoitar ali, ao lado da roda, a fim de refletir tranquilamente sobre o conjunto do trabalho a realizar.

Prokófi havia escolhido como moradia uma casa bolchevique de tijolos, onde antes viviam e pernoitavam todos sem separarem-se. Agora reinava ali a ordem, a ornamentação feminina de Klavdiúcha, e se acendia o forno a cada dois dias, para que o ar se mantivesse seco. O teto era habitado por moscas, o quarto era rodeado por sólidas paredes que preservavam a paz familiar de Prokófi e o assoalho estava lavado como se fosse domingo. Prokófi gostava de descansar na cama, observando o movimento das moscas que perambulavam pelo teto aquecido; da mesma maneira faziam as moscas de sua infância rural pelo teto da *khata* de seus pais; então permanecia deitado, tranquilizava-se e inventava ideias que lhe permitissem conseguir meios para viver e consolidar sua família. Nesse dia, trouxera Dvánov para oferecer-lhe chá com geleia e alimentá-lo com pãezinhos feitos por Klavdiúcha.

— Está vendo as moscas no teto, Sacha? — disse Prokófi, apontando com o dedo. — Na nossa *khata* também viviam moscas, você se lembra ou já deixou escapar?

— Me lembro — respondeu Aleksandr. — E lembro-me ainda mais dos pássaros que voavam pelo céu como moscas sob o teto; agora voam sobre Tchevengur como se voassem sobre um quarto.

— Claro: é que você vivia junto ao lago e não em uma *khata*, não tinha outra coberta além do céu, o pássaro era para você como uma mosca nossa, da família.

Depois de tomar chá, Prokófi e Klavdiúcha se deitaram na cama, aqueceram-se e ficaram em silêncio, já Dvánov dormiu em um divã de madeira. Na manhã seguinte, Aleksandr mostrou a Prokófi os pássaros que voavam baixo sobre Tchevengur. Prokófi olhou para eles; pareciam moscas velozes no quarto matutino da natureza; não distante dali, caminhava Tchepúrni, descalço e com o capote colocado sobre o corpo nu, tal como chegara da guerra imperialista o pai de Prokófi. De vez em quando, as chaminés das estufas fumegavam, a fumaça que saía delas tinha o mesmo cheiro da *khata* de sua mãe quando ela preparava a comida da manhã.

— Sacha, deveríamos preparar forragem para o comunismo que está para entrar no inverno — manifestou, preocupado, Prokófi.

— Sim, Procha, deveríamos começar a fazer isso — concordou Dvánov. — Só que você trouxe geleia unicamente para si, e Kopienkin já se alimenta de água fria há anos.

— Como só para mim? Ontem a ofereci a você, ou você verteu um pouco no copo e nem chegou a perceber? Quer que lhe traga agora uma colherada?

Dvánov não quis comer geleia, tinha pressa para encontrar Kopienkin, para estar ao seu lado em seus momentos de tristeza.

— Sacha! — gritou Prokófi a Dvánov, enquanto este se distanciava. — Repare nos pardais, eles se agitam em nosso meio como moscas gordas!

Dvánov não o ouviu, e Prokófi voltou ao quarto familiar, onde voavam as moscas, enquanto contemplava através da janela os pássaros que voavam sobre Tchevengur. "Dá no mesmo — decidiu ele sobre as moscas e os pássaros. — Vou numa caleche visitar a burguesia, trarei dois barris de geleia para todo o comunismo, que os 'outros' bebam chá até se fartarem e passem um tempo deitados sob o céu de pássaros, como se estivessem em suas moradias."

Depois de passar uma vez mais o olhar pelos céus, Prokófi calculou que o céu cobria bens infinitamente maiores que um teto: Tchevengur inteira se achava sob o céu, como os móveis de uma moradia nas famílias dos "outros". De repente, pensou: e se os "outros" partissem, seguissem seu caminho, Tchepúrni morreria e Tchevengur ficaria para Sachka? Nesse ponto, Prokófi entendeu que tinha se equivocado em seus cálculos, que nesse mesmo instante tinha que identificar Tchevengur como sua vivenda familiar, para se tornar ali um irmão mais velho e herdeiro de todos os móveis situados sob o céu aberto. Mesmo se observasse somente os pardais de Tchevengur, se veria que eram mais gordos que as moscas e que as sobrepujavam em número. Prokófi inspecionou sua morada com um olhar estimativo e decidiu, para seu maior proveito, trocá-la pela cidade.

— Klavdiúcha, escute, Klavdiúcha! — ele chamou a mulher a gritos. — Não sei por que, mas senti vontade de presentear você com nossos móveis!

— Pois bem; vamos em frente! Me presenteie com eles — respondeu Klavdiúcha. — Assim, poderei levá-los para minha tia enquanto ainda não estropiaram as estradas!

— Leve-os antes — disse Prokófi. — E fique lá um tempo, até que eu me faça dono de Tchevengur.

Klavdiúcha compreendia que as coisas lhe eram imprescindíveis, mas não podia adivinhar para que Prokófi precisava ficar sozinho para ganhar a cidade, se ela quase lhe competia por direito próprio, e lhe perguntou acerca disso.

— Você não tem o menor senso político — respondeu-lhe o cônjuge. — Se eu começar a ganhar a cidade estando com você, terei de presenteá-la a você unicamente.

— Me presenteie com ela, Procha, virei com carruagens da capital para buscá-la!

— Não se apresse até que haja uma ordem...! E por que a daria a você? As pessoas diriam que durmo com você e não com elas, que é com o seu corpo que permuto o meu, o que quererá dizer que não lamento presenteá-la com a cidade... Mas se você não estiver comigo, todos saberão que não tomarei a cidade para mim...

— Como não tomará? — ofendeu-se Klavdiúcha. — Para quem então vai deixá-la?

— Ah, você parece o bureau da existência! Escute como eu o formulo! Por que necessitaria eu da cidade, se não tenho uma família e meu corpo está inteiro? Quando ganhar a cidade, ordenarei que a evacuem e a chamarei, enviando-lhe uma mensagem de outra localidade...! Prepare-se para a viagem, que eu, enquanto isso, vou fazer o inventário da cidade...

Prokófi retirou de um baú o formulário do Comitê Revolucionário e se foi para fazer o inventário de seus futuros bens.

O sol, devido ao seu zelo, trabalhava no céu para fornecer o calor da terra, mas, em Tchevengur, o trabalho havia diminuído. Kiréi estava deitado em uma antessala, sobre um monte de grama, descansando junto com a esposa Grúcha, mantendo-a ao seu lado.

— Camarada, por que deixou de confeccionar presentes para o comunismo? — perguntou Prokófi a Kiréi quando chegou ali para fazer o inventário.

Kiréi despertou, mas Grúcha, pelo contrário, fechou os olhos por sentir vergonha do casamento.

— Que me importa o comunismo? Agora, tenho Grúcha como camarada, não dou conta de trabalhar para ela, e tenho tal despesa de vida, que não chego a conseguir o alimento...

Depois que Prokófi partiu, Kiréi estreitou sua cabeça em Grúcha um pouco mais abaixo de seu colo, inspirando a vida que se conservava ali e o leve odor de calor profundo. Em qualquer momento de desejo de felicidade, Kiréi poderia receber tanto o calor de Grúcha como seu corpo pleno dentro do seu e logo sentir a paz do sentido da vida. Quem mais poderia presenteá-lo com aquilo que Grúcha não poupava e que poderia ser poupado para ela por Kiréi? Pelo contrário, agora se sentia sempre atormentado pela preocupação escrupulosa de que não estava proporcionando alimento suficiente a Grúcha e de que providenciava seu equipamento de vestimenta com atraso. Kiréi já não se considerava um homem valoroso, porque as melhores, as mais recônditas e ternas partes de seu corpo tinham passado ao interior de Grúcha. Ao sair para a estepe em busca de alimento, Kiréi notava que o céu acima dele tinha se tornado mais pálido do que antes, que o piado dos poucos pássaros que havia estava mais apagado, e que uma espécie de debilidade de espírito se aninhara e não arredava de seu peito. Depois de coletar frutos e cereais, Kiréi, extenuado, voltava para Grúcha; a partir de então, decidira pensar somente nela, considerando-a sua ideia de comunismo, e sentir-se tranquilo e feliz apenas com isso. Mas o tempo de descanso indiferente passava, e Kiréi voltava a sentir a desgraça e a falta de sentido da vida sem a substância do amor: o mundo florescia novamente ao seu redor, o céu se transformava numa calmaria azul, podia-se ouvir o ar, os pássaros cantavam sobre a estepe acerca de seu desaparecimento e tudo isso parecia a Kiréi que fora criado para além de sua vida; voltava a ter um momento de intimidade com Grúcha, e o mundo inteiro parecia de novo opaco e lastimável, e Kiréi já não o invejava.

Os "outros", que tinham menos anos, haviam reconhecido nas mulheres as suas mães e somente ao lado delas se aqueciam, porque o ar em Tchevengur esfriara com a chegada do outono. E aquela existência ao lado das mães lhes era suficiente, já ninguém entregava uma parte de seu corpo aos companheiros em volta por meio do trabalho dedicado a confeccionar presentes. À noite, os "outros" levavam suas mulheres para lugares distantes no rio e ali as lavavam: as mulheres estavam tão magras que se envergonhavam de ir ao banho público, que, apesar de tudo, existia em Tchevengur e podia ser posto para funcionar.

Prokófi percorreu toda a população existente e fez a lista de todos os objetos mortos da cidade, escriturando-os como sua propriedade antecipada. Ao final, chegou à ferraria, situada em um extremo da cidade, e a apontou em seu papel sob os olhares de Gópner e Dvánov que ali trabalhavam. Kopienkin se aproximava, vindo de longe com um tronco no ombro, também sustentado desajeitadamente por Serbínov, que, como bom intelectual, não suportava mais que a oitava parte do peso.

— Fora daqui! — disse Kopienkin a Prokófi, que estava no caminho de passagem para a ferraria. — As pessoas estão carregando peso e você está aqui segurando um papel.

Prokófi lhes deixou passar, mas anotou o tronco em sua lista e partiu satisfeito.

Kopienkin deixou cair o tronco e sentou-se para tomar um pouco de ar.

— Sacha, quando terá Prochka alguma desgraça para que se detenha num lugar e se ponha a chorar?

Dvánov, devido ao cansaço e à curiosidade, olhou para Kopienkin com olhos ainda mais claros.

— Se isso acontecesse, você não o protegeria da desgraça? Ninguém o atraiu para si, e ele se esqueceu de precisar das pessoas e começou a acumular bens em vez de reunir camaradas.

Kopienkin mudou de opinião; certa vez, havia visto na estepe de seus combates como chorava um homem do qual ninguém necessitava. Ele se encontrava sentado numa pedra. O vento do outono soprava em seu rosto; nem sequer os comboios do Exército Vermelho o aceitavam porque havia perdido todos os seus documentos, tendo ademais uma ferida na virilha, e chorava, não se sabia a razão, se porque fora abandonado ou porque em sua virilha ficara um vazio, enquanto sua vida e sua cabeça se haviam conservado inteiras.

— Eu o protegeria, Sacha, não posso me conter diante de um ser humano aflito... O faria montar em meu cavalo e o levaria para a lonjura da vida...

— Então não há que lhe desejar a desgraça, se logo depois sentirá pena de seu inimigo.

— Não vou fazer isso, Sacha — disse Kopienkin. — Que exista no meio do comunismo; ele mesmo acabará por fazer parte dos quadros humanos.

Ao anoitecer, começou a chover na estepe, mas a chuva passou ao largo de Tchevengur, deixando a cidade seca. Tchepúrni não ficou surpreso com esse fenômeno, ele sabia que, havia muito tempo, era de conhecimento da natureza que havia o comunismo na cidade, e ela não a molhava fora de hora. Entretanto, para se certificarem, um grupo inteiro dos "outros", junto com Tchepúrni e Piússia, foram à estepe examinar o lugar molhado. Kopienkin, no entanto, acreditou na chuva e não foi a lugar nenhum, descansava com Dvánov perto da ferraria, ambos apoiados numa cerca. Kopienkin sabia pouco a respeito da utilidade da conversação e, então, dizia a Dvánov que o ar e a água eram coisas baratas, porém necessárias; a mesma coisa se podia dizer sobre as pedras: também elas eram de alguma utilidade. Com as palavras, Kopienkin não queria tanto expressar o sentido de algo quanto demonstrar sua afeição por Dvánov; já os tempos de silêncio não deixavam de penalizá-los.

— Camarada Kopienkin — perguntou-lhe Dvánov —, o que tem mais importância para você, Tchevengur ou Rosa Luxemburgo?

— Rosa, camarada Dvánov — respondeu assustado Kopienkin. — Havia nela mais comunismo do que em Tchevengur; justamente por isso a burguesia a matou, mas a cidade está inteira, embora as forças da natureza a rodeiem...

Dvánov não tinha em reserva nenhum amor imóvel, vivia unicamente por meio de Tchevengur e tinha medo de gastá-la. Existia apenas com as pessoas cotidianas — com os mesmos Kopienkin, Gópner, Páchintsev e os "outros" —, mas sentindo-se constantemente angustiado ao pensar na possibilidade de que estes desaparecessem numa manhã qualquer ou morressem um após outro. Dvánov se inclinou, arrancou um talinho de uma erva e examinou seu corpo tímido: quando não restasse mais ninguém, podia se dedicar a protegê-la.

Kopienkin levantou-se para receber o homem que vinha correndo da estepe. Tchepúrni, sem dizer nada e sem se deter, passou correndo em direção ao interior da cidade. Kopienkin o agarrou pelo capote e o deteve:

— Por que corre assim, se não há alarme?

— Os cossacos! Os cadetes[76] a cavalo! Camarada Kopienkin, acuda ao combate, por favor, eu vou pegar meu fuzil!

— Fique na ferraria, Sacha — disse Kopienkin. — Acabarei com eles sozinho, então não saia daqui, logo estou de volta.

Quatro dos "outros" que tinham ido com Tchepúrni à estepe passaram correndo de volta, enquanto Piússia se emboscava e formava, sozinho, uma linha de defesa: seu disparo ressoou como chama no lívido silêncio. Com o revólver na mão, Dvánov saiu correndo em direção ao disparo; logo se viu ultrapassado por

---

76. Da sigla *KD*, que abrevia *Konstituitsionye-Demokraty*, usada em referência aos membros do Partido Constitucional Democrata, do qual provieram militares do Exército Branco, combatidos pelos bolcheviques na Guerra Civil Russa. O vocábulo criado coincidiu com o já existente *kadety*, usado em referência aos estudantes das escolas militares do regime tsarista. (N. da T.)

Kopienkin cavalgando Força Proletária, que se apressurava com seu passo pesado; depois dos primeiros combatentes, a compacta força armada dos "outros" e dos bolcheviques já avançava desde a entrada de Tchevengur: os que não tinham arma pegaram uma estaca da cerca ou um atiçador de estufa; as mulheres também se uniram a eles. Serbínov corria atrás de Iákov Títich com seu minúsculo Browning na mão, buscando com o olhar em quem disparar. Tchepúrni saiu no cavalo que havia sido trazido por Prokófi, enquanto este mesmo corria atrás, aconselhando-lhe que primeiro organizasse o estado-maior e nomeasse um comandante, ou o desastre seria certo.

Enquanto galopava, Tchepúrni esvaziou um carregador inteiro, apontando para o horizonte, e tentava, em vão, alcançar Kopienkin. Este saltou a galope por cima de Piússia, que estava estendido no chão e não pensava em disparar no adversário, e apenas tirou o sabre para tocar mais de perto o inimigo.

Os inimigos cavalgavam pela estrada antiga. Carregavam os fuzis transversalmente, erguendo-os um pouco com as mãos, sem que se pusessem em posição de atirar, e esporeavam seus cavalos. Eles tinham comando e avançavam em formação, por isso mantinham os cavalos orientados e sem medo diante dos primeiros disparos de Tchevengur. Dvánov se deu conta da vantagem do inimigo e, apoiando os pés numa pequena ravina, derrubou com a quarta bala de seu Nagant o comandante do destacamento. Mas o adversário não desanimou, em andamento retirou o comandante para dentro da formação e pôs seus cavalos a trote ligeiro. Havia uma força automática de vitória naquele ataque tranquilo, mas também entre os tchevengurianos havia a força da vida que se defende. Além disso, do lado de Tchevengur existia o comunismo. Disso sabia perfeitamente Tchepúrni, que, detendo seu cavalo, ergueu o fuzil e derrubou três homens montados do destacamento inimigo. Piússia, por sua vez, conseguiu acertar do gramado as pernas de dois cavalos que caíram atrás do destacamento, tentando rastejar sobre seus ventres, cavando a poeira do solo com seus focinhos. De couraça e viseira de armadura, Páchintsev passou correndo perto de Dvánov; na mão direita estendida, levava uma casca de granada de mão e se propunha vencer o inimigo unicamente pelo medo que causa a expectativa da explosão, já que a bomba estava vazia e Páchintsev não levava consigo nenhuma outra arma.

O destacamento adversário, como que espontaneamente, deteve-se de maneira tão brusca que era como se fosse composto somente por dois cavaleiros. Os soldados desconhecidos em Tchevengur, obedecendo uma ordem inaudível, alçaram os fuzis diretamente contra os "outros" e os bolcheviques que se aproximavam e, sem disparar, continuaram avançando rumo à cidade.

A tarde estava imóvel acima dos homens e a noite não escurecia sobre eles. O inimigo maquinal fazia ribombar as patas pela terra virgem, obstruindo aos "outros" a estepe aberta, o caminho aos países futuros do mundo, ao êxodo de Tchevengur. Páchintsev gritou, exigindo que a burguesia se rendesse, e manipulou sua granada, como se a deixasse pronta para ser lançada. Outra ordem inaudível foi pronunciada no destacamento que avançava: os fuzis se iluminaram e se apagaram, sete dos "outros" e Páchintsev foram derrubados, e quatro tchevengurianos, esforçando-se por aguentar suas feridas abertas, correram adiante para entrar no corpo a corpo com o inimigo.

Kopienkin já tinha alcançado o destacamento e feito Força Proletária se pôr nas patas traseiras para atacar o bando com o sabre e com o peso do cavalo. Força Proletária deixou cair as patas sobre o tronco do primeiro cavalo, que se agachou com as costelas arrebentadas, enquanto Kopienkin volteou o sabre no ar e o ajudou, com toda a força viva de seu corpo, a partir de um lanho o cavaleiro antes mesmo que pudesse gravar o seu rosto na memória. O sabre tocou com um tinido na sela do cavaleiro inimigo, produzindo uma queimadura na mão de Kopienkin. Agarrou então com sua mão esquerda a jovem e ruiva cabeleira do soldado de cavalaria, soltou-a por um instante para tomar impulso e, com a mesma mão esquerda, esmagou o crânio do inimigo e jogou o homem no solo. Um sabre inimigo cegou os olhos de Kopienkin; sem saber o que fazer, agarrou o aço com uma das mãos e com a outra cortou o braço e o sabre do atacante, jogando-o para um lado, junto com o peso da extremidade alheia arrancada na altura do cotovelo. Nesse instante, Kopienkin avistou Gópner, que lutava rodeado de cavalos, segurando o Nagant pelo cano. Devido à tensão e à magreza de seu rosto ou aos lanhos de sabre, a pele de suas bochechas e de perto das orelhas rasgou-se e, de lá, o sangue jorrava em ondas. Gópner tentava limpar a região para que o sangue que escorria não lhe fizesse cócegas atrás do pescoço e isso não o impedisse de lutar. Kopienkin golpeou com o pé o ventre de um cavaleiro à direita que o impedia de se aproximar de Gópner, mas só conseguiu impulsionar o cavalo para que saltasse, o que evitou que o animal esmagasse Gópner, já massacrado pelos golpes de sabre.

Kopienkin escapou do cerco do inimigo, enquanto por outro lado Tchepúrni acabava de topar com a patrulha posta pelo inimigo no lombo de um rocim que deslizava entre as fileiras agitadas dos cavaleiros adversários, tentando matá-los com o peso de seu fuzil que já não tinha mais munição. Depois do impulso de um amplo e furioso movimento do braço que sujeitava o fuzil descarregado, movimento que não acertou ninguém, Tchepúrni voou do cavalo e desapareceu na espessura das patas esmagadoras dos cavalos. Kopienkin, aproveitando uma breve pausa, lambeu sua mão esquerda ferida, com a qual havia agarrado a lâmina do sabre, e se lançou depois para matar todos. Atravessou o destacamento inteiro do inimigo sem sofrer dano algum, com a memória vazia, e fez outra vez a volta com Força Proletária, que bramia, para, então, sim, reter tudo na memória, porque de outra forma o combate não lhe proporcionaria consolo e a vitória não incluiria sobre a morte do inimigo a sensação de esforço realizado. Cinco soldados de cavalaria se apartaram da composição da patrulha e, por perto, se dedicavam a matar a golpes de sabre os "outros" que lutavam; mas os "outros" sabiam se defender com paciência e tenacidade, porque aquele não era o primeiro inimigo que lhes cercava a vida. Lançavam tijolos no exército e haviam acendido fogueiras de palha na saída da cidade, de onde pegavam brasas pequenas com as mãos, atirando-as nos focinhos dos impetuosos animais da cavalaria. Iákov Títich golpeou com tal força a traseira de uma égua com um tição ardente, que este crepitou com o suor da pele sob a cauda do animal — a égua, nervosa, relinchando, levou o soldado a umas duas verstas de Tchevengur.

— Por que está brigando com o fogo? — perguntou outro soldado que havia se aproximado a tempo com seu cavalo. — Vou acabar com você!

— Sim, pode me matar — disse Iákov Títich. — Não podemos vencê-los com nossos corpos, e não temos ferro...

— Me deixe ir depressa para que você não perceba a morte.

— Sim, vá depressa. Tanta gente já morreu, e ninguém nunca conta a morte.

O soldado se afastou, pegou impulso com o cavalo e decepou Iákov Títich, que estava de pé. Serbínov corria de lá para cá com uma última bala que guardara para si mesmo, e, detendo-se de vez em quando, verificava com medo o mecanismo do revólver, para ver se o projétil continuava ali.

— Eu lhe disse que iria matá-lo e o parti em dois — disse o soldado, dirigindo-se a Serbínov, enquanto limpava o seu sabre contra o pelo do cavalo. — Que não lute com o fogo!

O soldado não tinha pressa em lutar, buscava com o olhar a quem mais matar e quem era culpado. Serbínov levantou o revólver contra ele.

— O que está fazendo? — surpreendeu-se o soldado. — Se não estou lhe fazendo nada!

Serbínov pensou que o soldado tinha razão e escondeu o revólver. Mas o soldado esporeou o cavalo e o lançou contra

Serbínov. Simón caiu sob o golpe que lhe acertou o ventre uma das patas do cavalo, sentiu que seu coração retrocedia para longe e, de lá, tentava abrir de novo um caminho para a vida. Serbínov controlava seu coração sem lhe desejar tanto êxito, pois Sófia Aleksandrovna permaneceria com vida: que ela guardasse dentro de si as impressões do corpo dele e que continuasse existindo. O soldado se inclinou e, sem alçar o braço, cortou o ventre de Serbínov; deste não saiu nada — nem sangue, nem entranhas.

— Foi você que apontou a arma — disse o soldado de cavalaria. — Se não tivesse me alvejado primeiro, ainda estaria inteiro.

Dvánov corria com dois revólveres Nagant, um dos quais havia tomado do comandante do destacamento que havia matado. Estava sendo perseguido por três cavaleiros, mas Kiréi e Zhéiev foram em seu encalço e os desviaram.

— Aonde vai? — detendo-o, o soldado que matara Serbínov perguntou a Dvánov.

Sem responder, Dvánov derrubou-o do cavalo disparando os dois Nagant, e correu para ajudar Kopienkin, que estaria a ponto de morrer em alguma parte. O silêncio já reinava ao redor; o combate se havia transladado para o centro de Tchevengur, era lá que agora troavam as patas dos cavalos.

— Grúcha! — chamou Kiréi no silêncio que havia se instalado no campo. Jazia com o peito aberto por um golpe de sabre; não lhe restava mais que um respiro de vida.

— Como está? — disse Dvánov, que fora correndo até ele.

Kiréi não pôde pronunciar palavra alguma.

— Adeus — disse Aleksandr, inclinando-se sobre ele. — Beijemo-nos para que lhe seja mais fácil.

Kiréi abriu a boca em espera e Dvánov abraçou os lábios dele com os seus.

— Grúcha está viva ou não? — Kiréi ainda pôde pronunciar.

— Morreu — disse Dvánov, para aliviá-lo.

— Eu também vou morrer; começo a sentir fastio — Kiréi ainda conseguiu dizer, sobrepujando-se, e morreu naquele mesmo instante, deixando abertos os olhos que se tinham coberto de geada.

— Não há mais nada para ver — sussurrou Aleksandr, que cobriu o olhar de Kiréi com suas pálpebras e acariciou sua cabeça ardente. — Adeus!

Kopienkin escapou das estreitezas de Tchevengur, coberto de sangue e sem sabre, mas vivo e prosseguindo no combate. Quatro soldados de cavalaria sobre cavalos já extenuados perseguiam-no a galope. Dois deles detiveram seus cavalos por um instante e dispararam seus fuzis contra Kopienkin. Este fez a volta com Força Proletária e voou desarmado rumo ao inimigo, a fim de lutar corpo a corpo. Mas Dvánov se deu conta de que se dirigia para a morte e, apoiando-se num dos joelhos para afinar a pontaria, começou a fustigar os soldados da cavalaria com os seus dois Nagant, um por vez. Kopienkin já havia se chocado com os soldados de cavalaria que deslizaram sob os estribos de seus agitados cavalos; dois soldados caíram, outros dois não tiveram tempo de liberar os pés, e os cavalos feridos os arrastaram a galope para a estepe, fazendo bambolear os cadáveres sob seus ventres.

— Está vivo, Sacha! — exclamou Kopienkin. — O exército inimigo está na cidade e acabaram-se todas as pessoas... Espere! Alguma coisa me dói...

Kopienkin apoiou sua cabeça contra a crina de Força Proletária.

— Me desça, Sacha, quero me deitar um pouco...

Dvánov o baixou ao solo. O sangue das primeiras feridas já havia secado sobre o capote rasgado e cortado a golpes de sabre de Kopienkin, e o sangue fresco e líquido ainda não tinha penetrado o tecido.

Kopienkin se deitou de costas para descansar.

— Não olhe para mim, Sacha, não vê que não posso existir...?

Dvánov lhe deu as costas.

— Não olhe mais para mim, tenho vergonha de ser um cadáver na sua frente... Demorei-me em Tchevengur e agora estou morrendo, e Rosa sofrerá sozinha na terra...

Kopienkin, de repente, se sentou e fez ouvir uma vez mais sua retumbante voz guerreira:

— Mas estão nos esperando, camarada Dvánov! — E tombou com o rosto morto para baixo, enquanto todo ele se tornava ardente.

Força Proletária levantou o corpo de Kopienkin, agarrando-o pelo capote, e o levou em direção ao seu lugar natal na liberdade esquecida da estepe. Dvánov seguiu o cavalo até que se arrebentassem as cintas do capote de Kopienkin, e este então ficou seminu, mais coberto pelas feridas do que pela roupa. O cavalo farejou o defunto e começou a lamber ansiosamente o sangue e o líquido das feridas, para compartilhar com seu companheiro abatido esse seu último patrimônio, diminuindo assim a podridão da morte. Dvánov montou Força Proletária e o dirigiu rumo à noite aberta da estepe. Cavalgou até a manhã sem apressar o cavalo; de vez em quando, Força Proletária se detinha, voltava a cabeça para trás e escutava, mas Kopienkin guardava silêncio na escuridão abandonada, e o cavalo, por iniciativa própria, rumava adiante.

Com o dia, Dvánov reconheceu a antiga estrada que havia visto na infância e começou a guiar Força Proletária por esse caminho. Aquela estrada atravessava uma aldeia e passava a uma versta do lago Mútevo. E Dvánov, no lombo do cavalo, a passo lento, atravessou aquela aldeia que fora sua pátria. As isbás e os quintais haviam sido renovados; das chaminés das estufas saía fumaça, era depois do meio-dia e, há tempos, as ervas daninhas tinham sido ceifadas dos telhados que haviam, assim, perdido sua cobertura de terra. O guardião da igreja começou a tocar o sino para a missa e Dvánov ouviu aquele som familiar, dos tempos de sua infância. Ele deteve o cavalo junto ao deságue de um poço para que este bebesse água e descansasse. Sobre um banco de terra junto a uma *khata* próxima, se achava sentado um velho corcunda: Piotr Fiódorovitch Kondáiev. Este não reconheceu Dvánov, e Aleksandr não lhe disse quem era. Piotr Fiódorovitch caçava moscas num solário e as esmagava entre seus dedos, com a felicidade de uma existência satisfeita, sem pensar no cavaleiro estranho, devido ao esquecimento de si mesmo.

Dvánov não lastimou por sua pátria e a abandonou. O campo sossegado começou a se estender em colheitas despovoadas; da terra baixa chegava o triste odor das ervas vetustas e, ali, nascia um céu sem saída, que convertia o mundo inteiro num lugar vazio.

A água do lago Mútevo se agitava ligeiramente pela ação do vento do meio-dia, que, agora, já ia se acalmando ao longe. Dvánov se aproximou da água. Nela se banhara e dela se alimentara em sua vida de menino; há tempos havia dado calma ao seu pai em suas profundezas e, naqueles momentos, o último camarada íntimo de Dvánov enlanguescia, sentindo sua falta por solitárias décadas na estreiteza da terra. Força Proletária baixou a cabeça e deu um golpe no solo com a pata: algo sob ele o incomodava. Dvánov olhou e viu a vara de pescar que a pata do cavalo arrastara desde a meseta ribeirinha. Ao anzol da vara de pescar permanecia enganchado o esqueleto ressequido e quebrado de um peixinho, e Dvánov reconheceu a sua vara de pescar, esquecida ali em sua infância. Ele recorreu todo o lago com o olhar, silencioso e imutável, e se pôs alerta, pois, de toda maneira, seu pai estava presente — seus ossos, a matéria antes viva de seu corpo, os restos de sua camisa encharcada de suor, a pátria inteira da vida e da amizade. Havia ali um lugar estreito e inseparavelmente unido a Aleksandr, onde se esperava o regresso, por meio da amizade eterna, daquele sangue que um dia havia sido separado no interior do corpo do pai para o filho. Dvánov obrigou Força Proletária a entrar na água até o peito e, sem despedir-se do cavalo, continuando sua própria vida, desceu da sela para a água, em busca do caminho que, tempos antes, movido pela curiosidade, seu pai percorrera para a morte, e agora o percorria Dvánov, dominado pelo sentimento de vergonha de seguir vivo diante do corpo débil e esquecido, cujos restos se haviam desintegrado no túmulo, porque Aleksandr era uma só coisa com aquela impressão ainda não destruída da existência paterna.

Força Proletária ouviu o murmúrio das ervas subaquáticas e de sua cabeça aproximaram-se os sedimentos do fundo do lago, mas o cavalo dispersou com a boca a água turva e bebeu um pouco do lugar claro ao centro; depois, saiu para a terra firme e se dirigiu com passo austero para casa, para Tchevengur.

Chegou lá ao terceiro dia após ter partido com Dvánov, porque havia passado muito tempo deitado e dormindo em um barranco da estepe, e, depois de descansar, esqueceu o caminho e ficou vagando pelas terras virgens até que o atraiu a voz de Kartchúk, que também se dirigia a Tchevengur, caminhando ao lado de um velho que seguia a mesma estrada. O velho era Zakhar Pávlovitch: não havia esperado o regresso de Dvánov e tinha se apresentado ali para levá-lo para casa.

Kartchúk e Zakhar Pávlovitch não encontraram vivalma em Tchevengur — a cidade estava vazia e triste; somente num lugar, junto a um edifício de tijolos, encontrava-se sentado Prochka, que chorava no meio de todos os bens que lhe haviam cabido.

— Por que chora, Procha, e sem queixar-se a ninguém? — perguntou-lhe Zakhar Pávlovitch. — Quer que eu lhe dê outra vez um rublo para que me traga Sacha?

— Eu o trarei de graça — prometeu Prokófi, e partiu em busca de Dvánov.

576

# Notas sobre Tchevengur

por *Francisco de Araújo*

Como outras obras da literatura dos primeiros anos da União Soviética, *Tchevengur* teve de esperar os tempos da Perestroika para ser publicado em sua pátria. Com trechos publicados[1] já em 1928, o romance, concluído em 1929, só viria a ter uma edição completa disponível numa livraria russa em princípios de 1988. É a mais extensa e mais importante obra de Andrei Platônov e, para alguns críticos e escritores contemporâneos, o maior romance russo do século XX. Maksim Górki, quando o leu, em 1929, reconheceu-lhe a qualidade, apontou-lhe algumas imperfeições e, adivinhando as dificuldades de aceitação que enfrentaria, confessou suas dúvidas a respeito das perspectivas de publicação. Os temas tocados no romance, os dos eventos recentes da revolução, da guerra civil e da grande fome eram muito mais delicados àquela altura. Mas é justamente da esperança e da fé que dominaram os primeiros anos da Revolução Bolchevique que o romance se nutre, e sua problematização decorre dos fatos da terrível experiência

---

1. Pela revista literária soviética "Krasnaia Nov", foram publicados dois trechos intitulados *A origem de um mestre* e *O descendente de um pescador*, em tradução livre.

coletiva da fome do começo da década de 1920, em tempos em que a política econômica — o recuo em favor de práticas capitalistas como solução à crise — era a expressão maior das dificuldades de inventar o país soviético.

Os acontecimentos de *Tchevengur* se iniciam na primeira década do século XX e abarcam o período histórico do chamado Comunismo de Guerra e da Nova Política Econômica, na primeira metade da década de 1920. Mas sobre o tempo histórico predomina o tempo mítico, que está para além da ordem cronológica e da memória individual; não foi sem dificuldades que se decidiu posteriormente a ordem em que estão agora dispostas algumas partes do romance, visto que as marcas que o situam cronologicamente não são evidentes. Confluem no romance, além da atroz experiência da fome agravada pela seca de 1921, a ideia do homem metafísico, da transcendência das coisas — assim, a presença do *maravilhoso* —, e a visão apocalíptica, dita às vezes "profundamente russa", que não concebe as grandes esperanças sem os holocaustos que as acompanham.

*Tchevengur* é um romance de muitos gêneros: epopeia, utopia social, distopia, de aprendizagem ou formação, de viagens, de aventuras, ideológico, sátira menipeia,[2] filosófico — tratado inclusive como parte de uma trilogia filosófica de Platônov, ao lado do romance *A escavação* e da novela *Djan*. As identificações costumam ser dadas de acordo com as partes, não a todo o romance. Assim, à primeira parte deve-se a identificação ao romance de formação — o relato sobre a procedência e formação de Aleksandr Dvánov, o protagonista —, à segunda, ao romance de viagens ou aventuras — a viagem de Aleksandr pela Rússia em 1922, durante a Guerra Civil, ao lado de Stepán Kopienkin, um cavaleiro do comunismo —, e à terceira, à utopia ou distopia — a comuna de Tchevengur e seu destino. Interfere, naturalmente, para além da

---

2. Gênero em que Mikhail Bakhtin identifica a origem do romance polifônico.

classificação genérica pelos elementos predominantes em cada parte, a interpretação do leitor para uma identificação ou outra. Górki, por exemplo, revela, com chamar o romance de *sátira lírica*, que esteve atento à sua porção de crítica ou ironia, por um lado, e à maneira agônica, particular, talvez individualista de expressar esses traços na narrativa, por outro. Os que identificam o romance como sátira percebem certamente o substrato moral, próprio desse tom narrativo, e nele, talvez um ataque do autor aos bolcheviques dos anos 1920. O inusitado dos bolcheviques do romance é visto por uns como uma denúncia de que a revolução representava a chegada de idiotas ao poder. Outros, antes de decidirem se o autor condena o orgulhoso que morre pela ideia, apontam no massacre da comuna uma crítica à ambição do Estado ideal a partir do zero. São interpretações simples, a que um grande escritor, como é Platônov, não merece ser reduzido.

O *leitmotiv* mais evidente na história de *Tchevengur*, com peregrinos rumando à cidade mística para esperar em comunhão o fim do mundo ou o resgate pelo salvador, remonta ao mesmo do relato bíblico, o da comunidade errante em busca da terra prometida. E das questões fundamentais da humanidade, o romance sublinha a *guerra* e a *fome*.

~

Aleksandr Dvánov é órfão como um importante número de crianças soviéticas depois dos anos da Primeira Guerra e da Guerra Civil Russa. Mas seu pai, um pescador, não morreu na guerra; o relato da procedência de Aleksandr dá a saber que ele se afogou voluntariamente no lago Mútevo, de pura curiosidade, na ideia de que pudesse retornar de uma *estadia* — porque imaginada como um lugar — na morte. Adotado por um mestre ferroviário, de quem se torna aprendiz, Dvánov padece da mesma sede mística por conhecer de que padecia o pescador seu pai. É mandado pedir esmolas durante o período da seca pelos Dvánov, a família que o adota e lhe dá o sobrenome, e acaba sendo acolhido mais tarde por Zakhar Pávlovitch, o personagem que primeiro aparece no romance. Zakhar, que sabia fazer tudo, mas nunca havia feito nada para si, "nem família, nem morada", é quem segura a mão de Aleksandr durante o sepultamento de seu pai, a quem antes tentara dissuadir de conhecer a morte. E Zakhar Pávlovitch, sempre atento a que a curiosidade de Dvánov não o conduzisse ao mesmo destino a que conduzira seu pai, acolhe Aleksandr da maneira mais plena e dedicada, sendo a relação dos dois um dos poucos exemplos de ligação afetiva entre personagens no romance, observada, sobretudo, nos cuidados de Zakhar em relação a Aleksandr.

Antes de chegar a Tchevengur, Aleksandr Dvánov havia percorrido ao lado de Stepán Kopienkin os lugares miseráveis da imensa Rússia, um ambiente de penúria, arrasado pela guerra, mas cheio de encantamentos. Prokófi Dvánov, meio-irmão de Aleksandr, compõe o trio de mártires. Como os heróis da tradição, são peregrinos à mercê de perigos, cujas viagens são repletas de duras provas a que se submetem sua fé, seu valor físico e moral. Os caminhos percorridos costumam ser múltiplos e variados, mas levam sempre a um jardim fechado, ao castelo do Santo Graal, ao Castelo de Kafka ou, como em nosso caso, a Tchevengur, onde Aleksandr Dvánov e seus companheiros pretendem irromper na eternidade, organizando o comunismo à margem do resto do mundo. Esse lugar reservado dentro do comunismo é o lugar da ideia decantada, não por ser fruto de aprendizado, mas pelo natural que é praticá-la. Dvánov é convocado a verificar o comunismo no seio do povo, porque deve ser — por convicção, não por suspeita — pelo que aí já existe que se encontram os fundamentos da ideia de um Estado comunista. Ele aceita a missão e vai em busca do que era uma "felicidade da vida que já existia no mundo, só que escondida dentro das pessoas. Mas, mesmo escondida, ela seguia sendo matéria, fato e necessidade".

O sentido da missão de Dvánov remete aos dilemas contingentes ao estabelecimento do comunismo; os modos de instituir a coletivização, por exemplo, talvez fossem mais bem sucedidos, segundo cogitavam, com a identificação de um comunismo natural. Mas o romance não aponta saídas para a ambivalência. Mesmo a estrutura formada pelas personagens de *Tchevengur* apresenta um complexo sistema de duplos, em que representam valores ora antagônicos, ora complementares, plasmados pelos arquétipos a que remetem. Assim, Prokófi e Aleksandr Dvánov opõem-se durante a infância como Caim e Abel, mais tarde, Prokófi está ao seu lado como um dos mais apaixonados pela ideia do comunismo. Com Aleksandr e Stepán Kopienkin, opõem-se sonho e realidade, consciência mítica e experiência filosófica... Comenta o narrador a certa altura do romance: "Dvánov sonhava que era menino e, na alegria da infância, apertava o peito de sua mãe, como via os outros fazerem, mas, por medo, não conseguia erguer o olhar até o rosto dela. (...) Kopienkin não sonhava com nada, porque, com ele, tudo se cumpria na realidade."

Stepán Kopienkin, o guerreiro da revolução, anda montado num cavalo de nome Força Proletária, ama a revolucionária polaco-alemã Rosa Luxemburgo acima de todas as coisas, é preciso em sua atividade guerreira, desconhecendo a crueldade e a paixão pelo sangue vertido — os cúlaques, os bandidos e os soldados do Exército Branco devem ser eliminados com o mesmo sentido de utilidade com que se eliminam ervas daninhas. Pouco analítico, incapaz de falar fluidamente por muito tempo, representa um homem para o qual a crença, antes de se converter em pensamento ou ser expressa em palavras, equivale à necessidade cega de ação. Sempre contente de topar com o perigo, isto é, de encontrar possibilidade de agir, para ele, era menor ou "comprometido" tudo o que não fosse pela revolução, daí uma desconfiança sua em relação à *beleza*.

Sombrios, generosos, terríveis e contraditórios, os bolcheviques de *Tchevengur* não se prestam facilmente ao juízo moral. Mas nunca deixam de ser patentes a dignidade e a integridade conferidas por sua fé na missão revolucionária.

~

De acordo com o poeta Ióssif Brodski, o estilo de Platônov, cuja genealogia incluiria tanto o mestre da narrativa popular russa, Nikolai Leskov, quanto Dostoiévski com o seu "burocratismo", é marcado pela *inversão*, a saber, o deslocar dos elementos — para apresentá-los em outro lugar, dispô-los numa outra ordem, desconhecida, surpreendente. É sobretudo na *inversão* que se tem o modo de expressar as elaborações da consciência mítica. O comunismo que os bolcheviques da comuna de Tchevengur imaginam é anterior à experiência filosófica, e o que perturba alguns deles é não o perceber como "a matéria intermediária entre os corpos dos proletários", condição a ser alcançada, e que, para o cavaleiro Stepán Kopienkin, seria a manifestação comprobatória de sua existência. Nesse ambiente mítico, os bolcheviques esperam pelo comunismo como o milagre da fusão universal — dos homens entre si, deles com os minerais e as coisas fabricadas. A água é a imagem que sempre aparece fazendo as vezes de matéria intermediária; em Tchevengur, segundo seu líder anuncia a Aleksandr Dvánov, está "a lua no céu e, sob ela, o enorme bairro proletário — todo ele no comunismo, como peixe no lago". Depois de nadar num rio, Tchepúrni, chefe do Comitê Revolucionário de Tchevengur, diz a Kopienkin: "quando estou na água — parece que sei toda a verdade..."

Embora seja a inversão, identificada por Brodski, um recurso importante de Platônov, este não é um inventor de truques verbais. O que de certo ponto de vista aparece invertido resulta de um ajuste proposto a um modo primitivo de conceber, de antes da descrição das coisas, sem aferimentos — o saber pela razão não se sobrepõe ao saber pela fé. Assim, quando o pai de Aleksandr penetra o lago, sua intenção é conhecer, embora o resultado concreto seja a morte por afogamento. Com ter o corpo retirado do lago ao terceiro dia, o autor deita mais uma camada à simbologia desse mistério, que é o sentido do destino de Aleksandr Dvánov. Ao leitor, em vez de tragédia, fica a impressão de um encantamento. Dvánov, da mesma maneira, quando ao final vai ao encontro do pai, o lago é para ele um portal, e envolver-se pela matéria líquida é conhecer a verdade, talvez *toda a verdade*, como disse Tchepúrni. É na morte que reside a verdade da vida, e estes dois estados de existir compõem *toda a verdade*, que não pode ser dada por uma coisa sem o seu reverso.

~

Para o poeta Ievguiêni Ievtuchenko, "a complexidade dos problemas que se desenvolvera ao seu redor transformou Platônov: de um poeta lírico mais sutil, que era por natureza, no mais agudo escritor sobre a vida. Ele nunca foi um defensor de militantes da propriedade privada, mas a propagação brutal da coletivização pela força, contra a qual Lenin alertara em seu tempo, não podia deixar de impulsionar Platônov para a defesa do homem, tanto como criador da terra, como uma sua criatura". É também por esse compromisso ético de sofrer por todos, o mesmo de escritores como Tchekhov e Dostoiévski, que a linguagem de Andrei Platônov é marcada pela ambivalência. Brodski entendia que Platônov leva a língua russa a um ponto máximo da semântica, revelando nela própria um limite filosófico, e nisso, para o poeta, se prova o talento do escritor.

IMPRESSÃO: Midiograf
TIRAGEM: 1.000 exemplares
TIPOGRAFIA: Minion Pro
PAPEL: Pólen Natural 70 g/m²